KB055547

해녀 연구총서

5

숭실대학교
한국문예연구소
학술총서 48

해녀연구총서 5

Studies on Haenyeo(Women Divers)

음악학 / 복식학 / 서평 / 자료

이 성 훈 엮음

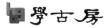
學古房

해녀는 공기통 없이 바닷속에 들어가 전복, 소라, 해삼, 미역, 우뭇가사리 따위를 채취하는 여자다. 제주해녀들은 농어촌의 범상한 여인이면서도 육지의 밭과 바다의 밭을 오가며 농사를 짓는 한편 해산물도 채취한다. 제주해녀는 제주도뿐만 아니라 출가(出稼) 물질을 나갔던 한반도의 모든 해안지역과 일본에도 정착하여 살고 있다.

최근에 제주특별자치도, 제주도민, 해녀들, 학계, 언론계 등 지역사회를 중심으로 제주해녀를 유네스코 인류무형문화유산으로 등재시키기 위해 총력을 기울이고 있다. 제주해녀문화는 현재 문화재청 한국무형유산 국가목록에 선정되면서 유네스코 문화유산 등재도 구체화되고 있다. 이러한 노력에는 지역민의 참여 확대와 행정적인 측면 이외에 학술적인 측면도 중요시해야 한다. 해녀연구자로서 이 총서를 엮게 된 이유다.

해녀 연구는 크게 두 가지 방향에서 시작되었다. 하나는 구비문학적 측면에서 해녀노래(해녀노젓는소리)를 수집하고 연구한 것이고, 다른 하나는 의학적 측면에서 해녀의 인체 생리를 연구한 것이다. 이후로 해녀 연구는 차츰 여러 학문 분야로 확대되었고 요즘에는 학제간 연구도 활발히 이루어지고 있다.

그간 해녀 관련 박사논문이 의학, 문학, 인류학 분야에서 여러 편 나왔고 석사논문과 일반논문들은 수백 편이 있으나, 아직 그것들을 한데 묶어 책으로 내놓은 적은 없다. 제주해녀를 유네스코에 등재시키려고

노력하는 이때야말로 해녀와 관련된 연구 논문과 자료들을 집대성하는 작업이 필요한 시점이다. 또한 '해녀학'을 정립하기 위한 토대를 마련하고 그에 대한 논의도 필요한 때라고 본다.

지난해 말부터 『해녀연구총서』 출간 작업에 착수하였고, 이제 일부분이긴 하나 작은 결실을 보게 되었다. 작업 과정에서 글을 찾아 읽고 선별하며 필자들을 섭외하는 일은 간단치 않았다. 『해녀연구총서』를 엮는 취지를 잘 설명했음에도 불구하고, 일부 연구자는 끝내 글의 게재를 거절해서 몇몇 글들을 싣지 못한 아쉬움은 있지만 어쩔 수 없는 일이다.

이 총서는 해녀 관련 문학·민속학·역사학·경제학·관광학·법학·사회학·인류학·음악학·복식학 분야의 대표적인 논문들과 서평·해녀노래 사설·해녀의 생애력·해녀용어·해녀문화 등의 자료들을 한데 묶은 것이다. 타 학문 분야와 폭넓게 소통하면서 통섭하려는 요즘의 시대적 흐름에 맞게 이 총서는 해녀 연구자들에게 그간의 연구 동향을 파악하고 새로운 연구 방법을 탐구하는데 활로를 뚫어줄 것으로 기대된다.

이 총서를 엮으면서 납활자시대에 나온 논문들은 일일이 타자 작업을 하고, 원본 논문에서 표기가 잘못된 어휘나 문장을 찾아 교정하고 교열하는 과정은 지난(至難)한 작업이었다. 한국고전종합DB의 『신증동국여지승람』과 『조선왕조실록』, 한국역사통합정보시스템과 한국고전

번역원의 원문데이터베이스 등의 원문 텍스트를 일일이 대조하면서 잘못된 부분을 바로잡은 것과 현행 맞춤법 규정, 표준어 규정, 외래어 표기 규정에 맞게 고친 게 그것이다. 이를테면 저자명인 "関山守彌"를 "関山寺彌"로 오기한 것이 있는가 하면, 『삼국사기』제19권 문자명왕 13년 기록에 "小國係誠天極"을 "小口係誠天極"으로, 『고려사』제28권 충렬왕 2년 기록에 "乃取民所藏百餘枚"를 "及取民所藏百餘枚"로, "안성맞춤"을 "안성마춤"으로, "出稼"를 "出嫁"로, "스티로폼"을 "스티로풀"로 오기한 것을 바로잡아 고친 게 그 예이다.

이 총서를 엮는데 많은 관심을 가져주시고 선뜻 원고를 보내주신 필자 여러분과 책에 실린 해녀 사진을 제공해주신 사진작가 김익종 선생님의 사모님께 이 자리를 빌려 감사드린다. 또한 인문학의 발전을 위한다는 사명감으로 출판에 도움을 준 학고방의 하운근 사장님과 편집을 담당한 박은주 선생께도 감사의 뜻을 전한다.

학계의 해녀 연구에 새로운 전기가 마련되기를 기대하는 마음과, 제주해녀가 유네스코 인류무형문화유산으로 등재되기를 기원하는 염원으로 이 총서를 세상에 내놓는다.

2014. 12.
엮은이 이성훈

목차

01

〈해녀노젓는소리〉의 가창방식

- 서 론
- 가창방식
- 결 론

| 이성훈 | 숭실대학교

『온지논총』 제9집, 2003.

I 서 론

〈해녀노젓는소리〉는 제주도 출신 해녀들이 뱃사공과 함께 돛배를 타고 본토로 출가하거나 해산물을 채취하기 위해 뱃물질하러 오갈 때, 좌현에서 젓걸이노를 젓는 해녀와 우현에서 젓걸이노를 젓는 해녀 또는 船尾에서 하노를 젓는 뱃사공과 좌·우현에서 젓걸이노를 젓는 해녀 등으로 짝을 나누어 되받아 부르기(同一先後唱)나 메기고받아 부르기(先後唱)의 방식으로 부르는 노래이다.

제주도 출신 해녀들의 거주 지역은 제주도뿐만 아니라 본토의 동·서·남해안에 정착해서 살고 있다. 본토에서의 뱃물질은 주로 다도해 지역인 경상남도와 전라남도 지역에서 주로 이루어졌다.[1] 본토 동해안 지역은 수심이 깊고 섬이 많지 않아 작업장까지 헤엄쳐 나가서 하는 물질인 '갓물질'을 주로 했다. 서해안 지역은 갯벌이 발달돼 있고 조수 간만의 차가 크기 때문에 전라북도 군산 지방과 충청남도 서천·태안 지방을 제외한 대부분의 지역에서 '갓물질'을 했다. 그리고 본토의 서·남해안 지역은 섬이 많기에 작업장까지 배를 타고 나가서 하는 물질인 '뱃물질'을 주로 했다. 그러므로 〈해녀노젓는소리〉의 구연 현장은 제주도와 본토 동해안 지역보다는 본토 서·남해안 지역에서 주로 불렸다. 이처럼 본토에서는 '안도'[2]나 '밧도'[3]로 물질 가거나 '난바르'[4]하

---

[1] 필자는 본토에 정착해서 살고 있는 제주 출신 해녀들의 〈해녀노젓는소리〉를 다수 채록했는데, 그 중에 경상남도 통영시에서 채록한 것은 『한국민요학』 제11집(한국민요학회, 2002)에 강원도 속초시에서 채록한 것은 『숭실어문』 제19집(숭실어문학회, 2003)에 발표한 바 있다.
[2] 연안 가까이 있는 섬의 어장.

러 '밧도'로 뱃물질 나갈 때 해녀들이 돛배의 젓걸이노를 저으면서 〈해녀노젓는소리〉를 불렀다.

해녀들이 뱃물질 나갈 때는 해녀들만이 돛배를 타고 노를 저어 간 것이 아니고, 반드시 뱃사공도 함께 타고 갔다.

> [양민선] ; 오늘 날쌔가 좋암직흔디 우리 작업 나갑시다. 저 사공 강 불러오라. 네덜 노라게. 흔저 젓엉 나가게.
> [양상아] ; 예, 네 낫수다.
> [양민선] ; 흔저 물러레 풍당 빠지라게.
> [양상아] ; 예, 호오오오이
> [양민선] ; ─(작업을 마천) 아이고 비브롬 첨직흔다게. 배에 올르라게. 뻘리 닷 걷으라게. 흔저 가게.5)

위는 제보자 梁民善·梁尙兒가 〈해녀노젓는소리〉를 구연하기에 앞서 나눈 대화이다. 이 대화 내용을 통해서 뱃물질 나갈 때는 뱃사공도 함께 갔다는 사실과 돛배의 속도는 젓걸이노를 젓는 해녀들이 담당한다는 사실을 알 수 있다. 또한 물질 작업을 하다가 바다의 기상 상황이 바뀌면 귀항한다는 사실도 드러난다. 이처럼 해녀들이 뱃물질이나 본

---

3) 연안에서 멀리 떨어져 있는 섬의 어장.
4) 船上生活. 배 위에서 장기간 숙식을 하면서 물질을 했던 것을 말한다.(『국문학보』 10집, 제주대학교 국어국문학과, 1990, 246쪽.) ; 먼 바다로 배를 타고 나가 하는 물질. 며칠씩 선상에서 숙식을 하는 경우도 있다.(金順伊, 「濟州島의 潛嫂 用語에 관한 調査報告」, 『調査硏究報告書』第4輯, 濟州道民俗自然史博物館, 1990, 124쪽.)
5) 김영돈, 「民謠」, 『韓國民俗綜合調査報告書』(濟州道 篇), 文化公報部 文化財管理局, 1974, 364쪽에 수록된 梁民善(濟州市 三徒 二洞, 女 61)·梁尙兒(濟州市 三徒 二洞, 女 55)가 부른 자료의 대화 부분.

토로 출가할 때는 海路와 海域의 상황을 잘 아는 뱃사공이 함께 갔다. 그러므로 뱃물질이나 본토로 출가할 때는, 돛배가 나아갈 방향을 잡아 주는 역할을 하는 하노를 젓는 뱃사공과 돛배의 속도를 증가시켜주는 역할을 하는 젓걸이노를 젓는 해녀들이 〈해녀노젓는소리〉를 부르며 함께 노를 저어 물질 작업장으로 갔다.

해녀들이 본토로 出稼하거나 뱃물질하러 오갈 때 탔던 돛배의 櫓는 대부분 3개나 5개인데, 가창자들은 1:1, 1:2, 1:3, 1:4 등으로 짝 을 나누어 부른다. 이처럼 〈해녀노젓는소리〉가 짝소리 방식으로 구연 되는 점이 본고가 주목하는 이유이다.

따라서 본고는 해녀들이 젓는 '젓걸이노'와 뱃사공이 젓는 '하노'의 기능이 어떻게 다른지를 살펴보고, 〈해녀노젓는소리〉를 짝소리로 부르 게 된 조건과 선후창 또는 교환창 등의 방식으로 가창하게 된 이유를 돛배의 구조와 현장론적 입장에서 구연 현장의 상황과 관련시켜 고찰 하는데 그 목적을 둔다.

가창방식

민요의 형식은 율격으로 출발하여 구연방식의 변화에 따라 나타나 는 것으로, 구연 방식은 연행 차원이며 그 자체가 가창구조 또는 가창 방식과 관련을 맺고 있다.[6] 가창방식이란 창자들이 어떻게 조직되어서 노래를 부르는가를 말하고, 선후창·교환창·독창(또는 제창)으로 나

---

6) 이창식, 「민요론」, 『민속문학이란 무엇인가』, 집문당, 1995, 177쪽.

눌 수 있는데,[7] 세분하면 되받아 부르기(同一先後唱), 메기고받아 부르기(先後唱), 주고받아 부르기(交換唱),[8]혼자 부르기(獨唱) 또는 다같이 부르기(齊唱), 돌려가며 부르기(輪唱) 등 여러 방법이 있다.[9]

돛배를 타고 해녀들이 출가하거나 뱃물질 나갈 때는 반드시 뱃사공이 함께 타고 갔는데, 〈해녀노젓는소리〉는 주로 해녀들끼리 부르지만 목海峽과 같이 조류가 급한 지역이나 배의 속도를 증가시키고자 할 때는 뱃사공이 앞소리를 할 때도 있다.

김영돈은 〈해녀노젓는소리〉는 先後唱을 하거나 交唱(앞소리 사설을 따라 부르기, 앞소리와는 다른 사설 부르기)을 하는 것이 보통이고, 자연조건에서는 거의 있을 수 없지마는 인위조건에 따른 수집일 때에는 獨唱하는 경우를 가끔 만난다[10]고 했다. 그렇다면 〈해녀노젓는소리〉가 왜 선후창이나 교환창 방식의 짝소리로 불려지는가? 그리고 짝소리로 부르게 된 조건은 무엇인가? 그것은 짝소리로 가창하게 된 근거를 돛배의 구조와 구연 현장의 특성에서 찾아야 한다.

예전에 해녀들이 뱃물질 나갈 때 탔던 돛배의 櫓는 대부분 3개나 5개이다. 櫓가 3개인 경우는 '하노(하네)[11]'가 1개이고 '젓걸이노(젓걸이네)[12]'가 좌현과 우현에 각각 1개씩 있다. 또한 노가 5개인 경우는 '하

---

7) 장덕순 · 조동일 · 서대석 · 조희웅, 『구비문학개설』, 일조각, 1971, 89쪽.

8) 류종목, 『한국민요의 현상과 본질』, 민속원, 1998, 14쪽.

9) 이창식, 앞의 책, 178~179쪽.

10) 김영돈, 「제주도 민요 연구─여성노동요를 중심으로─」, 동국대학교 대학원 박사학위 논문, 1982, 76쪽.

11) '하노(하네)'는 돛배의 뒤쪽 가장자리인 고물에서 젓는 노이다. '젓걸이노'보다 크고 무거우며 돛배가 나아가는 방향을 잡아주는 키(舵)의 역할을 한다.

12) '젓걸이노(젓걸이네)'는 돛배의 좌현과 우현에 옆으로 나온 부분인 뱃파락에서 젓는 노이다. 돛배가 나아가는 속도를 증가시켜주는 구실을 한다.

노'가 1개이고 '젓걸이노'가 좌현과 우현에 각각 2개씩 있다. 이 중에
船尾 오른쪽 가장자리에서 젓는 櫓인 '하노'는 남자 뱃사공이 젓고, 배
의 양쪽 옆에 나온 부분인 뱃파락에서 젓는 櫓인 '젓걸이노'는 해녀들
이 젓는다. '하노'는 '젓걸이노'보다 크고 무거울 뿐만 아니라 배가 나아
갈 방향을 잡아주는 키[舵] 역할을 하고, '젓걸이노'는 배가 나아가는 속
도를 증가시켜주는 역할을 한다.[13] 그러므로 좌현과 우현에서 젓걸이
노를 젓는 해녀들이 노를 같이 밀고 같이 당기면서 노 젓는 동작이 일
치될 때 돛배가 한 방향으로 곧장 나아갈 수 있고, 또한 船尾에서 하노
를 젓는 뱃사공도 돛배가 나아갈 방향을 수월하게 바꿀 수 있게 된다.
따라서 〈해녀노젓는소리〉의 구연 현장인 바다가 잔잔하거나 안전한
해역을 지날 때는 좌현에서 젓걸이노를 젓는 해녀들과 우현에서 젓걸
이노를 젓는 해녀들이 짝을 나누어 짝소리로 〈해녀노젓는소리〉를 가
창한다. 반면에 파도가 높거나 조류가 빠른 목[海峽]처럼 위험한 해역
을 지날 때는 船尾 오른쪽 가장자리에 하노를 젓는 남자 뱃사공과 좌
·우현에서 젓걸이노를 젓는 해녀들이 짝을 나누어 짝소리로 〈해녀노
젓는소리〉를 가창한다.

　이처럼 제주도 〈해녀노젓는소리〉는 주로 해녀들이 부르고 간혹 뱃
사공이 부를 때도 있다. 뱃사공이 부르는 경우는 배의 진행 방향을 바
꾸거나 속도를 증감시키고자 할 때나 조류가 빠른 목[海峽]을 지날 때
는 '하노'를 젓는 뱃사공이 "이여싸, 이여사나"와 같은 후렴을 앞소리로
하고, '젓걸이노'를 젓는 해녀들은 뱃사공이 부르는 앞소리의 가락에
맞춰 뒷소리를 받는다. 가창 능력이 뛰어난 뱃사공은 의미 있는 사설

---

13) 이성훈, 「해녀 〈노 젓는 노래〉의 사설과 현장성」, 『溫知論叢』 제8집, 溫知學
　　會, 2002.12, 203쪽.

을 부르기도 한다.[14] 하지만 배가 일정한 방향으로 진행할 때나 일정한 속도로 진행하게 되거나 목을 벗어나 안전한 상황이 되면 좌현과 우현에서 젓걸이노를 젓는 해녀들이 앞소리와 뒷소리를 서로 주고받으며 노를 젓는다.

그렇다면 〈해녀노젓는소리〉는 구연 현장에서 어떤 방식으로 가창될까. 돛배에는 남자 뱃사공 1명과 해녀 15명 내외가 타는데, 이 중에 노 젓는 일은 3인이나 5인이 담당한다. 즉 하노를 젓는 뱃사공 1명과 젓걸이노를 젓는 해녀 2명이나 4명이 노를 젓고, 〈해녀노젓는소리〉는 이들만이 부르는 것이 통례이다. 〈해녀노젓는소리〉의 가창은 하노를 젓는 뱃사공과 젓걸이노를 젓는 해녀들이 짝을 나누거나, 좌현에서 젓걸이노를 젓는 해녀들과 우현에서 젓걸이노를 젓는 해녀들이 짝을 나누어 노 젓는 동작에 맞추어 노래를 부른다. 따라서 〈해녀노젓는소리〉는 짝소리의 가창방식으로 부르는데, 되받아 부르기(同一先後唱)와 메기고 받아 부르기(先後唱) 등의 방법이 그것이다.

본장에서는 편의상 노가 3개인 돛배일 경우는 하노를 젓는 뱃사공을 A, 좌현에서 젓걸이노를 젓는 해녀를 B, 우현에서 젓걸이노를 젓는 해녀를 C라 하기로 한다. 또한 노가 5개인 돛배일 경우는 하노를 젓는 뱃사공을 A, 좌현에서 젓걸이노를 젓는 해녀를 B와 D, 우현에서 젓걸이노를 젓는 해녀를 C와 E라 하기로 한다. 현장론적 입장에서 볼 때 〈해

---

14) 김영돈, 『濟州島民謠研究(上)』, 一潮閣, 1965, 209~265쪽의 〈海女노래〉 자료 중에 제보자가 남자인 경우는 5명인데, 가창자의 이름과 자료 번호는 다음과 같다. 오평수 父(824・882・898번 자료), 한관진(829・872・901번 자료), 이창순(876번 자료), 김영권(899・912번의 자료), 이춘택(910번 자료) 등이 있다. ; 秦聖麒, 『南國의 民謠』(正音社, 1979)에 남성 가창자 1명의 1편의 각편(149~150쪽의 296번 자료)이 있다.

녀노젓는소리〉의 가창은 3명이 노를 젓는 경우는 1(앞소리/뱃사공A) :
2(뒷소리/해녀B-좌현·C-우현) 또는 1(앞소리/해녀B-좌현) : 1(뒷소리
/해녀C-우현), 5명이 노를 젓는 경우는 1(앞소리/뱃사공A) : 4(뒷소리/
해녀B-좌현·C-우현·D-좌현·E-우현) 또는 1(앞소리/해녀B-좌
현) : 3(뒷소리/해녀C-우현·D-좌현·E-우현) 등으로 짝을 나누어 부
른다.

〈해녀노젓는소리〉는 주로 되받아 부르기(同一先後唱)나 메기고받아
부르기(先後唱)의 방식으로 부르고, 간혹 주고받아 부르기(交換唱)나
내리부르기 방식으로도 가창되는데, 이를 현장론적 입장에서 구연 현
장의 상황과 관련시켜 살펴보기로 한다.

1. 되받아 부르기(同一先後唱)

되받아 부르기(同一先後唱)는 앞소리꾼의 사설을 뒷소리꾼이 그대로
되받아 부르거나 조금 변형시켜 그와 같은 사설을 받아서 부르는 방식
이다.[15] 노 젓는 일의 기능면으로 볼 때 되받아 부르기 방식은 노 젓는
동작의 통일을 유도하면서 구호적 기능을 갖는다.[16]

이제 〈해녀노젓는소리〉의 되받아 부르기 방식을 현장론적 입장에서
살펴보기로 한다. 되받아 부르기 방식은 두 가지 방식으로 짝을 나누
어 가창하는데, 하노를 젓는 뱃사공이 선창한 앞소리 사설을 젓걸이노
를 젓는 해녀들이 뒷소리로 되받아 부르는 경우와 젓걸이노를 젓는 해
녀들 중에서 가창 능력이 뛰어난 해녀가 선창한 앞소리 사설을 나머지

---

15) 이창식, 앞의 책, 180쪽.
16) 류종목, 앞의 책, 16쪽.

해녀들이 뒷소리로 되받아 부르는 경우가 그것이다.

먼저 하노를 젓는 뱃사공이 선창한 앞소리 사설을 젓걸이노를 젓는 해녀들이 뒷소리로 되받아 부르는 경우부터 살펴보기로 한다. 노가 3 개인 돛배의 경우는 1(뱃사공A/앞소리) : 2(해녀B·C/뒷소리), 노가 5 개인 돛배의 경우는 1(뱃사공A/앞소리) : 4(해녀B·C·D·E/뒷소리) 식으로 짝을 나누어 부른다. 이 때 앞소리를 부르는 뱃사공이 가창 능력이 뛰어난 자일 경우에는 의미 있는 사설을 부르기도 하지만 주로 "이여사나, 이여도사나"와 같은 후렴만을 부르는 게 일반적이다. 간혹 노 젓는 기량과 가창 능력이 뛰어난 상군 해녀가 하노를 저으며 앞소리를 하는 경우도 있다.[17]

다음으로 젓걸이노를 젓는 해녀들 중에서 가창 능력이 뛰어난 해녀가 선창한 앞소리 사설을 나머지 해녀들이 뒷소리로 되받아 부르는 경우를 살펴보기로 한다. 젓걸이노를 젓는 해녀 중에 가창 능력이 뛰어난 상군 해녀를 해녀B라고 가정하면, 앞소리는 해녀B가 맡고, 뒷소리는 해녀C·D·E가 맡는다. 즉 노가 3개인 돛배일 경우는 1(해녀B/앞소리) : 1(해녀C/뒷소리), 노가 5개인 돛배일 경우는 1(해녀B/앞소리) : 3(해녀C·D·E/뒷소리)식으로 짝을 나누어 부른다. 이 때 앞소리를 부르는 해녀B는 후렴만을 부르는 경우보다는 의미 있는 사설을 부르는 경우가 많다.

[1]
　[김경성] ; 이여싸나　　이여도사나
　[주민들] ; 　　　　　　이여싸나이여싸나

---

17) 이성훈, 앞의 논문, 202쪽.

[김경성] ; 이여도사나
[주민들] ; 　　　　　이여도사나
[김경성] ; 요넬젓엉　어딜가리
[주민들] ; 　　　　　요넬젓엉어딜가리
　　　　　　(중간 생략)
[김경성] ; 우리어멍　날날적에
[주민들] ; 　　　　　우리어멍날날적에
[김경성] ; 가시나무　몽고지에
[주민들] ; 　　　　　가시나무몽고지에
[김경성] ; 손에쿵이　박으라고
[주민들] ; 　　　　　손에쿵이박으라고
[김경성] ; 날낳던가　이여도사나　힛
[주민들] ; 　　　　　날낳던가이여도사나18)
　　　　　　(이하 생략)

[2]

[김순형] ; 이여도사나 [한진생] ; 이여도사나
[김순형] ; 이여도사나 [한진생] ; 이여도사나
[김순형] ; 우리베는　[한진생] ; 우리베는
[김순형] ; 잘도간다　[한진생] ; 잘도간다
[김순형] ; 앞발로랑　[한진생] ; 앞발로랑
[김순형] ; 허우치멍　[한진생] ; 허우치멍
[김순형] ; 뒷발로랑　[한진생] ; 뒷발로랑
[김순형] ; 거두치멍　[한진생] ; 거두치멍
[김순형] ; 물아래랑　[한진생] ; 물아래랑
[김순형] ; 요왕님아　[한진생] ; 요왕님아

18) 김영돈, 『濟州의 民謠』, 新亞文化社, 1993, 360~361쪽의 자료.

[김순형] ; 물우에랑   [한진생] ; 물우에랑

[김순형] ; 서낭님아   [한진생] ; 서낭님아

[김순형] 이여도사나 [한진생] ; 이여도사나

[김순형] ; 이여도사나 [한진생] ; 이여도사나19)

(이하 생략)

[3]

20)

19) 김영돈, 앞의 책, 300쪽의 자료.

20) 필자채록, 경남 통영시, 2001.12.20. 위의 제보자 현종순. 채보자 : 서울 공항
고등학교 음악교사 송윤수.

[4]

21)

[5] ♩. = 100 C = F   선 : 김경성(여,63세) 후 : 주민다수, MBC 한국민요
   대전

21) 藝術研究室, 『韓國의 民俗音樂：濟州道民謠篇』, 韓國精神文化研究院, 1984, 105쪽.

〈해녀노젓는소리〉는 악곡 구조가 상당히 규칙적이기 때문에 그에
따라 이 민요의 음보도 매우 규칙적으로 나타나고 있는데 2음보가 기
준이 되고 있다.22) [3]에서 보는 바와 같이 〈해녀노젓는소리〉는 8분의
6박자로 가창되는데, 1악구(樂句, phrase)의 가락이 규칙적으로 반복되
는 구조를 갖고 있다. 다시 말해서 2마디인 1동기(動機, motive)가 1음
보를 이루고 4마디인 1악구가 2음보를 이루는 악곡 구조가 규칙적으로
반복되는 구조를 갖고 있다.

[1]은 채록된 사설 구조만으로 보면, 앞소리꾼인 김경성이 "요넬젓엉
어딜가리"를 2음보 형식으로 선창한 사설을 뒷소리꾼인 주민들이 "요
넬젓엉 어딜가리"를 2음보 형식으로 되받아 부른 것으로 잘못 인식할
수도 있다. 가창방식으로 보면, 앞소리꾼인 김경성이 "요넬젓엉"을 앞
소리로 선창하고 "──"를 부를 때 뒷소리꾼인 주민들이 "요넬젓엉"을
뒷소리로 되받아 부른 것이다. 이것은 MBC한국민요대전 구좌읍 김녕
리 해녀노젓는소리를 강문봉이 채보한 [5]의 악보를 통해서도 알 수 있
다.23) 예컨대 [3]의 악보에서 보는 것처럼 앞소리꾼이 A동기의 첫 번째
마디인 "이어싸나"를 부르고 두 번째 마디인 "──"를 부를 때, 뒷소리

22) 조영배, 『濟州島 勞動謠 硏究』, 도서출판 예술 1992, 92쪽.
23) 강문봉, 「제주 해녀노젓는소리의 지역별 비교」, 동국대학교 문화예술대학원
    석사논문, 2001, 18쪽.

꾼은 첫 번째 마디를 되받아 부른 것이다. 따라서 가창 시간의 等長性 (equal length)을 고려하면 앞소리꾼이 혼자서 첫째 동기 "요넬젓엉 ―― ―"을 부르는 것과, 짝소리 방식으로 앞소리꾼이 첫째 동기의 첫째 마디 "요넬젓엉"을 부르고 둘째 마디 "――"을 부를 때 뒷소리꾼이 첫째 마디 "요넬젓엉"을 되받아 부르는 것은 두 마디가 되어 시간적 길이가 같다. 그러나 사설의 음보율로 보면 앞소리꾼이 혼자서 1동기를 부른다면 "요넬젓엉" 1음보가 되지만, 짝소리 방식으로 앞소리꾼이 1동기의 첫째 마디 "요넬젓엉"을 부르고 둘째 마디 "―――"을 부를 때 뒷소리꾼이 첫째 마디 "요넬젓엉"을 되받아 부른다면 "요넬젓엉 요넬젓엉" 2음보가 된다. 다시 말해서 1동기가 1음보, 2동기가 1악구가 되는 방식으로 가창한 것이다.

　[2]는 앞소리꾼인 김순향이 "이여도사나"를 앞소리로 선창한 것을 뒷소리꾼인 한진생이 "이여도사나"를 뒷소리로 되받아 부르고 있다. 이것은 [4]의 악보처럼 앞소리꾼이 첫 번째 마디 "이여도사나"를 부르고 둘째마디에서 휴지를 취할 때, 뒷소리꾼은 첫 번째 마디 "이여도사나"를 부른 것이다. 따라서 가창 시간의 等長性을 고려하면 앞소리꾼이 혼자서 첫째 동기의 첫째 마디 "이여도사나"를 부르고 둘째 마디에서 휴지를 취하면 1마디가 되고, 짝소리 방식으로 앞소리꾼이 첫째 동기의 첫째 마디 "이여도사나"를 부르고 둘째 마디에서 휴지를 취할 때 뒷소리꾼이 첫째 마디 "이여도사나"를 되받아 부르면 2마디가 되어 시간적 길이가 다르다. 그러나 사설의 음보율로 보면 앞소리꾼이 혼자서 1동기를 첫째 마디에서 "이여도사나"를 부르고 둘째 마디에서 휴지를 취하면 1음보가 되고, 짝소리 방식으로 앞소리꾼이 1동기의 첫째 마디 "이여도사나"를 부르고 둘째 마디에서 휴지를 취할 때 뒷소리꾼이 첫째 마디 "이여도사나"를 되받아 부르면 "이여도사나 이여도사나" 2음보가

된다. 다시 말해서 1마디가 1음보, 2마디가 1동기가 되는 방식으로 가창한 것이다.

〈해녀노젓는소리〉는 노 젓는 노동 행위와 가락이 긴밀히 연결되는 노동요이기 때문에 노 젓는 노동 행위와 구연 상황 및 가락을 고려하여 악곡구조를 기준으로 음보를 나누어야 한다.[24] 그러므로 [1]은 동기 단위인 2음보격으로, [2]는 마디 단위인 1음보격으로 가창한 것을 악곡구조를 기준으로 하여 사설을 정리한 것으로 보인다. 따라서 [1]과 같이 동기 단위로 되받아 부르는 방식보다는 [2]와 같이 마디 단위로 되받아 부르는 방식으로 가창할 때 좀더 힘차고 역동적으로 노를 저을 수 있다.

〈해녀노젓는소리〉는 혼자 부를 때는 [3]의 악보와 같이 부르고, 짝소리로 부를 때는 [4]보다는 [5]의 악보와 같이 부르는 게 일반적이다. 따라서 사설의 정리는 [4]의 악보처럼 부를 때는 [2]와 같이 1음보 단위로, [5]의 악보처럼 부를 때는 [1]과 같이 2음보 단위로 정리해야 한다.

가창방식과 노 젓는 동작을 [3]의 악보 A동기에서 살펴보면 "이에♪ ♩ㅣ"를 가창할 때 노를 밀고 "싸내♪ ♩ㅣ"를 가창할 때 노를 당기고, "ㅡㅡ [♪ ♩ㅣ"를 가창할 때 노를 밀고 "ㅡ ㅡ[♪ ♩ㅣ"를 가창할 때 노를 당긴다. 즉, 사설의 1음보인 1동기를 가창하는 것과 노를 밀고 당기는 동작 2회가 일치하여 진행되는 것은 노래가 노 젓는 동작을 조정하는 것이다. 이처럼 되받아 부르기(同一先後唱)는 〈해녀노젓는소리〉와 노 젓는 일을 처음 배우는 해녀들이 많을 경우에 주로 부르는 가창방식이다.

구연 현장의 상황이 어떤 경우에 1(뱃사공A/앞소리) : 2(해녀B · C/

---

24) 이성훈, 「통영지역 해녀의 〈노 젓는 노래〉 고찰」, 『숭실어문』 제18집, 숭실어문학회, 2002.6, 209~210쪽.

뒷소리)・1(뱃사공A/앞소리) : 4(해녀B・C・D・E/뒷소리), 1(해녀B/앞
소리) : 1(해녀C/뒷소리)・1(해녀B/앞소리) : 3(해녀C・D・E/뒷소리)
등으로 짝을 나누어 부르는지 살펴보기로 한다. 먼저 1(뱃사공A/앞소
리) : 2(해녀B・C/뒷소리)・1(뱃사공A/앞소리) : 4(해녀B・C・D・E/뒷
소리) 등으로 짝을 나누어 되받아 부르기 방식으로 가창할 때는 돛배
가 목[海峽]과 같이 조류가 급한 지역을 통과하거나 돛배의 속도를 증
감시키고자 할 때, 파도가 거세어질 때, 노 젓는 노동 행위에 도취되어
흥이 나거나 할 때이다. 이 때는 의미 있는 사설보다는 주로 "이여싸・
이여사나・쳐라쳐라・져라벡여라" 등의 후렴을 [6]과 같이 가락이 없
이 빠르게 소리치며 반복적으로 부르는 것이 일반적이다.25) 이처럼 위
험한 해역을 지날 때는 앞소리는 반드시 하노를 젓는 뱃사공이 부르고,
뒷소리는 젓걸이노를 젓는 해녀들이 부른다. 그 이유는 목[海峽]과 같
이 물살이 빠른 곳을 지날 때는 해역의 상황을 잘 알고 있고 배를 능숙
하게 조정하는 뱃사공의 지시에 따라 노 젓는 동작을 맞추어 노를 저
어야 안전한 항해를 할 수 있기 때문이다. 이 때 앞소리를 부르는 뱃사
공의 역할은 배가 나아갈 방향과 노 젓는 동작의 완급을 조절하는데
있고, 뒷소리로 되받아 부르는 해녀들의 역할은 전적으로 앞소리꾼인
뱃사공이 노 젓는 템포와 가락에 맞춰 노를 저으며 노래를 따라 부르
는 데 있다.

---

25) 이성훈, 앞의 논문, 205쪽.

다음으로 '하노'를 젓는 뱃사공은 노래를 부르지 않고, '젓걸이노'를 젓는 해녀들끼리 1(해녀B/앞소리) : 1(해녀C/뒷소리)·1(해녀B/앞소리) : 3(해녀C·D·E/뒷소리) 등으로 짝을 나누어 되받아 부르기 방식으로 가창하는 경우는 위험한 해역을 벗어나 안전한 해역을 항해하거나 바람이 멎어서 파도가 잔잔할 때이다. 이 때 뱃사공의 역할은 '하노'를 저으며 배의 나아갈 방향을 잡아주고 가창에는 참여하지 않는다. '젓걸이노'를 젓는 해녀들 중에 뒷소리로 되받아 부르는 해녀들은 앞소리를 선창하는 해녀의 노 젓는 템포와 노래의 박자에 맞춰 사설을 되받아 부른다. 이 때 '젓걸이노'를 젓는 해녀들의 역할은 배의 속도를 증가시키는 데 있다.

이상에서 되받아 부르기 방식으로 가창하는 경우를 두 가지로 나누어 살펴보았다. 첫째, 위험한 해역을 지날 때는 앞소리꾼인 하노를 젓는 뱃사공이 반드시 선창하고, 뒷소리꾼인 젓걸이노를 젓는 해녀들은 앞소리꾼의 사설을 되받아 부른다. 이 때 앞소리를 부르는 뱃사공의

---

26) 필자채록(경상남도 통영시, 2001.12.20. 현종순, 여, 1943년 제주도 우도면 영일동 출생). 채보자 : 서울 공항고등학교 음악교사 송윤수.

역할은 배가 나아갈 방향과 노 젓는 동작의 완급을 조절하는데 있고, 뒷소리로 되받아 부르는 해녀들의 역할은 전적으로 앞소리꾼인 뱃사공이 노 젓는 템포와 가락에 맞춰 노를 저으며 노래를 되받아 부르는 데 있다. 둘째, 안전한 해역을 지날 때는 해녀들끼리 젓걸이노를 저으며 노래를 부르는데, 가창 능력이 뛰어난 앞소리꾼이 선창하는 사설을 뒷소리꾼이 되받아 부른다. 이 때 '하노'를 젓는 뱃사공의 역할은 가창에는 참여하지 않고, 단지 배가 나아갈 방향만을 잡아주는 데 있다. 앞소리꾼인 해녀는 노래의 가락과 박자에 변화를 주며 노 젓는 동작의 완급을 조절하는데 있고, 뒷소리꾼인 해녀들의 역할은 전적으로 앞소리꾼이 노 젓는 템포와 가락에 맞춰 노를 저으며 노래를 되받아 부르는데 있다.

2. 메기고받아 부르기(先後唱)

메기고받아 부르기 방식은 앞소리꾼이 앞소리를 메기면 뒷소리꾼들이 후렴으로 뒷소리를 받는 것이다. 앞소리꾼의 능력에 따라 사설의 길이나 변화가 결정된다.[27] 앞소리는 선창자가 자의적으로 부를 수 있어서 창조적으로 가창할 수 있다. 그러나 때에 따라서는 2~3인이 함께 부를 수도 있다. 그리고 선창자는 어느 한 사람으로 고정되어 있는 것이 일반적이나 경우에 따라서는 돌아가면서 부르기도 한다. 후창자는 적게는 한 사람으로부터 많게는 수십 명이 되기도 한다.[28] 노 젓는 일의 기능면으로 볼 때 메기고받아 부르기 방식도 노 젓는 동작의 통일

27) 이창식, 앞의 책, 181쪽.
28) 류종목, 앞의 책, 22쪽.

을 유도하면서 구호적 기능을 갖는다.29) 앞소리꾼이 의미 있는 사설을 앞소리로 메기면 뒷소리꾼들은 "이여도사나·이여싸·쳐라쳐라" 등의 후렴을 [7]과 같이 뒷소리로 받는다. 후렴은 [7]과 같이 한 마디를 두 拍으로 나누어 첫 拍에서 "이여[♪ ♩]" 또는는 "이여도[♪♪♪]"하고, 둘째 拍에서 "사내[♪ ♩]"하고 8분의 6박자의 가락으로 부른다.30)

　　이제 〈해녀노젓는소리〉의 메기고받아 부르기 방식을 현장론적 입장에서 살펴보기로 한다. 메기고받아 부르기 방식은 두 가지 방식으로 짝을 나누어 가창하는데, 뱃사공이 앞소리를 메기고 해녀들이 뒷소리를 받는 경우와 뱃사공을 제외한 해녀들끼리 앞소리와 뒷소리를 메기고 받는 경우가 그것이다.

29) 류종목, 앞의 책, 16쪽.

30) 이성훈, 앞의 논문, 205쪽.

31) 필자채록, 경남 통영시, 2001.12.20. 위의 제보자 현종순. 채보자 : 서울 공항고등학교 음악교사 송윤수.

32) 필자채록(경상남도 통영시, 2001.12.20. 현영자, 여, 1945년 제주도 성산읍 온평리 출생). 채보자 : 서울 공항고등학교 음악교사 송윤수.

먼저 뱃사공이 앞소리를 메기고 해녀들이 뒷소리를 받는 경우부터 살펴보기로 한다. 노가 3개인 경우는 1(뱃사공A/앞소리) : 2(해녀B・C/뒷소리), 노가 5개인 경우는 1(뱃사공A/앞소리) : 4(해녀B・C・D・E/뒷소리) 등으로 짝을 나누어 부른다. 이 때 돛배가 나아갈 방향을 잡아주고 노 젓는 동작의 완급을 조절하는 역할은 앞소리꾼인 뱃사공이 담당한다. 뒷소리꾼은 앞소리꾼이 부르는 노래의 가락과 박자에 맞춰 젓걸이노를 젓는 역할을 담당한다. 간혹 노 젓는 기량과 가창 능력이 뛰어난 상군 해녀가 하노를 저으며 앞소리를 하는 경우도 있다.[33] 이처럼 하노를 젓는 뱃사공이 앞소리를 메기고, 젓걸이노를 젓는 해녀들이 뒷소리를 받는 경우는 되받아부르기 방식에서 살펴본 바와 같이 위험한 해역을 지나거나 파도가 거세어져서 위태로운 상황에 처했을 때이다.

다음으로 뱃사공을 제외한 해녀들끼리 앞소리와 뒷소리를 메기고 받는 경우를 살펴보기로 한다. 좌현이나 우현에서 젓걸이노를 젓는 해녀 중에 가창 능력이 뛰어난 상군 해녀를 해녀B라고 가정한다면, 노가 3개인 경우는 1(해녀B/앞소리) : 1(해녀C/뒷소리), 노가 5개인 경우는 1(해녀B/앞소리) : 3(해녀C・D・E/뒷소리) 등으로 짝을 나누어 부른다. 이 때 돛배가 나아갈 방향을 잡아주는 역할은 뱃사공이 담당하고, 노 젓는 동작의 완급을 조절하는 역할은 앞소리꾼이 담당한다. 뒷소리꾼은 앞소리꾼이 부르는 노래의 가락과 박자에 맞춰 젓걸이노를 젓는 역할을 담당한다. 이처럼 젓걸이노를 젓는 해녀들끼리 메기고받아 부르기 경우는 안전한 해역에서 잔잔한 바다를 항해할 때이다.

---

33) 이성훈, 「해녀〈노 젓는 노래〉의 사설과 현장성」, 『溫知論叢』 제8집, 溫知學會, 2002.12, 202쪽.

[8]

　　[박순덕] ; 이여싸　이여싸

　　[김순녀] ;　　　　이여싸　　　　이여싸

　　[박순덕] ; 요넬젓고 어딜가리

　　[김순녀] ;　　　　이여싸　　　　이여싸

　　[박순덕] ; 진도바당 흔골로가믄이여싸

　　[김순녀] ;　　　　이여싸　　　이여싸　　　이여싸나

　　[박순덕] ; 흔착손에 빗창줴곡

　　[김순녀] ;　　　　이여싸　　　이여싸

　　[박순덕] ; 흔착손에 테왁을줴영

　　[김순녀] ;　　　　이여도싸　　　힛이여싸

　　[박순덕] ; ᄒᆞ질두질 들어간보난

　　[김순녀] ;　　　　이기여차　　　이여도싸나

　　[박순덕] ; 저싱도가 분멩ᄒᆞ다힛

　　[김순녀] ;　　　　이여도싸나

　　[박순덕] ; 이여라차 이여라차

　　[김순녀] ;　　　　쳐라쳐라　　　이여도싸나34)

　　　　　　　　(이하 생략)

[9]

　　[앞소리 : 박순재]　　　　　[뒷소리 : 한유심 외 다수]

　　이어도사나　　　　이어도사나

　　이어도사나　　　　잘도 간다　　　여차나 여차

　　물로야 뱅뱅　　　돌아진 섬에

---

34) 김영돈, 『濟州의 民謠』, 新亞文化社, 1993, 354쪽의 자료 ; 『韓國口碑文學大系』
　　9-1 (北濟州郡篇), 한국정신문화연구원, 1980, 219~227쪽의 자료. ; 藝術硏究室,
　　『韓國의 民俗音樂 : 濟州道民謠篇』, 韓國精神文化硏究院, 1984, 112~115쪽.

먹으나 굶으나	요 물질 허영	
이어도사나	잘도 간다	여차나 여차
우리나 배는	참나무 배가	
놈으 배는	소낭 배가	
이어도사나	잘도 간다	여차나 여차
이물에는	이사공아	
고물에는	고사공아	
이어도사나	잘도 간다	여차나 여차35)

(이하 생략)

[8]은 앞소리꾼이 의미 있는 사설로 1음보를 메기면 뒷소리꾼이 후렴으로 1음보를 받고 있다. [9]는 앞소리꾼이 의미 있는 사설로 하나의 의미 단락을 메기면 뒷소리꾼은 후렴으로 받고 있는 방식이다. 메기고받아 부르기 방식으로 부를 때는 [8]과 같이 가창하는 것이 일반적인데, [9]는 좀 독특한 방식으로 가창한 예이다. [8]은 박순덕이 앞소리를 메기고 김순녀가 뒷소리를 받아 부른 사설을 채록한 것인데, 앞소리를 메기는 박순덕은 가창 능력이 뛰어난 해녀B에 해당하고, 뒷소리를 받는 김순녀는 해녀C에 해당한다. 실제 구연 현장에서 2명의 해녀가 가창하는 경우는 젓걸이노가 2개이고 하노가 1개인 돛배일 경우에 해당된다. 그리고 젓걸이노가 4개이고 하노가 1개인 돛배일 경우에는 앞소리를 해녀B가 메기면 해녀C · D · E가 후렴으로 뒷소리를 받을 때도 있다.

[9]는 박순재가 앞소리를 메기고 한유심 외 다수가 뒷소리를 받아 부른 사설을 채록한 것인데, 실제 구연 현장에서 여러 명의 해녀가 가창하는 경우는 젓걸이노가 4개이고 하노가 1개인 돛배일 경우에 해당된

---

35) 제주시 편, 『濟州의 鄕土民謠』, 제주시(도서출판 예솔), 2000, 99쪽의 자료.

다. 앞소리를 메기는 박순재는 가창 능력이 뛰어난 해녀B에 해당하고, 뒷소리를 받는 한유심 외 다수는 좌현에서 젓걸이노를 젓는 해녀D와 우현에서 젓걸이노를 젓는 해녀C・E 등에 해당한다. 이처럼 메기고받아 부르는 방식으로 가창할 때는 간혹 갑판에서 물질 작업 준비를 하며 휴식을 취하는 해녀들까지도 함께 뒷소리를 받기도 한다.

이상에서 메기고받아 부르기 방식으로 가창하는 경우를 살펴보았다. 파도가 거세거나 위험한 해역을 지날 때는 하노를 젓는 뱃사공이 앞소리를 메기고 뒷소리는 젓걸이노를 젓는 해녀들이 받는다. 이때 뱃사공의 역할은 구연 현장의 상황에 따라 노래의 가락과 박자를 변화 있게 부르며 노 젓는 속도의 완급을 조절하고 배가 나아갈 방향을 잡아주는 데 있고, 해녀들은 뱃사공이 부르는 노래의 가락과 박자에 맞춰 젓걸이노를 젓는 데 있다. 파도가 잔잔하거나 안전한 해역을 지날 때는 젓걸이노를 젓는 해녀들끼리 앞소리와 뒷소리를 메기고 받는 것이 일반적이다. 이 때 하노를 젓는 뱃사공의 역할은 배가 나아갈 방향만을 잡아주는 데 있다. 그리고 앞소리를 메기는 해녀의 역할은 부르는 노래의 가락과 박자를 변화 있게 부르며 노 젓는 속도의 완급을 조절하는 데 있고, 뒷소리를 받는 해녀들은 앞소리를 메기는 해녀의 가락과 박자에 맞춰 노래를 부르며 젓걸이노를 젓는 데 있다.

3. 주고받아 부르기(交換唱)

주고받아 부르기 방식은 앞소리꾼이 앞소리를 부르면 뒷소리꾼은 그 앞소리에 대를 맞추어 받아 부르는 방식이다. 앞소리꾼이나 뒷소리꾼이 다 의미 있는 말을 변화 있게 노래하고 후렴이 없다는 점이 메기고받아 부르기와 다르다. 주고받아 부르기에는 흔히 앞소리의 사설과 뒷소리의 사설이 문답이나 대구로 되어 있다. 주고받아 부르기의 뒷소리는 앞소리에 따라 달라지므로 거기에 익숙하지 않는 소리꾼은 참여할 수 없다. 곧 앞소리에 맞는 뒷소리를 받을 줄 모르면 노래 부르기에 끼어들 수 없다.[36] 노 젓는 일의 기능면으로 볼 때 주고받아 부르기 방식은 노 젓는 동작의 통일을 유도하면서 구호적 기능을 갖는다.[37]

이제 〈해녀노젓는소리〉의 주고받아 부르기 방식을 현장론적 입장에서 살펴보기로 한다. 〈해녀노젓는소리〉의 실제 구연 현장에서 주고받아 부르기 방식만으로 온전히 부르는 경우는 거의 있을 수 없고, 되받아 부르기(同一先後唱)나 메기고받아 부르기(先後唱)로 부르는 중간에 가끔 주고받아 부르기(交換唱) 방식으로 부르는 경우를 만날 수 있는 정도이다. 이것은 〈해녀노젓는소리〉가 주고받아 부르기 방식으로 부르는 대표적 노래인 전라남도 곡성군의 논매기노래[38]처럼 사설의 내용과 순서가 정해져 있지 않기 때문이다. 〈해녀노젓는소리〉의 사설은 해녀 물질 작업과 관련된 기능성이 강한 사설이나 해녀들의 일상적이고 보편적인 생활 감정과 관련된 서정적 사설들은 관용적 표현으로 굳어져 고정적 사설의 형태를 띠고 있다. 그러므로 앞소리꾼이나 뒷소리꾼이 부르는 사설의 어휘에 따른 聯想作用에 좇는 관용적인 표현의 대

---

36) 이창식, 앞의 책, 182쪽.
37) 류종목, 앞의 책, 16쪽.
38) 전남 곡성군에서는 교환창 형식, 즉 주고받아 부르기 방식의 논매기노래를 많이 부른다. 논매기는 초벌을 호미로 매며 네 번 매는데, 처음 매는 것은 호맹이질, 두 번째 매는 것을 한벌매기, 세 번째 매는 것을 군벌매기, 네 번째 매는 것을 만드리라고 한다. 교환창 형식의 대표적인 곳이라고 할 수 있는 곡성군 삼기면 원등리 학동마을의 논매기노래는 주로 방개타령을 부른다. 초벌 논매기인 호미질을 할 때는 호맹이질소리를 하는데, 한벌매기부터는 교환창으로 부른다.(나승만, 「전남지역의 들노래 연구」, 전남대학교 박사학위 논문, 1990, 66~72쪽)

를 맞추어 부르는 것을 드물게 볼 수 있을 뿐이다.

〈해녀노젓는소리〉를 주고받아 부르기 방식으로 가창할 경우는 잔잔한 바다나 안전한 해역을 지날 때이다. 이때 하노를 젓는 뱃사공이 가창에 참여하는 일은 거의 없고, 간혹 젓걸이노를 젓는 해녀들만이 가창에 참여한다. 주로 선창자와 후창자가 1 : 1로 부른다.

[10]

(앞부분 생략)

[원인요] ; 요만ᄒᆞ민	홀만ᄒᆞ다
[원두석] ;	요만ᄒᆞ민홀만ᄒᆞ다
[원인요] ; 숨도지쳐	굴아도지라
[원두석] ;	숨도지청ᄀᆞ라도사야
[원인요] ; 요만ᄒᆞ민	홀만ᄒᆞ네
[원두석] ;	요산천에가랜말가
[원인요] ; 요산천에	비가오민
[원두석] ;	진도바다ᄒᆞᆫ목으로
[원인요] ; 이여사	이여사
[원두석] ;	이여사이여사
[원인요] ; 이여도싸나	앞발로랑
[원두석] ;	앞발로랑허위치명
[원인요] ; 이여도사나	뒷발로랑
[원두석] ;	뒷발로랑거둬치명
[원인요] ; 전복좋은	엉덩개로
[원두석] ;	이여싸나이여도사나
[원인요] ; 허리나알로	강겨나들라
[원두석] ;	잘넘어간다요목저목
[원인요] ; 홀만ᄒᆞ다	젊은년이

[원두석] ;   울던목가젊은년이
[원인옥] ; 고향산천   떠나가네
[원두석] ;   버칠말가울던목이
[원인옥] ; 울던목을   잘넘어가네
[원두석] ;   잘넘어가네허리나알로
[원인옥] ; 이여도싸나   이여도사나

[원두석] ;   강겨나들멍넘어나가네
[원인옥] ; 산천의   푸십새는
[원두석] ;   이여사나이여사나
[원인옥] ; 해년마다   프릿프릿
[원두석] ;   해년마다젊아나오고
[원인옥] ; 젊어나지고   우리인생
[원두석] ;   우리인생흔번가면
[원인옥] ; 흔번가면   요모양이
[원두석] ;   요모양이뒈는구나
[원인옥] ; 뒈는구나   부모동생
[원두석] ;   이여사나돈을버을땐
[원인옥] ; 이벨ᄒ고   그만저만
[원두석] ;   부모형제이벨ᄒ고
[원인옥] ; 젓어나보게   ᄀ라사이
[원두석] ;   사공덜아네를젓게
[원인옥] ; 이기여쳐라   이기여쳐라
[원두석] ;   이기여쳐라이기여쳐라[39]

                 (이하 생략)

---

39) 김영돈, 『濟州의 民謠』, 新亞文化社, 1993, 281~282쪽의 자료.

[10]은 되받아 부르기와 주고받아 부르기 방식을 뒤섞어 부른 것이다. 앞소리꾼 원인옥이 메기는 앞소리 "요만ᄒ민 홀만ᄒ다 / 숨도지쳐 굴아도지라"를 뒷소리꾼 원두석이 되받아 부르기 방식으로 가창하다가 주고받아 부르기 방식으로 가창한다. 즉 뒷소리꾼인 원두석은 앞소리꾼 원인옥이 부른 "이여도싸나 앞발로랑"이라는 사설에서 "앞발로랑"이란 어휘에 따른 연상작용으로 해녀 물질 작업과 관련된 기능성이 강한 관용적 표현의 고정적 사설인 "앞발로랑 허위치멍"이라는 2음보의 사설을 이끌어냈다. 또 원인옥이 부른 "이여도사나 뒷발로랑"이라는 사설에서 "뒷발로랑"이라는 어휘에 따른 연상작용으로 원두석은 관용적 표현의 고정적 사설인 "앞발로랑 허위치멍"이라는 2음보의 사설을 이끌어냈다. 그리고 원인옥이 부른 "허리나알로 강겨나들라"에 원두석은 "잘넘어간다 요목조목"으로, 원인옥이 부른 "울던목을 잘넘어가네"에 원두석은 "잘넘어가네 허리나알로" 등으로 노래한 것도 〈해녀노젓는소리〉의 관용적 표현 중에 하나인 '허리나알로 강겨나들라', '잘넘어가네 허리나알로', '요목조목 울돌목가' 등과 같은 사설의 연상작용에 의한 것이다. 또한 원인옥이 부른 "해년마다 프릿프릿"에 대구 형식으로 원두석은 "해년마다 젊어나오고"로 받고 있다. 그리고 원두석이 대구 형식으로 받아 부른 사설인 "해년마다 젊어나오고"부터는 원두석과 원인옥이 '꼬리따기 노래' 형식으로 사설을 이어가고 있다. 즉 원두석 ; "해년마다 젊어나오고"—원인옥 ; "젊어나지고 우리인생"—원두석 ; "우리인생 ᄒ번가면"—원인옥 ; "ᄒ번가면 요모양이"—원두석 ; "요모양이 뒈는구나" 형식으로 앞소리꾼이 부른 둘째 음보의 사설을 뒷소리꾼이 첫째 음보의 사설로 받는, 이른바 '꼬리따기 노래' 형식으로 부른 것이다. 이와 같이 어휘의 연상작용에 따른 '꼬리따기 노래' 형식으로 가창이 가능한 것은 원인옥과 원두석이 부른 사설이 해녀들의 일상적이고 보편

적인 생활 감정과 관련된 서정적 사설로써 관용적 표현으로 굳어진 고
정적 형태의 사설이기 때문이다. [10]의 가창자인 원인옥과 원두석이
되받아 부르기(同一先後唱)와 주고받아 부르기(交換唱) 방식으로 가창
할 수 있는 것은 고정적 형태의 사설을 기억하고 있는 뛰어난 가창 능
력의 소유자이기 때문이다.

Ⅲ 결 론

지금까지 현장론적 입장에서 〈해녀노젓는소리〉의 가창방식을 살펴
보았다. 본고에서 논의한 사항을 요약하면 다음과 같다.

〈해녀노젓는소리〉의 가창방식은 주로 되받아 부르기(同一先後唱)와
메기고받아 부르기(先後唱) 등의 방식으로 부른다. 이와 같이 짝소리
로 가창하게 된 근거를 돛배의 구조와 구연 현장의 특성에서 찾았다.
뱃사공이 앞소리를 부르고, 해녀들이 뒷소리를 받는 경우는 위험한 해
역을 지나거나 파도가 거세어져서 위태로운 상황에 처했을 때이다. 이
때 돛배가 나아갈 방향을 잡아주고, 노 젓는 동작의 완급을 조절하는
역할은 뱃사공이 담당하고, 앞소리꾼인 뱃사공이 부르는 노래의 가락
과 박자에 맞춰 젓걸이노를 젓는 역할은 뒷소리꾼인 해녀들이 담당한
다. 해녀들끼리 앞소리를 부르고 뒷소리를 받는 경우는 안전한 해역에
서 잔잔한 바다를 항해할 때이다.

되받아 부르기(同一先後唱) 방식은 뱃사공이 선창한 앞소리 사설을
해녀들이 뒷소리로 되받아 부를 경우에는 배의 노가 3개일 때는 1(뱃
사공A/앞소리) : 2(해녀B·C/뒷소리), 노가 5개일 때는 1(뱃사공A/앞소

리) : 4(해녀B·C·D·E/뒷소리)식으로 짝을 나누어 부른다. 다음으로 뱃사공을 제외한 해녀들끼리 되받아 부르기 방식으로 부를 경우에는 앞소리 사설을 해녀B가 선창한다고 가정하면, 배의 노가 3개일 때는 1(해녀B/앞소리) : 1(해녀C/뒷소리), 노가 5개일 때는 1(해녀B/앞소리) : 3(해녀C·D·E/뒷소리)식으로 짝을 나누어 부른다.

메기고받아 부르기 방식은 두 가지 방식으로 짝을 나누어 가창한다. 먼저 뱃사공이 앞소리를 메기고 해녀들이 뒷소리를 받는 경우에는 배의 노가 3개일 때는 1(뱃사공A/앞소리) : 2(해녀B·C/뒷소리), 배의 노가 5개일 때는 1(뱃사공A/앞소리) : 4(해녀B·C·D·E/뒷소리) 등으로 짝을 나누어 부른다. 다음으로 뱃사공을 제외한 해녀들끼리 앞소리와 뒷소리를 메기고 받는 경우에는 해녀B가 앞소리를 메긴다고 가정한다면, 배의 노가 3개일 때는 1(해녀B/앞소리) : 1(해녀C/뒷소리), 배의 노가 5개일 때는 1(해녀B/앞소리) : 3(해녀C·D·E/뒷소리) 등으로 짝을 나누어 부른다.

주고받아 부르기(交換唱) 방식은 실제 구연 현장에서는 거의 있을 수 없고, 되받아 부르기(同一先後唱)나 메기고받아 부르기(先後唱)로 부르는 중간에 가끔 주고받아 부르기 방식으로 부르는 경우를 만날 수 있는 정도이다. 앞소리꾼이나 뒷소리꾼이 부르는 사설의 어휘에 따른 聯想作用에 좇는 관용적인 표현의 대를 맞추어 부르는 것을 드물게 볼 수 있을 뿐이다. 주로 1 : 1의 형식으로 부르는데, 하노를 젓는 뱃사공이 가창에 참여하는 일은 거의 없고, 간혹 젓걸이노를 젓는 해녀들만이 가창에 참여한다.

본고는 기존의 〈해녀노젓는소리〉의 연구에서 간과되었던 가창방식을 현장론적 입장에서 고찰해 보았다. 그러나 본고는 〈해녀노젓는소리〉의 입체적인 분석에 있어서는 여전히 미흡한 점이 많고 한계점도 또한 많이 지니고 있다. 이러한 문제점은 앞으로 〈해녀노젓는소리〉를 연구함에 있어 사설과 가락, 구연 상황과 전승 실태, 제보자의 생애력과 의식, 출가 지역 주민들과의 관계와 생활 실태 등을 아우르는 연구 작업을 통해 보완되어야 할 것이다.

● 참고문헌 ●

1. 자료

『국문학보』10집, 제주대학교 국어국문학과, 1990.

金順伊, 「濟州島의 潛嫂 用語에 관한 調査報告」, 『調査研究報告書』第4輯, 濟州道民俗自然史博物館, 1990.

김영돈, 『濟州島民謠研究(上)』, 一潮閣, 1965.

김영돈, 「民謠」, 『韓國民俗綜合調査報告書』(濟州道 篇), 文化公報部 文化財管理局, 1974.

김영돈, 『濟州의 民謠』, 新亞文化社, 1993.

藝術研究室, 『韓國의 民俗音樂 –濟州道民謠篇–』, 韓國精神文化研究院, 1984.

이성훈, 「경남 통영시 해녀〈노 젓는 노래〉조사」, 『한국민요학』제11집, 한국민요학회, 2002. 12.

이성훈, 「강원도 속초시 해녀〈노 젓는 노래〉와 생애력 조사」, 『숭실어문』제19집, 숭실어문학회, 2003. 6.

제주시 편, 『濟州의 鄕土民謠』, 제주시(도서출판 예솔), 2000.

秦聖麒, 『南國의 民謠』, 正音社, 1979.

현용준·김영돈, 『韓國口碑文學大系』9–1 (北濟州郡篇), 한국정신문화연구원, 1980.

2. 논저

강문봉, 「제주 해녀노젓는소리의 지역별 비교」, 동국대학교 문화예술대학원 석사논문, 2001.

김영돈, 「제주도 민요 연구—여성노동요를 중심으로—」, 동국대학교 대학원 박사학위 논문, 1982.

나승만, 「전남지역의 들노래 연구」, 전남대학교 박사학위 논문, 1990.

류종목, 『한국민요의 현상과 본질』, 민속원, 1998.

이성훈, 「통영지역 해녀의 〈노 젓는 노래〉 고찰」, 『숭실어문』 제18집, 숭
　　　실어문학회, 2002.

이성훈, 「해녀 〈노 젓는 노래〉의 사설과 현장성」, 『溫知論叢』 제8집, 溫知
　　　學會, 2002.

이창식, 「민요론」, 『민속문학이란 무엇인가』, 집문당, 1995.

장덕순・조동일・서대석・조희웅, 『구비문학개설』, 일조각, 1971.

조영배, 『濟州島 勞動謠 硏究』, 도서출판 예솔 1992.

02

서부경남에 전승된 제주도 〈해녀노젓는소리〉의 음악적 고찰

| 문숙희 | 이화여자대학교

『한국민요학』 제16집, 2005.

I 서 론

〈해녀노젓는소리〉는 제주도 출신 해녀들이 뱃물질[1]하러 오갈 때 노를 저으면서 부르던 노래이다. 이 노래는 좌현에서 젓걸이 노를 젓는 해녀와 우현에서 젓걸이 노를 젓는 해녀, 즉 양쪽에 배치된 해녀들이 짝을 이루어 교창하거나 메기고 받는 방식으로 부르기도 하고, 선미(船尾)에서 하노[2]를 젓는 뱃사공과 좌우현에서 젓걸이 노를 젓는 해녀가 짝을 이루어 교창하거나 메기고 받는 방식으로 부르기도 하였다[3].

〈해녀노젓는소리〉는 기능요이다. 해녀들은 이 노래를 부르며 노젓는 일의 호흡을 맞추고, 노를 젓는 힘을 북돋우며, 자신들의 어려움을 가사에 담아냄으로써 삶의 어려움을 해소(解消)하였다. 이와 같이 이 노래는 특정한 노동에 수반되는 기능요이지만, 이 노래에 익숙한 해녀들은 이 노래를 가끔 다른 동작에 부르기도 하였다.

본토의 연안에는 그 곳에 정착한 해녀와 제주도에서 출가해온 해녀[4]들이 있다. 이 해녀들은 같이 일을 했다. 본토에서 배를 타고 물질 나갈 경우에도 이 해녀들은 함께 노를 저으면서 물질하러 갔다. 본토

---

* 이 논문은 2004년도 한국학술진흥재단 기초학문육성 인문사회분야지원과제 (KRF 2004-072-AS2027)로 선정, 연구되었음.
1) 물질이란 해녀들이 해산물을 채취하는 작업을 의미하고, 뱃물질이란 배를 타고 나가서 물질하는 것을 의미한다.
2) 하노는 젓걸이노 보다 크고 무거운 노인데, 배가 나아갈 방향을 잡아준다. 이성훈, 「〈해녀 노 젓는 노래〉의 현장론적 연구」(숭실대학교 교육대학원 석사학위논문, 2003), 68쪽.
3) 이성훈(2003), 앞의 글, 40쪽.
4) 제주도에서 출가해온 해녀란 제주도에 살고 있으나 임시적으로 물질하러 본토에 온 해녀를 의미한다.

해녀들은 이 때 이 노래를 배웠고, 이 과정을 통하여 이 노래가 제주도 뿐만 아니라 본토에까지 전승되게 되었다. 해녀들은 이구동성(異□同聲)으로 이 노래는 어디서 배웠든지 간에 제주도 노래라고 한다.

해녀들이 노를 젓는 배는 1965년경 발동기로 움직이는 동력선이 나타나면서 사라지기 시작했다. 이것과 더불어 이 노래도 서서히 소멸하기 시작하였고, 40년이 지난 지금은 전혀 불려지지 않는다. 사라져가는 〈해녀노젓는소리〉에 대한 연구는 일찌기 이루어졌다. 그러나 대부분의 연구는 국문학적인 연구였고, 음악적인 연구는 최근에 들어 시작되었다고 하겠는데 그것도 그리 많은 편은 아니다5). 음악적인 연구도 모두 제주도에서 사는 해녀들의 노래에 국한되어 있고, 본토에 전승된 노래에 대한 연구는 전무(全無)한 실정이다. 따라서 본고에서는 본토 특히 서부경남지역에 전승된 〈해녀노젓는소리〉를 대상으로 하여 음악적인 내용을 살펴보고자 하며, 본 연구를 통해서 제주도에 전승되고 있는 것과 본토에 전승되고 있는 것에 어떤 차이점이 있는지 살펴보고자 한다.

---

5) 姜文鳳, 「제주 해녀노젓는소리의 지역별 비교」(동국대학교 석사학위논문, 2001).
  강영희, 「濟州道 海女뱃노래의 分析的 硏究」(이화여자대학교 석사학위논문, 1980).
  조영배, 『濟州道 勞動謠 硏究』(도서출판 예솔, 1992).
  _____, 『제주도무형문화재음악연구』(도서출판 디딤돌, 1995).
  _____, 「濟州道 民謠의 音樂樣式 硏究」(성남: 한국학대학원 박사학위논문, 1997).
  _____, 『北濟州郡 民謠採譜 硏究』(도서출판 예솔, 2002).
  이정란, 「한국구연민요 자료의 음악적 특징」, 『임석재채록 한국구연민요-자료편』(집문당,1997).
  김해숙, 백대웅, 최태현, 『전통음악개론』(서울: 어울림, 1999).

본 연구에서는 먼저 제주도에 전승되고 있는 〈해녀노젓는소리〉에
대한 음악적인 내용을 기존에 연구된 내용을 검토하여 살펴볼 것이다.
그리고 서부경남지역에 전승되고 있는 노래를 채보 분석하여 그 음악
적인 내용을 밝힐 것이다. 이것을 통하여 양 지역의 노래를 상호 비교
해 보도록 하겠다.

본고에서 살펴본 지역은 서부경남의 통영시, 사천시(구 삼천포시),
거제시, 거제시 장목면, 거제시 장승포동의 다섯 지역이다[6]. 이들 지역
에서 채보한 노래는 지역적인 차이보다는 개인적인 차이를 보이고 있
다. 따라서 본 연구에서는 지역별로 구분하지 않고 개인별로 구분하여
분석하고자 한다.

본고에서는 이 노래들을 '악절'과 '악구'로 구분하여 분석한 다음, 형
식, 악조, 선율형(시작 선율형과 종지형), 그리고 리듬 등을 살펴볼 것이
다. 이 노래에서는 가사의 전달이 중요하기 때문에 선율은 가사의
구절을 따르고 있다. 본고에서는 가사의 한 단락[7]이 끝나는 곳을 한
'악절'[8]로 구분하고 그것을 맺는 선율을 종지형으로 보겠다. 악절이 한
단락의 가사를 맺는 선율이라고 본다면, '악구'는 가사 한 구(句)를 맺
는 선율[9]이 된다. 가사 한 '단락'은 대부분 종지형[10]으로 맺어져서 악

---

6) 통영시 강상근, 현영자, 현종순의 노래는 이성훈이 2001년 12월 21일에 채록
하였고, 거제도시 윤미자의 노래는 이성훈이 2004년 11월에 채록하였다. 그
외의 노래는 2005년 1월 본 연구팀이 함께 채록한 것이다.
7) 김영돈은 하나의 내용을 담고 있는 가사 단락을 '편'이라고 하였다. 김영돈,
「濟州道民謠研究」(동국대학교 박사학위논문, 1982), 84쪽.
8) 노래에서 가사의 한 단락이 끝날 때 선율은 종지형으로 맺으면서 한 마디를
쉬고, 이후에 "이여도사나" 혹은 "저라쳐라" 등의 후렴이 들어간다. 그러나 선
율적인 종지형을 취하지 않고 후렴으로 연결되는 경우와 후렴이 생략되는 경
우도 가끔 있다. 조영배는 이것을 '단락'이라고 하였다. 조영배(1997), 앞의
글, 71쪽.

절로 구분되지만, 가사의 한 '구'는 종지형 또는 반종지형11)으로 맺어지기도 하고, 한 '구'에서 선율이 맺어지지 않고 다음 구까지 이어지기도 한다. 따라서 본고에서는 악절의 끝에 나타나는 종지형을 중심으로 살펴보고자 한다.

한 마디를 부르고 쉴 때 "허"하고 큰 숨과 비슷한 소리를 내는 경우가 있는데12), 이 음은 별로 비중이 없는 음으로서13) 노를 저으면서 힘을 주는 소리이므로 고려하지 않겠다.

이 노래는 원래 두 그룹이 메기고 받는 방식으로 부르는 것이다. 그러나 본 연구의 자료 중에는 혼자서 부른 것도 있으므로, 자료의 통일성을 위해 앞소리 부분만 채보하여 그 선율을 살펴보고자 한다.

9) 조영배는 이것을 '프레이즈'라고 하였다. 조영배(1992), 앞의 책, 93쪽.
10) 이 종지형은 선율을 완전히 맺는 선율형으로서 '완전종지형'이라고도 하였다. 문숙희, 「麗末鮮初 詩歌의 音樂的 研究」(성남: 한국학대학원 박사학위논문, 2004), 14쪽.
11) 반종지형이란 선율을 불완전하게 맺고 다음으로 이어지는 선율을 말한다. 문숙희(2004), 앞의 글, 14쪽.
12) 조영배(1995), 앞의 책, 140쪽.
13) 이성훈(2003), 앞의 글, 75쪽.

제주도에 전승된 〈해녀노젓는소리〉의 음악적 내용 검토

본토에 전승된 〈해녀노젓는소리〉에 대한 음악적인 연구는 없으므로, 제주도에 전승된 〈해녀노젓는소리〉에 대한 기존 연구를 검토해 보고자 한다.

김영돈[14]과 강영희[15]는 이 노래의 가창자가 가창하는 과정에 대해서 언급하였다. 이 노래를 현장에서 가창할 때는 비교적 단순하게[16] 기억되어 있는 선율을 즉흥적인 사설[17]에 붙여 작업에 필요한 만큼의 길이로 노래하고, 노젓는 작업 없이 인위적으로 가창할 때는 기억나는 대로 즉흥적으로 노래한다고 하였다. 이것은 같은 노래라도 가창자에 의해 얼마든지 변화되어 나타날 수 있다는 것을 말한다.

이 노래의 선율적인 형식구조는 주로 조영배에 의해 연구되었다[18]. 그는 이 노래가 본사 부분과 후렴 부분이 연결되어 하나의 단락을 이루는 형태로 되어 있다고 하였다. 그리고 후렴의 선율은 대개 6마디로 상당히 고정적이고, 본사의 선율은 사설의 길이에 따라 8마디-20마디로 다양하게 나타나지만, 음악구조로 보면 8마디의 본사와 6마디의 후렴구를 기본으로 볼 수 있다고 하였다. 또 "이여도사나"의 사설을 노래

---

14) 김영돈(1982), 앞의 글, 84쪽.
15) 강영희(1980), 앞의 글, 12-14쪽.
16) 단순하다는 특성의 세 가지 측면. 쉽게 부를 수 있어야 한다. 구전전승을 위해 기억될 수 있어야 한다. 다양한 변형의 가능성이 잠재되어 있다. 강영희(1980), 앞의 글, 12-14쪽.
17) 기억나는 사설과 자탄하는 가사를 임의로 붙여서 불렀다.
18) 조영배(1997), 앞의 글, 71쪽.

하는 후렴은 노래를 시작하기도 하고, 또 악절을 형성하여 노래를 맺기도 한다고 하였다. 이와 같이 조영배는 선율의 구조를 분석하여 다양하게 나타나는 본사와 후렴의 기본형을 제시하였다.

형식 외의 음악적인 내용은 여러 학자들에 의해 연구되었는데, 그 내용을 종합하면 다음과 같다. 이 노래의 선율은 음보를 단위로 하행 곡선을 이루고 있다. 이 노래들은 모두 레미솔라도 5음의 구성음을 갖고 있고 레로 종지하는 정격 레선법으로 되어 있다[19]. 이 레선법은 서도 수심가토리의 레선법과는 그 시김새와 골격음이 다르다[20]. 이 노래의 음역은 비교적 넓은 편으로서 대체로 10도를 이루지만 그 이상의 음역도 나타난다[21]. 이 노래의 박자는 규칙적인 6/8박자이며 리듬은 3분할 단장(短長) 형태[22]가 많이 나타난다. 복잡한 리듬꼴은 거의 없고,

---

19) 조영배(1992), 앞의 책, 94쪽
    조영배(1995), 앞의 책, 141쪽.
    조영배의 경우 그가 제시한 악보 중에는 레에서 미로 올라가서 종지하는 것도 있었는데, 이것은 레에서 변형된 것으로 간주한 것으로 보인다.『북제주군민요채보연구』, 60-64쪽의 악보. 60-61쪽의 선율은 레로 종지하고, 62-64쪽의 선율은 레에서 미로 살짝 올라가서 종지한다. 이 두 악보는 서로 key가 달라진 것으로 보아 다른 사람이 부른 것으로 생각된다. 그의 다른 책『제주도무형문화재 음악연구』, 152-157쪽에도 같은 악보가 실려 있다.
    조영배(1997), 앞의 글, 72쪽.
    康文鳳(2001), 앞의 글, 46-47쪽.
    김해숙, 백대웅, 최태현(1999), 앞의 책, 164쪽.
    이정란(1997), 앞의 책, 42쪽.
20) 김해숙, 백대웅, 최태현(1999), 앞의 책, 164쪽.
    이정란,(1997), 앞의 책, 42쪽.
21) 조영배,(1995), 앞의 책, 141쪽.
22) 3분할이란 한 박이 3분된다는 의미인데, 다시 말하면 세 개의 작은 박이 모여서 보통 박 한 박을 이룬다는 것으로서 3소박 박이라고 하고 ♩. 음표로 표시한다. 2분할 박 즉 두 개의 작은 박이 모여서 된 보통 박은 2소박 박이라고 하고 ♩로 표시한다. 3분할 단장(短長) 리듬이라는 것은 ♪♩ 또는 ♩♪ 박자를 의미한다.

단순하면서 역동적인 리듬이 자주 사용되고 있다23). 이 민요의 속도는
보통 빠르기에서부터 아주 빠른 속도까지 자유롭게 연결되는데, 노젓
는 상황에 거의 절대적으로 영향을 받고 있다24). 이와 같이 음악적인
내용은 선율진행, 종지음과 선법, 음역, 박자와 리듬꼴 속도 등으로 집
약된다. 조영배는 이것 외에 비중음계, 음역과 표정음역, 전체선율선과
도약진행관계 등에 대해서도 연구하였다25).

  강영희는 이 노래의 구성음과 종지음을 악보로 제시하였는데, 구성
음은 위와 같이 레미솔라도의 5음으로 되어 있었으나 종지음은 조금
달랐다. 10곡 중 5곡의 종지음은 레로 되어 있었고, 세 곡의 종지음은
도로 되어 있었고, 두 곡의 종지음은 표시되어 있지 않았다26). 종지음
을 '도'라고 한 악보를 자세히 보면, 끝에 도로 종지하는 음이 정식 음
이 아니라 끝에 '헛' 또는 '힛' 같이 힘을 쓰는 소리임을 알 수 있다. 이
음의 앞에 있는 의미 있는 가사의 음은 모두 레로 끝나고 있다. 또 종
지음을 그려 놓지 않은 악보도 레로 종지하고 있었다. 따라서 강영희
의 악보에 있어서도 종지음은 레인 것으로 볼 수 있다.

  리듬에 대해서도 강영희는 4/♩.박자와 4/♩박자라고 하였다. 이 견
해는 다른 학자들의 견해와 다른 것처럼 보이나 그 내용으로 보면 같
다. 강영희는 3분할 박을 ♩. 로 하고 이것의 넷을 한 마디로 하여 4/
♩. 로 표시하였다. 가창자가 노젓는 노동을 하면서 이 노래를 부르면
♩♪ 또는 ♪♩과 같은 단장(短長) 리듬으로 부르게 된다. 그러나 노젓
는 노동 없이 이 노래를 부르게 되면 단장 리듬을 ♪♪와 같이 등장(等
長)의 2분할로 부르게 된다. 강영희는 이것을 ♩로 표시하고 넷을 한

23) 조영배(1992), 앞의 책, 93쪽.
    康文鳳(2001), 앞의 글, 46쪽.
24) 조영배(1992), 앞의 책, 93쪽.
25) 조영배(1997), 앞의 글, 47-48쪽.
26) 강영희(1980), 앞의 글, 18-19쪽.

마디로 하여 4/♩로 표시하였다. 따라서 4/♩는 4/♩.박자의 변형으로 볼 수 있다. 다른 학자들이 언급한 6/8박자는 3분할 박 두 개를 한 마디로 한 것이다. 이 노래에서 3분할 박 4개를 한 마디로 할 수도 있겠으나, 악센트가 3분할 박 두 개마다 주어지므로 두 박을 한 마디로 하는 것이 더 적당하다고 생각한다.

제주도 〈해녀노젓는소리〉가 악보로 채보되기도 하였다. 악보집으로 나온 것에는 한국정신문화연구원에서 편찬한 『한국의 민속음악 - 제주도 편』27)이 있는데, 이 곳에는 16곡이 실려 있다. 논문에 수록된 것에는 강영희가 채보한 10곡28)과 강문봉이 채보한 7곡29)이 있다. 단편적인 것으로는 MBC문화방송의 『한국민요대전』실린 2곡30), 조영배가 채보한 3곡31), 이정란이 채보한 1곡32) 그리고 백대웅이 채보한 1곡33)이 있다. 이 채보악보는 모두 합하여 40곡이 된다. 본고에서는 이 악보들도 참고할 것이다.

이상의 기존 연구의 결과는 모두 제주도에 정착하여 살고 있는 해녀들이 부른 노래에 대한 내용이다. 본고에서는 본토 특히 서부 경남에 정착한 해녀들이 구연한 노래를 대상으로 음악적인 내용을 살펴보고, 두 지역의 노래를 비교함으로써 〈해녀노젓는소리〉가 전승지역에 따라 어떤 차이점을 가지고 있는지를 밝혀보고자 한다.

---

27) 韓國精神文化硏究院 篇, 『韓國의 民俗音樂-濟州道 篇』(성남: 한국정신문화연구원, 1984)

28) 강영희(1980), 앞의 글.

29) 강문봉(2001). 강문봉은 모두 9개의 악보를 사용하고 있는데, 이 중 2곡은 MBC문화방송에서 나온 『한국민요대전』에 수록된 것이다.

30) 문화방송편(1992), 앞의 책, 68쪽, 210쪽.

31) 조영배(2002), 앞의 책, 60-65쪽. 조영배(1995), 앞의 책, 142쪽. 조영배(1997), 앞의 책, 72쪽.

32) 임석재, 『한국구연민요』(집문당, 1997), 168-69쪽.

33) 김해숙, 백대웅, 최태현(1999), 앞의 책, 295쪽.

서부 경남지역에 전승된 〈해녀노젓는소리〉의 음악적 분석

본 장에서는 먼저 악곡 별로 분석하여 형식, 선율형(시작선율형, 종지형), 선율의 진행, 선법, 음역, 리듬, 시김새를 살펴보고자 한다.

〈해녀노젓는소리〉에서 한 음보는 두 마디로 되어 있고 선율의 기본 단위가 된다. 따라서 두 마디를 단위로 하여 선율형 표시를 할 것이다. 선율형은 그 시작음에 따라 알파벳으로 표시할 것이다. 즉, 라로 시작하는 선율은 ⓐ가 되고, 미로 시작하는 선율은 ⓔ가 된다. 단, 도는 높은 도와 옥타브 낮은 **도**가 같이 나오기도 한다. 높은 도로 시작하는 선율은 ⓒ로 표시하고, 옥타브 낮은 **도**로 시작하는 선율은 ⓒ°로 표시할 것이다. 선율 중 여러 노래에 공통적으로 나타나는 것이 있다. 각 노래에서 공통적으로 나타나는 선율은 같은 선율형으로 표시하여 살펴보고자 한다.

악구는 가사[34]와 선율진행 그리고 종지형 등으로 분석하여 '/로 표시하고, 악구의 시작 선율형과 종지형을 찾아 볼 것이다. 단 종지형은 악절을 맺는 종지형을 중심으로 살펴보고자 한다. 이 노래는 부르는 사람의 성음에 따라 key가 다르다. 이것을 비교의 편리를 위해 같은 key로 채보하였다. 악보에 있는 ×표시는 음정이 분명하지 않거나 선율 없이 가사로만 부른 것을 나타낸 것이다.

---

34) 악구는 기본적으로 본사의 구(句)에 해당하는 선율을 의미한다. 한 악구는 선율에 의해 더 작은 악구로 나눠질 수 있다.

1. 윤계옥(사천시, 79세)

윤계옥의 노래는 〈악보 1〉에서 보는 바와 같이 서두35)는 **가**, 제1악절은 **나다**, 제2악절은 **라마**로 구분된다.

〈악보 1〉 삼천포 윤계옥의 '이여도사나'

이 악보의 구성음은 레미솔라의 네 음으로 되어 있으나, 이 악보에 수록하지 않은 남은 노래에는 낮은 **도**도 나온다. 따라서 이 노래의 구성음은 **도**레미솔라로 볼 수 있겠으며, 그 선법은 레로 종지하여 레선법으로 볼 수 있다. 음역은 **도**에서 라까지 장6도이다. 리듬은 규칙적인 6/8박자의 단장 리듬으로 되어 있어 제주도에 전승된 노래의 리듬과 같은 것을 볼 수 있다. 한 마디에 있는 여섯 개의 ♪는 다시 ♩. 두 개로 묶어질 수 있으므로, 이 리듬은 3소박 2박자에 해당한다고 하겠다.

---

35) 이 선율은 노래를 시작할 때 부르는데, 가사는 후렴과 비슷하다. 그러나 후렴과 선율의 내용이 다르기 때문에 후렴과 구별하여 '서두'라고 하였다.

한 음보는 두 마디로 되어 있다. 특별한 시김새는 보이지 않는다.

서두는 4음보로써 8마디를 이루고 있다. 서두의 선율은 ⓐ36)로 시작하여 ⓔ와 ⓔ′로 진행하다가 ⓔ로 종지한다37). ⓔ는 미에서 레로 내려와 한마디 쉬는 선율인데 가사와 선율의 끝에 있고 끝 음인 레는 〈해녀노젓는소리〉의 종지음이기 때문에, 이 선율은 종지형으로 볼 수 있다. 이 종지형은 제주도에 전승되는 노래에도 많이 나온다. ⓔ′는 ⓔ와 달리 미-레를 반복하여 다음 선율과 이어지는 선율이다. 요컨대, 서두는 한 개의 악구로 되어 있는데, 이 악구는 ⓔ에 의해서 두 개의 더 작은 선율로 나누어진다.

제1악절은 4음보 8마디의 본사와 2음보 4마디의 후렴으로 되어 있다. 본사는 ⓐ에서 시작하여 ⓐ′와 ⓖ를 거쳐 ⓔ로 종지하여 한 악구를 이룬다. 후렴은 선율 없이 가사로 불려진다. ⓖ는 ⓔ′의 처음부분만 솔로 바꾼 것이다. 제1악절은 한 악구로 되어 있고, 그 선율은 서두의 선율에 변화를 준 것으로 볼 수 있다.

제2악절은 3음보 6마디의 본사와 4음보 8마디의 후렴으로 되어 있다. 본사는 ⓐ에서 시작하여 ⓔ′를 거쳐 ⓔ로 종지하여 한 악구를 이룬다. 후렴의 처음 두 음보는 ⓔ′와 ⓔ로 불려지는데, 이 선율은 본사 끝 두 음보의 선율과 같다. 끝 두 음보는 선율 없이 가사로 불려진다.

이 노래의 선율형식은 A(aeeʹe)Aʹ(aaʹge/후렴)A″(aeʹe/eʹe후렴)가 된다. 서두의 선율이 각 악절에 변형되어 나타난다. 각 악절은 한 악구와 후렴으로 되어 있다. 각 악구는 ⓐ에서 시작하여 ⓔ로 하행하여 종지한

---

36) 이 선율 형은 a음 즉 라로 시작하는 선율 형이다.
37) 서두에는 ⓔ가 두 번 있는데, 첫째 ⓔ의 둘째 마디에는 레가 있다. 이 레음은 가사 없이 노 젓는데 힘을 주기 위하여 숨을 쉬면서 내는 음이기 때문에 실질적인 음이 되지 못한다. 따라서 서두에 있는 두 개의 ⓔ는 같은 선율이라고 볼 수 있다.

다. 이 노래에 나온 세 악구 중 두 악구는 4음보 8마디로 되어 있고, 한 악구는 3음보 6마디로 되어 있다.

2. 우춘녀(장목면, 69세)

우춘녀의 노래에서 서두는 **가**, 제1악절은 **나다**, 제2악절은 **라마바**로 구분된다.

〈악보 2〉 거제도 장목면 우춘녀의 '이여도사나'

이 노래의 구성음은 레미솔라도의 다섯 음으로 되어 있다. 종지음은 레이므로 이 노래의 선법은 레선법이 된다. 음역은 레에서 도까지 장7 도가 된다. 리듬은 6/8박자로서 3소박 2박자에 해당한다. 본사의 한 음보는 두 마디로 되어 있고, 후렴의 한 음보는 두 마디 또는 한 마디로 되어 있다. 이 노래에도 특별한 시김새는 보이지 않는다.

서두는 3음보로써 6마디를 이루고 있다. 선율은 ⓐ로 시작하여 ⓔ´를 거쳐 ⓔ로 종지하여 한 악구를 이룬다. ⓐ와 ⓔ는 윤계옥 노래에 나온 것과 같다. 서두의 이 선율은 윤계옥 제2악절의 ⓐⓔ´ⓔ와 비슷하다.

제1악절은 본사 2음보 4마디와 후렴 3음보 4마디로 되어 있다. 본사의 선율은 ⓐ에서 시작하여 ⓔ´를 거쳐 후렴으로 연결되면서 한 악구를 맺는다. 이 선율은 서두의 ⓐⓔ´ⓔ에서 종지형인 ⓔ가 생략된 것이다. 후렴은 선율 없이 가사로만 불려지며 악절을 맺는다. 본사의 한 음보는 두 마디로 되어 있고, 후렴의 한 음보는 한 마디로 되어 있다.

제2악절은 본사 8음보 16마디와 후렴 3음보 6마디로 되어 있다. 본사 여덟 음보는 네 음보씩 두 구로 나누어진다. 첫째 구는 ⓐ에서 ⓔ´와 ⓐ를 거쳐 ⓔ로 종지하여 한 악구를 마친다. 즉 ⓐⓔ를 반복하는 선율이나, 처음에는 ⓔ종지형 대신 ⓔ´를 씀으로써 선율을 끊지 않고 하나로 잇는다. 이 선율은 서두와 비슷하다. 둘째 구는 ⓒ[38]에서 시작하여 ⓐ´에서 반 마디를 쉬나, 다시 ⓖ로 이어져서 ⓔ로 종지하여 한 악구를 이룬다. 둘째 구를 시작하는 ⓒ는 ⓐ의 라를 도로 올린 것이다. ⓐ를 '평으로 시작하는 선율'이라고 하면, ⓒ는 '질러서 내는 선율'이라고 할 수 있겠다. 후렴의 3음보는 6마디로 되어 있는데, 첫 음보는 선율 없이 가사로만 불려지고, 뒤의 두 음보는 라를 반복하다가 한 마디 쉬는 선율에 불려진다.

이 노래의 선율형식은 A(ae´e)A´(ae´후렴)A″(ae´ae/ca´ge/후렴)가 된다.

---

38) 이 ⓒ는 이전의 ⓒ에 비해, 두 번째 마디가 솔미레 솔 대신 솔미 솔로 되었다. 솔미레 솔 대신 솔미 솔로 부르는 것은 같은 가창자에게서도 일어나는 현상으로서, 이 두 선율은 같은 것으로 볼 수 있다. 이러한 현상은 ⓐ에서도 나타난다.

서두의 선율이 약간씩 변형되어 아래의 악절에 나타난다. 악구는 ⓐ 또는 ⓒ로 시작하여 하행한다. 제2악절은 두 악구로 되어 있는데, 한 악구는 '평으로' 내는 ⓐ로 시작하고 한 악구는 '질러서' 내는 ⓒ로 시작한다. 악절을 맺는 종지형은 ⓔ이다[39]. 한 악절은 한 악구 또는 두 악구와 후렴으로 되어 있고, 한 악구는 2음보 4마디, 3음보 6마디 또는 4음보 8마디로 되어 있다.

3. 정구미(장승포, 63세)

정구미의 노래에서 서두는 **가**, 제1악절은 **나다**, 제2악절은 **라마바**로 구분된다.

〈악보 3〉 거제도 장승포 정구미의 '이여도사나'

이 노래의 구성음은 레미솔라도로 되어 있다. 레로 종지하므로 선법은 레선법이라고 할 수 있다. 음역은 높은 도에서 낮은 **도**까지 옥타브에 이른다. 리듬은 6/8박자 즉 3소박 2박자로 되어 있다. 본사의 한 음보는 두 마디로 되어 있고, 후렴의 한 음보는 두 마디 또는 한 마디로 되어 있다. 이 노래에도 특별한 시김새는 보이지 않는다.

서두는 3음보 6마디로 되어 있다. 선율은 높은 ⓒ에서 시작하여 ⓔ′를 거쳐 낮은 ⓒ°로 종지하여 한 악구를 이룬다. ⓒ°는 낮은 **도**에서 레로 올라가서 한 마디 쉬는 선율인데, 가사의 끝에 있고 종지음인 레로 종지하여 한 마디를 쉬므로 종지형으로 볼 수 있다. 이 종지형도 제주도에 전승된 노래에 많이 나온다. ⓒ°는 미-레로 되어 있는 ⓔ종지형에서 미가 **도**로 내려간 것이다. ⓔ가 '평으로' 내는 종지형이라면, ⓒ°는 '숙여서' 내는 종지형으로 볼 수 있다.

제1악절은 본사 4음보 8마디와 후렴 2음보 4마디로 되어 있다. 본사의 선율은 ⓒ에서 시작하여 ⓐ와 ⓐ′를 거쳐 ⓔ′로 점진적으로 하행하는데, 본사에서 종지하지 않고 후렴의 ⓒ″와 ⓒ°까지 진행하여 ⓒ°에서 종지한다. ⓒ″는 둘째 마디를 미-레로 끌어서 선율을 종지하지 않는다. 제1악절은 본사와 후렴을 합하여 6음보 12마디의 긴 악구를 이룬다.

제2악절은 본사 8음보 16마디와 후렴 2음보 4마디로 되어 있다. 본사 여덟 음보는 네 음보씩 두 구로 나누어진다. 첫째 구는 ⓒ에서 시작하여 ⓐ와 ⓔ′를 거쳐 ⓒ°로 종지하여 한 악구를 이룬다. 이것은 서두의 선율에 ⓐ만 추가된 것이다. 둘째 구는 ⓐ에서 시작하여 ⓔ′와 ⓒ″를 거쳐 ⓒ°로 종지하여 한 악구를 이룬다. 첫째 악구는 '질러서' 내는 ⓒ로 시작하고, 둘째 악구는 '평으로' 내는 ⓐ로 시작한다. 후렴은 선율 없이 가사로만 불려진다.

이 노래의 선율형식은 A(ce′c°)A′(caa′e′c″c°/후렴)A″(cae′c°/ae′c″c°/후렴)로 볼 수 있다. 서두의 선율이 아래의 악절에 확대되어 나타난다. 악구는 ⓐ 또는 ⓒ에서 시작하여 옥타브 낮은 ⓒ°로 종지한다. 이 노래에서 악절을 맺는 종지형은 ⓒ°가 된다. 두 악구로 되어 있는 악절에서는 한 악구는 ⓒ로 시작하고 한 악구는 ⓐ로 시작한다. 한 악절은 한 악구 혹은 두 악구로 되어 있고, 한 악구는 3음보 6마디, 4음보 8마디, 6음보 12마디로 되어 있다.

4. 고순금(장승포, 80세)

고순금은 같은 가사를 반복하여 불렀는데 그 선율은 다음과 같다. 아래의 악보에서 서두는 **가**, 제1악절은 **나다**, 제2악절은 **라마바**로 구분된다.

〈악보 4〉 거제도 장승포 고순금의 '이여도사나'

구성음은 **도**레미솔라의 다섯 음이고, 음역은 장6도에 이른다. 레로 종지하므로 선법은 레선법이다. 각 악구는 라에서 낮은 **도**로 점진적으로 하행한다. 리듬은 6/8박자 즉 3소박 2박자로 되어 있다. 한 음보는 두 마디로 되어 있으나, 선율 없이 불리는 후렴의 경우 한 음보가 한 마디로 되기도 한다. 특별한 시김새는 보이지 않는다.

서두는 4음보 6마디로 되어 있다. 네 음보 중 두 음보는 ⓐ와 ⓔ′선율로 되어 있고, 두 음보는 후렴처럼 되어 있다. ⓐ와 ⓔ′로 진행되는 선율은 후렴처럼 불리는 두 음보로 연결되면서 한 악구를 맺는다. 선율로 부르는 가사의 한 음보는 두 마디로 되어 있고, 선율 없이 부르는 가사 한 음보는 한 마디로 되어 있다.

제1악절은 본사 3음보 6마디와 후렴 2음보 2마디로 되어 있다. 제1악절의 본사는 ⓐ에서 시작하여 ⓐⓔ′를 거쳐 후렴으로 연결되면서 한 악구를 맺는다. 서두보다 한 음보 많은 이 선율은 서두의 선율에서 ⓐ를 한 번 반복한 것이다. 후렴의 두 음보는 선율 없이 가사로만 불려지고, 한 음보가 한 마디로 되어 있다.

제2악절의 본사는 네 음보와 세 음보의 두 구로 나뉘는데, 각 구의 끝에는 한 음보의 후렴이 있다. 제1구의 선율은 ⓐ에서 시작하여 ⓐ ⓔ′를 거쳐 ⓒ°로 종지하여 악구를 이룬다. 이 선율은 제1악절의 ⓐⓐ ⓔ′에 ⓒ°종지형40)이 붙은 것이다. 제2구의 선율은 ⓐ로 시작하여 ⓔ′를 거쳐 ⓒ°로 종지하여 악구를 이루는데, 그 끝에는 선율없이 부르는 후렴이 들어간다. 이 악구는 첫 악구 ⓐⓐⓔ′ⓒ°에서 ⓐ를 한 번 생략한 것이다.

---

40) ⓒ°의 두 번째 마디에 있는 **도**는 힘을 주기 위해 숨을 쉬면서 내는 음이기 때문에 실질적인 음으로 보지 않았다.

이 노래의 선율형식은 A(ae´후렴)A´(aae´후렴)A″(aae´c°/ae´c°/후렴)로 볼 수 있다. 서두 의 선율이 그 아래 악절에 점진적으로 확대되어 나타난다. 시작 선율형은 ⓐ이고 종지형은 ⓒ°이다. ⓐⓔⓒ° 는 이전의 노래에 나왔던 선율이다. 한 악절은 한 악구 혹은 두 악구로 되어 있고, 한 악구는 2음보 4마디, 3음보 6마디 또는 4음보 8마디로 되어 있다.

5. 이순옥(장목면, 71세)

이순옥의 노래에서 서두는 **가**, 제1악절은 **나다,** 제2악절은 **라마바사 아**로 구분된다.

〈악보 5〉 거제도 장목면 이순옥의 '이여도사나'

구성음은 레미솔라도의 다섯 음이고, 음역은 한 옥타브로 되어 있다. 선법은 레로 종지하는 레선법이라고 할 수 있다. 음역은 **도**에서 도까지 한 옥타브이다. 리듬은 6/8박자, 즉 3소박 2박자로 되어 있다. 한 음보는 두 마디로 되어 있다. 특별한 시김새는 보이지 않는다.

서두는 3음보 6마디로 되어 있다. 선율은 ⓒ´에서 시작하여 ⓐ를 거쳐 ⓔ로 종지하여 한 악구를 이룬다. ⓒ´는 이전의 노래에 나왔던 ⓒ의 변형으로 볼 수 있다.

제1악절은 본사 4음보 8마디와 후렴 4음보 8마디로 되어 있다. 본사의 네 음보는 ⓐ에서 시작하여 ⓖ를 거쳐 ⓔ를 반복하여 종지함으로써 한 악구를 이룬다. 후렴은 선율 없이 가사로 불려진다.

제2악절은 본사 13음보 26마디와 후렴 2음보 4마디로 되어 있다. 본사는 다섯 음보, 세 음보, 다섯 음보로 나누어져 세 악구로 구분할 수 있다. 처음 다섯 음보는 ⓒ´로 시작하여 ⓐⓐ´ⓖ°ⓖ´로 점진적으로 하행하여 한 악구를 이룬다. ⓖ°는 솔에서 도레로 진행하여 레 종지음으로 종지하여 악구를 맺는다. 남은 음보는 ⓐ로 시작하여 ⓐⓖ로 서서히 하행하다가, ⓐ˝ⓒ´로 상행한 후 ⓐⓐ를 거쳐 ⓖ´로 종지한다. 이 선율은 흐름으로 보아 ⓐⓐⓖ/ⓐ˝ⓒ´ⓐⓐ́ⓖ´의 두 악구로 구분할 수 있다. ⓖ가 악구를 맺지는 않지만 종지음인 레로 내려오고, 다음에 가사의 내용이 바뀌고 선율도 ⓐ˝ⓒ´로 시작하기 때문이다[41]. 이 악절은 ⓖ´로 종지하는데, ⓖ´는 솔에서 레로 급격히 하강하여 맺는 종지형으로 볼 수 있다. 후렴의 두 음보는 선율 없이 가사로만 불려진다.

이 노래의 선율형식은 A(c´ae)B(agee/후렴)A´(c´aa´gg°/aag/a˝c´aa˝g´/후렴)로 볼 수 있다. 한 악절은 한 악구 또는 세 악구로 되어 있고, 한 악구는 3음보 6마디, 4음보 8마디, 5음보 10마디로 되어 있다. 악구를

---

41) ⓐ˝ⓒ´는 악구의 처음에 나온다.

시작하는 선율은 ⓒ´, ⓐ, ⓐ˝인데, ⓒ´와 ⓐ˝는 각각 ⓒ와 ⓐ의 변형
이다. 악절을 맺는 종지형은 ⓔ와 ⓖ인데, 주로 ⓔ로 종지하고 ⓖ는
제2악절에 한 번만 나타난다[42].

6. 윤미자(거제시, 72세)

윤미자의 노래에서 서두는 **가나**, 제1악절은 **다라마**, 제2악절은 **바사
아**로 구분 된다.

〈악보 6〉 거제시 윤미자의 '이여도사나'

---

42) 이 후에 이어지는 이순옥의 노래에서는 대부분 ⓔ를 종지형으로 쓰고 있다.

이 노래의 구성음은 레미솔라도로 되어 있고, 종지음은 레 또는 미로 되어 있다. 종지음 미는 레가 변화된 것이므로 이 노래의 선법은 레선법으로 볼 수 있다. 음역은 낮은 **도**에서 높은 도까지 한 옥타브에 이른다. 리듬은 6/8박자, 즉 3소박 2박자로 되어 있고, 한 음보는 두 마디로 되어 있다. 이 노래에도 특별한 시김새는 나타나지 않는다.

서두는 5음보 10마디로 되어 있다. 서두는 낮은 음역에서 음보마다 끊어지는 선율로 되어 있다. ⓓ를 반복하다가 선율 없는 가사를 부르고, ⓔ′를 거쳐 ⓒ°″로 종지한다. ⓒ°″는 ⓒ° 종지형이 변화된 것으로서 끝 음인 레를 미로 살짝 올려준 것이다. 이렇게 낮은 음역에서 끊어지는 선율은 주로 후렴에 나타난다.

제1악절은 본사 8음보 16마디와 후렴 3음보 6마디로 되어 있다. 본사는 네 음보씩 두 구로 나누어진다. 제1구는 ⓒ에서 시작하여 ⓐ′와 ⓖ′를 거쳐 ⓔ로 종지하여 한 악구를 이룬다. 제2구는 ⓒ°″에서 시작하여 ⓔ를 거쳐서 ⓒ°″를 반복하며 종지하여 악구를 맺는데, ⓒ°″를 제외한 나머지 선율은 종지형이다. ⓒ°‴는 **도**에서 솔까지 올라가며 악구를 시작한다. 후렴은 ⓒ°와 ⓔ종지형으로 되어 있다.

제2악절은 본사 6음보 12마디와 후렴 3음보 6마디로 되어 있다. 선율은 제1악절과 비슷하다. 단, 제1악절 제2악구의 둘째와 셋째 음보의 선율이 생략되어 있다. 후렴은 제1악절의 후렴과 비슷하다.

이 노래의 선율형식은 A(dde″c°″)B(ca′g′e/c°‴ **ec°″c°″/c°ec°**)B′(ca′g′e/c°‴c°″/c°ec°)로 볼 수 있다. 제1악절의 선율이 제2악절에 축소되어 반복된다. B의 진하게 인쇄된 부분은 B′에서 생략된 것이다. 악구를 시작하는 선율형은 ⓒ와 ⓒ°‴이고, 악절을 맺는 종지형은 ⓒ°, 또는 ⓒ°″이다. ⓒ°″종지형은 ⓒ°종지형의 끝 음을 미로 살짝 올린 것이다. 이 종지형은 제주도에 전승되는 〈해녀노젓는소리〉[43]에서도 가끔 나타난다. 이

노래는 서두가 후렴처럼 되어 있고, 낮은 음역의 선율이 많으며, ⓒ°‴′가 악구의 시작으로 나오고, ⓒ°″종지형이 나오는 특징을 갖고 있다.

7. 현영자(통영시)

현영자의 노래에서 서두는 **가**, 제1악절은 **나다라**, 제2악절은 **마바**로 구분된다.

〈악보 7〉 통영시 현영자의 '이여도사나'

현영자 노래
문숙희 채보

---

43) 조영배,(2002), 앞의 책, 62쪽.
    정신문화연구원 편(1984), 앞의 책, 131쪽.
    필자가 수집하고 있는 제주도 〈해녀노젓는소리〉의 악보는 모두 40명이 부른 것이다. 그 중 이렇게 레에서 미로 올라가서 종지한 노래는 40곡 중 단 두 곡 에서만 볼 수 있었다.

이 노래의 구성음은 레미솔라도의 다섯 음이고, 음역은 10도로 되어 있다. 종지음은 레·미·솔이나, 미와 솔은 레가 변화된 것이므로 선법은 레선법으로 볼 수 있다. 선율은 대부분 점진적 하행하고 있음을 볼 수 있다. 리듬은 6/8박자로서 3소박 2박자로 되어 있고, 한 음보는 두 마디로 되어 있다.

서두는 4음보 8마디로 되어 있다. 선율은 ⓒ′로 시작하여서 ⓒ와 ⓐ‴를 거쳐 ⓔ″로 종지하여 한 악구를 이룬다. 선율을 시작하는 **가**의 ⓒ′와 **나**의 ⓒ′에는 약간 차이가 있으나, 이 두 선율을 같은 유형으로 보았다. ⓔ″는 ⓔ가 변형된 종지형으로 볼 수 있다.

제1악절은 본사 8음보 16마디와 후렴 3음보 6마디로 되어 있다. 본사는 두 악구로 구분되는데, 두 악구의 선율은 비슷하다. 첫 악구는 ⓒ′에서 시작하여 ⓒ와 ⓖ°를 거쳐 ⓔ‴로 종지하고, 둘째 악구는 ⓐ″에서 시작하여 ⓒ와 ⓖ°를 거쳐 ⓔ″로 종지한다. 첫 악구는 '질러서' 시작하여 ⓔ‴의 솔로 종지하고, 둘째 악구는 '평으로' 시작하여 ⓔ″의 미로 종지한다. ⓔ‴와 ⓔ″는 ⓔ의 변형으로서, 끝 음만 미 또는 솔로 살짝 올려준 것이다. 후렴은 ⓒ°ⓔ″ⓔ로 되어 있는데, 이 ⓒ′와 ⓔ″와 ⓔ에는 이전에 나왔던 ⓒ°와 ⓔ″와 ⓔ 보다 한두 개의 사이음이 더 들어 있다.

ⓐ″의 둘째 마디 처음에 나오는 라를 떨어준다. ⓒ′의 둘째마디에 나오는 라는 떨지 않는 것으로 봐서 라를 떠는 것이 정해진 시김새로 보이지 않는다. 현영자는 각 음보 둘째 마디의 첫 ♩.를 대부분 솔미레로 분산하여 부른다. 그러나 떠는 음이 나오는 ⓐ″의 둘째 마디에서는 그것이 라의 한 음으로 되어 있다. 현영자는 분산하여 부르던 이 음을 습관적으로 떨었던 것으로 보인다.

제2악절은 본사 4음보 8마디와 후렴 2음보 4마디로 되어 있다. 본사는 ⓐ″에서 시작하여 ⓒ로 올라갔다가 ⓐ를 거쳐 ⓔ‴로 종지하여 한 악구를 이룬다. 이 선율은 제1악절 제2악구와 비슷하다. 후렴은 종지 형인 ⓒ°를 반복한다.

이 노래의 선율형식은 A(ć ca″ é″)A′(ć cgˊe″/a″ cgˊe″/ćˊe″e)A″(a″cae‴ /ćˊćˊ)로 볼 수 있다. 서두의 선율이 제1악절과 제2악절에 변형되어 나 타난다. 서두는 한 악구, 제1악절은 두 악구와 후렴, 제2악절은 한 악 구와 후렴으로 되어 있다. 각 악구는 일정하게 4음보 8마디로 되어 있 어서 규칙적 느낌을 준다. 악구는 ⓒ′또는 ⓐ″로 시작하여 ⓒ°, ⓔ, ⓔ″, 또는 ⓔ‴로 종지한다. ⓔ″와 ⓔ‴는 ⓔ종지형이 변화된 것이다. ⓔ종지형이 이렇게 변화된 것은 제주도에 전승된 노래에도 간혹 나타 난다44).

8. 김경자(장승포, 79세)

김경자 노래의 서두는 **가**, 제1악절은 **나다라마**, 제2악절은 **바사**로 구 분된다. 제1악절은 후렴이 없으나, 뚜렷하게 가사의 의미 단락을 이루 므로 제2악절과 구분된다.

---

44) ⓔ의 종지형에서 끝음이 레에서 솔로 올라간 경우는 제주도에 전승된 노래 40곡 중 두 곳에서 나타났다.
정신문화연구원 편(1984), 앞의 책, 116쪽, 126쪽.

〈악보 8〉 거제도 장승포 김경자의 '이여도사나'

이 노래의 구성음은 레미솔라도이다. 종지음은 레·미·솔이나 미와 솔은 레음이 변화된 것이므로, 이 노래의 선법은 레선법이라고 하겠다. 음역은 **도**에서 도까지 한 옥타브이다. 리듬은 6/8박자, 즉 3소박 2박자로 되어 있고, 한 음보는 두 마디로 되어 있다. 특별한 시김새는 보이지 않는다.

　서두는 2음보 4마디로 되어 있다. 선율은 ⓐ로 시작하여 곧바로 ⓒ°로 급진적으로 하행하여 한 악구를 맺는다.

　제1악절은 10음보 20마디로 되어 있고[45] 후렴을 갖고 있지 않다. 10

---

45) **나**가 한 악구를 맺지 않고 **다**로 연결되어 8마디로써 한 악구를 이루는데, 가사의 내용으로 볼 때도 **나**와 **다**가 연결되어 있다. 이 악구는 다른 악구 보다 두 배로 길다. **다**에서 두 번째 마디에 쉼표가 들어가지만, 이것은 가사가 아

음보 중 처음 네 음보가 한 악구를 이루고, 이후에는 두 음보씩 세 악구를 이루는데, 그 선율은 ⓒ″ⓐⓒ°ⓒ‴/ⓐⓔ″/ⓐⓒ°″/ⓒⓒ°″로 되어 있다. 각 악구의 가사는 종결어미로 맺고, 선율은 ⓒ″, ⓒ, ⓐ로 시작하여 ⓔ″, ⓒ°″로 종지한다. 제1악구 종지형 ⓒ°″에는 이전에 나왔던 ⓒ°″에 비해 처음의 미음이 더 들어 있는데, 이것을 첨가음으로 간주하였다. 후렴은 생략되었고 곧바로 제2악절로 넘어간다.

제2악절은 본사 5음보 10마디와 후렴 2음보 4마디로 되어 있다. 본사는 세 음보와 두 음보의 두 구로 나뉜다. 첫 구는 ⓐ로 시작하여 ⓔ″를 거쳐 ⓖ″로 종지하여 한 악구를 이루고, 둘째 구는 ⓐ로 시작하여 ⓖ″′로 종지하여 한 악구를 이룬다. 두 악구의 선율은 비슷하게 ⓐ로 시작하여 ⓖ″또는 ⓖ″′로 종지한다. 종지형인 ⓖ″와 ⓖ″′는 서로 끝 음만 다르다. ⓖ″′는 제주도에 전승된 노래에도 나타난다[46]. 후렴은 선율 없이 가사로만 불려진다.

이 노래의 선율형식은 A(ac°)A′(c″ac°e″/ae″/ac°″/cc°″)A″(ae″g″/ag″′)로 볼 수 있다. 악구는 ⓐ, ⓒ″, ⓒ로 시작하고 ⓒ°, ⓒ°″, ⓔ″, ⓖ″, ⓖ″′로 종지한다. 악절을 맺는 종지형은 ⓒ°, ⓒ°″, ⓖ″′이다. 김경자는 종지형을 변형하여 끝 음을 미 또는 솔로 살짝 올리고 있는데, 이러한 현상은 앞에서 제주도에 전승된 노래에도 두 번 나타났다[47].

직 끝나지 않았기 때문에 악구의 종지로 보기는 어렵다.

46) 한국정신문화연구원 편(1984), 앞의 책, 126-27쪽.

47) 한국정신문화연구원 편(1984), 앞의 책, 116쪽, 126-27쪽.

9. 현종순(통영시, 63세)

현종순의 노래에서 서두는 **가**, 제1악절은 **나다라**, 제2악절은 **마바사**
로 구분된다.

〈악보 9〉 통영시 현종순의 '이여도사나'

이 노래의 출현음은 **도레미솔라도**로 되어 있고, 음역은 한 옥타브로
되어 있다. 가끔 솔 또는 레로 종지하기도 하나 주로 **도**로 종지하므로
이 노래의 선법은 **도선법**이라고 할 수 있겠다. 이 노래가 이 지역의 민
요토리인 메나리토리로 되어 있지 않고[48] 이렇게 도선법으로 변한 것

---

48) 메나리토리는 미솔라도레의 구성음에 라로 종지하는 변격 라선법으로 되어
있다. 김영운, 「韓國 民謠 旋法의 特徵」, 『韓國音樂研究』 제28집(서울: 한국

은 현종순이 민요보다는 유행가 등의 영향을 받은 것을 보여준다[49]. 리듬은 6/8박자, 즉 3소박 2박자로 되어 있고, 한 음보는 두 마디로 되어 있다. 한편 제주도에 전승된 노래에는 **도**로 완전히 종지하여 선법이 **도**선법으로 변하는 경우는 찾아 볼 수 없었다[50].

서두는 두 음보로 되어 있다. 선율은 ⓐ로 시작하고 ⓔ⁴로 종지하여 한 악구를 이룬다. 첫 선율은 솔솔라라로 시작하나 ⓐ라고 하였는데[51], 솔은 라를 낮춰 부른 것이기 때문이다. ⓔ⁴는 미에서 레를 거쳐 **도**로 종지하는 종지형인데, 이것은 ⓔ종지형의 끝 음이 도로 변형된 것이다.

제1악절은 본사 6음보와 후렴 6음보로 되어 있다. 본사 여섯 음보는 두 음보씩 세 악구를 이루는데, 선율은 ⓒ″ⓖ⁴/ⓐⓔ⁴/ⓐⓒ°⁴로 되어 있다. 각 악구는 ⓒ″ 또는 ⓐ로 시작하여 ⓖ⁴, ⓔ⁴ 또는 ⓒ°⁴로 종지하고, 악절은 ⓒ°⁴로 종지한다. ⓒ″는 도에서 라솔미로 내려오는 선율인데, 라의 시가가 짧다. ⓖ⁴는 솔에서 **도**로 종지하는 선율이고, ⓒ°⁴는 **도**에서 솔로 상행하여 종지하는 선율이다. 후렴은 선율 없이 가사로만 불려진다.

국악학회, 2000), 39쪽.

49) 현종순은 노래를 잘 부르는 사람이다. 그의 노래가 채록된 음원에서는 그가 유행가를 부르고 있는 것도 들을 수 있다. 또 현종순과 다른 해녀들이 노래방에 가서도 노래를 부른다고 하는 것으로 보아, 현종순이 유행가의 영향을 많이 받았을 것으로 추측할 수 있다. 유행가는 주로 도로 종지한다.

50) 강영희가 채보한 악보에는 악구의 끝에 '헛', '헛'과 같이 힘을 내기 위해 내는 소리가 도로 채보되어 있기도 하다. 그러나 현종순의 경우와 같이 의미있는 가사가 **도**로 종지하는 경우는 찾아볼 수 없었다.

51) 이것과 비슷한 선율을 그 아래 "어서야 속히"와 "하루속히"에서 볼 수 있다.

제2악절은 본사 8음보와 후렴 2음보로 되어 있다. 본사 8음보는 네 음보씩 두 구로 나눠진다. 첫 구는 ⓒ″에서 ⓐ′ⓐⓔ⁴로 점진적으로 하행하여 한 악구를 이룬다. 이 선율은 ⓐ′에서 선율이 잠깐 끊어지나 다시 ⓐ로 선율이 이어진다. 둘째 구는 종지형에 의해 두 개의 작은 선율로 나눠지는 악구를 이룬다. 이 악절의 두 악구는 ⓒ″로 시작하고 ⓔ⁴로 종지한다.

제2악절 ⓒ″는 제1악절 ⓒ″와 약간 다르다. 제2악절의 ⓒ″에서는 두 번째 마디의 라를 떨어준다. 현영자는 ⓐ″의 둘째 마디 처음에 나오는 라를 떨어주었는데, 현종순은 ⓒ″ 둘째 마디의 첫 음인 라를 떨어준다. 현종순도 모든 라를 다 떨지 않는 것으로 보아 ♩.로 되어 있는 이 음을 떨은 것은 습관적인 것이고 시김새로 보기는 어렵다.

이 노래의 형식은 A(ae⁴)A′(c″g⁴/ae⁴/ac°⁴/후렴)A″(c″a′ae⁴/c″g⁴ae⁴/c″c°)가 된다. 서두의 선율이 뒤의 악절에 부분적으로 나타난다. 악구는 ⓐ또는 ⓒ″로 시작하고 ⑧⁴, ⓔ⁴ 또는 ⓒ°⁴로 종지한다. 악절을 맺는 종지형은 ⓔ⁴, ⓒ°⁴, ⓒ°이다. 악구가 주로 **도**로 종지하고 있는데, 제2악절의 후렴은 레로 종지하고 있는 것으로 보아 **도**는 레에서 변형된 것으로 보인다.

10. 우점이(사천시, 69세)

이 노래에서 서두는 **가**, 제1악절은 **나다**, 제2악절은 **라마**로 구분된다. 이 노래의 악절 끝에는 후렴이 없다. 단 제1악절 제1악구의 본사에 후렴을 붙여서 부르고 있다.

〈악보 10〉 사천시 우점이의 '이여도사나'

이 노래의 출현음도 **도**레미솔라도로 되어 있고, 악구마다 **도**로 종지
하고 있다. 따라서 이 노래의 선법도 **도**선법으로 볼 수 있다. 음역은
한 옥타브이고, 리듬은 6/8박자, 즉 3소박 2박자로 되어 있다. 한 음보
는 대부분 두 마디로 되어 있으나 한 마디 또는 한 마디 반으로 되어
있는 음보도 있고, 이 노래의 악절 끝에는 후렴이 없다. 이 노래는 다
른 노래에 비해 원형에서 다소 벗어난 것으로 볼 수 있겠다. 이 노래에
도 시김새는 나타나지 않는다.

서두는 2음보 4마디로 되어 있다. 서두는 ⓒ로 시작하여 ⓔ⁴로 맺는
다. ⓔ⁴는 미에서 **도**로 종지하는 선율인데, 현종순은 미에서 레를 거쳐
도로 종지하였으나, 우점이는 미에서 곧바로 **도**로 내려온다.

제1악절은 네 음보와 두 음보로써 두 악구를 이루는데, 선율은 각각
ⓒ′ⓒⓐⓔ⁴와 ⓐⓖ⁴로 되어 있다. 악구는 ⓒ′ 또는 ⓐ52)로 시작하여

---

52) 이 노래에 나온 ⓐ는 다른 노래에 나온 ⓐ에 비해 끝의 솔음을 생략하고 있다.

ⓔ⁴와 ⓖ⁴로 종지한다. 제1악구의 종지형인 ⓔ⁴는 한 마디의 쉼표를 생략하여 한 마디로 되어 있고, 제2악구의 ⓐ´와 ⓖ⁴는 각각 반 마디의 쉼표를 생략하여 한 마디 반으로 되어 있다. 이것은 가창자가 쉼표를 지키지 않았기 때문이다.

　제2악절의 가사는 네 음보씩 두 구로 나눠지고, 두 구는 각각 악구를 이룬다. 제1악구는 ⓐ로 시작하여 ⓒ⁵³⁾와 ⓐ´를 거쳐 ⓖ⁴로 종지하는 데, 제1악절 제1악구와 선율이 비슷하다. 제1악절 제1악구는 ⓒ´ⓒ로 '질러서' 시작하였고, 제2악절 제1악구는 이것을 ⓐ˝ⓒ로 '평으로' 시작하였다. 제2악구는 ⓐ´ⓖ⁴가 반복되는 선율인데, ⓖ⁴에 의해 두 개의 작은 악구로 나눠진다. 제1악구의 '봄비오기 만'과 '기다리네' 두 음보가 네 마디 대신 세 마디로 되어 있고, 제2악구의 '옥에 갇힌'과 '춘향이는' 두 음보도 네 마디 대신 세 마디로 되어 있다. 이것도 가창자가 쉼표를 지키지 않았기 때문이다.

　이 노래의 선율형식은 A(ce⁴)A´(c´cae⁴/ag⁴)A˝(a˝cag⁴/ag⁴ag⁴)로 볼 수 있다. 제1악절과 제2악절은 매우 비슷하다. 첫 악절은 '질러서' 시작하고, 둘째 악절은 '평으로' 시작한다. 각 악구의 시작 선율형은 ⓒ, ⓒ´, ⓐ, ⓐ˝이고, 종지형은 ⓔ⁴ 혹은 ⓖ⁴이고 종지음은 **도**이다.

11. 강상근(통영시, 58세)

　이 노래의 서두는 **가나**, 제1악절은 **다라**, 제2악절은 **마바**로 구분된다. 이 노래는 지금까지 살펴본 다른 노래와 음조직이 다르고, 선율형

---

53) 제2악절의 ⓒ는 서두와 제1악절의 ⓒ에 비해 끝의 솔음을 생략하고 있지만 같은 ⓒ로 보았다.

또한 대부분 다르다. 이 노래의 선율형을 첫 음에 따라 알파벳으로 표시하게 되면 다른 노래의 선율형과 혼동이 될 수 있다. 따라서 이 노래에서는 선율형을 알파벳으로 표시하지 않고 숫자로 표시하고자 한다. 단 이전의 다른 노래에 나온 것과 비슷한 선율형은 알파벳으로 표시할 것이다.

〈악보 11〉 통영시 강상근의 '이여도사나'

이 노래에서 서두의 구성음은 레미솔라시로 되어 있는데, 이 구성음 중 시는 제1악절에서 도로 변하고 있다. 강상근의 다른 노래에서도 이러한 경우를 가끔 볼 수 있는데, 이것은 솔선법[54]에서 레선법으로 변조(變調)되는 것으로 볼 수 있다. 종지형으로는 ⓔ‴가 주로 쓰이고 ⓓ´도 한 번 나온다. ⓔ‴와 ⓓ´는 레에서 라로 쳐서 올려주면서 맺는 선

----

54) '레미솔라시'의 음구성을 선법으로 보면 '솔선법'에 해당한다.

율이다. 이것도 이전에 나타난 것처럼 레가 변형된 것으로 볼 수 있겠다. 따라서 이 노래의 선법은 솔선법에서 레선법으로 변조되고, 종지형은 끝 음을 올려주며 변형된 것으로 볼 수 있겠다. 음역은 레에서 레까지 한 옥타브이다. 리듬은 다른 노래의 리듬과 같이 6/8박자, 즉 3소박 2박자로 되어 있고, 한 음보는 두 마디로 되어 있다.

서두는 여덟 음보로 되어 있는데, 네 음보씩 두 악구로 나눠진다. 제1악구는 ①로 시작하여 ②와 ③을 거쳐 ⓔ″로 종지하고, 제2악구는 ④로 시작하여 ③③′을 거쳐 ⓔ″로 종지한다. ⓔ″는 ⓔ종지형이 변화된 종지형으로 볼 수 있다. 제1악구와 제2악구는 전반부는 다르나 후반부는 비슷하다. 제1악구는 '평으로' 시작하고, 제2악구는 '질러서' 시작한 것으로 볼 수 있겠다. ①②는 리듬이 잘게 나눠지면서 선율이 좁은 음정으로 활발하게 움직이는 선율이다.

제1악절의 본사는 네 음보로 되어 있는데, 선율은 ⓒ″로 시작하여 ③과 ②′를 거쳐 ⓔ″로 종지하여 한 악구를 이룬다. 후렴은 ⓓ로 시작하여 ⓔ로 종지한다. ⓒ″는 이전의 노래에서 악구를 시작한 ⓒ와 첫 마디가 같다.

제2악절의 본사 두 음보는 두 음보의 후렴과 연결되어 한 악구를 이룬다. 그 이후 선율 없이 가사로만 부르는 두 음보의 후렴이 따른다. 악구는 ⓐ″로 시작하여 ②와 ⓔ를 거쳐 ⓓ′로 맺는다. 제2악절의 ⓐ″는 이전 노래에서 악구를 시작한 ⓐ″와 비슷한데, 둘째 마디 첫 음을 떤다. 이 경우도 역시 시김새로 보기는 어렵고 현영자와 현종순과 같이 한 음으로 되어 있는 둘째 마디 첫 음을 습관적으로 흔들었던 것으로 보인다.

이 노래의 형식은 A(123e″/433e″)B(c″32′e″/de)C(a″2ed′)라고 할 수 있다. 서두는 지금까지 나오지 않았던 ①과 ④로 시작하지만, 본사는

ⓐ, ⓒ와 비슷한 ⓐ″와 ⓒ‴로 시작한다. 악구를 맺는 종지형은 ⓔ‴, ⓓ′인데, ⓔ‴는 종지형ⓔ가 변형된 것이다. 각 악구는 점진적으로 하행한다. 이 노래 서두의 리듬은 잘게 나눠지고, 선율도 좁은 폭으로 활발하게 진행되고 있다. 이러한 선율은 노를 젓는 규칙적이고 힘든 일을 하면서 부르기에는 적합하지 않다고 생각한다.

Ⅳ 결 론

지금까지 본토에 전승된 〈해녀노젓는소리〉를 분석하여 선율형·형식·선율의 진행·선법·음역·리듬·시김새 등을 살펴보고 제주도에 전승된 노래와도 비교하여 보았다. 그 내용을 항목별로 종합하여 요약하면 다음과 같다.

1. 선율형

이 노래에서 악구는 ⓐ와 ⓒ 계통의 선율로 시작한다. ⓐ와 ⓒ는 첫째 마디에서 가사를 부르고 둘째 마디에서 그 가사의 끝을 끌어준다. 첫째 마디의 가사는 라(ⓐ)와 도(ⓒ)를 계속해서 내는 선율로 되어 있고, 둘째 마디의 끌어주는 선율은 가창자에 따라 조금씩 변형되기도 한다. ⓐ와 ⓒ 두 선율은 아래의 악보에서 보는 바와 같이 매우 비슷하여, ⓐ는 '평으로 내는 소리'이고 ⓒ는 '질러서 내는 소리'로 생각할 수 있다.

〈악보〉 ⓐ · ⓒ 선율

　종지형은 다양하게 나타나나 크게 ⓔ형과 그 변형, ⓒ°형과 그 변형, 그리고 ⓖ형의 세 가지로 구분할 수 있다. 이 중 여러 노래에 가장 많이 나타나는 기본적인 종지형은 ⓔ와 ⓒ°이고, ⓖ는 가끔 나타난다. ⓔ형은 미에서 레로 내려와서 종지하는 선율인데, 끝 음인 레를 미, 솔, 라로 올려주어 변형하기도 하고 **도**로 내리며 변형하기도 한다. ⓒ° 는 **도**에서 레로 올라가서 종지하는 선율이다. 이 종지형도 끝 음인 레를 미 또는 솔로 올려서 변형하기도 한다. ⓖ종지형은 솔에서 시작하여 레로 종지하는 것인데, 솔에서 도로 내려와서 종지하기도 하고, 솔에서 미레로 내려왔다가 다시 솔로 상행하여 종지하는 것도 있다. ⓖ 종지형은 드물게 나타나므로 일반적인 것으로 보기는 어렵다. 제주도에 전승된 노래에는 주로 기본종지형이 나타나고 종지음이 미 또는 솔로 변형된 것은 각각 40곡에 2번 정도로 나타난다.

〈악보〉 ⓔ · ⓒ° · ⓖ선율

이와 같이 이 노래의 악구는 대부분 ⓐ 또는 ⓒ계통의 선율로 시작하여, ⓔ 또는 ⓒ°계통의 선율로 종지한다. 악구가 두 음보로 되어 있는 경우에는 이 두 선율로 되어 있고, 더 긴 경우에는 그 사이에 중간음에 해당하는 선율이 들어간다. 이러한 시작선율과 종지형은 이 노래의 특징이라고 하겠다.

2. 형식

이 노래는 한 개의 서두와 여러 개의 악절로 구성되어 있는데, 서두의 선율은 대부분 그 이후의 악절에 변화되어 나타난다. 서두는 대부분 '이여도사나', '이여사나' 등과 같이 노를 젓는 가사 2-4음보가 ⓒ 또는 ⓐ에서 시작하여 하행하는 한 악구로 되어 있다. 악절은 본사와 후렴으로 구성되는 것이 가장 일반적이다. 본사의 길이는 2음보 4마디부터 13음보 26마디까지 다양하게 나타난다. 악절은 두 악구로 되어 있는 경우가 가장 많고, 다음으로 한 악구, 세 악구의 순으로 되어 있다. 한 악구는 2-6음보로 되어 있다. 그 중 4음보(8마디)로 된 악구가 가장 많고, 다음은 2음보(4마디), 3음보(6마디)이다. 후렴은 2-6음보로 되어 있는데, 그 중 두 음보로 되어 있는 것이 가장 많고, 다음은 세 음보로 되어 있는 것이다. 후렴은 선율 없이 가사로만 불려지거나, 종지형과 비슷한 선율로 불려진다. 후렴과 서두는 가사에서는 비슷하나 선율에서 차이가 난다. 즉 서두의 경우 선율이 높은 음에서 하행하는 하나의 악구를 이루나, 후렴의 경우에는 이러한 선율을 이루지 않는다. 이 지역의 노래를 제주도에 전승된 노래에 비교해보면 본사는 조금 더 길고 후렴은 조금 더 짧다고 하겠다.

3. 선율진행, 선법, 음역, 리듬, 시김새

선율은 대부분 하행한다. 앞에서 설명한 ⓐ 또는 ⓒ에서 시작하여 선율이 길 때는 점진적으로 하행하고 선율이 짧을 때는 급진적으로 하행하여 종지한다. 그러나 간혹 ⓐ에서 시작하여 ⓒ로 올라갔다가 하행하는 경우도 나타난다.

선법은 레로 종지하는 레선법을 기본형으로 한다. 공통된 시김새는 나타나지 않고, 현영자, 현종순, 강상근의 노래에만 라음을 부분적으로 떠는 경우가 있다. 이 레선법은 기음(基音)보다 5도 위의 음을 규칙적으로 잘게 떠는 서도민요의 레선법과는 다르다고 하겠다. 구성음은 같으나 악구마다 **도**로 종지하여 도선법이 된 경우도 있는데, 이것은 레선법이 변형된 것으로 볼 수 있다. 이것과는 달리 솔선법에서 레선법으로 전조되고, 종지음은 레에서 라로 급격히 상행하는 노래도 있는데, 이 노래도 레선법의 노래가 변형된 것으로 볼 수 있다. 제주도에 전승된 노래는 레선법으로만 되어 있다. 제주도에 전승된 노래의 경우 끝음이 미 또는 솔로 올라가는 경우는 간혹 나타나나 **도**로 종지하여 선법이 도선법으로 변한 경우와[55], 솔선법에서 전조되는 경우는 찾아볼 수 없었다.

이 노래의 음역은 옥타브로 되어 있는 것이 가장 많다. 그 외 옥타브보다 좁은 6도, 7도로 나타나기도 하는데, 옥타브보다 넓은 10도가 되는 경우는 한 번 있다. 이 노래의 음역은 제주도에 전승된 노래의 음역에 비해 좁은 편이라고 하겠다.

---

55) 제주도에 전승된 노래에서는 악구의 끝에 숨쉬는 소리로 **도**가 가볍게 들어가는 경우는 있어도, 이렇게 가사 있는 선율이 **도**로 종지하는 경우는 찾아 볼 수 없었다.

대부분의 경우 리듬은 6/8박자로 되어 있는데, 한 마디에 있는 여섯 개의 ♪는 세 개씩 묶어지므로 이것은 3소박 2박자가 된다. 후렴을 제외한 가사의 한 음보는 두 마디로 되어 있다. 한 음보를 한 마디 또는 한 마디 반에 부르는 경우도 있는데, 이것은 노래를 빨리 부르기 위해 쉼표를 생략한 것으로 보인다. 후렴의 한 음보도 대부분 두 마디로 되어 있으나, 한 음보를 한 마디에 부르기도 한다. 6/8박자의 리듬과 한 음보를 두 마디에 부르는 것은 제주도에 전승된 노래와 같다.

요컨대, 본토에 전승된 〈해녀노젓는소리〉는 대부분 제주도에 전승된 노래와 음악적인 내용을 비슷하게 유지하고 있는 편이다. 그러나 제주도의 노래에 비해 레로 종지하는 레선법의 구속력이 떨어지고 있다고 하겠다. 레 종지음이 조금씩 변하고 있고, 솔선법에서 레선법으로 변조되는 경우도 나타나며, 선법이 아예 도선법으로 변화된 경우도 볼 수 있었다. 이렇게 레선법이 이 지역의 민요토리인 메나리토리로 변하지 않고 도선법으로 변한 것은 **도**로 종지하는 유행가의 영향을 받았기 때문인 것으로 보인다.

또 한 음보를 두 마디에 부르는 규칙이 지켜지지 않으며 후렴이 생략되는 경우도 있었는데, 이것은 노를 젓지 않고 또 오랫동안 부르지도 않았기 때문에 원형에서 다소 벗어난 것으로 볼 수 있겠다.

● 참고문헌 ●

姜文鳳(2001). 「제주 해녀노젓는소리의 지역별 비교」. 東國大學校 文化藝
    術大學院 碩士學位論文.

강영희(1980). 「濟州道 海女뱃노래의 分析的 硏究」. 이화여자대학교 석사
    학위논문.

김영돈(1982). 「濟州道民謠硏究」. 동국대학교 박사학위논문.

김영운(2000). 「韓國 民謠 旋法의 特徵」. 『한국음악연구』 제28집. 한국국
    악학회.

김해숙, 백대웅, 최태현(1999). 『전통음악개론』. 서울: 어울림.

문숙희(2004). 「麗末鮮初 詩歌의 音樂形式 硏究」. 성남: 한국학대학원 박
    사학위논문.

문화방송 편(1992). 『한국민요대전 -제주도 민요 해설집』. 문화방송 라디
    오국.

백인옥(1984). 「濟州道民謠의 旋法的 硏究」. 서울대학교 석사학위논문.

이성훈(2003). 「〈해녀 노 젓는 노래〉의 현장론적 연구」. 서울: 숭실대학교
    교육대학원 석사학위논문.

_____(2002). 「경남 통영시 해녀 〈노 젓는 노래〉 조사」. 『한국민요학』 제
    11집. 한국민요학회.

이정란(1997), 「한국구연민요 자료의 음악적 특징」. 『임석재채록 한국구연
    민요-자료편』. 집문당.

임석재(1997). 『임석재채록 한국구연민요-자료편』. 서울: 집문당.

조영배(1997). 「濟州道 民謠의 音樂樣式 硏究」. 성남: 한국학대학원 박사
    학위논문.

_____(1984). 「제주도노동요의 음조직과 선율구조에 관한 연구」. 서울대
    학교 석사학위논문.

_____(2002). 『北濟州郡 民謠採譜 硏究』. 도서출판 예솔.

_____(1992). 『濟州道 勞動謠 硏究』. 도서출판 예솔.

_____(1995). 『제주도무형문화재음악연구』. 도서출판 디딤돌.

한국구연민요연구회 엮음(1997). 『임석재채록 한국구연민요─연구편』. 서
    울: 집문당.

韓國精神文化硏究員 篇(1984). 『韓國의 民俗音樂─濟州道 民謠篇』. 성남:
    한국정신문화연구원.

03

해녀소리 「이어도 사나」 오르프 음악놀이

- 서 론
- 제주도 해녀소리 「이어도 사나」의 의의
- 해녀소리 「이어도 사나」 오르프 음악놀이
- 결 론

| 조효임 | 서울교육대학교

『예술교육연구』 제7권 제1호, 2009.

I 서 론

우리나라는 삼면이 바다인 반도국가로 각 지방에 따라 뱃노래가 전해지고 있다. 특히 최남단 섬인 제주도는 생활상이나 언어 및 문화가 육지와는 구별되며, 제주민요 중에는 해녀들이 바닷가에서 물질하며 노를 젓거나 쉴 때에 부르는 노래 '해녀소리'(또는 '해녀노젓는소리')가 특징이 있다. 제주도 뱃노래 중에 해녀소리 「이어도 사나」는 전 지역에 걸쳐서 알려진 민요이다.

오르프(C. Orff, 1985-1982)는 오르프-슐베르크(Orff-Schulwerk)에서 생활 주변에서 일어나는 모든 것을 음악교육의 토대로 하여 즉흥표현 활동의 체험을 통하여 창의성과 음악성을 신장 시키는 음악교육을 발전시켰다. 특히 그는 기초 음악교육에서 각 나라의 언어를 비롯하여 전통악기와 토착민요 및 전통춤 등의 활용을 강조하였다.

따라서 본 연구에서는 오르프-슐베르크의 즉흥표현의 원리를 토대로 제주도 해녀소리 「이어도 사나」를 학습제재로 오르프 음악놀이 지도방안을 구안하고 유치원과 초등학교의 방과후 교실이나 재량학습 및 특별활동에 적용할 수 있도록 하고자 한다.

연구 방법과 내용은 먼저 학습 제재인 제주도 해녀 소리 「이어도 사나」의 의의를 살펴본 다음, 즉흥표현 활동을 중심으로 말리듬, 장단을 활용한 리듬오스티나토(rhythm ostinato), 가락 오스티나토(melody ostinato) 반주 붙이기로 다성 노래 부르기, 전통악기 소고로 합주하기,

* 이 연구는 2007년도 서울교육대학교 교과교육 공동연구비 지원에 의해 이루어졌음.

즉흥 신체표현으로서 한삼춤사위를 활용한 춤놀이 등의 통합적 활동을
누구나 쉽게 접근할 수 있는 '오르프 음악놀이'로 발전시켜 우리 민요
에 대한 이해 및 교육적 활용 방안을 제시 하고자 한다.

II 제주도 해녀소리 「이어도 사나」의 의의

　해녀소리 「이어도 사나」는 제주도의 해녀들이 부르던 뱃노래로서
바다로 물질 작업을 나갈 때 배를 타고 노를 저어가면서 부르는 노래
이다. 제주도의 어업과 관련하여 불려지는 민요는 「해녀소리」, 「멸치
후리는 소리」, 「떼배 젓는 소리」, 「자리 잡는 소리」, 「갈치 낚는 소리」,
「선유가」 등을 찾아볼 수 있다. 이 중에서 제주도 전역에 걸쳐서 알려
진 민요가 해녀소리다. 이 노래는 제주도 해녀들이 바다로 물질작업을
나갈 때 배를 저어가면서 부르던 민요이나, 남자 어부들도 함께 부르
는 노래이다. 어떤 경우에는 어부가 선소리를 하고 해녀들이 뒷소리를
받거나 모방하는 형태로 부르기도 한다.

　해녀소리 「이어도 사나」의 가사는 '이어도'(제주도 남단인 마라도 서
남쪽 149Km에 위치하고 있으며, 바닷물 표면에서는 보이지 않는 바다
밑 4.6m에 잠겨있는 섬)라는 이상향인 '환상의 섬'을 노래하며 자신들
의 힘든 노동과 작업의 고됨을 잠시라도 잊거나 달래기 위해서 유래된
것으로 보인다. 제주도 사람들은 예로부터 실제로 살 수 없는 이어도
를 '돌아오지 않는 어부들은 이어도에 갔다'고 막연한 공상을 할 정도
로 신비한 전설의 섬으로 생각하게 되었다고 한다.

　여러 가지로 채보된 해녀소리 「이어도 사나」곡들을 살펴보면 해녀

들이 깊은 바다 속에서 해내는 노동의 강도가 높기 때문에 민요의 감
정적 폭이 크며 또한 음역도 비교적 넓다. 처음에 높은 소리로 강하게
부르다가 후반부에서는 차분하게 낮은 소리로 답창을 하기도 한다. 도
약진행이 비교적 자주 나타나며 바다의 험한 풍랑을 이겨내려는 감정
적 흥취도 높다고 볼 수 있다. 민요의 형식은 한 사람이 메기는 소리로
선소리를 하면 후창인 받는 소리로 여러 사람이 선소리를 모방을 하며
엮어 나가는 교창이다. 리듬꼴은 단순하며 차분하게 노를 젓다가 흥이
나면 빨라지기도 한다. 혼자 노를 젓기 보다는 두 사람이 마주 보며 노
를 젓는 경우가 많으며 나머지 해녀들은 배위에서 빗창(소라나 전복을
캘 때 쓰는 가는 쇠막대)으로 태왁을 두드리며 장단을 맞추며 후창을
부르기도 한다. 이 노래는 해녀들이 물질을 하는 각박한 노동에서 벗
어나 이어도라는 이상향일 것 같은 섬에 편안히 살고 싶은 마음을 강
하게 드러내는 삶의 꿈을 표현하고 있다. '이어도 사나'라는 말은 멀리
배를 타고 나가거나 노를 젓는데 힘을 내기 위하여 내지르는 어휘이기
도 하며 별 뜻 없이 후창으로 사용되기도 한다.

　해녀소리 「이어도 사나」는 채보자에 따라 악곡이 조금씩 다르고, 가
사도 약간씩 다른 몇 가지가 전해지고 있으나(김순제(1990), 250-251)
본 연구에서는 안경수의 『누구나 쉽게 부를 수 있는 제주도 민요곡집』
에 수록된 「해녀노젓는소리」와 「해녀소리(이어도 사나)」를 참조하여
누구나 따라 부르기 쉽게 개사와 편곡을 하였다.(2005, 49-51) 개사된
가사는 이 노래(2005, 47)에 나오는 1절부터 12절 가사 중에서 발췌하
여 작성하였다. 편곡은 자진모리장단과 후렴을 바탕으로 원곡을 활용
하여 단순화하는데 주력하였다.

악보 1. 편곡 해녀소리 「이어도 사나」

제주도민요
채보 안경수
조효임 개사·편곡

이 어 도 사 나 어 허 - 어   이 어 도 사 나 어 허 - 어

1. 이 어 도 사 나 잘 - 도 간 다   이 어 도 사 나 잘 도 온 다
2. 이 물 - 에 는 이 사 공 아   저 물 - 에 는 고 사 공 아
3. 물 로 - 뱅 뱅 - 도 라 진 섬 에   먹 으 나 굶 으 나 물 질 허 영
4. 고 동 - 생 복 - 하 서 라 마 는   내 숨 - 쫄 랑 못 헐 래 라

이 어 도 사 나 어 허 - 어   이 어 도 사 나 어 허 - 어

 해녀소리 「이어도 사나」 오르프 음악놀이

1. 해녀소리 「이어도 사나」 오르프 음악놀이의 활동 구성

제주도 민요 해녀소리 「이어도 사나」를 학습제재로 활용한 오르프 음악놀이는 아래와 같이 크게 5가지 활동으로 구성된다. 활동I 해녀소리 「이어도 사나」탐색은 이어도와 해녀들의 삶 탐색하기와 노랫말 리듬 놀이, 노래부르기 및 자진모리 탐색하기 4가지 활동영역으로 구성된다. 활동II는 다성부 합창으로 오스티나토와 보르둔을 활용하여 2성

부 및 3성부합창을 자진모리장단에 맞추어 노래부르는 활동으로 구성
된다. 활동Ⅲ 한삼춤 놀이는 한삼춤 기본춤사위 익히기와 노래를 부르
며 한삼춤 뱃놀이하는 신체표현활동이다. 활동Ⅳ 풍어 뱃놀이는 고기
잡이 놀이 음악극으로 〈바다탐색〉→〈밀물놀이〉→〈썰물투망놀이〉→
〈갯벌탐색〉→〈고기잡이〉 등 5장면으로 이루어진다. 마지막으로 활동Ⅴ
소고춤 북놀이는 방향 바꾸어 가면서 소고치고 노래부르고 춤추는 통
합적인 합주활동이다.

〈표1〉 해녀소리 「이어도 사나」 오르프 음악놀이 활동

활동 단계	대단원 활동 주제
활동Ⅰ	해녀소리 「이어도 사나」 탐색
활동Ⅱ	다성부 합창
활동Ⅲ	한삼춤 놀이
활동Ⅳ	풍어 뱃놀이
활동Ⅴ	소고춤 북놀이

위의 5단계 활동은 표2에서 보는 바와 같이 9개의 활동영역으로 구
성 된다. 이들 9개 활동영역은 단계적으로 전개될 수도 있고, 학습자의
수준과 환경에 따라 단계별 순서를 바꿀 수도 있고, 또는 생략될 수도
있다. 전체적인 활동영역을 표로 나타내면 다음과 같다.

〈표2〉 해녀소리 「이어도 사나」 오르프 음악놀이 활동 영역

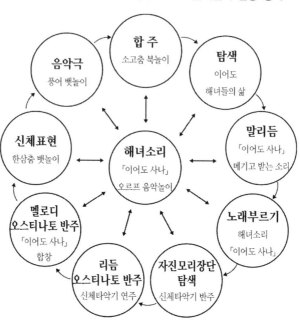

2. 형식구성 요소와 학습준비물

　해녀소리 「이어도 사나」 오르프 음악놀이는 즉흥표현 활동을 중심으로 제주도 민요 해녀소리 「이어도 사나」를 비롯한 한국 전통소재로 자진모리장단, 전통타악기 및 전통춤사위가 활용되며, 메기고 받는 소리, 오스티나토, 보르둔, 론도 등이 형식 구성의 핵심 요소가 된다. 노래부르기 활동에서는 해녀소리 「이어도 사나」 노래를 익히고 오스티나토 반주로 자진모리 구음장단 '덩—덩—덩-따쿵따'를 사용하며, 신체표현의 요소로는 한삼춤과 소고춤을, 합주활동에는 제주도 해녀들이 사용하였던 물허벅(물이 귀하던 시절 제주도민들이 물을 길어 나르던 옹기)과 태왁을 활용한다. 그러나 물허벅과 태왁은 현재 구하기가 쉽지

않으므로, 물허벅은 옹기 또는 봉고 등의 북종류 악기로, 태왁은 바가 지나 아고고, 틱탁블럭, 귀로와 같은 목제악기로 대체할 수 있다.

이와 같은 즉흥연주 중심의 활동을 위한 학습준비물을 활동별로 살펴보면 다음과 같다.

〈표3〉 활동별 학습준비물

활동	교사용	학생용
활동I	단소(또는 리코더), 물허벅, 태왁, 빗창, 나무채(또는 북종류 악기); 소품-두건 (또는 해녀복장)*	두건
활동II	1단계와 동일	두건
활동III	한삼 및 1단계와 동일	두건과 한삼
활동IV	1단계와 동일	5명 1조의 그물 (또는 보자기)
활동V	소고 및 1단계와 동일	소고

* 교사는 두건 외에 흰 저고리, 까만 고쟁이, 검정 고무신, 수경 등을 추가하여 해녀복장을 갖춘 다음 태왁을 들고 해녀의 역할을 할 수 있다. 수경은 종이로 만들어 머리띠가 면으로 한다.

3. 해녀소리 「이어도 사나」오르프 음악놀이 지도안

1) 활동I - 해녀소리 「이어도 사나」탐색

앞에서 밝힌 바와 같이 해녀소리 「이어도 사나」탐색은 이어도와 해녀들의 삶 탐색하기와 노랫말 리듬 놀이, 노래부르기 및 자진모리 탐색하기 4가지 활동영역으로 구성된다. 구체적인 활동방법을 살펴보면 다음과 같다.

① 제주도 사람들의 이상형 '이어도'에 관하여 탐색하고 태왁과 그물망을 메고 깊은 바다 속에서 소라와 전복을 캐는 제주도 해녀의 삶을

탐색한다. ② 해녀소리 「이어도 사나」 노랫말의 메기고 받는 형식을 이해한다. ③ 노래말 말리듬 활동은 동시모방에서 기억모방으로 진행한 다음 중복모방 단계로 손뼉치기 등의 신체타악기 연주로 전개한다. ④ 노래부르기 활동은 「해녀소리 이어도」 리듬대로 손뼉을 치면서 따라 부르기로 멜로디를 익힌 다음, 멜로디의 특성을 알고 시김새 소리를 내어 본다. ⑤ 자진모리장단 탐색 활동은 구음장단 '덩—덩—덩-따쿵따-'를 손뼉치기로 따라 한 다음, 익숙해지면 장구처럼 무릎치기로 익힌다. ⑥ 리듬오스티나토 반주는 두 파트로 나뉘어 한 파트는 「해녀소리 이어도」 노래의 리듬을 치고, 다른 한 파트는 자진모리구음장단 리듬오스티나토 치기(A팀-원 노래 리듬치기, B팀-자진모리장단 치기) ⑦ 역할을 서로 바꿔서 해 보기. ⑧ 메기고 받기: 메기는 팀과 받는 팀으로 나누어 노래 부르기는 교사가 독창으로 메기는 소리를 하며, 제창으로 학생이 받는다. 그럼 다음 A팀과 B팀으로 바꾸어 부르기와 서로 역할 바꿔서 부르기를 한다. 메기는 사람은 독창으로 가사를 자유자재로 바다의 삶을 창작 가사로 개사하여 부르고 받는 사람은 합창으로 전체 부르기를 한다 ⑨ 합창: 2성부 합창은 멜로디 오스티나토 붙이는 활동으로 두 파트로 나누어 A팀은 「해녀소리 이어도」 노래를, B팀은 창작 멜로디 오스티나토를 부르며 2성부 합창을 한다. ⑩ 마무리 합창: 두 마디씩 전주와 후주로 자진모리 장단을 활용하여 합창을 한다. 전개과정은 먼저 자진모리 구음장단'덩—덩—덩-따쿵따-'을 두 번 신체리듬을 치고 합창을 시작 한다. 메기고 받으면서 자진모리 장단을 함께 치면서 역할을 바꿔 부른다. 노래가 끝나면 후주로 두 번 부르고 1단계 활동을 마무리한다.

2) 활동 II - 다성부 합창

(1) 리듬오스티나토 - 자진모리장단

해녀소리 「이어도 사나」의 자진모리장단을 리듬오스티나토로 활용할 수 있다. 장구구음장단이나 무릎장단 또는 소고장단 등으로 여러 가지 신체타악기를 바꾸어가며 자진모리장단을 재미있게 익힐 수 있다.

〈표4〉 자진모리 장구장단 및 구음장단

장단\박	1	2	3	2	2	3	3	2	3	4	2	3
장구부호	①			①			①		I	○	I	
구음장단	덩			덩			덩		따	쿵	따	
무릎장단	양			양			양		오	왼	오	
소고장단	궁			궁			궁		따	궁	따	

예컨대, 자진모리 장구장단을 무릎치기(신체타악기)로 구음을 바꿔가면서 위의 표와 같은 방법으로 익힐 수 있다. 처음에는 장구구음 장단(덩―덩―덩-따쿵따-)을 손뼉치기로 익힌 다음, 무릎장단 구음(양―양―양-오왼오-)으로 무릎치기를 한다. 그런 다음 무릎치기를 장구 구음장단으로 바꾸어 친다. 이를 잘 할 수 있을 때에 소고구음장단(궁―궁―궁-따궁따-)으로 바꾸어 연습 할 수 있다. 이러한 방법으로 무릎치기를 통하여 자진모리장단을 익힐 수 있을 뿐만 아니라 장구와 소고를 쉽게 연주 할 수도 있다.

그밖에 무릎치기 이외에도 배치기, 가슴치기, 어깨치기(자신의 양 어깨치기, 팔 벌려 옆 사람 어깨치기), 볼치기(검지손가락으로 양볼치기), 머리치기(손끝으로 쳐서 머리에 자극 주기), 엉덩이치기 등으로 신체타악기를 바꾸어서 연습하면 재미있는 동작 활동이 된다.

(2) 다성부 만들기 - 오스티나토와 보르둔

멜로디오스티나토는 해녀소리 「이어도 사나」의 이디엄(Idium) '이어
도 사나'를 반복하여 노래와 오스티나토가 메기고 받는 소리의 연주형
식을 살리고자 하였다.

전래놀이노래의 보르둔은 즉흥연주 화음반주로서 리듬은 자진모리
장구 구음장단을 활용하고 한국 전통5음 음계의 중심음 '라'와 '미'음으
로 아래와 같이 5도 보르둔 분산화음형을 사용할 수 있다.

악보 2.

오스티나토

이어도 사 나   이어도 사 나

보르둔

덩 덩덩따쿵따

위의 오스티나토와 보르둔을 점진적으로 붙여가며 2성부 합창에서 3
성부 합창 등 다성부로 노래를 발전시킬 수 있다. 3성부는 아래와 같이
오스티나토와 보르둔을 동시에 연주하여 구성할 수 있다.

〈표5〉 합주 연주보

성부 \ 마디	1	2	3	4	5	6	7	8
멜로디		후렴		‖: 메기는소리 (1절-4절)		받는소리 :‖ (후렴)		
오스티나토	O――――――――――――――――――――――――――O							
보르둔		B――――――――――――――――――――――B						

오스티나토가 처음 1마디를 연주 한 다음에, 후렴과 보르둔이 동시
에 시작되고, 연이어 멜로디가 도입된다. 위의 3성부 합주보와는 다르
게 보르둔과 오스티나토의 순서를 바꾸어 연주할 수도 있다.

3) 활동 III - 한삼춤놀이

「해녀소리 이어도」춤은 자진모리장단('덩─덩─덩-따쿵따-')에 맞춰
「해녀소리 이어도」를 부르며 원형으로 둘러서서 한삼춤을 추는 신체
표현 활동이다. 한삼춤 기본춤사위 중에서 다음과 같이 굴신하기, 노젓
기, 흩뿌리기 춤사위 등이 활용된다. 먼저 한삼춤 기본동작을 익힌 다
음, 노래를 부르며 각각의 춤사위를 추어보는 것이 좋다. 그러나 학생
들의 수준에 따라서 뒷머리쓸기, 꽃사위 등을 추가하여 변화를 줄 수
있다. 한삼춤 기본동작은 다음과 같다.

〈그림1〉 한삼춤 기본동작

① 굴신하기-좌우로 몸을 돌리면서 무릎을 굽혀서 굴신하기
② 노젓기-양팔을 대각선 방향으로 아래를 향해 뻗었다가 가슴 쪽
   으로 구부리면서 노젓는 동작을 한다.
③ 흩뿌리기-한 팔씩 얼굴앞쪽으로 반원을 그리며 번갈아 흩뿌린다.
④ 얼굴가리기-한삼 낀 두 손이 얼굴 바깥쪽을 향해 구부려진 상태
   에서 얼굴을 가리면서 한번은 왼쪽에서 들어올려 오른쪽으로 다

른 한번은 오른쪽에서 들어올려 왼쪽으로 두 손을 내린다.

⑤ 뒷머리 쓸기-양팔을 들어 올리면서 한 팔을 뒷머리를 쓸어내리
는 동작을 하고 다른 한 팔은 뻗는 동작을 하며, 이를 방향을 바
꾸어가며 번갈아한다.

⑥ 꽃사위- 양팔 손등을 맞대어 가운데로 들어 올려 바깥쪽으로 반
원을 그리며 흩뿌린다.

제1막 출항준비

해녀들이 한삼을 끼고 둥근 원형으로 둘러서서 노래를 부르며 춤을
추고 출항준비를 알린다. 출항준비 한삼춤 활동은 다음과 같다.

〈표6〉한삼춤 활동

가사	전주
	2장단
		이어도 사나
		어허-어
		이어도 사나
		어허-어
			1. 이어도 사나 잘도 간다
			   이어도 사나 잘도 온다
			2. 이물에는 이사공아
			   고물에는 고사공아
			3. 물로 뱅뱅 도라진 섬에
			   먹으나 굶으나 물질하세
			4. 고동 생복 하서라마는
			   내숨 쫄랑 못 헐래라
				이어도 사나
				어허-어
				이어도 사나
				어허-어
					후주
					2장단

		후렴	메기는 소리(1절-4절)	받는 소리(후렴)	
춤사위	굴신 하기 좌우 2회	빗왼쪽 앞*/ 빗오 른쪽앞으로 1보 전진하며 노젓기	앞쪽을 보고 흩뿌리기 좌우 2회	빗왼쪽 앞/ 빗오 른쪽 앞으로 1보 전진하며 노젓기	굴신 하기 좌우 2회

* 신체를 움직이는 한국춤사위의 방향은 기본적으로 8가지로 나뉜다.(허순선, 1991, 32)

제2막 출항

해녀들이 두 팀으로 나누어 선두가 되는 리더 한 사람(교사 또는 학
생)을 중심으로 양쪽으로 늘어서서 뱃머리 모양을 이룬다. 그런 다음 한

팔은 앞 사람의 한삼 자락을 잡고 로 표현한다. 바닷물을 가르며 앞으로
나가기도 하고 물결에 휩쓸리어 뒤로 물러 나가거나 풍랑으로 인하여
옆으로 배가 쏠리기도 하는 표현으로 모두 함께 군무형태로 춤을 춘다.

〈표7〉 출항 춤 활동

가사	전주 4장단	후렴	메기는 소리(1절-4절)	받는 소리(후렴)	후주 4장단
춤 사 위	뒷머리 쓸기	제자리에서 한팔로 노젓기	1. 뒷머리쓸기 4보전진→후진 2. 뒷머리쓸기 4보우로→좌로 3. 뒷머리쓸기 4보전진→후진 4. 뒷머리쓸기 4보우로→좌로	제자리에서 한팔로 노젓기	뒷머리 쓸기

- **활동1.** 전주:4장단(배만들기) – 뱃머리(선두)에 한 사람이 양팔을
  뒤로 뻗치고 서서 뱃머리를 만들면, 학생들은 뒷머리쓸기를 춤추
  며 양팔을 기준으로 좌우 두 열로 뱃모양을 만든다. 선두의 왼손
  을 잡는 사람은 오른손, 선두의 오른손을 잡는 사람은 왼손으로
  각각 선두의 손을 잡고, 나머지 사람들은 앞사람의 어깨를 잡고
  제자리에서 한 팔로 뒷머리쓸기 춤을 춘다.
- **활동2.** 후렴(제자리에서 한팔로 노젓기) – 뱃모양을 이룬 채로 제
  자리에서 한 팔로 노젓기춤을 추며 노래를 부른다.
- **활동3.** 메기는 소리(한팔로 뒷머리쓸기) – 한팔로 뒷머리쓸기를
  하며1절과 3절은 4보전진하고 4보 후진, 2절과 4절은 4보 우로, 4
  보 좌로 움직인다.

4) 활동 Ⅳ – 풍어 뱃놀이 – 보자기놀이

학생이 어부와 물고기가 되어 그물을 형상화한 직사각형 보자기(폭
1.5m, 길이 2m, 폴리에스테르천)를 활용하는 풍어놀이 음악극이다. 이

음악극은 〈바다탐색〉→〈밀물투망놀이〉→〈썰물투망놀이〉→〈갯벌탐색〉→〈고기잡이〉순서로 5장면으로 구성하여 진행할 수 있다.

〈그림2〉 풍어 뱃놀이

제1막 바다탐색

세 그룹으로 나누어 두 그룹은 어부가 되어 좌우로 일렬로 서서 직사각형의 보자기를 이어서 잡고 바닷길을 만들고, 물고기들이 지나갈 때에 해녀소리「이어도 사나」노래를 부른다. 나머지 한 그룹은 물고기가 되어 깊은 바닷물을 헤엄치는 시늉을 흩뿌리기 춤을 추며 보자기 바닷길을 차례로 지나간다. 이 때에 바닷길을 만든 사람은 보자기 상단 끝을 잡고 흔들어 바닷물이 출렁이는 모습을 연출한다. 바닷물을 만드는 어부 팀과 유영을 하는 물고기 팀은 역할을 바꿔서 해 본다.

제2막 밀물투망놀이

어부팀은 서로 마주보고 서서 그물 보자기를 허리 높이로 맞잡고 눕혀서 풍랑이 이는 넓고 깊은 바다를 만든다. 물고기팀은 그물 보자기 밑 바다로 유영을 한다. 같은 방법으로 노래하며 역할을 바꿔서 해 본다.

제3막 썰물투망놀이

어부팀은 그물 보자기를 무릎 높이로 맞잡고 눕혀서 썰물이 되어 물 깊이가 얕아진 바다를 표현한다. 물 깊이는 얕아졌으나 풍랑이 일어나는 풍경을 보자기를 흔들어 표현한다. 물고기팀은 얕아진 보자기 그물 사이를 헤쳐 나가며 유영을 한다. 같은 방법으로 노래하며 역할을 바꿔서 해 본다.

제4막 갯벌탐색

어부팀은 그물 보자기를 바닥에 대고 맞잡아 갯벌을 상징하는 표현을 한다. 물고기팀은 바닥에 맞닿아 있는 보자기 그물을 헤쳐 나가며 바닥에 배를 대고 소라나 전복처럼 기어 가 본다. 물고기팀의 두 번째 놀이는 보자기 그물 위로 배를 대고 소라나 전복처럼 기어가면서 갯벌을 탐색 해 본다. 같은 방법으로 노래하며 역할을 바꿔 본다.

제5막 고기잡이

5명이 한 조가 되어, 4명이 보자기 그물 한 귀퉁이를 잡아서 어부가 되고, 나머지 1명은 물고기가 되어 보자기그물에 탄다. 처음에는 바닥에다 보자기 그물을 대고 「이어도 사나」 노래에 맞추어 오른쪽 왼쪽으로 뒹굴린다. 두 번째 놀이는 고기잡이 놀이가 흥이 오르면 그물을 높이 들어 올려서 노래에 맞추어 양쪽으로 어르면서 흔든다. 노래의 빠르기를 달리 하여 처음에는 느리게 하다가 점점 빠르게 그물을 흔들어 본다. 어부역할과 물고기 역할을 바꿔서 해 본다.

본 연구진은 이를 학부모가 어부가 되고 유아들이 물고기가 되어 유치원에서 오르프 음악놀이로 적용한 바 있다.(2007.06.09부영예술유치원 학부모참여수업)

5) 활동 Ⅴ – 소고춤 북놀이

소고춤 북놀이는 「이어도 사나」 오르프 음악놀이의 마지막 단계로
〈이어도 출항〉→〈이어도 탐색〉→〈귀향〉 3막으로 구성된다.

이 소고춤 북놀이 합주 활동은 세 가지 장면을 묘사한다.

소고춤 기본동작을 다음 2가지를 활용하여 후렴 받는 소리의 동작은
4박 모두치기 (또는 첫째, 둘째, 셋째, 넷째박을 모두치기)이다. 즉, 손
동작을 하나-앞, 둘-뒤, 셋-앞, 넷-테를 치고 발동작은 1박에 1보를 띤
다. 메기는 소리의 동작은 첫째, 둘째 박에 자기소고 앞뒤를 치고 셋째,
넷째 박에 남의 소고치기이다. 발동작은 제자리에서 1박 1보하기이다.

〈그림3〉 소고 북놀이

제1막 이어도로 출항

제1막〈이어도 출항〉은 해녀들이 소고를 치고 춤을 추며 출항하는 장
면이다. 이어도로 출항을 하기 위한 전주로 자진모리장단에 맞추어 교
사가 리더가 되어 앞에 서서 동작을 유도하며 원을 만든다. 먼저 4박
모두치기를 1박1보 전진하며 원을 돈다. 원이 만들어지면 노래의 후렴
을 부르며 4박을 모두치기를 하며 발동작은 첫째, 둘째 박에 빗윈쪽앞
으로, 셋째, 넷째 박에 제자리로 온다. 메기는 소리에서는 첫째, 둘째

박에 자기소고 앞뒤를 치고, 셋째, 넷째 박에 남의 소고치기를 제자리
에서 1박1보로 한다. 이와 같은 방법으로 후렴을 부르고 춤을 추며 마
지막으로 4박 모두치기를 하며 원을 돈다.

〈표8〉 제 1막 이어도 출항

가사	전주	후렴	메기는 소리 (1절-4절)	받는 소리(후렴)	후주
춤사위	4박모두치기(첫째, 둘째, 셋째, 넷째박)을 모두치기-1박 1보전진 원을 만들기.	4박모두치기-2박 빗왼쪽앞으로, 2박 제자리/반대로 빗오른쪽.	2박자기소고 앞뒤치기, 2박남의 소고치기-제자리에서 1박1보하기	4박모두치기-2박 빗왼쪽앞으로, 2박 제자리/반대로 빗오른쪽.	4박모두치기-1박 1보전진 원만들기; 홀수전진, 짝수제자리, 두개 원 만들어 마주보고 서기

제2막 이어도 탐색

제2막 〈이어도 탐색〉은 두개의 원으로 둘러서서 앞뒤 또는 좌우로
방향을 바꾸어가며 4박모두치기로 소고춤을 춘다. 리더는 가운데 서서
각 장면마다 활동 방향과 동작을 유도한다. 리더의 복장은 물색(청색)
치마 옥색 저고리로 바닷물을 나타내고 밤색 고깔은 썰물일 때 나타나
는 이어도를 상징한다.

〈표9〉 제2막 이어도 탐색

가사	전주 4장단	후렴	메기는 소리(1절-4절)	받는 소리 (후렴)	후주 4장단
춤사위	4박 모두치기; 1박 1보				
방향	홀수 전진 짝수 제자리	빗오른쪽 빗 왼쪽	모두 전진하여 자리 바꾸기	빗오른쪽 빗왼쪽	짝수 전진 홀수 제자리

위의 〈표9〉에서 보는 바와 같이 활동 방법은 모두 원으로 둘러서서 첫 장단은 전진하고 둘째 장단은 후진하며 제자리로 돌아온다. 그 다음 홀짝수로 나누어 한 사람 건너 홀수는 남고 짝수는 나가서 두 줄을 만들어 노래하고 춤춘다.

한 장단은 다같이 전진하고 둘째 장단은 뒤로 간다. 홀수는 앞으로 가고 짝수는 뒤로 간다. 원을 두개로 만든다. 이어도 다녀와서 서로 갖 다온 의견을 말하면서 이어도 있다는 사람은 앞으로 나가고 없다는 사람은 뒤로 돌아간다는 뜻을 상징한다. 방향을 바꾸어서 안쪽과 바깥쪽으로 간다.

제3막 귀향

제3막 귀향에서는 4박모두치기를 1박 1보로 두개의 원으로 둘러서서 가운데 원은 시계방향으로 바깥 원은 시계반대방향으로 돌고, 다시 방향을 반대로 바꾸어서 춤을 춘다. 각자의 귀가하는 방향이 다르므로 집에 돌아가는 방향이 다른 것을 상징한다. 노래를 다 부른 다음에는 후주 4장단에 한 원을 만들어서 차례로 리더의 유도로 퇴장한다.

〈표10〉 제3막 귀항

가사	전주 4장단	후렴	메기는 소리(1절-4절)	받는 소리 (후렴)	후주 4장단
춤사위	4박모두치기; 1박 1보				
방향	홀수 시계방향 짝수 반대방향	짝수 시계방향 홀수 반대방향	홀수 시계방향 짝수 반대방향	짝수 시계방향 홀수 반대방향	한 원을 만들며 퇴장

IV 결 론

이상 앞에서 살펴본 바와 같이 본 연구에서는 유치원생이나 초등학생들이 우리의 전통문화를 쉽게 이해하고 즉흥표현 활동을 통하여 창의적으로 접근할 수 있는 집단학습 지도방안으로서 우리 민요와 전통악기 및 전통춤을 학습제재로 활용한 오르프 음악놀이 만들기를 모색하였다. 「이어도 사나」 오르프 음악놀이는 활동I 해녀소리 「이어도 사나」 탐색→활동II 다성부 합창→활동III 한삼춤 놀이→활동IV 풍어 뱃놀이→활동V 소고춤 북놀이 등 크게 5가지 활동단계로 구성되었으며 내용은 다음과 같이 요약할 수 있다:

첫째, 제주도 민요 해녀소리 「이어도 사나」의 가락과 장단을 활용하여 말리듬・리듬 오스티나토・멜로디 오스티나토・보루둔 반주붙이기를 통한 다성부 노래 부르기, 한삼춤, 소고춤 등이 즉흥표현 음악놀이로 전개되었다. 둘째, 해녀들이 바다로 나가는 모습을 메기고 받는 연주형식의 「이어도 사나」를 부르며 전통춤 사위 한삼춤을 추는 즉흥 음악극 만들기 지도방안으로 제시하였다. 셋째, 학습활동 자료로 제주도 해녀들이 물질할 때 사용하는 태왁과 물허벅이 생활악기로 도입되었다. 넷째, 그물망을 잡고 자진모리장단에 맞추어 노래를 부르며 모둠별로 풍랑을 표현하는 풍어 뱃놀이 및 소고춤 북놀이가 합주 및 통합활동으로 모색되었다.

본 논문에서 활용된 제주 해녀소리 「이어도 사나」의 가락은 학생들이 쉽게 접근할 수 있도록 짧고 간단한 유절형식으로 편곡되었으며 가사도 그에 맞게 개사되었다. 또한 학습활동 전개과정이 세부 지도안이 게재되지 못하고 간략한 설명과 함께 독자의 이해를 돕기 위하여 도표 및 활동 그림으로 제시되었다.

본 연구에서 개발된 「이어도 사나」 오르프 음악놀이는 유치원이나 초등학교의 재량수업 · 특별활동 · 방과후 교실 등에서 전통문화교육과 즉흥표현활동을 통한 음악 만들기 지도를 위한 교수 · 학습 자료로 활용될 수 있을 것이다. 이 연구를 계기로 우리의 전통문화를 학생들이 보다 쉽고 재미있게 접근할 수 있는 창의적인 즉흥표현 활동중심의 지도방안과 전통과 현대를 접목할 수 있는 지속적인 교수 · 학습자료 개발연구를 기대해본다.

● 참고문헌 ●

강혜인(2002). **유아교육 우리음악으로 가르쳐요**. 서울: 민속원.

국립국악원(1995). **제주민요** CD. 서울: 이엔이 미디어.

김순제(1990). **한국의 뱃노래**. 서울: 호악사.

김숙경(2002). **한국 전래놀이 노래(IV)**. 서울: 한국민속아동음악연구소 출
　　　판부.

김영돈(2002). **제주도 민요연구**. 서울: 민속원.

김영전(2004). **오르프 접근법을 활용한 유아음악 지도**. 서울: 키즈키즈 오
　　　르프 슐베르크 연구회.

박경수(1998). **한국 민요의 유형과 성격**. 서울: 국학자료원.

신현득 외(2007). **어린이가 정말 알아야 할 우리전래동요**. 서울: 현암사.

안경수(2005). **누구나 쉽게 부를 수 있는 제주도 민요곡집**. 서울: 국악춘추사.

우영자(2006). **메기고 받기 방식을 활용한 초등학교 민요지도 방안 연구**.
　　　미간행 석사학위 논문, 전주교육대학교 교육대학원.

이상규(2005). 국악교육의 세계화 방안 시고. **음악교육, 5**, 87-105

이창식(2002). **한국의 유희민요**. 서울: 집문당.

임동권(2002). **여성과 민요**. 서울: 집문당.

임석재(1969). **씨를 뿌리자**. 서울: 남산소년.

조효임(1998). **오르프악기 지도법**. 서울: 학문사.

조효임(1998). **오르프악기 합주지도법**. 서울: 학문사

조효임(1999a). **오르프음악교육의 이론과 실제**. 서울: 학문사.

조효임(1999b). **오르프 교수법의 한국적 수용**. 서울교육대학교 초등음악교
　　　육연구소 세미나 발표자료, 서울: 서울교육대학교.

조효임, 고은실(2006). 오르프접근법을 통한 음악놀이 지도방안 -전래놀이
　　　노래 「꿩꿩 장서방」을 중심으로, **음악과 민족, 32**, 357-389.

좌혜경(2000). **한국·제주·오키나와 민요와 민속론**. 서울: 푸른사상.

최시원(1996). 음악교육 어떻게 할 것인가- 세계를 향한 음악교육. 서울: 도서출판 다라.

허순선(1991). 한국의 전통 춤사위- 이론과 용어해설 및 도해. 서울: 형설출판사.

Wieblitz, C. (2007). *Lebendiger Kinderchor*. Boppard am Rhein: Fidula-Verlag.

04

민요의 전승과 교육을
위한 사설 표준화 방안

- 서 론
- 〈해녀노젓는소리〉 사설의 활용 양상
- 〈해녀노젓는소리〉 사설 표준화의 필요성
- 〈해녀노젓는소리〉 사설 표준화 방안
- 결 론

| 이성훈 | 숭실대학교

『한국민요학』 제32집, 2011.

I 서 론

〈해녀노젓는소리〉는 제주도 출신 해녀들이 뱃사공과 함께 돛배를 타고 본토로 출가(出稼)하거나 해산물을 채취하기 위해 뱃물질하러 오 갈 때, 좌현에서 젓걸이노를 젓는 해녀와 우현에서 젓걸이노를 젓는 해녀 또는 선미에서 하노를 젓는 뱃사공과 좌·우현에서 젓걸이노를 젓는 해녀 등으로 짝을 나누어 되받아 부르기(同一先後唱)나 메기고받 아 부르기(先後唱)의 방식으로 부르는 노래이다.[1] 기존의 민요자료집 이나 논저에서는 〈잠녀가〉·〈해녀요〉·〈해녀가〉·〈해녀노래〉·〈노 젓는노래〉·〈노젓는소리〉·〈잠녀소리〉·〈해녀노젓는노래〉·〈해녀노 젓는소리〉 등의 명칭을 사용하고 있다. 또한 해녀 사회에서는 〈해녀 (질)노래〉·〈해녀(질)소리〉·〈줌녀(질)소리〉·〈줌수(질)소리〉·〈네젓 는노래〉·〈네젓는해녀노래〉·〈해녀(줌녀)질ᄒᆞ는소리〉·〈물질ᄒᆞ는소 리〉 등으로 일컬어진다. 음악 연구자들은 〈해녀노젓는소리〉라는 통일 된 요종명으로 사용하고 있는 반면에 문학 연구자들은 〈해녀노래〉와 〈해녀노젓는소리〉라는 요종명을 주로 사용하고 있다. 필자는 〈해녀노 젓는소리〉가 여러 가지 노래명으로 불림에 따라 자칫 기능이나 종류가 다른 노래로 인식할 우려가 있기 때문에 노 젓는 노동의 기능에 초점 을 두어 〈해녀노젓는소리〉라는 분류명으로 새롭게 설정하여 통일성 있게 사용해야 한다고 주장한 바 있다.[2]

---

1) 이성훈,『해녀의 삶과 그 노래』(민속원, 2005), 41쪽.
2) 이에 대한 자세한 논의는 이성훈,「〈해녀노젓는소리〉 연구사 및 분류 명칭」, 『해녀의 삶과 그 노래』(민속원, 2005), 15~43쪽 참조.

민요의 요종명을 통일하자는 주장[3]은 있었지만 사설을 표준화하자는 논의는 없었다. 다만 아리랑의 경우는 아리랑 사설의 정전의 형성과정에 대한 논의[4]가 있었지만 사설의 표준화에 대한 논의는 전무하다. 주지하듯이 구비문학인 민요의 사설은 기록문학과는 달리 요종별 사설이 특정인이 창작한 게 아닌 공동작이다. 특정한 요종의 사설 가운데 어떠한 사설을 대표적인 노랫말로 선정하거나 확정하기가 쉽지 않은 이유다.

사정이 이렇다보니 현재 전승되는 민요의 선율은 어느 정도 정형화되어 있지만 사설은 표준화되어 있지 않다. 다만 유희요(통속민요)의 경우는 어느 정도 교육용 사설이 표준화되어 있지만 노동요의 경우는 그렇지 않다. 여느 노동요와 마찬가지로 〈해녀노젓는소리〉의 전승은 작업과 분리된 채 돛배의 노를 젓는 현장이 아닌 민요교육의 현장에서 이루어지는 게 현실인 만큼 공연이나 교육용 사설의 표준화 작업은 반드시 필요하다. 다시 말해서 〈해녀노젓는소리〉는 자연적인 조건이 아닌 인위적인 조건에서만 전승이 이루어진다. 〈해녀노젓는소리〉 전승과 교육을 위한 사설의 표준화가 본 논의의 출발점이자 목적인 이유도 여기에 있다.

〈해녀노젓는소리〉의 가창기연은 해녀들이 돛배의 노를 젓는 노동이

---

3) 동종의 민요라고 할지라도 각기 다른 노래명을 사용하는 현실적 문제점을 극복하기 위해 요종별 개념의 정리와 통일된 노래명을 정할 필요성이 대두된다. 이러한 난제를 극복하기 위한 방안은 강등학의 '민요의 노래명 표준화 방안'과 '한국 민요 분류표'[강등학, 「민요 데이터의 정보처리 구도와 자료분류 표준화 방안」, 『한국민요학』 제14집(한국민요학회, 2004), 11~48쪽]가 그 대안이 될 수 있다고 본다.
4) 정우택, 「아리랑 노래의 정전화 과정 연구」, 『대동문화연구』 제57집(성균관대 대동문화연구원, 2007), 287~317쪽.

다. 〈해녀노젓는소리〉뿐만 아니라 여느 노동요도 가창기연이 소멸되
거나 소멸되지 않았더라도 노동요의 전승이 단절되고 있는 것만은 분
명한 사실이다. 현실이 이렇다 보니, 노동요를 가창할 수 있는 가창자
는 당대에 특정 노동을 하면서 특정 노동요를 배웠던 극소수에 불과하
다. 가창기연이 소멸되고 전승도 단절된 경우와 가창기연은 소멸되지
않았으나 전승이 단절된 경우가 있다. 〈해녀노젓는소리〉가 전자에 속
한다면 〈밭매는소리〉, 〈모심는소리〉 등은 후자에 속한다.

노동요를 원형대로 보존하고 전승시키는 일은 지극히 중요하다. 가
창기연이 소멸되고 전승이 단절된 노동요를 화석화된 도서관의 자료로
만 남게 방치해서는 안 된다. 비록 노동요의 사설이 원형이 아닌 일부
변형된 형태라고 할지라도 후세에 전승시키는 일은 매우 중요하다. 가
창기연인 노동이 소멸된 노동요가 자연적인 조건에서 전승이 단절되었
다면, 인위적인 조건에서라도 전승시켜야 한다.

이 글의 목적은 민요의 전승과 교육을 위해 사설을 표준화하는 방안
을 〈해녀노젓는소리〉 사설을 중심으로 모색하는 데 있다. 이를 위해
〈해녀노젓는소리〉 사설의 활용 양상을 살펴본 다음에 〈해녀노젓는소
리〉의 전승과 교육을 위한 사설 표준화의 필요성을 언급하고 사설 표
준화 방안을 제시하기로 한다.

〈해녀노젓는소리〉 사설의 활용 양상

1. 〈해녀노젓는소리〉 사설 현황

〈해녀노젓는소리〉 사설을 수집한 자료와 자료집은 제보자 · 채록지역 · 채록일시를 명시하지 않은 채 몇 편의 각편만을 단편적으로 소개한 자료, 제주 방언의 가치를 살리기 위해 창자가 구연한 발음 그대로 사설을 수록하고 난해한 방언은 주석을 단 자료, 사설의 제재나 내용을 중심으로 사설을 분류하여 수록하고 표준어로 어석을 달고 어휘의 주석까지 덧붙인 자료, 한국정신문화연구원의 구비문학 현지조사 방법5)에 따라 제보자가 구연한 대로 사설을 수록하고 제보자의 간략한 생애력까지 기술한 자료 등으로 나눌 수 있다.6)

기왕의 제주도민요 자료집에 수록된 〈해녀노젓는소리〉 사설들은 두 가지 측면에서 문제가 있다. 하나는 수집한 사설을 정리하는 방식의 경우이고, 다른 하나는 수집된 자료의 사설을 오기하거나 어석의 오류를 범한 경우이다.

먼저 수집한 사설을 정리하는 방식의 경우부터 살펴보기로 한다. 〈해녀노젓는소리〉 사설을 정리한 방식은 두 가지다. 하나는 조사자의 관점에서 사설을 의미단락으로 나눈 다음에 사설의 내용에 따라 분류

---

5) 조동일, 「구비문학 현지조사 방법」, 『구비문학의 세계』(새문사, 1980), 48~98쪽; 한국정신문화연구원 어문연구실 편, 『구비문학 조사 방법』(1979).
6) 기왕의 제주도민요 자료집에 수록된 〈해녀노젓는소리〉 사설의 개관 및 해제에 관한 자세한 현황은 이성훈, 「〈해녀 노 젓는 노래〉 수록 자료집 개관 및 해제」, 『영주어문』 제9집(영주어문학회, 2005), 271~290쪽을 참조할 것.

하여 정리한 경우이고, 다른 하나는 사설을 제보자가 구연한 순서대로
정리한 경우이다. 전자의 경우는 김영돈의 『제주도민요연구상』[7])이 대
표적인 사례이고, 후자의 경우는 김영돈의 『한국의 민요』[8])와 현용준
・김영돈의 『한국구비문학대계』 9-1・2・3[9])이 대표적인 사례이다.
해녀들이 〈해녀노젓는소리〉 사설을 일정한 순서대로 구연하는 것은
아니다. 그렇다고 사설을 의미단락별로 나누고 내용상 분류하여 수록
하는 것은 문제가 있다. 가창자는 구연상황이나 심리상태에 따라 자신
이 알고 있는 사설에 의미를 부여하고 구연하기 때문이다. 또한 전승
의 측면에서 보더라도 가창자가 구연한 순서대로 사설을 수록해야 구
연할 당시에 가창자의 심리가 어떠한 변화를 보이는지 알 수 있기 때
문에 더욱 그러하다.

　다음으로 수집된 자료의 사설을 오기하거나 어석의 오류를 범한 경
우를 살펴보기로 한다. 사설의 오기는 수집자가 노래를 잘못 청취하거
나 구전되는 동안 사설의 어휘가 와전된 경우와 민요자료집을 편저할
때 원저와는 다르게 수록한 경우가 있다. 또한 어석의 오류는 자칫
〈해녀노젓는소리〉의 사설이 지닌 본래적 의미와는 전혀 다른 의미로
해석될 수 있다.[10]) 〈해녀노젓는소리〉 노래명도 여느 요종과 마찬가지
로 다양한데, 강등학[11])은 민요의 노래명 표준화 방안을 제시한 바 있

7) 김영돈, 『제주도민요연구상』(일조각, 1984).
8) 김영돈, 『제주의 민요』, 신아문화사(민속원, 1993).
9) 현용준・김영돈, 『한국구비문학대계』 9-1(한국정신문화연구원, 1980); 『한국
　　구비문학대계』 9-2(한국정신문화연구원, 1981); 『한국구비문학대계』 9-3(한국
　　정신문화연구원, 1983).
10) 〈해녀노젓는소리〉 사설의 오기와 오류에 대한 자세한 논의는 이성훈, 「〈해녀
　　노젓는소리〉 사설의 오기 및 어석의 오류」, 『한국민요학』 제16집(한국민요학
　　회, 2005), 235~262쪽을 참조할 것.

다. 〈해녀노젓는소리〉의 전승과 교육을 위해서는 노래명의 표준화뿐
만 아니라 사설의 표준화가 필요한 것은 당연하다. 〈해녀노젓는소리〉
의 전승이 자연적인 조건에서 이루어지지 않는 현실에서는 일반인을
상대로 민요 교육을 하려면 사설의 표준화가 절대적으로 필요하기 때
문에 그렇다.

2. 〈해녀노젓는소리〉 사설의 활용 실태

기존 제주도 민요자료집에 수록된 〈해녀노젓는소리〉 사설은 제주어
를 살리기 위한 방편과 〈해녀노젓는소리〉를 전승시키기 위한 방편으
로 활용되고 있다. 먼저 제주어를 살리기 위한 방편으로 사용된 〈해녀
노젓는소리〉 사설부터 살펴보기로 한다.

> 이여싸나 이어도사나 어여도사나
> 요 넬 젓엉/ 어딜가리
> 진도바당/ 흔 골로 가세
> 흔 착 손엔/ 테왁 심고
> 흔 착 손엔/ 빗창 심어
> 흔 질 두 질/ 들어간 보난
> 저싱도가/ 분명흔다 히
> 이여도사나/ 쳐라 쳐라
>   …(중략)…
> 요 놋둥아/ 저 놋둥아

11) 강등학, 「민요 데이터의 정보처리 구도와 자료분류 표준화 방안」, 『한국민요
학』 제14집(한국민요학회, 2004), 11~48쪽.

숨통을/ 먹엇느냐
지름통을/ 먹엇느냐
둥긋둥긋/ 잘 올라오네 히
이여도사나/ 처라 처라

위에 제시한 자료는 제주특별자치도교육청에서 발간한『제주어 교
육자료』Ⅱ-제주어와 생활12)에 수록된 〈해녀노젓는소리〉 사설이다.
학습목표를 "1. 노 젓는 소리에 나오는 제주어를 알 수 있다. 2. 해녀의
삶을 이해할 수 있다."로 명시해놓고 있고, 학습활동에는 "1. 위의 노래
가사 중, 다음의 표준어에 대응하는 제주어를 찾아 보자. 2. 위 1번을
바탕으로 하여 '노 젓는 소리'를 표준어로 바꾸어 보자. 3. 제주어로 된
노래와 표준어로 바꾼 노래의 차이점을 말해 보자."를 제시하고 있다.
학습목표와 학습활동에 비추어보면 위에 인용한 〈해녀노젓는소리〉 사
설은 민요 사설을 통한 제주어 교육이 주된 목적이고, 해녀의 삶을 이
해하는 것은 부차적 목적임을 알 수 있다.
　위에 제시된 사설 내용만으로 해녀의 삶을 이해하기는 어렵다. 해녀
는 제주도에만 거주하고 있는 게 아니라 본토 해안지역에도 거주하고
있다. 제주도에는 제주도에서만 물질을 한 해녀와 본토 출가물질 경험
이 있는 해녀가 있고, 본토에는 제주에서 출가물질을 와서 정착한 해
녀와 본토에서 태어나 물질을 하는 해녀도 있다. 따라서 해녀들의 삶
을 이해하려면 적어도 물질작업 실태, 출가물질 경험, 노 젓는 노동, 해
녀의 공동체 문화, 해녀와 관련된 어휘, 채취물, 작업 도구, 조류와 풍
향, 소득 실태, 해녀복, 식생활 등을 두루 섭렵하고 있어야 한다.

---

12)『제주어 교육자료』Ⅱ-제주어와 생활(제주특별자치도교육청, 2008), 204~210쪽.

　다음으로 〈해녀노젓는소리〉를 전승시키기 위한 방편으로 사용된 〈해녀노젓는소리〉 사설부터 살펴보기로 한다. 주지하듯이 〈해녀노젓는소리〉의 가창기연은 돛배의 노를 젓는 노동이다. 동력선의 등장으로 〈해녀노젓는소리〉 가창기연이 소멸된 지는 오래다.[13] 돛배의 노를 젓는 노동과 〈해녀노젓는소리〉의 구연이 단절된 만큼 〈해녀노젓는소리〉의 구연과 전승이 자연적인 조건에서는 이루어지지 않고 인위적 조건에서만 이루어지고 있다. 예컨대 〈해녀노젓는소리〉는 2007년부터 탐라문화제 행사의 일환으로 열리는 해녀축제에서 해녀박물관이 주최하는 해녀민속예술공연이나 해녀박물관에서 일반인을 대상으로 한 전수교육에서 불리고 있고, 간혹 제주 민요패 소리왓[14]이 주최하는 공연에서 불리는 게 고작이다. 이때 〈해녀노젓는소리〉 사설은 제주특별자치도 무형문화재 제1호인 〈해녀노래〉 기능 보유자 강등자・김영자가 구연한 사설을 기본 텍스트로 삼고 있다. 해녀박물관에서 제주민요의 전수교육을 주관하고 있는 해녀박물관 연구사 좌혜경에 의하면 〈해녀노젓는소리〉 전수교육 시 기본 텍스트는 〈해녀노래〉 기능보유자의 사설을 토대로 하고 있다고 한다. 또한 〈해녀노젓는소리〉 사설의 표준화 필요성은 인정하면서도 사설의 고정화를 우려하여 가급적 〈해녀노젓는소리〉 사설의 표준화는 지양하고 있다고 한다.

　이와 같이 제주어 교육용이나 민요 전수 교육용으로 사용되는 〈해녀노젓는소리〉 사설은 〈해녀노래〉 기능보유자의 사설만을 기본 텍스트로 하고 있기 때문에, 자칫 기능보유자인 김경성이나 강등자・김영자

---

13) 이성훈, 「〈해녀노젓는소리〉 가창기연의 소멸시기」, 『한국민요학』 제24집(한국민요학회, 2008), 141~161쪽.
14) http://cafe.daum.net/soriwat

가 부른 사설이 〈해녀노젓는소리〉의 정전화된 사설로 고정화될 우려
가 있는 것도 사실이다. 기능보유자가 부르는 선율이나 사설이 빼어나
다는 것을 인정하더라도 그들의 부른 사설만을 〈해녀노젓는소리〉의
대표적인 사설로 보는 것은 무리가 있다. 현재까지 수집된 〈해녀노젓
는소리〉의 사설은 가창자의 수가 많을 뿐만 아니라 사설의 내용도 다
양하고, 또한 〈해녀노젓는소리〉 수집은 김주백이 1929년에 수집한 〈해
녀노젓는소리〉 사설 1편[15]을 필두로 현재까지도 수집되고 있기 때문
이다.

　이러한 현실을 염두에 둔다면 특정인이 구연한 사설을 기본 텍스트
로 하여 〈해녀노젓는소리〉 전수교육을 하는 것보다 지금까지 수집된
자료들 가운데 일반적으로 널리 가창되는 사설을 기반으로 사설을 표
준화하는 것이 바람직한 방향이라고 여겨진다.

 〈해녀노젓는소리〉 사설 표준화의 필요성

　노동을 하면서 노동요를 부르지 않는 게 현실이다. 그렇다 보니 노
동현장에서 노동요의 전승이 단절된 지는 오래되었다. 노동요의 전승
은 교육을 통해서 이루어질 수밖에 없는 이유다. 노동요의 전승이 자
연적인 조건에서 이루어지지 않는 현실을 감안한다면 일반인을 상대로
민요 전승을 위한 교육을 하려면 사설의 표준화는 절대적으로 필요하
다. 이처럼 민요의 전승이 인위적인 상태로 전승되고 있지만, 사설을

---

15) 김주백, 「여인국순례, 제주도해녀」, 『삼천리』 창간호(삼천리사, 1929), 22~23쪽.

표준화하려는 작업은 없었다. 그렇다고 특정인이 구연한 사설만을 기본 텍스트로 한다거나 무턱대고 기왕에 수집된 자료집의 특정 사설을 기본 텍스트로 하여 민요를 가르칠 수는 없다. 본고에서 논의하려는 〈해녀노젓는소리〉의 경우도 마찬가지다.

〈해녀노젓는소리〉는 제주도보다는 본토에서 주로 가창되었던 민요인 만큼 제주도에서 채록된 사설만을 대상으로 사설의 표준화를 시도하는 것 또한 올바른 일이 아니다. 제주도와 본토에서 채록된 〈해녀노젓는소리〉 사설 가운데 보편적이고 일반적인 사설들을 선택할 필요가 있다. 그러한 필요성은 구체적으로 어떠한 사설을 표준화된 텍스트에 포함시킬 것인지에 대한 제주해녀와 본토해녀 공동체뿐만 아니라 민요연구자의 동의를 산출하게 만든다. 물론 공연기획자나 민요교육자가 공연이나 교육용 기본 텍스트로 〈해녀노젓는소리〉 사설을 선택하는 기준이 어느 정도는 객관적인 것으로 볼 수도 있다. 하지만 제주와 본토에서 '뱃물질'[16]을 한 경험이 있는 특정한 몇몇 해녀가 구연한 사설을 선택하는 것은 공연기획자나 민요교육자의 입장이나 시각에 따라 형성된 주관적인 판단의 잣대라 할 수 있다.

그렇다면 표준화된 〈해녀노젓는소리〉 사설은 어떠해야 하는가? 〈해녀노젓는소리〉 사설의 표준화 필요성은 네 가지다.

첫째, 〈해녀노젓는소리〉의 선율은 8분의 6박자 하나지만 사설은 가창자나 지역에 따라 다양한 사설을 가창하기 때문이다. 민요 사설에 나타난 가창자 개인의 체험은 누구에게나 일반적일 수는 없다. 가창자

---

16) 해녀들이 작업하러 바다로 나갈 때에는 그 沿海의 지형에 따라 헤엄쳐 나가거나 배를 타고 먼 바다로 나가기도 하는데, 헤엄쳐 나가 작업하는 경우를 '굿물질'이라 하며, 배를 타고 나가는 경우를 '뱃물질'이라 한대김영돈, 「제주도민요연구-여성노동요를 중심으로-」(동국대학교 박사학위논문, 1983), 71쪽].

개인의 특수한 체험일 수도 있기 때문이다. 물론 가창자 개인은 사설의 재생산을 시도하거나 확장하기도 한다. 요종 간 사설의 차용과 확장 등이 그것이다. 사정이 이렇다 보니 교육자들이 학교 현장이나 민요 전수회에서 어떠한 내용의 사설을 기본 텍스트로 하여 가르칠 것인가를 고민하는 경우도 많은 게 사실이다. 노 젓는 노동과 〈해녀노젓는소리〉가 분리된 채 전승되고 있는 현실을 감안한다면 민요의 올바른 전승을 위해서도 민요 사설의 표준화 작업은 반드시 필요한 일이다.

둘째, 기존 자료집의 사설이 오기나 어석이 오류된 경우가 종종 있기[17] 때문이다. 만약 오기된 사설을 바로잡지 않고 그대로 교육시킨다면, 가창기연이 단절된 상태에서 오기된 사설이 계속 전승될 수밖에 없을 것이다. 16세기 영국의 금융가였던 Thomas Gresham이 제창한 법칙인 악화가 양화를 구축한다는 말을 군이 인용하지 않더라도 그릇된 민요 사설의 범람을 통제하지 않는다면 그릇된 민요 사설이 본원적인 것인 양 둔갑할 우려마저 짙다고 본다. 어차피 민요의 전승이 구전에 의한 전승보다는 문자기록에 의한 전승이 이루어지고 있다는 사실을 감안하더라도 민요 사설의 표준화가 필요한 것은 당연하다.

셋째, 〈해녀노젓는소리〉는 해녀집단의 생활과 문화에서 전승되고 향유되어 왔기 때문이다. 표준화된 사설은 사설의 율격 구조뿐만 아니라 문학적으로도 완결된 스토리를 갖는 것이 바람직하다. 표준화된 〈해녀노젓는소리〉 사설은 해녀들의 삶과 유의미한 것이어야 한다. 가창자들의 삶과 문화, 노동 환경과 구연 상황 등을 고려하여 사설의 표준화를 시도해야 한다. 민요 사설의 표준화는 특정 사설이 학문적, 사

---

17) 이성훈, 「〈해녀노젓는소리〉 사설의 오기 및 어석의 오류」, 『한국민요학』 제16
집(한국민요학회, 2005) 참조.

회적, 문화적으로 적합성을 발휘할 수 있는 것이어야 한다. 가창자들은 〈해녀노젓는소리〉를 가창하면서 해녀 집단의 특정한 정서를 표출하는 어휘들은 습관적으로 모방을 하게 되고, 그렇지 않은 어휘들은 기피된다. 이른바 '향유소'[18]가 그것이다.

넷째, 민요 사설은 가창자와 청취자의 지배적 정서를 드러내기 때문이다. 가창자 집단의 일반적인 체험을 형상화한 사설의 경우는 가창할 때마다 사설의 의미가 크게 다르지 않지만 사설의 어미나 조사 등이 달라질 수 있는 것은 사실이다. 구비문학인 민요의 특성상 그러한 변이가 일어날 수 있는 것은 당연하다. 가창하는 시간과 장소 등 구연 상황에 따라서도 가창자 자신의 정서가 순간순간 반영되기도 한다. 그런 만큼 가창자 집단의 지배적 정서를 드러내는 표준화된 사설이 정전으로서 의미를 가질 것이다. 소통의 의미에서도 청취자의 지배적 정서를 고려해야 한다. 제주도민이 청취자일 경우는 사설을 제주방언으로 가창하면 사설의 의미와 지배적 정서가 더욱 부각될 수 있다. 반면에 제주도민이 아닌 본토인이 청취자일 경우는 표준어로 가창하는 게 민요 사설에 나타난 지배적 정서를 파악하는데 용이할 것이다.

지금까지 살펴본 바와 같이 표준화된 사설이 부재한 상황에서 특정인의 선정한 사설만을 교육하게 된다면 교육자나 공연자가 선정한 특정민요의 사설만이 지배적인 영향력을 갖게 될 우려가 크다. 민요 사설의 표준화는 가창 교육을 위한 기본 자료뿐만 아니라 사설 교육을 위한 표준 자료로 활용하기 위해서도 필요한 작업이다. 가창자와 청취

---

18) 향유소 개념에 대해서는 다음 논문을 참고할 것. 박관수, 「민요의 향유론적 연구 방법에 대한 시론」, 『한국민요학』 제20집(한국민요학회, 2007), 97~114쪽; 「풀써는소리 사설의 엮음 원리」, 『한국민요학』 제19집(한국민요학회, 2006), 121~162쪽.

자가 민요의 정서를 소통하고 공유할 수 있어야 한다. 민요 사설의 의미와 정서는 가창자 집단에서는 소통이 되지만, 민요 가창자와 직접적인 관련이 없는 일반인들에게는 소통이 될 수 없기 십상이다. 사설이 방언으로 되어 있을 때는 더욱 그러하다. 언어와 문화적 배경이 동일한 공동체의 대중을 상대로 한 교육이나 공연에서는 민요 사설을 방언 그대로 가창하는 게 바람직하다. 다만 언어와 문화적 배경이 다른 일반 대중을 상대로 한 교육이나 공연에서는 난해한 일부 민요 사설들은 표준어로 바꾸어 가창하는 것도 고려해 볼 필요가 있다고 본다. 이처럼 표준화된 〈해녀노젓는소리〉 사설의 효용성은 두 가지다. 하나는 해녀들의 삶을 재구성하여 스토리텔링화하기 위한 기초 자료가 되기 때문이고, 다른 하나는 자연적인 조건에서의 전승이 이루어지지 않는 현실적 상황에서 기존 사설을 재구성한 민요 교육용 사설이 필요하기 때문이다.

〈해녀노젓는소리〉 사설 표준화 방안

　　민요 공연이나 교육을 위한 민요 사설은 공연 기획자나 전수자가 자신의 주관적 관점에서 사설을 취사선택하는 것이 일반적이다. 민요 공연이나 강습을 위한 민요 사설의 텍스트는 민요 연구자들이 기왕에 간행한 민요자료집을 기반으로 사설 내용을 재구성하게 마련이다. 민요 공연이나 강습의 기획자는 공연하려는 민요에 대해 심층적인 연구를 하거나 본격적으로 자료를 수집해 본 경험이 없는 경우가 대부분이라고 할 수 있다. 공연 기획자의 시각에 따라 공연 텍스트로서의 민요 사

설은 달라질 수 있다. 공연 기획자의 가치 판단이나 해석에 따라 주관
적인 입장이 개입될 여지가 있기 때문이다. 다시 말해서 공연이나 교
육을 위한 텍스트로서의 민요 사설의 가치 판단은 공연 기획자의 주관
적인 시각이 개입될 수도 있다. 해당 민요 사설의 연구자가 아닌 이상
공연 텍스트로서의 민요 사설은 자칫 사설을 왜곡할 수도 있고 선정한
사설의 공정성을 의심받을 수도 있기 때문이다. 공연하려는 민요의 본
질적 성격과 특성을 부각시키려면 민요 사설에 대해 적어도 객관적인
시각이 필요한 것은 당연하다. 민요 사설의 표준화가 이루어져야 하는
이유도 여기에 있다.

주지하듯이 자연적인 조건에서의 민요 구연과 전승은 단절된 지 오
래다. 인위적인 조건에서 민요를 채록할 때 구연되거나 민요 공연과
강습회를 할 때 민요 구연과 전승이 이루어지는 게 고작이다. 이러한
현실에서나마 민요를 보존하고 전승시키기 위해서는 민요 사설을 표준
화하는 게 유일한 방안이라고 여겨진다.

노동 현장에서 민요를 구연했던 제보자는 그 수가 지극히 적을 뿐만
아니라 그간 채록된 사설의 내용은 지역이나 제보자에 따라 다양하다.
사정이 이렇다보니 제보자가 모든 사설을 기억하여 구연하는 건 불가
능에 가깝다. 표준화된 민요 사설을 텍스트로 하여 민요 공연과 교육
을 할 때 효율적이고 효과적일 수 있다.

사설의 표준화는 4·4조의 2음보 대구형식으로 사설을 재구성하는
것을 원칙으로 한다. 표준화한 사설은 제주도나 본토에서 두루 불려지
는 〈해녀노젓는소리〉 사설을 대상으로 하되 보편적이고 일반적으로
보이는 관용적 표현이나 물질 작업 또는 노 젓는 노동과 관련이 있는
사설을 중심으로 재구성해야 한다. 〈해녀노젓는소리〉 사설에는 가창
자가 개인적 서정을 즉흥적으로 노래한 사설이나 다른 노동요의 사설

을 차용한 경우도 있는데, 이러한 사설은 표준화 대상에서 제외하는
것이 바람직하다.

〈해녀노젓는소리〉 사설을 표준화하는 방안은 크게 네 가지이다. 첫
째는 오기된 사설을 바로잡는 것이고, 둘째는 가창기연(歌唱機緣)을 중
심으로 사설을 일정한 스토리로 재구성하는 것이고, 셋째는 구연상황
을 기준으로 사설을 일정한 스토리로 재구성하는 것이고, 넷째는 물질
작업 상황을 일정한 스토리로 재구성하는 것이다. 사설 표준화 방안을
구체적으로 살펴보기로 한다.

첫째, 사설이 오기된 사례를 두 가지만 들고 바로잡아 보기로 한다.

[1]

총각	싸라	섬에나	들게
량식	싸라	섬에나	가게
정심	싸라	고지나?	가게
날죽건		솟바테	무더
궁녀	신녀	물주람	말가[19]

[2]

總角찾아 물에들제
양석싸라 섬에가게
명주바당에 쓸바름불나
모란탄전 배노아가게[20]

---

19) 김주백, 앞의 글, 23쪽.
20) 임화, 『조선민요선』(학예사, 1939), 239쪽.

[3]
요년들아 저서도라
요늬짝이 불내진들
서늘꽃이 없을만가21)

　하나는 〈해녀노젓는소리〉 사설 가운데 해녀들이 물질작업 준비를
독려하는 관용적 표현으로 "총각 차라 물에 들게// 양석 싸라 섬에 가
게"가 있다. '총각 차라'를 '총각싸라',22) '總角차라',23) '총각찾아',24) '총
각타라',25) '총각사람'26)으로 잘못 기록한 경우와 '총각차라'27)나 '총각
허라'28)로 바르게 기록한 경우가 있다. [1]의 "총각 싸라"와 [2]의 "總角
찾아"는 '총각 차라' 또는 '총각허라'의 오기이다. 그 이유는 이렇다. '총
각'은 결혼하지 않은 성년 남자를 의미하는 총각(總角)이 아니라 해녀

21) 위의 책, 240쪽.
22) 김주백, 앞의 글, 23쪽.
23) 高橋亨, 『濟州島の民謠』(天理大學 東洋學硏究所, 1968), 53쪽. 155~160쪽(寶
　　蓮閣, 1979. 영인).
24) 양홍식·오태용, 『제주향토기』[프린트판, 단기4291(1958)], 107~116쪽; 임동권,
　　『한국민요집』 II(집문당, 1974), 116쪽, 129~130쪽, 215~222쪽.
25) 임동권, 위의 책, 같은 쪽.
26) 『국문학보』 제13집(제주대학교 인문대학 국어국문학과, 1995), 서귀포시 강정
　　동 현지학술조사(1995. 8. 5~8. 7), 265~267쪽, 276~281쪽.
27) 양홍식·오태용, 『제주향토기』[프린트판, 단기4291(1958)], 107~116쪽; 진성기,
　　『오돌또기』(우생출판사, 1960), 121~141쪽; 진성기, 『남국의 민요』(정음사,
　　1977), 123~137쪽; 김영삼, 『제주민요집』(중앙문화사, 1958), 8~34쪽; 임동권,
　　『한국민요집』 IV(집문당, 1979), 126쪽, 186~196쪽; 임동권, 『한국민요집』 V
　　(집문당, 1980), 67쪽. 92~97쪽; 김영돈, 『제주도민요연구상』(일조각, 1965),
　　210~265쪽.
28) 이성훈, 「강원도 속초시 해녀 〈노 젓는 노래〉와 생애력 조사」, 『숭실어문』 제
　　19집(숭실어문학회, 2003).

들이 예전에 무맥질하면서 작업하기에 편리하도록 머리털을 비녀없이 머리 위에 쪽지고 이멍거리라는 끈으로 이마에서 뒷머리로 넘겨 묶는 머리 모습의 하나이고,29) '차라'는 쪽져라는 의미이기 때문이다.

다른 하나는 해녀들이 노를 힘차게 젓도록 지시하고 독려하는 관용적 표현으로 "요네상착 부러지민// 선흘곳에[선흘곳디] 낭어시랴"가 있다. '선흘곳에[선흘곳디]'를 '서늘곳에',30) '서늘꽃이',31) '선흘꽃디'32)로 잘못 기록한 경우와 '선흘곳디'33)로 바르게 기록한 경우가 있다. [3]의 "서늘꽃이"는 '선흘곳디' 또는 '선흘고지'의 오기이다. 그 이유는 이렇다. '선흘'은 제주특별자치도 제주시 조천읍 선흘리이다. 제주민요에 선흘리의 숲을 '선흘곳', '서늘고지'라는 관용적 표현으로 많이 쓰인다. 이 '선흘'은 울림소리 사이에서 'ㅎ'이 약화되어 '서늘'로 발음된다. 또한 '고지' 또는 '곳이'는 '수풀'의 제주방언이다. '고지'가 '수풀[藪]'을 뜻하는 제주방언이라는 사실은 이원진의 『탐라지』(1653)에도 보이는데,34) 이 기문은 이 단어의 어원에 대해서 확실한 말을 할 수 없다35)고 했다. 수

---

29) 제주방언연구회, 『제주어사전』(제주도, 1995), 543쪽.
30) 高橋亨, 『濟州島の民謠』(天理大學 東洋學研究所, 1968), 53쪽. 155~160쪽(寶蓮閣, 1979. 영인); 양홍식·오태용, 『제주향토기』[프린트판, 단기4291(1958)], 107~116쪽; 임동권, 『한국민요집』 IV(집문당, 1979), 126쪽, 186~196쪽.
31) 임화, 『조선민요선』(학예사, 1939), 239~242쪽; 최영일, 「제주도의 민요」, 『숭실대학보』 제2호(숭실대학 학예부, 1956); 임동권, 『한국민요집』 II(집문당, 1974), 116쪽, 129~130쪽, 215~222쪽.
32) 제주시 편, 『제주의 향토민요』(제주시, 도서출판 예솔, 2000).
33) 김영돈, 『제주의 민요』(신아문화사, 1993), [구좌읍민요 ② 동김녕리]; 문화방송, 『한국민요대전-제주도 민요 해설집-』((주)문화방송라디오국, 1992).
34) 사투리는 이해하기 어렵다. 앞이 높고 뒤가 낮다.…주기(州記)에는 이상한 말이 많으니, '서울'을 '서나' '숲'을 '고지' '산'을 '오름'이라 한다村民俚語難澁先高後低…州記語多殊音 以京爲西那 以藪爲高之 以岳爲兀音…이원진, 『탐라지』.
35) 이기문, 「제주방언과 국어사 연구」, 『탐라문화』 제13호(제주대학교 탐라문화

집자는 '곳이'를 중세어 '곶[花]이'로 잘못 인식하여 "꽃이"라고 오기했기 때문이다. 따라서 [3]의 수집자는 제보자가 "선흘고지"라고 가창한 것을 "서늘꽃이"로 오기한 것이라고 본다.

둘째, 가창기연을 중심으로 사설을 일정한 스토리로 재구성해 보기로 한다. 〈해녀노젓는소리〉의 가창기연은 해녀들이 물질 작업하러 돛배를 타고 물질 작업장까지 오갈 때나 본토로 출가(出稼)할 때 노 젓는 노동이다. 현장론적 입장에서 〈해녀노젓는소리〉의 사설을 가창기연을 기준으로 분류하면36) ① 물질하러 나갈 때, ② 물질하고 돌아올 때, ③ 본토로 출가할 때로 나눌 수 있다. 여기서는 먼저 물질하러 나갈 때 사설만 재구성해 보기로 한다. [1]과 [2]는 해녀들이 물질작업 나갈 때 물질작업 준비를 독려하는 관용적 사설이다. 이를 표준화하여 제시하면 다음과 같다.

총각차라　섬에들게
양식싸라　섬에가게
호미죄라　메역비게
빗창죄라　점복떼게

[3]은 해녀들이 물질작업 나갈 때 남보다 먼저 물질작업장에 도착하고자 하는 소망과 노를 힘차게 젓도록 지시하고 독려하는 관용적 사설이다. 이를 표준화하여 제시하면 다음과 같다.

연구소, 1993), 151쪽.
36) 가창기연을 기준으로 한 〈해녀노젓는소리〉 사설의 분류는 이성훈, 「〈해녀노젓는소리〉 사설의 현장론적 분류와 유형」, 『고전과 해석』 제6집(고전문학한문학연구학회, 2009), 113~148쪽 참고할 것.

요년들아   젓어도라
흔머들만[37]   젓어도라[38]
요네상착[39] 부러지민
선흘곶디   곧은낭이 없을소냐 [40]
요벤드레[41] 끊어지면
부산항구   남천총이 없을소냐[42]
요내홀목   뿌러지면
부산항구   철도벵완 없을소냐

---

37) 한 고비만. '머들'이란 제주도의 밭에 흔히 구르는 돌멩이들을 쌓아 놓은 밭
    속의 돌더미를 말하는데, 여기서는 파도가 마루를 이루는 한 고비를 뜻한다.
38) "요년들아   젓어도라// 흔머들만 젓어도라"를 '요년들아   젓어도라// 내앞으로
    절이난다', '요년들아   젓어도라// 흔머들만 앞서가게', '요년들아   흔머들만//
    젓어도라 앞서 가게' 등으로 재구성할 수도 있다. 여기서 '요년들아'는 '요년딜
    아'로, '흔머들'은 '흔모루'로 바꿔서 표현해도 무방하다.
39) 요 노의 상책. '상책'이란 노의 윗부분.
40) "요네상착 부러지민// 선흘곶디 곧은낭이 없을소냐"에서 '요네상착 부러지
    민'을 '요네착이 부러지민'으로, '선흘곶디'를 '서늘곶이'나 '서늘곶디'로 표현할
    수도 있다. 또한 '선흘곶디 곧은낭이 없을소냐'를 '할로산에 곧은목이 없을
    말가'나 '목포항구 곧은낭이 없을말가'로 표현할 수도 있다. 또한 3음보 형
    식의 "선흘곶디 곧은낭이 없을소냐"를 2음보 형식의 '가시낭긔 엇일소냐'로
    표현하거나, 4음보 형식의 '부산항구 가시나무// 엇일수가 아니로다'로 표현할
    수도 있다.
41) 요 노의 벤드레. '벤드레'란 낚시거루의 노를 저을 수 있도록 배 멍에와 노손
    을 묶어 놓은 밧줄.
42) "요벤드레 끊어지면// 부산항구 남천총이 없을소냐"에서 '부산항구 남천총
    이'를 '선흘곶디 물정당줄이'로 표현할 수도 있다. 또한 '부산항구'는 어느 곳
    으로 출가물질을 가느냐에 따라 '인천항구', '목포항구'로 대치하여 표현할 수
    도 있다. 그리고 남천총이'는 '아사노가', '지름줄이', '녹보줄이'로 바꾸어 표현
    할 수도 있다. '없을소냐'는 '엇일손가'로 표현할 수도 있다. 참고로 '아사노'는
    일본어 'あさ[麻]'와 우리말 '노'의 합성어로 삼으로 꼬아 만든 밧줄을 뜻하고,
    '녹보줄'은 로프(rope)를 뜻한다.

셋째, 구연상황을 기준으로 사설을 일정한 스토리로 재구성해 보기로 한다. 〈해녀노젓는소리〉의 구연 현장인 바다는 조류와 풍향·파고 등의 기상 조건에 따라 수시로 변하기 때문에 구연 현장의 상황이 유동적이다. 이처럼 〈해녀노젓는소리〉는 가변성이 많은 바다에서 가창되는 노동요이기 때문에 구연 현장의 상황을 중시하지 않을 수 없다. 구연 현장인 바다의 상황을 기준으로 〈해녀노젓는소리〉 사설을 분류하면 ① 激波와 逆風일 때, ② 大波와 無風일 때, ③ 小波와 無風일 때, ④ 小波와 順風일 때, ⑤ 목項을 지나갈 때 등으로 분류할 수 있다. 여기서는 대파와 무풍일 때 사설만 재구성해 보기로 한다. 다음에 제시한 사설은 바람은 불지 않고 바다의 사나운 큰 물결덩이인 '놋둥이(놋뎅이)'가 밀려오는 상황에서 노를 저어 가는 현장을 노래한 사설을 표준화하여 제시한 것이다.

요목조목   울돌목가
우리베는   잘올라간다
잘잘가는   잣나무베야
솔솔가는   소나무베야
이여싸   이여싸
요놋뎅이   뭣을먹고
둥긋둥긋   슬찌싱고
ᄇ름통을   먹어싱가
구름통을   먹엇던가
둥긋둥긋   잘올라온다
이여라차   이여차
바람통을   마셨는지
둥긋둥긋   잘도쩨다

기름통을   마셨는지
미끌미끌   잘도간다
우리성제   삼성제드난
등도맞고   네도맞아
그만ᄒ믄   홀만ᄒ다
쿵쿵지라   쿵쿵지라
ᄒ머들랑   젓엉가게
쳐라쳐   쳐라쳐라
잘도간다   요년덜아
일심동력   젓어나줍서
이여싸   이여싸
하뇌심은   선주사공
뱃머리만   돌려줍서
젓거리로   우경간다
어기여차   소리엔
베올려   가는구나
뒤여차   소리엔
베가ᄂ려   가는구나

넷째, 해녀들이 물질작업 상황을 노래한 사설을 일정한 스토리로 재구성하는 것이다. 다음에 제시한 사설은 자신이 물질 기량이 모자람을 한탄하는 사설을 표준화한 것이다.

ᄒ짝손에   빗창줴곡
ᄒ짝손에   테왁줴영
ᄒ질두질   들어가난
홍합대합   빗죽빗죽

전복고동	방글방글
메역감태	횟칙횟칙
미역귀가	너훌너훌
소라캐카	점복캐가
성세나빠	못홀러라
요물아래	은과금이
철석같이	깔렷건만(43)
나재주가	모자란에
높은낭에	열매로다
낮은낭에	까시로구나(44)

V 결 론

본고는 민요의 전승과 교육을 위한 사설 표준화 방안을 제시하는 데 목적이 있었다. 이를 위해 〈해녀노젓는소리〉를 대상으로 하여 사설의 활용 양상과 사설의 표준화 필요성을 제시한 다음에 사설의 표준화 방

---

43) "요물아래   은과금이// 철석같이   깔렷건만"에서 '은과금이'를 '고동셍복'으로, '깔렷건만'을 '쌓엿건만'으로 표현할 수도 있다. 또한 3음보 형식의 요물아래 은과금이 깔렷건만'으로 가창하는 경우도 많다.

44) 2음보 3행 형식인 "나재주가   모자란에// 높은낭에   열매로다// 낮은낭에   까 시로구나"를 2음보 1행 형식인 '높은낭에   열매로다'나 '내숨바빠   못ᄒ더라' 또는 '내숨짧아   못하더라'로 흔히 가창하지만, 2음보 2행 형식인 '나의힘이 없음으로//건질수가   없구나'로 간혹 가창하기도 한다. 여기서 2음보 3행 형식으로 사설을 표준화한 것은 '높은낭에   열매로다// 낮은낭에   까시로구나'의 대구형식의 묘미를 살리려는 의도에서다.

안을 모색해 보았다.

〈해녀노젓는소리〉 사설은 제주어 교육과 해녀의 삶을 이해하려는 목적으로 사용되고 있었는가 하면, 〈해녀노젓는소리〉를 전승하기 위한 전수교육의 텍스트로 사용되고 있었다. 〈해녀노래〉 기능보유자가 가창한 사설만을 기본 텍스트로 하여 교육하는 것은 문제가 있었다. 해녀는 제주도뿐만 아니라 본토에도 거주하고 있고, 자연적인 조건이 아닌 인위적인 조건에서는 현재까지도 가창되고 있기 때문이다.

〈해녀노젓는소리〉 사설의 표준화 필요성은 네 가지로 나누어 살펴보았다. 첫째, 〈해녀노젓는소리〉의 선율은 8분의 6박자 하나지만 사설은 가창자나 지역에 따라 다양한 사설을 가창하기 때문이다. 둘째, 기존 자료집의 사설이 오기나 어석이 오류된 경우가 종종 있기 때문이다. 셋째, 〈해녀노젓는소리〉는 해녀집단의 생활과 문화에서 전승되고 향유되어 왔기 때문이다. 넷째, 민요 사설은 가창자와 청취자의 지배적 정서를 드러내기 때문이다.

표준화된 〈해녀노젓는소리〉 사설의 효용성은 해녀들의 삶을 재구성하여 스토리텔링화하기 위한 기초 자료가 될 수 있고 자연적인 조건에서의 전승이 이루어지지 않는 현실적 상황에서 기존 사설을 재구성한 민요 교육용 사설이 필요하기 때문이다.

〈해녀노젓는소리〉 사설을 표준화하는 방안은 크게 네 가지이다. 첫째는 오기된 사설을 바로잡는 것이고, 둘째는 가창기연(歌唱機緣)을 중심으로 사설을 일정한 스토리로 재구성하는 것이고, 셋째는 구연상황을 기준으로 사설을 일정한 스토리로 재구성하는 것이고, 넷째는 물질 작업 상황을 일정한 스토리로 재구성하는 것이다.

〈해녀노젓는소리〉 사설의 표준화한 사례는 네 가지만을 제시했다는 점에서 일정한 한계를 지닐 수밖에 없다. 구연상황과 가창기연에 따라 물질작업 실태, 노 젓는 노동, 해녀의 공동체 문화, 조류와 풍향, 소득 실태, 개인적 서정 등의 표준화된 사설을 제시하지 않았기 때문이다. 표준화된 사설은 해녀들의 실상을 살펴볼 수 있는 사설이어야 한다. 〈해녀노젓는소리〉 사설 표준화의 실제는 뒤로 미룬다.

● 참고문헌 ●

강등학,「민요 데이터의 정보처리 구도와 자료분류 표준화 방안」,『한국
　　　민요학』제14집, 한국민요학회, 2004, 11~48쪽.
고정옥,『조선민요연구』, 수선사, 1948.
김영돈,『제주도민요연구상』, 일조각, 1965.
＿＿＿,「제주도민요연구-여성노동요를 중심으로-」, 동국대학교 박사
　　　학위논문, 1983.
＿＿＿,『제주의 민요』, 신아문화사, 1993.
김영삼,『제주민요집』, 중앙문화사, 1958.
김주백,「여인국순례, 제주도해녀」,『삼천리』창간호, 삼천리사, 1929.
문화방송,『한국민요대전-제주도 민요 해설집-』, (주)문화방송라디오
　　　국, 1992.
박관수,「민요의 향유론적 연구 방법에 대한 시론」,『한국민요학』제20집,
　　　한국민요학회, 2007, 97~114쪽.
박관수,「풀써는소리 사설의 엮음 원리」,『한국민요학』제19집, 한국민요
　　　학회, 2006, 121~162쪽.
양홍식·오태용,『제주향토기』, 프린트판, 단기4291(1958).
이기문,「제주방언과 국어사 연구」,『탐라문화』제13호, 제주대학교 탐라
　　　문화연구소, 1993, 145~154쪽.
이성훈,「〈해녀 노 젓는 노래〉 수록 자료집 개관 및 해제」,『영주어문』제
　　　9집, 영주어문학회, 2005, 271~290쪽.
＿＿＿,「〈해녀노젓는소리〉 사설의 오기 및 어석의 오류」,『한국민요학』제
　　　16집, 한국민요학회, 2005, 235~262쪽.
＿＿＿,「〈해녀노젓는소리〉 가창기연의 소멸시기」,『한국민요학』제24집,
　　　한국민요학회, 2008, 141~161쪽.
＿＿＿,「〈해녀노젓는소리〉 사설의 현장론적 분류와 유형」,『고전과 해석』

제6집, 고전문학한문학연구학회, 2009, 113~148쪽.

_____, 「강원도 속초시 해녀 〈노 젓는 노래〉와 생애력 조사」, 『숭실어문』 제19집, 숭실어문학회, 2003, 459~507쪽.

_____, 『해녀의 삶과 그 노래』, 민속원, 2005.

이원진, 『탐라지』

임　화, 『조선민요선』, 학예사, 1939.

임동권, 『한국민요집』 Ⅱ, 집문당, 1974.

_____, 『한국민요집』 Ⅳ, 집문당, 1979.

_____, 『한국민요집』 Ⅴ, 집문당, 1980.

정우택, 「아리랑 노래의 정전화 과정 연구」, 『대동문화연구』 제57집, 성균관대 대동문화연구원, 2007, 287~317쪽.

제주방언연구회, 『제주어사전』, 제주도, 1995.

제주시 편, 『제주의 향토민요』, 제주시, 도서출판 예솔, 2000.

『제주어 교육자료』 Ⅱ - 제주어와 생활, 제주특별자치도교육청, 2008.

조동일, 「구비문학 현지조사 방법」, 『구비문학의 세계』, 새문사, 1980, 48~98쪽.

진성기, 『남국의 민요』, 정음사, 1977.

_____, 『오돌또기』, 우생출판사, 1960.

최영일, 「제주도의 민요」, 『숭실대학보』 제2호, 숭실대학 학예부, 1956.

한국정신문화연구원 어문연구실 편, 『구비문학 조사 방법』, 1979.

현용준 · 김영돈, 『한국구비문학대계』 9-1, 한국정신문화연구원, 1980.

_____, 『한국구비문학대계』 9-2, 한국정신문화연구원, 1981.

_____, 『한국구비문학대계』 9-3, 한국정신문화연구원, 1983.

『국문학보』 제13집, 제주대학교 인문대학 국어국문학과, 1995.

高橋亨, 『濟州島の民謠』, 天理大學: 東洋學硏究所, 1968, 53면. 155~160쪽; 寶蓮閣, 1979, 영인.

http://cafe.daum.net/soriwat

05

민요 웹사이트의 구축
현황과 문제점

| 이성훈 | 숭실대학교

『한국민요학』 제20집, 2007.

I 서 론

주지하듯이 오늘날은 전자 매체가 발달된 정보화 사회다. 가상공간인 웹사이트를 통해 이루어지는 의사소통의 비중이 점차 증가하고 있는 게 현실이다. 웹사이트 상에 올려져 있는 많은 정보를 검색엔진을 통해 검색한 다음에 필요한 정보를 얻고 있는 것 또한 사실이다. 범람하는 정보의 홍수 속에서 살아가면서 필요한 정보와 그렇지 않은 정보를 가려내는 능력이 무엇보다도 중요한 데도 현실은 그렇지 못하다.

16세기 영국의 금융가였던 Thomas Gresham이 제창한 법칙인 악화가 양화를 구축한다(bad money will drive good money out of circulation)는 말을 군이 인용하지 않더라도 그릇된 민요 정보의 범람을 통제하지 않는다면 잘못된 민요 정보가 본원적인 것인 양 둔갑할 우려마저 짙다고 본다. 이러한 현실은 웹사이트상의 탑재된 민요 정보를 살펴보면 금방 드러난다. 민요 전공자가 아닌 일반인이 구축한 웹사이트뿐만 아니라 심지어 공공기관이 구축한 웹사이트까지도 민요의 개념은 물론이거니와 요종의 분류나 명칭도 제각각인 경우가 대부분이다.

사정이 이러함에도 불구하고 민요 웹사이트에 탑재된 민요 데이터베이스와 관련하여 민요학적 논의가 본격적으로 이루어지지 않았었다. 하지만 사이버한국민요대관 사업의 첫 해 사업을 마무리하는 것에 발맞추어 '한국 민요 데이터의 정보처리 및 자료 활용 방안'이라는 기획 주제로 2004년도 한국민요학회 제10차 동계전국학술대회가 2004년 2월 23일~24일까지 한국정신문화연구원(현 한국학중앙연구원)에서 개최되면서 민요 웹사이트 자료의 활용과 콘텐츠 구성의 바람직한 방향에 대한 논의가 본격화되기 시작하였다.

이러한 논의는 류종목, 강등학, 김혜정에 의해 이루어졌다. 류종목[1] 은 사이버 한국민요대관의 민요 데이터베이스의 활용과 콘텐츠 구성 및 전승 방안을 모색하였고, 강등학[2]은 민요 데이터베이스 구축과 정 보처리 구도와 자료분류 표준화 방안을 제시하였으며, 김혜정[3]은 사이 버 한국민요대관의 자료적 특성과 음악학적 활용 방안을 고찰하였다.

본고는 선학들의 이러한 연구 결과를 토대로, 민요 정보를 구축한 웹사이트의 현황과 실태를 살핀 후에 탑재된 민요 정보의 문제점을 밝 히고 개선 방안을 제시하기로 한다. 이를 토대로 민요 웹사이트 구축 의 한 방향을 제시하는 데 목적을 두었다.

한편 본고에서 논의 대상으로 삼은 민요 웹사이트와 검색엔진 및 포 털사이트의 자료는 2007년 5월 1일을 기준으로 하였다.

Ⅱ 민요 웹사이트의 구축 현황과 실태

민요 웹사이트는 수없이 많지만, 본 장에서는 팔도소리, 한국학중앙 연구원, 전통소리문화 웹사이트를 중심으로 구축된 민요정보의 현황과 실태를 제시해 보기로 한다.

---

1) 류종목, 「〈사이버 한국 민요대관〉의 콘텐츠 구성과 민요 전승」, 『한국 민속의 전승 양상과 인식의 틀』(민속원, 2006), 144~165쪽.
2) 강등학, 「민요 데이터의 정보처리 구도와 자료분류 표준화 방안」, 『한국민요 학』 제14집(한국민요학회, 2004), 11~48쪽.
3) 김혜정, 「민요 정보화와 〈사이버 한국민요대관〉의 음악학적 활용 방안」, 『한 국민요학』 제14집(한국민요학회, 2004), 89~110쪽.

1. 팔도소리(http://www.paldosori.co.kr/)

팔도소리는 브리태니커의 '뿌리깊은나무 8도소리'의 내용을 담은 웹
사이트로 1999년에 구축되었다. '팔도소리'는 MBC의 '한국민요대전'보
다 앞서 구전민요를 음반으로 출판한 유일한 사례로, 국가 또는 지방
무형문화재급의 노동요와 민요가수들의 유흥요를 스튜디오 녹음하여
LP로 출판한 바 있다. 팔도소리 메인화면에는 세 개의 주메뉴가 있다.
하나는 "민요는 민중의 노래이다"이고, 다른 하나는 "삶 속의 노래"이
고, 또 다른 하나는 펼침 메뉴로 된 "팔도소리"가 그것이다.

먼저 "민요는 민중의 노래이다"라는 주 메뉴는 권오성이 음악적 측
면에서 민요에 관한 개론적 해설을 기술해 놓았다. 민요란 무엇이냐,
경기민요, 서도민요, 남도민요, 전통민요 등이 그것이다.

다음으로 "삶 속의 노래"라는 주 메뉴는 김열규가 문학적 측면에서
민요를 해설한 것을 기술해 놓았다. 일판과 소리판, 도가니의 소리, 신
명의 소리, 민요의 향토성과 보편성, 지방다운 특색, 향토색의 참모습
등이 그것이다.

끝으로 "팔도소리" 주 메뉴는 펼침 메뉴로 되어 있는데, 강원도소리,
경기도소리, 경상도소리, 장례소리, 전라도소리, 제주도소리, 황해도소
리, 충청도소리, 평안도소리, 함경도소리가 그것이다. 펼침 메뉴의 도
별로 접속하면 각 도별 민요의 특징을 해설해 놓았다. 다만 장례소리
메뉴는 전라남도 나주, 제주도 성읍, 강원도 명주, 충청남도 부여, 충청
북도 중원, 경상북도 예천, 경기도 고양, 경상남도 고성의 장례소리를
탑재해 놓았다. 이러한 도별 장례소리를 독립 메뉴로 설정하기보다는
각도별 메뉴의 하위메뉴로 설계하는 게 좋을 듯하다. 장례소리를 독립
메뉴로 설정하는 게 필요하다면 펼침 메뉴를 크게 의식요, 노동요, 유

희요 등 3개의 메뉴로 설계한 다음 각각의 메뉴의 하위메뉴로 팔도소리를 설정해야 일관성이 있기 때문에 그렇다. 또한 각 도별 제1단계 서브메뉴에는 요종별 해설, 사설, 소리듣기가 있다. 제1단계 서브메뉴인 소리듣기를 클릭하면 제2단계 서브메뉴인 음성자료와 악보가 탑재되어 있다.

2. 한국학중앙연구원(http://yoksa.aks.ac.kr/)

한국학중앙연구원 웹사이트 주메뉴에 음성자료가 있는데, 음성자료의 서브메뉴로 '한국구비문학대계', '한국방언자료집', '한국민요대관'이 있다. 이 가운데 민요 음성자료는 '한국구비문학대계'와 '한국민요대관'에 탑재되어 있다.

1) 한국구비문학대계

"HOME 〉 음성자료 〉 한국구비문학대계 〉 유형별" 메뉴로 들어가면 '설화, 민요, 무가, 민속, 미분류, 설화 각색' 등으로 구성되어 있다. 이 가운데 민요와 미분류 항목만 살펴보기로 한다. 민요 항목의 하위항목에는 미분류, 노동요(농업노동요, 어업노동요, 벌채노동요, 길쌈노동요, 제분노동요, 잡역노동요), 의식요(세시의식요, 장례의식요, 신앙의식요), 유희요(세시유희요, 경기유희요, 조형유희요, 풍소유희요, 언어유희요), 비기능요(비기능요, 판소리)가 있다. "HOME 〉 음성자료 〉 한국구비문학대계 〉 유형별 〉 민요 〉 미분류 〉 미분류"에 들어가면 930건의 자료가 있다. 이 가운데 #1 가레가는 소리의 서지 텝을 클릭하면, "테잎명: 제주도 남제주군 대정4, 유형: 민요, 녹음시간: 3분34초, 채록일: 1981. 8.12, 채록자 김영돈·변성구, 채록지: 제주도 남제주군 대정읍, 출전: 한국구비문학대계 미분류, 출전페이지: 0~0"으로 되어 있다. 텍스트 텝을 클릭하면, "테잎연번: [대정읍민요2493], 음성위치: T.대정4 뒤, 채록지: 남제주군대정읍, 채록자: 김영돈·변성구, 구연자: 미상, 음성제목: 가레가는 소리, 출전: 한국구비문학대계 미분류, 출전페이지: 0~0, 설명: 구연상황 없음, 본문내용: 텍스트화되지 않았습니다."로 되어 있다. 텍스트 텝의 내용은 서지 텝의 내용과 별반 차이가 없을 뿐만 아니라 중복 게재할 이유가 전혀 없다. 텍스트 텝에는 민요 사설만 정리하면 될 것인데, 정작 사설 내용은 정리하지 않았다. 이용자의 편의를 위해서는, 출전페이지와 본문내용을 수록해야 한다. 즉 종이책 한국구비문학대계의 권호별 페이지 정보와 본문내용인 사설을 수록해 놓아야 한다. 또한 #1은 제주도 민요인 〈ᄀ래ᄀ는 소리〉이다. html문서에서 '·'자를 입력할 수 없기 때문에 〈가레가는소리〉로 입력한 것은 어쩔 수 없다손 치더라도 제분노동요의 하위항목에 탑재되어야 옳다. 〈ᄀ래ᄀ는 소리〉는 제주지역에서 〈맷돌노래〉의 현지노래명이기 때문에 그렇다. 따라서 "HOME 〉 음성자료 〉 한국구비문학대계 〉 유형별 〉 민요 〉 노동요 〉 제분노동요"에 탑재해야 한다.

"HOME 〉 음성자료 〉 한국구비문학대계 〉 유형별 〉 미분류" 메뉴로 들어가면, 전체자료 216건이 탑재되어 있다. 이 가운데 1~7번 자료를 살펴보면, #1 교훈적인 이야기(*차상준, **최내옥·김균태·장동숙, ***전라남도 장성군 장성읍 수산리, ****1982. 01. 13),[4] #2 구랑당 전설(*이만기, **최정여·강은해·이춘지, ***경상북도 성주군 대가면 칠봉1동, ****미상), #3 나비노래(*이남이, **강은해, ***경상북도 성주군 대가면 칠

---

4) 구연자 앞에는 *, 채록자 앞에는 **, 채록지 앞에는 ***, 채록일자 앞에는 **** 약호를 붙이기로 한다. 이하 같음.

봉2동, ****1979. 04. 05), #4 날 찾는 노래(*미상, **미상, ***경상북도 성주군 미상, ****1982. 01. 13), #5 남편이 전장에 출전한 후 친정부모공양(*미상, **미상, ***경상북도 성주군 미상, ****미상), #6 내용 없음(*미상, **최내옥·김균태·정기철·김갑진, ***전라남도 장성군 장성읍 백계리, ****1982. 01. 14), #7 내용을 알 수 없음(*미상, **미상, ***경상북도 영덕군 미상, ****미상) 등이다. 이처럼 민요와 설화가 섞여 있을 뿐만 아니라 제보자도 미상으로 처리되어 있다. 이들 자료는 설화나 민요 등으로 분류하여 탑재해야 한다.

2) 한국민요대관

"HOME 〉 음성자료 〉 한국민요대관"으로 들어가면 "한국민요대관 이용안내" 팝업창이 뜨는데, 그 내용은 이렇다.

한국민요대관은 민요연구자들이 제공한 음원자료와 한국학중앙연구원의 음원자료로 구성되었습니다.

민요연구자들이 제공한 음원자료는 다음과 같습니다.

지역	제공자	소속
경기도	김헌선	경기대
강원도	강등학	강릉대
충청북도	권오성, 조순현	한양대, 충북대
전라남북도	이경엽, 김혜정	목포대, 경인교대
경상북도	권오경	부산외대
경상남도	류종목	동아대
제주도	조영배	제주교대

무상으로 자료를 제공해 주신 선생님들께 감사드립니다.

　　한국민요대관 자료를 이용하여 연구논문을 쓸 경우 출처를 밝혀 주
시기 바랍니다.

한국학중앙연구원

　　"HOME 〉 음성자료 〉 한국민요대관 〉 전체해제"로 들어가면, 한국
민요의 이해-강등학(강릉대), 한국민요의 문학적 특성과 이해-류종
목(동아대), 한국 민요의 음악적 특성과 이해-김혜정(경인교대), 한국
민요의 노래명 표준화 방안-강등학(강릉대) 등으로 나누어 한국민요
전반에 관한 해제가 탑재되어 있다.

　　"HOME 〉 음성자료 〉 한국민요대관 〉 지역해제"로 들어가면, 경기도
민요 지역해제-김헌선(경기대), 강원도 민요 지역해제-강등학(강릉
대), 전라북도 민요 지역해제-김영운(한국정신문화연구원), 전라남도
민요 지역해제-김혜정(경인교대), 경상북도 민요 지역해제-권오경
(부산외대), 경상남도 민요 지역해제-류종목(동아대), 제주도 민요 지
역해제-조영배(제주교대), 충청도 민요 지역해제-배인교(한국학대학
원) 등으로 나누어 민요의 지역별 해제가 탑재되어 있다. 이 가운데
"HOME 〉 음성자료 〉 한국민요대관 〉 지역해제 〉 제주도 민요 지역해
제-조영배(제주교대) 〉 3. 제주도 민요의 종류" 들어가면, 제주도 민
요의 분류방법과 기준에 대한 설명을 제시한 다음에, 정작 제주도 민
요의 분류는 제시되어 있지 않다. 또한 각 지역별 민요의 종류도 필자
의 입장에 따라 정리되어 있는데, 이용자들의 편의를 위해서는 통일된
형식으로 일목요연하게 정리할 필요가 있다고 본다.

　　"HOME 〉 음성자료 〉 한국민요대관 〉 기능별"로 들어가면 다음과 같
은 항목으로 분류되어 탑재되어 있다.

유희요〉 가창유희요(미상), 언어유희요(말풀이요, 말잇기요, 말엮기요), 도구유희요(도구경기요, 도구연기요), 자연물상대유희요(잡기요, 조절요, 부림요, 완상요), 동작유희요(동작연기요, 동작경기요), 신비체험유희요(최면술요), 놀림유희요(신체놀림요, 인물놀림요, 행태놀림요), 생활유희요(상황요)

의식요 〉 통과의식요(장례요, 결혼요), 기원의식요(안녕기원요, 탐색기원요, 풍요기원요), 벽사의식요(축질요, 축귀요, 축화요)

미상 〉 미상(미상)

노동요 〉 농산노동요(논농사요, 밭농사요), 공산노동요(제분정미요, 건축요, 길쌈요, 토목요, 목탄제조요, 야장요, 삭망제조요, 조선요, 옹기제조요, 관망제조요), 가사노동요(양육요, 살림요), 수산노동요(고기잡이요, 해물채취요), 임산노동요(임산물채취요, 목재생산요)

운수노동요(수운요, 육운요), 축산노동요(소사육요, 말사육요), 상업노동요(호객요, 산술요)

이 가운데 "HOME 〉 음성자료 〉 한국민요대관 〉 기능별 〉 유희요 〉 가창유희요 〉 미상"으로 들어가면, 전체자료 5472건이 탑재되어 있다. #4 자료의 텝과 내용은 〈표 1〉과 같다.

〈표 1〉

No	노래명	구연자	조사자	조사지	기능	음성1	음성2	음성3	텍스트	악보
				......						
4	가래소리	미상	김기현/권오경	경상북도	미상	노래대담	노래	-	텍스트	-
				......						

여기서 텍스트 텝을 클릭하면 뜨는 내용은 〈표 2〉와 같다.

〈표 2〉

가래소리

음성제목	가래소리
현지명	#

조사자설정명	-
기능명	가창유희요
표준명	고기푸는소리
악곡명	-

테잎연번	경북1
음성위치	5669
조사·정리	김기현, 권오경
설명	잡은 고기를 퍼 담으면서 부르는 소리이다. 일반적으로 가래소리라 한다. 고기를 퍼 담는 삽 같은 기구를 가래라 한다. 육지에서 흙을 퍼 나를 때도 가래소리를 한다.
본문내용	가래로다 가--래 동해바다 노는 고기 죽천 앞바다로 점지하소 오이샤 가래로다 오이샤 가래로다 바람이 불면은 태풍이 올라나/오이샤 가래야 아 얼시구 절시구/오이샤 가래야 소-가 얼씨구 절시구 지화자 좋네 아-/오이 샤 가래야 잘두 한다 잘두 한다/어랑성 가래여 만구 영원 내 아들들아 바삐 나와 칼 받어라/어랑성 가래여 애야 차 오우 아-/이후후 아- 아
듣기(노래대담)	
듣기(노래)	

〈표 1〉에서는 기능이 미상으로 되어 있지만, 〈표 2〉에서는 기능명이 가창유희요로 되어 있다. #4 자료는 기능명이 가창유희요가 아니라 수산노동요이다. 또한 〈표 1〉과 〈표 2〉의 노래대담과 노래는 같은 음성자료를 탑재해 놓았다. 이와 같이 민요 음성자료의 기능별 분류를 잘

못 설정한 것이 다수가 있다.

"HOME 〉 음성자료 〉 한국민요대관 〉 기능별 〉 미상 〉 미상 〉 미상" 으로 들어가면, 전체자료 585건이 탑재되어 있다. 여기서도 "HOME 〉 음성자료 〉 한국민요대관 〉 기능별 〉 유희요 〉 가창유희요 〉 미상"과 마찬가지로 오류가 많다. 특히 수록자료의 노래명을 #1, #2는 '가래소리'로, #4, #5 자료는 '가창유희요'로 설정해 놓았다. 민요의 기능별 분류명과 요종별 노래명을 혼재한 상태로 탑재되어 있다. #1과 #2는 "HOME 〉 음성자료 〉 한국민요대관 〉 기능별 〉 노동요 〉 수산노동요" 의 하위 항목에 탑재해야 한다.

사정이 이렇다보니 "HOME 〉 음성자료 〉 한국민요대관 〉 지역별"로, "HOME 〉 음성자료 〉 한국민요대관 〉 지도"로, "HOME 〉 음성자료 〉 한국민요대관 〉 제목별"로 들어가도 〈표1〉과 〈표2〉의 #4 자료가 오류가 있는 상태로 뜬다. 이는 구축된 자료가 연동되어 검색되기 때문에 그렇다. 다시 말해서 "HOME 〉 음성자료 〉 한국민요대관 〉 기능별"로 분류하여 탑재한 자료를 바탕으로 검색이 용이하도록 지역별, 제목별, 지도로 설계되어 있다.

따라서 "HOME 〉 음성자료 〉 한국민요대관 〉 기능별"로 분류한 자료들을 원점에서 재검토하여 잘못 분류된 자료들을 수정하는 일이 시급하다.

끝으로 한국학중앙연구원 웹사이트 주메뉴에 음성자료가 있는데, 음성자료의 서브메뉴로 '한국구비문학대계', '한국방언자료집', '한국민요대관'이 있다. 이 가운데 민요 음성자료는 '한국구비문학대계'와 '한국민요대관'에 탑재되어 있다. 두 개의 서브 메뉴로 분산되어 있는 관계로 민요전공자가 아닌 일반인이 한국학중앙연구원 웹사이트에 접속한다면 한국민요대관 서브 메뉴만을 클릭할 가능이 높다.

이러한 문제점을 개선하려면 음성자료의 제1단계 서브메뉴를 민요, 무가, 설화, 설화 각색, 민속, 미분류로 설정하고, 제1단계 서브메뉴의 민요 항목에 제2단계 서브메뉴로 한국구비문학대계의 민요자료와 한국민요대관의 민요자료를 두면 쉽게 민요자료를 열람할 수 있을 것이다.[5]

3. 전통소리문화(http://sori.jeonbuk.kr/)

전라북도 전통소리문화 홈페이지인 전통소리문화 웹사이트는 "우리소리문화, 전통소리체험, 전통소리가상답사, 전통소리음원, 지역소리축제, 학술자료, 나눔터" 등 7개의 주메뉴로 구성되어 있다.

"HOME 〉우리소리문화 〉 민요"로 들어가면, "민요의 특징과 기능, 가창방법, 악조와 장단, 민요의 구분" 등 4개의 텝으로 구성되어 있는데, 전라북도의 민요에 대한 해설이 탑재되어 있다.

"HOME 〉전통소리체험 〉 민요"로 들어가면, "통속민요, 토속민요" 등 2개의 텝으로 구성되어 있는데, 통속민요와 토속민요에 대한 해설 및 요종별 공연모습을 담은 동영상이 탑재되어 있다.

"HOME 〉전통소리가상답사 〉 소리의 고향"으로 들어가면, 시군별로 구분된 전라북도 지도가 있다. 시군지역을 클릭하면 그 지역의 소리의 명소에 대한 자세한 설명을 아바타듣기로 들을 수 있고, 소리의 현장을 3D 파노라마로 볼 수 있다.

"HOME 〉학술자료 〉 우리의 소리⋯"로 들어가서 "전라북도 농악・

---

5) 민요 자료의 효율적 활용을 위한 웹 콘텐츠 설계에 대한 논의는 류종목, 앞의 글, 150~159쪽 참조

민요 · 만가"를 클릭하면, 『전통문화예술의 정리 전라북도 농악 · 민요 · 만가』(발행처: 전라북도, 발행인: 강현욱, 연구기관: 사단법인 마당, 발행일: 2004.12.)가 PDF 파일로 제공된다. 시군별로 조사 개요, 지역 개관, 마을 개관, 제보자 소개, 농사 관행 및 상례 풍습, 사설 및 악보, 민요 · 만가의 음악 분석 등을 수록하고 있다.

민요 정보의 문제점 및 개선 방안

팔도소리와 한국민요대관 웹사이트에 탑재된 민요 정보의 문제점을 노래명과 분류, 사설의 정리, 웹 프로모션 등 세 가지 측면에서 지적한 다음에 그 개선 방안을 제시해 보기로 한다.

1. 노래명과 분류

본원적인 민요에는 본디 노래 이름이 없다. Ruth Finnegan도 구전시가는 보통 제목을 갖지 않는다는 사실이 상기되어야 한다고 했다. 전승자들은 그때그때 편리할 대로 노래 이름을 붙인다.[6] 주지하듯이 동종의 민요라고 할지라도 채록지역이나 조사자에 따라 현지에서 통용되는 고유 노래명을 사용하기도 하고 기능명을 노래명으로 사용하는 등 자료집과 논저마다 각기 다른 민요 노래명을 사용하는 게 현실이다.

---

6) 金榮敦, 『濟州島民謠硏究: 女性勞動謠를 中心으로』, (도서출판 조약돌, 1983), 17쪽.

이는 민요가 구비문학이라는 특성 때문에 나타나는 현상이면서 연구자마다 학문적 시각이 다르기 때문에 나타나는 현상이기도 하다. 현실이 이렇다손 치더라도 민요 웹사이트는 민요연구자가 아닌 일반인을 주된 대상으로 하는 만큼 민요의 노래명과 분류를 표준화해야 한다는 당위성이 요구되는 이유도 여기에 있다.

예컨대 〈해녀노젓는소리〉가 현지에서 통용되는 고유 노래명과, 자료집과 논저에서는 조사자에 따라 어떤 민요 노래명을 사용하고 있는지 살펴보기로 한다. 현지 해녀사회에서 통용되는 〈해녀노젓는소리〉의 고유 노래명은 〈해녀(질)노래〉·〈해녀(질)소리〉·〈좀녀(질)소리〉·〈좀수(질)소리〉·〈네젓는노래〉·〈네젓는해녀노래〉·〈해녀(좀녀)질ᄒ는소리〉·〈물질ᄒ는소리〉 등이다. 또한 자료집과 논저에서 사용되는 〈해녀노젓는소리〉의 노래명은 〈잠녀가〉·〈해녀요〉·〈해녀가〉·〈해녀노래〉·〈노젓는노래〉·〈노젓는소리〉·〈잠녀소리〉·〈해녀노젓는소리〉 등이다. 이들 가운데 〈해녀노젓는소리〉는 현재 한국민요학계에서 일반적으로 통용되고 있는 노래명이다. 〈해녀노래〉는 제주도 민요학계와 주민들 사이에서 통용되는 노래명인데, 이는 〈해녀노래〉가 1971년 8월 26일 제주지역 시도무형문화재 제1호(제주시)로 지정된 것도 하나의 이유이다. 이처럼 〈해녀노젓는소리〉가 여러 가지 명칭으로 사용되고 있어, 자칫 기능이 서로 다른 노래로 인식할 우려도 있다. 사정이 이렇다보니 〈해녀노젓는소리〉를 영문으로 번역한 노래명도 학자에 따라 다르다. Women Divers' Rowing Song(이성훈),[7] Women Divers' Rowing Songs(이성훈),[8] Woman Diver's Rowing Song(문숙희),[9] Rowing

7) 이성훈, 「서부 경남지역 〈해녀노젓는소리〉의 전승과 변이양상」, 『한국언어문화』 제27집(한국언어문화학회, 2005), 485쪽.

Songs of the Women Divers(조규익),[10] the sound of a rowing woman diver(강명혜),[11] Women Divers' Songs(김영돈),[12] Woman Diver's Song (변성구),[13] Women Sea Divers' Song(좌혜경)[14] 등이 그것이다.

따라서 이처럼 동종의 민요라고 할지라도 각기 다른 노래명을 사용하는 현실적 문제점을 극복하기 위해 요종별 개념의 정리와 통일된 노래명을 정할 필요성이 대두된다. 이러한 난제를 극복하기 위한 방안은 강등학의 '민요의 노래명 표준화 방안'과 '한국 민요 분류표'[15]가 그 대안이 될 수 있다고 본다.

1) 팔도소리

팔도소리 웹사이트에는 〈해녀노젓는소리〉를 〈이여도사나〉라는 요종명으로 탑재되어 있다. 〈해녀노젓는소리〉의 명칭이 〈해녀노래〉·〈해녀요〉·〈해녀가〉 등의 명칭으로 사용되는 게 현실이다. 하지만

---

8) 이성훈, 「〈해녀 노 젓는 노래〉의 가창방식」, 『溫知論叢』 제9집(온지학회, 2003), 64쪽.

9) 문숙희, 「서부경남에 전승된 제주도 〈해녀노젓는소리〉의 음악적 고찰」, 『한국민요학』 제16집(한국민요학회, 2005), 152쪽.

10) 조규익, 「문틀의 존재양상과 의미 -〈해녀노젓는소리〉 전승론의 一端 -」, 『韓國詩歌研究』 제18집(한국시가학회, 2005), 42쪽.

11) 姜明慧, 「〈해녀노젓는소리〉의 通時的·共時的 考察1 - 서부 경남 지역의 본토 출가 해녀를 중심으로-」, 『溫知論叢』 제12집(온지학회, 2005), 140쪽.

12) 金榮敦, 앞의 책, 153쪽.

13) 변성구, 「해녀노래의 사설과 유형 구조」, 『한국언어문화』 제29집(한국언어문화학회, 2006), 55쪽.

14) 좌혜경, 「일본 쓰가지마[菅島]의 '아마'와 제주 해녀의 비교 민속학적 고찰」, 『한국민속학』 제36집(한국민속학회, 2002), 269쪽.

15) 강등학, 「민요 데이터의 정보처리 구도와 자료분류 표준화 방안」, 『한국민요학』 제14집(한국민요학회, 2004), 11~48쪽.

〈해녀노젓는소리〉의 후렴인 "이어도사나"를 요종명으로 사용하는 경우는 거의 없다. 다만 〈해녀노젓는소리〉를 현지 채록 나가서, 제보자에게 "이어도사나"를 불러달라고 요청할 때 가끔 사용하는 경우는 있다.

민요학계에서는 해녀들이 뱃물질 오갈 때 노를 저으며 불렀던 노래를 〈해녀노젓는소리〉라는 요종명으로 통일하여 사용하는 게 일반적이다. 그럼에도 불구하고 제주도 지역 학자들 사이에서는 지금도 〈해녀노래〉라는 요종명을 고집하여 사용하는 것 또한 현실이다. 사정이 이렇다보니 해녀박물관 웹사이트에도 〈해녀노래〉라는 요종명을 사용하고 있다. 민요는 고정된 노래명이 없다고 치더라도 학계에서 통용되는 요종명으로 통일할 필요가 있다고 본다. 민요학을 전공한 학자들은 〈해녀노래〉나 〈해녀노젓는소리〉라는 요종명을 쓰더라도 해녀들이 뱃물질 오갈 때 돛배의 노를 저으며 불렀던 노동요라는 사실을 알 수 있지만, 민요 전공자가 아닌 일반인들은 서로 다른 노동요로 잘못 인식할 가능성이 많기 때문에 그렇다.16)

덧붙여서 가창방식의 문제점을 지적해 보기로 한다. 〈해녀노젓는소리〉를 듣기 위해 〈이여도사나〉를 클릭하면 선소리는 김주옥, 후렴은 양승옥·김정자·김순열, 테왁 반주는 김정자, 녹음은 1983. 5. 13로 명시해 놓았다. 음성자료를 들어보면 선후창으로 부른 것을 금방 알 수 있다. 〈해녀노젓는소리〉의 후렴은 '이어도사나', '이어사나', '이여싸' 등으로 부른다. 그럼에도 불구하고 뒷소리를 후렴이라고 한 것은 문제가 있다. 〈해녀노젓는소리〉는 주로 되받아 부르기(同一先後唱)나 메기

---

16) 필자는 〈해녀노래〉, 〈해녀가〉, 〈해녀요〉 등의 명칭은 일반인이 혼동할 우려가 있기 때문에 〈해녀노젓는소리〉라는 요종명으로 통일하자는 견해를 『해녀의 삶과 그 노래』(민속원, 2005), 33~35쪽에서 밝힌 바 있다.

고받아 부르기(先後唱)의 방식으로 부르고, 간혹 주고받아 부르기(交換唱)나 내리부르기 방식으로도 부른다.[17] 되받아 부르기(同一先後唱)는 앞소리꾼의 사설을 뒷소리꾼이 그대로 되받아 부르거나 조금 변형시켜 그와 같은 사설을 받아서 부르는 방식이고,[18] 메기고받아 부르기 방식은 앞소리꾼이 앞소리를 메기면 뒷소리꾼들이 후렴으로 뒷소리를 받는 것이다.[19] 따라서 "후렴"은 '뒷소리'로 해야 옳다.

2) 한국민요대관

한국민요대관에 수록된 노동요의 음성자료 중에는 노래명과 기능이 잘못 분류되어 있는 것들이 더러 보인다. 이는 웹사이트 구축자의 착오로 인한 오류로 보인다.

먼저 노래명이 잘못 표기되어 있는 경우부터 살펴보기로 한다. 먼저 노래명이 잘못 표기되어 있는 경우부터 살펴보기로 한다. "HOME 〉 음성자료 〉 한국민요대관 〉 기능별 〉 노동요 〉 수산노동요 〉 해물채취요" 메뉴로 들어가면 전체 86건의 자료가 수록되어 있다. 이 가운데 #1과 #2 자료는 노래명이 〈내녀노젓는소리〉로 되어 있다. 이들 자료는 음성을 들어보면 알 수 있듯이 이 자료를 채록한 조사자 조영배가 "〈해녀노젓는소리〉를 녹음하겠습니다."로 시작한다. 그럼에도 불구하고 '해'자가 생략된 채 〈내녀노젓는소리〉라는 노래명으로 된 것은 웹사이트 구축자의 착오로 보인다. 이런 원인으로 "HOME 〉 음성자료 〉 한국민요대관 〉 제목별 〉 나" 항목에서 검색하면 #129 〈내녀노젓는소

---

17) 위의 책, 89쪽.
18) 이창식, 「민요론」, 『민속문학이란 무엇인가』(집문당, 1995), 180쪽.
19) 위의 책, 181쪽.

리)(*김영부, **조영배, ***제주도 북제주군 한림읍 한림리, ****1991. 07. 26)와 #130 〈내녀노젓는소리〉(*김부선, **조영배, ***제주도 북제주군 한림읍 한림리, ****1991. 07. 26)로 검색된다.

둘째, 탑재된 음성자료와는 다른 노래명이 부여된 경우를 살펴보기로 한다. #23 자료는 음성자료를 들어보면 〈フ래フ는소리〉(맷돌노래)인데도 〈해녀노래〉라는 노래명으로 탑재되어 있다. 또한 #24 자료는 음성자료를 들어보면 〈해녀항쟁가〉인데도 〈해녀노래〉로 탑재되어 있다. #9 자료 〈노젓는소리〉(*이영복, **조영배, ***제주도 남제주군 안덕면 사계리), #40 자료, #64 자료(*・**미상, ***제주도 북제주군 우도면), #86 자료(*윤문수, ***제주도 남제주군 안덕면 KBS 제주방송총국 스튜디오)는 창자가 남성인데도 불구하고 #9 자료는 〈노젓는소리〉로, #40 자료와 #64 자료는 〈해녀노젓는소리〉라는 노래명으로 탑재되어 있다. 제주도에서 사공이나 해녀가 돛배의 노를 저으며 부르는 노래는 사설과 가락이 같다. 따라서 〈뱃사공노젓는소리〉라는 노래명으로 탑재하는 게 옳다고 본다. 또한 #86 자료의 구연자가 윤문수라고 되어 있는데 녹음자료를 들어보면 조사자 조영배는 "강원호 할아버지께서 선소리를 하고 나머지 분들이 후렴을 받겠습니다."라고 말한다. 구연자 이름이 잘못 기재되어 있다. #4 자료 〈노젓는소리〉(*미상, **조영배, ***제주도 남제주군 남원읍 한남리)는 음성자료를 들어보면 〈테우젓는소리〉이다.

셋째, 노래명이 일관성 없이 기재되어 있는 경우를 살펴보기로 한다. #3~#9 자료는 〈노젓는소리〉로, #15 자료는 〈이여도사나〉로, #16~#22 자료는 〈이여도사나소리〉로, #23~#24 자료는 〈해녀노래〉로, #25~#83 자료는 〈해녀노젓는소리〉로, #84~#86 자료는 〈해녀소리〉로 되어 있다. 이들 중에 #6~#8 자료는 조사자 조영배가 제주도 북제주군 추자면에 채록한 〈노젓는소리〉인데, 이를 제외한 나머지 자료는 〈해녀노젓는소리〉로 노래명을 통일시켜야 할 것이다. 민요 전공자가 아닌 일반인들은 가락이나 사설이 유사한데도 불구하고 각기 다른 노래명을 사용함으로 말미암아 자칫 기능이 다른 노래로 볼 수도 있기 때문이다.

다음으로 기능이 잘못 분류되어 있는 경우를 살펴보기로 한다. "HOME 〉 음성자료 〉 한국민요대관 〉 기능별 〉 노동요 〉 수산노동요 〉 해물채취요" 메뉴로 들어가면 전체 86건의 자료가 수록되어 있다. 이 가운데 #10 〈방아찧는소리〉, #11 〈방애찧는소리〉, #14 〈세콜방애소리〉(*미상, **조영배, ***제주도 남제주군 성산읍 온평리, ****1989. 05. 28), #23 〈해녀노래〉는 "HOME 〉 음성자료 〉 한국민요대관 〉 기능별 〉 노동요 〉 공산노동요 〉 제분정미요"로 분류되어야 함에도 불구하고 "수산노동요 〉 해물채취요"로 분류돼 있다. #13 자료 〈상사소리〉(*미상, **조영배, ***제주도 북제주군 추자면)는 "농산노동요 〉 밭농사요"로 분류되어야 함에도 불구하고 "해물채취요"로 분류돼 있다. 또한 #24 〈해녀노래〉는 작사자와 작곡자가 있는 〈해녀항쟁가〉이다. 이 자료는 "노동요 〉 수산노동요 〉 해물채취요"로 잘못 분류되어 있다. 굳이 분류한다면 "유희요 〉 가창유희요"로 분류해야 마땅하다.

2. 사설의 정리

앞절에서 노래명과 분류의 문제점이 있음을 확인했다. 본 절에서 논의하려는 사설 정리의 경우도 많은 문제점이 드러난다.

사설을 올바로 정리하는 것은 지난한 문제이다. 음성을 제대로 듣지 못하거나 방언에 익숙하지 못할 경우 오기할 가능성이 많기 때문에 그렇다. 사설의 오기는 제보자가 부른 사설의 어휘를 수집자가 정확히 듣지 못했다고 여겨지는 경우와, 민요자료집을 編著할 때 原著와는 다

르게 사설의 어휘를 잘못 수록한 경우가 있다. 수집자가 사설을 오기
하게 된 원인은 제보자가 가창한 사설의 어휘와 내용을 제대로 알지
못하거나 정확히 청취하지 못한 데 있다고 본다. 물론 제보자의 잘못
된 제보에 따른 사설의 오류가 있을 수 있다.[20]

　사설 정리의 가장 큰 문제점은 'ㆍ'자를 지원하지 않는다는 점이다.
그러다보니 'ㆍ'자가 들어간 어휘를 입력할 수 없다는 사실이다. 현재
'ㆍ'자가 들어간 어휘를 그림으로 처리하고 있다.

　본 절에서는 음성자료와 사설을 함께 제공하는 팔도소리 웹사이트
의 자료를 검토하여 사설의 오기와 정리에 대해 문제점을 지적해 보기
로 한다.

　팔도소리 웹사이트에서 "HOME 〉 팔도소리 〉 제주도소리 〉 김녕 고
기잡이소리 〉 이여도사나"로 들어가면 〈이여도사나〉에 대한 해설과 사
설이 탑재되어 있다. 앞소리를 부른 김주옥을 A라고 하고, 뒷소리를 부
른 양승옥ㆍ김정자ㆍ김순열을 B라고 약칭해서 팔도소리에 탑재된 사
설을 다시 정리해보면 다음과 같다.

　[1]
　　　A　　　　　　　　B
　　　　… (전략)
　이여도사나　　　이여도사나
　요 넬 젓엉　　　요 넬 젓엉
　어딜 가코　　　　어딜 가리

---

20) 필자는 사설의 오기에 대한 자세한 내용은 졸고, 「〈해녀노젓는소리〉辭說의
　　誤記 및 語釋의 誤謬」, 『한국민요학』 제16집(한국민요학회, 2005), 235~262쪽
　　의 논의를 참조할 것.

진도 바당	진도 바당
<u>홀로 나가자</u>	<u>홀로 나가자</u>
이여도사나	이여도사나
이여도사나	<u>요 노동이</u>
이여도사나	무엇을 먹고
이물에는	이여도사나(이물에는)
이 사공아	이여도사나(이 사공아)
고물에는	이여도사나
<u>도사공아</u>	이여도사나
허릿대 밑에	허릿대 밑에
화장아야	화장아야
물때 점점,	어어 물때 점점
늦어나진다,	힛 늦어나진다
저어라 저어	저어라 저라
<u>의여라 배겨라</u>, 힛	<u>의여라 와겨라</u>
쿵쿵 찧어라, 힛	쿵쿵 <u>찧어라</u>
저어라 저어	저어라 저어라
우리 선관	우리 선관
가는 딜랑	가는 딜랑(이여도사나)
미역 좋은	이여도사나
여끝을로	이여도사나
전복 좋은	전복 좋은
<u>저 머들로</u>, 힛	<u>저 머들로</u>
설이나 설설	설이나 설설
<u>인도나흡서</u>	<u>인도나흡서</u>
이여도사나	이여도사나
이여도사나, 힛	이여도사나
저어라 저어	저어라 저어

찧어라 배겨라, 힛	찧어라 와(배)겨라
쿵쿵 찧어라, 힛	쿵쿵 찧어라
저어라 저어	저어라 저어
요 네 착이	요 네 착이
부러나진다	부러나진다
한라산에	한라산에(이여도사나)
곧은 남이	곧은 남이(이여도사나)
없을소냐	없을소냐
요 밴드레	요 밴드레(이여도사나)
그쳐나진다	그쳐나진다(이여도사나)
서늘곶이	서늘곶이(이여도사나)
머의 정당	머의 정당(이여도사나)
없을손가	없을소냐(이여도사나)
이여도사나	이여도사나
처어라 처어	쳐라 쳐
한 멀흘랑, 힛	한 멀흘랑
젓구나 가고, 힛	젓구나 가고
한 멀흘랑, 힛	한 멀흘랑(이여도사나)
쉬고나 가자, 힛	쉬고나 가자
쳐라 쳐, 힛	쳐라 쳐
차라 차	차라 차
이여도사나	이여도사나

…(중략)…

한짝 손에	한짝 손에
태왁을 메고	태왁을 메고
한짝 손에	한짝 손에
비창을 들라	비창을 쥘라
칠성판을	칠성판을(이여도사나)

등에다 지고	등에다 지고(이여도사나)
한 질 두 질	한 질 두 질(이여도사나)
깊은 멀 속	깊은 멀 속(이여도사나)
들어가 보낭	들어가 보낭(이여도사나)
은금보화	은금보화(이여도사나)
아서라마는	아서라마는(이여도사나)
내 손 잘라	내 손 잘라(이여도사나)
못할레라	못할레라
이여도사나	이여도사나
이여도사나, 헤이	이여도사나
쳐라 쳐	쳐라 쳐
한 멀흘랑, 힛	한 멀흘랑
짓고나 가고	짓고나 가고
한 멀흘랑, 힛	한 멀흘랑
쉬고나 가자, 힛	쉬고나 가자
쳐라 쳐	쳐라 쳐
찧여라 배겨라, 힛	찧여라 배겨라
쿵쿵 찧여라, 힛	쿵쿵 찧여라
이여도사나	이여도사나

(하략)…21)

[1]의 사설을 보면 가창방식이 되받아 부르기(同一先後唱) 방식으로 부른 것을 알 수 있다. 그럼에도 불구하고 뒷소리를 후렴이라고 한 것은 메기고받아 부르기 방식(先後唱)으로 부른 것으로 잘못 설명한 것이다.

---

21) 인용문의 밑줄 친 부분은 오류 부분으로 필자가 논의의 편의를 위해 그은 것임.

[1]에는 사설의 띄어쓰기 오류와 사설의 오기 또한 많다. 띄어쓰기 오류는 제주어 어법을, 사설의 오기는 제주어 표기법 규정을 제대로 알지 못한 데에도 원인이 있다. 이와 같은 오류가 발생한 근본적인 원인은 사설을 정리한 자가 가창자의 음성을 제대로 듣지 않고 사설을 정리했기 때문이다. 이는 음성자료를 청취해 보면 분명히 드러난다.

먼저 사설의 띄어쓰기 오류부터 살펴보기로 한다. 인용문의 "홀로 나가자"는 '홀로나 가자'로, "늦어나진다"는 '늦어나 진다'로, "인도나흡서"는 '인도나 흡서'로, "부러나진다"는 '부러나 진다'로, "그쳐나진다"는 '그쳐나 진다'로, 띄어쓰기를 해야 옳다. 예컨대 "진도 바당"을 "진도나 바당"으로 노래하는 것을 들 수 있는데, 가락에 따라 '-나'를 붙이는 경우가 종종 있기 때문에 그렇다. 이러한 사례는 인용문의 "젓구나 가고", "짓고나 가고", "쉬고나 가자"를 보아도 알 수 있다.

다음으로 사설의 오기 사례를 살펴보기로 한다. 인용문의 "요 노동이"는 '요 눗둥이'로 해야 옳다. 제주방언에서 바다의 사나운 큰 물결덩이인 이른바 너울덩이를 '눗둥이', '눗뎅이'이라고 한다. 또한 "도사공아"는 '고사공아'로, "허릿대 밑에"는 '허릿대 밋듸'로, "이여라"는 '지어라'로, "저 머들로"는 '준 머들로'로, "찔어라"는 노를 저어라의 의미인 '지여라'로, "머의 정당"은 '놓인22) 정당'으로, "한 멀흘랑"은 '흔 머들랑'으로, "차라 차"는 '차라 차라'로, "한짝 손에"는 '흔착 손에'로, "비창을 쥘라"는 '빗창을 쥐라'로, "한 질 두 질"은 '흔 질 두 질'로, "깊은 멀 속"은 '깊은 물속'으로, "들어가 보낭"은 '들어가 보난'으로, "아서라마는"은 '하서라마는'으로, "내 손 잘라"는 '내 숨 줄라'로 표기해야 옳다.

---

22) 필자는 인용문의 '머의'는 '놓인'으로 들린다. 분명하게 들리지 않으므로 정확히 청취하여 확인을 요하는 어휘이다.

이상에서 살펴본 바와 같이 일반인이 민요 웹사이트에 접속해서 민요 정보를 얻는다면, 제공된 정보 그대로를 믿기 십상이다. 따라서 민요 웹사이트가 웹상에서 음성자료와 민요 사설을 동시에 제공한다면 보다 정확한 사설의 정리가 절실히 요청된다는 사실을 알 수 있었다. 또한 난해한 어휘에 대한 주석 작업도 필요하다고 본다.

3. 웹 프로모션

민요정보를 탑재한 훌륭한 홈페이지를 구축하고 웹사이트의 지속적인 관리를 유지하기 위해 콘텐츠의 갱신이 용이하도록 구축되어야 한다. 방문자의 의견을 개진할 수 있는 게시판을 다는 것도 필요하다. 사실 홈페이지 구축보다 더 중요한 것은 웹 프로모션이다. 민요 정보를 탑재한 홈페이지를 아무리 잘 만든다손 치더라도 누리꾼(네티즌)에게 홍보를 하지 못하면 아무런 효용 가치가 없다.

웹 프로모션의 종류에는 검색엔진에 홈페이지 등록, 뉴스레터(News-letter), 배너광고, 유즈넷(Usenet) 홍보, E-mail 마케팅, 이벤트 프로모션: 포인트적립, 게시판 및 방명록 포스팅 등이 있다. 민요 웹사이트는 수익을 창출을 전제로 한 기업의 사이트가 아니므로 웹 프로모션의 종류 가운데 검색엔진에 사이트를 등록하는 것으로도 충분하다고 본다. 국내 검색포털과 검색엔진에 등록하고 필요시 off-line 홍보매체를 적극적으로 이용하여야 한다.

국내 검색엔진 가운데 네이버(www.naver.com), 다음(www.daum.net), 네이트(www.nate.com) 등에서 검색어를 '민요'로 하여 통합검색을 했을 때 한국학중앙연구원의 한국민요대관과 구비문학대계, 한국브리태니커회사의 자매 사이트인 팔도소리, 전통소리문화 등이 등록되어 있는 순서대로 제시하기로 한다. 검색된 사이트의 등록 현황은 제목, 설명, URL, 카테고리 순으로 기술하고 웹 프로모션의 측면에서 어떠한 문제점이 노출되는지 살펴보기로 한다.

1) 네이버(www.naver.com)

네이버 검색엔진에서 검색어를 '민요'로 하여 검색해 보면 총 149건의 웹사이트가 등록되어 있다. 등록 현황은 다음과 같다.

> 제목: 전통소리문화
> 설명: 전라북도의 전통음악, 판소리, 농악, 민요, 무악, 시조 정보 및
>   감상, 전주세계소리축제, 전통소리음원 등 수록.
> URL: http://www.sori.jeonbuk.kr/
> 카테고리: 문화, 예술 〉 전통문화 〉 국악, 전통음악
>   문화, 예술 〉 전통문화 〉 국악, 전통음악 〉 민요 〉 전라도
> 제목: 팔도소리 - 한국브리태니커
> 설명: 경기, 서도, 남도 등 전통민요, 칼럼 소개, 지역별 민요 감상
>   제공.
> URL: http://preview.britannica.co.kr/...
> 카테고리: 문화, 예술 〉 전통문화 〉 국악, 전통음악 〉 음악감상
>
> 제목: 장서각
> 설명: 왕실도서관 장서각 디지털 아카이브, 고도서, 고문서 열람서비
>   스, 민요 및 방언 자료 제공.
> URL: http://yoksa.aks.ac.kr/
> 카테고리: 교육, 학문 〉 도서관 〉 전자도서관

이 가운데 한국학중앙연구원의 한국민요대관과 구비문학대계는 '장서각'이라는 제목으로 등록되어 있어 일반인이 접근하는 데 한계가 있다. 제목을 '장서각 - 한국민요대관, 한국구비문학대계'로 설정해 놓으면 일반인이 접속하는데 용이할 것이다. 또한 "민요 및 방언 자료 제공"이라는 설명을 '민요와 방언 음성자료 제공'으로 구체화할 필요가 있다고 본다.

2) 다음(www.daum.net)

다음 검색엔진에서 검색어를 '민요'로 하여 검색해 보면 총 245개의 웹사이트가 등록되어 있다. 등록 현황은 다음과 같다.

> 제목: 전라북도 전통소리문화
> 설명: 전북지역 전통음악, 판소리, 농악, 민요, 사물놀이 소개 및 음
> 　　　악자료 수록.
> URL: http://www.sori.jeonbuk.kr/
> 카테고리: 음악 〉 국악, 전통음악
> 제목: 팔도소리
> 설명: 팔도 민요 소개, 도별 민요 설명 및 소리듣기 제공.
> URL: http://preview.britannica.co.kr/spotlights/paldosori/
> 카테고리: 국악, 전통음악 〉 음악감상

한국학중앙연구원의 한국민요대관과 구비문학대계는 검색이 되지 않는다. 검색어를 '장서각'으로 하여 검색하면 '한국학중앙연구원 장서각'이라는 제목으로 등록되어 있다. 문제는 민요연구자가 아닌 일반인들은 '한국학중앙연구원 장서각'이 민요 자료를 제공하는 사이트인지 알 수 없다는 점이다.

제목: 한국학중앙연구원 장서각

설명: 왕실도서관 장서각 디지털 아카이브, 고도서, 고문서, 사진, 음

성자료 검색 서비스.

URL: http://yoksa.aks.ac.kr/

카테고리: 교육, 학문 〉 전자도서관

설명에 '민요'라는 항목이 없고 "음성자료 검색 서비스"라고 되어 있
어 일반인이 민요 정보를 제공하는지 알 수 없다는 데 문제가 있다. 네
이버 검색엔진에 등록된 설명처럼 "민요 및 방언 자료 제공"이라고 하
거나, 아니면 좀더 구체적으로 '민요와 방언 음성자료 검색 서비스'로
구체화할 필요가 있다. 또한 제목도 '한국학중앙연구원 장서각－한국
민요대관, 한국구비문학대계'로 설정해 놓으면 일반인이 접속하는데
용이할 것이다.

3) 네이트(www.nate.com)

네이트 검색엔진에서 검색어를 '민요'로 하여 검색해 보면 총 82개의
웹사이트가 등록되어 있다. 등록 현황은 다음과 같다.

제목: 전라북도 전통소리문화

설명: 전북지역 판소리, 민요, 농악, 사물놀이, 무악, 산조의 유래와
역사, 종류, 전주세계소리축제 공연 등 자료 제공. 박물관을 가상 공간
에서 체험, 전통소리음원 제공.

URL: www.sori.jeonbuk.kr

카테고리: 문화, 예술 〉 문화 〉 문화재 〉 무형문화재.

제목: 팔도소리

설명: 강원도, 경기도, 경상도, 전라도, 제주도, 황해도, 충청도, 평안
　　도, 함경도 등 각 도별 타령 및 민요 해설, 리얼 오디오 음악
　　감상 가능.
URL: preview.britannica.co.kr/spotlights/paldosori
카테고리: 문화, 예술 〉 예술 〉 음악 〉 장르별 〉 전통음악 〉 국악 〉
　　음악듣기

제목: 전통소리문화
설명: 판소리 5마당 춘향가, 적벽가, 흥보가, 심청가, 수궁가 듣기, 농
　　악, 민요, 무악, 시조, 가야금병창, 산조, 줄풍류 관련 소리와
　　국악기 컴퓨터 음원 자료 제공.
URL: sori.jeonbuk.kr
카테고리: 문화, 예술 〉 예술 〉 음악 〉 장르별 〉 전통음악 〉 국악

　이 가운데 전통소리문화 웹사이트는 두 개의 카테고리에 등록되어
있어 민요연구자와 일반인이 접속하기에 용이하다. 하지만 한국학중앙
연구원의 한국민요대관과 구비문학대계는 검색이 되지 않는다. 검색어
를 '장서각'으로 하여 검색하면 '한국학중앙연구원 장서각'이라는 제목
으로 등록되어 있다.

제목: 한국학중앙연구원 장서각
설명: 한국학 전문도서관, 소장 자료검색, 고도서 해제 및 원문검색
　　서비스, 구비문학 및 설화 음향자료 오디오 서비스, 한국학대
　　학원 학위논문 원문.
URL: lib.aks.ac.kr
카테고리: 학문, 사전 〉 도서관 〉 전자도서관

설명에 '민요'라는 항목이 없고 "구비문학 및 설화 음향자료 오디오 서비스"라고 되어 있어 일반인의 접근이 용이하지 않다. 노출되는 문제점은 네이버와 다음 검색엔진에서 제시한 바와 같다.

Ⅳ 결 론

본고는 민요 정보가 탑재된 웹사이트의 구축 현황과 문제점을 검토하고 개선방안을 제시해 보았다. 민요 웹사이트는 양질의 콘텐츠를 제공하는 것 못지않게 정확한 정보를 제공해야 한다. 민요 웹사이트들은 음원, 영상, 악보, 사설 등 웹사이트마다 독창적인 콘텐츠로 구성되어 있음에도 불구하고, 탑재된 민요 정보가 많은 문제점 안고 있었다. 노래명과 분류, 사설의 정리, 웹 프로모션 등이 그것이다.

동종의 민요라고 할지라도 채록지역이나 조사자에 따라 현지에서 통용되는 고유 노래명을 사용하기도 하고 기능명을 노래명으로 사용하는 게 현실이다. 하지만 민요 웹사이트는 민요연구자가 아닌 일반인을 주된 대상으로 하는 만큼 민요의 노래명과 분류를 표준화해야 한다고 본다.

팔도소리 웹사이트는 사설과 음성자료를 함께 제공하고 있다는 장점에도 불구하고 사설의 오기와 사설의 띄어쓰기 오류를 범한 사례가 많았다. 이와 같은 오기와 오류가 발생한 근본적인 원인은 사설을 정리한 자가 가창자의 음성을 제대로 듣지 않고 사설을 정리했기 때문이다. 또한 난해한 어휘에 대한 주석 작업도 필요하다.

전통소리문화 웹사이트는 전라북도의 민요에 대한 해설, 통속민요와 토속민요에 대한 해설 및 요종별 공연모습을 담은 동영상이 탑재되어 있고 소리의 현장을 3D 파노라마로 볼 수 있다. 또한 시군별로 조사 개요, 지역 개관, 마을 개관, 제보자 소개, 농사 관행 및 상례 풍습, 사설 및 악보, 민요 · 만가의 음악 분석 등도 수록되어 있다.

한국학중앙연구원의 한국민요대관 웹사이트는 방대한 음성자료가 탑재되어 있다는 장점에도 불구하고 노래명과 기능이 잘못 분류되어 있는 경우가 더러 있었다. 노래명이 잘못 표기된 경우, 탑재된 음성자료와는 다른 노래명이 부여된 경우, 노래명이 일관성 없이 기재되어 있는 경우, 기능별 분류가 잘못된 경우가 그것이다. 이는 자료 제공자의 착오가 아니라 웹사이트 구축자의 착오로 인한 오류로 보인다.

민요 정보를 구축하는 것 못지않게 구축된 웹사이트를 홍보하는 것 또한 중요하다. 구축된 민요 정보를 일반인이 접근하기 쉽게 웹 프로모션을 통한 활성화 방안을 강구해야 할 것이다. 팔도소리와 전통소리 문화 웹사이트는 '민요'라는 검색어로 검색이 용이하도록 검색엔진에 등록되어 있고, 사이트에 대한 설명과 카테고리 분류 또한 충실하다. 하지만 한국학중앙연구원의 한국민요대관 웹사이트는 검색이 어려울 뿐만 아니라 사이트에 대한 설명 또한 검색엔진마다 제각각이었다.

현재까지 구축된 민요 웹사이트는 음성자료, 악보자료, 사설 자료 등을 탑재한 게 거의 전부이다. 하지만 앞으로 웹사이트를 업데이트하거나 새로 구축한다면 민요 구연 현장이나 기능을 알 수 있는 사진자료, 동영상, 음성자료, 문자자료, 악보자료까지 제공해야 할 것이다.

끝으로 민요 웹사이트의 교육적 활용과 성과에 대한 연구는 뒤로 미룬다.

● 참고문헌 ●

1. 자료

전통소리문화(http://sori.jeonbuk.kr/)

팔도소리(http://www.paldosori.co.kr/)

한국브리태니커회사(http://www.britannica.co.kr/)

한국학중앙연구원(http://yoksa.aks.ac.kr/)

해녀박물관(http://www.haenyeo.go.kr/)

2. 논저

강등학, 「민요 데이터의 정보처리 구도와 자료분류 표준화 방안」, 『한국
  민요학』 제14집, 한국민요학회, 2004.

姜明慧, 「〈해녀노젓는소리〉의 通時的・共時的 考察1 - 서부 경남 지역의
  본토 출가 해녀를 중심으로 -」, 『溫知論叢』 제12집, 온지학회,
  2005.

金榮敦, 『濟州島民謠硏究: 女性勞動謠를 中心으로』, 도서출판 조약돌,
  1983.

김혜정, 「민요 정보화와 〈사이버 한국민요대관〉의 음악학적 활용 방안」,
  『한국민요학』 제14집, 한국민요학회, 2004.

류종목, 「〈사이버 한국 민요대관〉의 콘텐츠 구성과 민요 전승」, 『한국 민
  속의 전승 양상과 인식의 틀』, 민속원, 2006.

문숙희, 「서부경남에 전승된 제주도 〈해녀노젓는소리〉의 음악적 고찰」,
  『한국민요학』 제16집, 한국민요학회, 2005.

변성구, 「해녀노래의 사설과 유형 구조」, 『한국언어문화』 제29집, 한국언
  어문화학회, 2006.

이성훈, 「〈해녀 노 젓는 노래〉의 가창방식」, 『溫知論叢』 제9집, 온지학회,

2003.

_____, 「〈해녀노젓는소리〉 辭說의 誤記 및 語釋의 誤謬」, 『한국민요학』 제 16집, 한국민요학회, 2005.

_____, 「서부 경남지역 〈해녀노젓는소리〉의 전승과 변이양상」, 『한국언 어문화』 제27집, 한국언어문화학회, 2005.

_____, 『해녀의 삶과 그 노래』, 민속원, 2005.

이창식, 「민요론」, 『민속문학이란 무엇인가』, 집문당, 1995.

조규익, 「문틀의 존재양상과 의미 -〈해녀노젓는소리〉 전승론의 一端-」, 『韓國詩歌研究』 제18집, 한국시가학회, 2005.

좌혜경, 「일본 쓰가지마[菅島]의 '아마'와 제주 해녀의 비교 민속학적 고찰」, 『한국민속학』 제36집, 한국민속학회, 2002.

濟州島 海女服 研究

- 序 論
- 濟州島의 風土와 海女의 生活狀態
- 海女服의 歷史的 考察
- 海女服의 種類와 時代的 變遷過程
- 遺品의 實測 및 製作 方法
- 濟州島 海女服의 特徵
- 結 論

| 김정숙 | 이화여자대학교

『탐라문화』 제10호, 1990.

I　序 論

1. 研究의 內容과 目的

본 논문은 濟州島 海女服에 대한 연구를 목적으로 한다. 岩波의 「廣辭苑」에 의하면 민속이란 人民, 민간의 풍습, 관례라고 하며 민속복이란 민중 사이에서 전승되어온 생활문화 속의 의복 및 장식품을 말한다. 따라서 민속복을 연구하는 대상은 都市文化보다도 農山漁村의 문화이며 上流支配層보다 下層庶民의 생활 속에 있는 傳承的服裝이라는데 있다.[1]

上層의 문화는 기록된 자료보다 많지만 下層의 문화에 관한 기록은 아주 드물다. 우리는 민속복을 통하여 옛날부터 내려온 서민생활과 그 생활 변천 과정을 알 수 있으며 그 지역의 문화적 특성, 풍토까지도 論할수 있다.

濟州島는 자연적, 역사적 환경의 특수성으로 인해 다른 지역에서 볼 수 없는 牧子服(가죽 두루마기), 農夫服(갈옷), 海女服(물소중이) 등 향토색 짙은 濟州島 樣式의 민속복이 발달했다.

이러한 민속복은 전통사회가 근대사회로 변하고 공동사회가 이익사회로 변하는 산업사회에서는 소멸되거나 변형이 되어버린다. 인간과 服飾은 단지 풍토에 의해 규정되는 것만은 아니다. 반대로 인간이 풍토에 작용하여 풍토를 변화시킬 수 있다는 것이다.[2]

---

1) 杉本正年, 『東洋服裝論攷』(古代編), 東京 : 文化出版局, 1976, pp.10-16.
2) 肯圭和, 『服飾美學』, 수학사, 1982, pp.84-90.

본 논문에서 연구하고자 하는 해녀복은 濟州島 풍토에 의한 것으로 濟州島 해변가 여인이라면 누구나 입었던 옷이며 이 옷은 생존을 위해 바다에서 작업할 때 입었던 강인한 생활력을 나타내주는 민속복이다.

高富子는 해녀복을 구조상 작업하기에 가장 편리하고 과학적이면서도 위생적인 제도법을 갖고 있다고 하였다.[3]

반면 이렇게 합리적이며 능률적으로 제작되고 활용되어 온 해녀복이 現代化된 사회 속에서는 무관심으로 인해 자료를 구하기가 힘들게 되었으며, 따라서 소멸해 가는 민속문화의 자료수집과 보존의 필요성을 느끼게 되었다.

그리하여 본문에서는 現存하는 재래식 綿製 해녀복인 물소중이와 물적삼을 중심으로

첫째, 濟州島의 풍토와 해녀의 생활 상태를 고찰하며,

둘째, 해녀복의 역사적 배경을 밝히고,

셋째, 해녀복의 종류와 시대적 변천 과정을 살펴,

넷째, 유품을 도식화하고, 제작방법과 해녀복의 특징에 대하여 論하고자 한다.

이러한 고찰을 통하여 해녀복에 대한 자료를 만들고 전통문화를 계승하는데 본 연구의 목적을 두었다.

2. 研究方法 및 制限點

문헌적 자료와 유품을 중심으로 해녀복의 着用背景과 특징을 고찰

---

3) 高富子, "濟州島 服飾의 民俗學的 研究", 이화여자대학교 교육대학원 석사학위논문(미간행), 1971, p.65.

하였다. 그러나 그 유품과 문헌이 충분치 않으므로 이를 보충하기 위해서 古老들과의 대화에서 해녀복의 제작방법과 기능적 특성, 着用法에 대해 고찰하였다.

　연구대상으로 사용되어진 유품은 濟州民俗博物館에서 4점, 濟州道民俗自然史博物館에서 3점, 濟州民俗村에서 3점을 협조 받았으며 기타 개인소장 유품 21점을 중심으로 圖式化하여 자료를 정리하였다.

　본 논문에서는 해녀복 중에서 가장 많이 이용했던 물소중이를 중심으로 하였고 제한점은 다음과 같다.

1. 해녀복에 대한 문헌적인 자세한 기록이 역사적으로 그다지 많지 않고,
2. 문헌자료가 있어도 단순하게 記述되어 현대 이전의 유품으로는 그 생활상을 확실히 파악할 수 없다.
3. 수집된 물소중이 형태 이외에는 과거에 입었던 해녀복의 전반적인 모습을 완전하게 연구할 수 없다.
4. 陸地와의 영향관계를 확실히 뒷받침 해주는 자료가 없다.

이러한 제한점은 앞으로의 연구과제가 될 것이다.

 ## 濟州島의 風土와 海女의 生活狀態

1. 濟州島의 風土와 民俗服

　濟州島는 자연적, 역사적 환경의 특수성으로 濟州島 樣式의 민속복이 나타났다. 그중에서도 해녀복과 연관된 풍토를 정리하여 설명하고

자 한다. 여기서 풍토라 함은 日照, 雨量, 土壤, 風向 등과 같은 물리적
인 立地條件만이 아니라 인간을 포함한 풍토이며 정신적, 철학적 풍토
를 말한다. 그래서 풍토의 현상은 문예, 종교, 미술, 복식, 풍속 등 모든
인간 생활의 표현 속에서 나타나고 있다.[4]

1) 자연적 환경

濟州島는 북위 약 33° 근처에 위치하여 중심부에 해발 약 1900m의
山頂, 동서로 약 75km, 남북으로 약 30km이고 주위가 약 254km인 타원
형의 섬으로 되어 있으며 면적은 약 1,819km² 이다.[5]

本島는 日本 및 中國大陸과 왕래하기 좋은 위치에 있어 문화상으로
많은 영향을 주고받았으나 元宗 14년(1273)부터 약 1세기 동안 元의 지
배, 고려 중엽부터 왜구의 노략질은 그치지 않아 도민들의 정신적, 물
질적 피해는 도민의 排他的 성격 형성의 요인이 되었다. 또한 섬이기
때문에 생산수단은 해녀 잠수업에 의존하게 되었다.

기후는 해양성 기후로써 한반도와 비슷하나 年中 기온이 온화하여
겨울은 영하 6℃ 이하로 내려가지 않으며 中國, 日本과 더불어 몬순지
역에 속한다. 和辻哲郎은 副題인 "人間學的 考察"에서 풍토를 몬순형
(아시아), 목장형(유럽), 사막형(서아시아) 세 類型으로 나누고 있으며
일반적으로 몬순지역의 주민을 受容的, 忍從的으로 규정지고 있다.[6]

---

4) 조규화, 1982, pp.84-90.
5) 이동규, "제주도의 일기 및 기후", 『국제화 시대의 제주도 연구』, 제주도연구
   회, 1988, p.95.
6) 和辻哲郎, 『風土』, 弘文館, 의복의 기후 조건을 단지 寒暖으로 나눈 이전의
   방식에서 탈피하여 습도에 의하여 새로운 시야를 보였으며 목장적 풍토의 유
   럽인을 "합리적"이라 하고 사막적 풍토의 인간의 구조를 "대항적" "전투적"이

또한 Koppen의 분류법에 따르면 濟州島는 온대 다우 지역에 속한다. 이러한 기후 조건은 목초의 성장을 도와서 목축지대로 적격인가 하면 김매기가 年中 불가피한 일거리의 하나로 여인들의 노동량을 가중시켰다.

예로부터 농경 위주의 생활을 영위해 왔던 濟州島는 농토로는 적합하지 않은 火山灰土와 기후에 의한 風多災, 水多災, 旱多災로 흉년의 연속이었기 때문에 농사에만 의존할 수 없어 낮이면 밭에 가고 밭일이 한가하면 바다에 갔으며 밤이면 양태와 탕건을 짰다. 그런 까닭에 濟州島의 민요 대부분이 勞動謠이고 그 노동요의 거의 전부가 女性謠에 해당된다. 그뿐 아니라 실제로 경제면의 주권도 여자가 쥐고 있다.[7]

2) 역사적 환경

濟州島에 사회적 문화적 영향을 미친 역사적 배경은 三別抄軍의 入據와 유배인들의 영향이다. 三別抄軍이 진압된 후 1백 년 동안 元의 지배는 농경법과 누에치기와 베 짜는 기술, 牧馬飼育法이 전해졌고 풍속에도 새로운 색채가 나타났다. 가죽옷, 가죽보선, *믈 므는 소리 등이 그 두드러진 것이다.[8]

高麗 때에 禑王 8년(1382)에 明에 정복당한 雲南 梁王의 아들 拍拍太子와 梁王의 자손들이 濟州島에 유배되었고 1388년에 明나라에 멸망당한 元나라의 達達親王과 왕족 팔십 가구가 이 섬에 유배되어 최후를 마쳤다. 恭愍王 4년(1392) 前元의 상류 사회 인물들이 濟州島에 영주함

라고 규정짓고 있다.

7) 현평효·현용준·양중해·김인제·김영돈·고성준·강경선, "탐라정신연구", 『제주대학 논문집』 제11집, 제주대학, 1979, p.31.

8) 濟州市, 『濟州市 三十年史』, 제주시, 1985, p.152.

   * 말을 모는 소리

으로써 그들의 문화와 풍속이 전래되었으며 특히 감물(柿汁)을 무명에 들여 만든 갈옷도 (圖1-1) 이때부터 전해 진 것이라 한다.[9]

朝鮮에 들어서 유배지로 주목되면서 來島된 선비들은 본 도민의 가슴속에 銳利한 역사의식에 입각한 국가관과 사물의 합리적 처리 방법 및 사회정의와 인간성들을 심어 주는 영향을 미쳤다.[10]

특히 18세기 李衡祥 牧使는 수중 작업복을 고안했으며 16세기 金淨의 「濟州風土錄」, 17세기 金尚憲의 「南槎錄」, 李健의 「濟州風土記」, 19세기 秋史 金正喜의 제자양성은 濟州의 학문과 예술에 큰 영향을 미쳤다. 衣生活에 있어서도 한반도의 전통복식을 보급시켜 濟州島民들이 혼례시나 제례, 나들이 할 때에는 京樣式을 적용하였다. 또한 濟州島의 민간 신앙 체계는 남과 여의 이중신앙 구조로 요약된다. 崇祖祭에서 巫俗祭儀인 귀양풀이, 시왕맞이 등은 여성들에 의해 주관되고 祭祀와 墓祭는 남성이 제관이 되며 여성은 재물 준비와 심부름을 맡는다. 家庭信仰도 성주, 조왕, 문신, 안칠성, 밧칠성 등은 주부의 주관 하에 무당에 의해 致祭되고 土神祭와 崇祖祭에 편입된 門神은 남성에 의해 儒式祭儀로 모셔진다.[11] 남자는 일종의 種族用이거나 삶의 외곽 지대에서 도는 것으로 만족하고 있다. 중세 이후 濟州島 여자의 노동력이 발달한 것은 남자들이 元이나 高麗, 朝鮮의 권력장에 징발, 강제 노역으로 뽑혀간 뒤의 가정을 여자가 맡기 시작한 사실에서 그 기원을 엿볼 수 있다. 거기다가 근세시대의 京官이나 謫官들이 그들 자신은 閑暇를 누리는 대신 여자를 생활의 도구로 삼는 데서도 강조된다. 그것이 가

---

9) 탐라성주유사편집위원회, 『탐라성주유사』, 高氏宗親會總本部, 1979, p.125.
10) 최영희, "역사기행 : 제주편", 『향토문화시대』, 1987년 3월, p.470.
11) 현평효 외 6인, 1979, p.33.

장 최근에는 四・三사건으로(1948) 많은 남자가 한라산의 적색 반란에
가담하거나 右翼편 참가자로 쌍방에서 死傷을 당하여 남자가 격감되어
다시 한 번 여성 중심의 생활이 현실에 뿌리를 내리게 된 것이다.[12]

이러한 자연적, 역사적 환경 가운데 濟州樣式의 민속복이 발달했다.
本島는 생산수단이 목축업과 농사・어업에 의존하고 있어 牧子들이
입는 가죽옷(圖 1-2), 농부들이 입는 갈옷, 해녀들이 잠수할 때 입는 물
소중이(圖 1-3) 등 다른 지역에서 볼 수 없는 향토색을 띤 노동복이 나
타났다.

가난과 노동에 시달렸던 濟州島民의 衣生活은 피복 재료도 귀하여서
유교 문화를 받아들일 여유 없이 裸體覆蓋의 의미와 기능을 요구할 수
밖에 없었다. 이러한 濟州島民의 衣生活은 淸陰 金尙憲의 編著인 「南
槎錄」에서 짐작할 수 있다.

대정에서 목면을 심으나 다만 꽃피는 것이 육지와 같지 아니하고 밭
임자가 겨우 옷솜을 만들 정도이며 삼은 비록 생산되나 길쌈에 알맞지
아니하다. 대개 토질이 척박하고 또 지방 사람은 예로부터 누에치기를
좋아하지 아니하였기 때문에 무릇 의복 재료는 토산 해물을 육지로 옮
겨 바꾸어 온다고 하였다.[13]

위 글에서 本島의 의복 재료인 무명이 귀하다는 것을 알 수 있다. 濟
州島에는 목면을 400여년 전에 濟州 서남부에 재배했다고 한다. 당시
생산한 목면은 貢物로 나라에 바쳤기 때문에 도민들에게는 옷감이 귀

---

12) 고은, 『濟州島』, 일지사, 1976, p.201.
13) 金尙憲 編, 『耽羅文獻集:南槎錄』, 朴用厚(譯), 제주도교육위원회, 1976,
　　p.55.
　　今則 大靜種木綿 但結花不似陸地 田主僅作衣絮 麻枲雖産 不宜紡績 盖緣土
　　品瘠薄 且土人自古不喜養蠶 凡所衣着之資 皆以土産海物 懋遷於陸地云.

하여서 무명(미녕)이 물물교환의 기준이 되었다. 예를 들면 씨앗 열 마지기 밭을 미녕 20필로 물물교환으로 *미녕을 얻어 사용했다. 농가에서는 직접 생산하여 가족들의 필요량은 모두 자급자족하였다.[14]

이런 여건은 작은 옷감을 활용하여 가장 합리적인 구조를 가진 물소 중이를 제작하게 했으며 그 옷에는 생존을 위해 바다에 뛰어드는 강인한 생활력과 생활의 슬기를 느낄 수 있다.

3) 海女의 生活 狀態

해녀는 濟州島를 중심으로 한 韓國과 日本에만 있으며 潛水漁撈가 발달되기 위해서는 몇 가지 필수 조건이 있다. 海水溫이나 透明度가 알맞아야 하고 조개류나 해조류의 생육 조건이 좋은 岩礁海域이라야 한다. 그리고 부근의 바다에 사람을 해치는 海魚, 海獸가 없어야만 好條件이 된다.[15]

濟州島에서는 해녀는 줌수(潛嫂)라고도 하며 노파들 사이에서는 가끔 좀네라 하기도 한다. 숙종 28년(1702)에는 漁戶 겸 뱃사공의 처를 잠녀라고 불렀다.[16] 해녀가 이 지역에서 차지하는 비중은 中宗實錄 (1520)에 "이곳 사람들은 해산물로 살아간다."[17]라고 기록이 되어 있듯이 현재도 어촌의 경우 가계 의존도는 해산물 채취에 두고 있으며 濟州島 수산물 수출고에서 차지하는 비중은 평균 80% 이상이다. 1965년의 해녀 수는 23,081명이었으나 1986년은 6,627명으로 濟州島 여성 인구의

---

14) 金奉玉(編), 『高內里誌』, 在日本 高內里 親睦會, 1980, p.96.
    * 제주도에서는 무명(木綿)을 미녕이라 함.
15) 北濟州郡, 『北濟州郡誌』, 北濟州郡, 1987, pp.549-550.
16) 金奉玉(編), 『朝鮮王朝實錄中耽羅誌』, 濟州文化放送株式會社, 1986, p.477.
17) 앞의 글, p.278.

2.6%이다. 이와 같이 해녀 수의 급격한 감소 현상은 경제 개발과 더불어 산업의 고도화에 따른 결과라고도 볼 수 있지만 濟州島의 높은 진학률에 따른 교육 수준의 향상이 주된 원인으로 지적될 수 있다.[18]

1960년대까지만 해도 건강하고 물질 잘 하는 처녀가 최고의 新婦였으며 여자아이는 7, 8세가 되면 갯가에서 어머니를 흉내 내어 헤엄치는 연습을 한다. 10세가 되면 어머니로부터 태왁을 받고 차차 깊은 바다로 들어가 잠수 연습을 한다. 그러나 물건을 채취하지는 않는다. 14세가 되면 처음으로 눈(안경), 호미, 빗창 등을 어머니로부터 받아 물건을 따기 시작한다.[19] 결혼하게 되면 시집에서 〈태왁〉, 〈망사리〉, 〈빗창〉, 〈종계호미〉 따위를 알뜰히 장만하고 며느리에게 준다. 잠수에 임할 때에는 "소중이"라고 불리우는 면제 수영복을 준비하고 눈(안경), 태왁, 망사리, 빗창, 종계호미 그밖에 골각지, 고동망아리, 송동바구리들이 필요하다.[20] 푸른 바다에 생명을 걸고 가족의 생계를 떠맡고 있는 해녀 사회는 공동 의식이 강하여 개인의 이익이 성립될 수 없으며 질서는 절대적이다. 해녀 작업을 시작할 때에는 상잠수가 앞장을 서서 태왁을 가슴에 안고 헤엄을 치면서 노래를 先唱한다. 뒤를 따라 해녀들이 줄을 지어서 노래를 따라 부르는데 박복한 신세를 한탄하며 우는 해녀도 많았다. 濟州島 해녀의 하루 조업은 완전히 하루를 裸潛勞動에 消盡하는 것은 아니고 半農半漁의 생활 형태이다. 이경남(1968년 9월)[21] 조사에 의하면 하루 해녀 노동시간은 평균 90분이고, 하루 평균

18) 김영돈·김범국·서경림, "해녀조사연구", 『탐라문화』 제5호, 제주대학교 탐라문화연구소, 1986, pp.145-268.
19) 泉靖一, 『濟州島』, 東京大學出版會, 1971, p.113.
20) 김영돈, "제주해녀의 민속학적 연구", 『제주도연구』 제3집, 제주도연구회, 1986, p.187.

수입액은 3백 원이었다. 잠수부들은 한 달 평균 10일쯤 작업하는데 추운 겨울철에는 작업 일수가 5일로 줄어든다. 바다가 거칠지만 않는다면, 임신, 월경, 분만 직전후까지 눈이 오거나 비가 내리더라도 操業을 하였다. 면제 해녀복을 입었을 때 순 작업 시간은 여름 때에는 3시간 정도이고 겨울에는 불과 30분 정도이다. 잠수 작업을 하는 水深은 대개 최고 20미터에서 최저 5.5미터에 달하며 이때 잠수들의 1회의 잠수 시간은 평균 1분 30초이며 최고로는 약 3분까지도 연장되는 이가 있다. 무자맥질(잠수하는 일)을 10회 되풀이 하고 나면 체온이 떨어져 체온을 상승시키기 위해 해변가에 마련한 불턱에서 모닥불을 쬔다.[22] 먼저 뭍에 나온 사람은 잠수들이 바다로 올 때 한 단씩 가져 온 땔감에 불을 당긴다. 우선 마른 옷으로 갈아 입고 上衣(누빈 솜 같은 뚜데기)를 쓰고 앉아 추위를 녹인다. 소라를 구워 먹기도 하고 미역 부분인 '귀를 도려내어 부지깽이에 매달고 파랗게 그을려 먹으면서 사소한 집안일에서부터 누구 집 大小事까지 온갖 새 소식을 주고받는다.[23] 한창이던 물질도 겨울이면 뜸해지고 음력 3월 중순이 되면 다른 지방으로 물질을 하러 갔다가 팔월 추석을 며칠 앞두고 고향으로 돌아온다. 濟州島 잠수들은 1889년경에는 莞島, 釜山, 影島, 巨濟島, 南海의 突山, 蔚山, 慶北 일대까지 출가하였다.[24] 1910년에는 出稼 海女의 수는 2천 수백명에 이르렀고 해방 후에는 5천 명을 넘어 섰다. 해방 전까지는 出稼地域이 다양해서 日本의 각 지방은 물론 露領 블라디보스토크, 中國의

21) 이경남, "제주도 해녀의 노동 생산성 실태", 「제대신보」, 1969년 9월 30일, p.2.
22) 김영돈 · 김범국 · 서경림, 1986, pp.145-268.
23) 한림화 · 김수남, 『제주바다 잠수의 사계』, 한길사, 1987, pp.30-51.
24) 강대원, 『해녀연구』 개정판, 한진문화사, 1973, p.43.

靑島까지 출가했었다.25) 출가 잠수의 典主들의 박해와 수탈은 잠수들
의 생활을 고달프게 했으며 19세기에 일본인의 어업 침략은 참을 수
없는 고난이었다. 日本人들이 高麗末부터 全羅, 慶尙道 연안 일대를 중
심으로 19세기까지 어업 침략은 성행하였으며 日本어민이 半裸體 또는
赤裸體로 부락을 배회하여 美風을 해칠 뿐만 아니라 해녀들은 조업 중
에 있다가도 이들을 만나면 놀라서 도피하였다. 이로 말미암아 어획물
을 도난당하기도 하여 島民은 日本 漁民을 증오하게 되었고 항일투쟁
으로 발전하게 되었다. 1932년 1월 細花里에서 해녀 1천여 명이 해녀
복장을 한 채 봉기를 일으키게 되었다.26) 이런 투쟁의 결과 해녀들은
근면, 검소, 자립정신이 형성되었다.

圖 1-1. 갈적삼과 갈몸빼. 「제주도 민속자연사박물관」

---

25) 한림화·김수남, 1987, pp.52-65.
26) 濟州道, 『濟州道誌 下卷』, 濟州道, 1982, pp.154-156.

圖 1-2. 가죽감태 및 가죽두루마기. 「제주도 민속자연사박물관」

圖 1-3. 물수건, 물적삼, 물소중이 입은 해녀. 「제주도 민속자연사박물관」

海女服의 歷史的 考察

　濟州島가 잠수부의 발상 지역이라고 믿어지고 있으나 잠수 생활의
시작 시기는 不分明하다. 考古學的인 견지에서 潛水操作은 이미 4세기
이전에 시작되었으리라는 추측을 간접적인 자료를 통해 추리해 볼 수
밖에 없다. 三國史記 卷 19 高句麗本紀 文咨王 13年(A.D 504)條에 珂則
涉羅所産[27]이라 한 것을 보면 이미 6세기 초에 涉羅 즉 濟州島에서 珂
— 곧 진주가 생산되어 멀리 魏에까지 조공한 것을 알 수 있다. 그보다
앞서 5세기경 日本과 新羅에도 진주가 있었다는 기록이 있으니 이러한
사실들은 5~6세기경에 日本과 濟州島를 중심으로 한 그 沿海에 單身으
로 아무런 장비도 갖추지 않고 海水中에 잠수하여 海底에 있는 진주를
비롯한 전복, 문어, 굴 등의 여러 가지 어물을 채취하는 一端의 사람들
이 있었다는 간접적인 설명이라 볼 수 있다.[28] 『東亞世亞民族史Ⅰ』에
는 5~6세기경 北九州 연안의 백성은 漁撈를 중심으로 하여 생활을 영
위하고 있으며 주로 남자가 물속에 들어간다. 그 일본 남자들은 어른,
아이의 신분 구별 없이 모두 얼굴과 몸에 文身을 하고 있다. 남자들이
문신을 하고 있는 것은 大魚와 水鳥의 위협을 방어하고 몸을 지키기
위함이다. 그 습관은 중국 양자강 남부의 해안 지방 習俗과 관계가 있

27) 金富軾(高麗仁宗 23年, 1145), 『三國史記』, 民族文化推進會, 影印本, 1973,
　　p.146.
28) 閔京姅, "한국해녀의 역사 및 생활실태", 『梨大史苑』 5집, 1964, p.87.
　　三國史記 卷25 百濟本紀 腆支王 5年(409)條에 倭國遣使, 送夜明珠, 王優禮待
　　之라 하고 또 三國史記 卷11 新羅本紀 憲康王 8年(882)條에 日本國王遣使,
　　進黃金三百兩 明珠一十筒.

다. 이 문신 풍속이 韓人 사이에도 널리 퍼졌으며 많은 海人들이 日本으로 건너 왔었다는 사실로 하여 倭人과 韓人의 교류는 극히 밀접한 관계였다는 것을 *〈延喜式〉기사에서 알 수 있으며 그 기사에는 濟州島가 예부터 전복의 산지였다는 것을 기록하고 있다.29) 또한 東國輿地勝覽 卷38 濟州牧土産條30)에 「빈주」라 하여 명확히 진주조개라고 밝히고 있으니 이 당시에 이미 耽羅에서 진주를 채취한 것이 확실하다.

이상의 사적 기록으로부터 잠수 행위가 있었다는 것을 알 수 있다. 진주와 그 밖의 해물을 채취한 사람들이 반드시 여자들만이었다고 보기는 어려울 것이 조선중기까지 남자는 전복을 따고 여자는 미역 청각 등 해조류를 채취했다. 그 당시는 沿岸淺海에 각종 패류 및 해조류 자원이 풍부하여 쉽게 포획할 수 있었기 때문에 깊은 물속에서 잠수할 필요가 없었다. 단지 진주를 채취하기 위해서 깊은 물속으로 들어가서 작업한 것은 남자인 것 같다. 당시 나잠업은 남녀 공동으로 작업을 하였다는 것을 몇 가지 사실로 알 수 있다.

高麗肅宗 10년(1105)에 耽羅郡으로 改稱되면서 句當使 尹應均이 本島에 부임하여 男女間의 裸體 操業禁止令을 내린 바 있고,31) 濟州목사로 역임했던 奇虔은 世宗 25년(1443) 12월 주민들이 겨울에 조업하는 것과 남녀가 같이 전복을 채취하는 작업 현황을 직접 돌아보고 주민들의 어려움과 노고를 덜기 위해서 임기를 마치고 떠날 때까지 일체 전

29) 中村由信 · 官本常一, 『海女』, 株式會社 マリン企畵, 1978, pp.138-140.
　　* 〈延喜式〉은 905년에 편찬된 律令集이며 三國志가 쓰여지고 나서 600여년 뒤에 쓰여진 책이다.
30) 『新增東國輿地勝覽卷之三十八 : 濟州牧』, 조선사학회, 1930, p.9.
　　蠙珠, 高麗忠烈王二年, 元遣林惟幹採珠于耽羅, 不得, 乃取民所藏百餘枚, 以還.
31) 濟州道, 1982, p.151.

복을 입에 대지 않았다고 한다. 조정에 진상하는 토산품 중에서 전복
은 매우 귀중한 품목이었다.[32] 지금까지는 어획물을 통하여 간접적으
로 해녀가 있었을 것이라는 추측 정도였다. 그러나 朝鮮 仁祖 7년
(1629) 李健의 『濟州風土記』에는 잠녀의 모습을 자세하게 나타내고 있
어 다음의 내용으로 잠녀의 생활 상태를 파악할 수 있다.

    해산에는 단지 생복, 오적어, 분곽, 옥두어 등 수종이 있고 이외에도
  이름 모를 수종의 물고기가 있을 뿐으로 다른 어물은 없다. 그 중에서
  도 천한 것은 미역을 캐는 여자를 잠녀라고 한다. 그들은 2월 이후부터
  5월 이전에 이르기까지 바다에 들어가서 미역을 채취한다. 그 미역을
  캐낼 때에는 소위 잠녀가 빨가벗은 알몸으로 해정을 편만하며 낫을 갖
  고 바다에 떠다니며 바다 밑에 있는 미역을 캐어 이를 끌어 올리는데
  남녀가 상잡하고 있으나 이를 부끄러이 생각하지 않은 것을 볼 때 놀
  라지 않을 수 없다.[33]

  그런데 이보다 前時代에 나온 기록이나 문헌에는 잠녀에 대한 기록
이 없는데 기묘사화(1519)에 관련이 되어 濟州 유배의 몸이 된 金淨의
『濟州風土錄』에는 잠녀에 관한 기록을 볼 수 없다. 高麗史地理誌, 東
國輿地勝覽을 편찬했던 濟州島 출신 梁誠之(1415~1482)는 잠수에 대하
여는 조금도 기록해 놓지 않았다. 어쩌면 양성지는 濟州人으로서 朱子

32) 金錫翼, p.376.
33) 李健 (出版年度未詳), 『耽羅文獻集：濟州風土記』, 金泰能(譯), 제주도교육위
   원회, 1976, p.198.
   海産只有 生鰒 烏賊魚 粉藿 玉頭魚等數種 又有名不知數種外 更無他魚. 其中
   所賤者藿也 採藿之女 謂之潛女. 自二月以後至五月以前 入海採藿 其採藿之
   時則 所謂潛女 赤身露體 遍滿海汀 持鎌採海 倒入海底 採藿曳出 男女相雜 不
   以爲恥 所見可駭.

學이 보급되던 이 시기에 잠녀에 관한 것을 알고 있었다고 하더라도 자기 고향의 여자가 사람 앞에서 나체가 된 것을 官制史書에 썼을 리가 없다고 본다. 또한 金淨은 유교적인 統治를 주장하던 사람이다. 이 역시 잠녀에 관한 것을 붓으로 썼을 리가 없다고 생각되기 때문이다.[34] 17세기까지 잠녀의 모습에 대한 기록은 李健의 『濟州風土記』에서 처음으로 설명되고 있다. 여기서 赤身露體라 함은 완전히 나체인 상태인지, 나체처럼 보였는지 그 상황은 정확하게 알 수 없으나 본 논문에서 赤身露體의 정도를 〈소중이〉만 입고 작업한 것이 아닌가 생각된다. 〈소중이〉라 함은 濟州島 특유의 여자용 〈팬티〉를 말하며 따라서 가슴은 노출시켰다고 볼 수 있는 것이다.

이 시기는 바닷가의 해녀를 '潛女 · 雜女'라고 경멸하는 풍조가 있어 朝鮮朝 流配士類들의 사상인 '山不近 海不近山'이라는 中山間地帶論이 우세하여 이 지대는 濟州島 사회 지도계층의 부락이 형성되었다.[35] 그래서 해변가에서 작업을 하는 잠수들은 타인을 의식할 필요가 없었으며 옷감이 귀하여 평상복도 제대로 마련하지 못하는 실정에 바닷물에서 빨리 손상해 버리는 작업복을 따로 마련할 생활의 여유가 없었을 것이다. 그러나 儒敎의 영향으로 완전한 알몸은 사회가 용납하지 않았을 것으로 추측된다. 이 당시 日本은 고시마끼(腰卷 : 허리삽바) 하나로 잠수하고 있었으며, 1960년대까지 腰卷만 걸쳐서 작업하는 지역이 많았다.(圖 2-1)

---

34) 泉靖一, 1971, pp.108-140.
35) 고은, 1976, p.116.

圖 2-1. 일본 해녀들이 전복주머니를 목에 걸고 있음. 「中村由信의 사진첩」(1958)

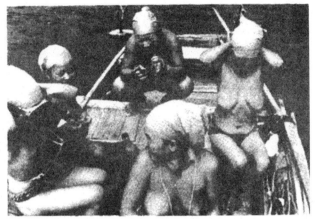

濟州島 잠수복이 史的으로 기록된 것은 숙종 28년(1702) 李衡祥 牧使 당시라고 볼 수 있다. 그때 악습이던 동성동본간의 결혼과 異姓이라도 아주 가까운 친척간의 혼인을 엄금하였으며 유처자가 공공연히 거듭 娶妻하는 풍속과 혼례 때 交拜하지 않은 자, 남녀가 같이 목욕하는 惡習, 그리고 부녀자들의 나체 행동을 엄금하는 한편 잠녀들에게는 현재 착용하고 있는 潛女水中作業服인 특이한 양식의 작업복을 공히 스스로 고안하여 작업시에는 해변에서도 반드시 이것을 착용하도록 관의 命令으로 강력히 권장했다.[36] 이 論文에서 현재 입고 있는 〈물소중이〉 즉 수중작업복을 李衡祥 牧使가 고안한 것이라고 여겨지며 이러한 추측을 뒷받침하는 몇 가지 사실들을 다음에 적어 보려고 한다.

첫째, 『탐라순력도』[37] 屛潭泛舟에 용연에서 작업을 하고 있는 해녀

36) 李衡祥, 『甁窩年譜』, 淸權祠, 影印本, 1979, pp.229-231.
37) 李衡祥(肅宗 28년 1702), 『耽羅巡歷圖』, 韓國精神文化研究院, 影印本, 1979, p.40.

는 흰색의 수중작업복을 입고 있다, 『耽羅巡歷圖』는 甁窩 李衡祥 牧使
가 濟州島의 방어, 군민, 풍속 등을 친히 살피면서 순력하는 장면의 그
림과 설명을 주로 하고 지도, 감귤, 목마, 산천 등에 관한 도면을 추가
하여 만든 41도면과 2면의 서문으로 구성되어 있다. 대부분의 도면은
숙종 28년(1702)에 작성되어 있으며 숙종 29년(1703)에 완성되었다.

　여기의 병담은 곧 翠屛潭 오늘날의 龍淵이다. 즉 용연에서 뱃놀이
하는 장면의 그림이나 용두암 밑에 한라산의 眺望圖를 배경으로 해녀
들이 조업하는 표현인데 흰색의 잠녀복을 입고 있다.(圖 2-2)

圖 2-2. 屛潭泛舟

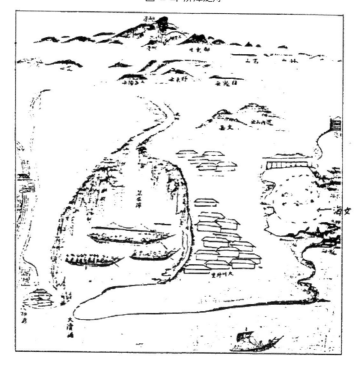

둘째, 古老(70세 이상의 노인)와의 면담에서 공통적인 대답은 옛 할머니 모습에서 상체를 노출시켜서 조업하는 모습은 본 적은 없었으며 가슴이 노출된 상태에서는 물속 깊이 작업할 수 없다고 한다. 간혹 가슴을 노출시킨 노인 해녀의 사진을 볼 수 있는데 그것은 파도에 의해서 허리 부분이 가슴 밑으로 내려간 것이거나 옷감을 아껴서 허리 부분을 작게 재단한데서 기인한 것이라고 생각한다.(圖 2-3) 물소중이는 할머니가 입었던 형태나 지금의 형태와는 별 차이가 없으며 만드는 법은 어머니로부터 배웠다고 했다.

圖 2-3. 물소중이 허리나비가 적은 옷.「사진으로 보는 조선시대」(1920년대)

셋째, 1700년대 이후 문헌에는 나체 작업을 하는 잠녀의 모습이 나타나지 않는다는 점이다.

肅宗(1840) 때 申光洙의 石北集 潛女歌中에서는 물소중이를 小袴로 표현하고 있다.[38] 小袴는 작은 바지로 풀이할 수 있는데 濟州島 下內

衣를 소중이라 함은 작은 형태의 바지라고도 할 수 있기 때문이다. 소
중이를 입으면 짧은 바지로 보이기 때문이다. 또한 吳箕南(1861~1930：
서귀포시 상효동에서 태어남)의 潛婦란 詩에서는 소중이를 달팽이 잠
방이(蝸褌)로 표현하고 있으며 달팽이 모양새와 소중이를 비교하고 있
다.39)

　넷째, 日本 해녀복의 유래는 明治時代(1870년대)부터 언급되어지고
있다. 志摩의 해녀들이 조선반도 연안으로 출가하면서 濟州島 해녀들
과 접촉하게 되었으며 팬티를 입는 것을 배웠다고 말하고 있다. 그러
나 그것을 배운 해녀들만 실행했을 뿐이고 대부분 착용하지 않았다고
한다.40)

　이상의 사실로 물소중이는 지금으로부터 300여 년 전에 입었다는 사
실을 알 수 있으며 이 재래식 해녀복은 1970년대부터 일본에서 도입된
고무잠수복으로 인해 차츰 사라지기 시작했다. 1973년부터는 단체로
주문하여 입기 시작해서 1977년 12월 조사 때에는 濟州島 해녀 전체가
개량복인 고무잠수복을 현재까지 착용하게 되었다.41)

---

38) 강대원, 1973, p.174.
　　家家兒女出水頭一鍬一笭一匏子赤身小袴何曾羞
　　(집집 여자들은 호미 하나 망사리 하나 두렁박 하나 만들어 맨몸에 작은 물옷
　　을 걸치고)
39) 오문복(編), 『영주풍아』, 제주목석원출판부, 1988, p.157.
　　* 蝸褌織水匏舟同(소중이 입어 물을 누빌 때 태왁을 배를 삼고)
40) 中村由信 · 官本常一, 1978, pp.138-140.
　　* 고무잠수복 : 濟州에서는 一名 스폰지 옷이라고 하며 재료는 Neoprene고무
　　(내피用)로 되어 있다.
41) 北濟州郡, 1982, pp.555-561.

IV **海女服의 種類와 時代的 變遷過程**

濟州島 해녀복은 의복류와 기타 액세서리로 분류할 수 있으며 이러한 것들은 바다에서 잠수할 때 사용된다. 해녀복은 자연환경적 기후나 풍토적인 여건 속에서 실용적이고 기능적인 단순한 목적에서 출발하였으나 점차 시대의 변천에 따라 해녀복은 조금씩 변하게 되었다. 해녀복이나 해녀 도구를 둘러싼 습속이나 그 변천 과정은 개개인의 자생적 의사에 따른다기보다 집단과 환경의 영향이 짙다.[42] 그래서 해녀복은 지역적 차이가 없으며 시대의 변화에 따라 기본 형태는 그대로 유지되면서 색채, 장식, 어깨끈에 있어서만 변화가 있었으며 종래의 양식에서 물적삼이 등장했다.

1. 의복류

바다에서 잠수할 때 사용되는 의복류는 물소중이, 물적삼, 물수건 등으로 모두 綿製製品이다.

1) 물소중이

해녀들이 물질(잠수질)할 때 입는 옷은 「소중이」「수건」「속옷」「해녀복」 등으로 불리는데 보통 해변가에서는 「속곳」「물옷」으로 통하고 있었다. 물소중이란 말은 잘 사용하지 않으며 그냥 「소중이」라고

---

42) 김영돈, 1986, p.197.

하는데 濟州島 부녀자 팬티용인 소중이와 구분하기 위해서 물소중이를 물옷으로 표현하였다.

「소중이」란 濟州島 부녀자들의 특징 있는 속옷인데 해녀뿐 아니라 농가의 부녀자들도 속옷으로 입었고 농가의 부녀자들이 입는 소중이는 물질 때 입는 것과는 달리 매친(어깨걸이)이 없었다.[43] 해녀들은 매친이 달린 물옷을 속옷, 잠수복, 물 맞으러 갈 때 입는 옷으로 사용하여 때와 장소 구분 없이 생활을 같이 해 왔다.

1960년대 이전까지 물옷을 속옷으로 입는 사람이 많았고 현재도 이것을 속옷으로 입고 있는 노인도 있다. 이유는 요즈음 나오는 메리야스 내의보다는 편하고 따뜻하다는 것이다. 또 몸뻬와 적삼을 입을 때는 허리와 가슴이 보이지 않아서 편리하다는 것이었다. 그래서 본인이 유품을 수집하는 과정에서도 흰색이 많았는데 그것은 흰색은 속옷으로 사용될 가능성이 있기 때문에 보관하는 사람이 많았고 검정색은 쉽게 퇴색되고, 낡아 보기가 싫어지기 때문에 버리거나 태워버린 사람이 많았다.

처음에 속옷에서 출발한 물옷은 흰 옷이었으나 차츰 검정색을 많이 필요에 의해서 자연적으로 입게 되었다. 흰 옷은 부지런해야만 입을 수 있었다. 삶아야 했고, 풀을 해서 다듬이질하면서 입는 사람도 있었는데 이러한 물옷을 입는 해녀는 자신의 근면성을 과시하는 해녀였다. 이런 경우에는 특히 노인들이 많았는데 물질하는 동안 검은 옷을 한 번도 입어 본 적이 없다는 노인도 있었다. 주변에서는 흰 옷은 호사하는 사람만 입었고 여름에 많이 입었다고 한다. 또한 육지로 출가한 해녀들이 펄바다에서 작업을 하기 때문에 검은 옷을 입었으며 흰 적삼과

---

43) 진성기, 『제주민속의 멋』, 열화당, 1979, p.54.

함께 입을 때는 검은 옷을 입는 것이 더 멋있었다는 등 겨울에는 따뜻
하고 빨리 마르는 장점이 있었다. 검은 옷은 장만하는데 시일이 오래
걸린다. 장날이나 물장수에게 물감을 구입해야 했기 때문에 기다리는
것이 지루하면 숯덩이에 삶아서 물을 들여 입었다는 사람도 있었다.
깃광목을 손질해서 검은 물을 들여 올을 바르게 손질하고, 풀하고, 다
듬이질한 후 물옷을 만들었기 때문에 물옷을 장만한다는 것은 경제적
으로 시간적으로 큰일이었다. 그렇기 때문에 한 번 만든 옷은 작으면
옆으로 늘였고 단추 고리로 품을 조절하였다. 임신을 하여도 새로 장
만한 것이 아니라, 트임 쪽으로 옷감을 이어서 입다가 다시 체격에 맞
게 옷감을 떼어 내서 조절하였고 터지면 옷감을 대어서 집고 누비고
하여 옷감 수명이 다할 때까지 입었다.(圖 3-1, 3-2) 이때 검은 광목이
있었다 하더라도 검은 광목을 구입하여 만든 사람은 한 명도 없었다.
시중에서 파는 광목은 강도가 약하고 올도 고르지 못해서 수명이 짧았
고 옷을 만들어도 맵시가 좋지 않았다.

圖 3-1. 터진 곳을 꿰맨 해녀복. 「제주민속촌」

圖 3-2. 헌 해녀복.

(뒷목둘레선, 옆, 앞가슴 부분에 헝겊을 댐)

어쨌든 깃광목에 물을 들여서 옷을 만들어 입었다는 것은 해녀복에 많은 정성을 쏟았다는 것을 알 수 있다.

하루 필요한 물옷 수는 2~3개로 오전에는 밭에서 일을 하다가 물때가 되면 누군가「바다로 가자」고 외친다. 그러면 여기저기서 삼삼오오로 떼 지어 집으로 달린다. 바다가 가까운 데 있는 해녀는 집에서 물옷을 입고 오는 것이 보통이고 집이 먼 해녀는 태왁 안에 물옷을 넣어 가지고 나왔다가 큰 바위에 숨어서 옷을 갈아입는다. 대개는 물옷을 입고 그 위에 몸뻬(1940년 이후), 적삼을 입고 일하다가 송동바구리(구덕)에 물옷, 땔감, 수경, 빗창, 정게호미, 골각지, 태왁, 망사리 등 도구를 놓고 바다로 간다.(圖 3-3) 불턱에 모여 든 해녀들은 이야기를 주고받으면서 물옷으로 갈아입은 다음, 물질 도구를 챙기고 태왁을 둘러메어 물가로 내달린다. 40분 정도 작업을 한 후 불턱에서 마른 물옷으로 갈아입고 불을 쬔다. 불을 쬘 때는 물옷만 입었으며 겨울에는 뚜데기를 쓰고 앉아 추위를 녹였는데 뚜데기가 없는 사람도 많아 입고 간 스웨

터를 어깨에 걸친다. 물때가 좋은 때는 물소중이가 여러 개 필요한데 2~3개만 준비되어 있기 때문에 젖은 물옷을 햇볕에 말려서 또는 모닥불에 말려 가면서 갈아입었다. 만일 마르지 않으면 젖은 물옷을 다시 입어서 물질하러 물속으로 들어간다. 이렇게 4~5회 반복하기 때문에 물옷은 갈아입는 것이 쉬워야 하는 기능성이 요구된다. 잠수가 완전히 끝나면 마른 소중이를 갈아입어서 몸뻬와 상의(적삼 또는 블라우스)를 입고 집으로 돌아온다. 잠수할 때 입었던 젖은 물옷은 세탁하여 다음 날 입으며 만일 날씨가 좋지 않을 때는 덜 마른 물옷을 준비하고 바다로 가는 것이다. 불턱에서는 남의 물옷에 관심이 많아서 바래지 않은 옷감으로 흰 속옷을 만들어 입으면 게으른 잠수로 점 찍혀서 "짓칫 광목으로 속옷해영 입은 년이 뭔 밴밴허게 해여?"(바래지 않은 광목으로 속옷 만들어 입은 년이 무엇은 반반하게 할 수 있을까?)하며 두고두고 비아냥거리게 된다.[44] 예쁘게 만든 물옷은 불턱을 한 바퀴 돌면서 솜씨를 자랑했다.

E. Gill(1882~1940)이 "인간의 의복은 자존심의 표현이며 자기 신념의 표현이다."[45]라고 말한 것처럼 해녀복에는 그 해녀의 성격과 생활 상황이 표현되어 있었다. 가난 속에서도 조그만 조각을 이용하여 장식의 효과를 내려고 한 점과 스티치를 활용한 장식 등에서 기능성만이 아니라 표현성에도 신경을 쓴 것을 알 수 있다. 이처럼 어려움 속에서 멋을 내려고 한 점은 자신들의 생활을 한탄하기보다는 자긍심과 주체성, 진취성, 개척 정신을 갖고 생활에 임하려고 한 제주 여성의 생활 태도를 엿볼 수 있다. 이 물옷의 시대적 변천 과정을 4단계로 나누어 살펴보면

---

44) 한림화·김수남, 1987, p.36.
45) Eric. R. Gill, 『衣裳論』, 增野正胃衛(譯), 1967, p.105.

다음과 같다.

圖 3-3. 물구덕에 잠수도구를 모두 챙겨서 물질하러 가는 몸차림

가. 1700년대 이전 해녀복

삼베, 미녕으로 된 濟州島 여인의 下衣인 소중이를 입은 것으로 추측함.

나. 1700~1920년대의 해녀복(圖 3-4)

이때는 주로 흰색의 미녕을 사용했는데 미녕은 물속에서 무겁고 마르는데 시간이 걸렸다. 해녀복은 「소중이」보다 허리가 길게 연장되고 어깨끈(매친)이 하나였으며 트임의 여밈은 끈으로 하였고 바대나 장식하는 면이 없었다. 할머니, 어머니로부터 직접 배워 손수 만들어 입었으며 손으로 뒷박음질(뎅침), 흠질, 감침질을 사용했다.

圖 3-4. 물소중이 밑에 적삼이나 내의를 입은 모습. 「사진으로 보는 조선시대」

다. 1930~1970년대의 해녀복(圖 3-5~3-10)

이때는 미녕, 청목, 깃광목을 사용했지만 여유가 없는 사람은 밀가루 부대를 사용했다. 젊은 해녀들은 매친 대신 어깨말이(조끼허리)를 했으나 매친에 비해 어깨말이는 불편하여 매친을 그대로 이용한 사람도 많았다. 아가씨들은 가슴이 보일 염려 때문에 어깨말이를 많이 이용했으며 물적삼을 입을 필요가 없어 불편하여도 입었다. 그러다가 점차 오른쪽 어깨에 트임을 내었다. 그리고 해녀복은 흰옷보다 검정옷을 많이 입게 되었다. 바느질은 재봉틀로 사용하기 시작했으며 1960년대부터는 품삯을 주면서 물옷을 맞춰 입는 사람도 있었다. 뿐만 아니라 육지로 出稼했던 해녀와 경제 발전으로 인해 해녀복에 장식이 다양해졌다. 바대는 손상되기 쉬운 부분을 보호해 주는 실용적인 면도 있지만 장식하는 주된 부분이었다. 주로 처지, 허리, 매친, 옆트임에 재봉틀로 다이아몬드무늬, 꽃무늬, 줄무늬 스티치로 장식하였으며 바이어스 테이프 장식도 활용했다. 그리고 옆트임에는 벌모작 단추가 이용되었다. 끈은 젖었을 때 풀기가 힘들고, 겨울에는 손이 시렸으므로 벌모작 단추를 달았으며 간혹 매듭을 하지 못하는 사람은 여밈을 끈으로 처리한 사람도 있었다. 이 매듭은 육지로 출가했던 해녀들에 의해 보급되었으며 이 매듭은 해녀들 사이에서 선물로 오가기도 했었다.

圖 3-5. 작은눈이 큰눈으로 대체되는 시기로 흰 물옷만 입은 해녀로 잠수 도구를 한쪽으로 멋을 부려서 포즈를 잡고 있다.(1940년대 해녀 모습)

圖 3-6. 물수건과 까부리 모습이 보이며 대부분 물적삼을 입음. 「제주신문」

圖 3-7. 조끼허리를 댄 해녀복.

圖 3-8. 바다에 들어가는 장면. 「해녀연구」

圖 3-9. 불턱에서 불을 쬐고 있는 작업장. 「해녀연구」

圖 3-10. 물수건을 길게, 태왁에 흰 헝겊을 싼 것이 특징이다. 「제주바다 잠수의 사계」

라. 1970년대 이후의 해녀복

1970년대 초는 해녀복이 다양하여 면제 해녀복(물소중이, 적삼)과 합성섬유로 된 물옷(圖 3-11, 14), 고무 잠수복 등 개인의 취향에 따라 선택하게 되었다. 스펀지 옷이라고도 하는 합성 고무 잠수복(圖 3-15)이 일본에 도입된 것은 1960년대 중반의 일이며 濟州島에는 1970년대에 들어서면서 급속도로 보급되었으나 처음에는 가격도 비싸고 형태에 대한 반감을 가졌다. 그러나 고무 잠수복을 입었을 때는 어획량이 종전의 5배 이상에 달하고 또 수입도 5배로 높아졌기 때문에 1975년대에는 거의 보급이 되었다. 고무 잠수복은 면제 해녀복을 착용하던 1960년대의 1일 열량 섭취량 3000kcal와 비교할 때 고무 잠수복을 착용하는 오늘날의 열량 섭취량은 현저히 적어 비해녀보다 230kcal 정도 더 섭취하면 된다고 한다. 이는 무엇보다도 잠수복의 열절연(thermal insulation) 효과 때문이라고 한다.[46] 한편 조업 시간도 길어져 종전 30분~1시간에서 5시간 이상으로 크게 길어지고 조업 장소가 수심 10m 해역에서

12~13m로 깊어지면서 자원 고갈과 해녀의 직업병이 문제점으로 파생되고 있다. 우선 고무냄새를 독하게 풍기므로 오랫동안 냄새를 맡게 되면 정신이 혼미해진다. 그리고 입고 있을 때 몸에 밀착되기 때문에 얼굴이나 손발이 부어오르게 된다. 그 밖에도 부력이 증가하여 잠수하기가 힘들게 되므로 납덩어리를 차게 되는데 이것이 허리에 부담을 주고 요통의 원인이 되기도 한다. 또한 장시간 작업으로 배설물 처리 때문에 식사를 거르고 작업에 착수하기 때문에 불규칙한 식사에서 오는 위장병, 수압에서 오는 청각장애, 심장 계통의 질환은 일반화되어 약물 복용이 보편화 되어 버렸다. 제주신문에 의하면[47] 도내 해녀 중 97%가 진통제와 진정제 등을 거의 매일 또는 잠수 작업 전후에 상습 복용하고 있는 사실이 조사되었다고 보도하고 있다. 그래서 일부 어촌계 의원이나 해녀 연구가들은 자원 고갈과 해녀의 건강을 위해서 고무 잠수복 착용을 금지해야 한다고 하며 다시 재래식 면제 해녀복을 착용해야 한다는 의견이 나오고 있다. 그러나 해녀의 생계 유지비 때문에 해녀를 위한 사회복지 대책이 세워질 때 재래식 면제 해녀복은 다시 등장될 수도 있으리라 생각된다. 고무 잠수복은 착용 문제에 있어서도 몇 가지 불편한 점이 있었다. 이 옷은 상·하로 분리되어 있을 뿐 트임이 전혀 없기 때문에 벗을 때는 서로 잡아 당겨 주면서 목둘레 쪽으로 상의는 벗고 하의도 밀착되어 있고 탄력 있는 스펀지여서 입고 벗기가 불편하였다.(圖 3-12, 13) 고무 잠수복 안에는 얇은 T-셔츠를 입고 팬티스타킹을 신어 고무와 밀착되는 끈끈한 기분을 없애고 있으나 장시

---

46) 주순재, 이기열, 이양자, 박양생, "한국해녀의 영양섭취상태 및 균형에 관한 연구", 『한국영양학회지』 제16권 제4호, 1983, pp.233-242.

47) "해녀들 잠수병 갈수록 심각", 〈제주신문〉, 1989년 3월 23일, p.1.

간 작업으로 인한 배설물이 고무 옷 속에 잠겨 있기 때문에 악취와 피부 질환이 문제시 되고 있다. 그래서 잠수복을 착용하게 되면서 많은 마을에는 불턱 대신 탈의장을 지었고 뜨거운 물로 샤워할 수 있는 시설을 마련하고 있다. 또한 고무 잠수복은 2~3년이 되면 바닷물과 햇볕에 노출되어 얇아지고 틈이 생겨 다시 새것으로 바꾼다. 가격은 현재 85,000원(89년 기준)으로 체격에 맞게 맞추는데, 헌 옷은 여름에 입는다든지 터진 경우는 헌 잠수복을 오려내어 본드로 붙이면서 입는다. 일부 측에서는 검정 고무 잠수복은 미관상 좋지 않기 때문에 흰색으로 바꾸자고 제의하지만 흰 고무 잠수복이 비싸므로 해녀들은 흰색으로 바꾸어 입는 것을 원하지 않고 있다.

圖 3-11. 합성섬유로 만든 물소중이

圖 3-12. 고무잠수복 상의. 하의를 고정시키는 접착부분이 있음.

圖 3-13. 고무잠수복 하의.

圖 3-14. 주름치마로 개조한 옷.

圖 3-15. 고무잠수복에 망사리, 태왁 등 잠수도구를 들고 있음.
「제주바다 잠수의 사계」

2) 물적삼

잠수할 때 물소중이 위에 입는 흰 무명옷으로 적삼이나 블라우스의 형태와 비슷하다. 우리나라에 블라우스가 여학생들에게 보급된 것이 1930년이기 때문에 물적삼이 해녀복으로 등장한 것은 1935년 이후로 추측된다. 그 이전에는 옷감이나 옷이 귀했기 때문에 물옷 하나만 입고 바다에서 작업했으며 추운 겨울에는 물옷 속에 내의류나 적삼을 입어 작업을 하였다. 그러나 몇몇 사람만 입었으며 이러한 모습을 1920년대 사진을 통해서 알 수 있다.(圖 3-4) 물적삼이 일반화된 것은 1960년대로 현재 80세 이상 되는 노인들은 물적삼을 입지 않고 작업을 한 사람도 많았다. 이유는 물적삼을 입으면 물속에서 불편하여 작업하기 힘들었으며 물적삼 만드는 경비와 시간과 노력에 비해 실용성이 적었기 때문이다. 대부분 육지로 출가한 사람이 많이 입은 것은 타향에서는 자존심 때문에 멋을 부리고 싶었고 蔚山인 경우 물쇄기로 인해 따가웠기 때문이라고 한다. 여름에는 햇볕에서 피부를 보호하고 겨울에는 따뜻하게 하기 위해서 노인보다 젊은 해녀들이 많이 입었다. 물적삼 형태는 마치 한복 적삼과 같이 보이나 물적삼은 한복 적삼과는 엄연히 구분된다.(圖 3-16, 17) 한복 적삼은 여밈이 우임인데 비해 물적삼은 블라우스와 같이 여미게 되어 있다. 진동과 배래 부분은 한복 적삼은 곡선인데 비해 물적삼은 배래가 일직선으로 되어 있다. 적삼의 진동나비도 체격에 따라 다르겠지만 물적삼의 진동 나비는 15~18cm로 한복 적삼보다 5cm정도가 짧다. 또한 네크라인과 앞단은 블라우스 형태로 둥근 목 둘레 선에 깃과 섶이 없고 앞품은 뒤품과 똑같이 마름질되어 있어 앞 여밈 분이 없다. 단추 고리로 품을 조절하지만 입었을 때는 앞부분이 벌어질 수도 있다. 한복 적삼의 도련은 꺾어 박아서 처리하나 물적삼은 소맷부리와 도련에는 끈을 집어넣어 여유분 없이 조여 물속에서 훌렁거리지 않도록 하였다. 그러나 물적삼을 처음으로 만들어 입을 때는 소맷부리와 도련에 끈 처리를 하지 않아 무자맥질(잠수)할 때는 물이 옷 속으로 스며들고 옷 길이가 등 위로 올라가서 불편하였다. 그래서 소맷부리와 도련에 끈 처리를 하게 되었고 다음에는 만들기 쉽게 끈 대신 고무줄로 바꾸었으나 신체에 너무 압박감을 주어 불편했기 때문에 소매에는 커프스를 아랫단에는 주름을 잡아 밑단을 붙여서 허리둘레에 거의 맞게 조절하였다.(圖 3-17) 물적삼은 몸에 맞아야 작업하기 좋기 때문에 여유가 없으며 무명은 물속에서 질기고 몸에 밀착이 잘 되기 때문에 깃광목을 양잿물에 하얗게 바래서 만들어 입었다. 검은 소중이에 흰 적삼은 산뜻하여 멋을 부리면서 입었으나 1960년대 후반에는 검정 광목에 흰 실로 스티치를 놓으면서 물적삼을 만들어 입는 젊은이도 있었다.(圖 3-18) 그러나 곧 고무 잠수복의 등장으로 오래 입지는 못했다.

圖 3-16. 한복적삼(여밈이 우임이다).

圖 3-17. 물적삼(커프스와 아랫단을 댄 것)

圖 3-18. 검은 광목에 흰색의 상침을 한 물적삼. 「제주민속촌」

3) 물수건

濟州島는 바람이 세기 때문에 물질하러 갈 때부터 물수건으로 쓰고 간다. 이 물수건은 물에서는 햇빛을 가리는 모자로, 땀을 닦는 수건으로 그 역할이 다양하며 물질할 때 쓰면 머리가 흩어지는 것을 막으며 머리를 따뜻하게 해 준다.(圖 3-19)

서해안 백령도 근방에는 상어가 있어 가끔 상어가 나타날 때는 백령도 근처에서 물질하는 해녀들에게 자기 키보다 서너 배 흰 천을 나누어 주어 발목에 묶어서 물질을 하게 한 적이 있었다. 상어는 해치지 전에 슬쩍 다가와서 키를 댄 다음 자기 키보다 큰 것은 해치치 않는다는 말이 있어[48] 日本에서도 상어가 있는 지역의 海軍은 자기 키의 3~4배 되는 흰 끈을 허리에 묶고 물속에 들어갔다가 상어가 나타나면 흰 끈을 푼다고 하였다. 그래서 흰 적삼을 입고 흰 물수건을 쓰게 된 것은 상어떼의 공격을 피하기 위한 수단이라고 한다. 濟州바다에는 상어가 없어 잠수하기 좋은 조건이라고 하나 가끔 가을 바다에 "번적귀"라는 상어가 나타날 때면 두 자나 되는 긴 물수건을 묶었다고 한다. 그러나

---

48) 한림화・김수남, 1987, pp.60-61.

바다 멀리 나가지 않으면 상어의 피해는 없다고 한다. 물수건은 나비 30㎝, 길이 80㎝ 크기로 깃광목을 하얗게 바래어 만들었으나 1900년대는 이 정도의 천도 구하기 힘들어 물수건을 쓰지 않고 작업을 하여 쪽진 머리가 해초류에 걸렸다는 말을 할머니로부터 들었다고 김창희 노인(90세)은 말한다. 그 다음은 임댕걸이(이멍걸이)란 머리띠로 머리만 묶었고 1910년 후반부터 물수건을 사용했는데 1960년대는 日本으로 육지로 출가했던 해녀의 보급으로 물수건 대신 까부리를 쓰게 되었다. (圖 3-20, 21) 까부리는 머리에서 뒷목덜미 전체를 덮을 수 있는 모자로 물수건보다 쓰기가 간편하고 더 따뜻하고 양 뺨을 덮을 수 있어 불턱에서 햇빛을 가리는데 더 좋다고 한다. 양쪽 귀 높이에 구멍이 뚫어져 있으며 그 구멍으로부터 물이 빠져 나온다. 멋을 부리는 젊은이들은 만들어서 썼으나 노인들은 만들기가 귀찮아서 계속 물수건을 사용했다.

2. 액세서리

濟州島 해녀들이 잠수할 때 사용하는 부속품으로는 눈, 태왁, 망사리, 빗창, 정게호미, 골각지, 물구덕(송동 바구리) 등이 있다. 이러한 도구는 고무 잠수복을 입는 오늘날에도 모양이나 성능이 개선되지 않은 채 재래식 형태 그대로 사용되고 있다.

1) 눈(水鏡)

물속에서 해녀의 눈 역할을 하기 때문에 濟州島에서는 〈눈〉이라고 일컫는다. "해녀 연구"에서 강대원 씨는 제주에 물안경이 생긴 것은 1820년경부터라고 하나 口傳에 의하면 1900년대에도 대부분 눈을 쓰지 않은 채 작업을 하여도 물건이 많아서 맨손으로 더듬더듬 만지면서 소라, 전복, 미역을 충분히 채취할 수 있었다고 한다. 濟州島에서 해녀들이 물안경을 쓰기 시작한 것은 1910년경 물수건을 쓰기 시작한 시기와 같다고 본다. 물안경을 쓰려면 고무줄의 압박감 때문에 맨 살갗을 보호하기 위해서는 물안경과 물수건은 상호 관계가 있다고 생각된다. 눈에는 작은 눈과 큰 눈이 있는데 작은 눈(족은 눈, 족세 눈)은 안경알이 2개인 쌍안경이고 큰 눈은 左·右의 두 눈을 1개인 안경알로 덮을 수 있게 되어 있다. 작은 눈은 엄쟁이눈과 궷눈이 있는데 구입을 하려면 구좌면 한동리에 가서 만들어 왔기 때문에 물안경을 구입한다는 것은 쉬운 일이 아니었다. 궷눈은 모든 이의 안면에 맞도록 정교하게 제작되었고 수심 깊은 수압에서도 해저가 맑게 보인 반면 엄쟁이눈은 수심 깊은 해저에서 작업할 때 視界가 시원치 못해 불편했다고 한다. 작은 눈에서는 큰 눈으로 改變되는 사이에 공기주머니가 달린 이른바 「후씽안경」이라는 日本製가 도입되었으나 궷눈이 日本製 안경보다 더 맑고 일하기가 편했다고 한다. 이러한 쌍안경식 눈이 1개의 큰 눈으로 바뀌게 된 것은 1930년경 육지부에 출가했던 해녀들이 구입하여 쓰기 시작했으며 濟州島 해녀들에게 일반화된 것은 1960년대로 보아야 할 것이다. 이 물안경의 형태 변화는 복식의 연대와도 관계된다. (圖 3-5)는 1940년 후반에 찍은 것인데 모두 흰 물옷과 흰 적삼을 입고 오른손에는 정게호미, 왼손에는 태왁과 망사리를 들고 있는 포즈이다. 2명은 큰 눈을 쓰고 있어 작은 눈이 큰 눈으로 대체되는 시기로 짐작된다.

2) 태왁

해녀들이 물질할 때 몸을 가벼이 띄워 주기도 하고 바닷속으로 들어갔을 때는 채취한 해물들을 물 위에 띄워 보관해 주기도 하는 '뒤웅박'

(두렁박)을 말한다. 이 태왁에 의지하여 해녀는 바다에서 오랜 시간 동안 전복이나 소라, 미역 등을 채취하여 고기를 쏘아 잡는 일까지를 한다. 태왁 밑에는 채취물을 넣어 두는 망사리라는 그물주머니를 매달아 놓는다. 높이 25㎝ 내외, 둘레의 직경 90㎝ 내외가 되는 박에 끈으로 얽어매는데 끈의 재료는 사람의 머리털 → 미 → 신서란 → 나일론 끈의 순서로 변천했다. 〈미〉란 참억새의 꽃이 채 피기 전에 그것을 싸고 있는 껍질이다. 1960년대 중반부터 發泡스티올製 태왁을 흔히 〈나일론 태왁〉이라 일컫는데 색채가 있는 헝겊으로 태왁을 싸서 이 색채로 작업을 할 수 있는 어장을 배정받는다.[49]

3) 망사리(망시리, 홍사리)

해녀가 채취한 해산물을 넣는 엉성하게 짜여 진 그물로 된 주머니인데 태왁 밑에 달려 있다. 윗부분은 트여 있고 〈도렛줄〉등으로 된 원형의 목제 〈어음〉이 있어서 그물이 이에 묶이어 길쭉이 늘어뜨리게 되어 있다. 위쪽 지름이 40~50㎝ 길이가 70㎝ 내외의 원통형인데 아래쪽이 더 넓다. 망사리의 재료에도 많은 변화를 가져왔다. 지금은 나일론 실로 만들어졌지만 「미」라는 나무껍질에서 신서란, 1917년경에는 남총나무 껍질로 노끈을 만들어 사용하다가 1927년경부터 처음으로 실로 떠서 망사리를 만들어 사용했다. 그러므로 맨 처음 것은 미망사리 → 신서란 → 남총 → 그물망사리 → 나일론 망사리로 변했다고 볼 수 있다.

---

49) 김영돈, 1986, pp.187-197.

4) 빗창(圖 3-22)

전복 따는 도구로 길이 30cm, 너비 4cm 정도의 납작한 쇠붙이며 끝이 날카로운 유선형이다. 한쪽 자루 끝은 원형으로 말아져서 그 구멍에 손잡이 끈이 달려 있다. 그 손잡이 끈은 사람의 머리털 → 나일론 끈 → 고무줄로 변천되었다. 끝부분에 달린 끈을 손에 감아쥐고 전복이 바위에 찰싹 붙어 있는 밑으로 이 빗창을 집어넣어 위로 제치면 전복이 바위에서 떨어진다. 가끔 전복은 쉬 떼지 못하고 손목에 감긴 끈도 풀리지를 않아서 질식하여 숨지는 경우도 있다. 빗창은 물옷 오른쪽 뒤끈쪽에 고리를 만들어 휴대하기도 하나 불편하여 대개는 허리 뒤쪽에 허리끈으로 휘어감아 휴대한다.(圖 3-25)

5) 정게호미(圖 3-23)

해초류를 캐는 낫으로서 농사할 때 쓰이는 호미와 비슷하다. 정게호미 길이는 20cm로 약간 길고 얄팍하며 바닷물 속에서도 쇠붙이 날이 자루에서 떨어져 나가지 않도록 날이 있는 쇠붙이를 나무 자루 바깥에 철사로 단단하게 잡아 묶어 있다.

6) 골각지(圖 3-24)

성게, 문어 따위를 채취할 때 쓰이는 기구로 밭에서 김을 매는 골갱이(濟州島 호미)와 비슷하다. 해녀 도구인 골각지는 30cm 내외의 가느다란 쇠붙이를 12cm 내외의 나무 자루에 지르고 쇠붙이 끄트머리는 더욱 가늘고 ㄱ字로 꼬부라지게 되어 있다.

7) 물구덕(송동 바구리)

물옷과 바다에서 나온 다음 몸을 쪼이는 땔감이나 그 밖의 기구를 넣는 해녀 바구니로, 대나무로 직경 40㎝, 높이 26㎝ 크기의 타원으로 짜여져 있다. 물질하러 갈 때는 이 구덕에 온갖 기구를 넣고 태왁으로 덮어서 등에 지고 간다. 바다에서는 자기 소지품을 관리하는 공간이 된다.

圖 3-19. 족새눈과 밀가루부대로 만든 물수건

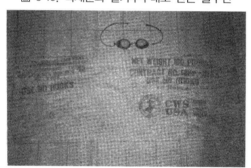

圖 3-20. 까부리 옆면

圖 3-21. 꽃무늬로 배색시킨 까부리의 옆면(좌)과 후면(우)

 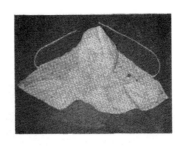

圖 3-22. 빗창　　　圖 3-23. 정게호미　　　圖 3-24. 골각지

圖 3-25. 등바대에 빗창을 꽂고 수중작업을 하는 장면. 「해녀연구」

遺品의 實測 및 製作 方法

1. 유품의 실측

本 論文에서는 1930년대부터 1960년대까지 사용되었던 유품 중에서 소중이 6점, 물소중이 21점, 물적삼 2점을 도식화하여 형태를 비교해 보고 이들 유품이 지니고 있는 특징을 살펴보았다.

1) 소중이 실측도
① 소중이 Ⅰ

圖 4-1. 濟州民俗博物館

② 소중이 Ⅱ　　　圖 4-2. 北濟州郡 咸德

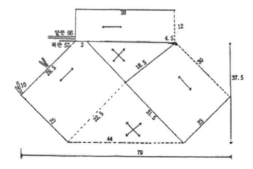

③ 소중이 Ⅲ　　　　圖 4-3. 南濟州郡 城山

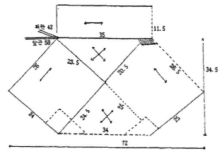

④ 소중이 Ⅳ　　　　圖 4-4. 濟州市

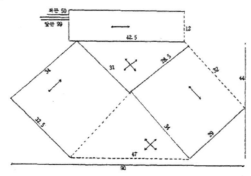

⑤ 소중이 Ⅴ　　　　圖 4-5. 北濟州郡 涯月

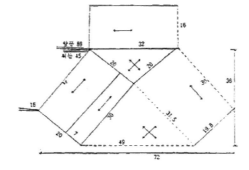

⑥ 소중이 Ⅵ   圖 4-6. 濟州市

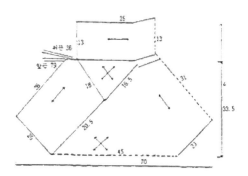

圖 4-1. 소중이 Ⅰ

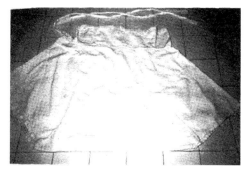

圖 4-2. 소중이 Ⅱ

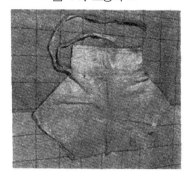

圖 4-3. 소중이 Ⅲ

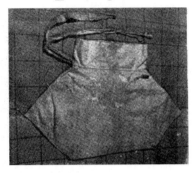

圖 4-4. 소중이 Ⅳ

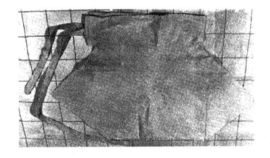

圖 4-5. 소중이 Ⅴ

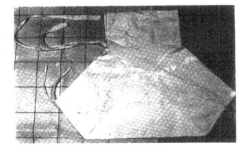

圖 4-6. 소중이 VI

소중이를 도식화하여 〈표1〉과 같이 정리하여 유품의 특징을 설명하였으며 〈표2〉는 유품의 치수를 비교하였다.

〈표1〉 소중이 유품의 특징

유품번호	옷감	색	바느질법	특징
I	무명	흰	손바느질	조각형겊을 감칠질로 이음 허리가 부족하여 옆이 벌어짐
II	무명	흰	재봉틀	옆트임에 끈을 달아 여며지게 하였으며 섬세하게 바느질이 되어 있다
III	깃광목	흰	재봉틀	가랑이 부분에 굴 바대를 댄 것이 특징임 옆바대를 대어 견고하게 함
IV	깃광목	흰	재봉틀	허리치수를 크게 하여 잘 여며지게 하였다 끈의 위치가 특이함
V	광목	흰	재봉틀	허리너비가 넓어 젊은 사람이 입었던 옷으로 바느질이 손색없다
VI	삼베	누런	재봉틀	밑이 한 겹이며 옆바대가 많이 헤어졌음 처지는 다른 조각을 댐

〈표2〉 소중이 치수 비교

(단위 : cm)

유품 번호	소중이 폭	밑	소중이굴옆선		굴너비		허리 너비	소중이 아랫 부분
			오른쪽	왼쪽	죽은굴	산굴		
I	82.5	40.5	30	30	26	26	9	36
II	79	44	29.5	30	25	25	12	37.5
III	72	34	26	26.5	24	25	11.5	34.5
IV	90	47	34	32	32.5	29	12	44
V	72	49	30	30	20	19.8	16	36
VI	70	45	26	31	20	23	13	33.5

이 소중이들은 女人들의 가장 속에 입는 下衣로 물소중이 원형이다. 물소중이에 비해 허리너비가 좁고 매친이 없으며, 대부분 옆바대가 없다. 또한 트임에 벌모작 단추 없이 허리끈으로만 여미게 되어 있으나 간혹 한 곳에 끈으로 또는 단추로 여미게 되어 단단하게 처리한 소중이도 있다. 삼베로 만든 소중이는 여름에 입었으며, 그 외는 대부분 광목으로 만들어 입었다. 소중이는 물소중이와 만드는 방법이 거의 같으나, 굴너비를 정할 때 물소중이는 산굴보다 죽은굴 너비를 더 넓게 잡는 것이 보기 좋은 옷이 되지만, 소중이는 속에 입기 때문에 산굴과 죽은굴 너비를 같게 하였다.

2) 물소중이 실측도

① 물소중이 Ⅰ

圖 4-7. 北濟州郡 涯月

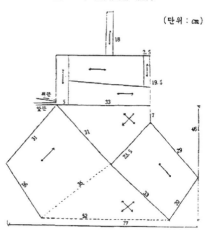

(단위 : cm)

② 물소중이 Ⅱ

圖 4-8. 南濟州郡 表善

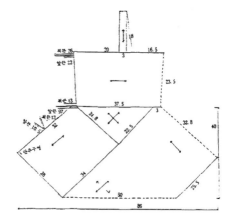

③ 물소중이 Ⅲ　　圖 4-9. 南濟州郡 表善

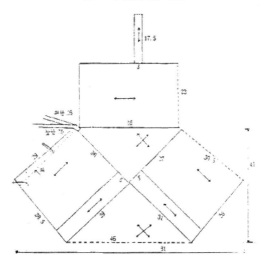

④ 물소중이 Ⅳ　　圖 4-10. 北濟州郡 舊左

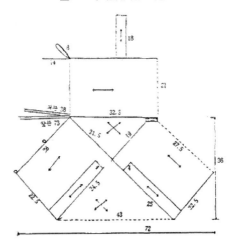

圖 4-7. 물소중이 Ⅰ

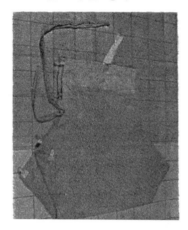

圖 4-8. 물소중이 Ⅱ

圖 4-9. 물소중이 Ⅲ

圖 4-10. 물소중이 Ⅳ

⑤ 물소중이 V

圖 4-11. 北濟州郡 涯月

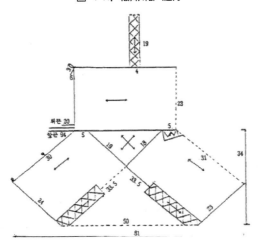

⑥ 물소중이 VI

圖 4-12. 南濟州郡 城山

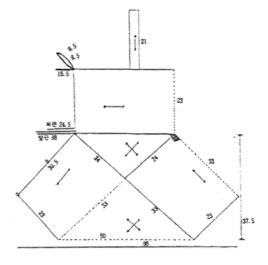

⑦ 물소중이 Ⅶ

圖 4-13. 南濟州郡 城山

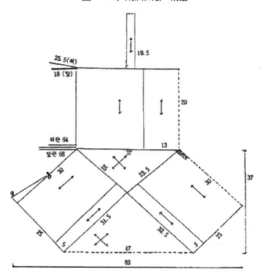

⑧ 물소중이 Ⅷ

圖 4-14. 濟州民俗博物館

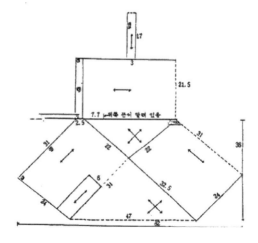

圖 4-11. 물소중이 Ⅴ

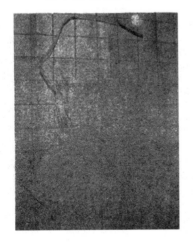

圖 4-12. 물소중이 Ⅵ

圖 4-13. 물소중이 Ⅶ

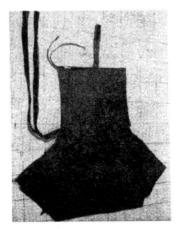

圖 4-14. 물소중이 Ⅷ

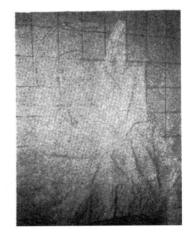

⑨ 물소중이 Ⅸ

圖 4-15. 南濟州郡 大靜

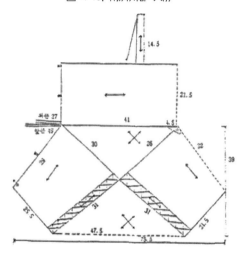

⑩ 물소중이 Ⅹ

圖 4-16. 南濟州郡 表善

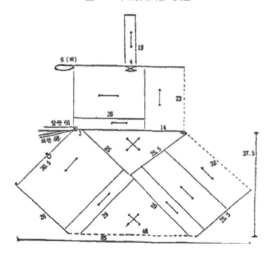

⑪ 물소중이 XI

圖 4-17. 西歸浦市

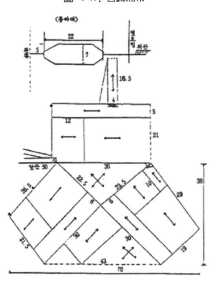

⑫ 물소중이 XII

圖 4-18. 濟州道 民俗自然史博物館

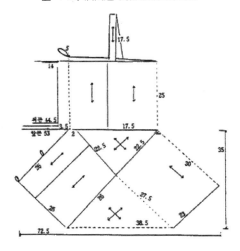

圖 4-15. 물소중이 IX

圖 4-16. 물소중이 X

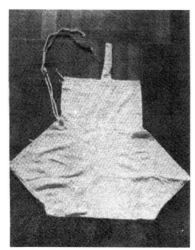

圖 4-17. 물소중이 XI

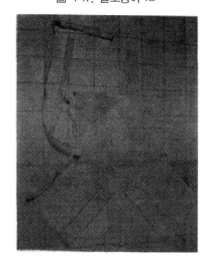

圖 4-18. 물소중이 XII

⑬ 물소중이 ⅩⅢ

圖 4-19. 北濟州郡 北村

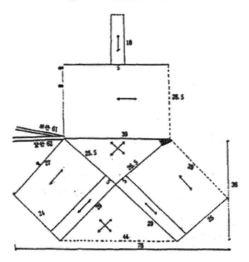

⑭ 물소중이 ⅩⅣ

圖 4-20. 南濟州郡 城山

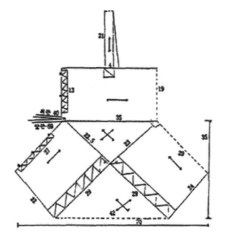

⑮ 물소중이 ⅩⅤ

圖 4-21. 濟州道 民俗自然史博物館

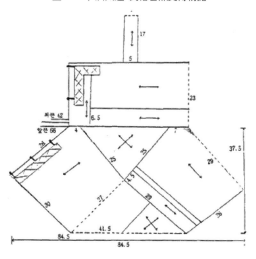

⑯ 물소중이 ⅩⅥ

圖 4-22. 濟州道 民俗自然史博物館

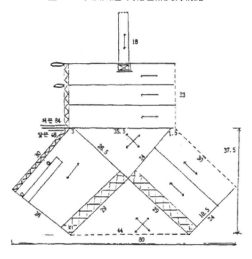

圖 4-19. 물소중이 XⅢ

圖 4-20. 물소중이 XⅣ

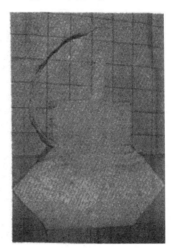

圖 4-21. 물소중이 XⅤ

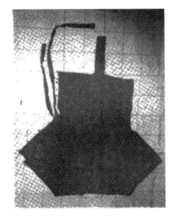

圖 4-22. 물소중이 XⅥ

⑰ 물소중이 ⅩⅦ

圖 4-23. 濟州民俗博物館

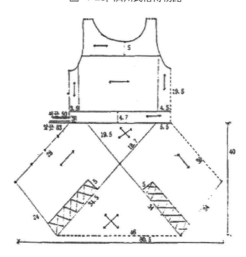

⑱ 물소중이 ⅩⅧ

圖 4-24. 北濟州郡 翰林

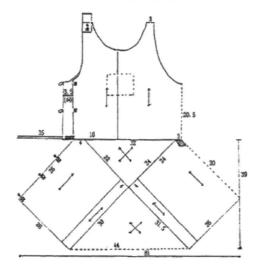

⑲ 물소중이 XIX

圖 4-25. 南濟州郡 城山

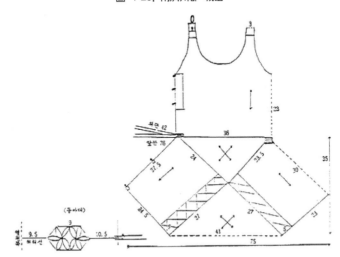

⑳ 물소중이 XX

圖 4-26. 北濟州郡 咸德

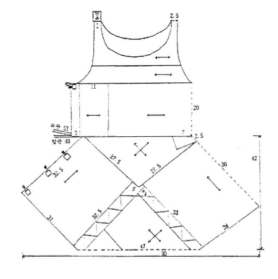

圖 4-23. 물소중이 ⅩⅦ

圖 4-24. 물소중이 ⅩⅧ

圖 4-25. 물소중이 ⅩⅨ

圖 4-26. 물소중이 ⅩⅩ

㉑ 물소중이 ⅩⅪ

圖 4-27. 北濟州郡 涯月

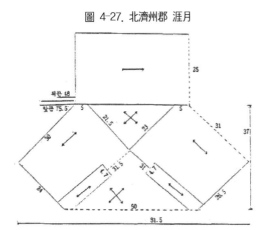

圖 4-27. 물소중이 ⅩⅪ

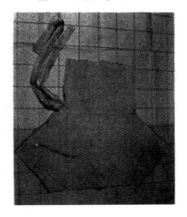

3) 물적삼

① 물적삼 Ⅰ

圖 4-28. 北濟州郡 咸德

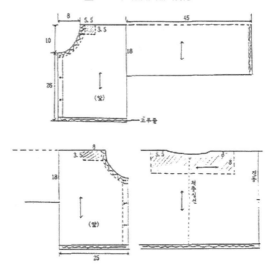

圖 4-28. 물적삼 Ⅰ

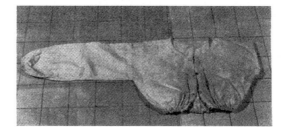

② 물적삼 Ⅱ

圖 4-29. 濟州民俗博物館

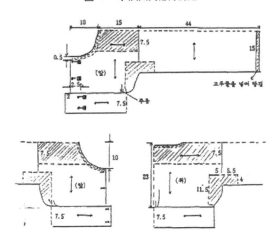

圖 4-29. 물적삼 Ⅱ

※ 물소중이를 도식화 하여 〈표3〉과 같이 유품의 치수를 비교하였으며 〈표4〉는 유품의 특징을 설명하였다.

〈표3〉 물소중이 치수 비교

(단위 : cm)

유품 번호	소중이 폭	밑	소중이굴옆선		굴너비		허리 너비	매친	소중이 아랫부분
			오른쪽	왼쪽	죽은굴	산굴			
I	77	52	31	36	26	20	19.5	18	46
II	86	50	32	32.8	28	25.5	23.5	18	40
III	81	46	29	30.5	28.5	26	23	17.5	41
IV	72	43	28	27.5	22.5	22.5	21	18	36
V	81	50	30	31	24	23	23	19	34
VI	86	50	30.5	33	23	23	23	21	37.5
VII	83	47	30	30	25	25	29	19.5	37
VIII	82	47	31	31	24	24	21.5	17	36
IX	75.5	47.5	29	32	25.5	21.5	21.5	14.5	39
X	85	48	30.5	32	26	25.5	23	19	37.5
XI	70	43	26.5	29	21.5	19	21	16.5	36
XII	72.5	38.5	26	30	26	23	25	17.5	35
XIII	76	44	27	29	24	25	26.5	18	36
XIV	70	42	27	29	22	24	19	21	35
XV	84.5	41.5	28	29	30	26	23	17	37.5
XVI	80	44	30	30	26	24	23	18	37.5
XVII	80.5	46	28	28	24	24	19.5	17	40
XVIII	81	44	26	30	26	26	20.5	21.5	39
XIX	75	41	27.5	30	24.5	23	23	17	35
XX	90	47	32.5	36	31	28	20	23	42
XXI	81.5	50	30	31	24	26.5	25	없음	37

〈표4〉 물소중이 유품의 특징

유품번호	옷감	색	바느질법	유품의 특징
I	미녕	흰	손바느질	· 소중이 중에서 유일하게 왼쪽 옆솔기가 있음 · 內衣를 물소중이로 변형시킴
II	광목	흰	재봉틀	· 밑이 한 겹으로 되어 있으며 여밈을 끈으로 함
III	광목	흰	재봉틀	· 앞이 뒤보다 넓어 겹쳐지며, 옆바대가 없다
IV	깃광목	흰	재봉틀	· 밑이 한 겹이며 단추가 뒤쪽에 있음 · 횟곰은 고리로 처리하여 품을 넓게 하였다 · 노인이 물 맞으러 갈 때 입음
V	일제 포플린	흰	재봉틀	· 매친, 옆바대, 밑바대에 흰실로 장식 · 밑바대가 중간까지만 되어 있어 뒤쪽 밑바대가 뜯어져 있음
VI	깃광목	흰	손바느질	· 단추가 뒤쪽에 있음 · 횟곰을 고리로 하여 옆품을 9.5㎝ 조절
VII	광목	검정	재봉틀	· 덧단을 붙여 폭을 넓힘 · 허리나비가 넓어 젊은이가 입었으며 허리나 비가 넓으면 이어야만 한다
VIII	광목	흰	재봉틀	· 매친에 헝겊을 붙여 장식했다 · 뒤끈이 옆단에서 7.7㎝ 떨어진 위치에 달아있다
IX	광목	검정	재봉틀	· 매친다는 위치가 다르다 · 단추, 밑바대, 허리 등 흰실로 장식
X	광목	흰	재봉틀	· 조각을 이어 만든 옷으로 바느질이 빈틈없이 되어 있다
XI	광목	흰	재봉틀	· 소중이 부분에는 검정실로 상침했으나 지저분함 · 단추, 단추고리는 검정실로 장식 · 등바대가 있으며 물질을 잘하는 해녀옷이다
XII	광목	검정	재봉틀	· 품이 작아 앞허리 옆단에서 뒷면보다 3.5㎝넓게 함 · 단추고리로 품을 연장시킴
XIII	광목	검정	재봉틀	· 매친의 위치가 잘못 · 흰실로 바느질이 되어 있으며 단추고리도 흰실로 장식함
XIV	광목	흰	재봉틀	· 입다가 품이 적어 단추고리에 고리를 하나 더 만들어 길이를 연장시킴 · 옆바대, 밑바대 흰실로 장식
XV	광목	검정	재봉틀	· 단추를 덧단으로 달아 견고하면서 장식의 효과를 냄 · 조각천을 최대로 활용함
XVI	광목	검정	재봉틀	· 허리너비에 절개선을 이용하여 멋을 부림 · 단추고리는 노끈으로 하고, 뒷단추도 덧단을 대어 아주 정성을 들인 옷 · 옆단 안쪽에 푸른천을 대어 멋을 부림
XVII	광목	검정	재봉틀	· 어깨말이 천이 부족하여 조각천을 활용했으며 여밈이 12곰으로 되어 있어 단단하게 만들어진 옷

유품 번호	옷감	색	바느질법	유품의 특징
ⅩⅧ	광목	검정	재봉틀	· 입다가 오른쪽 허리 옆단을 내었기 때문에 원래 옷감색 이 하얗게 보임 · 앞가슴, 뒷목둘레선, 뒤끈 다는 곳이 헤어짐
ⅩⅨ	광목	검정	재봉틀	· 검정실로 바느질 되어 있음 · 등바대가 대어 있고 앞허리 옆단이 뒷면보다 5.5cm 나와 있다
ⅩⅩ	광목	흰	재봉틀	· 매친이 달려있던 해녀복을 조끼허리로 개조한 것, 앞허리 옆단을 3cm 더 붙임 · 밑바대까지 흰실로 상침함
ⅩⅪ	삼베	누런	재봉틀	· 매친이 없으며 바닷가에서만 입다가 잠수할 때에는 물옷 으로 갈아입음, 호상옷으로 준비된 옷

　물소중이 부분별 치수는 체격에 따라서 변동은 있지만 지역적·시
대적 차이는 보이지 않았다. 폭의 여유분이 70~90cm이므로 활동적이며
옷의 길이는 허리선에서 25~32cm 내려온 위치다. 허리너비는 20~23cm
가 보통이나 노인들은 허리너비를 적게 하였다. 만약 소중이 아랫부분
길이가 길면 허리너비와 매친의 길이가 짧아지며 소중이 아랫부분이
짧으면 허리너비나 매친의 길이가 길어진다. 죽은굴너비와 산굴의 너
비가 같거나 죽은굴너비가 산굴너비보다 넓어야 마름질이 잘된 옷이라
고 볼 수 있다.

　물적삼을 도식화하여 〈표5〉와 같이 정리하여 유품의 특징을 설명하
였으며 〈표6〉은 유품의 치수를 비교하였다.

〈표5〉 물적삼 유품의 특징

유품 번호	옷감	색	바느질법	유품의 특징
Ⅰ	포플린	흰	재봉틀	· 소맷부리와 도련에 고무줄을 넣음 · 곁바대가 없으며 셔츠단추를 달았다
Ⅱ	깃광목	흰	재봉틀	· 소맷부리에는 고무줄을 넣었으며 아랫단에는 덧단을 댐 · 별모작 단추로 처리 물적삼

〈표6〉 물적삼 치수 비교

(단위 : cm)

유품번호	품	적삼길이	뒷고대	진동너비	소매길이
I	50	26	16	18	45
II	50	30.5	20	15	44

물적삼 I은 옷길이가 짧아 한복적삼과 비슷한 형태로 보이며 물적삼 II는 옷길이가 길어 블라우스 형태와 비슷하다. 소맷부리와 도련에 고무줄로 처리하던 것이 점차 소매는 커프스로 아랫단에는 덧단을 대었으며 벌모작 단추 대신 셔츠 단추도 이용되었다. 물적삼의 품, 진동너비, 소매길이는 체격에 관계없이 비슷한 치수에 만들어진다.

2. 유품의 제작방법

1) 물소중이

물소중이는 처음에는 무명(俗 : 미녕)으로 만들었기 때문에 만드는 법도 무명의 폭을 기준으로 하여 올이 풀리지 않게 마름질 된다. 무명은 각 가정에서 짰기 때문에 약간의 차이는 있으나 너비는 35~38cm(약 7치)였다.

濟州島의 자는 육지의 자보다 길어서 한 자는 일반적으로 52.3cm였고 한 치는 장지의 두 마디 길이였다. 자가 없는 가정에서는 치수의 기준을 한 발, 한 뼘, 한 주먹, 한 조리, 한 치로 정하고 있었으며 있는 옷감을 최대한으로 활용하여 옷감에 맞게 옷을 완성하게 되어 있다.

가. 물소중이의 명칭

圖 5-1. 물소중이 명칭

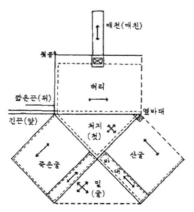

(각 지역마다 명칭이 다른 곳도 있었으나 공통적인 것을 적음)

나. 물소중이 옷감 소요량

무명이나 광목을 사용하였는데 각각의 소요량은 다음과 같다.

· 무명 — 5자의 경우 바대 분량이 안 나온다.

· 광목 — 무명보다 2배이므로 5~6자의 광목에서 두 개의 소중이를
만들었다. 뚱뚱한 사람인 경우 바대를 넣을 경우에는 6자로 2개의
소중이를 만들었다. 그러나 옷감 형편에 따라서 감을 조절할 수
있었다.

다. 마름질

(1) 무명 38cm 폭일 경우

圖 5-1. 물소중이 마름질

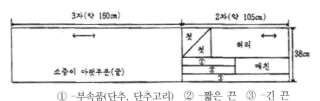

① -부속품(단추, 단추고리) ② -짧은 끈 ③ -긴 끈

(2) 광목 90cm 폭일 경우

圖 5-2. 물소중이 마름질

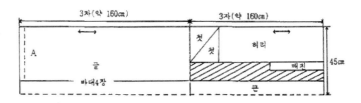

무명인 경우 바대 여분이 없으며 허리 높이도 낮아 매친으로 옷 길이를 조절할 수밖에 없다. 이런 경우 가슴이 보일 염려가 있고 오른쪽 옆단을 댈 옷감의 여유도 없어 체격이 큰 경우에는 오른쪽 옆 틈이 많이 생기게 된다.

· 90cm인 광목을 폭으로 반을 나누어서 6자(약 320cm) 길이로 하면 물소중이 1개를 만들 수 있다. 이 경우에는 굴을 여유 있게 잡을 수 있어서 오른쪽 옆단분까지 충분히 댈 수 있고 소중이 아랫부분이 짧은 경우에는 허리로 충분히 조절할 수 있기 때문에 안정감 있는 물옷을 만들 수 있다.

　이상은 물소중이의 기본 마름질을 설명한 것이며 물소중이는 제도
도 필요 없고 관습적으로 내려오는 치수에 의해서 마름질이 된다고 볼
수 있다. 중요한 부분만 설명하면 다음과 같다.

- 굴(소중이 아랫부분) −한 발, 한 뼘으로 정하나 뚱뚱한 사람은 한
  조리를 더 보탠다. 한 발하고 주먹으로 한 번 휘감는 방법도 있다.
  한 발이라 하면 양팔을 벌린 상태에서 오른쪽 손끝에서 왼쪽 손끝
  까지를 말하며, 한 뼘은 엄지와 장지 사이를, 한 조리는 엄지와 인
  지 사이를 말한다.
- 첫(처지) −일정치 않으나 일반적으로 직각 부분의 길이가 20~23
  ㎝이다.
- 허리너비 −옷감의 여유에 따라 길이가 조절되나 보통 한 뼘하고
  한 치를 더한다.
- 매친(어깨끈) −너비는 밑바대의 넓이로 하는 것이 보기 좋고 길
  이는 주먹을 두 개 포개어 올린 높이로 정한다.
- 소중이 폭 −광목으로 만들 때는 A의 치수를 두 뼘으로 정한다.(A
  는 앞마름질에서 제시되었음)

라. 굴잡기

圖 5-3. 굴잡기 순서

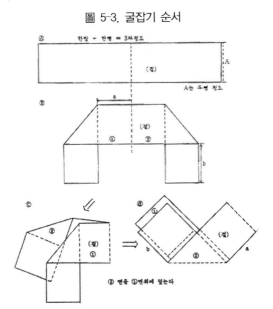

a의 치수는 대퇴부 가장 굵은 부위의 $\frac{1}{2}$ 인데 뚱뚱한 사람을 제외하고는 한 뼘하고 엄지손가락을 더한 길이로 정한다. b의 치수를 a의 치수보다 2cm 넓게 잡는다.

圖 5-4. 굴잡기

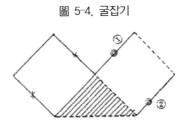

①과 ②는 치수를 같게 하는 것이 원칙이지만 뚱뚱한 사람은 ①을 넓게 잡는다.

마. 바느질하기

(1) 밑박기

圖 5-5. 밑박기 I   圖 5-6. 밑박기 II

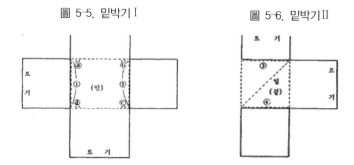

소중이 밑 4귀퉁이에 ⓐⓑⓒⓓ처럼 두 땀 씩 떠서 형태를 고정시킨다. ①과 ②를 안쪽으로 0.2cm 정도 들어 와서 한 줄씩 박는다.

바대를 붙일 경우에는 ③과 ④를 한 줄씩 박고 바대를 붙이지 않을 때에는 두 줄씩 박는다.

(2) 밑바대 대기

圖 5-7. 밑바대 대기

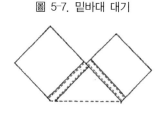

밑바대 위치에 대고 두 번씩 박는다.

(3) 처지박기

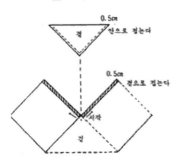

圖 5-8. 처지박기

처지의 시접 0.5㎝를 처지 안쪽으로 접고 굴쪽의 시접을 굴겉쪽으로 접어서 서로 마주보게 한 다음, 중심을 잘 맞추고 중심에서부터 각기 오른쪽, 왼쪽으로 두 줄씩 박는다.

(4) 옆바대 대기

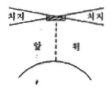

圖 5-9. 옆바대 대기

앞과 뒤의 처지가 만나는 옆에 처지의 삼각 끝을 숨기기 위해 옆바대를 댄다. 끈을 당길 적에 힘을 많이 받는 부분이기 때문에 바대를 대서 단단하게 했다. 뿐만 아니라 소중이와 다른 옷감을 대서 장식의 효과도 냈다.

(5) 옆단하기

圖 5-10. 옆단하기

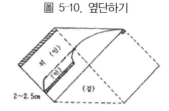

옆선의 안단은 옷감의 여유에 따라서 접어서 박는데 2~2.5㎝ 가량 접는 것이 좋다. 이 부분도 장식적인 역할을 했다.

(6) 굴도련하기

圖 5-11. 굴도련하기

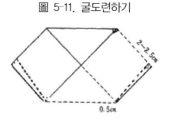

굴아랫단을 그림과 같이 약간 사선으로 박는다. 옆선 쪽을 올려 주지 않으면 아랫단이 구겨져서 불편하고 빨리 헐기 때문이다.

(7) 허리달기

圖 5-12. 허리달기

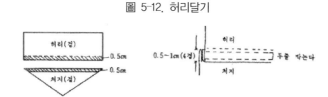

소중이의 허리둘레의 시접을 0.5㎝ 허리쪽으로 접는다. 소중이의 처지 시접은 처지쪽으로 접어서 서로 시접끼리 마주보게 한 다음 허리에서 앞트임 쪽으로 허리를 달기 시작하여 두 번 박는다. 안쪽에는 시접처리가 깨끗해야 한다.

(8) 허리단하기

圖 5-13. 허리단하기

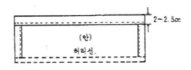

옆단을 접어 박은 다음 허리 윗단 완성선이 2~2.5㎝가 되도록 시접을 접어 넣어 박는다.

(9) 매친 만들어 달기

圖 5-14. 매친 만들어 달기

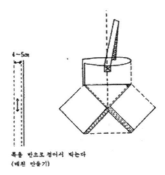

매친을 달 때에는 앞쪽의 끈은 앞 중심선 위치에 걸치되 약간 옆트임 쪽으로 당겨서 달고 뒤쪽의 끈은 중심선에서 옆 골선 쪽으로 조금 당겨서 단다. 매친을 다는 곳에는 덧천을 대어 대각선으로 누볐으며 또한 소중이와 다른 옷감으로 대어 장식의 효과를 냈다.

(10) 허리끈 달기

끈은 유품에 따라 일정하지 않으나 앞쪽의 끈은 대략 2~3㎝ 나비로 뒤끈보다 넓고 길게 만들어 달았다. 앞끈은 뒤 허리를 한 번 돌아 배꼽 부근에서 매듭을 지었다.

(11) 단추고리와 단추 만들어 달기

圖 5-15. 단추고리와 단추 만들어 달기

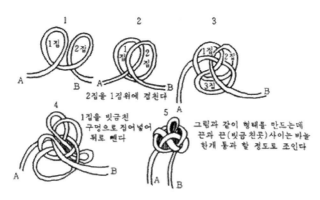

2~3㎜의 굵기로 옷감을 말아 감침질 한다. 옷감과 다른 색실을 사용하여 장식의 효과를 낸다. 이때 끈은 손으로 반드시 감침질 해야만 하고 만일 재봉틀로 박아 버리면 벌모작 단추를 만들 수 없다.

단추는 4개를 달지만 옷을 잘 만드는 사람은 6개를 달아 12곰을 만들어야 한다고 했다. 첫 번째 단추를 좃곰이라 하는 이유는 젖가슴을 숨기는 곳이어서 좃곰(濟州島 方言에 젖을 좃이라고 하므로 젖가슴끈을 의미)이라 불렀다.

벌모작(돌마귀)단추 만들기—우리나라 연봉 매듭에 해당됨.

2) 물적삼과 물수건

물적삼은 광목을 사용할 때부터 사용되었기 때문에 광목의 폭을 가지고 만드는 법을 살펴보고자 한다.

가. 소요량

광목 3자(약 160cm)로 물적삼과 물수건을 만든다.

나. 마름질

圖 5-16. 물적삼과 물수건 마름질

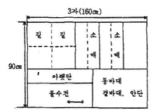

다. 바느질하기

(1) 소매달기

圖 5-17. 소매달기

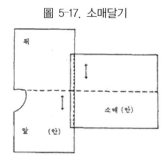

0.3㎝ 시접 너비로 박아 시접을 길쪽으로 보내고 겉에서 다시 한 번 상침한다.

(2) 바대하기 및 안단대기

圖 5-18. 바대하기 및 안단대기

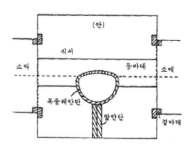

등바대 → 곁바대 → 앞안단 → 목둘레안단 순으로 박는다.

(3) 옆선, 소매배래 박기

圖 5-19. 옆선, 소매배래 박기

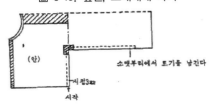

도련에서부터 소매배래까지 통솔로 박는다.

(4) 아랫단과 소매커프스 달기

圖 5-20. 아랫단과 소매커프스 달기

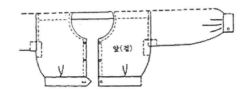

등솔기선에 맞주름을 잡고 좌·우 앞기 도련쪽에 좌·우 각각 주름
을 잡아 아랫단을 이어 박는다. 소매도 마찬가지로 주름을 잡는다.

(5) 단추구멍 및 단추달기

벌모작 단추와 단추고리는 물소중이 단추하기와 같고 보통 단추를
달 때에는 단추구멍의 위치는 오른쪽에서 내어 블라우스의 여밈과 같
게 한다.

(6) 물수건하기

圖 5-21. 물수건하기

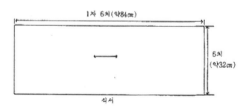

식서를 남기고 3면을 0.5㎝ 접어서 박는다.

 ## 濟州島 海女服의 特徵

1. 옆트임이 특징적이다.

濟州島 물소중이 오른쪽 트임은 시대상으로 봤을 때 과감한 처리라고 볼 수 있다. 한복의 트임은 폐쇄적이어서 직접 살이 보이게 트여진 옷은 없다. 저고리의 여밈이나, 치맛자락의 여밈은 겹쳐지게 되어 있으며, 당의, 원삼의 트임은 겹쳐지지 않으나 도덕적인 관념에 의하여 몸을 겹겹이 싸서 입는 습관이 있어 직접적인 노출은 있을 수가 없었다.

조선 시대 여자 내의로 착용하였던 고쟁이 바지와 풍차 바지의 밑부분에도 트임은 있었으나 밑이 겹쳐져 있다.

반면 濟州島 부녀자들이 입었던 하의 「소중이」는 트임이 고쟁이같이 밑부분에 있는 것이 아니라 옆으로 트임이 되어 있어 기능적인 면을 옆트임에서 모두 처리하고 있는 것이 특색이라고 볼 수 있다.

도덕, 윤리면이 앞섰던 시대에 직접 살이 보이게 트여진 것은 도덕적인 면보다 기능성을 더 요구했어야만 했던 현실적인 면을 이 물소중이 트임에서 짐작할 수 있는 것이다.

물소중이의 트임이 처리해 주고 있는 기능적인 면은

첫째, 입고 벗기가 편하다. 옷을 갈아입는 공간 없이 바닷가 한가운데서, 배위에서, 젖은 물옷에서 마른 물옷으로 수시로 갈아입어야 하기 때문에 많은 사람들 앞에서라도 자신의 알몸을 노출시키지 않고 옷을 갈아입을 수 있다.

둘째, 품을 조절하는 여유의 공간이 된다. 물옷은 정확한 치수에 의하여 제작된 것이 아니고 어림짐작에 의한 것이기 때문에 꼭 맞지 않을 수도 있었다. 만일 품이 부족한 경우에는 덧단을 댈 수 있었고(圖 6-1) 옷감이 부족한 경우는 단추고리의 길이를 연장하여 트임에서 품을 10㎝ 정도는 가감할 수 있어 옷감을 절약할 수 있었다.(圖 6-2)

셋째, 미적인 감각을 느낄 수 있다. 앞에서 설명한 것처럼 물소중이의 트임은 처음에는 단순하고, 기능적인 조건이 복식 형태의 기본적인 출발점이었지만 시대가 흐르면서 이 트임은 미적인 감각으로 받아들이게 되었고 또 그 부분을 장식하게 되는 관심을 갖게 되었다.(圖 6-4) 단순한 형태에서 트임에 의한 분할의 미는 면의 분할로써 변화감을 주기도 하면서 활동성과 자유스러움을 느끼게 하기 때문에 트임은 젊게 보이는 효과가 있다. 또한 물소중이의 트임은 중국의 치이파오(祺袍) 트임과 비슷한 느낌을 준다. 중국의 치이파오는 밑단에서부터 트임이 시작되어 무릎선까지 올라가 끝나지만 여성의 다리를 노골적으로 노출시켰다는 육감적인 면을 강하게 느낄 수 있는 반면 물소중이의 트임은 기능적 요구에 의한 자연스러움에서 노출되기 때문에 은근한 멋으로 받아들여진다.

2. 옆바대, 매친, 밑바대, 옆단에 스티치로 또는 조각 헝겊을 활용하여 장식하였다.(圖 6-3, 5, 6, 7)

기능을 요구했던 작업복에 장식을 한다는 것은 보기 힘든 사실이지만 해녀들은 잠수업에 대한 자긍심을 장식으로 나타냈다.

〈스티치 활용〉

圖 6-8. 칠보연속문   圖 6-9. 능문

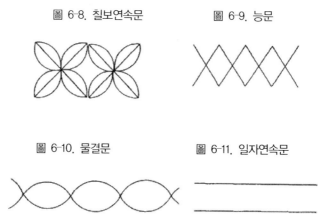

圖 6-10. 물결문   圖 6-11. 일자연속문

〈조각 헝겊 활용〉

圖 6-12. 조각 헝겊을 활용한 장식

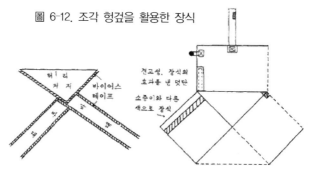

　또한 소중이에 사용되는 바느질 실은 미적인 효과를 내기 위해 바탕감의 반대색으로 대비의 효과를 냈다. 검정옷에는 흰실, 흰옷에는 검정실, 검정옷에는 흰 헝겊의 단추, 단추고리, 흰옷에는 검정 헝겊을 이용하였다.(圖 6-13)

3. 제작 방법이 합리적이다.

　濟州島는 옷감을 귀하게 여겨 한 올의 헝겊이라도 쓸모 있게 사용했기 때문에 해녀복을 만들 때 옷감을 여유 있게 준비하지는 않았다. 오히려 부족한 듯한 옷감을 가지고도 체격에 맞게 조절하여 융통성을 보였다.

　물옷의 구조는 대각선으로 구성되어 있어 조각난 천을 활용하여 이어도 어색한 느낌이 없으며 궁색한 점을 숨기기 위해 이음까지 디자인의 요소로 활용했다. 힘을 많이 받는 부분에는 옆바대(圖 6-14), 마찰로 인해 닿기 쉬운 곳은 등바대(圖 6-15)와 굴바대(圖 6-16)를 대어서 견고성을 높였다. 또한 밑이 바이어스로 넓게 되어 있기 때문에 무자맥질(잠수)할 때 다리를 움직이면서 활동할 수 있을 정도로 여유가 있으며 반경이 90cm까지는 가능하다. 앉고 서는데 인체에 조금도 부담을 주지 않는다. 처지 부분도 바이어스로 되기 때문에 뚱뚱한 사람 배가 나온 사람도 압박감을 받지 않고 입을 수 있다.

4. 착용 방법이 합리적이다.

　물옷은 앞과 뒤가 꼭 같아 앞·뒤로 바꾸어 입어도 상관이 없지만 관습적으로 옆트임이 오른쪽으로 입는 것을 원칙으로 하고 있다. 우리

나라는 특히 오른쪽을 많이 활용하기 때문에 쉽게 손이 닿을 수 있게 트임을 오른쪽으로 하였으며 반면에 물적삼은 단추를 달았으므로 한복 적삼과는 달리 블라우스의 여밈과 같이 왼쪽으로 하였다. 착용 방법은 입을 때는 막혀 있는 쪽에 왼쪽발을 넣어 매친(어깨 끈)을 걸쳐 허리끈을 둘러맨다. 겨드랑이 죗곰부터 단추를 매기 시작하여 대퇴부까지 단추를 잠근다. 벗을 때는 허리끈을 풀고 다음 단추를 풀어 매친을 내리면서 벗는데 이러한 동작은 대개 앉아서 행해지며 어떠한 장소에서도 순간에 옷을 갈아입을 수 있기 때문에 바닷가 한가운데에서도 배 위에서도 뱃사공이라도 알몸을 볼 수 없다. 또한 마른 옷과 젖은 옷, 젖은 옷과 마른 옷으로 번갈아 가면서 갈아입어야 하기 때문에 착용법이 편리해야만 했다.

5. 다양한 용도로 사용되어졌다.

부녀자의 속옷에서 물 맞으러 갈 때 입는 휴양복, 생리대 역할까지 하였다. 밑이 두 겹이고 넓기 때문에 많은 분량을 흡수할 수 있는 기능이 있었다. 심지어 濟州島에서는 "어릴 때는 소중이 한 장으로 걷고, 열 살이 되어야 그 위에 무엇을 입는다."라는 말이 있듯이 이 소중이는 어린이 속옷이자 일상복이었다. 노인들은 당연히 소중이를 입었고 또한 죽을 때 입는 호상옷으로도 마련해둔다. 결혼하는 새색시까지 첫날밤이 두려워 소중이를 두 벌 입었다고 한다. 과부들도 외간 남성으로부터 몸을 보호하기 위해서 두 벌 입고 잤다고 한다. 이 소중이 두 벌로 좌우로 엇바꾸어 입고 있으면 어떤 억센 남성도 침범하지 못할 만큼 완전 무장이 된다고 하였다. 이렇듯 소중이는 濟州島 해녀들에게는 생과 사를 같이 한 삶을 같이 해온 옷이라고 볼 수 있다.

圖 6-1. 품이 적어 옆단을 낸 것   圖 6-2. 단추고리를 연장한 옆트임

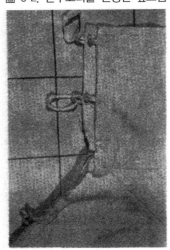

圖 6-3. 물결문과 일자문의 스티지(매친과 단부분)

圖 6-4. 옆트임을 장식한 것

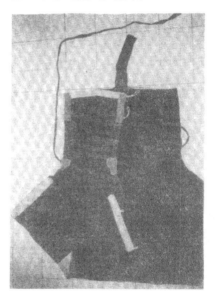

圖 6-5. 빨간색 바이어스 테이프를 활용
한 장식

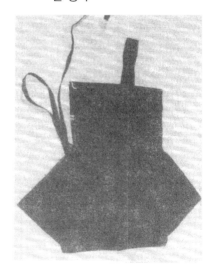

圖 6-6. 매친 다는 곳과 옆바대를 강조한 장식

圖 6-7. 칠보연속문

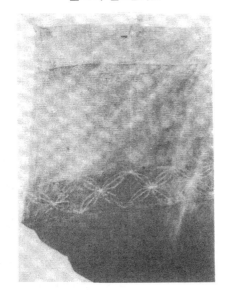

圖 6-13. 대비의 효과를 낸 물소중이

圖 6-14. 옆바대

圖 6-15. 등바대

圖 6-16. 굴바대

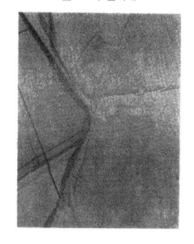

Ⅶ 結 論

이와 같이 濟州島의 풍토와 복식, 濟州島 해녀복이 역사적 고찰, 濟州島 해녀복에 대한 유품의 연구를 고찰한 결과 다음과 같은 결론을 내릴 수 있다.

1. 濟州島는 섬이라는 여건, 척박한 땅, 일본과 중국의 침략 및 간섭으로 생활환경이 가난했다. 특히 여성들은 가족의 생계유지를 위해 바다에 뛰어드는 강인하고 근면, 검소한 정신을 보여 주었다. 이러한 풍토는 경제성과 기능성을 요구하는 濟州島 양식의 민속복을 발달하게 했으며 그 중 해녀복은 濟州島 여성과 함께 전승된 민속복이다.

2. 해녀복에 대한 설명이 문헌상으로 처음 기록된 것은 17세기 李健 牧使의 〈濟州風土記〉에서이다. 여기에서 赤身露體라 함은 濟州島 여성들의 下衣內衣인 소중이 차림으로 가슴을 노출시킨 潛女의 모습을 표현한 것이라고 생각한다. 오늘날까지 입어 왔던 물소중이는 濟州牧使 李衡祥(1702) 당시 고안된 옷으로 흰 색의 수중작업복을 입은 해녀의 모습을 〈耽羅巡歷圖〉에서 발견할 수 있다.

3. 濟州島 해녀복은 지역적 차이는 없으며 물소중이는 기본적인 구조에서 매친이 어깨말이로 변하였고 점차 실용적인 검은 옷을 많이 입었다. 그리고 젊은 해녀층에서는 장식으로 美的感覺을 높였으며 1930년대 이후 종래의 양식 위에 물적삼이 등장하고, 1960년대는 물수건이 대부분 까부리라는 모자로 바뀌어지며 1970년대부터 고무잠수복을 입기 시작했다.

4. 유품 21점의 물소중이는 그 형태에 있어서 나름대로 특색을 갖고

있었으며 체격에 따라 약간의 차이가 있지만 물질할 때 다리 운동을 충분히 할 수 있도록 폭의 여유분은 70~90cm였다. 옷길이는 허리 선에서 29~33cm 내려온 위치가 되며 허리 너비는 20~23cm였다. 오래된 해녀복일수록 허리 너비가 좁으며 노인들의 옷은 허리 너비가 좁아 가슴이 보일 염려가 있었다.

5. 물소중이는 무명이나 광목을 사용하였는데 옷감 소요량은 무명인 경우 5자로 1개를 만들었고, 광목은 무명보다 폭이 2배이므로 5~6자에서 2개의 물소중이를 만들었다. 만드는 방법은 무명의 폭(약38cm)을 기준으로 하였고 치수는 尺(濟州島 자 : 52.3cm)보다는 어림짐작에 의한 한 발, 한 뼘, 한 조리, 한 치로 하여 부족한 듯한 옷감을 가지도록 애써서 체격에 맞게 융통적으로 제작을 하였다.

물적삼은 광목 3자로 물수건까지 만들었으며 적삼이나 블라우스의 형태와 비슷하다. 마름질하는 방법과 바느질하는 방법은 적삼과 비슷하고 네크라인과 앞단은 블라우스 형태로 둥근 목둘레 선에 깃과 섶이 없다. 형태적인 뚜렷한 구별은 한복 적삼은 여밈이 우임인데 반하여 물적삼은 블라우스와 같이 좌임으로 여미게 되어 있으며 물적삼은 보통 진동너비가 한복 적삼보다 5cm 정도가 짧은 15~18cm로 소매 배래가 진동너비와 일직선이다.

6. 濟州島 해녀복의 특징은 다음과 같다. 즉 옆트임에 의해 기능성과 실용성을 해결하였으며 부분적으로 스티치나 또는 조각 헝겊을 활용하여 장식하였다. 그리고 제작 방법과 착용 방법이 합리적이어서 어떠한 장소에서도 순간에 젖은 옷에서 마른 옷으로 쉽게 번갈아 입을 수 있게 되어 있기 때문에 濟州島 해변가 여인들은 속옷이나 작업복으로 다양하게 입어 왔다.

● 참고문헌 ●

강대원(1973), 『해녀연구』, 개정판, 제주 : 한진문화사.

高富子(1971), "濟州島 服飾의 民俗學的 硏究", 梨花女子大學校 敎育大學院 碩士學位論文.(未刊行)

高富子(1986), "濟州島 女人들의 속옷에 관한 硏究", 『濟州島硏究』제3집, 濟州島硏究會, pp.135~162.

高 銀(1976), 『濟州島』, 서울 : 일지사.

金富軾(高麗 仁宗23年, 1145), 『三國史記』, (서울 : 民族文化推進會 影印本, 1973).

김영돈(1986), "濟州海女의 民俗學的 硏究", 『濟州島硏究』제3집, 濟州島硏究會, pp.163-210.

김영돈·김범국·서경림(1986), "해녀조사연구", 『탐라문화』제5집, 제주 : 제주대학교탐라문화연구소, pp.133-242.

김영돈·현평호·현용준·강경선·고성준·양중해·김인제(1979), "탐라 정신 연구" 『제주대학논문집』제11집, pp.23-48.

金奉玉(編)(1980), 『高內里지』, 濟州 : 在日本 高內理 親睦會.

金奉玉(編)(1986), 『朝鮮王朝實錄中耽羅誌』, 濟州 : 濟州文化放送株式會社.

조선사학회(1930), 『新增東國輿地勝覽』, 서울 : 조선사학회.

민경임(1964), "한국해녀의 역사 및 생활실태", 『梨大史苑』제5집, pp.85-92.

박경자·엄순영(1983), 『한국의상구성』, 서울 : 수학사.

北濟州郡(1987), 『北濟州郡誌』, 제주 : 북제주군.

석주명(1968), 『濟州島수필』, 서울 : 보진재.

오문복(編)(1988), 『영주풍아』, 제주 : 제주목석원출판부.

이동규(1988), "제주도일기 및 기후", 『국제화 시대의 제주도 연구』, 제 주 : 제주도연구회, pp.95-110.

李衡祥(肅宗, 1702), 『耽羅巡歷圖』, 서울 : 한국정신문화연구원, 영인본, 1979.

李衡祥(1973), 『甁窩年譜』, 서울 : 淸權祠, 影印本, 1979.

제주시(1985), 『濟州市 30年史』, 제주 : 제주시.

濟州道(1982), 『濟州道誌』하권, 제주: 濟州道.

曺圭和(1982), 『服飾美學』, 서울: 修學社.

주순재·이길열·이양자·박양생(1983), "한국 해녀의 영양섭취상태 및 균형에 관한 연구", 『한국영양학회지』제16권 제4호, pp.135-162.

진성기(1979), 『제주민속의 멋』, 서울 : 열화당.

최영희(1987), "역사기행 : 제주편", 『향토문화시대』, 서울 : 정경연구소. pp.458-478.

제주도교육위원회(1976), 『탐라문헌집』, 제주 : 제주도교육위원회.

탐라성주유사편집위원회(1979), 『탐라성주유사』, 제주 : 高氏宗親會總本部.

한국문화재보호협회(1982), 『한국의 복식』, 서울 : 한국문화재보호협회.

한림화·김수남(1987), 『제주바다잠수의 사계』, 서울 : 한길사.

한혜경(1977), "濟州島 복식에 관한 연구", 수도여자사범대학원 석사학위논문(미간행).

杉本正年(1976), 『東洋服裝論攷』(古代編), 東京 : 文化出版局.

中村由信·宮本常一(1978), 『海女』, 株式會社マリン企劃.

泉靖一(1971), 『濟州島』, 東京 : 東京大學出版會.

07

<서평>

조규익 외, 『제주도 해녀노젓는소리의 본토전승양상에 관한 조사·연구』(민속원, 2005)

〈해녀노젓는소리〉 연구의 새로운 국면 진입

| 강등학 | 강릉원주대학교

『한국음악사학보』 제35집, 2005.

<해녀노젓는소리> 연구의
새로운 국면 진입

- 조규익 외『제주도 해녀노젓는소리의 본토전승양상에 관한
조사 · 연구』(민속원, 2005)를 읽고 -

I

해녀는 바다 속에 들어가서 해삼, 전복, 미역 등 해산물을 채취하는 일을 업으로 하는 여성이다. 말하자면 해산물 채취의 전문적 기능을 가진 존재라고 하겠는데, 특이한 점은 해녀들이 원래 제주도에만 있었다는 것이다. 국내의 다른 곳에서는 여성이 그것을 전문적으로 채취하여 생업으로 삼는 일이 거의 없었던 것이다. 사정은 외국의 경우에도 비슷하여 일본의 일부지역에 해녀

가 있었을 뿐 기타 다른 나라의 사례는 흔히 드러나지 않고 있다. 이렇게 보면 해녀가 매우 드문 존재라는 것을 알 수 있는데, 제주 해녀의 수가 일본보다 월등히 많은 것으로 보아 제주도가 국제적으로도 여성의 해산물채취노동이 가장 성했던 곳이라고 할 수 있다.

우리나라는 삼면이 바다로 둘러싸여 있기에 해조류와 어패류는 곳

곳에 서식하고 있다. 그러나 이미 말한 대로 그것을 채취할 수 있는 전문적 기능을 가진 존재들은 제주도에만 있었다. 그러므로 제주도의 해녀들은 해산물을 채취하기 위해 본토에까지 나아가게 되었다. 이른바 바깥물질 나간다는 것이 그것이다. 제주 해녀들의 본토 작업은 19세기 갑오경장을 전후하여 부산, 동래, 울산 등 경남 서부지역으로 진출하면서 시작된 것으로 보이는데, 일제시기에는 한반도 각 연안은 물론 일본, 중국, 러시아에까지 진출하여 그 행동반경을 국제적으로 확장하였다.

제주도 해녀들의 바깥물질은 연초에 해조류상인들, 또는 객주들이 선금을 주고 계약을 맺은 뒤 봄에 나가서 추석 못 미쳐 돌아오는 과정을 거친다. 그러나 일부는 바깥물질 나간 곳에서 그냥 눌러 사는 일도 없지 않았는데, 현재 본토에 살고 있는 해녀들의 대부분이 그러한 사례에 해당하는 사람들이다. 사람의 이동은 필연적으로 문화의 이동을 가져온다. 제주도 해녀들의 본토진출과 함께 해산물 채취 관련 민속 또한 함께 건너가게 된 것이다. 이렇게 하여 제주에서 해녀들이 부르던 노래 역시 본토로 옮겨갈 수 있었다.

조규익, 이성훈, 강명혜, 문숙희 등이 공저한 『제주도 해녀노젓는소리의 본토 전승양상에 관한 조사・연구─서부 경남 해안지역을 중심으로』는 책 이름에 드러나 있듯이 제주도 해녀들의 노래가 본토에 진출한 뒤 어떻게 전승되고 있는가를 알아보고자 한 작업이다. 이를 위해 저자들은 서부 경남 해안지역에 정착한 해녀들로부터 이른바 〈해녀노젓는소리〉와 관련 자료를 조사하고, 이것들은 분석하는 일을 수행하였다. 내용을 책의 구성에 따라 간단히 살펴보면 이러하다.

이 책은 연구편과 자료편으로 구성되어 있다. 그리고 연구편에는 공동저자들의 논문이 각각 1편씩, 모두 4편이 실려 있다. "문틀의 존재와 의미"(조규익), "전승론적 성격"(이성훈), "통시적・공시적 성격"(강명

혜), "음악적 성격"(문숙희)이 이 논문들의 제목이다. 〈해녀노젓는소리〉
를 다각도로 탐구하고 있음을 알 수 있다. 또한 이 책의 자료편에는 3
개의 작업물이 실려 있다. 〈해녀노젓는소리〉의 사설 채록자료, 채보자
료, 그리고 해녀 관련 기록자료가 그것이다. 노래 자료는 모두 이번에
새롭게 조사된 것이며, 기록자료 또한 학계에 미발표된 것이라고 밝혀
두고 있다. 그런가하면 이 책에는 별첨자료로 "서부 경남 해녀노젓는
소리"라는 이름의 CD 1장이 덧붙여 있다. 이것은 채록된 사설의 녹음
자료를 담아놓은 것으로 모두 77분 41초의 분량이다. CD의 음성자료와
정리된 사설의 텍스트 자료가 일치하기에, 양자를 함께 활용하면 관심
이 사설에 있든지, 또는 소리 자체에 있든지 관계없이 보다 입체적인
이해를 할 수 있다.

Ⅱ

그 동안 〈해녀노젓는소리〉에 대한 자료수집과 연구는 비교적 활발
하게 전개되어 온 편이다. 그리고 여기에는 외지로 나가서 작업하는
바깥물질에 대한 자료와 연구물도 포함되어 있다. 이러한 점은 김영돈
의 경우만 보아도 이해할 수 있다. 김영돈은 1965년에 내놓은『제주도
민요연구・상』을 통해 바깥물질과 관련된 이른바 출가해녀의 노래를
다수 제시하였고, 그 후 해녀들의 작업기구, 작업관행, 민간신앙, 언어
관행, 전설, 사회와 공동체의식 등 다양한 측면의 조사연구를 수행한
바 있다. 이러한 가운데 바깥물질을 경험한 해녀들의 구술자료를 제시
하기도 하였다.[1]
그러나 〈해녀노젓는소리〉에 대한 그 간의 연구들은 대부분 제주도

를 축으로 설정하고 수행된 것이었다. 본토에서의 해녀 활동과 경험을 조사하고 분석한 작업의 경우에도 시각은 제주도 해녀의 외지 생활이라는 측면을 좀체로 넘어서지 않았던 것이다. 그 결과 〈해녀노젓는소리〉에 대한 자료조사도 주로 제주도에서 수행되었고, 상대적으로 본토에서의 자료조사 사례는 매우 드문 상황이다.[2] 이것은 본토 거주 해녀들의 노래에 대한 연구 또한 그만큼 부진한 것이었음을 의미한다.

상황이 이러하기에 〈해녀노젓는소리〉의 본토 전승문제를 다룬 조규익 등의 저술은 본토 거주 해녀들의 노래와 삶에 대한 본격적인 탐구라는 점에서 기존의 논의와 다른 의미를 가지고 있다. 좀더 구체적으로 말하면, 이 책은 경남 서부 해안 지역으로부터 자료를 조사하고, 그것을 음성자료와 함께 내놓음으로써 본토 거주 해녀들의 노래와 문화에 대한 자료 빈곤이라는 학계의 문제점 해결에 상당한 기여를 하게 된 것이다. 그런가하면 이 책은 본토를 축으로 하여 〈해녀노젓는소리〉에 접근하고 있다. 이것은 시각의 확장이면서 동시에 전환이다. 그러

---

1) 김영돈의 해녀 관계 작업물 중 주요한 것 몇 가지를 제시하면 다음과 같다. 제1장에서 기술한 해녀 관계 언급도 김영돈의 아래 논저를 참고한 것이다.
김영돈, 『제주민요연구 · 상』, 일조각, 1965.
____, 「제주도 해녀의 출가」, 『석주선교수회갑기념민속학논총』, 간행위원회, 1971.
____, 「제주해녀조사연구-민속학적 측면」, 『탐라문화』 5, 제주대 탐라문화연구소, 1986.
____, 「해녀노래의 기능과 사설분석」, 『한국문학연구』 6 · 7합집, 동국대 한국문화연구소, 1984.
2) 울산과 속초 등 동해안 지역의 해녀들로부터 조사된 〈해녀노젓는소리〉의 자료는 2000년대 이전에는 1편에 지나지 않았으며, 근래에 몇 건이 추가되어 있는 상황이다. 이러한 상황은 다음의 글을 통해 알 수 있다.
이성훈, 「〈해녀노젓는소리〉의 수록자료집 개관 및 해제」, 『해녀의 삶과 그 노래』, 민속원, 2005.

므로 이 책을 통해 〈해녀노젓는소리〉의 연구가 이제 새로운 국면으로
진입하고 있다고 할 수 있다.

또한 조규익 등의 〈해녀노젓는소리〉 저술은 이주민요 연구라는 보
다 거시적인 층위에서도 평가할 만한 부분이 있다. 민요의 이동은 문
화적 흐름에 의해 자연스럽게 인접지역으로 전파되는 경우와 사람이
이주함으로써 옮겨지는 경우가 있다. 전자에 의해 옮겨진 것을 전파민
요, 후자에 의한 것을 이주민요라고 할 수 있다. 이 중 대부분의 민요
이동은 전파에 의해 이루어지며, 상대적으로 이주에 의한 경우는 드문
편이다. 이주에 의한 민요 이동이 가장 활발하게 이루어진 곳은 연변
의 조선족사회를 꼽을 수 있는데, 국내의 경우에는 본토의 〈해녀노젓
는소리〉 외에는 이주민요로 분명하게 규정지을 수 있는 노래가 없는
실정이다. 이러한 면에서 본토의 〈해녀노젓는소리〉를 다룬 조규익 등
의 저술은 이주민요의 전승에 대한 국내의 사례연구라는 점에서도 의
미를 부여받을 수 있다. 그 간 이주민요의 연구대상이 연변의 조선족
으로 거의 한정되어 있었고, 연구축적 또한 많지 않은 상황이다. 그러
므로 이 책이 이주민요 연구의 폭을 늘리고, 문제의식을 심화하는데
기여할 부분이 있을 것으로 본다.

Ⅲ

이 책은 이처럼 〈해녀노젓는소리〉와 이주민요 연구에 새로운 국면
을 제시하고 있음에도 불구하고, 아쉬운 점도 적지 않게 내포하고 있
다. 상황은 연구편과 자료편이 다르지 않다. 먼저 자료편을 보면, 제공
된 정보가 크게 미흡하다는 점이 문제이다. 사설 채록자료의 경우 제
시된 정보는 조사일시, 조사지, 조사자, 제보자, 사설 등이며, 조사지의

사회적, 역사적 배경에 대한 정보는 기술되어 있지 않다. 또 제보자 정보는 성별, 생년, 출생지, 거주지가 제시되어 있는데, 제보자의 내력은 기술되어 있지 않다. 거주경력 또한 제시되어 있지 않다. 그러므로 이 책의 사설 채록자료를 통해 독자가 제보자에 대해 알 수 있는 것은 제주도 태생으로 현재 조사지에 살고 있는 해녀라는 정도에 지나지 않는다. 그 해녀가 언제부터 조사지에 살고 있으며, 그의 경험과 생각은 무엇인지, 또 그 곳 해녀들의 조직과 보편적인 삶은 무엇인지 알 길이 없는 것이다. 이러한 부가정보들을 배경으로 사설을 읽어야 깊이 있는 이해에 이를 수 있다는 점을 생각하면, 사설 채록자료의 정보 빈곤은 결코 작은 흠이라고 말하기 어렵다.

연구편의 전반적 문제는 책 제목, 또는 각 논문의 제목에 제시된 문제의식과 기술내용이 긴밀히 호흡되고 있지 못하다는 것이다. 조규익이 쓴 "문틀의 존재와 의미"는 〈해녀노젓는소리〉와 함께 형성되어 있는 기능적, 정서적 성격의 공식어구를 찾아내고, 가사구성에서의 공식어구 활용원리를 다루었는데, 이것은 제주도와 본토의 것에 모두 통하는 것이다. 요컨대 본토의 〈해녀노젓는소리〉에 나타나는 문틀의 양상을 찾아보려는 작업이 거의 이루어지지 않았다.

이성훈이 쓴 "전승론적 성격"은 〈해녀노젓는소리〉의 전파시기를 배경으로 거론한 뒤, 노래의 습득과정, 개별적 특성과 사설양상 등 주로 창자를 축으로 다루어야 할 논의들을 전개하였는데, 이 노래의 본토 전승의 성격을 논한 작업은 이루어지지 않았다. 그리고 창자의 개별적 특성과 사설양상에 관한 것도 사례가 2건에 지나지 않을 뿐만 아니라, 제시된 절의 개념이 시사하는 바처럼 기록문학의 작가론과 작품론적 시각에서 다루지 않았다. 한 사람은 사설내용, 그리고 또 한사람은 사설구성을 거론하며 일관성 없이, 그리고 소략하게 일을 마무리짓고 말

앉을 뿐이다.

강명혜가 쓴 "통시적·공시적 성격"은 문헌기록을 통해 해녀 관련 물질 및 생업 민속의 통시적 변화를 살피고, 또 새롭게 수집한 〈해녀노젓는소리〉의 자료를 기존 제주의 것과 비교하여 사설의 변이양상을 따져 본 것인데, 역시 그 성격을 집약하는 작업을 하지 못했다. 그런가하면 제주와 본토의 〈해녀노젓는소리〉 사설을 비교한 작업 역시 납득하기 어려운 면이 있다. 필자는 본토의 것에는 고향, 부모형제에 대한 그리움이 강하게 나타나는 특징이 있다고 했는데, 이러한 양상은 제주도에서 채록된 사설에서도 그대로 드러나고 있다.[3] 제주도의 해녀가 바깥물질을 활발하게 했었음을 생각하면, 이는 자연스러운 결과일 것이다.

문숙희가 쓴 "음악적 성격"은 〈해녀노젓는소리〉를 채보하여 창자별로 음악적 내용을 분석한 뒤, 이를 종합하여 이 노래의 선율과 형식, 선법, 음역, 리듬, 시김새 등의 주된 흐름을 파악하여 제주의 것과 비교한 것인데, 이 또한 〈해녀노젓는소리〉의 성격을 집약하는 작업을 하지 못했다. 본토의 〈해녀노젓는소리〉가 제주도와 달리 레로 종지하는 레선법의 구속력이 떨어진다는 것을 알게 된 것은 소득이지만, 창자별로 검토된 음악적 내용이 각 연주 각편의 독자적 의미를 찾아보거나, 그것들을 종합하여 이 노래 전체의 음악적 특징을 알아보는데까지 나아가지 않았던 것이다.

그러나 상황이 이렇다 하여 이 책이 가지고 있는 본질적인 의미가 가벼워지는 것은 아니다. 이 책이 〈해녀노젓는소리〉와 이주민요의 연구를 한 걸음 더 나아가게 하고 있음은 부정하기 어렵기 때문이다.

---

3)   김영돈, 『제주민요연구·상』, 일조각, 1965, 245-65쪽 이곳저곳.

08

〈서평〉

이성훈, 『해녀의 삶과 그 노래』(민속원, 2005)

삶과 노래의 관련 양상을 찾아서

| 한창훈 | 전북대학교

『한국문학과 예술』 창간호, 2008.

삶과 노래의 관련 양상을 찾아서

- 이성훈의『해녀의 삶과 그 노래』(민속원, 2005)를 읽고 -

I.

반농반어(半農半漁)의 성격이 강한 제주도 해안 마을에서 제주 해녀[1]들은 물때에 맞추어서 '물질'을 하며, 계절과 농번·농한기의 구분 없이 어떤 다른 여성들보다 더 많은 농업 노동을 한다. 거친 파도와 깊은 바다 속에서 특별한 장비도 없이 각종 해산물을 채취하며, 특히 입덧과 출산 전후에도 물질을 하는 강인함이 높이 평가되기도 한다. 현재까지 이런 해녀들이 존재하는 곳은

한국과 일본뿐이다(좌혜경 외, 2006). 그런데 일본의 경우 그 수가 급격히 감소하여 최근에는 오히려 희귀한 존재가 되었고, 한국의 경우 그 지역에 상관없이 해녀들은 보편적으로 제주 출신들이므로, 일반적으로 해녀 하면 제주 해녀를 가리키게 되었다.

---

1) '해녀'라는 용어는 일반화되어 많이 쓰이고 있지만, 학문적으로는 여러 논란이 있다. 서평자는 이들을 가리키는 용어로 줌수(潛嫂)를 사용한다. 본 서평에서는 필자의 입장을 존중하여 일관되게 '해녀'라고 한다. 여기에 대한 서평자의 입장은 한창훈(2002:333쪽)을 참고하기 바란다.

제주 출신 해녀는 제주도뿐만 아니라 전국의 모든 해안 지대에도 정착해서 살고 있다. 이들은 출가 물질을 나왔다가 출가지에서 남편을 만나 정착하거나 남편과 함께 이주하여 정착한 경우들이 대부분이다. 원래 민요라고 하는 것 자체가 부르는 이들의 삶과 떨어져서 존재할 수 없는 것이므로, 해녀들의 민요에는 출신지로서의 제주 경험은 물론이고 그들이 정착하고 살았던 지역에서의 경험이 오롯이 반영되어 있다.

이성훈 선생의 『해녀의 삶과 그 노래』는 바로 이들 제주를 떠나 살아가는 해녀들의 삶과 노래 특히 〈해녀노젓는소리〉를 집중적으로 조사하고 연구한 결과물이다. 저자는 본 책에서 문제 삼는 '〈해녀노젓는소리〉는 제주도 출신 해녀들이 뱃사공과 함께 돛배를 타고 본토로 출가하거나 해산물을 채취하기 위해 뱃물질하러 오갈 때, 좌현에서 젓걸이노를 젓는 해녀와 우현에서 젓걸이노를 젓는 해녀 또는 선미에서 하노를 젓는 뱃사공과 좌·우현에서 젓걸이노를 젓는 해녀 등으로 짝을 나누어 되받아 부르거나 메기고 받아 부르기 방식으로 부른 노래'라고 규정하고 연구를 진행하고 있다.

Ⅱ.

본 책은 크게 2부로 나누어져 있는데, 1부 연구편에서는 7편의 논문이 실려 있고, 2부 자료편에서는 강원도 속초시와 경상남도 통영시의 〈해녀노젓는소리〉와 생애력 조사가 실려 있다. 실린 순서와는 다르게 우선 서평자의 시야를 끄는 것은 2부 자료편이며, 이는 제주도 이외 지역의 조사라는 점과 생애력 조사를 자세하게 첨부한 점이 이유가 된다.

한국 민요 연구의 체계를 올곧게 세웠다는 평가를 받는 고정옥의 『조선민요연구』에서도, 방대하고 체계적인 자료 조사의 표본으로 평가되

는 임동권의『한국민요집』에서도 생애력을 포함한 제보자의 정보 제
공에는 인색했다. 나름대로 많이 집적되어 있는 다른 연구서나 자료집
도 그 사정은 비슷하다. 심지어 인근 연구 분야인 서사무가나 탈놀이
등의 경우도 그 사정이 크게 다르지 않다. 그러나 구비문학 연구에서
제보자에 대한 자세한 정보는 두 말할 나위 없이 중요한 것이다. 구비
문학의 원천이 바로 민중들의 삶이거니와, 민요의 경우 그 관련성은
말할 나위 없이 중요하다.

더구나 책 제목이『해녀의 삶과 그 노래』라고 되어 있으니, 독자들
은 우선 그 관련 양상을 저자가 어떻게 풀고 있나에 관심이 가기 마련
이다. 그런데 2부 자료편에서 보여준 흥미 있는 자료 제공의 경우는 차
치하고, 아쉽게도 연구편에서 이에 직접적으로 관련된 것은「〈해녀노
젓는소리〉 제보자의 생애와 사설」정도라 아쉽다. 물론 사설과 현장
성, 가락과 노동 행위와의 관계, 창자의 역할과 사설의 특징을 다룬 논
문들도 크게 보면 같은 범주에 속한다고 할 수 있으나 직접적인 관련
양상을 보여주지는 못한다.

저자의 언급대로 '민요가 서민 공동의 참여로 이루어져 특정 작가를
알 수 없다고 해도 제보자에 대한 조사 연구를 뒤로 미루어 둘 수는 없
다. 제보자에 대한 조사 연구의 토대 위에서 민요 사설에 대한 올바른
분석과 연구가 가능한 것이라면 제보자에 대한 독자적 연구는 지극히
당연한 것'이다.

「〈해녀노젓는소리〉 제보자의 생애와 사설」에서는 제보자 Y노파의
생애력과 구연한 민요 중 〈해녀노젓는소리〉를 중심으로 지난날 고난
과 역경을 극복하며 살아온 해녀들의 생활이 민요의 사설 속에서 어떻
게 투영되고 있는지, 그 실태를 살피고 있다. 구술 자료와 구연 자료를
교직하면서 서술된 내용에서 서평자은 구비문학 연구의 좋은 범례를

볼 수 있었다. 민요의 전승이 기능을 전제로 하여 이루어질 수밖에 없
다는 사실을 확인한 점이라든지, 당시의 처첩관계와 상호 갈등, 해녀의
직업 의식 등을 엿보는 작업 등도 소중하다. 보다 다양한 제보자와 노
래의 관련 양상을 살피고 이를 통한 일반 이론 체계의 구축이 필요할
것으로 생각되는데, 필자의 예상되는 후속 연구를 기대해 본다.

Ⅲ.

1부 연구편에 실려 있는 논문들의 특징을 한마디로 요약하면 저자의
꼼꼼함이 잘 드러난 것들이라 할 만하다. 〈해녀노젓는소리〉에 관한 연
구사 및 분류 명칭, 자료집 개관 및 해제는 관련 자료들을 광범위하게
조사하고 체계적으로 잘 정리하고 있으며, 저자가 직접 조사한 자료들
을 다양하게 인용하고 있으며, 생생한 사진 자료도 풍부하게 제공하고
있다. 저자도 공동 필자로 참여한 연구 업적까지 더한다면(조규익 외,
2005), 우리는 제주도 지역에서 전승되는 해녀 노래는 물론이고 본토에
서 전승되는 광범위한 전승 자료를 확보할 수 있게 된 것이다.

욕심을 부린다면, 조사된 자료를 꼼꼼하게 정리하고 미시적으로 살
피는 연구도 소중하지만, 탐구의 방법과 시야를 새롭게 열어갈 필요도
있다고 보인다. 가창 방식 연구나 노동 행위와의 관계를 따지는 것, 창
자의 역할과 사설을 따지는 연구 등을 통해서 우리는 개별적 자료가
가지고 있는 특징이 세심한 고찰을 통해 잘 드러나고 있는 것을 본다.
그런데 무엇인가 허전하다. 해녀들의 다른 노래를 분석했을 때 예상되
는 결과와 어떤 질적 차별성을 보여줄 수 있을지, 노동요의 일반적 분
석과 어떤 다른 층위의 설명 체계를 마련할 수 있을지 의문이 든다.

이와 관련하여 서평자의 의도와 비슷한 언급이 관련 연구자의 글에

보여 인용해 본다. '민요의 현장론적 연구는 특정 영역의 민요를 대상으로 그 존재 양상과 원리를 비교적 소상히 드러내었다. 그러나 이런 연구는 민요 연구에서 현장이 중시되어야 한다는 문제 의식은 확고히 가졌으면서도, 현장적 문맥에 의해 실제로 자료를 읽는 구체적인 방법을 이론적으로 모색하는 작업에는 충분히 나아가지 못했다. 특히 민요학의 기술에 꼭 필요한 것이면서도 아직 연구가 활성화되어 있지 못한 문화사회학적 연구, 비교연구, 계량적 연구에 보다 큰 관심을 가질 필요가 있다.'(강등학, 2005)

물론 이를 저자에게만 강요하는 것은 무리이며, 오히려 관련 연구자 모두가 힘을 합쳐 풀어야 할 숙제라 할 수 있다. 그런데 서평자가 보기에 해녀 노래는 이런 접근을 하는데 아주 유용한 대상으로 판단된다. 특히 문화사회학적 연구, 비교연구 등을 적용하는데 안성맞춤으로 여긴다. 이를 거시적 접근이라 할 수 있다면, 이미 잘 이루어진 미시적 연구를 바탕으로 향후 균형 잡힌 연구들이 많이 나오기를 기대한다.

Ⅳ.

이상에서 거칠게나마 책에 나타나 있는 몇 가지 의의와 문제점을 살펴보았다. 이성훈 선생의 『해녀의 삶과 그 노래』를 한마디로 말하자면 저자의 열정과 부지런함의 산물이라 할 수 있겠다. 주지하다시피 민요를 포함한 구비문학의 연구는 그 전제로 철저한 현지 조사 작업을 필요로 한다. 거기다 그 대상이 문화적 상징이라 할 수 있는 해녀이다 보면 필연적으로 민속학 내지 인류학적인 거시적 안목을 필요로 하게 된다.

여러 가지 점으로 볼 때 아직도 계속 진행 중인 연구이기는 하지만, 이처럼 현지 조사를 정점으로 하는 미시적 노력과 문화 상징의 해석이라는 거시적 작업이 필요한 일을, 중간 보고서라고 할 수 있는 본 책에서 이성훈 선생은 큰 무리 없이 해내고 있다. 때문에 예상되는 후속 연구에서도 좋은 결과가 나오리라 짐작된다.

　민요를 통해 드러나는 해녀들의 삶은 구체적이고 현실적이다. 그것을 통해 보건대 해녀들의 진취적이고 강인한 정신 이면에는 이루 헤아릴 수 없는 삶의 무게가 자리하고 있다. 고달픈 노동을 묵묵히 감내해내는 해녀들은 그들의 힘겨움을 민요라는 노래를 통해 드러내고 해소한다. 마찬가지로 이들을 탐구하는 연구 과정에도 수많은 어려움이 있기 마련이다. 이성훈 선생의『해녀의 삶과 그 노래』처럼, 같은 분야를 공부하는 많은 연구자들도 좋은 연구 결과의 출간을 통해, 연구 과정의 어려움과 그 극복을 세상에 드러내고 나름의 결실들을 얻기를 기대해 본다.

● 참고문헌 ●

강등학,『한국 민요학의 논리와 시각』(민속원, 2005)

고정옥,『조선민요연구』(수선사, 1949)

임동권,『한국민요집』전7권(집문당, 1961-1992)

조규익 외,『제주도 해녀노젓는소리의 본토 전승양상에 관한 조사 · 연구』
　　　　(민속원, 2005)

좌혜경 외,『제주 해녀와 일본의 아마』(민속원, 2006)

한창훈,『시가와 시가교육의 탐구』(월인, 2000)

09

〈서평〉

이성훈, 『해녀노젓는소리 연구』(학고방, 2010)

출가[出稼] 해녀의 생애와
소리 총체적 조명

| 최은숙 | 경북대학교

『한국문학과 예술』 제6집, 2010.

출가出稼 해녀의 생애와 소리
총체적 조명

- 이성훈의『해녀노젓는소리 연구』(학고방, 2010)를 읽고 -

『해녀노젓는소리 연구』는 〈해녀노젓는 소리〉에 대한 총체적 연구서이다. 〈해녀노젓는소리〉의 형성과 전승, 사설 분류와 교섭 양상, 가창방식과 율격, 사설 수집과 정리, 가창자의 생애와 의식 등 총체적이고 체계적인 연구성과를 담고 있다.

〈해녀노젓는소리〉는 한국민요연구가 시작된 1920년대부터 주목의 대상이 되어 지금까지 음악, 민속, 문학 방면에서 활발한 연구 성과를 이루어 내었다. 그러나 본서의 논의는 다음 몇 가지의 측면에서 차별성을 지닌다.

먼저, 본서는 제주도뿐만 아니라 본토의 모든 해안지역에 정착해서 살고 있는 제주도 출신 해녀들의 소리까지를 연구대상으로 삼아 〈해녀노젓는소리〉의 전승 양상을 실질적으로 점검하고 있다. 이를 위해 필자는 제주 해녀의 본토 진출과정과 가창기연을 풍부한 역사적 기록과 현장조사를 통해 밝혔으며, 〈해녀노젓는소리〉가 제주도보다는 본토 서남해안의 다도해 지역인 서부경남지역과 전라남도 지역에서 주로 이루어졌음을 밝혔다. 이는 〈해녀노젓는소리〉의 통시적 공시적 전승과정 규명에 중요한 기여이다.

한편 〈해녀노젓는소리〉의 사설양상을 가창기연과 구연상황을 기준으로 분류함으로써 현장론적 민요 연구의 효율적 사례를 보여주었다. 특히 구연 현장의 상황에 따라 〈해녀노젓는소리〉의 가락과 노젓는 동작을 결부시킨 논의, 해로와 바다의 현장성이 사설에 어떻게 투영되고 있는가를 밝힌 논의는 민요 연구가 현장과 어떻게 만나야 하는지를 구체적으로 보여준 예가 될 것이다.

본서의 가장 주목해야 할 부분 중 하나는 〈해녀노젓는소리〉 가창자 연구이다. 그동안의 민요 연구는 채록된 텍스트만을 대상으로 연구자의 기준과 해석에 의해 이루어져 온 경향이 있었다. 그러나 온전한 민요 연구는 민요를 생산하고 향유한 이들에 대한 논의를 함께 고려해야 한다는 목소리가 높아지고 있다. 민요의 가창자 연구가 바로 그것이며 가창자들의 민요 향유에 대한 문화론적 연구가 그러한 필요성에서 시도된 연구이다.

〈해녀노젓는소리〉에 대한 필자의 가창자 연구 또한 이러한 학계의 논의와 맥을 같이 하고 있다. 필자는 〈해녀노젓는소리〉 가창자를 직접 만나고 이들의 생애와 의식을 고찰하여 〈해녀노젓는소리〉 사설과의 연관성을 해명하였다. 이 과정에서 필자의 고향이 제주도라는 점, 그리고 현재는 본토에 살고 있다는 점 등은 특히 〈해녀노젓는소리〉 가창자 연구에 실질적인 도움으로 작용하였다. 가창자의 목소리 억양을 통한 심리적 통찰까지도 고려할 수 있음은 〈해녀노젓는소리〉에 대한 논의뿐 아니라 민요 연구 전반에서 보다 세밀한 논의에 대한 가능성을 확인하게 한다.

그럼에도 불구하고 필자의 가창자 연구가 더욱 확장되기를 기대하며 가창자 연구와 관련하여 다음과 같은 생각을 덧붙여 본다. 가창자의 의식을 시간의식과 공간의식으로 나누어 분석한 점은 텍스트 연구 방법론 중의 하나는 될 수 있다. 그러나 시간의식과 공간의식이 〈해녀 노젓는소리〉 가창자의 특수한 그들이 생애와 의식을 온전히 드러내고 있는가, 특히 시간의식에 관한 논의는 소리와 가창자의식을 온전히 해명할 수 있는 효율적인 방법론인가는 의문의 여지가 있다. 이러한 의문은 가창자 의식을 정해진 잣대를 가지고 분석하기보다는 가창자 의식, 그 자체로 접근하는 것이 본질에 접근하는 길이 아닐까 한다. 더 나아가 다른 요종의 가창자 의식과 서로 비교 대조해 보는 작업도 필요하지 않을까 생각한다.

가창자의 생애와 민요 사설을 서로 연관짓는 방식도 보다 세밀화될 필요가 있다. 가창자의 생애가 '해녀'이고 본토로 나온 이들이기에 이들의 생애와 의식에 대한 심층적 접근이 필요하다.

그러나 이러한 이유는 본서의 의미를 희석하기에는 다소 궁색하다. 한국민요 연구사에서 지속적인 논의의 대상이 되어왔지만 그것에 대한 총제적인 접근이 이루어지지 못했던 〈해녀노젓는소리〉는 필자에 의해 체계적이면서도 실질적인 접근이 시도되었다. 사설 채록에 대한 오기와 어석의 오류를 하나하나 세밀히 점검해 낸 것에서부터 전승과 가창자 연구에 이르기까지 필자의 연구는 〈해녀노젓는소리〉에 대한 총제적 접근이 될 것이다. 더욱이 이러한 작업은 『해녀의 삶과 그 노래』 (2005), 『제주도 해녀노젓는소리의 본토전승양상에 관한 조사 연구』 (2005)와 같은 필자가 그동안 지속적으로 축적해 온 연구 성과와 더불어 한국민요 연구 방법론에 대한 반성과 새로운 방법론을 제시하는 데 충분히 기여할 것이라 본다.

10

<서평>

김영돈, 『한국의 해녀』(민속원, 1999)

'검은 바다'와 더불어 사는 사람들 이해하기

| 한창훈 | 전북대학교

『제주도 연구』 제41집, 2014.

'검은 바다'와 더불어 사는 사람들 이해하기

- 김영돈의『한국의 해녀』(민속원, 1999)를 읽고 -

I.

최근 들어 제주도는 제주 해녀[1]를 유네스코 문화유산으로 등재시키기 위해 많은 노력을 펼치고 있다. 제주 해녀는 지금도 존재하고 있지만, 예전의 모습이나 그 위세를 그대로 보여주지는 못하고 있다. 때문에 이런 노력에는 행정적 측면 이외에도 학술적인 측면이 중요하게 취급되어야 한다. 필자가 출판된 지 10 여년이나 지난 김영돈의 『한국의 해녀』 서평을 이 시점에서 쓰고자

하는 것도, 이 책의 학술적 위상을 높게 평가하기 때문이다.

이제는 고인이 되신 김영돈 선생의 주 전공은 민속학 그 중에서도 문학적인 측면에서 접근한 민요 연구라고 할 수 있다. 많은 한국의 문

---

1) '해녀'라는 용어는 일반화되어 많이 쓰이고 있지만, 학문적으로는 여러 논란이 있다. 서평자는 이들을 가리키는 용어로 좀수(潛嫂)를 사용한다. 그러나 본 서평에서는 필자의 입장을 존중하여 일관되게 '해녀'라고 한다.

화유산 중에서도 손꼽을 만큼 중요한 것으로 민요를 들 수 있다. 민요
는 전통 사회의 생활상 필요에 의해 불리는 것으로, 그 시대와 사회의
산업, 풍토, 관습 가치관 등이 올곧게 반영되어 있다. 이러한 민요는
기능, 창곡, 사설과 같은 구성 요소로 이루어져 있으며, 당연히 이를 총
체적으로 접근해 들어가는 연구를 통해 그 실상을 드러낼 수 있다. 그
러나 전문성을 높이고자 하는 욕구에 의해, 그 동안의 연구는 이 중에
서 그 어느 하나에 주목하는 형태를 띠고 있었다.

　한국 민요를 대상으로 하여 사설 분석을 중심으로 하는 문학적 연구
중에서, 초기이면서도 중요한 업적에 속하는 것으로, 우리는 고정옥의
『조선 민요 연구』[2]를 들 수 있다. 그 당시까지 알려진 대부분의 한국
민요를 대상으로 하여 체계적인 접근으로 이루어진 이 연구는 민요의
연구는 물론 한국 구비 문학의 연구 성과를 한껏 높인 바 있다. 이후에
임동권 등에 의해 한국의 민요가 가지고 있는 전반적인 성격이 하나씩
그 모습을 드러낸 바 있다.

　그런데 김영돈 선생이 제주도라는 지역에 집중하여, 제주 민요의 총
체적인 모습을 보여줄 수 있는 사설 채록집인 『제주도 민요 연구(上)』[3]
을 출판했다. 이른 시기 획기적인 업적으로 평가되는 이 자료집에는
한반도 본토에 전승되는 민요와 그 양과 질에서 크게 변별되는 제주
민요의 특징이 잘 드러나 있다. 여기에 특히 특징적으로 드러나는 것
이 바로 해녀 노래인데, 바로 이 지점이 김영돈 선생이 제주 해녀를 본
격적으로 연구하게 된 이유로 생각된다. 민요 연구에 그치지 않고 민
요의 주체 즉 제주 해녀를 총체적인 관점에서 오랜 기간 연구한 결과

2) 고정옥, 『조선 민요 연구』(수선사, 1949)
3) 김영돈, 『제주도 민요 연구(上)』(일조각, 1965)

가 집결해 있는 것이 바로 본 서평의 대상인 『한국의 해녀』이다.

II.

김영돈 선생의 『한국의 해녀』는 분량만 보더라도 4.6배판의 큰 크기에 567페이지에 이르는 거작이다. 총 10장으로 구성되어 있는데, 아래에서 보듯이 민속, 역사 전 부문에 걸치는 광범위한 내용을 담고 있다. 특이할 만한 사항은 사진 자료이다. 사진 작가 서재철, 강만보에 의해 제시되는 사진 자료는 비록 흑백 사진이라는 아쉬움은 있으나, 대단히 소중한 것으로 평가된다.

해녀란 '바다밭, 곧 지정된 공동어장에 무자맥질하여 해조류 등을 캐고 그 수익으로써 생계를 삼거나, 살림에 이바지함을 직업으로 삼는 여인'으로 뜻풀이하는 김영돈 선생은 본 저서에서 ① 문화인류학적 내지 민속학적 관점 ② 경제적 관점 ③ 생리학적 내지 의학적 관점④ 해양과학적 관점 ⑤ 구전문학 및 민족음악적 관점 ⑥ 법사회학적 관점 ⑦ 어학적 관점 ⑧ 여성학적 관점 등의 총체적 연구 시각을 제시했다. 물론 특정한 연구자가 이 모든 관점에 정통할 수는 없겠으나, 연구의 시각 자체를 이렇게 잡는 것은 옳다고 여긴다. 그리고 연구자 스스로가 앞장서서 다각적이고 총체적인 연구를 선도했음이 중요한 점으로 보인다.

제주도 해안 마을에서 해녀들은 물때에 맞추어서 '물질'을 하며, 계절과 농번·농한기의 구분 없이 어떤 다른 사람보다 더 많은 농업 노동을 한다. 거친 파도와 깊은 바다 속에서 특별한 장비도 없이 각종 해산물을 채취하며, 특히 입덧과 출산 전후에도 물질을 한다. 제주 출신 해녀는 제주도 뿐만 아니라 전국의 모든 해안 지대 그리고 일본에까지 진출하여 정착하여 살고 있기도 하다. 이들은 출가 물질을 나왔다가 출가지에서 남편을 만나정착하거나 남편과 함께 이주하여 정착한 경우들이 대부분이다. 기술 문명이 발달한 현대에도 해녀들은 특별한 장비의 도움 없이 1회 2분 정도의 물질을 통해 해산물을 채취한다.

제주 해녀들은 제주 경제의 주춧돌이기도 하다. 최근까지도 제주 해녀의 어획고나 어획량이 제주도 수산업 총소득의 절반 이상을 꾸준히 확보해 오기도 했다. 그리고 이들은 '바다밭'으로 대표되는 협동조합적인 성격의 계 모임을 지속적으로 유지해 오고 있기도 하다. 이런 역사적 사실들은 제주 해녀라는 존재를 특이한 사례로 볼 것이 아니고, 제주도가 가지고 있는 사회 역사적 배경을 고려하여 고찰해야 한다는 점을 우리에게 확인시켜 준다.

하여튼 여성이 거의 도구의 도움을 받지 않고 자맥질만으로 해산물을 채취하는 노동은 제주도의 전통문화의 담론 속에서 줄기를 형성하여 왔다. 김영돈 선생은 이런 기본 전제하에 제주 해녀의 어로도구와 민요, 의복, 타지에서의 생활사, 속담과 전설 등의 민속학적 자료를 축적하였다. 이외에도 해녀들의 어로와 종교적 의례를 일상의 생활과 더불어 기술한 민속기술지로서 당시의 중요한 사진과 기타 자료를 담고 있기도 하다.

　역사에 대한 관심도 놓지 않아서, 제주 해녀의 발생과 그 전파에 대한 연구도 빼놓지 않았다. 특히 제10장에서는 1931-1932년에 있었던 구좌읍 제주 해녀의 항일 운동에 대해 자세히 고찰하고 있어서, 당시의 상황과 사건의 진전을 이해하는데 큰 도움을 준다. 이처럼 김영돈 선생의 『한국의 해녀』는 제주 해녀에 대해 그야말로 다각적으로 접근하여 총체적으로 설명하고 있는 개설서이자 전문 연구서이기도 하다.

Ⅲ.

　앞 장에서 개략적으로 본 것처럼, 김영돈 선생은 총체적인 연구 결과, 제주 해녀의 진취적이고 강인한 모습을 대단히 높게 평가한다. 당연하다고 생각한다. 그러나 여기서 서평자는 제주 해녀가 가지고 있는 어두운 그림자도 고려에 넣어야 한다고 생각한다. 여기서 말하는 어두운 그림자란 '진취적이고 강인한 모습' 뒤에 숨어 있는 '고통스러운 현실적 삶의 모습'을 지칭한다. 물론 제주 해녀가 진취적이고 강인하지 않다는 말이 아니고, 그 강인함 이면에 존재하는 힘겨운 삶과 시대의 무게를 먼저 읽어내야 한다고 본다. 이 점은 제주 해녀의 항일 투쟁을 소설화한 현기영의 『바람타는 섬』[1]에도 같은 원리를 적용할 수 있겠다.

---

1) 현기영, 『바람타는 섬』 (창작과 비평사, 1989)

해녀들은 '사회적으로 낮은 계급의 무학력자, 전통적 방식의 일을 수행하는 강인한 해안 여성'으로 인식되어 왔으나, 이들은 현대산업사회에서 살아가는 여성들'[2]이다. 때문에 '제주 여성의 강인함과 해녀들에 관한 담론들은 사회적 배경 속에서 설명될 수 있어야 하며, 이들은 다른 세계의 특수한 존재가 아니며, 그들이 창조해 온 생활 세계로부터 우리가 배울 수 있는 문화적 보편성을 발견'[3]하는 것이 중요하다.

과거에는 사회적으로도 천대받던 해녀들이, 그들의 근면하고 강인한 생활상을 중심으로 하여, 오늘날은 제주 여성의 전형으로 높이 평가되고 있는 것 같다. 그러나 실질적 내용이 동반되지 않은 무조건적이고 절대적인 평가는, 해녀들에게도 초과 노동을 강요하는 이데올로기가 될 수 있고, 제주 여성들에게도 억압적 역할을 할 수 있다. 특히 제주도가 관광지가 되면서 만들어진, 젊은 여성을 모델로 성적 매력이 강조되는 일부의 상업주의적 이미지화는 해녀들에게도 자기 비하와 소외의 감정을 느끼게 할 수 있다.

강한 여성으로 자신을 보는 제주 여성들은 한편으로 자신의 실제의 삶과 비교하면서, 이러한 신화적 이미지와 갈등을 겪게 된다. 강한 여성의 이미지 뒤편에 '고생하는 여성', '희생하는 여성'이 존재하기 때문이다. 제주 해녀는 물질, 밭일, 가사일 등 현실적으로 고생하면서, 동시에 엄청난 저력을 가진 불굴의 정신력 소유자로 규정될 수 있다. 이는 제주도가 역사적으로 타자와의 권력 관계에서 하위에 위치하고 있으면서 수탈에 대한 순응과 이에 대한 저항 정신 등의 정체성을 형성해 왔던 것과 같은 맥락으로 볼 수 있다.

---

2) 안미정, 『제주 잠수의 바다밭』(제주대학교 출판부, 2008) 222-223쪽.
3) 안미정, 『제주 잠수의 바다밭』(제주대학교 출판부, 2008) 41쪽.

제주 해녀의 삶은, 우리가 관념적으로 상상하듯이 그렇게 '낭만적'이지 않다. 이들은 물에서 '놀이를 즐기는 것'이 아니고, 가족의 생계를 위해 험한 바다에 몸을 던지는 직업인의 모습으로 우리에게 드러난다. 때문에 이들의 삶은 구체적이고 현실적이다. 따라서 제주 해녀의 모습이 근면하고 진취적이고 강인하다 하더라도, 그 의미의 실질은 구분되면서 고찰되어야 할 것이다.

서평자가 보기에 제주 해녀의 가슴에는 한이 골 깊게 자리잡고 있다. 일반적으로 알려진 이들의 진취적이고 강인한 정신은, 이런 현실을 극복하기 위한 방편의 하나로 기능하는 것으로 보인다. 때문에 진취적이고 강인한 그들의 내면에 자리하고 있는 설움과 힘겨움을 고려하지 못한다면, 그 역시 현실과 무관하게 하나의 이데올로기로서만 작용하게 된다.[4] 김영돈 선생의 『한국의 해녀』566쪽에 나와 있는 기원하는 노파 해녀의 얼굴에서 서평자는 이런 마음을 읽는다. 이런 이해가 단지 서평자의 편견에 의한 것일까?

Ⅳ.

이상에서 대단히 거칠게 김영돈 선생의 역작 『한국의 해녀』를 살펴보았다. 글의 시작에서 서평자는 제주 해녀를 유네스코 문화 유산에 등재시키려는 제주도의 행정적 노력이 글쓰기의 동기가 되었음을 밝힌 바 있다. 서평자도 당연히 제주 해녀가 유네스코 문화 유산에 등재되기를 바란다. 그리고 자격도 충분하다고 생각한다. 그러나 역사적 진실을 괄호에 넣고 신화로 이미지화 된 제주 해녀가 하나의 관광 자원

---

4) 한창훈, 『시가와 시가교육의 탐구』(월인, 2000) 350쪽.

화 될 수 있다는 우려가 있다는 점을 꼭 지적해 두고 싶다.

2000년대에 들어서 제주 해녀를 유네스코 문화 유산에 등재하려는 움직임이 본격화 되었는데, 그 과정에서 제주 해녀를 보전하려는 운동과 더불어 학술 활동도 활발해지게 되었다. 이런 움직임이 제주 해녀의 보전과 전승에는 도움이 될지 모르겠으나, 그렇게 보전된 전통문화로서의 제주 해녀가 박제화될 수도 있다는 우려도 충분히 논거가 있다.

서평자는 고심 끝에 이 글의 제목에 '검은 바다'라는 말을 넣었다. 시인 문충성은 「제주바다」에서 '누이야 원래 싸움터였다 … 괴로워 울었다 바다는 / 괴로움을 삭이면서 끝남이 없는 싸움을 울부짖어왔다.'고 했으며, '제주 사람이 아니고는 진짜 제주 바다를 알 수 없다.'고도 했다. 서평자는 이 전쟁 같은 삶의 최전선에 해녀가 있다고 생각한다. 이런 제주 해녀의 진면목이 정당하게 평가되어야 한다고 생각한다. 낭만적이기 보다는 역사적이고 현실적인 제주 해녀의 진면목이야 말로 유네스코를 넘어 전 세계에 자랑스럽게 내놓을 수 있는 우리의 문화 유산이다. 아니 문화 유산이 아니라 바로 나의 그리고 우리의 할머니(할망), 어머니(어멍)의 참모습인 것이다.

실증적인 측면에서 본다면, 오랜 기간 자료를 검토하고, 생각을 정리해 온 필자의 논의를 통해 많은 것을 얻었음을 고백한다. 대부분 공감할 수 있는 내용을 가지고 있기에, 서평자가 군이 크게 문제를 삼을 만한 부분은 없다고 보인다. 다만 평가 부분에 있어서는 지엽적인 문제 제기를 통해 향후 생각의 폭을 넓혀 보자는 의도를 밝힌다. 아무래도 이런 작업은 우선 학자들이 앞서서 해야 할 것인데, 다행히 김영돈 선생 이후에 좌혜경, 이성훈, 안미정 등의 후학들이 좋은 후속 업적을 내고 있다. 그러나 좋은 학술적 연구에 끝이 있을 수 있겠는가. 앞으로도 이들의 이어지는 후속 연구에 주목해보도록 하자.

● 참고문헌 ●

고정옥, 『조선 민요 연구』(수선사, 1949)

김영돈, 『제주도 민요 연구(上)』(일조각, 1965)

안미정, 『제주 잠수의 바다밭』(제주대학교 출판부, 2008)

이성훈, 『해녀노젓는소리 연구』(학고방, 2010)

좌혜경 외, 『제주 해녀와 일본의 아마』(민속원, 2006)

한창훈, 『고전문학과 교육의 다각적 해석』(역락, 2009)

한창훈, 『시가와 시가교육의 탐구』(월인, 2000)

현기영, 『바람타는 섬』(창작과 비평사, 1989)

11

濟州島의 潛嫂 用語에 관한 調査報告

- 入漁
- 氣候
- 潮水
- 採取物
- 道具
- 俗談·禁忌語

| 김순이 | 제주특별자치도 문화재위원

『제주도민속자연사박물관 조사연구보고서』 제4집, 1990.

　이 조사는 현재 잠수일을 하고 있거나, 과거에 했었던 제주도 여인들을 대상으로 하였다. 거듭된 면담을 통하여 현지에서 채록했으며, 이제는 사라져가는 잠수들의 관행까지도 밝혀보고자 노력하였다. 표기는 가급적 발음에 충실을 기했다.

I 入漁

- 물질 : 잠수작업.
- ᄀᆞᆺ물질 : 마을 앞 가까운 바다에서의 잠수일.
- 덕물질 : → ᄀᆞᆺ물질.
- ᄀᆞ상잇 물질 : → ᄀᆞᆺ물질.
- 뱃물질 : 배를 타고 먼 바다로 나가서 하는 잠수일.
- 앞바르 : → ᄀᆞᆺ물질.
- 난바르 : 먼 바다로 배를 타고 나가 하는 물질. 며칠씩 선상에서 숙식을 하는 경우도 있다.
- 앞바당・ᄀᆞᆺ바당 : 마을앞 바다.
- 줌수배 : 잠수들을 실어 나르는 일을 주업으로 하는 배.
- 물질배 : → 줌수배.
- 기계배 : 기계로 잠수일을 하는 배.
- 육지물질 : 제주도를 떠나 육지부로 가서 잠수작업을 하는 것.
- 밖잇물질 : 육지물질. 해방 전에는 일본・소련・중국 등지로 나가 잠수일을 하는 것을 일컫는다.
- 초영 : 처음으로 제주도를 떠나 타지방으로 잠수일 하러 가는 것

초영 잠수의 특징은 잘 우는 것이라고 한다.

∘ 숨비다 : 잠수하다.

∘ 숨비소리 : 잠수하고 물 위에 솟구쳐 올라와 참았던 숨을 내뿜는 소리. 긴 휘파람 소리다.

∘ 숨빔질 : 잠수일.

∘ 곱숨비다 : 연거퍼 잠수하다. 물속에서 숨이 다하여 올라오려는데 큰 전복이 눈에 띄었을 때 물위로 올라와 숨만 돌리고 테왁망사리를 붙잡아 쉬는 일 없이 바로 잠수하는 것.

∘ 곱숨빔・곱수임 : → 곱숨비다.

∘ 애기바당 : 갓 배운 어린 잠수들의 바다.

∘ 애기덕 : → 애기바당.

∘ 죄기통 : → 애기바당.

∘ 죄기홍텡이・조기옹텡이 : → 애기바당.

∘ 나눈게통 : → 애기바당.

∘ 누깨통 : → 애기바당.

∘ 동글랑덕・동그랑통 : → 애기바당. 돌이나 바위로 동그랗게 둘러쳐져 있으며 물살이 없고 물이 깊지 않다.

∘ 대상군 : 기량이 아주 뛰어난 잠수.

∘ 상군 : 기량이 뛰어난 잠수.

∘ 중군 : 기량이 보통인 잠수.

∘ 하군 : 기량이 중군보다 못한 잠수.

∘ 톨파리 : 기량이 하군보다도 못하며 항상 열심히 하지만 솜씨가 늘지 않는 잠수.

∘ 줌수 : 잠수(潛嫂)

∘ 줌녀・줌네 : 잠녀(潛女)

- 프래줌녜 : → 톨파리. 바닷가 얕은 곳의 파래나 뜯을 정도의 수준이라는 뜻.
- 볼락줌수 : → 톨파리. 숨 참기를 오래 하지 못하고 물속에 들어가자마자 나와서 못 견딘 듯 숨을 〈볼락볼락〉 내쉬는 잠수라는 뜻.
- 닺줄이 : → 톨파리.
- 똥군 : → 톨파리.
- 하질 : → 하군.
- 애기줌수 : 어린 잠수. 20살 안팎의 미혼여성을 말한다.
- 애기줌녀 : → 애기줌수.
- 애기대상군 : 어리지만 기량이 뛰어난 잠수.
- 큰줌수·큰줌녜 : → 대상군.
- 족은줌수 : → 하군.
- 할망줌수 : 할머니잠수.
- 늙다리 : 나이 든 잠수들이 스스로를 가리키는 말.
- 허채 : 해조류가 채취하기 알맞은 때까지 성숙한 후 금하였던 잠수작업을 푸는 것.
- 해경 : → 허채.
- ᄌᆞ물다 : 잠수하여 캐다.
- 조문·ᄌᆞ뭄 : 잠수하여 캐는 일.
- 대조문 : 온 마을이 〈조문〉에 참가하는 것.
- 메역조문 : 미역을 캐는 것.
- 우미조문 : 우뭇가사리를 캐는 것.
- 메역해경 : 미역 채취하는 것을 금하였다가 푸는 것.
- 우미해경 : 우뭇가사리 채취하는 것을 금하였다가 푸는 것.
- 메역방학 : 〈메역조문〉 때 학교가 며칠 일손 돕기를 위하여 하는

방학.

◦ 불턱 : 잠수들이 옷을 갈아입기도 하고 쉬며 불을 쬐는 곳, 바닷가의 우묵지고 바람을 그을 수 있는 곳에 있으며 돌담을 둘러놓은 곳도 있다. 요즘은 탈의실과 목욕시설을 갖추고 난방장치도 현대화되어 가고 있다.

◦ 상군덕 : 불턱에서의 상군잠수들의 자리.

◦ 중군덕 : 불턱에서의 중군잠수들의 자리.

◦ 하군덕 : 불턱에서의 하군잠수들의 자리.

◦ 머정좋다 : 해산물을 많이 잡았을 때 하는 말. 재수가 좋다.

◦ 머정없다 : 재수가 없다.

◦ 머정 물러난다 : 재수가 없어진다.

◦ 머정 떨어진다 : 재수가 없어진다.

◦ 머정 벗어진다 : 재수가 없어진다.

◦ 머정 난다 : 재수가 없어진다.

◦ 스망 일었다 : 재수가 좋았다.

◦ 물숨 바르다 : 잠수일이 순조롭게 잘 된다.

◦ 물숨이 안 난다 : 잠수일이 제대로 잘 풀려나가지 않는다.

◦ 퀼 면했다 : 겨우 한두 개 잡았다.

◦ 백퀼이다 : 단 한 개도 못 잡았다.

◦ 빈퀼이다 : 단 한 개도 못 잡았다.

◦ 소왕집밭 : 전복이나 소라가 싫어하는 해조류만 무성한 곳. 잠수들도 싫어한다.

◦ 지리통 : 아무것도 캐 볼 것이 없는 곳.

◦ 실겅믚통 : 키 큰 해조류만 무성하고 알짜배기 채취물은 없는 곳.

◦ 소왕집밭디만 들어점져 : 잡을 것도 없는 곳으로만 자꾸 걸려든다.

∘ 지리통만 타점 : 별 볼 일 없는 곳으로만 가지는구나.

∘ 머들팟 : 죽은 돌무더기가 쭈볏쭈볏 서 있는 곳. 채취물이 신통치
　않다.

∘ 머을팟 : → 머들팟.

∘ 머을바당 : → 머들팟.

∘ 모살통 : 모래통. 해산물이 별로 없다. 잠수들이 좋아하지 않는 곳.

∘ 모살바당 : → 모살통.

∘ 작지바당 : 자갈바다. 바다 밑이 자갈로 덮인 바다.

∘ 덕 : 바닷가의 큰 바위.

∘ 여 : 암초.

∘ 물 창 : 물밑.

∘ 갯ᄀᆞᆺ・갯ᄀᆞᆺ이・갯ᄀᆞᆺ디 : 갯가.

∘ 갯머리・개맛 : 포구. 바닷물이 드나드는 개의 뭍쪽이 되는 곳.

∘ 코지 : 곶(岬)

∘ 엉덕 : 바위 기슭.

∘ 닻 준다 : 테왁을 타고 바다 속을 살펴보다가 작업하기에 알맞은
　곳에 이르면 닻돌을 내리는 것.

∘ 닻 끊는다 : 테왁망사리가 물결에 자꾸 떠내려가는 것. 테왁을 찾
　으러 다니다 보면 작업 시간이 허비된다.

∘ 닻 붙는다 : 망사리의 닻돌이 바다 속 해조류나 바위틈에 끼여 빼
　어내는 데 시간이 걸리고 귀찮게 되는 것.

∘ 테왁 불린다 : 테왁이 물결이나 바람에 밀려서 작업하는 곳으로부
　터 멀리 가버리는 것.

∘ 귀 뜨린다 : 깊이 잠수했을 때 귀가 때리는 듯이 아픈 것.

∘ 귀 울린다 : 깊이 잠수했을 때 귀가 때리는 듯이 아픈 것.

- 적돋다 : 바다 속에 잡초가 돋은 것.
- 헛물·헛물질 : 전복이나 소라를 주로 잡는 것.
- 메역물 : 주로 미역을 캐는 작업.
- 우미물 : 주로 우뭇가사리를 채취하는 일.
- 천초물 : → 우미물.
- 메역물질 : → 메역물.
- 성계물 : 주로 성계를 잡는 일.
- 개탁기 : 바닷가의 돌에 돋아난 잡초를 제거하는 것. 공동 작업임.
- 바당풀 캔다 : → 개탁기.
- 개닦기 : → 개탁기.
- 투석 : 바다에 돌을 던져 넣는 것. 공동 작업임.
- 우미씨뿌림 : 돌멩이를 두 덩어리씩 새끼줄로 묶고 틈에 우뭇가사리를 끼워서 바다에 던져 넣는다. 공동 작업임.
- 바당싸움 : 이웃마을과의 어장 분쟁.
- 바당곱 : 바다 경계선.
- 개 비린다 : 바닷가가 부정 탔다. 시체가 떠오르거나 작수작업 중 사고가 생겼을 때를 말함.
- 개 씻는다 : 바닷가의 부정을 깨끗이 씻어 낸다. 무혼굿을 바닷가에서 베풀어 죽은 이의 영혼을 건져 올리고 한을 풀어 준다. 〈개 씻은 후〉라야 잠수일을 할 수 있다.
- 배알로 배알로 : 바다에서 작업 중 돌고래 떼가 접근하면 잠수들이 외치는 소리. 이렇게 하면 돌고래 떼는 배영(背泳)하면서 멀리 가 버린다.
- 삼성알로 삼성알로 : 배를 타고 잠수작업을 나갔을 때 거센 파도가 덮칠 듯이 달려들면 외치는 소리. 쌀을 가지고 있을 때는 쌀을 바

다에 뿌리면서 외친다.

◦ 벗츠지라 벗츠지라 : 맨 처음 잠수하여 잡은 새끼전복을 가지고 올
라와 바다 쪽을 향하여 그 등껍질을 때리며 하는 말. 그 전복이 친
구들을 불러내어, 그런 날은 수확이 좋다고 한다.

◦ 눈빌래기 : 미운 것이란 뜻으로 첫 잠수 때 불가사리·게소라가
눈에 띄거나 잡혔을 때 그날 재수가 없다.

◦ 물굿 : 잠수작업 중 사고를 당하여 죽은 잠수의 영혼을 물에서 건
져내어 위로하고 그 한을 푸는 굿. 바닷가에서 행해진다. 무혼굿.

◦ 개 씻는 굿 : → 물굿.

◦ 영등굿 : 음력 2월 초, 제주에 들어와 전역을 돌아보고 바다에 해
산물의 씨를 뿌리고 돌아간다는 영등신을 위한 굿. 바닷가에서 행
해진다.

◦ 줌수굿·줌녀굿 : → 영등굿.

◦ 영등둘 : 음력 2월달.

◦ 영등할망 : 영등신.

◦ 요왕굿 : ① 영등굿. ② 무혼굿. ③ 바닷가에서 행해지는 여러 가
지 굿을 일컫는 말.

◦ 바당굿 : → 요왕굿.

◦ 요왕지 : 바다에 가서 던지는 지. 〈지〉는 한지에 쌀밥이나 쌀을 싸
서 무명실로 묶은 것. ※ 실로 묶지 않을 때도 있다.

◦ 요왕 멕인다 : 요왕굿을 하는 것.

◦ 바당 멕인다 : → 요왕 멕인다.

◦ 지 묻는다 : 바다에 〈지〉를 던지는 것.

◦ 지 들이친다 : → 지 묻는다.

◦ 물숨 빼앗는다 : 다른 잠수의 바운더리를 침범하는 것.

◦ 소도리허라 소도리허라 : 쏘개질하라 쏘개질하라. 새끼전복을 잡
　았을 때 가지고 나와서 등껍질을 두드려대며 하는 말. 그렇게 하
　면 바닷속 친구들에게 구원을 요청하게 되어 전복이 많이 몰려나
　오게 되므로 그날 수확이 많다고 한다.

◦ 머리훈들러분다 : 어지럼증 나다.

◦ 이몽저몽하다 : 정신이 오락가락한다.

◦ 숨이 쫄르다 : 숨이 짧다.

◦ 행장 출린다 · 물행장 출린다 : 바다로 가기 위해 잠수 도구를 챙
　기는 것.

Ⅱ　氣候

◦ 브름 : 바람.

◦ 하늬브름 : 하늬바람. 북풍.

◦ 놉하늬브름 : 북북동풍.

◦ 늦하늬 : 서북풍.

◦ 놉브름 : 높새. 북동풍.

◦ 샛브름 : 샛바람. 동풍.

◦ 지름새 · 지름샛브름 : 동풍. 여러 날 동안 약하게 부는 바람.

◦ 궁근새 · 궁근샛브름 : 동풍. 여러 날 동안 강하게 부는 바람.

◦ 겁선새 : 동풍. 파도가 갑자기 일어나면서 부는 바람.

◦ 부새 : 동남풍. 남풍에 가깝다.

◦ 너른샛브름 : 동남풍. 동풍에 치우침.

◦ 신샛ᄇᆞ름 : 겨울에 부는 동풍.

◦ 서름새 : 동남풍.

◦ 정새 : 동쪽으로 치우쳐 부는 높새.

◦ 을진풍 : 동남풍.

◦ 마ᄇᆞ름·마ᄑᆞ름 : 마파람. 남풍.

◦ 동마ᄇᆞ름 : 샛마바람, 동남풍.

◦ 서마ᄇᆞ름 : 갈마바람, 서남풍.

◦ 건들마 : 남풍. 여름 장마철 남쪽에서 강약을 달리하며 잇달아 오
　는 바람.

◦ 골마 : 남쪽으로 빗겨 부는 남풍.

◦ 오정풍 : 남풍.

◦ 미군풍 : 남서풍. 바다 쪽에서 불어오는 바람.

◦ 갈보름·늦보름 : 갈바람, 서풍.

◦ 자나미 : 동남풍. 산이나 섬에 부딪혔다가 감돌아들어서 바다를 소
　용돌이치게 하는 바람.

◦ 한전 : 세차게 거슬려 부는 바람.

◦ 돌ᄇᆞ름·돌개ᄇᆞ름 : 회오리바람.

◦ 불ᄇᆞ름 : 회오리바람.

◦ 도껭이·도찡이 : 회오리바람.

◦ 돗궁이·돌껭이 : 회오리바람.

◦ 도껭이주제 : 갑자기 이는 회오리바람.

◦ ᄇᆞ름주제 : 갑작바람.

◦ 강쳉이 : 갑자기 부는 폭풍.

◦ 도지 : 초겨울의 산바람.

◦ 도지주제 : 갑자기 이는 초겨울의 산바람.

- 섯가리 : 서풍. 파도가 육지로 들이치며 소금기를 품은 바람이 농작물을 말린다.
- 산내기 : 한라산을 넘어오는 바람.
- 산방내기 : 산방산을 넘어 곧추 내리지르는 바람. 동남풍.
- 양도새 : 바람 방향이 바뀌질 무렵 양쪽에서 오는 바람.
- 뫼오리브름 : 동남풍. 산에 부딪쳤다가 감돌아들어 바다를 소용돌이치게 하는 바람.
- 브름구름 : 바람꽃. 큰 바람이 일어날 때 먼저 먼 산에 구름같이 끼는 뽀얀 기운.
- 브름둘렀다 : 도서다. 바람이 방향을 바꾸다.
- 들브름 : 신양리 방뒤코지에서 터져 나오는 바람. 이 바람은 태풍으로 발전한다.
- ᄀ맹이 : 아지랑이.
- 눈주제 : 갑자기 내리는 눈.
- 눈방울 : 눈송이.
- 무눈 : 눈비.
- 진벵이 : 진눈깨비.
- 험벅눈 : 함박눈.
- 빗살 : 빗방울.
- 빗주제 : 갑자기 내리는 비.
- 언비 : 찬비.
- 줄벵이 : 가랑비.
- 쐬내기·쐬내기주제 : 소나기.
- 버렁 : 볕이 쬐고 바람이 부는 것.
- 으남·으네 : 안개, 운무.

◦ 해갓·헷머리 : 햇무리.

◦ 둘 : 달.

◦ 둘갓·둘머리 : 달무리.

◦ 벨 : 별.

◦ 벳 : 볕.

◦ 서물사리 : 물때가 서물인 때 흔히 오는 비(음력 12일. 27일, 남부 에서는 11일. 26일)

◦ 조금사리 : 물때가 조금일 때 흔히 오는 비.

◦ 놀 : 폭풍.

◦ 실브름 : 미풍.

Ⅲ ## 潮水

◦ 제주도의 경우 물때는 하루 차이를 두면서 두 지역으로 나누어지 고 있다. 흔히 한라산을 경계로 해서 북부와 남부로 나누고 있으 나 반드시 그렇지만은 않다. 서로 다른 물때를 가진 마을 중에서 두 곳을 골라 여기 밝힌다.

A) 구좌읍 평대리의 물때

◦ 흔물   (음력 매달 9일과   24일)

◦ 두물   10   25

◦ 서물   11   26

◦ 너물   12   27

- 다섯물　　　　13　　28
- ᄋᆞ섯물　　　　14　　29
- 일곱물　　　　15　　30
- ᄋᆞ듭물　　　　16　　1
- 아홉물　　　　17　　2
- 열물　　　　　18　　3
- 열ᄒᆞᆫ물　　　19　　4
- 열두물　　　　20　　5
- 막물　　　　　21　　6
- 아끈죄기　　　22　　7
- 한죄기　　　　23　　8

B) 한경면 용수리의 물때

- ᄒᆞᆫ물　　　(음력 매달 10일과　25일)
- 두물　　　　　11　　26
- 서물　　　　　12　　27
- 너물　　　　　13　　28
- 다섯물　　　　14　　29
- ᄋᆞ섯물　　　　15　　30
- 일곱물　　　　16　　1
- ᄋᆞ듭물　　　　17　　2
- 아홉물　　　　18　　3
- 열물　　　　　19　　4
- 열ᄒᆞᆫ물　　　20　　5
- 열두물　　　　21　　6

◦ 아끈죄기　　　22　　　7
◦ 한죄기　　　　23　　　8
◦ 게무심　　　　24　　　9
◦ 물끼 : 물때. 무수기(썰물과 밀물의 차)
◦ 물찌 : 조금이 아닌 때, 즉 음력 매달 10일~21일과 25일~다음달 6
　일까지의 조수.
◦ 조금 : 조수가 가장 낮은 때.
◦ 죄기 : 조금.
◦ 와살·웨살 : 물살이 빠르고 물밑은 어둡고 탁하다. 이때는 잠수
　들은 작업을 피한다.
◦ 웨삿 : → 웨살.
◦ ᄌᆞ쎄기 : 바닷물이 가장 썬 것(최간조)
◦ 반물쎄기 : 썰물이 반쯤 나갔을 때.
◦ 보름물찌 : 음력 9일~24일까지의 조수.
◦ 그믐물찌 : 음력 24일~다음달 8일까지의 조수.
◦ 부날 : 음력 10일과 25일의 조수. 썰물과 밀물의 차이가 별로 드러
　나지 않는다.
◦ 초들이 : 밀물이 가득 밀리는 때.
◦ 쏠물 : 썰물.
◦ 들물 : 밀물.
◦ 절 : 물결.
◦ 문둥절 : 하얀 물거품이 없는 파도.
◦ ᄀᆞᆺ절 : 바닷가를 때리는 물결.
◦ 바당절 : 바다 가운데의 파도.
◦ 눗고개·절고개 : 물굽이.

◦ 누 · 누팔 : 큰물결.

◦ 큰누 : → 누.

◦ 족은누 : 작은 파도.

◦ 삼성제누 : 큰 물결이 연거퍼 세 번 밀려 오는 것.

◦ 물재기 · 물자기 : 썰물과 밀물의 흐름이 바뀌기 전 약 40분쯤 물의 흐름이 멈춘 때. 이때 잠수일이 수월하다.

◦ 처시 : 밀물과 썰물이 맞닥뜨리는 것.

◦ 쏠물재기 : 썰물이 진행되다가 밀물로 바뀌기 전.

◦ 들물재기 : 밀물이 진행되다가 썰물로 바뀌기 전.

◦ 미림새기 : 좁은 곳으로 급하게 흐르는 조류.

◦ 안물 : 아침의 물재기.

◦ 잿물 : 저녁의 쏠물재기.

◦ 물이 죽어질 때 : 한죄기 때를 말함.

◦ 물간다 : → 들물이 나간다.

◦ 들물이 간다 : 밀물이 진행 중.

◦ 쏠물이 간다 : 썰물이 진행 중.

◦ 물 부끈다 : 해일.

◦ 센바당 : 거칠고 노한 바다.

◦ 멩지바당 : 잔물결 하나 없이 명주처럼 아주 잔잔한 바다.

◦ 지름바당 : 기름처럼 매끄럽고 부드러운 바다.

◦ 지름잔바당 : 기름잔처럼 매끄럽고 잔잔한 바다.

◦ 마누 : 여름철 남쪽 바다에서 밀려오는 물결. 날씨는 쾌청하고 마을 가까운 바다는 잔잔하나 먼바다의 물결이 거칠어 잠수작업을 할 수가 없다.

◦ 마누 들었다 : → 마누.

∘ 마나숨·마나숨 들었다 : → 마누.

∘ 우렁쉬 들었다 : 마누. 먼바다의 울음소리가 우렁우렁 들림.

∘ 서물물찌 : 서물부터 여섯물까지의 물때. 가장 잠수작업하기 좋다.

∘ 웨살물찌 : 일곱물~아홉물. 가장 잠수 작업하기 곤란한 물때.

∘ 바당 블다 : 바다가 잔잔하다.

∘ 물알이 와왁허다 : 물속이 컴컴하다. 물때가 좋은데도 이런 현상이 나타나면 부근에 시체가 있기 때문이라고 한다.

∘ 물알 실렵다 : 물속이 차다.

∘ 물꼬냥이 실렵다 : 물속이 차다.

∘ 맞절 운다 : 바람 방향이 바뀌면서 물결끼리 맞부딪쳐 들리는 소리.

∘ 하늬절 운다 : 하늬바람이 거세게 불기 시작하면 바다물결이 높아지면서 날씨가 악화되는 것.

∘ 늿뎅이·늿둥이 : 큰 파도덩이.

∘ 늿소리 : 거친 파도 소리.

Ⅳ　採取物

∘ 마드레 : 전복 중에서 껍질이 울퉁불퉁하고 못생긴 것.

∘ 왕마드레 : 마드레 큰 것.

∘ 암첨북 : 껍질이 얄팍하고 둥글납작하며 바위에 붙는 부분이 노르스름하다.

∘ 숫첨북 : 껍질이 우묵하고 깊으며 바위에 붙는 부분이 거무스름하다.

∘ 생북 : 생복. 전복 살아 있는 것.

- 조쿠젱기 : 소라의 제일 작은 것.
- 쏠구젱기 : 소라의 중간 크기의 것.
- 물쿠젱기 : 소라의 큰 것.
- 민둥구젱기·문둥구젱기 : 소라의 큰 것.
- 고냉이방석 : 불가사리. 첫 잠수 때 이것이 눈에 띄면 그날 채취물이 신통치 않다고 한다.
- 게들레기 : 소라게. 첫 잠수 때 이것을 잡으면 재수가 없다.
- 메역 : 미역.
- 돌메역 : 돌에 붙어 자라는 미역. 크게 자라지 않는다.
- 조곽메역 : 일찍 캔 미역.
- 민곽메역 : 늦게 캔 아주 성숙한 미역. 넓고 길다.
- 퀴·구살 : 성게.
- 성기 : 성게.
- 미·해섬·해슴 : 해삼.
- 우방망텡이 : 해파리.
- 물이실 : 해파리. 잠수들이 싫어한다.
- 솜 : 섬게의 일종. 빛은 다갈색이며 가시가 잘고 모양도 작다.
- 무낭 : 산호. 물낭→ 물나무에서 온 것.
- 메역새 : 미역새끼.
- 물베염 : 물뱀. 이것을 만나면 그날 채취가 신통치 않다.
- 곰새기·수워기 : 돌고래.
- 물쌔기·물쒜기 : 물벼룩.
- 문게·물꾸럭 : 문어.
- 요왕차사 : 거북.
- 요왕할망말젯똘애기 : 거북.

- 가마귀물꾸럭 : 불가사리.
- 천초 : 우뭇가사리.
- 개우미 : 우뭇가사리. 얕은 바다에서 채취한 것. 잎새가 짧고 말리면 검은 빛.
- 섶우미 : 질이 좋은 우뭇가사리. 말리면 색이 검붉다.
- 청초 : 우뭇가사리 중 가장 하품. 거칠고 잎이 짧다.
- 일반초 : 우뭇가사리. 음력 삼월 중순부터 보리 수확 전까지 채취한 것을 말함.
- 이반초 : 보리 수확 후부터 추석 전까지 채취한 것.
- 물우미 : 말리지 않은 우뭇가사리.
- 막물천초우미 : 추석 후에 채취된 우뭇가사리.
- 끝물우미 : → 막물우미.
- 고장풀 : 벼붉은잎.
- 독고달 : 갈래곰보.
- 게웃 : 전복의 창자.
- 닥살 : 소라 껍질.
- 거펑 : 전복 껍질.
- 뭄 : 모자반.
- 몰망 : 모자반.
- 감태 : 주름대망.
- 오분자기·오분재기 : 떡조개.
- 오분작 : → 오분자기.
- 풍조 : 거센 바람이 불고 난 후 바닷가에 밀려온 해조류.
- 놀듬북 : 거센 바람이 불고 난 후 바닷가에 밀려온 해조류.
- 노랑쟁이 : 거센 바람이 불고 난 후 바닷가에 밀려온 해조류.

V   道具

- 테왁 : 박의 씨통을 파내고 구멍을 막아서 바다에 갖고 가 잠수작
  업할 때 타는 것으로 쿡테왁이라고도 한다.
- 두렁박 · 뒤영박 : → 테왁.
- 애기테왁 : 잠수일을 처음 배우는 어린 소녀용의 작은 것.
- 버부기 : 스티로폼으로 만든 테왁.
- 스폰지테왁 · 나이롱테왁 : 스티로폼으로 만든 것.
- 어음 · 테왁에움 : 망사리를 다는 테두리나무. 덩굴성 식물의 줄기
  를 사용한다.
- 망사리 · 망시리 : 바다에서 해산물을 채취하여 담아 넣는 그물로
  엮어 만든 것.
- 망아리 : → 망사리.
- 헛물망사리 : 헛물, 즉 전복이나 소라를 잡을 때 사용하는 망사리.
- 메역망사리 : 미역 채취용으로 그물의 짜임새가 엉글고 폭과 깊이
  가 헛물망사리의 두 배쯤 된다. 큰 망사리.
- 걸망 : 감태나 듬북할 때 사용하는 망사리.
- 미망사리 : 억새의 속잎을 재료로 하여 짠 망사리.
- 남촉망사리 : 종려나무의 털을 재료로 하여 짠 망사리.
- 나이롱망사리 : 나일론 그물로 만든 망사리.
- 조락 : 매우 촘촘하게 짜서 망사리 속에 매달아 넣는다. 망사리가
  지갑이라면 조락은 그 속의 종전지갑격(그림8 참고).
- 조개홍사리 · 홍아리 : → 조락.
- 파치조락 : 그날의 채취물 중에서 작아서 도저히 팔 수는 없으나

버리기는 아까운 것을 넣는 것.

◦ 군조락·굴룬조락 : 여분의 조락.

◦ 군조래기 : → 군조락.

◦ 정개호미 : 미역과 같은 해조류를 채취할 때 사용하는 낫. 녹이 쉽
  게 슬어 자루가 빠지기 쉽기 때문에 자루 바깥쪽에 슴베를 철사로
  고정시켜 농사용 낫과 구별된다.(그림3 참고).

◦ 종개호미 : → 정개호미.

◦ 성게호맹이 : 성게 채취용 호미. 끝이 뾰족하여 잘 후벼낼 수 있도
  록 하였다. 오분자기 호맹이와 비슷하나 약간 길다(그림5 참고).

◦ 오분자기호맹이 : 떡조개 채취용 호미. 끝이 납작하면서도 뾰죽하
  다(그림4 참고).

◦ 까꾸리 : 갈쿠리. 문어 잡을 때 사용하며 끝이 매우 뾰족하고 날카
  롭다(그림6 참고).

◦ 골각지 : → 까꾸리.

◦ 비창 : 전복을 바위에서 떼어낼 때 사용하는 쇠로 만든 연장. 끝은
  꾸부려 고리를 내어 거기에 끈을 달아 손목에 감은 후 잡아서 사
  용한다(그림7 참고).

◦ 큰눈 : 물안경, 수경, 왕눈, 통눈(그림2 참고).

◦ 족은눈 : 소형 쌍안경, 물안경.

◦ 궤눈 : 작은눈. 한동리 웃궤의 장인이 주문 제작에 응하여 만든 제
  품을 일컫는 말.

◦ 엄쟁이눈 : 작은 눈. 구엄리의 장인이 주문 제작에 응하여 만든 제품.

◦ 쒜눈 : 물안경의 가장자리를 놋쇠나 구리로 만든 물안경. 쇠눈.

◦ 족쒜눈 : 작은 쇠눈, 즉 쇠로 만든 소형 쌍 물안경(그림1 참고).

◦ 통쒜눈 : 큰눈. 안경 가장자리가 쇠로 된 것.

∘ 고무눈 : 안경 가장자리가 고무로 된 물안경.

∘ 눈뚜갑 · 눈갑 : 물안경 보관함. 나무로 만들었으며 뚜껑이 있다. 눈하꼬(그림10 참고).

∘ 소살 : 작살. 대나무로 만들며 고기를 쏘아 잡는데 사용하는 연장. 외가달 소살.

∘ 양가달소살 : 앞부분이 두 쪽으로 갈라진 나뭇가지를 이용한 작살로 큰 물고기를 잡을 때 사용한다.

∘ 뽕돌 : 연철. 끈에 꿰어 허리에 둘러찬다. 한 개의 무게가 1kg짜리와 2kg짜리, 두 종류가 있다. 나이가 많을수록 점점 여러 개를 두른다(그림9 참고).

∘ 꿰미 : 작살로 고기를 잡아서 꿰어 차는 데에 사용하는 것으로 철사와 노끈으로 만든다.

∘ 오리발 : 발에 끼운다. 고무제품이며 여러 가지 색깔이 있다.

∘ 이멍거리 : 잠수했을 때 머리카락이 흩어져 눈을 가리는 것을 방지하기 위해 이마에 두른 광목 띠. 나비 약 5cm.

∘ 임댕거리 : → 이멍거리.

∘ 물수건 : 잠수할 때 쓰는 수건. 하얀 광목으로 만들었다. 나비 30cm 길이 80cm 정도.

∘ 까부리 : 물수건 대용으로 썼던 모자. 방한모와 비슷한 형태에 목에 넓게 프릴을 했다. 목살이 타지 않는다 하여 피부를 아끼는 젊은 여자들이 많이 사용했다.

∘ 물옷 : 잠수복. 검정색이나 흰색 광목으로 만들어 입었다.

∘ 소중이 · 속옷 · 물소중이 : → 물옷.

∘ 물적삼 : 흰 광목으로 만든 짧은 적삼. 소중이를 입고 그 위에 입는다.

∘ 스폰지옷 : 현재 잠수들이 작업할 때 입는 검정색 잠수복. 상·하 머리의 3부분으로 나누어져 있으며 탄력이 있다. 보온 효과가 뛰어나 잠수의 수중작업이 갑절로 길어졌다.

∘ 물체 : 솜을 넣어 누빈 긴 상의. 겨울에 〈불턱〉에서 걸치는 보온용 상의.

∘ 뚜데기 : → 청목에 솜을 넣어 누빈 것으로 현재의 솔에 해당한다. 〈불턱〉에서 불을 쬘 때 등·어깨에 두르는 보온용.

∘ 손뿌닥 : 우뭇가사리를 채취할 때 끼었던 장갑 대용의 것. 손가락 끝을 노출시킨 일종의 광목으로 만든 손장갑.

∘ 닷돌 : 망사리나 테왁어음에 매달아 잠수가 작업하는 동안 테왁이 물결에 휩쓸려 멀리 떠내려가지 않게 하는 닻 대용의 돌멩이.

∘ 닷줄 : 망사리와 닷돌을 연결하는 줄. 길이 약 15m~20m.

∘ 봇조갱이·봇조개 : 물속에서 탐이 나는 채취물을 만났는데 그것을 채취할 만큼의 숨이 남아 있지 않았을 경우, 재 잠수하여 캐기 쉽게 표적으로 놓아두는 작은 전복껍데기. 허리에 차고 다닌다.

∘ 본조갱이 : → 봇조갱이.

∘ 밀 : 밀랍. 물에 들기 전에 귓구멍을 막는다. 특히 귀가 수압에 약한 사람은 이것이 없을 때는 쑥이나 껌을 이용한다.

∘ 성기체 : 알루미늄 양푼 바닥에 못으로 구멍을 숭숭 뚫어 체로 사용한다. 깐 성게를 여기에 넣어 물에서 살살 흔들면 잡티가 구멍으로 빠져 나간다. 성게체(그림11 참고).

∘ 성기칼 : 끝이 뾰족하고 짧은 칼. 성게알을 꺼내기 위해 성게를 반쪽으로 자르는데 사용(그림12 참고).

∘ 질구덕 : 잠수 도구를 넣어 등에 지고 다니는 대바구니.

∘ 물구덕 : → 질구덕.

∘ 고애기 : 질구덕 받침. 이것을 하지 않으면 물이 새어 하의가 다 젖는다.
∘ 무지고애기 : 두꺼운 옷감으로 만든 고애기.
∘ 쇠고애기 : 쇠가죽으로 만든 고애기.
∘ 고무고애기 : 고무로 만든 고애기.
∘ 비니루고애기 : 비닐로 만든 고애기. 주로 비료 포대를 이용한다.
∘ 갈궁이 : 넓미역을 채취할 때 사용하는 갈쿠리.
∘ 공젱이 : 물가에 떠다니는 해조류를 건져 올리는 도구. 끝이 고리처럼 구부러져 있다.
∘ 버국·버구기 : 부표(浮標).

VI 俗談·禁忌語

1. 싸고 싸는 물찌에 좃돔바리가 하나 : 물때가 좋은데도 불구하고 내 재수가 없으니 수확은 보잘것없다는 뜻.
2. 소중이 잃어불민 재수 다 봤져 : 잠수작업복을 잃어버리면 재수가 영 없다. 소중이를 속에 껴입거나 깔고 앉으면 화투판에서 돈을 딴다는 속신이 있어 가끔 바깥에 널어 둔 빨래를 도둑맞는 경우가 있다.
3. 소중이만 입엉 장판이서 놂 웃지민 애기 난다 : 결혼하여 오랫동안 애기가 없는 여자는 장날, 잠수복만을 입고 장터를 돌아다녀서 남의 웃음거리가 되면 아기를 가질 수 있다.
4. 첫 장날 소중이 만들민 머정좋다 : 처음 개설하는 장터에 가서

잠수복을 만들면 재수가 좋다.

5. 물천만이 공헌 거 시냐, 친정집보단 낫다 : 바다의 해산물만큼 공짜인 것이 있더냐, 친정집보다도 더 보탬을 준다.

6. 물 싼 때랑 나비줌 자당 물 들어사 곰바리 잡나 : 썰물 때는 놀다가 밀물 때에 가서야 바닷속에 뛰어 든다. 결정적인 때를 놓쳐 버리고 뒤늦게 서둘러대는 이를 비웃는 말.

7. 드릿 할망이 바당엣 돈 쓴다 : '드리'는 현재의 조천읍 교래리, 중산간촌이다. 산촌 사람이 해촌의 전도금을 신청해서 쓴다.

8. 사발물에나 드는가? : 해촌으로 시집오는 산촌의 색시를 두고 하는 말. 잠수일이나 좀 할 줄 아는지?

9. 젭씨 바당에 메역이나 건진댄? : 접씨바다, 즉 얕은 바다에서 미역이나 캘 줄 아는지? 해촌으로 시집오는 산촌의 색시를 두고 하는 말.

10. 숭키나 건지는 아긴가? : 바다의 푸성귀나 캘 줄 아는 아가씨인가? 시집오는 색시를 두고 마을 여인네들이 모였을 때 하는 말.

11. 뽕돌이나 던질 줄 아는가? : 낚시추나 던질 줄 아는지? 해촌으로 장가드는 사윗감을 두고 하는 말.

12. 비창에 꽃피면 스망인다 : 전복을 따는 연장인 비창에 유난스레 빨갛게 녹이 슬면 그날 해산물이 많이 잡힌다.

13. 쇠똥꿈 꾸민 스망인다 : 쇠똥을 꿈에 보면 재수가 좋다.

14. 도야지꿈 보민 머정좋나 : 돼지꿈을 꾸면 해산물이 잘 잡힌다.

15. 꿈에 친 떡 먹어뵈민 머정좋나 : 꿈에 시루떡을 먹으면 해산물이 잘 잡힌다.

16. 꿈에 상웨떡 먹어뵈민 머정좋나 : 꿈에 하얀 상화떡을 먹으면 재수가 좋다.

17. 열 질 물속은 알아도 혼 질 님 속은 몰른다 : 열 길이나 되는 깊은 물속은 알겠지만 한 길밖에 안 되는 님의 마음은 모르겠다.

18. 요왕할망 만나민 삼 년 머정없다 : 바다에서 거북을 만나면 삼 년 동안 재수가 없다. 특히 해산물이 잘 안 잡힌다고 한다.

19. 요왕뜰 올르민 구젱기 멕인다 : 거북이 바닷가에 올라 온 것을 보면 소라를 까서 준다. 그리고 "요왕님, 머정좋게 해줍서"하는 기도의 말을 읊조리며 손을 모아 절을 하기도 하며 막걸리를 먹인다든가 하여 다시 바다로 고이 돌려보낸다.

20. 술일(戌日)에 눈 맞추민 머정좋다 : 개날에 물안경을 맞추면 해산물이 잘 잡히고 재수가 좋다.

21. 술일에 바당잇 연장 장만ᄒ민 머정좋다 : 개날에 잠수 연장을 마련하면 해산물을 잡을 때 재수가 좋다. 술일은 잠수들에게 행운의 날로 여겨진다. 바다에서 입는 〈소중이〉를 비롯해서 여러 가지 연장을 사거나 맞추는 일을 이날을 택하여 한다.

22. 새철날 바당이 물천 하민 ᄇ름 쎈다 : 입춘날 바다의 해산물이 풍성하면 그해 비바람이 많다.

23. 삼월 보름 물찌에 하우장각시 책갑지영 어른다 : 삼월 보름의 물때에는 바다일이라고는 아무것도 할 줄 모르는 한훈장 마누라도 책상자(바구니 대신?)를 져서 바닷가를 돌아다닌다. 이때는 날씨가 따스하고 일 년 중 가장 썰물이 심하여 바다 멀리까지 물이 빠져 나간다. 따라서 많은 해산물을 잡을 수 있다고 하여 평소에 바다에 가지 않던 사람도 간다.

24. 백중물천 : 백중날의 풍성한 해산물.

25. 백중에 바당 안 가는 사름은 도둑놈 : 백중에는 썰물이 심하고 해산물도 풍성하여 남의 집 물건을 훔칠 궁리나 없는 바에야 이

풍성한 하루를 아니 나갈 수 있겠느냐.

26. 구젱기가 모멀 놓은 사름 불 보키엥허멍 나온다 : 소라가 메밀 파종하는 사람 불알 보겠다고 하면서 나온다. 즉 계절적으로 메밀을 파종하는 바쁜 일이 있을지라도 풍성한 해산물을 잡으러 아니 가지 못한다.

27. 물꼬냥 실리민 사흘 안에 우친다 : 물구멍이 차면(冷) 사흘 내로 비가 온다.

28. 들물 세게 가민 보름 분다 : 밀물이 빠르게 움직이면 바람 불 징조.

29. 하늬보름 불민 바당이 뒈뒈싸진다 : 하늬바람 불면 바다가 뒤엎어진다.

30. 샛보름 불민 블다 : 샛바람이 불면 바다가 잔잔하다.

31. 갈보름 불민 바당 쎈다 : 갈바람 불면 바다가 거칠어진다.

32. 조금엔 비온다 : 조금이란 조수가 가장 낮은 때를 말하며 이 무렵에는 대개 비가 내린다.

33. ㄱ물당도 조금엔 비온다 : 날씨가 가물다가도 조금이 되면 비가 내린다.

34. 조금에 비 안 오민 서모살까지 지드린다 : 조금에 비가 안 내리면 서물 사리 물때까지 기다려야 한다.

35. 한조금날 물에 아홉 번 들엉 그냥 아장 똥싼다 : 한조금 날에는 조수의 차가 없을 뿐만 아니라 해산물도 모두 돌구멍에 틀어박혀서 나타나지 않으니 이때는 노력만 하고 애만 쓸 뿐이다. 헛부지런만 피우다가 변소에 갈 기운도 없다는 뜻.

36. 요왕제는 하늘머리 열릴 때 지낸다 : 용왕제는 해 뜰 무렵에 지낸다. 대개 정월 초이렛날 지낸다.

37. 영등에 청맹허민 의복 어신 영등, 비보름 허민 의복 좋은 영등 :

영등 무렵은 음력 2월 1일부터 15일까지 영등대왕이 제주도 전역의 바다를 순시하러 오는 때로써 잠수들은 이때는 경건히 지낸다. 이 무렵 좋은 날씨가 계속되면 옷이 변변찮은 영등신이 온 것이라고 하고 비바람이 치거나 몹시 추우면 옷을 두툼하게 잘 차려 입은 영등신이 들어왔다고 한다.

38. 날씨 좋으민 뚤 데린 영등, 풍우대작ᄒ민 메누리 데린 영등 : 날씨가 포근하고 좋으면 영등신이 딸을 데리고 와서 여기저기를 구경시키는 것이고, 비바람치고 날씨가 궂으면 며느리를 데리고 와서 비도 맞히고 추위에 떨게 심술을 부리는 것이라고 한다.

39. 물찌 가까우면 손 부두드린다 : 물때가 가까워오면 손이 안절부절, 바다로 가고 싶어서 다른 일이 제대로 안 된다.

40. 곰새기 들럭퀴민 날씨 궂나 : 돌고래떼가 날뛰면 날씨가 궂어진다.

41. 도껭이주제가 바당이서 산더레 올르민 바당이 쎄고, 산이서 바당으로 ᄂᆞ리민 바당이 볼다 : 회오리바람이 바다에서 산쪽으로 오르면 바다가 거칠고, 산에서 바다쪽으로 내리면 바다가 잔잔하다.

42. 쟁보름도 실 한 쯤 : 바닷가의 돌에 붙어사는 삿갓조개도 실 한 줌은 지니고 있다. 하잘것없어 보이는 사람일지라도 저마다의 삶의 기쁨과 보람은 지녀 산다.

43. 숭에 튀민 복쟁이도 튀잰 헌다 : 숭어가 뛰면 복어도 뛰려 한다. 제 분수 모르고 남 따라 하는 사람을 가리키는 말.

44. 늘구젱기 똥으로 보지마라 : 사람을 그렇게 우습게 여기지 말아라. 날소라의 똥은 모양도 없고 먹을 수도 없어, 잠수들에게서 하찮은 것이나 만만한 것의 비유로 쓰인 듯.

45. 솔치 쐬운 딘 돗해치가 약이다 : 잠수작업 중에 쑤기미의 가시에

쏘였을 때는 돼지띠인 사람의 이빨로 쏘인 부위를 자근자근 씹으면 해독이 빠르다고 한다. 그밖의 민간요법으로서 초가지붕에서 흘러내린 빗물을 받아놓은 〈지실물〉에 담그기도 하며 최근에는 지붕 개량으로 인하여 〈지실물〉 대신 요소 비료를 물에 타서 쓰기도 한다.

46. 머리 훈들러부는딘 감태궂힘 : 바다에서 작업 중 현기증이 나고 그 증상이 쉬이 걷히지 않으면 감태를 캐고 나와 불에 파랗게 구운 다음 검정 광목 물소중이에 싸서 그 뜨끈뜨끈한 김을 코와 이마에 쐬면 현기증이 걷힌다.

47. 오늘 어느 세계 홀어멍 들엄져 : 폭풍우 치는 바다를 바라보며 탄식하는 말. 오늘 어딘가에 배가 침몰하여 누군가가 죽고 홀어미가 생기누나.

48. 물때 어지리지 말라 : 잠수일 나가려 할 무렵해서 방문하거나 심사를 불편하게 하는 말을 하지 말아라.

49. 바릇가는디 빈 물허벅지영 질칼르지 말라 : 바다일 가는데 빈 물동이를 지고 길을 앞질러 가지 말아라. 그날 재수가 없다고 한다.

50. 암만 아까운 것도 바당에선 안 봉근다 : 아무리 탐나는 것이라도 바닷가의 것은 주워서 갖지 않는다.

51. 바당돌로 집짓으면 망헌다 : 바닷가의 돌을 가져다가 집을 지으면 망한다.

52. 바당잇 낭 집이 가져오민 동티난다 : 바닷가에 배가 부서져 떠밀려온 나무를 주어서 집에 가져오거나 집을 지을 때 사용하면 동티가 난다.

53. 뱃낭 불숨으민 조왕이 거꾸로 선다 : 배를 만들었던 나무를 집에 가져와 불을 때는 장작으로 사용하면 부엌신이 노하여 집안이

망하게 된다. 배의 신인 서낭은 여신이며 조왕도 여신으로서 서로 질투하고 맞서게 되어 좋지 않은 일이 생긴다는 속신이 있다.

54. 요왕차사는 잡지 안 혼다 : 용왕의 심부름꾼-거북은 잡지 않는다. 만일 이것을 잡았을 경우 자신이나 자신의 집안에 좋지 않은 일이 생긴다고 믿고 있다.

55. 남의 물구덕 가달 넹기지 말라 : 남의 바구니(잠수도구를 넣는 것) 위로 다리를 넘어가지 말아라. 바구니 임자를 깔보는 행동이며 매우 재수가 없다고 한다.

56. 혼 통에서 물꾸럭 세 개 잡으민 그 사름 머정 벗어진다 : 한 통에서 문어를 세 마리 잡으면 그 사람은 재수가 없다.

57. 큰일 홀 때 문게 먹으민 무너진다 : 큰일-사업을 계약한다든가 할 때 문어를 먹고 가거나, 문어꿈을 꾸면 그 일이 성사가 안 되고 무너져 버린다.

58. 시험 볼 때 메역국 먹으민 미끄러진다 : 입학 시험, 취직 시험 같은 걸 칠 때 미역국을 먹고 가면 미끄러진다-즉 불합격된다.

59. 새철날 바농질 허민 솔치 쒸운다 : 입춘날 바느질하면 잠수작업 중에 쑤기미에 찔린다. 새철날-입춘에는 여인들은 남의 집을 방문하지 않으며 가능하면 돈을 쓰지도 않고, 남편과의 말다툼을 삼가고 자식들에게도 꾸중하거나 잔소리를 하지 않고 이날을 조신하고 평안하게 보내고 싶어한다.

60. 요왕제엔 바릇괴기 안 올린다 : 용왕제를 지낼 때는 바닷고기는 올리지 않는다. 바닷고기는 용왕이 거느리고 있는 것이므로 대신 통닭을 상징하는 달걀을 바친다.

61. 영등 때 물천을 잡지 안 혼다 : 영등 때는 바다의 해산물을 잡지 않는다. 이 무렵은 영등할망이 바다의 소라 고둥이나 조개 등을

모두 까먹어 버려 속이 텅텅 빈다고 하며 일체의 어로작업이 중
지되고 바닷가를 돌아다니는 것조차도 꺼린다. 외지에서 낚시꾼
이 왔을 때는 쫓아버린다.

62. 영등 땐 비료 안 흔다 : 영등 무렵에는 밭의 농작물에 비료를 하
지 않는다. 그렇게 하면 흉년이 된다고 한다.

63. 영등ᄀ리에 집이 무신 일 넘길 땐 영등직시 메 흔기 거려노아사
한다 : 영등 무렵에 집에서 무슨 일(제사 따위)을 지낼 때는 영
등대왕 몫으로 밥 한 그릇을 떠놔야 한다.

64. 요왕에 갈 땐 앞만 ᄇ레라 : 바닷가의 용왕님께 정성을 드리러
갈 때는 앞만 보면서 가라. 여기저기 두리번거리다가 한눈팔거
나 하지 말고, 다른 사람과 마주치면 이야기도 나누지 말아라.
새벽에 가며 정성이 지극한 사람은 대개 초이레, 열이렛날, 스무
이렛날 이렇게 한 달에 세 번 정도 가고, 사람에 따라서 용날(辰
日) 가기도 한다. 특히 개날(戌日)만 가는 사람도 있다. 갈 때는
〈지〉를 준비하여 가는데 용왕의 몫으로 〈요왕지〉 한 개, 자기
몫으로 〈몸지〉 한 개를 바다에 던지고 두 손을 모아 바다를 향
하여 몸을 숙여 〈머정〉 좋기를 기도한다. 〈지〉는 한지에 쌀밥이
나 쌀을 주먹만큼 싸서 무명실로 묶은 것이다. 새벽에 여인들끼
리 마주치면 눈인사만 나누며 특별히 화급한 일이 없는 한 앞질
러 가지 않는다.

65. 영등 때 서답허나 지붕 일민 버렝이 인다 : 영등 때 빨래를 하거
나 초가의 지붕을 새롭게 단장하면 벌레가 생긴다.

66. 새철날 바당에 푸새 돋으면 그해 ᄇ름 쎈다 : 입춘날 바다에 푸
성귀가 돋으면 그해는 바람이 세다.

67. 첫 숨에 고냉이방석 들리민 재수 없다 : 첫 잠수했을 때 불가사

리가 보이면 그날 재수가 없다.

68. 첫 숨에 게들래기 들리민 머정 떨어진다 : 첫 잠수에 소라게가 잡히면 그날 재수가 없다. :

69. 무낭에 점복은 요왕할망 차지 : 산호에 붙어 있는 전복은 용왕의 것이므로 떼면 안 된다. 이것을 떼어 가지고 나오다가 산호의 잔 가지에 걸려 목숨을 잃는 일이 있다고 한다.

70. 잽이쏠은 숨진다 : 잽이쌀은 그냥 꿀꺽 삼킨다. 씹어서 부스러뜨려 버리면 좋은 점괘가 부서져 버린다는 속신이 있다. 잽이쌀이란 잠수굿이 끝난 후 무당이 잠수들 각자의 그해 운수를 쌀점으로 쳐줄 때 사용하는 쌀이다. 이것은 전날 밤 정성들여 한 알 한 알 짜개지거나 귀퉁이가 떨어져 나간 것이 아닌 온전한 쌀알로만 골라 한 그릇을 마련한다. 무당은 쌀을 집어 공중에 던졌다가 떨어지는 것을 되잡아 손바닥에 펴보고 점괘를 읽은 후 건네준다.

71. 줌수굿 뒤끝엔 뒤돌아보지도 말고 말도 안 헌다 : 잠수굿이 끝나 각자가 짐을 챙기고 집으로 돌아갈 땐 뒤돌아보지 않으며 누가 말을 걸어도 대답하지 않는다.

72. 똘은 시집가는 날로 권리가 없어지고 메누린 오는 날로 권리가 생긴다 : 마을 바다에서의 잠수권은 딸인 경우 다른 마을로 시집가는 날부터 없어지고 며느리는 오는 날부터 얻게 된다.

73. 수질헐 땐 뇌좃 뽄다 : 배 타고 잠수작업 나갈 때 멀미하면 〈노좃〉을 빨면 멀미가 멈춘다.

74. 육지물질 나갈 때 요왕지는 이 바당과 저 바당 수시에 아무도 모르게 슬째기 데낀다 : 타지방으로 잠수일 하러 나갈 때 바다에 던지는 요왕지는 이 바다와 저 바다 사이에 아무도 모르게 살짝 던진다.

75. 솔치 쐬운 건 물들어 가민 눅인다 : 쑤기미에 찔리면 맹독이라
    그 아픔이 대단하다. 그러나 밀물 때가 되면서부터 통증은 점점
    약화된다.
76. 꿈 본 말은 안 헌다 : 꿈에 좋은 것을 보았든 나쁜 것을 보았든
    잠수작업이 끝날 때까지는 남에게 말하지 않는다.

∘ 조사에 도움을 주신 분
  강복순 : 동복리 67세
  김진숙 : 동복리 52세
  원봉자 : 동복리 37세
  이영애 : 동복리 42세
  허정자 : 동복리 48세
  이명자 : 동복리 48세
  박금선 : 평대리 59세
  이남숙 : 평대리 71세
  이남연 : 평대리 58세
  박순화 : 옹포리 73세
  고해생 : 용수리 65세
  고경생 : 용수리 67세
  이월성 : 서귀포 53세
  강순화 : 오조리 85세
  현순덕 : 오조리 60세
  송명옥 : 오조리 73세
  김인보 : 고성리 86세
  정양길 : 고성리 75세
  ※ 이 밖에 이름 밝히기를 굳이 사양한 많은 분들께도 감사드린다.

∘ 잠수도구

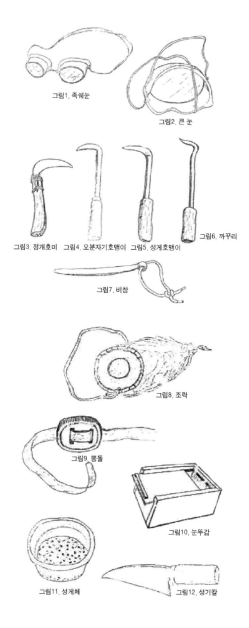

그림1. 족쉐눈

그림2. 큰 눈

그림3. 정개호미 그림4. 오분자기호맹이 그림5. 성게호맹이 그림6. 까꾸리

그림7. 비창

그림8. 조락

그림9. 뽕돌

그림10. 눈뚜갑

그림11. 성게체 그림12. 성기칼

12

강원도 속초시 해녀 〈노 젓는 노래〉와 생애력 조사

- 일러두기
- 제보자 이기순의 생애력과 사설

| 이성훈 | 숭실대학교

『숭실어문』 제19집, 2003.

I 일러두기

기존의 제주도 민요자료집에 수록된, 제주 출신 해녀의 〈노 젓는 노래〉[1]는 제주도 연안에서만 물질했거나 본토 해녀 작업 出稼 경험이 있는 제주도 거주 해녀 제보자에만 한정시켜 수집돼 있는 실정이다.

필자는 2001년 12월 20일~21일 · 2002년 8월 18일에 경상남도 통영시에 정착해서 살고 있는 제주도 출신 해녀인 현종순이 구연한 〈노 젓는 노래〉를 채록하여 발표한 바 있다.[2]

기존의 제주도 민요자료집에 수록된 자료의 형태를 나누어 보면 다음과 같다. 먼저, 사설만을 수록한 경우.[3] 둘째, 사설과 표준악보를 수록한 경우.[4] 셋째, 사설과 제보자의 간략한 생애력을 수록한 경우.[5]

---

1) 선학들의 논문이나 자료집에서는 해녀들이 뱃물질 나갈 때 櫓 저으며 부르는 노래를 〈海女謠〉 · 〈海女노래〉 등 여러 가지 분류 명칭으로 사용하고 있는데, 필자는 「통영지역 해녀의 〈노 젓는 노래〉 고찰」(『崇實語文』제18집, 숭실어문학회, 2002)에서 〈노 젓는 노래〉라는 명칭으로 통일하여 사용할 필요성을 살핀 바 있다.

2) 이성훈, 「경남 통영시 해녀 〈노 젓는 노래〉 조사」, 『한국민요학』제11집, 한국민요학회, 2002, 235~265쪽.

3) 金永三, 『濟州島民謠集』, 中央文化社, 1958.;秦聖麒, 『濟州島民謠』제1집(희망프린트사, 1958.) · 제2집(중앙미술사프린트부, 1958.) · 제3집(성문프린트사, 1958.).;金榮敦, 『濟州의 民謠』, 濟州道 文化藝術擔當官室, 1992.[金榮敦, 『濟州의 民謠』, 新亞文化社(民俗苑), 1993.];제주대 국문과 · 국어교육과의 『학술조사보고서』제5~8집, 1976~1984.;제주대 국어교육과 · 백록어문학회의 『백록어문』창간호~제16집, 1986~2000.

4) 金榮敦, 『濟州島民謠研究上』, 一潮閣, 1965.
   秦聖麒, 『南國의 民謠』, 正音社, 1979.

5) 玄容駿 · 金榮敦, 『韓國口碑文學大系 9-1 · 2 · 3』(성남: 韓國精神文化研究院, 1980 · 1981 · 1983.); 제주대학교 국어국문학과, 『국문학보』제9~14집(제주: 제

넷째, 제보자별로 채보한 악보를 수록한 경우[6] 등이다. 이처럼 기존 자료집은 사설의 채록에는 지대한 관심을 가진 반면에 제보자의 생애와 구연 현장에 대한 관심은 덜했다고 보겠다. 그러므로 기존 자료집에 수록된 사설이나 표준악보만으로는 언제, 어디서, 누가, 어떠한 가락으로 불리워졌는지를 구체적으로 알 수가 없다.

해녀 〈노 젓는 노래〉의 사설을 제대로 분석하기 위해서는 제보자가 민요를 언제·어디서·누구에게 배웠으며, 물질 작업을 하면서 무엇을 채취했고, 수익은 어느 정도였나, 出稼地에서의 생활은 어떠했는가 등의 사회적·경제적·문화적·민속적 배경을 바탕으로 하여 종합적으로 이해해야 할 것이다.

따라서 해녀 〈노 젓는 노래〉의 자료는 사설뿐만 아니라 제보자의 생애력과 채보한 악보까지 곁들여져야만 충실한 자료집이 될 것이다.

본 조사 자료는 필자가 2001년 12월 23일에 강원도 속초시에 정착해서 살고 있는 제주도 출신 해녀인 이기순(李基順, 女, 1924. 4. 11 출생, 현주소─강원도 속초시 동명동 연금정아파트 101동 203호, 고향─제주도 조천읍 북촌리)이 구연한 해녀 〈노 젓는 노래〉와 생애력이다.

본 자료를 정리함에 있어 적용한 원칙은 다음과 같다.

1. 사설과 생애력의 표기는 제주방언연구회의 '제주어 표기법'(제주도, 『제주어사전』(제주: 1995, 605~616쪽)을 기준으로 했고, 말의 뜻이 어긋난 경우라도 제보자가 구연한 그대로 수록했다.
2. 사설과 생애력은 구연 현장을 중시하여 제보자가 구연한 순서대

주대 국문과, 1989·1990·1992·1994·1995·1997.)
6) 藝術硏究室, 『韓國의 民俗音樂 : 濟州道民謠篇』, 韓國精神文化硏究院, 1984.

로 수록했으며, 의미 단락이 중복되는 사설이 있어도 제외시키지

않고 모두 수록했다.

3. 생애력과 민요는 현장성과 방언적 가치를 살리기 위해 구연한 대

로 첨삭없이 실었다.

4. 제보자는 (제), 조사자는 (조)로 표기하기로 한다. 다만 자료 이용

자의 편의를 위해 〈노 젓는 노래〉의 의미단락 앞에만 편의상 자

료번호를 붙였다.

Ⅱ　제보자 이기순의 생애력과 사설

(조): 옛날에 육지서 물질허멍 노 저어 본 거허고 살아온 애기 좀 해

줍써.

(제): 재작년에. 아, 옛날에 여기 와서 해녀회장 혜난. 시청에 수산과

에 가면 알지. 그래서 오랏더라고. "해녀 세 분만 얻어달라."고.

"흐루 제주도 그걸 거 하겟다."고. 그래서 "세 분 얻어 달라."

해서. "아이고, 요새 해녀 얻을라믄 막 비싼디." 그런디 "비싸도

얻어 달라고." 해서, 세 분을 나까지 서이서 바다에 가서 그 해

녀노래 해서 하루 십만원썩 해가고. 흐루 또 그 해녀노래 오라

서 녹음해 가고. 또 그핸 강능대학교에서 학생덜 여저아으덜

다섯이 왓더라고. 다섯이 와서 "할머니 저 해녀노래 좀 해달라

고." 그래가꼬 집의 와서 녹음햇는디. 가이덜은 멀 안 가전 왓

덴 세수 비누 가전 오고렌 석 장 줜 가고. 하루는 또 남저⁷⁾ 흔

분이 또 오라서.

(조) : 나이가 어느 정도 뒈신디.

(제) : 젊은 사름[8]이라. 오라가꼬. 작년 말고 재작년에. 그래 흔 분이
　　　와가꼬. "수산과에 오니까 할머니 이름을 대주어서 왔다."고,
　　　우리집을 촛아왓더라고. 그래서 집의서 녹음 좀 해달레서, 그
　　　해녀노랠 좀 녹음을 해줫더마는. 하루는 우리 손녀 뚤이 그 때
　　　집의 온 땐디. 서울서 와서. "할머니, 저 시청 수산과로 주민등
　　　록 가지고 돈 타레 오렌." 그래서. '이거 무신 돈을 타레 오라.'
　　　햇는고. "느 흔번 가보라. 할머니 주민등록 가지고 가보라." 갓
　　　더마는 돈 이만 오천원 보넷더라고. "집의 와서 녹음해 간 거."
　　　라고. 그렇게 해서 할머니 보네더라고. 그래서, 그 때도 남저
　　　분딜이 와서 "꼭 제주 사름만 빌어 달라."고. 여기도 여기 해녀
　　　들도 잇지.

(조) : 예.

(제) : 그래서 세 분을 소섬 사름 하나허고 또 저 한림 여저 하나허고
　　　나허고 서이가 저 방파제, 저기 가서 물 쏘곱에[9] 가서 머 따는
　　　거허고, 그렇게 녹음해 가더라고 거기서. 그래서 하고서는 작
　　　년부터 난 몸 아프니 머 사름 촛아오는 거. 무레질[10] 안다니니
　　　까. 그냥 집이만 이시니까. 촛아오는 줄도 몰르고. 저기 가믄
　　　해녀딜 옷벗는 집 잇지. 경헌디 이젠 흔 다숫 명이 잇고. 저 부
　　　얼리[11]엔 헌디. 배로 줄 땡경 가는 디 잇어. 아바이 무을[12]이

---

　7) 남자.

　8) 사람.

　9) 속(裏)에

10) 물질. 해녀가 바다 속에 들어가서 해산물을 채취하는 일.

11) 江原道 束草市 朝陽洞 扶月里. "주교(舟橋)는 옛날의 부월리(扶月里)를 주교

라고. 거기, 저기 올라가문 해녀덜 경 뜨루뜨루 살아서 춫을라
믄 힘들어. 그런디 거기선 녹음해간 말도 안허고. 작년부턴 원
해녀 춫아보는 사름도 엇고. 해녀신디 가고 그런 말 헐 사름도
엇고. 나 재작년에 그래서 또 그전의 여기 어촌계서 설악제라
고 시월 초 사은날 일년에 한 번썩 헐 때, 또 해녀덜 무대에도
올려 놔. 그래도 저번에 해녀덜은 막 여러 ᄆ을서 한림 뭐 저
어디, 저어 대정 저런 디서 오라서 뜨루뜨루 사니까, 해녀 관
렴을 잘 안허고. 여기온 지 나 오건디 흔 수십 년이 되어서. 수
십 년이 더 되엇구나.

(조) : 여기 온 지 경13) 오레 뒈어신가 마씀. 멧 년도 오라신디 마씀.

(제) : 멧 년돈지 모르고 몰라. 우리 애기 마은 세 설에 본 게 마은 ᄋ
       ᄃ 설이여. 그해 오라서 여기 오니까 해녀가 흔 요 관례로 해
       녀질허는 사름덜이 흔 수십 명 뒈더라고.

(조) : 여기가 무신 동네꽈?

(제) : 저, 영금정.

<hr>

리라 불렸지요. 배다리 동네라고 불렸고 그 다음에는 논산조양(論山朝陽)",
(장정룡, 『속초의 향토민속』(강원: 속초문화원, 1992), 105쪽.) "주교는 부월리
앞에 있는 뜰인 반부득[반부평, 半扶坪] 옆에 있는 마을로 오늘날의 청호동(靑
湖洞)이다. 동쪽은 동해 바다요 서쪽은 청초 호수, 그 복판으로 다리 모양의 육
지가 뻗어서 도선장(갯배)에 이어졌기에 부두와 같다 하여 청호동을 배가 닿는
부두, 반부득 또는 배다리라고 했다. 해방 전까지 배로 건너다녔다."(속초문화
원 향토사연구소 편, 『속초의 옛 땅이름』(강원: 속초문화원, 2002), 129쪽.)
12) 강원도 속초시 청호동. 청호동에는 함경도(咸鏡道)에서 내려 온 피난민들이
많이 거주하는 까닭으로, 함경도 사투리 '아바이'를 사용하여 '아바이 마을'이
라고도 한다.(속초문화원 향토사연구소 편, 『속초(속초(束草)의 옛 땅이름』
(강원: 속초문화원, 2002), 128쪽.)
13) 그렇게.

(조) : 영금정. 아파트 이름이 무신 아파트꽈?

(제) : 영금정 아파트. 엉 102동 203호.

(조) : 할머니 이름이 이자 기자 순자. 멧 년도에 태어나수꽈. 올해
연세가?

(제) : 칠십으둡. 여기 내가 올 적의는 흔 십 리라도 집 흐나 이시나
마나 햇다고 그랫는데, 내가 오니까 집을 첨 믄저 아까 들린
집 앞에다가 집을 그땐 우리집이 새집이라. 그래서 그 때 십수
만 원 줘네, 집을 흔 채 사서 살앗는디. 이거 옛날은 다 바닷물
이거든. 파도에 그만 집을 새집이니까 살렴14)을 이래 좀 꺼내
도 뒈는디. 우리집 영감님이 살아실 적에 새집이니까 집안에
물 들어간다고 문을 톡 닫아가. 돌 ᄀ튼 거 누리떠부니까. 파
도가 들어와서 위로 콱 주저안쳐부니까. 그 때는 머 보상을 받
을 게 이서 뭐 잇어. 그러니까 우리 애기 중혹교 일 학년 땐가
그 집을 그렇게 떠나불고. 인제 거 옛날에 또 육만 오천 원을
줘서 흐쏠15) 올라간 디 초가집을 사서, 또 기와집을 만들어가
꼬, 기와 얹이고 방 흔 칸 늘릅고16), 물에 뎅길라니17) 창고 짓
고, 이래서 살앗는데, 또 그 집이 너무 작고. 작을 꺼 ᄀ타서
질바우에18) 큰집을 또 삼십육 만 원을 줘서 흐나 사서, 수십
평짜리 사서 들어오니까. 그 집이 도시계획에 떡 들어가부는
거라. 그러니까 아파트 흐나썩 지어 준 거라, 이거 도시 계획

---

14) 살림. 세간[家具].
15) 조금.
16) 늘리고. 넓히고.
17) 다닐려니.
18) 길가에.

에 들어 가서. 그래가꼬 이레 와 살앗는디. 오건딘 오래곡, 뭐 그러는디 그럭저럭 허다보니 해녀가 십 명되엇다가, 십오 명으로 되엇다가, 십 명으로 줄어 가더마는 이젠 흔 다섯이 잇는지, 이 관래는 다섯 명이나 되는지 모르겟어. 그 집의 각시도 해녀질허당 횟집해서 안하고. 나도 이젠 나이 많으니까 작년까지는 뎅기다가[19] 또 어촌계에 들어가고. 그 때 시절에, 뭐 어촌계도 몰르고 머. 해녀라꼬 흔믄 뭐 여기 오니까. 뭐 거지밥 얻어 먹으러 뎅기는 거나 취급허더마는 이젠 멧 년도인지 몰르지. 해녀 어촌계에 싸악 들여놓고, 어촌계로 허니까 해녀를 좀 크게 생각허더라고. 아, 이거 해녀 제주도 해녀가 높은 사름이구나. 그 다음에 또 저번 때 이디 해녀 오라도 그 말허곡. 한 번은 물에 들어신디, 할머니 빨리 나오라꼬 하니까. 나오니까, 해녀들 요기 앉아서 물건을 풀아. 요기 회 파는 앞에다가 조개도 파다 놓고, 섭[20]도 해다 놓고, 머 벨 거 다 해다 파는 디, 거길 못 앉게 해서, 해녀를 다 물레레 해녀 물건을 다 물에 들이칠라꼬, 들이쳐 부는 거라. 그래서 내가 "이 개새끼야, 제주도선 해녀 양성시길라고 애를 씨는디, 느그들은 웨 해녀를 덜 보느냐." 하니, 그놈이 나신데레 허는 말이 "이 개ㄱ뜬 년아 제주도 살지 웨 오랏느냐." 해서, 내가 그 놈 허릿딜 꽉 거머줴고, 물레레 들어갈라꼬 허니까. 우리 이웃엣 아가 "할머니, 할머니 참아, 할머니 참아." 해서 그란해도 그래가꼬 막 웃어사, 짐녕 사름은 젊은 사름이고, 난 흐쏠 늙은 사름인디 나신

---

19) 다니다가.
20) 홍합. 강원도 영동지역에서는 홍합을 '섭'이라고 한다.

디렌 그놈이 와서 커피 흔 잔 사주고 "잘못했습니다." 사괄 허는디. "짐녕 여자한티 욕을 너무 들어서 안 헌덴, 사과를 안하겠다." 해서 이젠도 봐지면 인사를 허고 뎅기긴 뎅기는디. 그 때꺼지만 해도 그렇게 해녈 나쁘게 생각허더라고. 그렌는디.

(조): 그 때가 멧 년도쯤 되어신디 마씀.

(제): 흔 오륙 년 되엇지.

(조): 할머니 고향이 어딘고, 제주도?

(제): 북촌, 조천면 북촌. 응.

(조): 멧 살에 여기 와수꽈?

(제): 내가 첨 몬저[21] 올 때는 저 부산으로 왔는디 스물일곱에 나왓는데.

(조): 물질은 제주도서 배우고?

(제): 제주도서 물질이야, 우리 모을에는 머 전부 옛날이사 무신 흔 집에 물질 뭐 너다섯 썩은 다 메누리고 똘이고 손지고 다헐 때니까 머. 계속 잘 허긴 잘햇지. 그 시국 일어나 갖고 수삼 사건에 몬 그러고, 어떠하다 본께는 머 신랑도 죽고, 머 애기도 아홉 설 먹은 거 차로 굴련 죽엇어, 북촌 흑교 앞에서. 차로 굴련 죽여두고는 그만 미첫지. 아홉 설 멕여가 차로 굴련, 나 스무 설에 난 거 차로 굴려 죽이니까 머. 반 미쳐가꼬 신랑도 죽어불고, 아홉 설 멕여서 차로 그거 굴려 죽여 불고 허니까, 미쳐서. 그런디 스물일곱 설에 저 부산 나온 거라. 그 때 시절엔 이렇게 살아질 생각은 안 허고. 어디 가다가 객선에라도 타며는 물에 빠져 죽을 거. 경허고 우리 모을에서는 우리 아버지가 머

---

[21] 먼저[先].

이렇게 허믄 몰라도, 해나 북촌이엔 헌 ᄆ을에 가지민, 이제
우리 남동생덜도 우리 어머니 난 동생은 아니라도 남동생도
살고, 우리 조카도 제주시에서 ○○ 안경이라고 크게 하다가 망
해가꼬, 이제는 거지가 뒛지마는 우리 ᄆ을에선 이걸로 크니
까. 아버지가 부장을 열일곱 설부터 부장을 달아서 사십 년을
살앗다그래, 우리 크니까. 사십 년을 살아가꼬, 양반의 집 뜰
로 집뱃기민²²⁾ 못 나가게 해서, 무레질²³⁾은 배와도. 어디 뭐
만약에 북촌ᄀ뜨믄 함덕이엔 헌디도 구경을 못허고, 외막이엔
헌디도 구경을 못 허고, 북촌만 살다가 애긴 떡허게 차로 굴련
죽이고 나니까, 미쳐서 제주도는 다돌아뎅겨서 내가. 어디 저
남원으로 어딜로 미쳐서 돌아뎅기다가, 에고, 이젠 제주도선
죽지도 못헐 꺼고, 나 육지 나가민, 육지 간다허곡, 객선에 가
서 타며는 물에 빠정 죽을 수가 잇겟다해서, 섣둘에²⁴⁾ 저 몸빼
ᄒ나 입고 윅양목²⁵⁾ 적삼 ᄒ나 입고 떠나 온 게 죽지도 못허
고, 부산 오랏다가 또 거제도 가서 한 삼 년 살다가, 거제도서
또 ᄒ차 젊은 여저니까 못 살더라고. 영감 ᄒ나 만나가꼬 헌
게, 강안도²⁶⁾ 멩테바를²⁷⁾ 간데, 멩테바르 온다고 주문진을 따
라 오니까. 파도에 또 배는 뿌수와²⁸⁾ 불고, 또 곤쳐 놓으민 또
뿌수와 불곡, 배를 세 척을 뿌수와 불곡. 제우²⁹⁾ 고쳐가꼬 시

---

22) 집밖에는.
23) 물질.
24) 섣달(十二月)에.
25) 옥양목(玉洋木).
26) 강원도(江原道).
27) 명태(明太)잡이를.
28) 부수어.

니까[30] 빚지와서 살 수가 없어. 이러니까, 영감 보고 '우리 도망을 가자. 이 빚지와가꼬 이렇게 살 수 없다.' 그러니까 흔 서른 두어서넛 뗏는가 바, 나는 기억도 안나, 기억조차 안나. 그래서 밥을 사을나을 굶고 입을 것도 엇고[31] 옷도 다 팔아 먹고 엇으니까. '이제 어듸레[32] 도망을 가느냐?' 허니까. 소문에 들은 게 우리 영감 큰누님이 속초 산다 말만 듣고, 나 생각 ㄱ뜨믄 북촌서 ㄱ뜨믄 조천 감마니[33], 주문진서 조천 감마니 헐껀가. 동네 뱃깃띨[34] 안 커보곡, 부산꺼지 오라서 이 강안도꺼지 오니까. 주문진이믄, 속초며는 우리 ᄆᆞ을 ㄱ뜨민 조천만이 허믄 걸엉 가게 돼서. 정월 초사은날, 초이튿날허고 초사은날 밤의 애기 하나 업고 나서니까. 오다봐도 수천 리라. 피란 오는 사름덜은 그리 고셍 안 햇데. 그래가꼬, 그 세 설 먹은 거 업으니까. 업은 애긴 발 실리다고, 이리 둘러퀴니까 발자국을 냉길 수도 엇고, 영감은 사을나을 굶은 사름덜이니까, 영감은 우선 밥 달란 말은 안 허데, "담배 먹고 싶어 못 걷겠다." 허고. 나는 배고픈 줄도 몰르고 눈이 벌겅허니까. 뭐 어떻게 헌 줄도 몰르고. 그래가꼬, 속초 딱 떨어지니까. 제우 오다가 나가 '돈이 백팔십 원 잇다.'고, 영감 보고 찰 타자고. 그래서 걸어오다 걸어오다 버치니까. "돈이 어디 있냐?" 그래서, 나 어제 배에 줄 걸

---

29) 겨우.
30) 있으니까.
31) 없고.
32) 어디로.
33) 가는 것만큼.
34) 바깥外에를.

린 거 끌러가꼬 돈 백팔십 원이 있는데. 그런데 섣덜 초이튼날, 섣덜 구믐날쯤 물엔 들어간 거 같애. 그래서 돈 백팔십 원을 놓고 차를, 그 땐 완행이여, 남저덜 조수라고 탕 뎅기는 거. 그건 손을 들르니까. '백이십 원을 달라.'허데. 그래 백이십 원 주고 찰 타서 속초 오니까. 집은 십 리 ᄒᆞ나 썩이고 씨누이가 어디 사는 줄도 몰르고. 그래도 첨 '죽을 남[35] 밋듸[36] 살 나무 잇다.'고, 어디서 "웨삼춘"[37] 허는 소리가 나더라고. 그래 보니 씨누이 아덜이라. 그래서 따라 가니까. 씨누이 식술[38]도 ᄋᆞ숫 식술 떼[39] 굶엄고. 그래서 인제 바닷가일 ᄎᆞᆺ앗져. 바닷가일 ᄎᆞᆺ으믄 내가 해녀 할 줄 아니까, 먹고 살께라 그래서. 그 때 시절에 뭐 고무옷이 잇엇나. 뭐 잇나, 뭐 사루마다[40] 하나 입고 맨몸에 들어갈 때. ᄎᆞᆺ으니까, 그럭저럭 허다보니까, 이월 덜 쯤 뒈어서. 이월 덜 뒈니까. 뭐 해녀 무렌 허겠다고, 'ᄒᆞᆫ 번 나가 본다꼬' 허니까. 해녀들 만나믄 '조합 잇언 못 들어가게 헌다.'고, 바렌 첵도 안허더라고. 그래서 해녀 할머니가 ᄒᆞᆫ 분이 "니 어디냐? 고향이." 그러더라고. '나 조천면 북촌인데 어찌하다 본께 거제도 와서 신랑 얻어 갖고 주문진 오랏다 먹고 살 일이 못뒈서 여기 오라서.', "그러믄 아무 날은 와라. 미역허는 날이다." 그러니까. 그것도 바보지. 그 할머니가 기구는 다 얻어준

---

35) 나뮈木].
36) 밑에.
37) 외삼촌(外三寸).
38) 식솔(食率).
39) 아침·점심·저녁에 일상적으로 일정한 때에 먹는 밥.
40) さる-また[猿股]. (남자용) 팬티.

데. 월정이노렌. 그 할머닌 이젠 돌아가 없어. 낫이라도 ᄒ나, 나무허는 낫이라도 얻어가 와야 뒈는데, 그냥 내려온 물에딜막 물에 들어가더라고. 얼마나 악이 낫는지 손으로 여긴 미역은 제주도 미역 안 굳고 새메역이라고 뜬난 거, 막찔긴 거 잇어. 그거를 사을허니까. 쌀 한가마 나오더라고, 사을을 캐니까. 그래가꼬 씨누이딜신디 그거 쌀 사주곡, 여기 인제 방을 하나 얻어 주겟다고, 그 할머니가 그래서 불도 안떼는 방을 ᄒ나, 그때 머 한 삼십 원 줫는가, 방세를 머 한 오십 원줫는가, 그랫어. 얻어줘서 여기 오니까. 해녀딜은 많에도 누게 하나 말헐 사름이 엇어. 조합에설 오던가. 뭐 어디 수산과에설 오던가. 말하나? '해녀 모임 잇다고 저 시청으로 오라.' 해서 가며는, 저 부얼리 해녀하고, 여깃 해녀 허고, ᄒ 오십 명 뒈더라고. ᄒ나 말헐 사름이 엇어서, 내가 나서서 말을 허니까. 할머니 해녀회장을 허렌. 해녀회장 해야 뭐 이름 성명 든 것도 아니고, 그자 해녀 지호[41]만 헤렌. 그래서 멧 년 동안 햇져. 허다가는 이제는 나가 작업헐 형편도 안 뒈고 허니까, 그냥 조합에 든 것도 금년에 조합에도 탈당햇어. 그러니까 그 때는 해녀딜은 남저 고기잡는 사름딜은 조합원인디 조합비가 많이 들어가는디 해녀딜은 그때 삼만 원썩 내노라 해서 들엇는데, 올히 탈당을 허니까. 십오만 구천원인디, 내년 이월딜이나 인제 통장으로 올라온다 그러더라고. 금년이 가 탈당허고. 그래서 사는디 이제 다 늙어불고, 뭐 아들이 엇어 딸 하나 그거 서울로 시집 가부니, 혼자 사는 거여. 그래서 해녀노래도 가끔 오라서, 그 때는 해달

---

41) 지휘.

라고. 그래서 이젠 안 해서 저번에 앉아서, 그란해도 얘기허멍
"야! 그 때 해녀노래 핸 돈 벌어 먹엇다." 허고 웃고 허는디.

(조) : 해녀노래 그 혼 곡지 해봅서.

(제) : 혼 번 허라고 이거 나왐서. 나말 다 나올로구나, 여기서.

(조) : 예, 나올거우다. 경헌디 이건 혼자만 듣는 거. 혼 번 해봅서.

(제) : 뭐 해녀노래 제주서 허는 건. 그 때 나 혼 번 국악인 허는 걸
보니까, 우리 허듯 안허데. 국악인 아으덜 베와 주는 거 내가
봣거든. 그럿는디, 우리 허듯 안허드라고.

1.

이여사나	이여도사나
이여싸	이여싸 하
요 네를 저고[42]	어디를 가나
진도 바다	한 골로 가자 하
하루 종일	벌어 봐여 허

(제) : 아이고, 또 가사가 꽉 멕혀.

(조) : 하하하(웃음소리).

(제)   2.

해 다 지고	저문 날에
골목마다	연기가 나고
하루 종일	애씻으나 하
번 거든	기가나 멕혀
어서 지고	집의 가서 허

---

42) 요 櫓를 저어서.

우는 애기	줏을43) 주고
병든 낭군	밥을 주자
이여도사나 하	이여싸 하

(제) : 그건 제주도서 허고. 이젠 육지서 팔저 흔탄해서, 이건 나 혼
자 허는 거라.

(조) : 예, 해봅서.

(제)   3.

강안도44)	금강산이
금인 줄만	알앗더니
나무나 돌끗45)	내 눈물이야 하
안동ㄱ뜬	요 내나 몸이
철대ㄱ찌	다 물라가고46)
비옥ㄱ뜬	요 내나 폴이47)
남대 육대	다 물라가네 헤
아침에는	성헌 몸이
저녁에는	벵은 드난48)
불르는 건	어머니로다
춧는49) 것은	냉수로고나 하

---

43) 젖[乳]을.
44) 강원도(江原道).
45) 바위끝.
46) 거의 말라가고.
47) 팔이.
48) 병(病)은 드니까.
49) 찾는.

이여싸나 하   이여싸 하

(제) : 이건 나 강안도 오라서, 팔저 흔탄을 허는 노래를 자꾸 무레를
　　　가면 나 혼자 불러. 이러는디. 뭐 제주도 노래도 많애. 소섬 사
　　　름은 또 뜬나게 허더라고. 소섬 사름덜은 우리 ᄀᆞ찌 안해. 우
　　　리덜은 이 북촌이엔 헌딘 전부 해녀 배가 그때는 터우⁵⁰⁾엔 헌
　　　거, 배엔 헌 거, 흔 집의 두세 척썩은 꽉 찻주. 우리 마을에는
　　　경헌디, 그란해도 요 번에 보니까. 우리 동생 각시가 아주 해
　　　녀 상군으로 나와가꼬. 아덜이 저 차 사고 낫어, ○○이라고. 그
　　　걸 데리고 갯창에 나가서, 거 그 우리 동서 각시도 테레비에
　　　나오더라고, 나오는 거 보니까. 아덜 그 빙신 데리고 바닷가에
　　　가서 옛날은 육지 가서 고생허고 햇노라고 나오더라고. 내가
　　　가만히 앉아서 테레빌 보니깐. 나도 머 팔저 흔탄을 할라믄 헹
　　　펜도 엇지. 그렇지마는 여기 와서 뜰 ᄒᆞ나 그거 봉가가꼬, 그
　　　자 키와서 살다보니 고생도 그럭저럭허고. 해녀신디 갈라며는
　　　여기도 가도 제줏해년 책임자가 엇고 소섬 할머니 하나. 그 할
　　　머니가 지금도 바다에 가 엇어. 저녁 때, 밤이나 만나, 그 할머
　　　니를.

(조) : 소섬 할머니 그 노래 헐 줄 압니까?

(제) : 해녀질만 허여, 여기 오라서. 노래허겟지. 그 할머니도 잘해.

(조) : 어디 사시는고 마씀.

(제) : 저기 비치횟집이라고. 요기 비치횟집 허는 디 딸이거든. 엄마

---

50) 떼[筏]를 말하는데, 제주도에서는 〈테〉·〈테우〉·〈테위〉·〈테베〉·〈터위〉·
　　〈터베〉라 일컬어진다.

는 요 이 동으로 들어가며는 밤이야 만나지, 낮이 못 만나, 그 할머니는.

(조): 비치횟집 큰딸이?

(제): 비치횟집 큰딸이 소섬 사름이여. 여기 제주 사름 많에. 여기 식당허는 아으도 ᄒ나 잇고 머. 해녀 할머니도 요기 잇고.

(조): 아까 그 부른 노래 중에.

(제): 어엉.

(조): 남대 육대 ᄀ뜬 이내 몸이. 이거 남대가 무신 말이우꽈?

(제): 남대 육대 이거 몰라간다고. 나무 모냥으로 다 이내 몸이 몰라 간다고, 이내 몸이 이.

(조): 남대가 경허믄 나문 나무고?

(제): 나무처럼 몰른다 그거지. 남대 육대 다 몰라 간다. 나무처럼 이 제 다 이녁[51] 몸이 다 몰라간다 그러고. 또 해녀덜 육지 오며 는 "어장칠뤌 동동팔뤌 언제나 오며는 우리 고향 가카." 그거는 이제, 제주서 육지 오라가 벌다가 제주 갈라고 허는 노래가.

(조): ᄒ 번 해보십서.

(제)   4.

어장[52] 칠뤌[53]   동동[54] 팔뤌
언제나 나면   돌아나 오라
우리나 고향   가나 볼까 하
이여사 하   이여라싸 하

---

51) 자기.
52) 어정쩡한 모양.
53) 7월. 여기서는 음력 7월.
54) 간절하게 기다리는 모양.

이여사나	이여도싸라 하
쳐라쳐라 하	이여쳐라 하
어서나 가서	고향 가서
부모 형제	만나나 볼까
이여싸 하	이여도싸나 하

(제) : 해녀노래가 많지, 이게 팔저 흔탄. 해녀는 다른 걸로 허는 게
아니고, 팔저 흔탄을 허는디, 옛날 우리가 크니까. 해녀가 제
주도서 막 일제시대에, 막 그냥 싸움을 낫는데, 해녀가 일본놈
덜 총살이 무서와도, 해녀가 막 우리 신랑을 달라, 우리 신랑
을 몬딱 군인을 보내불고, 여저덜이 살 수가 어시난. 관덕청
마당을 두렁박55) 들고, 빗창 들고 막 시우56). 지금 ᄀ트면 막
시우허는 거지. 옛날 우리 크기 전에 막 들어갓다그래. 그러기
따믄에 해녀는 두렁박 하나 들러서, 여기 쏙옷만 입고서 뎅겨
도 거침이 없다 그래. 죽고 살고 몰라가 그 때 막 일본놈 허고
막 대치햇데. 이제 우리도 밥을 주고 쏠을 달라 신랑은 웨 다
군인 다 보내두고, 우리를 이제 못 살게 구느냐. 일본놈 허고
대치해가꼬 제주서는 까구리라고 여기서는 굴갱이57) 닮은 거
갖고 뎅기지 마는 제주서는 빗창58) 그거 들르고 쏙옷바랑59)에

---

55) 테왁. 해녀들이 물질할 때 그 浮力을 이용하여 가슴에 얹고 헤엄치는 연장으
로서 예전엔 박으로 만들어 쓰다가 이제는 모두 스티로폼을 이용하여 만든
다. 이 테왁 밑에는 채취한 해산물을 넣어 두는 '망시리'가 달려 있다.

56) 시위(示威).

57) 호미[鋤].

58) 해녀들이 바다에서 전복을 캐내는 데 쓰이는 길쭉한 쇠붙이로 된 연장. 길이
는 30㎝정도이고, 머리 부분은 끈으로 묶을 수 있도록 동그랗게 말아져 있다.

관덕청 마당에 가서 막 일본놈허고 붙엇데, 옛날 시절에.

(조) : 음. 할머니가 멧 살 때쯤이디. 그 때가?

(제) : 어엉, 우리는 낳지도 안 햇지. 안 낳을 때 우리가 크니까 그 말을 허더라고. 막 옛날은 그러니까 육지 오라서도 누가 건드리기만 건드리민, 두렁박을 흔 놈이 이제 똔 무을 가 물레허니까 바가지를 깨부러서. 우리도 막 시우허고 막 난리가 낫어. 바가지엔 헌 거 생명줄인디. 우리는 고발허겠다. 그러니 막 어촌계장이 막 빌고 그렇게 다 해보고. 해녀덜, 그때 시절엔 뭐 해녀 사름으로도 안 알아도. 이제는 봐, 육지 사름덜 해녀덜이엔 허믄 막 잘 생각허고. 여기서 웨 황영주라고 허나?

(조) : 예, 황영조.

(제) : 아, 그거 해녀 아덜이라고. 이제는 여기 저녁 때 뒈며는, 지금 가며는 해녀덜 물건 풀거여. 요 앞의 다라예 놓아서. 그런디 그때 시절의 한 오 년 전의 저기 다라이 못 놓게 햇어. 그러니 좋다. 우리는 여기 질을 막겟다, 해녀는. 여기 질을 막고, 느그들 해보자고. 우리 물건 못 풀게 허믄 해보자. 우리 저것도 싸와가꼬 해녀덜 거기 앉게 허고. 해녀덜 또 그 우에다가 물 받아가꼬 물건 살루는 것도 해주고. 해녀도 권리를 츶아서 여기서도. 경헌디 저 청호동 해녀덜은 그렇게 엇어. 해도 시장 가 폴지 여기서 푸는 것도 엇고. 그러니 청호동 해녀덜은 살기는 막 힘들어. 경헌디 여깃 해녀덜은 잘 벌어, 잘 벌고. 해녀 권리를 막 여기서 츶아서.

(조) : 할머니 거 머꽈 거. 여기 집이 속초시 동명동?

---

59) 속윗[內衣] 바람.

(제): 영금정 아파트.

(조): 영금정 아파트 101동 203호 이기순. 이자 기자 순자. 한자로 기자가 무슨 기자우꽈?

(제): 터 기, 순할 순.

(조): 생일은 메칠이우꽈? 태어난 날?

(제): 음력 ᄉ월 열하루라.

(조): 몟 년도?

(제): 몟 년도 몰라. 나 그런 거 몰라.

(조): 올해 일흔여덟인데?

(제): 일은ᄋ덟. 그런 거 아무 것도 몰라. 난 여기 와서 밥 못 먹어서 그자 밥 먹고 살 연고만60) 햇지. 경헌디 저 제주도 ᄉ삼 사건에 우리 ᄆ을은 다 걸어젓잖아. 그랫든지 저번 때 ᄒ 번 제주도서 촞아왓더라고. "나 혼차 우러서 제주도서 촞아왓는냐고." 헌께. "제주도서 그 시국에 몟 명 살고, 몟 명 죽은 걸 조살 왓다."고 해서, "할머니가 젤루 어디가 아프냐?"고. 그래서 "다리가 양쪽일 못쓴다."고 허니까. 도립벵원에 와서 엑스레 찍고, 다 엑스레 다ᄉ 번을 찍던가, ᄋᄉ 번을 찍떤가 허더마는 과장이 "이 다리 아픈거는 그때 해당이 안돼겟다."고 그러허는데, 그 사름이 허는 말이 "그래도 그 때 다 골병 아닙니까?" 허니까. "그건 그럿지요." 허니까. 공짜로 약을 ᄂ주고, 제주도서 와서 해주고 가니까. 공짜로 약도 타다 먹고 파쑤 ᄀ튼 것도 다 주고 허는디, 하도 영 몸이 불어서 먹도 아니허고 타다 놓고 그냥 잇어. 한 달 ᄒ 번 그 때 제주도서 와서 그랫어. 그 사름

---

60) 연구(研究)만.

이 서문통 사름이라 허든가 한림 사름이라 허던가. 하여튼 '군
청엔가 어딘가 잇다.'고 허더라고.

(조) : 나이가 멧 살 정도 뒈수까?

(제) : 자네 나이나 비슷헌거 같애, 이름은 말 안 해주고. "아, 나 혼
자 우러서 강안도 왓는가?"고, "예." 그러더라고. "그러며는 아
침 밥은 어떻게 햇느냐?"고 그런께. 오널 오라서 전활 왓더라
고. "낼 아홉 시꺼지 오라."고. 그래서 "아침밥은 먹엇습니다."
그러더라고. "아이고, 나 혼찰 우러서 강안돌 오라시믄 내가
미안해서, 그러믄 나허고 가자. 우리 동네가며는 회도 많이 잇
고, 맛잇는 거 내 좀 싸주겟다."고. "하이고, 할머니 그런 말씀
마시고, 약을 계속 타다 먹으라."고 그러더라고. 그랫는데, 그
신경통 약 먹어가니까, 이렇게 붓는 게 얼굴이 다 붓고 그래서
안 먹어가꼬. 약은 타다가 다 달아놓고 잇어, 안 먹고.

(조) : 할머니, 이 뭐꽈? 해녀노래하고 해녀들 옛날 살아온 애기를, 제
가 지금 공부를 시작해 가지고 연구를 시작햇는데, 이거를 서
울에 살면서 여기 오는 것도 쉬운 일이 아니우꽈게.

(제) : 힘들고 말고.

(조) : 힘들게 오더라도 그게 문제가 아니라 할머니를 못 만나니까.
도대체 어디 살암신디? 이 할머니가 노래를 할 줄 아는지?

(제) : 그런데 몬저 날 촞아온 사름덜은 시청에 가니까, 나 이름이 이
시니까 보냇더라고. 시청에 수산과에, 그래서 가니까, "할머니
가 노랠 젤 잘헌다."고 해서 왓는데 그러더라고. "어따, 이름도
잘 올라 갓다." 그런께는.

(조) : 그 거제도에 있을 때는 삼 년 동안 있을 때 할머니가 그때는
주로 뭐를 해수꽈? 미역?

(제) : 미역.

(조) : 미역허고 또?

(제) : 미역 해가, 반 갈라. 바다 임제[61]는 십 분지 육을 먹고, 사 분만 이녁이[62] 먹은 거야.

(조) : 경허니까, 잡은 거는 뭐 잡아수꽈?

(제) : 미역밖에 엇지, 미역. 경헌디 여긴 오니까, 주문진은 오라서 배 가지고 오니까. 무레질 허는 줄 몰르고. 그래서 여길 오니까. 여기 할머니 흔 분이 "느 제줏아 아닌디야?" 그러더라고. "제주도노라."고. 아까도 말햇지마는 그래서 무레질은 시작햇는디, 벡 명이 가도 일등이고 나가 잘햇어.

(조) : 상군이었구나, 대상군.

(제) : 어엉, 상군도 그런 상군이 엇지. 여기도 와서 그런디, 뭐 벨양[63]이 머구리 상군이라.

(조) : 별명이?

(제) : 옛날 사름이 머구리네 집 어딘고 촟아와야지. 경 안허믄 못 촟아와. 경헌디 지금이라도 가며는 나 앞의만 물건이 잇는 줄 알고, 뜬 사름 불러 이리 오라고. 가며는 뭐가 비둘비둘헌 거 ᄀᆞ테. 문어든가 뭔가. 그러는디 내가 친정도 잘못 만나고, 아덜이 엇어서 친정이 망한다고 그자 다 보태주고, 딸도 또 시집 잘못 가서 보태주고 허다보니까, 돈도 엇고 인제는. 나라에서 배급을 주잖아 배급을 주니까. 어제도 가 배급 타왓다고. 그라

---

61) 임자. 물건을 소유하고 있는 주인.
62) 자기가.
63) 별명(別名).

고 민박, 이집을 첨 문져 들어오니까. 아까 그 데령 온 아으 각
시가 "할머니, 민박을 좀 받아보라."고 그러더라고. 그래서 "민
박을 어떻게 해서 받느냐?" 허니까. "할머니, 이불자리가 많으
니까 민박 받아도 뒈." 허더라고. 경해서 저저 동해에 잠수함
들어오기 전에는 매일 손님이 잇어. 매일 손님이 이시니까. 그
때는 뭐 만 원도 받고, 오천 원도 받고, 흐루밤 자면은 이렇게
받는데.

(조) : 여기 와서 잡은 건 미역허고?

(제) : 쳇 해로 올 때는 미역. 이젠 미역 안해. 전복은 못 풀게 허거
든, 못 풀게 해도, 나는 지금이라도 가믄, 전복 흔 소쿠리 잡을
수 잇어. 안 가서 그렇지. 전복이 뚝 요래 제주 오분작보다 잘
아. 그러는 것도 못 풀지. 들키기만 허믄 벌금이거든. 못 따게
허믄 슬짝슬짝⁶⁴⁾ 잡아다가 횟집의 다 모앗다가, 이제 손님도
오면 죽도 쒀 주곡, 팔기도 허곡 그러는데. 전복, 제주선 보말,
또 저 제주선 그거 엇어서 밧조개⁶⁵⁾라고, 해섬, 성기. 잘 벌어,
여기 해녀덜.

(조) : 할머니가 주문진에서 여기를 왔을 때, 주문진에선 뭐를 주로
잡아수꽈. 거기선 안하고 명태만?

(제) : 안 햇지. 여기 와선 미역. 미역만 햇지. 여기 와선, 뭐 다른 거
허는 줄도 몰르고, 미역허고 한천 해다가 풀고. 또 성기는 일
본 수출허는 데레 막 해서 풀앗잖아. 들어가믄 뭐 성기고 전복
이고 해섬이고 그자 막 끄서내다가 팔 줄 알아? 냉겨줘불민 반

---

64) 살짝살짝. 몰래몰래.
65) 떡조개.

금이지, 반 금.

(조) : 거제도서는 육 대 사로 나누었는데, 여기 와서는 몇 대 몇으로 나누어수꽈?

(제) : 여기서는 우리 막 먹지, 안 주고. 어촌계서도 흔 덜에 수 만원썩 내는가, 어촌계비를. 그라고는 이녁이 막 먹으니까, 허고 싶은 대로.

(조) : 옛날도?

(제) : 옛날도.

(조) : 할머니 처음 왔을 때는 미역도 그냥?

(제) : 경헌디 못 캐게 허지 수협에서, 키와서 캐 먹으라고. 그러니까 흔 번은 수협에서. 야, 순경덜도 첫 순경 월급에도 그러니까. 잽히기만 허믄 내물66) 안 주어 그네 징역 살아야돼. 그러니까 흐루는 저 오구축항이라고 해녀덜 두렁박을 뺴앗아 가니까 다 뺴와야 뒈잖아. 그런디 나 혼차 가기가 머해서 해녀 흔 분을 데리고 갓어. 가니까, 가다가 꿈67)을 흐나 사주더라고. 난 멋도 몰르고 씹고 가다가 가만히 생각허니, 이것도 법관인디 뱉아 내불고 가야겟다고 허고 뱉아 내불고 가니까. 나한티 꿈을 사준 아이는 꿈을 씹고 들어간 거야. 거기서 "이거 어딘 줄 알아서 와서 껌 씹느냐?"고, "이것도 법관이라."고. 그렇게 순경이 또 지랄허데. 그놈이 죽엇어. 우리한티 내물 많이 먹은 놈이. 잽히기만 허믄, 미역허당 잽하기만 허믄, 그 치운디 붙들어당다 가두와 놓는 거야. 그리고 딴 바다에서 오라서, 전복 フ뜬

---

66) 뇌물(賂物).
67) 껌(gum).

거 따 달라고 그래. 그러며는 그때는 또 부아리[68] 받고 가고.

(조) : 부아리 얼마나 받아수꽈?

(제) : 그러니까 그때는 얼마 주는지 몰라. 하루 일당 얼마 받고. 그
　　　때는 머, 하루 가서 미역 캐믄 이만 원도 받고, 만 원도 받고
　　　그렇게 해주고.

(조) : 옛날에 멧 년 전이우꽈? 그 때가?

(제) : 그거 우리 오라서 멧 년 안뒌 때지.

(조) : 여기 속초 왓을 때?

(제) : 어엉, 속초 왓을 때. 이 속초서는 막 먹어.

(조) : 거제도에서는 바당 주인한티 육(六)을 주고 할머니는 사(四)를
　　　가졌는데, 여기서는 어촌계비만?

(제) : 어촌계비만.

(조) : 예, 어촌계비만 내고.

(제) : 그때 시절에는 흔 이만 원썩 냇나?

(조) : 이만 원만 내고?

(제) : 지금 흔 소만 원 낼 꺼라, 어촌계비를.

(조) : 한 달에?

(제) : 한 달에.

(조) : 나머지는 다 먹고?

(제) : 다 먹어. 그러니까, 여기 해녀덜은 집 엇는 사름이 엇고, 가난
　　　한 사름이 엇어. 그리고 법에서 해녀 옷 벗는 집을 지어 줘서.
　　　물 뎁혀가 목욕허고 옷 벗고 입고 허는 디 지어 줫는디, 우리
　　　돈을 반을 내놓고. 그 때 칠백만 원을 들엇다 허는 거 같애. 우

---

68) 일당. (급료 등을) 일수(日數)로 계산함. ひーわり[日割り] 히아리.

리 돈이 반들어 갓지. 그래서 이제도 그 해녀덜 집이 잇어.

(조) : 해녀집 지은 때가 여기 왕 멧 년쯤 되었을 때 지어수꽈?

(제) : 흔 십 년 뒈시카. 이제 집 짓건 디가 십 년쯤 뒈실거여. 경헌디 '저 청호동은 재작년에, 삼 년 전의 지엇다.' 허더라고. 청호동 해녀덜은 또 권리를 못 잡아.

(조) : 물질허당 보믄 상어나 곰새기 이런 거 안 만납네까?

(제) : 아니, 여기는 그런 거 엇어, 그런 거 엇고. 제주도서는 그 곰새기덜 막 이젠 그거 보니까. 곰시기가 고래새끼더라, 돌고래새끼다. 우리 제주도선 '곰시기 곰시기 배알로 가라, 배알로 가라.' 그거 와도 무서운 줄 몰라. 나 어린 때는 큰고기 만나서 죽을 뻔허당 살아서, 제주도서.

(조) : 무슨 고기?

(제) : 제주도서 처년[69] 때라. 처년 때도 그땐 다부지게 무레질을 해서. 아버지는 뜬 살렴허니까. 엄마허고 삼서 무레, 아매도 흔 오월 덜이나 뒐꺼라. "아이고, 저 우리야." 저 똥싼짐이, 똥싼짐이허는 바우가 잇어. 거기 히여가서, "우리 못 숨비며는 이렇게 가서 문질리기나 허고 오자.". 그런디 우리 동갑이 흔 너다 숫이 총총 히여[70] 가서 몬저 팍 들어갈라니, 뎀마만이 헌 고기가 사름신데레 쭉 오는 거라. 그런데 나는 그냥 낫으로, 바빠서 낫으로 콰악 찔를라고 허는데, 거 그 고기가 게도 안 죽을라 허니까. 그게 이제 ᄀᆞ뜨믄 상언중도[71] 몰르지. 이 쏙옷바랑

에 물에 들 때니까. 씨깍 몸을 씨대고 가는디, 차르륵 허더라
고. 그랫는디, 난 그냥 나오다가 히떡 자빠지비엇어. 가으덜이
막 끄서가꼬, 우리 엄마가 저 등대 ᄀ뜬 산에 서모오름이라고,
서산봉72)이라고 잇어, 우리 ᄆ을에. 밧디 보리 비는디, "아이
고, 기순이 죽엇다." 해논께, 우리 엄만 보리 비당 다오곡 난리
가 낫어. 그때 ᄒ 번 처년 때 큰고기 봐낫어.

(조) : 그 때가 멧 설쯤 뒈신고 마씀.

(제) : 그 때가 ᄒ 열대여섯 뒈신가. 그 때 큰고기 ᄒ 번 만나보고는.
여기 와서 또 무레서 송장도 만낫어. 송장도 만나도 놀래질 안
해, 나는.

(조) : 으응.

(제) : 그래가꼬, 뭘 봐도 ᄌ꼿이 본다는 게, 정말 이게 송장이냐? 아
니냐? 다부 들어가 본께는 머리 퍼 죽은 송장이 잇어. 그래서
그냥 막 히여 오는데, 뒤에서 막 잡아 뗑기는 거 ᄀ태. 그래서
놀랜 적도 잇고. 그래도 고기 ᄀ튼 거 엇어, 여기는. 아무 것도
엇고. 또 물때가 엇다고, 여기는. 아침의 밥 먹고, 가고 싶으면
가고, 저녁의 밥 먹고, 가고 싶으면 가고, 물때가 엇는 거여.
제주도나 전라도 ᄀ찌 물때가 어시니까. 그자 그냥 이녁 마음
대로 강 벌어오곡. 그러니까 돈을 몰라가꼬, 나신디 거렝이도
오믄 붙어 줘불곡. 팔 엇는 사름이고, 손 엇는 사름이고, 질레
서 이래 밀엉 뎅기는 사름 보믄 못 넘어가. 주머니 털어불어야

---

72) 제주도 북제주군 조천읍 함덕리 169-1번지에 있는 산으로서 '서모 · 西山 · 犀
牛峰'의 3가지 명칭으로 불리워진다. 서우봉(犀牛峰) 꼭대기는 조천읍 함덕리
와 북촌리를 행정구역으로 나누는 경계선 역할을 하고 있다.

뒈 이런디. 자아, 이딧 군인, 이제는 저 해양경찰대 순경덜이 사는데, 그땐 군인 초솟막이여. 군인을 흔 백 명을 내가 접관해서 보냇어. 경헌디 제주돗 아으가 흐나 왓더라고. 한림 아은디? 소섬아은디? 나한티 왓는디. 그게 상뱅인디 그렇게 아으덜을 잘 때려. 그래서 나 그건 상대 안 해봐서, 사름 때린다고. 그랫는데 이제 무신 작년꺼지도 촛아오는 아으덜이 잇어. 다 장개가고 살렴살고 그래도, 돈도 지금도 그때 뀌준 돈덜 못 받안 놔도, 저 전라도 아으덜도 다 뀐간. 돈 벌믄 아무나 줘 불곡. 지금도 못 받은 게, 흔 이천만 원 뒈연. 그래도 머 이젠 돈 벌 셍각도 엇고, 그자 이렇게 사는 거라.

(조) : 여기서 허다 보믄 심만나지 않읍니까? 물이 갑자기 막 차가워지는 걸 뭐렌 헙니까?

(제) : 아, 하하하. 그거 엇어. '심마, 심마진다꼬.' 허지. '물에 가면 심마진다'고 허지. 그런 것도 잘도 알암신게게. 저 아래서 심마지며는 해녀덜 안 와가꼬, 물 알아보라고 상군 들이치고 이런다 허는디, 여기는 그런 것도 엇어. 물이 찹던가 뭐 얼음이 뒈던가. 옷이 세벌이거든, 이제 하는 거는 한 육 미리, 지금 입는 옷은. 또 흐쓸 봄에 입는 거는 흔 오 미리, 여름에 입는 거는 삼 미리 반이여. 그러믄 여기 사름덜은 쉬는 날이 엇어. 으응, 고무옷 입어 논께. 그러고 이제 심심허믄, 그 때 시절에 우리 젊은 때는 춤추레 잘 가더라고. 우리 흔 번 먹자 허믄, 해녀덜 잘 놀잖아. 막 장구덜 사다 놓고 춤덜도 추고 허다 버치믄, '아, 우리 오늘 춤추레 가자.' 허믄, 그 때 시절에 막춤 추는 디가 잇데. 나는 술도 먹을 줄 몰르고 담배도 피울 줄 몰르고. 웨 그러냐허믄, 영감이 하도 술먹어서, 뒌 영감을 얻어 만낫어. 그래

서 내가 입에 술을 대는 건 내 사름년이 아니지 이러고. 뱃장
이 쎄서 내가 부모 제서 멩일에도 여저라고 절을 못허는디. 육
지 오라서 도민회가 잇어. 여기 도민회가 잇는데, 도민회도 안
들고, 누게 죽엉가도 난 절 안허는 사름이어. 내 부모안티도
절 못햇는디, 내가 남으 부모안티 웨 절 허느냐고. 그래 뱃장
을 쎄게 산 사름이여. 누게 나 앞으서 말도 못해, 나 젊은 때는
뭐 누가 날 건드리기만 허믄 그래, 지금도 그래. 내가 심심허
믄 고스돕치레 좀 가, 가믄 영감딜 좀 우시게 헐라꼬 허믄, 누
게라도 따로 내무래고, 나허고 장난도 허라고, 난 장난도 허고
싶지도 안 허고. 그래서 여기 민박온 사름딜이 그래, "할머니
술 잡숩시다, 담배피라."고. "아, 이 때까지 뭐 하고 살앗소." 날
보고. "나 해녀질만 핸 살앗다이. 나는 해녀뱃기[73] 헌 거 엇다."

(조): 할머니 여기 있을 때, 여기서는 네를 안 저어봤지 예.

(제): 네 안 지여 봔.

(조): 제주도에서도 안 지여 봔. 거제도에서?

(제): 거제도에서도 지엿저.

(조): 경허믄, 해녀노래를 배운 게 북촌에서 배운 거꽈?

(제): 북촌에서. 거기서는 서로 이제 하노 젓이라, 젓걸이 젓이라, 막
하잖아.

(조): 하노는 뭐꽈?

(제): 하노는 큰뇌, 배 운용허는 거, 그거는 잘 못 젓어. 경헌디 젓걸
이엔 헌건 옆이 돌아정 젓는 거. 그런 거 허며는 서로딜 질라
고 날리여, 바다에 물에 들어 갈라꼬, 머.

---

73) 해녀밖에.

(조) : 멧 명이 져수꽈?

(제) : 보통 뭐 젓걸이 저을라믄, 네 세 척 논 배도 잇고, 다숫 척 논
배도 잇고, 빨리 갈라고. 젓걸이 두 개 허고, 하노 ᄒ나 허고.
어, 그러니까 우리 고향은 이제 그 때 시절에도 순경이 잇더라
고. 낼 메역 조문헌다 허믄 오늘 큰축항에, 또 저 동축항 서축
항에서 줄을 메여, 줄을 메여가꼬, 이제 배가 다 거기 가 모여
실 꺼 아냐. 모여시며는 총을 팡 허며는 서로 앞의 갈라꼬 허
다가 옷도 안 입고 물에 빠진 사름 잇고, 수경도 안 씌고 물에
빠진 사름 잇고 그렇게 해. 우리 어머니는 본래 조천 사름. 첨,
우리 할머니는 본래 조천 사름이여. 하굴 사름인디, 우리 할머
니는. 우리 어려서 우리 할머님 얼굴도 본 예가 엇는디. 할머
님 동생이 제서 때 오라서 자꾸 말허는디, 조천은 양반 ᄆ을이
고 우리 북촌은 쌍놈 ᄆ을이여. 그러니까 우리 할머님이, 우리
어머니가 애기 ᄒ 번만 때리며는, 우리 할머니는 쫓아내서 들
어오지도 못 허게 해. 고모 앞의서 애기 때럿다고 이 쌍놈의
ᄀ다니. 애기 때럿다고 그래서 살앗다고 허고. 우릿 할머니 동
셍이 오며는 우리는 '아이고, 요 아부지' 이러데, '요 아무람서
믄' 아무 집이라 헐 소릴 그래, 양반 말투로 그러더라고. '요 아
무람서믄' 그러데. 조천은 양반 사는 ᄆ을이고 북촌은 보재
기[74] 사는디. 여기 사름 보재기 허믄 욕헌다 허듯, 불보재기
사는 디라고, 막 쌍놈 ᄆ을이라고 그래 응.

---

74) 포작(鮑作). 포작은 '보재기'의 한자 차용 표기로, 다른 자료에서는 鮑作·包
作 등으로 표기된다. '보재기'는 바닷물 속에 들어가서 조개·미역 등 해물을
채취하는 사람인 '보자기'의 제주방언이다.[李元鎭 著, 김찬흡 외 7인 譯, 『譯
註 耽羅志』(서울 : 푸른역사, 2001), 155쪽]

(조) : 불보재기가 뭐꽈?

(제) : 불보재기엔 허믄, 저 고기 잡아 먹고 고기 뱃찔르는 사름.

(조) : 으음, 보재기.

(제) : 경헌디 여깃 사름은, 아, 제주도 가니 보재기라 허니까. 이 포
　　　따리 말로 듣고 보재기라 허니 막 욕허드라고 허는 거 아냐.
　　　보재기가 뜨루 잇고, 포따리가 뜨루 잇다. 내가 그런 말을 자꾸
　　　해주지.

(조) : 제주도 북촌서 네 저어 그네, 메역허레 갈 때 불러시쿠다, 주로?

(제) : 주로 메역만 햇주, 그 때는.

(조) : 메역허레 갈 때까지 노 젓는 시간은 얼마나 걸련 가수꽈?

(제) : 멧 분 안 걸려. 빨르믄 얼른얼른 가지, 얼릉 가도 뭐 서로 돌아
　　　정 네 젓엉, 네 젓고 올라오고 막허고.

(조) : 네가 경허믄 세 개 짜리가 잇고?

(제) : 다섯 개 짜리가 잇고, 배가.

(조) : 두 개 짜리는?

(제) : 두 개 짜리는 엇고, 하나 짜리 터우라는 거, 나무로 이렇게 뭆
　　　어서.

(조) : 자리테우 같은 거?

(제) : 엉, 자리테우 ᄀ뜬 거 그런 거 잇고 그랫는디. 이제는 우리 ᄆ
　　　을, 딱 이제는 배 ᄒ나 잇다고 허더라고.

(조) : 옛날에는 자리테우는 혼자 젓엇고?

(제) : 어엉, 테우는 혼자. 세 개 짜리 잇고, 다섯 개 짜리 잇고. 다섯
　　　개 짜린 해녀 ᄒ 삼십 명 실어. 삼십 명 실으믄 요 칸에 불 모
　　　여 놓고, 요칸에도 불 모이고, 또 요기 활대라고 잇어, 큰돛대.
　　　거기다가 옷을 벗어가꼬, 다 줄줄이 다 뭆어 놓고 물에 들어가

민, 나오민 그 옷 입어가꼬 옷 테우까 싶으까 걱정되어가민, 다 그거를 옷을 묶엇다가 이제 이녁 옷을 촞아 입고 그랫어. 그런 디 내가 수무 설, 열 아홉꺼지는 스물 설꺼진 무레질햇어. 얼아 으를 가져서 얼아을 놓고 무레질허고.

(조) : 애 낳아 가지고 바로 물에 들어 가수꽈? 어느 정도 잇다가 물에 들어가수꽈?

(제) : 어, 아기 나서. 애기 나서도 옛날 할망덜은 뭐 그날 간다더라 허드마는, 나야 애기 나믄 머 친정부모 잇는디. 난 애기 나도 아파가꼬, 파뤌덜에 애기 나서 동지덜에 저 살아낫는디. 저어 죽는다 햇는디, 저 애기 나서 일차 못 가지.

(조) : 그, 애기 들어보니까, 애기 낳고 바로 다음날도 물에 들어다고 허던데, 경해나수꽈?

(제) : 어엉, 그랫지. 옛날은 애기 나서 이제 보릿대 깔아서, 제주도 사름은 애기 나서 방에 피묻을 거라고 그 보릿댈 깔데. 보릿대 깔앗는데, 보릿대 쏘곱에 애기 눕혀 놓고 무레질 가. 그래허니까, 우리 시절만 해도 "아이고, 죽은 년아 물에 가게." 허는 할머니가 멩데기 엄마라고 애기 열두 멩을 낳다는 할머니가 자꾸 가서 말허길 그래. "야, 난 애기 나도 사을만에 무레질햇다, 사을만에." 이라고. 우리 언니는 시국에 이제 함덕을 피란 갓는데, 그 함덕서 이제 북촌서 미역 허재[75]헌다 허니까. 애기 나서 사을만에. 수삼 사건에 애기 나서, 애기 씨어머니 업히고, 언니

---

75) 許採. 해녀들이 채취물을 보호하기 위해 일정 기간 禁採했다가 어촌계장과 해녀회장의 협의에 따라 결정된 날짜에 해녀들 모두가 미역 따위를 일제히 캐기 시작하는 일. '해경(解警)', '허채(許採)', '대ᄌ문'이라고도 한다.

두렁박 짊어지고 북촌을 가서 무레질 헐라 허니까. 이제 이 밑
에 허해서 못 허겠드래. 그래도 미역을 한 바구니 해서 씨어머
니허곡 불 추와서 나오니, 배는 떠낫드래, 애기 나서. 그 딸이
이제 손지 보왓어. 그래서 우리 언니 만나레, 거시기 우리 언닌
팔십흔 살인디 살앗다고. 나보단 젊아. 저 굴막 살아, 저 동복
그랫는데, 그 우리 언니가 그런 말을 허는디, 함덕 오라서 애기
나니까 북촌 미역 허재헌다 해서 사을만에 갓데. 가니까, 여기
가 허해서 못허드래.

(조) : 아래가?

(제) : 그렷더라고. 그런 말을 자꼬 언니가 와서 말해주니 알지, 나는
몰라.

(조) : 제주도 북촌 해녀들 했다는 신세 한탄하는 노래들. 해녀노래
한 번 더 해줍써. 노래를?

(제) : 어, 한 번 더 하라고.

(조) : 아는 대로 쭈욱 한 번 더 해줍써.

(제) : 쭉 해봐야 그 노래지 뭐.

(조) : 그러니까, '어떤 날에 나를 낳아 이 물질허레 햄신고. 또 뭐 돈
벌어 정든 님 술값에 나간다.' 뭐 이런 것들 있지 않으꽈?

(제) : 어, 우리는 '물로 뱅뱅 돌아진 섬에 하루 종일 점심 굶어 무레
질허니 정든 님 술값에도 다 나간다.', 그런 노래도 해봣는데.

(조) : 해봅써, 흔 번?

(제) : 저저, 그거 흔 번 거 국악인 허는 거 보니까, "하루 종일 굶어
서, 어, 아침 굶어 무레질 헤영 한 푼 두 푼 모여낸 돈이 정든
님 용돈에 모지레 간다." 그러더라고 국악인허는 거 내가 ᄌᆞᆺ
이[76] 들엇거든. 그래서 내가 아, 요 해녀노래도 또 뜬나게, 애

기덜을 ᄀ리차⁷⁷⁾ 주더라고. 국악인 여저가 나와서 그 여저가
김 머시라 허던데, 그 여저가 테레비 나와서 국악인 ᄀ리치는
거 보니 그러더라고.

(조) : 할머니가 허는 거 ᄒ 번 해봅써.

(제) : 우리는 뭐,

5.
물로 뱅뱅　　　돌아진 섬에⁷⁸⁾
삼시 굶엉⁷⁹⁾　　무레질 헤영 허
한푼 두푼　　　번 금전
정든 님 술값에　다들어 간다 하
이여사나 하　　이여도사 하

6.
요 네를 지고　　어데를 가나
진도나 바다　　한 골로 가자 하
이여사 하　　　이여도사나 하
이여디어 허　　쳐라쳐라 하

7.
놈의 고데⁸⁰⁾　　애기랑 베영⁸¹⁾

---

76) 자세히.
77) 가르쳐.
78) 둘러진 섬에. 사면이 바다로 뱅 둘러쳐진 섬에.
79) 세 끼니를 굶어서.
80) 남의 때문에

```
허리지당          베지당 마라 하
꽁꽁 지영          어서나 지고
집으로 가자 하    이여사 하
이여사나 하
```

(제) : 거제도 오라서 또,

(조) : 아, 요 거 예, '놈의 고데'헌 말이 무슨 말이우꽈?

(제) : 남의 떠문에 애기 벳냐? 내가 벳는데.

(조) : 남의 고데?

(제) : 응, 남의 고데 애기랑 베영, 허리지당 베지당 말고 이제 놀지 말
곡, 이제 빨리 지라 가자. 그 소리지 남의 때문에 애를 가젓냐.

(조) : 예.

(제) : 이제 남의 때문에 그래가 그러는데, 거제도 오라서 내가, 내가
지어서 노래를 허니 해녀덜 흔 으남은[82]이 다 울엇고.

(조) : 흔 번 해봅써.

(제)   8.

```
엄마 엄마          허는 아기
저 산천에          묻혀나 놓고 허
한라산을          등에다 지고
연락선을          질을 삼아 하
거제도를          멀 허레 오란[83]
```

---

81) 임신(姙娠)해서.

82) 여남은[十餘].

83) 무엇을 하려고 와서.

받는 것은　　　구숙84)이고
지는85) 것은　　　눈물이로다
이여사 하

9.
요 금전을　　　벌어다
우는 애기　　　밥을 주나 하
병든 낭군　　　약을 주나 하
혼차 벌엉86)　　　혼차 먹엉
요 금전이　　　웬말이더냐 하
이여싸 하　　　이여싸

(제) : 내가 애기 죽어돈 오라서 그 노래를 해서, 거제도 사름이 다 울
　　　엇다고.
(조) : 받은 것은 구속이요?
(제) : 받는 것은 구숙이라고, 남 한티 받는 것은 구숙 뿐이고.
(조) : 구숙이 무슨 말이우꽈?
(제) : 아니, 남이 날 괄세허는 말이지.
(조) : 아, 괄세한다고, 구숙이다.
(제) : 응, 받는 것은 구숙이고, 지는 것은 눈물 뿐이고, 그 말이 맞지.
(조) : 아들이 교통사고로 죽으니까.

---

84) 자기에게 잘해주지 않는다고 흉잡음. 흉.
85) 떨어지는.
86) 혼자 벌어서.

(제) : 딸이.

(조) : 딸이 교통 사고로 죽으니까. 헌 거구나.

(제) : 엉, 내가 거제도서 놀 지고 가, 돌섬이엔 헌디. 그래서 그 노래를 지고 가가니까, 해녀딜이 막 울어서. 난리가 낫어.

(조) : 거제도 돌섬?

(제) : 엉, 해녀노래엔 헌 거 그거라. 뭐 다른 거 벨 거 엇어.

(조) : 아니, 이것이 예, 처음 들어본 거라 마씀. 이거 해녀노래를 공부헌 지가 저도 한 이십 년 됩니다. 팔십 년도부터.

(제) : 어디서 왓는데?

(조) : 제주도서.

(제) : 엉.

(조) : 서울 사는데, 제주도서부터 배우기 시작해영 쭈욱 들어왓는데, 할머니 부르는 건, 나 처음 듣는 노래주 마씀. 이런 노래를 쭈욱 더 해줍써, 더.

(제) : 아니, 저저 재작년이 온 때는 이 노랜 안 햇어.

(조) : 예.

(제) : 안 허고 그자 무레허는 노래만 햇어.

(조) : 무레허는 노래 해봅써.

(제) : 엉, 난 여기서 관광계 들엉 관광을 잘가. 관광을 가민 이제 목소리가 없어. 목청이 없어. 경허믄 이제 나무 하나 심어가꼬 '이여싸 이여싸' 산에도 가민 막 해노민 여저딜 노래 보겟다고, 관광왓던 사름이 다 덥쳐, 나 노래 보겟다고. 나가 막 수건 머리에 둘르곡 허며는 목소리가 없으니 다른 노래는 못허잖아. 그러며는 '에이, 이놈의 것, 나 뱃노래나 헌다.' 작대기 하나 심고는 막 해노민, 관광 온 사름딜 그거 구경온다고 막 난리가 낫어.

(조) : 한 번 해봅써, 관광올 때 헌 거 흔 번 해봅써.

(제) : 그거 이거지.

(조) : 그, 오돌똘기 알아지쿠과.

(제) : 오돌똘긴 몰라.

(조) : 그럼 이런 노래, 자장가? 웡이자랑.

(제) : 웡이자랑이사 애기 제웁는 노래.

(조) : 흔 번 해봅써. 웡이 자랑 어떵 해신디.

(제) : 자랑 자랑   웡이나 자랑

　　　　우리 애기   잘도 잔다

　　　　우리 애기   자는 욯에

　　　　소리 크게   허질 말라

　　　　이여 자라

　　　　자랑 자랑   웡이 자랑

(제) : 거 무신 노랜지 나도 모르지. 애기 키울 때. 이젠 잊에부렁 잘

　　　못하겟다.

(조) : 예, 그거 마씀.

(제) : 어, 애기 키울 때 '자랑자랑 웡이자랑.', 뭐 '코가 커서 하꾸라

　　　이[87], 눈이 커서 도둑놈 잘 잡겠다.' 내가 그런 노래 잘 해봣는디.

(조) : 흔 번 해봅써. 눈이 커서 도둑놈 잘 잡겠다. 흔 번 해봅써.

(제) : 우리 애기   코가 커서

　　　　하꾸라이   코다 하

　　　　눈이 커서   도독놈 잘 잡겟다

---

87) はくーらい(舶來) 외래.

귀가 커서	소리 잘 듣겟다
윙이 자랑	
자랑 자랑	윙이 자랑
우리 애기	잘도 잔다

(제) : 그거지 뭐. 애기노래도 뭐 다른 건 안헤여.

(조) : 검질 메는 노래 알아지쿠과.

(제) : 검질 메는 노래도 몰라.

(조) : 밭 볼리는 노래?

(제) : 밭 볼리는 노래. "어어어어어 어얼러러러러러"허는 거지 뭐. 밧 볼리는 노래, 무신 노래 헐꺼라.

(조) : 그건 흔 번 해봅써.

(제) : 그건 나 해보진 안햇지. 듣기만 햇지.

(조) : 들어 본 거, 흔 번 해봅써.

(제) : 어얼 어러러러러러러러러
       어얼럴럴럴럴럴 어얼러 어러러러.

그 거 듣기만 허지, 물 테우리덜 오라서 밧 볼리는 거. 우리 또 고향은 육실허게 밧을 볼리지게. 그거 좁씨 뼈여가꼬, "와와와와." 허고. 물들도 말도 잘 들어. "월월월월월월월월월." 허믄 물들이 다 머리 숙여가꼬, 그 주인 앞디레 와. 그래가꼬, 횟바람을 쏴악 불민 또 물이 촐 먹으레 다 가.

(조) : 예.

(제) : 밧 볼리는 노래도 그래 들어 봣지. 다른 거는 나 안 들어 봣지, 머.

(조) : 비 올 때 부르는 노래?

(제) : 엉, 비올 때.

(조) : 비야 비야.

(제) : 그런 거 몰라.

(조) : 어린 아이, 머리 **빡빡** 깎은 중머리 헌 아이 놀리는 노래 중중?

(제) : 그런 것도 저런 것도, 뭐 나 제주도서 오래 살지도 안허곡 말허
　　　단 보난 동네 배깃띨 나가야 베웁지, 머. 이제난 해도 우리 동
　　　싱덜이 제주도 잇지마는 전화도 흔 통 안 해보고. 우리 어머니
　　　난 동생 아니라고, 지네가 펜 갈리는디 나도 펜 갈린다고 안 가
　　　지마는.

(조) : 거제도서 만나신 영감님은 여기 육지 사람이꽈?

(제) : 육지 사름.

(조) : 육지 어디?

(제) : 거제도 그저 거 버드네[88]라고. 김대통령, 김영삼이 멘에 거깃
　　　사름이여.

(조) : 아.

(제) : 아이고, 젊은 때 가니, 가만이 살라고 해야지. 그자 남의 말만
　　　들으라 남의 말만 들으라 허니까. 뭐 아덜이라고 흐나 나서 엇
　　　고, 도망갈려고 허니까. 아덜도 못나고, 이꺼지 강안도꺼지 붙
　　　어온 걸 어떻게 헐 거라.

(조) : 해녀노래를 한 곡지만 더 해줍써.

(제) : 엉, 네나 그거지, 머.

(조) : 흔 번 더 해봅써.

---

88) 慶尚南道 巨濟市 長木面 柳湖里(上柳・下柳마을)의 옛지명으로 '버드레', '버
　　드네'라고 한다. 참고로 김영삼 전 대통령의 선영은 장목면 大鷄마을이다.

(제) : 그거 무시거 자꾸 불렁 뭐 헐라고.

(조) : 말이 가사가 몰르는 말이 이시니까.

(제) : 불러 봐야 그 노래, 불러봐야 그 노래. 무레 가민 안 불러난 노
래도 자꾸 불러지는디, 집의나 앚이니까 또 안 나오네. 하하하
하하.

(조) : 안 불렀던 노래 영 촌촌이 생각허멍 불러봅써.

(제) : 안 불럿던 노랜 다 그거지, 머. 제주도서 그거 저.

10.

총각[89]허라[90]	섭영 가자
건지[91]허라 하	울산 가자
이여사나 하	이여싸 하

11.

가파도로	희영[92] 가자
가파도는	어디메 잇나
이여싸 하	이여싸나 하

---

89) 해녀들이 예전에 무자맥질하면서 작업하기에 편리하도록 머리털을 비녀없이
머리 위에 쪽지고 이멍거리라는 끈으로 이마에서 뒷머리로 넘겨 묶는 머리
모습의 하나.

90) 하라. 여기서는 '쪽지라'의 뜻.

91) 땋은 머리.

92) 헤엄쳐서.

12.

우리나 부모   날 날 적엔[93]

무슨 날에   날도나 나서

해도 달도   어신 날에

나를 낳나   이여사나 하

13.

청춘에   할 일인들

요다지   없어 놓고

해녀 종사   웬말이더냐 하

이여싸 하   이여싸나 하

14.

놈의 첩광[94]   소남기 ᄇᆞ름은[95]

소린나도   살을매 엇고[96]

지서멍광[97]   오름[98]의 돌은

둥글다동   살을매 나네

이여싸 하

---

93) 나를 낳을 적엔.

94) 남의 妾과

95) 소나무 바람은

96) 살 도리가 없고

97) 지어미하고. 賢淑하게 집안을 잘 다스리는 本妻와.

98) 漢拏山을 主峰으로 하여 섬 곳곳에 솟아 있는 寄生火山(側火山).

15.

산천초목	다 늙어져도
요 내 허리	늙을 줄은
어느 누가	알앗덴 말고
이여도싸 하	이여싸 하

16.

사랑해도	아니 온 님이
병 중허댕	오랜 말가
나무도 늙엉	고목이 뒈면
오던 새도	뒈돌아가고
나도 늙엉	고목 뒈면
오던 님도	뒈돌아간다 하
이여싸 하	이여도사나 힛

(제) : 것도 안 허다가 허니까, 안 나오네. 하하하하하.

(조) : 처음에 예. 총각차라 건지허라. 총각이 뭐꽈, 총각?

(제) : 총각은 제주도서는 이 으흐, 여긴 오니까 머슴아딜 보고 총각이
렌 허는데, 제주도선 처녀 보고 총각이라고, 이 머리 안 올리는
여저 보고 총각이라 해. 요 흐썰 말만 해가도 '총각년이 그만 주
둥일 박아불라.' 저저 처녀 보고 총각이라고 해, 제주도서는.

(조) : 아아, 총각하라, 건지하라는?

(제) : 총각하라는 머리 하라고, 머리 이렇게 뎅이잖아.

(조) : 머리 땋는 거.

(제) : 어엉, 건지는 이렇게 머리 건지허잖아. 건지는 이렇게 왕ㄱ찌

덜 안해 그게 건지라.

(조) : 아아, 지서멍과는?

(제) : 지서멍광 오름의 돌은 이제 내가 큰각시 본각시는 둥들다도,
　　　이제 산엣 돌허고 이제 큰각시는 둥들다도 이제 살을매 나도,
　　　남으 첩든 애허고 소나무 바람은 소린 나도 살을매 엇다고.

(조) : 아아, 지서멍과는 본각시구나.

(제) : 어엉, 본각시광 오름엣 돌은 살을매 난다. 둥굴다동 살을매 나
　　　곡, 이제 놈의 첩광 소낭기 브름은 얼마나 나쁜 사름이 놈의 첩
　　　허곡 소남허고 비교할거라. 그저 소린 나도 살을매 엇다고 허
　　　는 거야.

(조) : 소나무 바람?

(제) : 어엉, 소나무 바람.

(조) : 그거 흔 번만 해봅써, 지서멍광?

(제) : 지서멍광 오름엣 돌은 둥글다동 살을매 나고 늠의 첩광 소낭기
　　　브름, 소린나도 살을매 엇다. 이거지, 머.

(조) : 이거 할머니가 쭈욱 허니까, 안 했던 걸 쭈욱 해주시니까. 하하
　　　하. 이거 예, 지금 할머니들이 제 생각으로 해선 이십 년, 이십
　　　년도 못 가 가지고 이 노래들이 딱 사라지게 돼지 안 해수꽈.
　　　게난 그 전에.

(제) : 그러니까, 그 모녀 온 사름덜도 그러더라고, "이거 앞으로 자꾸
　　　영 행 놔두어야지 안 행 놔두면 안 된다."고. 그래서, 그리고 또
　　　해녀덜 어디 모집이 잇어서 울산인가 어디서 해녀덜 훈련 받으
　　　레 갓다왓다 같애.

(조) : 아아,

(제) : 어디 뭐 해녀 단체도 잇다는 거 같애.

(조) : 저 어디 충무, 통영, 거제, 삼천포에는 해녀 나잠협회가 조직돼
연 이수다.

(제) : 글쎄, 어디 조직돼어 잇다고. 여기 해녀덜이 일 년에 한 사름썩
가는 거 같애. 경헌디 나는 나가 해녀회장 허단 딱 끊어 불고
보지도 안 허고.

(조) : 해녀회장을 멧 년 정도 해수꽈.

(제) : 해녀회장은 뭐 십 년 햇는가. 십 년 해도 그 때는 어촌계비 받
으렌 헌 것도 엇고, 돈 내라 허는 것도 엇고, 여기는 그자 지
따먹기라. 아침에 들어가민 저녁꼬지 나오고 싶으면 나오고,
안 나오고 싶으면 안 나오고, 머. 또 흐루 두 번 그 고무옷 안
입은 때 흐루 두 번 세 번 들어가 불 쬐아가꼬 들어가도 누가
말헐 사름이 엇이니까, 머. 다 뱃사름덜 배 작업해서 무신 멩태
잡아 먹고, 무신 첨 앵미리, 도루묵이 잡아 먹을라지. 해녀덜
메역허는 거 관섭도 안 허고, 조합에서 어찌 허믄 나오라가꼬,
사름 애 먹이는 거더라고 그 때 시절에는. 조합에서 뭐 할라고
그랫는지 몰라.

(조) : 여기 그러면 해녀노래 부르는 게 제주도 북촌허고, 거제도 거
기서 많이 불렀고, 여기서는 안 불러 봐수꽈?

(제) : 여기서는 안 불러 봣지. 여기선 불를 일도 엇고.

(조) : 아니 그냥.

(제) : 아니, 영 히영갈 때 혼자서.

(조) : 히여갈 때 불러 봅써.

(제) : 네나 그 노래라.

(조) : 그래도 여기서 불렀던 게 조금 다를 거 아니우꽈?

(제) : 아니, 그거 그거야. 여기서 그자 욜로 빠지면 절로 둘러오고,

또 절로 강 빠지믄 이렇게 둘러올 때도 잇고. 그 전엔 여기 피
조개가 많이 나. 피조개, 대합 많이 나므는, 저 배 뎅기는 디도
몬딱 히여도 바다 지픈 진 몰랏주. 나는 '바다도 지퍼.' 이래 낫
다고 본래.

(조) : 거 상군헐 때 몟 메다 들어 가수꽈. 몟 질.

(제) : 몟 질인지도 뭔도 몰르고, 오라서 메역을 해서 나오다가 그 옛
날 이북 할아버지들 수경으로 입에 물고 메역허는 장대 심은
할어버지 보고, "여기 몟 질이나 들어가요." 그런께 "고장벡이
아홉 발 들어가요.". 고장벡이라는 건 이제 들어가문 그만 이제
아홉 발이지. 나오고 들어가믄 열 ᄋᆞ듭 발, 이제 남저덜 발로
열ᄋᆞ듭 발을 들어갓다 나왓다 허는 거지. 그래도 '바다가 뭐 수
심도 깊어.' 젊은 땐 그랫다고. 바다는 수심 지픈 줄도 몰르고,
어디라도 갈 꺼 같애, 나 셍각으로는. 그랫는디도 그렇게 힘들
이 벌어 논 돈이 하나도 엇긴 어서.

(조) : 거제도 예. 할머니가 고향 생각 나면서, 아니믄 그 신랑 생각
나면서, 애기 생각하면서, 이런 거 생각하면서 불럿던 노래도
이실거 아니우꽈. 집 생각 나가지고.

(제) : 네나 이거여. 이렇게 그냥.

(조) : 거 해봅써.

(제) : 거, 그렇지, 머.

(조) : ᄒᆞᆫ 곡지만 더 해줍써.

(제) : 자꾸 허라고. 하하하.

(조) : 하하하하하.

(제) : 17.

　　　이여싸나　　　이여도싸나 하　　이여사 하

요 금전을   벌어다
어느 부모   살리랴고   여기 와서
일천 고생   다 허는 건고

18.
어장 칠뤌   동동 팔뤌
언제나 나면   돌아와서 허
우리 형제   만나레 갈까 하
이여싸 하   이여도싸 하

(제) : 그거지 뭐. 고향 갈라고 고향 셍각나믄 그자 집의 앉아서 또
      밤의도 요샌 누엇다가 심심허믄 이 노래 불러저, 혼자서. 그러
      지마는 뭐 이젠 고향 가기도 뜰리고, 조카도 망해서 어디 뭐 인
      천인가? 어디 전라도 가서 극장표 푼다 헤여. 각시는 어디 도
      망 가 불고. 또 우리 조카 아덜이 서울서 노래를 그렇게 잘해
      가꼬, 어디 가수로 나올라 하니, 돈 잇어야 나와져. 그래서 또
      각시가 오라서 하도 사정해서 테레비에라도 흔 번 나와보겟다
      고 돈을 천오백 줫더마는 그걸 가지고 신랑 미천 도망가 버린
      모냥이라, 나 돈 가지고. 그래가꼬 조카도 도다도다 버쳐가꼬
      이젠 힘이 빠젓어.

(조) : 그 난바리엔 허지 안험네까. 난바린 여기 어수꽈?

(제) : 난바르?

(조) : 예, 난바르.

(제) : 난바르엔 허는 건 그 딴 동네 가는 걸 난바르엔 헌다 허지.

(조) : 배에서만 물질 계속 허는 거, 배에서만?

(제): 어엉, 배예서 허는 건 난바르가 아니고, 만약에 우리가 여기 시
　　 믄 뜬 ᄆᆞ을에서 와서 뭘 따달라 허잖아.

(조): 예.

(제): 그 가는 걸 난바르 간다고 그래, 응.

(조): 경허고 그 언제 들어보니까, '군대환은 왔다갓다.' 그런 노래도
　　 잇지 아니허우꽈. 군대환, 옛날에 일본배.

(제): 어엉, 허허허허허. 군대환은 우리 커올 때 제주도 왔다갓다 햇어.

(조): 경허난 노래에도 보난 '군대환은 왔다갓다, 보인다.' 그런 노래
　　 도 잇지 안허여 마씀.

(제): 뭐, '연락선은 집을 삼고, 군대환은 집을 삼고, 이제 저 어디고 오
　　 사까, 시모노세끼 그런디 간다.'고 노래는 들엇나도, 거 나 몰라.

(조): 한 번 아는 대로만 해봅써.

(제): 못 허여 그거는, 머.

(조): 할머니가 가본 디가 부산에 조금 잇다가, 거제도 잇다가, 주문
　　 진 잇다가, 여기 세 군데만 있엇구나. 다른 덴 안 가나수꽈?

(제): 주문진은 오라서 해년 줄도 몰르고, 배 임제 각시라고, 그자 배
　　 만 부리다가 오라부니 몰르고. 여기 오라서 밥을 굶게 뒈니까,
　　 뭐 물에 가며는 뭐 돈으로만 베엇지. 무슨 이녁 고생허는 건
　　 모르지. 그러니까 여기 와서 동네 사름덜이 그랫어, "아이고",
　　 우리 영감이 송가거든 "송씨네 할머니, 쐬꼽은 달아져도 송씨
　　 네 할머니 뻬는 안 달아질거다." 그랫는디. 이렇게 이젠 일어사
　　 도 못해가 저번에 딸이 오랏는디, 손님을 데리고 왓는디, 일어
　　 서질 못해가꼬. "아이고, 밥 식당에 가 사 먹고 가라."고 햇는
　　 디. 무신 병원인고, 여기 병원에 두 번 갓다 오니까. 일어나지
　　 고, 이렇게 다리도 안 아파. 낼 또 갈 꺼여.

(조) : 아까 할머니 불러 주엇던 노래 중에 '금강산' 할머니가 지엇다
　　　는 노래. 그걸 흔 번만 더 해줍써. 가사를 잊어버려 가지고.

(제) : 여기서[녹음기] 나온다?

(조) : 아니, 그거 말을 잘 모르니까 흔 번만 더 해줍써, 금강산 뭐 허
　　　는 거.

(제) :　19.

　　　강안도　　　　　금강산이
　　　금인 줄만　　　 알앗더니
　　　나무나 돌끗　　 내 눈물이야 하
　　　안동ᄀ뜬　　　 요 내몸이
　　　철대ᄀ찌　　　 다 물라가고
　　　비옥ᄀ뜬　　　 요 내나 풀이
　　　남대 육대　　　 다 물라간다 하

　　　20.

　　　아침에는　　　 성헌 몸이
　　　저녁에는　　　 벵은 드난
　　　불르는 건　　　 어머니로다
　　　춧는 것은　　　 냉수로구나 하
　　　이여싸 하　　　 어기여싸나 하
　　　쳐라쳐라 하　　 이여도쳐라 하
　　　이여싸나 하　　 이여도싸나 하

　　　21.

　　　어서나 지고　　 집으로 가서

우는 애기	줓을 주고
병든 낭군	밥을 주자
이여싸 하	이여도싸

(제) : 해녀노래는 그자 팔자 흔탄 해영, 그자 갖다가 붙이면 다 뒈는 거야. 다 붙이는 거야. 다른 건 없어.

(조) : 예.

(제) : 다른 거 뭐 유행가처름 이레 붙이고 저레 붙이는 게 아니고, 그 자 팔저 흔탄을 허믄, 물에도 가믄, 그자 설룬 노래만 나오곡.

(조) : 설룬 노래 흐나만 더 해봅써.

(제) : 이젠 다 나와서, 어.

(조) : 설룬 노래 할머니가 지은 건 어수꽈.

(제) : 그자, 그거 허다가 말아. 경헌디 또 저저 '물로 벵벵 돌아진 섬의 점심 굶엉 무레질 해영' 헌 것도 이제 테레비에나 나오믄 해녀들 욕해, 그렇게 제주사름 판명 내왐젠.

(조) : 으응, 그게 아닌디.

(제) : 경허난 불르지 말라 그래. 그래도 난 심심허민 불러.

(조) : 오늘이 2001년 12월 23일이우다.

(제) : 그거 다 나와, 허허허허허. 다 잘행 놔둬, 나 또 오널 죽을런지 낼 죽을런지 모르잖아.

(조) : 나중에 예, 저가 요 쪽에 일 년에 한 번씩이라도 올 때에 할머니댁에 들리쿠다.

(제) : 그 때까지 경 몸이 건강해영 살아지카.

(조) : 게난, 이제 노래를 지금 막 해주셔야 되는데.

(제) : 허허, 노래가 무신 노래라 그거주. 그 해녀노래 무시거.

(조) : 해녀노래가 경허믄 제주도서 미역허레 갈 때 불럿고. 여기 이
　　　사 와 가지고 거제도나 이런 데서 노 저으면서 불럿고?

(제) : 어, 노 젓일 때 그거 불르고.

(조) : 제주도에서보다 육지에서 더 많이 불러시쿠다 예.

(제) : 더 많이 불럿주마는 불를 시간도 없지게. 불를 시간이 없지. 그
　　　자 물에 들엉 빨리 히영 갓다가 빨리 나와가꼬 빨리 가야뒌다
　　　고 허는 셍각만 허지, 노래 그자 계속 원 불르멍 빨리 가며는,
　　　그 목적지에 가믄, 물건 딸 셍각만 허지, 무신 다른 셍각해. 목
　　　적지 가믄 물질해영, 그거만 헐 셍각만 허지, 머.

(조) : 오늘 녹음 많이 해서 고맙습니다.

(제) : 고맙긴, 머. 고향 사름 만나그네, 이런 얘기 그런 얘기 허긴 허
　　　고마는 잘 나올는지 몰르겟어. 오래오래 간직햇다가 그 옛날
　　　할머니 노래 그렇게 불러주더라 헌거나 셍각해여. 하하하.

(조) : 예, 고맙습니다. 하하. 건강하시고 예. 정정허십써.

[생애력과 사설 중 1번 자료의 악보]

제보자 : 이기순 / 채록자 : 이성훈 / 채보자 : 송윤수

진 도 바 다   -   한 골 로 가 자   하

하 루 종 일   - - - -   벌 어 봐 여   허

[생애력과 사설 중 2번 자료의 악보]

제보자 : 이기순 / 채록자 : 이성훈 / 채보자 : 송윤수

해 가 지 고 - - - -   저 문 날 에 - - - -

골 목 마 다 - - - -   연 기 가 나 고   오

하 루 종 일 - - - - -   애 썻 으 나   하

번   거 든   기 가 나 맥 혀 - - - - -

어 서 지 고   -   집 의 가 서   허

우 는 애 기 - - - - -   젖 을 주 고   -

병 든 낭 군 - - - - - 밥 을 주 자 -

이 여 도 사 나   하   이 여 싸 - 하

제주해녀항쟁의 주도자
김옥련 할머니의 삶

| 허호준 | 한겨레신문 기자

『4·3과 역사』 제3호, 2003.

1. 어려웠던 집안 형편

● 어떻게 부산에 나오게 됐습니까?

해방되고 농서를 지어보니까 내 혼자, 그래서 인자 시가에도 부모털 다 돌아가불고, 시가도 곤란했어요. 시가에도 가난허게 살고 또 가난헌 데서 아이털 2녀1남을 내가 났거든요. 살림이 곤란하니까 남편은 일본 서 살던 분이니까 일본 가버리고.

● 물질은 몇 살 때부터 했습니까?

제주도는 히엄만 칠 줄 알면은(수영할 줄만 알면) 7살, 8살부터 하는 데 저는 9살부터 했어요. 서뭇동네서는 저허고 조계오라는 아이가 있 어요. (잠수실력이 좋아) 1, 2등 했어요. 가이가(그 친구가) 우무나 매 역이나 가이가 1등 허믄 나 2등 (이런 식으로 됐어요).

● 그것도 무슨 대회가 있었습니까?

그것도 다 기술이 있죠. 상은 안 줘요. 상은 안 주고 학교에서 6년 공부할 때에 작문 질 적에 상은 없지만 갑상이라고 주고. 작문 지어가 겨울이민 겨울작문을 지라, 봄이면 봄에 대한 작문을 지라 허면은 그 래 부춘화가 1등 허면 나가 2등 허고 했어요.

---

* 김옥련 할머니의 이번 인터뷰는 지난 1995년 8월 30일 부산 봉래동 자택에서 여러 시간에 걸쳐 이뤄진 것이다. 올해 94살인 김 할머니는 항일투쟁 당시의 기억력이 많이 흐려졌으나 이 증언 채록을 할 때는 왕성한 기억력을 보여주 었다.

- 물질로 돈은 벌었습니까?

부모덜이 못살게 되니까 가난허니까 우리들이 물질해가 밭도 사고 부모덜 잘살젠. 잠수 때는 나는 제주도에서만 했어요.

- 유복했습니까?

에이고, 못 살았어요. 식구는 우리 네 성제허고(사 형제하고) 아들 하나 5남매. 그래서 또 어디 단체로 인제 내가 제주도에서는 물질이 직업 아니우꽈. 매역 조문헐 때에, 어디 선생이 돌아갔다고 허든지, 우리 친구들 선생님들 결혼있다고 허든지 허믄 대표로, 하도 대표로, 인제 소녀회에서는 내가 대표로 가게 되면 그 매역 조문허는데 부모들이 가게 허겠습니까? 오문규 선생님허고 김순종 선생님이 우리 아버지한테 와서 사정사정 해가 '이 아이 아니면 우리 하도 발전이 없습니다. 또 발전이 없거니와 갈 사람도 없습니다' (이렇게 말해요). 그래가지고 얼마나 그분덜이 우리 아버지한테 와서 사정해가지고 그분덜 말 듣고 내보내고 또 갔다오고 헙니다. 그 공부라는 게 첨 감옥생활 이상의 공부 배왔습니다. 이제믄(지금이면), 이제믄 허주만은 그때는 아이구 여자덜 공부허는데.

2. 부모님의 반대에도 불탔던 향학열로 민족의식은 싹트고

- 부모님들이 김 할머니 공부하러 다니는 것 알았을 텐데.

아이고. 그래서 매도 두드려 맞고요. 또 주간헐 때도 제주도는 나무 허고, 나무해와야 불 때고 안 헙니까? 나무 안 허민 안 된다고 해서 책보 가지고 가서 나무해서 놓아 놓고 학교에 가서 글 1시간 배우고, 그거 짊어지고 오고 그랬어요.

● **부모님들은 김 할머니를 공부시키지 않으려고 했습니까?**

아이고. 공부, 뭐 공부 못 배우게 해가지고요. 밤에 저녁 먹으면은 문 딱딱 걸어서 못 나가게 해요. 아버지나 어머니나. 독했어요. 그래가 지고 밤에는 문 살짝이 내려서 제주도에는 뒤에 울타리가 있잖아요. 담. 울담 넘어가지고 가서 또 공부 조금 배우고.

● **누구한테 배웠습니까?**

그때 그분이 돌아갔어요. 우리 형분데 임태수라고. 돌아갔어요. 우 린 서뭇동네에서 배웠고, 오문규 선생님네는 동동네였어요.

● **야학에서는 어떤 공부를 했습니까?**

야학에서는 처음으로 국문 배우니까 기역 니은 그런 거 하고 받침 쓰는 거 배웁고, 그랬고, 작문같은 거 단문같은 거는 주간에 하도학교 에 가가지고. 부대현 선생님네 우리 많이 배워줬습니다. 담임이 돼 가 지고. 주간 6학년 담임이랐거든. 그때는 노동독본, 한문, 산술, 작문 짓 는 법, 작문도 진 작문(긴 작문), 단문 한꺼번에 10가지를 한 시간에 내 면, 짤막하게 10가지를 내면 가지런히 놔가지고, 차근차근 놔가지고 10 가지를 쓰라 하면은 그걸 다 쓰고 했어요.

● **야학에서는 민족교육 같은 것을 받았습니까?**

그때는 우리 주간 담임 선생님은, 부대현 선생님이 우리 담임이랐는 데, 어떤 과목에는, 또, 우리가 일본사람들한테 이렇게 압박받는 것도 어떤 시간에 얘기해줬고….

● **독립해야 된다는 얘기도 들었습니까?**

독립헌다는 건, 우리가 우리 민족이 이렇게 압박받으니까 우리도 어서 공부해서 배워가지고, 이거를 '일본놈들한테 압박을 벗어나야 된다'는 이런 것도 많이 시켜주고.

● **야학에서는 어떻게 했습니까?**

야학은 동네에서 배우니까 선생님들이 이렇게 안 되겠다 마을 전체해가지고 오후 주간을, 학생들은 오전에, 학생들 하고, 저녁 5시나 되면 풀어부는 다음에 (우리가) 1시간, 2시간 공부해수다.

그리고 그때는 청년회, 부인회, 소녀회, 소년회가 있는데 어떤 선생님들이 돌아가시면 대표로 월정리나 조천이나 대표로 갈 때 있어요. 낭독 같은 거 맨들어 가지고 가 읽고 그럴 때 저가 인쟈 대표로 갔고 (했어요).

● **오문규 선생님네가 직접 가르쳤습니까?**

직접 글을 게르치지(가르치지는) 안 했어요. 글은 안 게르쳤는데 뒤에서 그분덜이 주동이죠. 그때는.

3. 배워야 일본을 이긴다

● **그분들은 무슨 말씀을 했습니까?**

우리가 일본사람들한테 만날 압박받는데 우리가 안 배워서는 안 된

다. 배워가지고 우리가 알아야 이거를 해결헌다. 일본사람덜한테 압박
받는 것도 안다 해가지고. 그리했어요. 그런 지하운동 할 때는 이런데
서 못하거든요. 저 갯가에 컴컴 어두군데(어두운데), 저 갯가에, 인기척
없는데, 그 밑에, 오문규 선생님덜 밑에 또 여러 선생님들 다 있어요.
그분덜 이름을 셀랴면(세려면) 다 못대는데. 그분들이 우리와 같이 운
동을 했고, 만날 모이면은 다른 모임이 아니고 '우리는 만날 이렇게 일
본 식민지 하에서 살 때 아니다. 우리도 배와야(배워야) 일본놈덜 압박
을 벗어날 거다'. 모이면 그쟈(그저) 그 얘기(뿐이)예요. 그리고 또 어
떤 강연회가 마을에 있지 안 헙니까? 마을에 있으면 또 노인덜이 하도
학교에 듬뿍 모여요. 막 모이면 그때도 오문규 선생님이 글을 지어가
지고 저 보고 '다 외워가지고 연단에 서서 얘기를 허라' 하면은 그래 우
리가 (그렇게 했어요).

● 무슨 내용의 글이었습니까?

'우리가 일본사람한테 압박받는 것도 옛날 양반어른덜이 뼈만 듣다
보니까 우리 조선은 이렇게 일본사람들한테 뺏겼다' 이런 연설을 허니
까 그때 강○○ 씨네가 우리 아버지 이름을 부르면서 '저 년 내려다가
때리라'고 막 헐 때에 또 청년들이 '와' 허게 일어서 가지고 그 선생님
이랑 (함께) '왜 그러느냐?'고, '우리 실제에, 우리나라 현실을 당신네가
아느냐?'고, '당신네 같은 사람이 이렇게 있으니까 우리 조선이 일본사
람들헌테 압박받는다' 그렇게 해가지고 부모욕도 많이 사줬어요. 내가.

● 오문규 선생님은 어떤 분이었습니까?

훌륭허고 말고. 그때는 그 우에는 없지 안 했습니까? 주동자가 뭐 오
문규, 김순종…. 뭐, 하도서는 그 어른이 김순종 씨허고, 그 어른이 이

거(엄지손가락 보이면서)랐주만은 연평리서는 신재홍 씨, 김성호라고 또 있어요. 그분들도.

세화에 문도배 씨네, 김시환 씨네. 다른 디들도 있지만은 선생님네 이름은 몰라요. 그때 얼굴만.(알았어요) 모이면은 같이 모여서 했지.

● 소녀회는 어떤 활동을 했었습니까?

선생님널 시키는 대로 지금도 뭐 인제 소년 소녀들이 강연회도 안 헙니까? 그런 것도 허고 우리가 일본사람덜한테 이렇게 압박받고 뭐 허고 우리가 배워야 된다고 계몽허는 거지요. 모여가지고.

● 해녀사건에 대해 말이 없어진 이유는 무엇입니까?

겐데 저도 여기(부산) 나오라 버렸고 여기 나온 후에는 해녀에 대핸 거를, (하지 않고) 장사했어요. 아이들 데리고, 뭐, 그러니까 제주도에서 그때 내 처녀시절에 해녀질을 했기 때문에 그 후에 살림 살고 뭐허고. 또 남편은 그냥 외국(일본)으로 가버리고, 아이들 데리고 생활이 곤란해서 아이들 공부도, 진학 문제도 있고 해서 부산으로 나와서 국제시장에서 장사도 했어요. 그 후에 내 마음 속으로는 해녀에 대한, 그때 그 시절 헌 걸 기억이, 딱 있지만은 여기와서 헐 틈도 없었고 또 그런 단체덜도 심허지 않고.

● 부산에 나온 뒤 해녀사건을 회고하면서 쓰신 글이 있습니까?

그거 없었어요. 바쁘기도 바빴고 그때 오래 노니까(오래 지나니까) 뭐 이거를 이렇게 될 줄 알았으면 할 건데, 그것은 생각도 안 했거든요.

4. 일제의 착취가 해녀항쟁의 원인

● 해녀사건이 일어나게 된 동기는 무엇입니까?

해산물을 전복하고, 제주도 감태라는 거 있죠. 여기 사람은 감태 모릅니다. 감태라는 거 있는데 일본사람덜이(일본사람들이) 다른 상인 못 받게 해서 자기(네)가 독점해 가지고 지정 가역을, 일본인 이궁이마라는 사람이 있었는데 그 사람이 구좌면으로부터 지정판매인 지정을 받았는데 다른 상인 못 들어오게 했어요. 전복은 그때는 전복만 했어요. 말료와(전복을 말려서), 말료와 가지고 외국 수출도 하고 했는데, 비오는 날이면은 전복이 많이 납니다. 단물 먹을랴고(먹으려고) 구멍에 있던 것덜이 전부 나와서 많이 나는데 건복은 못한다고 안 받아주건든예. 말리지 못한다고. 보통 때보다 2~3배가 나는데 안 받아줘요. (이게 불만이 쌓여서 폭발한 것이지요)

● 그 전에는 받아줬습니까?

그 전에는 간세미를 했거든. 간세미라고 통조림이죠. 또 고동도 통조림허고 그랬는데. 그때 말리지 못한다고 안 받아주고…. 그때 그거를(그것을) 책에 전부 썼는데. 내가 전부 썼는데 우리 딸이 많이 내버렸어요. 자식에 대해서, 공부에 대해서 한 거를(것을) 우리 딸이 전부 끊어 내버렸어요. 내가 말이 까다로와요. 연허질(부드럽지) 못하고 그러니까 우리 딸이 좀 연허게만 만들었지. 우리 딸이 어머니 기억력도 좋고 잘 썼습니다 해요. 나는 잘쓴거 못쓴거 모릅니다.

● 이궁이마가 받지 않았습니까?

안 받아줬어. 감태도, 또 이제, 우리가 바다에서 캐 난 것만(채취한 것만) 받아주고, 파도에 뽑아 오르는 거가(것이) 많거든 예. 그거 허고 그전엔 합해서 았는데(팔았는데), 그전에는 파도에 (밀려) 온 거나 우리 비여낸(베어낸) 거나 꼭같이 해서 았는데, 바다에, 놀에, 뽑아진 거는 아마도 그 품질이 우리 캐어온 것만이 못허다고 안 받아줘요. 그게 조언이 돼서 시위를 일으킨 거예요.

● 시위할 때 오문규 선생님이나 누구네도 많이 도와줬습니까?

돕고 말고요. 우리 해녀덜이 이렇게 해믄(하면) 어떻게 될까 의논허기는 그 어른덜이(그 어른들과 했어요) 그때에 그분덜이, 하도나 제주도 구좌면이나, 그분덜이 지하운동의 주동자가 됐어요. 지금도 뭐 우에(위에) 주동자가 있어서 학생을 게르치고(가르치고) 뭐 안 헙니까. 그거와 마찬가지고. 우리가 문의헐 때도 그분덜한테 문의했고, 그리했어요.

● 요구사항이 12개항이라고 하던대요?

12개항이랐는데 다 잊어버려서 몇 개밖에 몰라요. 그 책에도 내가 썼지만, 상인 이궁이마를 파면시켜라. 또 그때에 면장이 지부장이 됐어요. 구좌면 면장이면서도, 강○○ 씨. 그분도 파면시켜라. 또 우리 그동안 비온 날에 안 받아준 손해도 변상시켜라. 또 여러 가지 있어요. 비온 날에 온 전복도 같이 받아줘라. 그래 여러 가지를 했는데 이제 다 잊어버려서.

5. 요구사항을 모두 외워라

● 요구사항을 작성할 때는 오문규 선생님이나 그런 분들하고 협의를 했습니까?

의논했어요. 예. 오문규 선생님네가 먼저 요구조건을 적어 이런 거 허면 어떡할 건가 했어요. 우리도 그렇게 상의했고 그분덜도 그리 해 가지고 요렇게 해믄(이렇게 하면) 된다 해가지고.

● 요구조건은 오문규 선생님네 집에서 만들었습니까?

예. 거기서 만들었는데 우리가 그걸 듣기만 허민(하면) 됩니까? 가서 취조 받을 때 만일 너희들이 했다믄(했다면) 열두 가지 요구조건을 하 나도 떨어지지 말게 써야 되기 때문에 우리 주동자 몇 사람은 그거를 전부 몇 번 외웠어요.

● 그것은 오문규 선생님네가 그렇게 시킨 것입니까?

예. 그래서 경찰서에 가도, '너희들이 했다면은 요구조건을 써라' 해 서, 우리가 다 쓰고 하나도 떨어지지 않게 쓰니까, (일본 경찰이) '아, 이건 과연 너희들이 했다' 해서 인쟈(이제) 걸로(그것으로) 우리 취조가 마무리 돼 가지고 징역살이하게 됐어요.

● 처음 요구사항 작성 과정은 어떻습니까?

(처음에는) 쓴 게 아니고 입말로만 의논했죠.

● 누가 먼저 얘기했습니까?

그러니까 우리도 이거를 어떻게 했으면 좋겠습니까 이리 문의허니 까 그 어른덜이 이리 이리 해서 우리 허자! 그래서 했어요.

● 그 말을 선생님네가 먼저 했습니까 아니면 할머니네가 먼저
했습니까?

그 말을, 의견은, 처음에 우리 세 사람이 어떻게 허면은 이거를 우리
대로는 안 되고 우리 선생님덜한테 한번 의논허자 이렇게 했어요.

● 신재홍 씨와 강창보 씨도 잘 압니까?

신재홍 씨는 잘 알고 강창보 씨 그분은 잘 모릅니다. 신재홍 씨는 그
때에 제주도에 계몽운동 헐 적에 한 단체가 됐어요(한 단체를 이끌었
어요). 오문규 선생님네 또 김순종 선생님, 세화리 문도배 선생님네,
신재홍 씨네 이제 무슨 일이 나면 그 어른덜이 모여가지고 의논도 허
고 그랬어요.

● 처음 시위할 때는 오문규 선생님 등 여러분이 있었습니까?

없었어요. 그때는 만일 그 어른덜을 터치허면 안되서(일본인들이 건
드리면 안돼서) 우리가 헌 걸로 해 가지고. 그때는 일본사람덜이 쪼금
만 뭐허면 다 잡아가니까.

● 그것도 사전에 오문규 선생님네와 얘기를 한 것입니까?

그것도 그리했지요. '이러면 되겠습니까?' 해가지고. '이 시위를 이렇
게 해가지고 되겠습니까?' 해가지고 서로 의논하고 다 했어요.

● 처음 시위를 일으키자고 한 것은 오문규 선생님네가 먼저
했습니까?

그리했죠. 뭐. 우에 있는 분덜이, 어른덜이. 그리고 그거를 우리와 협의했어요.

6. 첫 선상 항의는 높은 파도로 좌절

● 첫 시위할 때 (제주읍에) 배로 가려고 했다면서요?

그때는 육로로 가면은 탄압이 심해가지고, 경찰관이 우릴 가게 합니까. 여러 사람 모여서 가게 허면 중간에서 다 잡기 때문에 몰래 배로 갈려고 배에 우리 시위꾼덜 전부 한 30명 탔어요. 해녀들만 탔어요. 통통배. 그래서, 저 어디, 행원리라는 코지가 파도가 셌어요. 거기 가니까 배가 부서질 정도니까 돌아왔어요. 1차는 그래서 돌아왔어요.

● 큰 시위를 4번 했습니까?

한번은 배로 가다 돌아왔고, 다시는 배로 못 가니까, 그러면 세화에, 평대에 면이랐거든예. 면장이 지부장이거든, 해녀(조합)에. 그분한테 가서 우리 진정을 허자고 해가(하자고 해서) 세화까지 갔는데 어디서 나타났는지 강○○ 씨가 나타났어요. 세화지서 (지서에서 하도쪽) 밭이 있었어요. 옴팡한 밭이 있었어요. 그 밭에 전부 모여주민 잘 해준다 해가지고 전부 모이니까 동산(세화허고 하도를 건너려면 팔각정 세워진디 조금 밑에 오막한 밭이 있었어요)에 서서 얘기허기를…. 그때 해녀는 한 백 명 정도 됐어요.

● 강○○ 씨가 당시 무슨 말을 했습니까?

그래서, 이렇게 헐 꺼(할 것) 없이 집에 가만히 있으면은 자기가 잘

해 준다고, 그러면 그러자고 해가지고 다 해산시켜 집에 왔거든 예. 그래서 한 일주일, 10일을 지내도 아무런 소식이 없어요. 이게 2차고. 3차는 제주도에 도지사(도사)가 이제 제주일주 헌다는 말을 들었어요. 말을 들어가지고(말을 들어서), 그러면 우리 도지사한테 진정을 한번 허자고 해가지고, 그 세화, 그 동산 옆에 파출소(주재소)가 있어났습니다. 거기에요. 거기에 섰다가 도지사 가는 차를 막아가지고 (시위를 했어요)

● 그때는 몇 명쯤 있었습니까?

그때도 한 백 명 됐어요.

● 한 천 명쯤 되지 않았습니까?

그렇게는 안 됐어요. 장날은 그렇게 (됐지만).

7. 도사 차 위에 직접 올라타 요구조건 해결하라 요구
해녀들의 요구조건 항의에 일제 경찰은 공포탄을 쏘며 해산시켜

● 그때 도사가 탄 차를 막았습니까?

도사차 막아가지고, 도사차 막으니까 그냥 갈랴고(가려고) 해요. 허니까 차 앞에, 우에(위에), 내가 올라섰어요. 부춘화는 파출소 담 우에 올라서서 12가지 요구조건 때문에 우리가 이리헌다고(이렇게 한다고) 연설도 했고. 그래서 파출소에 안 갈랴고 허는 걸 해녀들이 막 끌어갔거든 예. 도사를 끌어가니까 (도사가) '어떤 일이냐?' 해가지고(해서) 우리 요구조건을 전부 배왔거든예(보여줬거든요). 배우니까, '아 이럴 수가 있느냐?'고 '잘 해주겠다'고. (그런데) 그때도 아무런 소식이 없어요. 보름이 지나도. '에이 이러믄 우리 안 되겠다. 그러믄(그러면) 우리 본사로, 해녀조합으로, 우리 가자'고 해가지고, 그자, 보통날에는 사람이 많이 모일려면 다 붙들리기 때문에, 잡아가기 때문에, 장날을, 5일 장날을 이용허자고 해가(해서).

5일 장날에는 사람덜이 많이 모이지 안 헙니까? 사람 많이 모이면 잡아가지 못허니까. 그래서 구덕에 호미, 빗창 기구 다 들고, 구덕을 다 끼고 어느 장에 가는 척해고 모여가지고, 장꾼덜 허고 한꺼번에 그때는 한 사오백 명이 됐어요. 장꾼허고 우리허고 마을사람덜허고 세화 길이 꽉 찼어요. 그래가지고 인제(이제) 잠수덜이(해녀들이) 4열을 지었거든 예.

네 사람씩 (팔)을 끼어가지고. 시위를 해가(해서), 저 서쪽으로 간다고 속옵에서는(시위대 행렬 속안에서는) 이 시위가 뭣인지 일반사람이 알겠습니까? 모르지. 모르니까 인쟈(이제), 거기는 내가 일어서지 않고, 일어서면 얼굴 알아서 헌다고(생각했어요. 그래서) 이리(이렇게) 조침 앉아서 '12가지 요구를 이런 (문제) 때문에 (하려고 있고) 이런 시위를 일으킵니다' 해가 연설을 했어요. 안에서 난 보이지 않게 앉아가지고. 그래서 시위를 해가지고, 세화 저 조합에 간다고, 세화장에 어느만치 가니까 집덜 많이 있는 장터까지 갔어요.

가니까 그때에는 제주도 경찰관이 한 70명밖에 안 된다고 했어요. 그러니까 도저히 제주도 경찰관으론 시위를 감당하지 못하겠다고 해가지고 목포에서 특공대를 불렀다고 합디다. 그래서 지금에는 짐차 없습니까? 짐차 한 석 대, 넉 대 되실거여(됐을 거야). 넉 대에 총칼을 과짝 들고(곧추세워 들고) 한 20명씩, 몇 명씩 이빠이 찼어. 차가. 총칼을 하늘에다 들고 그때는 모자가 빨간 모자 아닙니까. 검은띠 해가 딱딱 둘르고 해서 총을 팡팡 쏘으면서 와가니까, 하늘로 막 쏘아요.

그러니까 모르는 해녀어른들은 헤어질려고 해요. 그래 내가 하는 말이 '어머니들 이렇게 우릴 꽉 잡아 있어야 됩니다', '우리(한테 하는) 위협이지, 우릴 때리거나 뭐허지 않습니다' 하면서 양해를 얻어도 그분들이 딱 들어서니까 다 헤어지지 안 헙니까?

서로 헤어지니까 (일본 경찰이) 붉은 도장을 가졌어요, 붉은 도장. 우리는 그때 전부 흰옷을 입었거든요. 밑에는 검뎅이(검은색) 입고. 거기서 도장을 딱딱 찍었어요. 이만큼한 도장인데. 붉은 걸 해가지고 흰 것에 딱딱 찍으니까, 되는대로 팔에도 찍고, 아래도 찍고, 젖가슴에도 찍고, 그놈덜 되는대로 딱딱 찍었거든예. 그래서 헤어지고 되니까 골목골목 다 그놈덜이 보초를 섰어요. 사람덜 헤어져가는 질(길) 골목마다 사니까, 인쟈 그 표로(표식으로) 해가지고 다 잡아가지고. 그때가 마지막 시위었어요.

- 도사는 시위 때 말고 만난 적이 있습니까?

옛날 세화리서 막아가지고 만날 때 말고는 없었어요.

- 그때도 오문규 선생님네도 있었습니까?

없었어요. 모르겠어요. 그 뒤에 사람들이 워낙 많으니까 우리 생각에는 안 온 것 같은데.

- 시위 날짜는 선생님네도 정해줬습니까?

예, 우리덜 허고 의논을 했죠. '어떤 때가 좋겠습니까?' 하고. '장날에 사람덜 많이 모이는 디라야(모이는 곳이라야) 좋다' 해가(해서) 그렇게 했어요.

● 시위할 때 만세도 불렀습니까?

호미, 비창 들고 만세 불렀죠. '일본놈들 철폐해라', '우리 요구조건을 들어달라' 하는 거. 독립만세는 없었어요.

● 그때 노래도 불렀습니까?

안 불렀어요. 해녀노래 없었어요.

● 해녀사건과 오문규 선생님네와 전혀 관계가 없다고 했는대요?

그러니까, 그때는 어떻게 됐느냐 하면은 주동자들이 우리가 했다고 해야 하지 주동자가 있다 하면은 그분들을 다 잡아가기 때문에 그게 없었지요.

● 시위 당시 4열을 지으라고는 누가 했습니까?

예. 하나 두 개 흩어지면은 다 붙들려 간다고 팔을 4열로 딱딱 끼어야 된다고.

● 그때 시위할 때는 성산포 사람들도 들어 있었습니까?

예, 다 모였어요. 제일 많이 그때 들어간 사람이, 하도가 제일 많이 들어갔어요. 하도가 조금 배우고, 하도가 먼저 깨었어요. 야학도 먼저 시작했고.

● 해녀사건으로 요구조건이 개선되긴 했습니까?

예. 그때 그 비온 날에 안 받은 변상도 좀 해줬고. 이궁이마라는 사람도 파면됐다고 하는 소문도 들었어요.

● 할머니네 배로 가기 전에 성산포에서도 시위가 있었습니까?

성산포에서는 없어났어요. 모르겠어요. 난 못 들었는데. 우리 하도가 처음, 기초가 그 기초예요. 성산포에서 시위 그런 거 모르겠어요.

8. 부모님보다 더 친한 선생님들
유치장은 제주도 청년들로 넘쳐나고

● 선생님들과는 친했을 것 같은데요?

친허고 말고요. 부모보다 더 친했지요. 부모는 그 사상에 대헌거, 우리 공부에 대헌거 얘기해줍니까? 그때 여자덜 공부허민(하면) 시집도 못 간다고 해가 그랬는데 그분들이 우리 공불시켰고 계몽을 했죠. 독립이니 뭐니 해녀들 권익을 찾아야 된다는. 예. 모든 게 다 그분들이었습니다. 밑에 청년 소년들이나 소녀나 그분덜이 전부 지도하에서.

● 그때 혁우동맹이나 야체이카라는 것을 들어본 적이 있습니까?

무슨 동맹은 없고요. 우리가 (유치장) 들어가 가지고, 제주도 (제주서 유치장) 들어가 가지고, 사건이 전부 마무리 돼 가지고, 우리가 거기서 감옥살이 헐 때에, 그때에 제주도 청년들이 전부 성내로 모였어요. 무슨 사건인가는 모르고. 경찰서에 잡혀들어온 거. 아는 분들이 다 있어요. 그때는 선생님덜도 있고, 또 우리 동네 사람덜도 있고 다 있는

데 들어왔어요. 취조도 심했고. 그때는 우리가 취조가 다 끝나서 목포에 보낼 경운데 제주도 여성이 첫 일인 만큼 제주도에서 인제 죄를 살려고 해가지고, 그때 편지봉투 부치는 거, 죄인들 밥 주는 거. 또 밤이면 담요 주는 거, 이거가(이것이) 우리가 징역 사는 기초였어요.

그래서 그때에 제주도 청년들이란 청년은 다 붙들려 와서. 꽉 찼어요. 제주서 유치장이. 우리는 방이 없이 특별방이라고 죄인들 옷 놓는 방에 있었어요. 세 사람만. 그때 많이 잡혀갔는데 그 어른덜 전부 우리가 했다고 시켜가지고 전부 내보내고 그러니까 섣달 어느 해, 63년 전 (취재 당시로부터)이라 했던가. 섣달 17일날 우리가 들어갔거든 예. 들어가서 우리 부덕량, 부춘화, 나하고 방 세 개에 앉혀가지고, 또 잠수덜은 (우리가 앉아있는) 세 방에 갈라 앉혔어요.

● 몇 명이나 들어갔습니까?

그때는 한 오백오십 명.

● 도장밥 찍어진 사람은 다 잡아갔습니까?

아니요. 아니. 그때는, 그 사람덜은 세화에 아는 집이(집에) 들어가서 숨어 불기도(숨어 버리기도) 하고 들어간 사람은 요거뿐이거든. 그 후에는 안 들어갔습니다.

● 150여 명도 시위에 참가한 사람들입니까?

다 참가한 사람들이죠. 한 백 명 되실거요(됐을 거예요). 주동자가 세 사람인데 방이 세 개면 세 개에 앉혀놓고 해녀들을 우리 앉는데 같이 놓았어요. 그래서 그 어른덜 보고 우리가 허는 말이 '우리가 시켰다고 해야 빨리 나가지, 형님네가 했다고 허믄 빨리 못나갑니다' 해가지고 그 어른덜이 우리가 시켰다고 해가지고 섣달 17일날 들어갔는데 명절 5일 앞두고 그분덜 전부 석방시켜 버리고 우리 세 사람만 살았어요.

● 할머니네는 6개월 살았다는데.

그러니까 햇수론 2년이지만은 섣달에 들어가서 그 뒷해 늦은 봄에 나왔는가 그리했어요. 그러니까 6개월, 7개월밖에 안 됐을 거요. 섣달에 들어가가지고 다음해 봄에 나왔으니까.

9. 유치장에서도 비밀리에 선생님들 연락 맡기도

● 유치장에서는 어떻게 생활했습니까? 오문규 선생님과는 같이 있었습니까?

같인 없었는데 딴 방에 있었고. 우리는 사람이 워낙 많이 가 노니까(가니까) 보통방이 없어가지고, 별방, 특별방이라고 죄인덜 옷놓는 방에 화장실도 없었어요. 거기에 우리 있으면서 화장실에 갈랴면(가려면) 서일(셋을) 꼭같이 가야 되거든. 간수 데리고. 가면서 보면 도에(입구에) 방에는 문도 없는 창살방(창살로 된 방)이랐어요. 그 어른들이 종이쪽을 들고 '이리, 이리'(이쪽으로 오라는 손짓하면서) 간수 모르게 신호를 해요. 우린 그냥 걸어가면은 다른 사람은 그냥 걸어가는데, 터지니까. 나는 그 선생님넬 보거든요. 가면서 보면 '이리' 허는 게 있어요. '저것가 우리의 뭘 내에 보내는 신혼가' 싶어서 (저것이 우리에게 무슨 신호를 보내는가) 소변보고 오다가 거기서 신을 벗는 척허면서 요리 뒤로 손을 요리 주면은 뭣을 주어요. 오문규 선생님네도 허고, 다른 선생님들도. 와서 보면은 제까치를, 아마도 제까치를 펴서 니를 쓰신 피 죠(이빨을 쑤셔 나온 피). 어디서 날 겁니까? 질게메, 똥 닦아나민 그거에. 그것에 글을 썼어요. 어느 방에, 삼방이면 우린 밥주게 되니까 밥을 주고 담욜 주게 되니까 그방에 다(모두) 댕길수가(다닐 수가) 있었거든요. 죄를 마련해가 살 때니까.

시간을 정하지 아니 헐 때는 저녁에는 담요줄 때 밥줄 때 요기 그거를 찡겼다가 이리 긁는 척하면서 가져내가(가져내서) 밥사발을 요리 들고 요 구멍에 요리 놓면 이걸 놓을 수가 없어서 이리 들여놓으면서 (손에 든 밥사발 밑에 종이를 같이 넣어 주는 모양) '밥 받으세요' 하면서 탁 그레(그곳에) 놓아버리면 그걸 받아서 이제….

● 무슨 내용이었습니까?

내용은 모르겠거든. 선생님네 끼리는 그때 간 사건이 있으니까 이 사건에 어떻게 얘기하고 어떻게 얘기허라 허는 거지. 그리해서 전헐 때도 많이 있었고. 또 한번은 급허게 '이 시간에 전허지 안 허면 우리는 다 죽게 됐다'는 조목만 그리 썼거든. 내막은 모르고. 그걸 어느 방이라 허믄 우리 별방, 우리 앉은 방 옆에 문 하나….

10. 기지로 일제 경찰의 눈을 피하다

● 누가 전했습니까?

전하기는 내가 전했고 누게(누가) 준 줄도 모르거든. 그 감방 안에서 그리 허니. 받을 때는 선생님딜은 저 안에 있어불고 (나는) 이디니까 (여기 있으니까) 모른 사람이 받아가지고 전허니까 누군 줄은 모르는

데 그디 선생님들은 전부 앉았거든 예. 요 방에 12시 전에 전하라는 거예요. 이 시간 아니면 큰 일이 난다고만 썼어요. 그러니까 두 분딜은 생각도 안 허고 내만 생각허다가 이걸 안 전허면은 선생님딜, 아이고, 그 신음소리 매맞아와서 신음소리 이리 보니까 말도 못하게 맞아요. 그러니까 내 팔이 질거든요(길거든요). 그 방에 댓가지가 하나 있어요. 댓가지를 요리 꿰어가지고, 요기 그거를 놓아가지고, 실로 그거를 짜매가지고(댓가지 사이를 찢어 종이를 묶어 전달하는 모습) 이디 나무를 자꾸 요만한 공기 고망(구멍)이 있어요. 글로(그곳으로) 탁탁 때리니까 거기서 확 빼가요. 죄인들이. (나중에 내가) 들켜가지고요. 간수에게.

● **쪽지도 뺏겼습니까?**

아니요. 그디 간 후에(이미 넘겨준 뒤에. 그래 (일본 경찰이) '뭣을 할려고 했느냐?' 물으니까 내가 그때 머리를 요래(이렇게) 삥(핀)을 꼽았수다(꽂고 있었어요). 우리가 서로 다툽다가(다투다가) 내 삥을 던져부러가지고(던져버려서) (그렇게 했다 했어요). 그래가지고 그거는 들키진 안 허고, 내가 꾸며가지고 내 머리삥을 던졌는데 '이걸 건져낼랴고 내가 요 막대기로 가져 낼랴고(내려고) 했다'고 그래가지고 들키지 안 했어요. 건 무슨 내막인고는 모르고 전허기만 내가 전했죠.

11. 조선사람에게 받은 가혹한 고문으로 병나
물질 시간 정도 숨참으면 됐겠지만 물고문에 정신을 잃기도

● **고문도 심하게 받았었습니까?**

아이고, 고문 말도 못허게 했죠. 그 선생님딜 매 맞아와가지고 요런 디만(곳만) 졸라매고 이런 디 걸어놔가지고 밤이 눅지도(눕지도) 못허고 이렇게 이렇게 허면서 신음소리…(가슴을 묶어 나무기둥에 대롱대롱 매달아놓는 모습). 그분델 그때 무슨 사건인지 모르겠어요. 전부 막 들어갔어요.

● 할머니도 고문 받았다고 하던데요. 부춘화 할머니와 부덕량 씨도 같이 받았습니까?

부덕량 씨는 좀 덜 받았어요. 다른 사람은 모르겠어요. 그렇게 받았다고 하면 같이 받았겠지. 그러니까 네모난 도장을 요기 놔 가지고 요리 해민(이렇게 하면) 여기(이곳이) 다 홈파집니다(손가락 사이에 도장 놓고 누르기). 그리고 요기가 어떻게 아파요. 여기 눌러보세요(귀밑 급소 누르기), (팔) 이리 되야다가(꺾어서) 뒤로(팔 꺾기). 내가 늙어가니까 병이 났어요. 쇠좆매 있잖아요. 그걸로 등따리 뱃겨가지고 때리기(윗옷 벗겨서 등 때리기). 또 네모난 장작을 놔가지고 '이디서(여기서) 꿇려 앉으라' 해가 이 위에 올라서서 덜락덜락 이렇게도 허고(장작 위에 무릎꿇리고 허벅지 밟기)…. (많이 받았어요)

● 고문한 경찰은 조선사람들입니까?

일본사람들은 말을 모르니까 일본 취조관델은 여기 있고, 취조허는 사람은 우리 조선사람. 제주도니까 제주도 사람이겠지요. 뭐, 술 잔뜩 먹어놓고. 그리고 그 사람델이 중요한, 제일 크게 생각하는 고문은 물고문이에요.

● 물고문은 어떻게 합니까?

물고문은 왜 학생델 받아서 (앉는) 학교 걸상 있지 안 헙니까? 걸상에 눕혀요. 욜로 요래는(이곳에서 이 부분까지는) 줄로 책상허고 묶으고 머리는 그 놈들이 잡아가지고 코로 물을 지는 거예요. 저가 물고문 받을 적에는 '에에, 내가 물아래 뭐 따오는 것만큼만 참으면은 요것들을 이겨내겠지' 했는데 일로 지는 물이라서 정신이 없어버렸어. 코로 지는 거니까 감각도 뭣도 없었어요. '바당 물질 허는 정도면 되겠지' 생각했는데 그게 아니에요. 일어나 보니 막 등을 치고 막 내가 숨이 없었는가 그러고 했어요.

● 그때는 고문이 다반사였겠네요?

예. 그리고 청년들 매맞아와가지고. 청년들은 더 (심)허고 말고요. 우리는 여자라서 좀 봐주고. 옆에서 (청년들) 신음소리에 잠 못자요. 공장에(천장에) 걸어놓고 자게도(자지도) 못허고, 어떻게 자게 헙니까. 고개만 이리했지 뭐 잘 수가 없거든. 이리 졸라매가지고 공장에 다 걸어놓으니까.

● 출소한 다음에는 어떻게 했습니까?

그러니까, 성내서 곧 나오니까 아마도 우리 다 아는 분들이라 예. 그 소식만 듣고 들어갔다는 말 듣고 했는데, '우리집이(우리집에) 가자'고 해서 와서 인쟈 화롯불 살라 놓고 불 쪼금 추이노라 허니까 형사들이 또 왔어요. '우리가 내보낼 적에는 다시는 이런 일 허지 말고 부모덜 말이나 잘 듣고 잘 살아라' 허는데 또 그런 딜 들렸다고 해가지고 또 고문 당하고 일주일 (더) 살았어요.

● 어느 집을 들렸고 해서 그렇게 됐습니까?

그러니까 친구들이 우리는 얼굴을 모르는데, 친구들이 우리 소식을

(어떻게) 알았는지 여자들 몇 사람허고 남자들 한두 사람하고 가서 '우리집이 가서 불 좀 쪼이고 몸 돌리고 해서 가라' 했는데. 경찰에서 내논(석방된) 다음에. 곧 나오니까 그분들이 그리 섰다가 우릴 집으로 안내했어요. 좀 쉬고 가라고. 그러니까 바로 그분들도 우리 질(길)이라예. 우리가 데리고 간 분들도 우리 같은 분들이라 예. 다 청년들이 우리 소식을 알고 그래 불쪼느랜 허니까 형사가 또 갔어요.

12. 출소한 뒤 곧바로 재수감되는 수난도

● 석방되는 날 일어났습니까?

예. 곧 나오자 말자. (일본 경찰이) '너희들은 가서 집에가 심부름이나 잘 듣고 다시는 이런 모임도 가지지 말고 청년덜 말 듣지 말아라' 해가지고 보냈는데 얼만큼 오니까, 인제 그 아는 분들이 우리를 데려가요. 그집에도 아마도 우리같은 지레거든예(비슷한 사람들이었거든요). 소문 듣고 아마도 그런 모양이지예. 그래 (다시 경찰에) 붙들려 가가지고, 또 물로 솜옷을 바가쓰로 해다가 물을 다 씌와 버리니까 짜 가지고 입고 일주일 살고 나왔어요. 그러니까 그런 사람들 집에 들렸다고 해가(그렇게 했어요).

● 그 다음부터는 친구들이 가까이 하기 어려웠을 텐데요?

왜요? 나와서 몰래 다했죠.

13. 석방되자 주민들은 수고했다며 칭찬

● 석방된 다음에 주민들이 이상한 눈으로 보지 않았습니까?

에이구. 이상한 눈으로 안 보고. 오니까 막 고생딜 했다고 허고. 매역(미역)은 그 시기에 아니 따면은 잎사귀 다 털어지기(떨어지기) 때문에 그분들이 캐었고, 우무(우뭇가사리)는 인제 조금 시간이 걸려도 우리 올 때까지 기다렸었어요. 우리와 같이 (작업) 할려고. 우리를 위해서 그런 거죠. 우리를 위해서. 천초라는 거 있지 안해요(않아요)? 그거를 우리 와서 같이 헐랴고(하려고) 기다려 있다가 우리가 나와서 한 이주일 (몸)조리하고 같이 캐었어요. 잠수딜 허고. 수고했다고 막 어른딜이 칭찬도 해주고.

• 오문규 선생님네 집에서 회의할 때는 해녀들 몇 분이나 모였습니까?

해녀들은 한 20명, 10명. 그러고 그 사상에 대한 그때 청년들 오문규 선생 밑에 분들, 또 오문규 선생님 동생딜도. 문선이라고, 이영복이네, 이영복은 이제 일본에 있다 해요. 부선언이. 현상호 이런 분들.

• 현상호 씨도 해녀사건 때 있었습니까?

그때에 그분은 어디 일본에 있었어요. 그분은 폐가 나빠가지고.

• 고향에 있었다고 하던대요?

모일 때는 모였는데 그 후에 소식이 없어서 잘 모르겠어요. 그때 기억이 나는 없었던 걸로 기억하는데 모르겠어요. 나이는 우리 또래예요.

• 나온 다음에 오문규 선생님네 소식도 들었습니까?

나와서 늘 같이 모일 때는 모이고 그리했죠 뭐. 아이고, 나온 다음에 만나고, 활동 같은 거 늘 있었죠. 아니 모여가지고 그저 늘 허는 말이 우리 일본사람덜한테 압박을 벗어날려면 우리가 배워야 되고 알아야 되고 헌다고 그런 말씀을 했죠. (오문규 선생님은) 3년 더 살았어요. 왜냐하면 저의 남편이 그때 오문규 선생님 도움으로 약혼을 맺어놓고, 우리 아이 아빠는 일본 가고 나는 감옥에 들어갔거든요. 그러니까 제주도 청년사건에 이름이 있기 때문에 배에 내리자 붙들려가서 3년 살고 나와서 결혼했어요.

14. 오문규 선생님의 소개로 신식 결혼

● 오문규 선생님이 어떻게 약혼하라고 했습니까?

모르겠어요. 나도 이렇게, 좀 당신네 밑에서 활동허니까 결혼을 또 그런 사람끼리 해야 발전을 좀허지 이상헌 디 가노면은 안 된다 해가지고. 모르겠어요. 선생님네 권허니까. 싫지 안 허니까 했죠.

● 집에서는 반대를 하지 않았습니까?

집에서는 반대해가지고요. 모르겠어요. 요새 청년들 운동허는 거를 부모들이 싫거든요. 그러니까 그분 쪽에서 우리 동네에 임덕문이 아버지라고 좀 이렇게 유지랐어요. 그 어른 말이라면 어떤 사람도 안 듣지도 못해요. 그분을 통해가지고 부모들을 설득시켰어요.

● 아버지네가 오문규 선생님은 잘 먹어줘난 모양입니다.

예. 와서 사정하면 들어도 줬고.

● 결혼식도 신식으로 했다고 하면서요?

하도에서 걸어갔어요. 신랑도 안 오고.

● 혼자만 걸어갔습니까?

아닙니다. 그디서 몇 명, 대리, 대리로 몇 사람 왔고. 그때도 자유롭
질 못해놓으니까 친구덜도 못 갔어요. 밤에 집이서 지켜요. 경찰관이
와서. 무슨 모임이나 이실까(있을까) 싶어서. 지키고. 결혼식장에도 친
구들이 못 갔습니다.

● 결혼식은 어디서 했습니까?

종달리에서. 집에서. 장막치고. 인제 주례선생은 한향택 씨.

● 그때는 양복을 입었습니까?

그분은 양복 입고 나는 검정옷 우알로(위아래로) 입었어요. 신식으
로 한다고.

● 왜 그때 검정옷 입었습니까?

모르겠어요. 어떤 때문인가도 모르는데 선생님덜이 검정옷을 입으라
고 허니까 마을에서 그리허니까 입었어요.

● 당시 해녀에 대한 인식은 어땠습니까?

그때도 직업으로 해서 식구덜 맥이고(먹이고) 살리고 허는 분도 있
었고, 농서(농사) 지면서 또 간접으로 허지만은 그거를 먹지 안 허고.

다 처음은 쪼금 헐 적에는 (자기네만) 먹었지만은 많이 헐 적에는 다 직업으로 했거든예. 우습게도 안 봤죠. 제주도 사람덜은 그걸 직업이니까 곧 나면 그걸 배우니까 직업으로 했지만 육지 사람들이나 만일 (제주도) 들어가면 우습게 봤죠. 천허게 좀 봤죠. 그러니까 그때 그걸 팔아가지고 아이들 공부도 시키고 집안에 꾸려갔으니까 뭐 직업으로 안 됐습니까.

● 남편은 종달리에서 뭘 했었습니까?

뭐 여러 가지 해봤자 되질 안 해요. 수박도 해봤다가 솔나무도 해서 심었다가. 그리고 또 구장으로서 마을에, 야학 같은 거는 안 게르챴어요(가르쳤어요). 살다가 가버리고 아이덜은 국민학교, 아덜은 마쳐서 진학도 못허고 딸덜은 국민학교 2학년에 다닐 때 도저히 아이덜 공부를 계속 헐 수가 없어서….

15. 일제 때보다 더 험했던 4·3사건

● 4·3사건이 발생했을 때는 남편이 일본에 있었습니까?

아닙니다. 제주도에 있다가, 청년덜 허고 오문규 선생님네 허고 모이민 모이고 같이 했어요. 그리하다가 인자 공부도, 진학헐 수도 없고, 제주도에서는 겨울이면 놀지 안 헙니까? 봄 가을에 농사를 지어놓고 해서 겨울에 부산에 여기 우리 언니가 살아요. 지금도 생존해 계신데.

● 할머니는 4·3사건 나기 전에 부산에 나오신 겁니까?

4·3사건 전에 남편은 일본 가버리고 4·3사건을 제주도서 내가 당

했어요.

• **4 · 3사건 때는 어땠습니까?**

못살게 굴고 말고. 아이고. 그 4 · 3사건에 그 보통사람덜 죽는 거, 구뎅이를 파가지고 그디 다 들어가라고. 자기 들어갈 굴을 자기네가 다 팠어요. 돌멩이로 다 쳐서. 말도 못해요.

나도 그때 우리 조카 큰 시아주방 아덜이 그 사건에 가담을 해가지고 가이는(그 사람은) 어디 없어버리고. 그러니까 대리로 내가 성산포 가가지고, 참, 한 몇 초만 있어도 내가 죽을 걸 살아났어요. 산에 토벌 갔다가 그분덜 하나가 산부대한테 죽었거든요. 총 맞았거든요. 와서 60명을 그자 감방 안에서 총을….

• **어느 감방 안에서요?**

성산포 무슨 창고 닮은 데가 있어요. 그디(그곳에) 나도 있다가 오늘 나오자 오늘 아침에 나오자 오후에 몇 시에 총 소제를 다 했어요. 그래 내가 참.

• **오히려 일제 때보다 더 심했습니까?**

4 · 3사건이 더 험했어요. 마을에 와가지고 다 주둔하면은 처녀들 다 보내라고 해가(해서), 아무것도 없는 집에 처녀덜만. 부모들 좀 있는 사람은 허지만은(괜찮지만, 그렇지 않은 사람은) 해서 보내가지고 그 고생…. 내가 지금 50만 됐어도 살아온 생을 끓으는 피를 조금 허겠는데.

● 남편은 어디서 해방을 봤습니까?

해방은 종달리서 봤어요. 일본에서 돌아갔는데 무슨 병으로 돌아갔는지 내가 65살에 돌아가셨어요. 일본에 오래 살았어요.

● 할머니가 살아오면서 가장 즐거운 때는 언제였습니까?

즐거운 때 예? 즐거운 때는 제일 이번 제주도 가서 즐거웠어요. 해녀 사건 그렇게 되니까.2)

● 힘들었던 때는 어떤 때였습니까?

힘들었던 때는 뭐 감옥에 가서 힘든 건 없어요. 그때는 내가 마음을, 내 목숨이 이놈덜 매 또릴 때 삼빡 죽어가지고 내 목숨이 없어져도 우리 조선만 독립만 된다면은 이걸로써 족하지, 감옥에서 매맞는 거는 절대 괴로움 안 받았어요. 안 받고. 제주도에서 물건을 가지고 (부산) 오다가 파도 만날 적에 배가 그때는 물에 막 덮여가지고 이 시간 저 시간 내 생명을 보전헐 때거든. 부산에 올 때. 아이들 삼 남매만 제주도 내버리고 내가 없으면은 그 아이덜 어떻게 허나 싶어서 그때가 제일 외로웠어요.

---

2) 김 할머니는 1995년 8월 15일 제주해녀항쟁 기념식 때 고향인 구좌읍 하도리를 방문했다.

16. 일본 사람들과 싸우던 그 시절 그 마음 그 열정은 그대로 내 마음 속에 있어 죽어서 영혼으로라도 해녀사건 모임이 있다면 참석할 터

● 할머니는 해녀사건이 어떻게 됐으면 좋을 것 같습니까?

그러니까 많이 알려서 허믄 좋겠는데. 내가 50만 되도 제주도에 가서 해녀덜 허고 같이 접촉도 허고 얘기도 허고 그리 했으믄 좋겠는데, 내가 나이가 이리 돼다 보니까. 내가 85 아닙니까. 그 일본사람덜 허고 싸웁던 그 시절 그 마음 그 열정은 그대로 내 가슴에 간직하고 있어요. 그러니까 내가 죽어서 영혼으로라도 제주도에 그 모임이 이실 적에는 영혼으로라도 참석, 동참하겠어요. 그런 마음 내 각오하고 있어요.

● 물질하면서 재미있는 일도 있었을 텐데.

집에 살림 사는 거 가믄 우스게 얘기허고 물질허는데도 상하가 있어요. 몇이 있어요. 전복을 한 20개 30개 따는 분도 있고 하나도 못 따는 분도 있고. 그런 거 저런 거 얘기허지 밸 뭐, 사회에 대해서 우리나라에 대해서 이런 거는 잠수덜 얘기 안 헙니다. 그런 거는 선생님덜허고 우리끼리 모일 때는 우리가 이러믄 어떻게 되겠느냐고 했지요.

● 세화지서 위에서도 발포했습니까?

트럭 타가지고 가면서 했지 지서 위에서는 없었어요. 부춘화 할머니는 부산에 있을 적에는 만나다가 서울 간 이후로는 소식을 몰랐어요.

● 여기서 살 때 가끔 얘기를 나눈 적이 있습니까?

여기 살 때에 뭐 그분도 장사했어요. 바빠서 먹기가 바빴고, 옛날 애기도 허고 그때 해녀사건 애기도 허고. (해녀사건 당시에는) 그저 만날 우리가 일본사람덜한테 압박받는 거보다 우리도 언제 조국을 위해서 헐 건가 이런 말도 했습니다.

● **물질은 계속했습니까?**

해방되는 해에 조금. 나는 몸이 약해서 아이 낳고 하니까 물질을 잘 못허대요.

● **마지막으로 하고 싶으신 말씀이 있으시다면요?**

그때 감옥살이 하면서도 매맞는 거를 하나 아프게도 생각 안 했어요. 일본사람덜 허고 싸우는 그 열기만 있었지 그 아픈 기운 하나도 없었어요. 지금도 내가 나이 많이 많지만은 열기는 그대로 있습니다.

14

제주해녀들의 생애사

| 문순덕 | 제주발전연구원
| 김창후 | 제주4·3연구소

『구술로 만나는 제주여성의 삶 그리고 역사』, 2004.

I 강매화의 삶 그리고 역사

강매화(89세)는 남제주군 남원읍 위미리에서 8남매 중 둘째딸로 태어났다. 17세에 부모님이 정한 곳으로 시집을 갔지만 두 달 정도 살고 뛰쳐나왔다. 그 후 한 10년 동안 물질을 하면서 살다가 서귀포에 와서 지금까지 살고 있다. 슬하에 1녀 1남을 두었는데 아들은 일찍 사망하고 딸과 같이 살고 있다.

어머니의 애절한 삶을 보아온 딸의 입장에서도 이야기가 진행되었다.

1. 조혼의 실패와 인생의 굴레

● 살기 싫은 시집에서 뛰쳐나오다

부모의 의지대로 결혼했지만 살기 싫어서 그냥 친정으로 돌아왔다.

> 계난, 이말저말 ᄀ젠 허믄 하도 성질나고.
> 연날은게 이제 부모딜이 가문만 보고 시집 보내구정 헌디벳긴(갈 수 엇엇주). 아기딜ᄀ라 ᄀ지도 안 허여서게. 가문만 보고 열일곱에 위미리 오칩이 시집갓주. 가기만 간디, 자지도 안 허고 너무 살기 싫으니까 와 불엇주. 두 덜도 아이 살앗주. 그저 갓다 왓다헌. 집이 시민 그렇고 시집인 살지 실프니까 그 다음부턴 해녀로 간.
> 어느 말을ᄀ앙(말해서) 좋구가? 너무 기구해 가지고이.

- 물질하면서 서글픈 인생을 살다

결혼 전부터 물질을 했지만 결혼 실패 후에는 이 일에 더욱 매달렸다.

위미리서 살 때 열일곱 전에 한 열두서너 살부떠 지게를 멘들아가지고 이걸 지엉 밧디(밭에) 흑을 날랏주. 부모따라 농ㅅ 진 거주게. 계난 너무 그게 싫어가지고 막 배설이(…).

계난 결혼 전이 (물질을) 베완에 예닐곱에 헷주. 친정에 살 때 물질도 허곡 밧 일도 헤서. 시집 간 두달벳긔 거기선 안 사난에 그르후젠 친정에서 쭉 살앗주게.

물질 나감 시작허난 육지 나간 건 스무 술부떠. 첫 번은 부산 지경으로 나갓주. 울산, 거제도꼬지 뎅겨낫주(다녔다). 소섬 사름이 해녀를 모집 허연 청도도 가낫주. (청도에서) 메역은 합동으로 다ㅈ문거라(캐낸 것이다). 멧 둘 살당 오랏다 갓다 헷주. 부산 갈 땐 모힌좁쌀영 가정 강흔 멧 개월 일허당 저을(겨울) 들어가민 오고, 봄 나민 가곡 경헷주게. 육지 물질은 서른살꼬지 흔 십년 뎅겨졌실거라.

청도로 일본지방까지 강이네 허민. 그때는 이제 속곳만 입엉 허고 겨울 물질을 허믄 물에 탁 들어가민 몸이 와실와실 허주. 요새는 해녀들이 고무옷 입엉 허염주마는 연날은 고무옷이 어디 셔? 그냥 와시시 허는 물에 들어 가민, 바로 물이 파-시시, 이 몸뎅어리가 와지이이 허여. 경허멍 산 세상이주.

물질허영 돈도 모았지. 모안에 친정도 괜찮게 살고 허난, 이 애기 돈은 쓰지 안허젠 허연 위미리에서 밧을 사 줫주. 밧을 두 개나 사 놔 두엇주.

십년 동안 물질하러 다니다가 30세에 서귀포에서 한 남자를 만나서 살게 되었다.

(처음) 시집인 떠나난 가보지 아니허여서. 미싱거 허레 가? 서른 술에 서귀포에 왕 살앗주.

십년 간 물질허영 밧 두 개 사신디, 큰 거는 위미리 아들네 주고, 작은 거는 서귀포 왕 살 때 폴안 다른 밧을 삿주. 거기서 농사지영 벌어먹엇주. 그 밧을 의지허멍 장사 허니까 돈이 생기고 쪼꼼썩 모앙 집도 짓고예.

서귀포에 완 살멍 결혼식 올린 건 아니고, 남편이 이섯주(있었다). 서른 살에 (서귀포에) 오란 농사 지엇주게. 논 농사헤나난 ㅅ뭇 이제도 이 손가락이 아파. 논이 한 집이니까 허리가 다 꼬부라지게 일헷주.

서귀포서도 (물질을) 허긴 헷수다게. 자구리에서 이쪽 서쪽 부두까지 이녁 국거리나 먹을 거 정도예. 숭키나 해 먹엇주게. 조금썩 폼도 허고. (농사) 일허젠 헤 부난 (물질에) 매달리진 안허고. 그때 자구리앞이 그냥 히양해낫주(하얏다). 해녀들 하낫수다.

물질이영 농사영 아니 힘든 일이 이서? 다 힘들주게. 경헤도(그래도) 물질허는 것이 힘들주게. 아멩헤도(아무리해도)게 ㅁ른 밧디서 허는 거난 농사가 수월허주.

여자로 살아간다는 것은 서러운 일이다.

옛날에도 학교 셔낫주(있었다). '뚤은 문장 나젠 헴시' 넨 허멍 못허게 헷주게. 옛날에 깨지 못헌 어멍덜이(어머니들이)주게. 무신 여자가 문장 날거녠 허멍 못허게 허는 거라. 아바지는 오래 살지 안 허영 돌아가난에 어머니가 경헷주. 오십다섯산디 일곱엔가 돌아가난 아바지는 그런 줄 몰라도 어멍은 경 아니 허데? (어머니) 혼자 살젠 허고 일은 많으믄게 뚤들 다 일만 허영 부려먹젠 허주.

경허난 오죽 해사 지젤 멘들앙 지왕 그 흑을 날르게 헙니까게. 그러니까 완전히 어깨에 그냥 흑이 털어지민 딱 신경질 나곡, 지게를 정이네 흑을 저 밧디 영 골르젠 허니까 손으로 져다 놓는 거주게. 열두 살

쯤에사 경혜신디 하여튼양. 뼈가 굳지도 안헌 상태에서 경 둑지(어깨
도)도 굳지도 안헌 상태주.

2. 딸이 들려주는 어머니 인생

오순옥(58세/1946년생)은 서귀포시 서귀동에서 2남매 중 큰딸로
태어났다. 시댁은 서귀포시 토평동이며 슬하에 3남매를 두었다. 오
순옥은 어머니 강매화 인생의 동반자여서 딸의 입장에서 어머니의
삶을 정리해 주었다.

● 인생의 새로운 출발점

원래 결혼했던 남편 호적에 혼인신고를 했는데 법적 이혼을 안
하니까 호는 그대로 있다. 두 번째 남편을 만나서 살았는데 혼인신
고를 하지 못했다. 할머니의 호적은 지금도 원래 남편 호적에 올라
있다. 딸의 입장에서 어머니의 삶을 회고한다.

> 우리 아버지하고는 아들도 나 나십주게. 경헌디 나자마자 죽어 불엇
> 수다(버렸습니다). 이제 나만 남았는데 평생을 이 딸 하나를 믿고 이렇
> 게 사는거라마씨.
> 계난 지금 아흔이 넘으난 거주예 칠십세, 팔십세까지는 나도 막 (어
> 머니께) 대답도 허곡, 막 첨 모녀간에 갈등도 생기곡 해도 이제는 세월
> 이 가고 늙어가니까, 머 이젠 그자 나도 마음을 비왕 절대로 성내지 말
> 아야지 해도 잘 안 됩니께.
> 경헌디도 어떻든 딸 하나를 낳았기 때문에 우리 어머닌 지금까지예
> 나가 결혼헨에 하룻밤만 제주시 넘어간에 잔거 뿐 평생 어머니영 살아
> 시난게.

(어머니는) 귀도 밝고, 기억력이 좋으며, 지금도 헛소리 하나토 안헙니다게.

● 딸이 전해주는 이야기

남편이 있지만 보호받을 처지가 아니었다. 어린 딸을 데리고 먹고 살기 위하여 악착같이 장사를 했다.

(아버지) 재산이 워낙 하고 좋으난에 아버지는 한량이고 어머니는 일만 헷수다. 일을 허다 봐도 대가는 엇고게(없다). 무슨 밧을 주거나 재산 준 것도 엇어. 이 딸 하나 나부난 할 수 엇이(없이) 일허멍 살앗수다. 어머니 글 모르고 허니까 이제 딸은 죽기 살기로 중학교는 시키젠(시키려고) 헷수다. 하여튼 나가 초등학교 때부터 우리 어머니가 쌀장사를 헤서. 그때가 사십대.

그 할머니네(친가) 일은 해 봐도 끝도 없고, 어머니가 쌀장사 허멍 아버지가 경 부자라도 돈을 안 주는 거라. 그추룩(그렇게) 허다 보니까 일도 버치고 헐 뿐더러 이제 할아버지, 할머니도 돌아가시고, 4·3 사건 땐 또 밑으로 이디서 막 바닷가 쪽으로 내려 간 거주게.

처음엔 저 서귀중학교 동네로 갔단 거기서 남의 집이 살멍 진짜 고생허멍 살단에 또 나중에라가난 저 학교 쪽으로예 가. 나가 초등학교 때부터 어머니가 장사를 시작허연예. 나가 중학교 나오도록 어머니가 혼자 하면서 나는 그냥 쪼끔 보조 역할만 헷수다. 옛날엔 오일장도 다 져 날랏수게. 그때부터 (장사가) 나대에까지 내려오는 거라.

그때까지 쌀하고 이제 다른 잡화 장사를 헷주. 경허멍 어머니영 나영 벌언 집을 지선에. 이제 계난 어머니도 허고 나가 돈을 벌어가지고 초등학교 즈끗 디(곁에) 길가에 집을 지선 그때 시집 갓주게.

● 결혼과 관계없이 어머니와 평생을 살다

결혼은 했지만 어머니와 같이 살면서 장사를 했다. 아이들을 돌
봐 주어서 남편과 장사에만 전념할 수 있었으며, 지금도 어머니와
같이 살고 있다.

> 남편은 나보단 세 살 우이니까 스물여덟 살이고 난 스물다섯 살에
> 시집갓주. 시집가도 친정어머니영 ᄀ찌 살멍 장사헷주게. 결혼식날 따
> 로 잔 것 말고는 육십년 동안 어머니영 떨어져보지 안헷수다.
> 우리가 이젠 애기 나고 해가니까 장사 허멍 봐주고 키와주고 경허멍
> 살앗주게. 어머니가 애기 키와 주고 다 하니까 둘이가 부지런히 해 가
> 지고 이제 이 집도 짓엉 올라 온 거라. 손지들도 계난 외손지라도 할머
> 니영 정이 들고 이제 증손까지 보고예.

젊은 시절 어머니의 푸념을 듣고 자랐으며, 아버지의 도움을 전
혀 받지 못했다.

> 어린 시절엔 또 그런 거는 잊어 불지 안허영예. 막 그 당신 삶에 대
> 해 가지고 막 부애나면 나신디 화풀이도 허고. 하여튼 나는 딸 하나라
> 도예 국물이 엇어. 산에 가민 산에 데령 갈거. 바당에 가면 바당에, 밧
> 디 가면 밧디, 경허영 오로지 어머니 거역을 안 허연에 살앗주게.

> 서귀포서 쌀장사 허멍 경 어렵게 살면 주위에 장사 같이 허는 어른
> 들이 '아버지 경 부잰 걸 강 책 하나 사는 것도 도랜 허라.' 허멍 막 추
> 구려. 가라 허믄 이딜 올라 오는 거주게. 허민 '여기왕 살믄 시켜 주키
> 여.' 경허멍 단돈 백원도 안 줘. 그거는 어머니가 돈이 있댄게. 게난 아
> 버지영은 정이 영 엇주.

어머니 덕분에 편하고 행복허게 살앗수다. 이제까지 첨 그자 다 삼 위일치가 뒈근에 그자 남편도 어머니편에서 영 해 주고예. 사위가 중 간 역할은 잘 햇주마씨게.

3. 모든 게 마음먹기

과거 삶을 돌아보면 딱히 후회는 없고, 모든 게 운명으로 받아들이고 살아왔다.

(아들이 엇덴) 머 천대 받으나 구박을 받으나 헤시민 허주마는 그런 거 저런 거 당추 몰라. 난 늘 그자 뚤광 살아 부난 시상 머 어떻게 나쁘고 존 걸 몰라. 운명인가 생각허주 어떵허여. 나쁜 게 엇어.

다시 태어난댄 허민 남자로 태어나주. 무시거(뭣) 허레(하러) 여자로 태어나? 아이고 완전 무신 첨 그 연날이난 살앗주.

'버러지로 나당 버치민 여자로 나주. 버러지만이 못허난 여자로 난다.'는 말도 잇주.

[채록 / 정리 : 문순덕]

Ⅱ   서향엽의 삶 그리고 역사

서향엽(75세)은 북제주군 추자면 묵리에서 6남매 중 다섯 번째로 태어났으며, 24세에 추자면 신양리 남자와 결혼해서 슬하에 7남매를 두었다. 결혼 전부터 지금까지 물질을 하면서 집안의 재산을 일구었다. 남편 역시 아내의 부지런함이 가정의 버팀목이 되었다고 고마워한다.

남편(이강업, 76세)은 아내를 자랑스럽게 여기고 있었다. 아내의 도움이나 생활력을 높이 평가하고 고마워했으며 아내의 인생을 피력하는데 앞장섰다.

1. 물질와 결혼

● 물질을 평생의 업으로 삼다

추자도 역시 사면이 바다여서 물질을 배웠다. 농사짓기도 어려워서 고기잡이나 물질이 아니면 먹고살기 힘들었다.

> 처녀 적에는 주로 물질을 했고, 집에서 농사를 지으니까 농사철 되면 밭에 가서 좀 도와주기도 하고. 도와 준 것이 아니라 아주 엄청 일을 했지.
> 열네 살 때부터 물질했어요. 열네 살 때부터 미역하고 우무를 하면 부모네가 가지고 가서 팔았어요. 시방은 돈만 가지므는 다 살 수가 있는데 그때는 미역하고 우미 매고 물질해서 목포를 나가서 팔았어요. 그놈을(미역) 가지고 가서 보리쌀도 사오고, 쌀도 사오고 했는디 요즘에는 세상이 좋아 갖고 쌀도 다 여그다 갖다 놓고 배달시켜 주라고 하면 집으로 배달시켜 먹는디 그때는 풍선 타고 목포를 그걸 실고 가므는 날이 궂으면 보름도 걸리고, 어떤 때는 이십일도 걸려요. 그런 시상 때에 우리가 태어났어요.

추자도에서는 주로 관탈섬에 가서 물질을 했고, 해산물은 목포에 나가서 팔아야 하는 어려운 시대였다.

친정동네서 물질했는디 구역이 다 있어요. 열네 살 때 가타리(관탈섬)에 가서 했어요. 우리 언니네 집가 배를 쥐었어. 가타리 뎅기는 배를 갖고 있었어요. 기계 놓곡 가는 배도 아니고, 풍선 타고 노 저어서 가타리를 가요. 미역을 해 갖고 와요. 그라믄 인자 해다가 말려서 목포에 가서 폴아 오고.

제일 처음에 물질 갈 때는 가타리로 갔어요. 거그가 오래 못 있어요. 날이 쩨고 바람이 불므는 배를 거기다 둘 수가 없어서 새벽에 나갔다가 인자 저녁에 들어오지. 거기서 물 때 맞춰서 미역이나 우무를 주로 했고 소라, 전복도 잡았는디 그때에는 장사꾼이나 오므는 팔고, 장사꾼이 없으믄 그것을 빼서 젓으로 담았어요. 시방은 가져오기만 하며는 그대로 나 간디 그때는 간직해 났다가 꽂대에다 딱 끼어서는 널어요. 널었다가 인자 장사꾼이 오므는 그자 팔고 그렇게 해서 세상을 살고.

여그서 태어난 사람은 다 했지요. 물질을 하면 집안에 보탬으로 그렇게 살고. 나 시집 갈 준비 내가 하는 것잉께. 저고리, 치매감 대강은 시집갈 준비를 많이 했어요.

동네에서 내가 제일 그런 것을 많이 해 왔지요. 인자 늙어가고 이랑께 이라지. 젊었을 때는 참으로 최고로 많이 했을 겁니다.

● 결혼함과 동시에 남편과 일터로 다니며 재산을 일구다

당시로 봐서 조금 늦은 나이에 결혼을 해서 부지런히 일을 했다.

그때 뭐 친정에서 농사짓고 살았지요. 농사지을 때 그냥 (부모님을) 같이 도와주는 정도지요. 그러다가 스물넷에 중매로 결혼했지요.

결혼할 때 남편이 돈을 잘 번다는 것을 알긴 알았지요. 그랬어도 우리 친정도 농사가 많아서 부자였거든요. 그런데 여그 시가집이는 농사가 없었어요.

친정에서 살 때 참 보리밥이래도 밥을 안 기리고 살았는디 여그 와서도 머 내가 밥을 굶지는 안 했지마는 놈보덤 더 잘 살아 볼라고 농사래도 많이 부치며는 살겠다는 생각으로 참 진짜로 허리띠를 졸라 매고 살았어요.

옛날에는 여자를 학교 보내지도 안 했지요. 친정 마을에가 회관이 있어 가지고 야학을 다녔고. 우리 친정에서는 밥을 두 그릇 먹고 살다가 여그 와 갖고 식구는 많고 내 힘으로 약간 고생했어요.

물질을 하고, 농사짓고, 이발업을 해서 번 돈으로 매년 밭을 하나씩 샀다.

남편은 추자도에서 이발업을 했어요. 사실 평생을 하다시피 했어요. 팔 세 때부터 시작을 해 가지고 이십사 년을 했는가? 그랬을 거예요. 한 마흔두 살까지 했어요. 돈을 벌었죠.

물질하고 농사짓고 그랬지요. 저이는(남편) 벌고 난 인자 부모네도 성제간도 다 도왔지. 계를 했는디 인자 쪼끔썩 벌으므는 모아났다가 밭 나믄 밭 사고 해서 여러 개를 샀어요. 그랑께 사실로 내 입에는 참 맛있는 거 하나 못 사 먹어 보고 그렇게 세상을 살았어요.

그니까 추자도에서 남편은 이발을 하고 나는 농사도 짓고, 물질해서 해마다 밭을 하나씩 샀어요.

마, 그랑께 재미로 살았지. 재미로 항께(하니까) 어따(어디에다) 씰 돈도 안 쓰고 그놈을 함부로 못 썼지요. 이제는 돈 들일 없응께 내가 아퍼서 해 먹었잖아요.

2. 시집살이

• 밭 농사짓기의 어려움

어린아이들은 다행히도 부모님들이 돌보와 주셔서 육아에는 어려움이 없었다. 그래서 부부는 돈 버는 일에 전력투구할 수 있었다.

애기는 낳으며는 할아버지 하고 할머니가 계싱께 그렇게 키왔어요 맨날 사방으로 뎅김시롱 머 돈 될 거, 식구들하고 먹고 살 거 이런 거를 찾아서 다녔어요. 사실로 참 우리 살어나온 일은 내가 책으로 그것을 맹심해서 쓴다고 하믄 멧 권 될 거여.

남편은 42세까지 이발업으로 하고 그 다음에는 농사를 짓고 놀았지요. 근데 농사지어서 추자도는 수입 없었어요. 이게 바람 한 번 불어불었다믄 엔날에는 고구마를 많이 심었어요. 요 밖에다가 그래 심어 노며는 태풍 한 번 치었다 가며는 기양 싹 베껴가 불어요. 그래서 한 2천 평 농사를 지으면 농사가 질 됐건 못 됐건 지며는 우리 일년 생계유지가 충분히 되 불었습니다. 먹고 남을 정도가 되 불었어요.

물질은 물론 농사를 짓는 것도 힘들었다. 남편이 농촌지도소 회장을 하면서 농사법을 다양하게 실험해보느라고 경제적, 육체적으로 힘든 삶을 살았다.

물일 뿐만 아니라 이 밖엔 일들, 이 육상에서 하는 일도 안 해 본 것 없이 다 했어.

농사짓는 것에 대해서 허는 말인데 안 해 본 것이 없어요. 저 우리집 아저씨가 농촌지도소 회장을 하니까 인자 제주도에서 밋을 하라고 오믄 북감저도 싱거 봤지, 땅콩 재배도 해 봤지, 깨도 해 봤지. 여그는 그양 허쳐 놓고 굴갱이나 손으로 갈아서 한디, 또 이렇게 비니루 씨어서 하거든요. 인자 요량을 몰라서 그거는 상당히 애롭다.

소 키운다고 해 갖고 풀 찌어다가 풀 갈아 갖고 묵은 밥 해 갖고 해튼 나는 안해 본 일이 없어요. 농사에 대해서 제대로 해 보도 못함시로 도예 고생은 실컷 하고. 저 어른 보러 '내 할람시로 내 당신따라 할라다가 나 골벵 다 들어서 이라 한다'고. 같이 했지마는 어차다가 기냥 이런 식으로 (남편이) 제주도 가서 (농사) 교육도 받고 그래서 오며는 둘이가 다 하고 싶은 대로 농토는 많이 있으니까 농사를 짓다가 참말로 고생 많이 했어요.

추자도에서는 어떤 곡물도 재배하기가 힘들다. 자연 환경이 점점 농사를 지을 수 없게 되지만, 젊은이들이 고향을 떠나면서 노인들만 남는 것도 한 원인이다.

요새 농사 진 거 없어. 작년까지는 조를 해서 남도 주도 안 하고 우리 애기들 갖다 주고. 깨도 갈았다가 그양 바람 불면 없어져 불고 여그는 엔날에 고구마, 그거이 잘 됐는디 이제는 고구마를 할 수가 없지. 다 밭이 매겨 버렸으니께.
인자 콩이 한 열 댓가마니까지 했어요. 추자 농사로는 쪼꼼썩 세 가마니 네 가마니 인자 다섯 가마니까지도 가지고 간 사람도 있고, 그라믄 또 이 어른이(남편) 다 가지고 제주 농협에 가서 같이 판매하고. 아, 여 추자는 사람 살 데가 아니어요. 무엇을 해 놓으믄 누가 기양 저런 육지 멘츠로 밭떼기로 딱 사가 불거나 이제 장사꾼이 와서 가져가거나 이라믄 한디 그거를 일일이 갖고 제주도에 팔러 뎅기고 항께. 젊은 사람들은 다 서울로 나가 불고, 저 제주도나 부산드레 다 나가 불고 인자 사람이 없응께 농사를 못 짓게 전부 그걸(농토) 매겨 놨지.

추자도에서 산다는 것은 부지런함이다. 게으르면 먹고살기가 힘이 든다. 여자건 남자건 일을 하지 않으면 살아갈 수가 없다.

추자도 사람은 다 부지런하지요. 그 당시에는 그리 안 해 갖고는 살 수가 없어요. 안 그러믄 생계유지를 못합니다 할머니들은 시방 기양 농사 없응께 노는 사람들이, 우리 시대 같으믄 노는 사람들 많이 있어요. 젊은 시절에는 다 물질하고. 남자들은 배를 많이 탔지요 여자들은 내 같이 기양 물질 다니고. 농사 끝은 안 되어도 또 농사 진다고 해 갖고 산다고. 여그 추자 사람은 완전히 불쌍해요.

추자도에서 일 안허는 남자는 없어. 남녀가 노력하지 않으면 밥을 못 먹는데 어떻게 안 허고 살아져요.

그란디 요즘에는 쌀도 배가 실어다가 쌀 파는 집이서 팔므는 집에다 나 주고 가는디 옛날에는 추자도에서 아주 뭐 살 수가 없었어요. 그리고 추자도 어선들, 잘잘한 배가 군산 부근에 갈치 낚이를 갔습니다. 그 다음 한 삼개월 간을 거기서 어장을 하고 돌아와요. 그라믄 기껏 돈 벌어 온다는 것이 쌀 두어 가마니가 들어 올 겁니다. 그라믄 여자들은 한 삼개월 동안 여기서 죽싸리치고 그런 험한 세상을 살았어요.

제주도는 밀감밭도 있으니까 부지런히 일하면 돈이 생기는데 추자도는 수입이 없어. 제주도 여자들보다도 불쌍하지요. 여긴 땅이 좁아서 수입이 없어요.

● **자녀교육에 바친 열정**

부부가 합심해서 아이들 교육에는 철저했다. 본인들이 배우지 못했기 때문에 힘이 닿는 한 자식들은 고등교육의 기회를 주려고 최선을 다하였다.

인자 아이들이 커 나온께 추자에서는 중학교벳긔 없거든요. 그랑께 중학교를 나오믄 또 고등학교도 보내야 하고, 저 제주도로 보냈어요. 아이들은 인자 제주도에서, 서울에서 학교를 졸업했어요.

큰아들, 큰딸, 작은아들을 가르칠라고 할 때는 무척 곤란했어요. 우리보덤 더 잘 사는 사람도 여기 중학교도 안 보냈어요. 어떻게 했던 간에 일을 해서 아이들을 다 가르치고. 그때는 머 돈은 또 얼마 없고 항께 소도 키워서 팔아서 또 애들 교육비 대고 그렇게 다 세상을 살아왔는디. 시방은 중학교도 애기들 무료로 겔치는디 인자 우리 애기들 공부할 때는 그런 게 없었어요. 어째서 우리 애들 할 때는 그런 것도 없었는디 조금 섭섭하죠. 우리 아이들은 지금까지도 다 착해요. 결혼할 때도 직장 다니면서 벌어서 갔어요.

당시에 우리 젊었을 때 지금으로부터 한 육십년 전에 추자도 생활이 아주 험했습니다. 그래서 자식들에게는 '추자도에는 살지 말아라.' 했어요.

보리밥도 제대로 못 먹고 산 사람들인디. 고구마 먹고, 갈죽 먹고, 톳밥 먹고 아주 험한 때가 굉장히 많았으니깐요. '느근 추자도에 살지 말아라.' 하고 또 아이들에게 '정직하게 살어라' 하고 가정교육을 시켰습니다.

● **가정에서 어머니의 위치**

남편도 직업이 있어서 돈을 벌었지만 물질해서 보탠 돈이 더 많았다. 그래서 시집온 후에 이 집안을 일으키는데 막대한 기여를 했다. 물질 실력도 동네에서 뛰어나다.

사실은 그랬지요. 어머니의 역할이 컸지요. 내가 할 말은 아니지만 내가 손재주가 좋아요. 그래서 나는 다 만들어 입혔어. 우리 시누네 학교 뎅길 때 전부 만들어 입혔어. 밤에 주로 옷을 많이 했어요. 비 오는 날에도 하고. 에, 그땐 뭐 잠깐이래도 잠이 필요한지 어짠지도 몰랐지. 그랗게 이번에 내가 아픙께 그거이 서러 죽겠드라고. 그렇게 너무 고단하게 사니까. 좀 쉬면서 일을 할 걸 사실로 고단했어요.

본인이 고생하면서 살아왔는데 가족이나 친척들이 그 고마움을 인정하고 칭찬해주니까 마음의 위안은 된다. '젊은날 살아온 것이 보람이 있구나.' 위로하면서 산다.

우리 시동생, 시누네도 나 고생하고 산 줄 다 알고, 우리 집안에 와서 고생도 많이 했는디 다 알지. 그럴 때는 고생한 보람도 있고 기분 좋아요. 그라고 우리 시가 성제(형제)간들이 참 나를 아주 하늘 같이 위해요. 그렇게 해서 지내고 참, 세상을 그렇게 사요. 여그서 고생한 것은 다 알어요.

3. 다시 사는 인생

● 노년에도 바다밭을 일구며 살다

14세부터 물질을 배워서 지금까지 하고 있다. 물질에는 정년퇴임이 없지만 건강이 안 좋아서 지금은 잠시 쉬고 있다.

73세인 작년까지도 (물질) 했지요. 그란디 나는 근본이 태어나기를 이 추자에서 태어났고, 또 그걸 생활로 하는 것잉께. 내가 그렇게 힘이 딸리거나는 안했어요. 동네 상군이라고 해요. 동네 사람도 그렇게 얘기를 하고.

● 모든 게 마음먹기

앞만 보고 달려왔는데 질병이라는 장애물이 놓이니까 인생을 뒤돌아 보게 되었다. 그렇게 고생하면서 살아온 인생이 서글프기까지 하다.

이번에 아퍼가지고 막 그런 일을 생각항께 막 서러워 죽것대요. 이런 좋은 세상 나서 나 사실 이 어른한티도(남편) 얘기 했지만 너무너무 아팠어요.

우리딸들보고 '어머니처럼 살지 말아라.' 하지요. 그란디 우리 애들 사는 딜 가 보므는 부럽대요. '야, 느그들은 이렇게 다 행복하게 사는 디, 나는 어쩨 느그만 때 그 고통을 받고 살었냐?' 모든 거 다 찰려 놓고 사는디 그때는 우리는 밥 묵기도 애렸었지(어려웠다). 그저 그날그날 해 오므는 그 아그들하고 시동생들 하고 먹고 살 일, 어쨌든간에 식구들 우선 멕여 살릴라고 했어요

[채록 / 정리 : 문순덕]

 ## III 고금선의 삶 그리고 역사

고금선(69세)은 시가나 친정이 북제주군 구좌읍 하도리이다. 4남매 중 큰딸이며 남편은 살아있고, 슬하에 3남매가 있다. 어릴때 일찍 부모를 잃어 입하나를 덜기위해 일찍 결혼하게 되었다고 한다.

부산에서 생활한지는 35년이 되었고 동생들에게 부모노릇을 하는 고씨는 고향을 자주 찾는다.

1. 부산 이주 시기와 동기

결혼한 후에 남편의 직장을 따라서 부산에 와서 지금까지 살고 있다.

결혼은 열여덟 살에예. 남편은 동갑(이우다). 남자 집안에서 (중매가) 들어와 결혼 안헙니까 그게.

아, 우리집이 영감이 그때 농협에 다니다가예 부산항만청으로 오게 되어가지고. 영감도 69년도 1월부터 여기 출근하려고 1월에 나오고예. 난 그디서(고향에서) 보리 가을 다 해 놓고 6월 말일쯤에 (나왔다).

하도리 친정에서 살다가 지금 살고 있는 봉례동으로 왔어예. 1969년 6월에 그때가 서른다섯이고 큰아이는 여섯 살, 작은애는 네 살로 아이가 둘 (있었다). 지금까지 봉례동에서 살고 있지예.

2. 물질과 장사

● 결혼 전후의 직업

고향에 있을 때 남이 하듯이 보통으로 물질을 해 봤으며, 부산에 와서도 살림에 보태려고 물질을 했다.

고향에서가 많이 험니께. 농사 짓고예. 하도리는 원래 바닷가여서 더 많이 허주. 그것도(물질도) 공부허는 거라. 똑 재주이서야 (잘 할 수 있다). (물질이 직업이라기보다는) 놈들 허듯이 물때 되면 강 허고 크게 돈이 나는디 살림에 보탬이 돼주. 부산에 (와서도) 마흔다섯까지 10년 했습니다. 중미, 위해섬, 남호섬, 성의섬이 있거든. 이 봉례동 해녀는 주로 그 바당이서 (물질을 헷주).

아이들 고등학교 가고 하니까 안헷주. 거 아침 일찍 나가고 밤 늦에 들어오니깐, 우리 큰 아이가 고등학교 다닐 때 보충수업허는 때문에 3학년 때 일년 동안 날랐으니까.

부산에서도 해녀들이 물질하는 바다 구역이 제주도처럼 따로 정해져 있다.

구역이 다 따로 있습니다. 제주도 해녀지만은 여기 와서 또 어촌계 가입이 되 있고, 본적이 부산으로 옮겨왔고 그러믄 자기 밭이 되는 거죠. 여기 와서 내 고향フ찌 모든 거 다 허게 되는 때문에 여기 사람들은 (해녀가) 없지 않습니까? 우리 제주도 사람을 제외허곤 해녀가 없지 않습니까? 남자는 고기잡는 어촌계가 잇주만은(있지만은) 해녀는 우리 제주벳긔(제주밖에) 엇주.

우리가 와 보니까 그렇게 (구역을 정해서) 하고 계십디다. 옛날에는 전부 마음대로 했답니다. 지금도 그 섬 사람이 주인이고, 우리는 가면은 (섬) 주인안테 7할 주고 우린 3할 가져 오고 이렇습니다. 나도 가봤거든요. 한산도에서 한 7년 물질을 (했습니다).

동삼동, 오륙도 가서 다 했는데 이제 차차 개방되면서 사름들이 약으니까 '내가 사는 구역은 내가 허켓다.' (하면서) 영도 안에선 구역이 정해진 거는 한 80년도부터. 아. 70년도가?

60년대부터 청학동, 동삼동은 전부 구역이 다 갈라졌잖요. 그때 동삼동에 강 물에질을 했지. 동삼동에서 물에질해도 조금 봐준 거지. 절대 못허게 헌 건 80년대부터다. 60년대부터 (바다 구역이) 갈라지기는 다 갈라졌어요. 동삼동 사름들이 봐주는 거라. 자기네 앞바당에는 허지 말고 느그가 워낙에 해 먹을 거 없으니까 뒷바당은 해라 그랬어요. 우리가 (부산에) 와서, 어려운 사람이 와서 그날 벌어다 그날 먹는 거지.

● 공동 경험, 그들의 생과 사

고금선(69세)과 김정자(61세)는 친형제처럼 가까운 사이고, 물질을 하면서 같이 고생한 사이여서 서로가 물질하면서 고생했던 경험담을 이야기해 주었다. 물질의 어려움은 공동의 경험이어서 두 사람의 이야기를 정리했다.

(한 선주가) 배가 세 척이 있었는데 배 한 척에 해녀가 많이 타면은 15명~18명. 그니까 15명 미만인가 그런 배가 선주가 한 세 분이 부산 외지에 나갈라 하면 세 척벳긔는 갈 수가 없었어요. 노 젓고 가는 배는 갈 수가 없으니까. 그 기곗배에서 가는 때도 새벽 5시 반에. 물때 좋은 때 출항계 냈제이. 우리가 벌 때 출항계 내고 다 나갈 때 도장 찍고.

그러니까는 그때가 한 5시 반에 출발을 해야만이 그길 가면 4시간 배 타서 갑니다. 형제섬, 외섬은 무인도라도 해군기지여서 총을 쏘는 연습 기지이기 때문에 어느 날에는 통보를 하는 거 닮데. 어느 날에는 고기잡는 어부든 해녀배든 글로 범접을 하지 마라. 고런 거 있는데 만약에 출발을 하거나 작업을 하거나 해서 나가서 총을 맞을 경우에는 군대에서도 책임을 안 졌어요.

그래서 그 바당이라도 점령을 안하면은 살아갈 길이 없으니까 그때 그 섬은 부산 다대포에 속해 있는 기지거든요. 지역상 보면은 남섬이라 한 데는 일송도에 속한 곳이고, 외섬이라 한 데는 지금 가덕도 있는데 진해배가 와가지고 총연습하고 그런 섬인데 인제 우리 해녀들이 여기도 점령을 안 하면 우리가 나갈 길이 없으니까 하자 싶어가지고 어찌 보면은 무법천지로 그기를 점령한거라요. 거 구역이 다 나눠져가 있는데 그 사람딜은 올라가면은 배를 사가지고 와야만이 점령할긴데 그럴 처지는 못 되는기라. 우리는 오늘 가도 그 바당 내일 있다가 가도 그 바당이니까 다른 바당에 나갔지요.

그때는 어촌계허고 (싸웠다). 그때 당시는 왜냐허믄 바당이(바다가) 여기가 성게 때문에. 우리 있는 데가 바당이 구역이 없다보니까 할 수 없이 남의 섬이라데. (바다를) 개척을 안하믄 우리 봉례동 해녀들은 살 아나갈 수가 없었어요.

옛날에는 안취섬이라 했어요. 그라믄 안취섬광 이 사이가 지금은 다 육지가 돼 버렸는데 옛날에는 다 바다였습니다. 옛날에는 봉례동에서 노 젓엉 이디 와서 작업을 했다고. 옛날에는 우미도 ᄌ물고 성게도 했는데 그때만 하더라도 조도 인자 안치섬이니까 동삼동 사람들이 여기까지는 심하게 난리를 치치 안했는기라.

해녀에게 바다는 생명줄인데 그 삶의 터전이 위협을 당하니까 살 길을 모색한다.

그만치 너무너무 박하고예. 하루 벌어 하루 먹는다는 게 그렇게 고역이었요. 막 힘이 들었어요. 그니까 인제 궁리끝에 이 바당이라도 어촌계에 그거를 해가지고 올려가 시에다 올려가지고 우리가 점령을 하자 해서 그래가지고 봉례동은 뻘바당벳긔(펄바다밖에) 없으니까는 항구바당이 없으니깐 고걸 인정을 해주는거라. 그러면은 거기라도 나가서 작업을 할 수 있는 환경이 되면은 하라는 식으로 처음에는 갈라줬는데 지금은 남이섬도 송도쪽으로 해도 언제 그 사람들은 배 타가 나오고 막 그거 할 거고. 우리는 그거는(물질이) 생업이었기 때문에 비가 오나, 바람이 부나 막 며칠 잠잤당이라도 할 수 있는 거고. 말하자면 그게 어거지지. 그래서 그거를 싸와가지고 어촌계에서는 언제 '바당을 팔아 먹겠다' 해 가지고 부산시에서 자갈치 상인, 개인 상인한테 팔젠 했는데 그게 글로(자갈치 상회) 넘겨버리면 정말로 살 길이 없으니깐 그 때문에 싸움을 해 가지고 우리 봉례동 해녀들이 작업을 며칠을 못했어요.

그날 벌어서 그날 먹는 사람덜이 그거에다 목숨을 바쳐가지고 '이기를 뺏겨버리면 우리는 영원히 못산다.' 해가지고 봉례동 해녀들이 며칠을 싸움을 해가 그때가 60년대 말인가 70년대 촌가 그렇게 됐습니다. 하도 하니까 부산 MBC방송국에서 나와가지고 인터뷰를 했어요. 지금 같으면은 시에 대모를 (했어요). 부산 시청 앞에서 봉례동 해녀들이 한 50명 (모여서 데모를 했다).

● 제주해녀들의 일터가 정해져 있다

부산에서 지역에 따라 해녀의 연령이 구분되어 있는지 물어보았다. 즉 동삼동 중리 해녀는 조금 젊고, 영선동에는 좀 나이든 해녀들이 있는데 …

거기는 처음부터 무슨 나이 많고 적은 것이 된 건 아니지. 그 구역일을 젊은 사람들, 예를 들어서 타지에서 그 동네를 안 들어 갑니까? 물에거를 하고 싶다 허면 그 사람들이 뭣고 가입을 해도 아마 그 해 년도가 오년이든 삼년이든 가입해가지고 그 후에 하더라도. 예를 들어서 이제 돈 날 바당은 그 노인네들이 하고 조금 사이가 먼 데는 젊은 사람들, 이제 들어온 사람들이 하다가 이 노인네들이 인자 돌아가시고 나며는 그 분들이 차츰 이렇게 가까운 데로 오게 돼 있어요.

태종대 해녀하고 동삼동 해녀하고는 같이 작업을 할 수 있는 거라예. 해양대학 앞은 지금 매립이 쪼끔 돼 있어도 우리는 옛날에 인자 해녀질을 했는데 여기는 인자 산이라서 배 타가 안 나오면 걸어서는 올 수 없는 데라. 육지로는 배를 타야만이 올 수 있는 데기 때문이라. 그래서 인제 요 봉례동 사람딜이 주로 한 60년대에는 많이 했는데 70년대부떠는 자기네가 완전히 구역을 못하게 했기 때문에 봉례동 사람들이 한 80년대부터는 아마 발을 딱 끊었습니다.

남항동 어촌계 해녀들은 다 제주 출신인데 태종대 해녀들도 그런지….

태종대 해녀는 옛날 사람들은 이제 다 돌아가시니까는 이제는 (많지 않아요). 제주도에서 와가지고 여기 와서 물질했어요. 거기는 통영 바다라. 지방사람들(이 있어요). 왜냐하믄 여기에는 옛날에는예 울산에서 해녀 모집하듯이 해녀를 모집했어요. 요 바당이 자기 주인으로 해가지고 그기 동삼동 사람들이 주인인거라. 그니까 자기네가 점령을 했다 해가지고 권리를 펴는거라. 제주도 사람들이 완전 권리행사를 다 했어요. 그래가지고 인자 타지사람들 해녀를 모집하는 거라.

제주도에서 모집을 하든, 부산에서 모집(을 하든). 나도(김정자) 봉
례동에 살면서예 그 구역에서 해녀 모집을 허렌 했어예. 봉례동에서도
너이가 봉례동 해녀면서도 이제 방 얻엉으네양(얻어서요) 우리 친구덜
너이서(넷이서) 물에거를 했어요.

● 아내로서 한 일

아이들 교육 때문에 물질을 그만두고 자갈치 시장에서 장사를 했다.

이디서 물질을 그만둔 게 마흔다섯 살쯤이난 흔 10년 하고 살림을
살앗주. 남편이 공무원이어도 자갈치에서 미역 장사도 했죠. 에, 또 수
산센터에 가서 밤새고 그물도 떼고예. 시골에서(제주도에서 부산으로)
나오면은 당장 먹을거리 있습니까?
공무원이라도 처음 올 때는 월급이 만 이천원을 받앗주. 그때 그걸
로 살아갈 수 엇이난 물에일 허면서 그 일도 헷주. 물에 안가는 날은
자갈치에 와서 미역 떠서 자갈치시장 길거리에서 ₐz다가 단속반 나오
민 다른 디로 뛰고. 또 그거 못허는 날은 고깃배 들어올 땐 수산센터에
가서 그물에 걸린 고기 떼 주엉 일당 받앗수다.

남편이 정기적으로 월급을 받아오지만 제주여자들은 집에서 가
만히 놀 수는 없다.

우리 제주도 사람은 원래 농촌에서 농사일 하다 오니까예. 가만히
앉으면 막 정신이 혼동허는거 아니꽈게? 또 여 와서 집도 사야 되고,
처음에는 전세도 얻어야 되고 허난. 또 집이서 일해 나니까 가만히 들
어있기도 경허고예.

3. 4·3 사건이 인생에 미친 영향

● 결혼과 친정살이

4·3 사건을 겪으면서 부모와 친척들이 돌아가시고 그 후부터 고생이 시작되었다. 친정 동생들을 거느려야 하는 가장이 되었다. 온 집안이 4·3 사건을 겪으면서 고통을 당했기 때문에 당시 상황을 구체적으로 기억하고 있었다.

중학교 졸업할 무렵이난 거의 열네살에 4·3 사건을 경험했어요. 그때 도일주 나가다 보니까예 제주시로 가는데 삐라를 뿌린거예요. 살 사람은 산으로 오고, 죽을 사람은 내려가라고. 도일주 가당 우리가 그 삐라 보고 돌아왔거든.

나 애기 흐꼼 들으십서. 나 열여섯에 6·25 전쟁이 나고, 우리 아버님, 어머님은 나 열일곱 살에 돌아가셨어. 그때 나가 14 살이고, 남동생이 열 살, 여동생이 일곱 살, 네 살 5개월 된 남동생이 있고 다섯 이섯주.

부모님이 다 돌아가시고 고아 아닌 고아가 되었는데 입 하나 덜기 위해서 일찍 결혼하게 되었다.

아버님이 돌아 가셩 막 복잡한 기간인데마씨. 열네 살 때 결혼헐 때 어려운 때라. 그 나이에 (결혼한) 거는 우리 집안은 어른들이 안계시니까, 집안 하르바님덜이 딸이니까 식구 하나씩 줄인다고 이제 남의 집에 빨리 보내 버리는거예요.

흐루 아침에 고아가 돼 가지고 고생한 (생각을 하면). 그때 소녀 가장이 되엇주. 우리 친정이 종가집이라서 제사가 열여섯 번인데 다 나가 했어요. 우리할머님은 그때 칠십둘인데 갑자기 일어난 일이라(4·3 사건) 정신이 혼미하고 집안 어른들은 다 돌아가셨지예.

결혼헨 10년 동안 시집에 안 살고 친정에서 동생들 키우느라고 서른 꺼지 (친정에 살았다). (부산 올 적에는) 서른다섯이니까 더 어려와졌지. 친정 돌보려 허지 아이덜 둘이 생겼지. 그 때는게 친정 형제간이 다 성인이 되니까 (내 불고 올 수 있었다).

● 친정나들이

부산에 살면서도 친정 제사나 큰 일이 있을 때는 고향에 간다.

친정에 일이 있을 때는 내려가고 남동생도 일년에 한 몇 번씩 오고, 막내 동생은 부산 사니까 또 자주 만나요. 또 친정동생이 막 나를 보고 싶어 허민 한번 내려가고. 또 지가 보고 싶으면 이레 오고 어머니처럼 부모 역할을 다 했죠.
[채록 : 김창후, 문순덕 / 정리 : 문순덕]

 Ⅳ   **김정숙의 삶 그리고 역사**

김정숙(65세)은 북제주군 구좌읍 하도리에서 11남매 중 일곱 번째로 태어났다.

20세에 고향 남자와 결혼해서 삼형제를 두었다. 30세에 부산에 와서 물질부터 옷장사 등 여러 가지 일을 하면서 가정을 꾸려왔다. 물론 남편도 직장 생활을 하면서 많이 도와주었다.

1. 청년 시절에 한 일

● 4·3사건을 겪으면서

8세에 4·3사건을 경험했고 그 후 온 가족이 고생하면서 살았다.

나가 여덟 살에 4·3사건이 났는데 우리집이 커 노난 파견소 헤낫수
다. 어느 부대에서 와가지고예 죄 없는 사람 심어당 죽이는 거, 총살하
는 거 (봐 낫수다).

몇 년 동안 파견소를 하다가 4·3사건이 지나고 나서 학교를 불태워
분 후로 우리집에서 학생들이 공부하게 되언마씨. 그렇게 하다가 학교
를 어느 정도 짓고 나니까 학교에 강 공부하고 우리 집은 우리대로 수
리해서 살아십주. 그때는 총 팡팡할 때난 죄 없는 집이나 이름 난 집들
은 왕 다 유리창 깨 불엇수다.

그때부터 (4·3사건) 곤란을 겪기 시작헷수다. 아버지는 부산에 피
행 살았고, 오빠들도 피행 살았고 어머니 혼자서 우리 다섯 오누이를
키우려니까 너무 힘들어서 바다에 가서 물질헤당 우리가 생계를 유지
하며 살아서마씸게.

재산이 이서도예 그때 당시는 집만 크게 써 아지믄 뭐 헐 거꽈? 밧
도 흔 몇 개 이서 봐도 그거는 농사지엉 생계유지밖에 더 헤낫수과? 곡
식 난거 헤근에 풀아 먹어근에 그걸로 살림이나 보탤 수밖에 뭐 한 일
이 있어. 그 후부터 고생을 헷수다. 육지 왕 물질 헹 들어강 그런 대로
살단 결혼을 너무 일찍해 베서마씸(버렸어요).

● 태어나서 처음 한 일이 물질

고향이 바닷가 마을이라서 어릴 때부터 자연스럽게 물질을 배웠다.

여덟 살에 물질 배우난 아홉 살부터는 막 애기상군까지 헤영예. 흔
번은 유리공으로 물질을 허당 보난 잘 안 묶어부난 둥둥 떠나난 미역

ᄌᆞ물아(캐어) 둔 건 ᄀᆞ라앚아(가라앉아) 불고 유리공만 심어지면 살아
진덴 행 그거 심엉(잡아서) 나와시난 '미역은 내 불어 뒹 오고 왜 유리
공만 잡앙 왔느냐'고 언니한테 욕들엇수다. 어머닌 '아이고 그건 내일
이라도 건지면 되지게. 무사 사람이 살아사 할 거 아니냐' 헨 뒷날은
간에 미역을 건져 와십주. 그때가 바로 아홉살 때마씨.

그때는 하도리도 다 구역구역마다 동네마다 자기 바당(바다) 구역이
잇주게(있다). 지금도 마찬가지일 거우다(겁니다). 물질허당 시집은 가
면은 시집동네서 해야 되는데, 나는 신동네 사람한테 결혼허난 그냥
허던 디서 해십주.

2. 물질하면서 보낸 청춘

● 평생 직업이

여덟 살부터 바다를 놀이터 삼아서 지금까지 살아 왔다. 보통 직
장은 정년 제도가 있는데 해녀일은 정해진 정년퇴임 시기가 없다.

집이 아방은 정년퇴직헹 놀지. 아방이나 아덜이나 주차장을 ᄀᆞ찌 허
랜 해줘 뒹 나는 물질을 하민예 쓸가게나 주차장허는 것보단 많이 벌
어마씸게. 흔 일주일만 되민 돈 백만원 버난 어떵 말이꽈게. 몸이 아파
도 수입 때문에 못 노는 거 아니라양. 몸이 아팡 못 할 정도까지는 헐
거우다.

경 행 요번엔예 물질 일 주일 헤나난에 너무 지치고헨 쉬엇수다게.
몸이 아파서 수술해서 몇 개월을 작업을 못하다 보니까 보험회사에 다
니게 뒈엇수다. 해녀 수입이 많으니까 겨울에 놀 때는 출근을 하는데
봄부터 팔월 추석까지는 나가 출근을 못 하니까 우리 아저씨가 출근을
대신 해줍니다.

지금도 봉래동 해녀들은 물질을 한다.

옛날에는 백명도 더 되나신디만은(되었는데) 할머니들 나이 들엉 다 돌아가시고. 그자 몸 아팡 있는 할망들도 있고, 물질 안 하는 분들도 있고, 주로 몸 아픈 할머니들이 많아요. 지금 현재 하는 분은 한 사십 명 됩니다.

봉래동에 있는 해녀는 주로 우도에서도 많이 오고, 월정에서도 많이 오고, 한동에서도 오고, 서촌에서 온 사람도 한 명 있고, 종달리 하고 저 소섬이 많습니다. 우리 하도 분도 많고예.

● 바다에서 경험하게 되는 저승길

물질할 때 해녀가 사고를 당하면 '물굿'을 해서 원을 풀어준다.

나가 해녀회장을 이십 년을 했는데 딴 동네는 물질허당 죽곡 허는데, 우리 봉래동 해녀들은 아직까지예 우리 동네만 사고가 엇어마씸예.

해녀들이 사고 나면 굿을 하는데 우리가 가근에 다 올리고 물굿을 해 주렌 헙니다. 이디선 아직까지 물굿을 다 허주게. 심방은예 제주도 큰심방이 잇수다.

딴 사람 하면 되도 안 하고게. 우리 제주 사람은 아무래도 거느릴 때도 많으난. 경 안 합니까? 이디 사람들사 제주 해녀랜 말뿐이주. 무신거 압니까게. 경허민 그 할망 불러 와근에(와서) 굿헙니다.

물질하면서 고생도 했지만 죽음을 경험하기도 했다..

물질헐 때 섬에 갔을 때 새벽에 나갈 때는 비가 안 와. 물에 빠지면은 에고 흔번은 위로 돌아 봐근에 푸주게. 경허당 보건 비바람이 치어노난양. 눈도 못 뜨고, 모자 쓴 위로 빗방울이 얼굴에 쏟아지는디 아프난예 그냥 와자창 와자창 그런 정도로 헤낫수다. 경허믄 '배 흔저 와 베시믄, 와 베시믄' 허멍 기다려집니께. 그디는(섬) 배가 가기 때문에 그 비 다 맞으멍 바당에 배가 (올 때까지) 이서야 합니다.

해녀 사건들은예 어떵 헴신가 하면 이제 눈도 어둡고 허당 보민예 그물 처 논디예 물이 영 가민 그물 저 위에 가게 되민 영 눕주게. 영 오민 그물에 걸려근엥 막 죽은 사람도 있고. 경허고 또 할망들도 톨나 물 허레 갓당도 죽고, 물질허레 갓당도 집에서 마음들이 안 좋앙 강마 씸. 경허민 사고 납니다.

나는 몇 번 죽을 뻔 헹 살아낫수다게. 나물섬이나 성게섬이나 가는 데 성게섬은 유람선 들어오면은 닻을 꼽아노면은 빨리 못 뺍니께게.

배는 빠르지. 좀 이시랜(있으라고) 헨에 이젠 닻을 빼지 못하고. 아, 저디 가서 사람만 퍼다 놓고 올 거난 기다리랜 헹 와르릉 허당 보난 배 가 워낙 커브난예. 스크루가 양쪽으로 두갭디다양. 게난 오리발만 잘 랑 나강양. 나 다리 안 잘라정 오리발만 잘라나강양. 흔 칠십미터 물 속에서 히연에 저쪽으로 나왕 이제도 나이 들어도 그러니깐 흔 칠십미 터를 저레 가당 보난양 오리발 흔 쪽만 신언에 태왁이영 줄이영 믄 감 아정 다 뿌서지고 뭐 헨에 그 할망신디(심방) 간 돈 주멍예 이렇게 하 당 죽을 뻔 한거 '넋 들여줍서, 넋 들여줍서' 헤낫수다.

물질은 고된 노동인데 해녀들에게 소위 직업병이 있다.

잠수병이 없다 해도예 다 잠수병이 이서. 온 빼가게 물질 하당 보민 너무 물 차가운 데서 하당 보민 온 삭신이 쑥쑥쑥쑥 쑤시고 주로 감기에 많이 걸려. 몸을 많이 써 부난 내중에 뱅벳긔(병밖에) 안 남을 거고예.

나는 보험회사 다니면서 노후대책을 다 해 낳지만예 딴 사람들은 먹 고 살기가 바쁘난 노후 대책해 논 사람들은 이제 우리 영역 밑에 사람 들은 다 헷수다.

3. 부산 이주 시기와 동기

● 동정심에서 한 결혼

육지에 물질하러 다니다가 해녀배 선주인 시아버지의 눈에 들어서 결혼하게 된다.

> 스무 살에 결혼헷수다. 스무 살에 결혼헨 보난 거기도(시댁) 12남매가 있는데, 반절은 돌아가시고 반절만 살아십디다. 우린 동갑이고 같은 동네난 이제도 막 친구같이 지내기 때문에 싸우고 확 풀고 허멍 한 세상 살았습니다.
>
> 처녀 적에도 한 2년 정도 부산에 갔다오고, 한산도에 가고, 완도 청산에 가서 (시아버지를 만나서 결혼하게 되었다).
>
> 청산도 가난 날 내불지 않아근엥 '결혼만 하자' 핸. (남편이) 열다섯 살에 어머니가 돌아가셔 부니까 동정심에서 결혼은 헤십주게. 결혼도 해 주라고 사정도 했고. 부모님들, 성제간들이 반대하는 결혼을 어거지로 했는거라. 우리 옛날 시절에도 친정에서도 반대하고 동네 사람들도 고생하러 들어가지 말랜 해도예. 전생에 고생문이 열렸기 때문에 들어와서 고생만헷수다.

20세에 결혼한 후에도 물질이란 직업은 버릴 수 없었다.

> 나가 시집 강 보난 뱃 여섯 척헐 때는 부자였지만 제주도로 소개헹 들어오당 그 배들 다 풀앙 돛단배에 쏠이영(쌀과) 살림들 다 싱그고 돈들도 다 실은 모양이라. 똑단선 하나 헹 오당 침몰되난예 우리 시집도 완전 거지가 돼 벗어(버렸어). 아무 것도 엇어 노난예 우린 빈손으로 결혼생활을 시작헷주
>
> 결혼헤도 혼 10년은 하도에서 계속 살았는데 스물한 살에는 하도에

살지 않앙 여름에는 청산도에 나와근에 물질헷수다. 시아버님도 해녀 배 허고, 시누이 남편들도 보민 다 해녀 배 허난. 흔 해는 시누이네 배 타주고, 흔 해는 시아지방 배 타주고. 또 해녀 모집혜근에 이디도 가 주고, 저디도 가 주고 허당 보민예. 돈이 경 태움지를 안혜신고라(안했는지) 돈을 잘 받지 못혜십주.

　(육지에 물질하러 다닐 때) 가을에 들어와근에 어머니 농사도 다 걷어들이곡 허영 애기 하나 돌아근에 밥 먹으멍도 (물질헷수다). 제주도 서예 허당허당 버치면(힘겨우면) 어머니 좀 도와주젠 구덕(바구니)도 졸아보고(짜 보고) 어린 나이에도 못 헌거 엇이 다 헷수다게. 신발만 안 삼아봣주. 그때(결혼 후에 시아지방네 배를 타당 따로) 부산으로 나왕 돈 벌언에 일년에 집 하나씩 사고 헷수다게.

● 부산에서 살아온 이야기

결혼한 후 한 10간 육지에 물질하러 다니다가 30세에 부산에 나와서 살게 되었다. 부산에 첫 발을 들여 놓은 곳이 봉례동인데 여기서 지금까지 살고 있으며, 물질도 하고 여러 가지 장사도 해 보았다.

　제주에서 살단예 서른 살에 부산에 왔는데 여덟 살에 물질 배왓수다. 부산 오기 전에는 주로 하도 신동리에서만 헷수다.

　남편을 일찍 (부산으로) 보내십주게. 남편은 우리 애기들 교육 문제 때문에, 부산에라도 나가근에 공부라도 좀 허게 허게. 우리 둘이가 맞벌이하면은 살 수 이시켄 허난에 나보다 먼저 부산에 나왓수다. 나보다 일년(6~7개월 전) 전에 나왓주.

　난 제주서도 뺏대기 장사, 미역 장사도 하지. 부산에 와서도 장사하러 제주에 들어가고. (남편을 부산에) 일찍 보내놔근에 물질혜영 돈을 보내 놔 두걸랑양 (부산에)나완 보난예. 오꼿 기자 일을 안혠에. 직장 다니당 일을 안 행 놀암십디다게. 그때부터 우리집 아저씨가 스년을

놀게 되난예. 물질 해 봐도 안 되고. (남편은) 배(무역선) 타젠 아무리
해 봐도 안 되고예 부로케에게 사기를 당헷수다.

(그후에) 물질 허젠 허난 큰애기는 외할망안티(외할머니에게) 매껑
(맡겨) 내 불고, 쌍둥이는 네 살 때난 데령예 물질을 갔는데예 작업 도
중에 부산 나왕 대목을 보젠 허면예 그냥 빈몸으로 나왓수다.

남편이 무역을 타게 되고, 고생고생하면서 빚을 다 갚았다.

이런 고생 저런 고생허당 서른 한 대여섯쯤 되난예 남편이 배 타게
뒈엇수다. 부로케에게 준 돈이 집 한 채 값은 되어십다. 그 빚을 다
물젠 허난 잘도 고생헷수다. 안 먹고 안 쓰곡 헹 벌언에 그 돈 갚아 뒹
죽어 자빠져도 그런 돈을 쓰지 말자 헹예. 물질을 가민 먹지 못하고 도
저히 물질도 못허영예 결과적으로는 속병까지 다 걸리고. 그때 경 굶
어나 부난 위장병 걸렷수다. 사람들은 점심을 사 먹어도 급전 이자 갚
으젠 십원짜리 국수도 못 먹어가난 그때부터 눈도 다 어둑어 불었습니
다. 힘도 없고 빚을 갚으젠 허난 그 당시에 물질허멍 밀감 장시도 헷수
다. 나가 일주일을 굶어도예 살아지고예 허당 버청예 한 일년 동안은
예 하루에 잠도 얼마 못 자 f수다. 그렇게도 살아지는 일이 참 희안
하더라고. 옛날부터 우리 이모가 완에양 쌍둥이 나난 '너이, 건강이 한
재산이여.' 흔 말을 알아지쿠다(알겠습니다).

그 후에 이제 배(해녀 배) 타당 보난예 돈을 벌엇수다. 겐디 몸이 아
팡 물질을 못허난 이불 장사도 하고, 돗자리 장사도 헤낫수다.

이제도 날 좋고 물 때 좋을 때는 한 며칠은 배로 나가근엥 나무섬,
향기섬, 외섬 그런 디 강 허곡 물건도 많고 (해산물을 팔 때) 우리 차로
실엉갑니다. 우리 막내 아들이 차로 와근에 실엉 갑니다.

(남편이 직장 다닌 후) 그후로부터 계속 돈을 벌언에 아이엠에프 들
언에 현대상선에서 정년퇴직 헷수다. 경헨 우리 아저씨하고 큰아들이
쌀가게도 하고, 주차장도 합니다게.

부산에 와서 산 지도 35년이 되었으며 제주해녀들의 부지럼함을 칭찬했다.

> 우리 제주도 사람들이 사는 거 보믄 ㅇ망지주게(야무지다). 진짜 생활력이 강해예. 어떵 살암냐면예 보면은예 비 오는 날에 물에 들어 불민 '아이고, 언니 한 세상 어떵 살코 헨게 이렇게 낼이라도 밤새 안녕하민 그걸로 끝인데. 그렇게 너무 무리하지 맙센' 허민 그 사람들도 신용으로 살아왔기 때문에예. 곗돈도 밀려 불민 안 되고, 보험료도 밀려 불민 안 되고. 경허난예 일을 헤야 헌댄 헙니께. 정확하게 하는 사람은 우리 해녀밖에 없어요.

4. 다시 하는 인생

● 사회활동

부산도민회 부녀회나 해녀회 등 사회활동에도 적극적으로 참여했다.

> 아니, 그냥 저, 영도지회에서 한 십년 동안 활동하다가 부녀회에 또 들어완에 칠 팔년 활동헷수다. 송군자회장이영 같이 일헤십주. 또 그것뿐이꽈? '바르게살기운동'도 하고 봉례동 해녀회장도 맡안 잇수다. 막 아프지만 안허믄 열심히 봉사허곡 일허멍 살젠 헴수다.

● 제주여성으로 살아가기

제주여성들은 생활력이 강하다고 하는데 실제 어떤 모습인지 여쭈어 보았다.

게난, 영 보민게 수입이 엇어가민 우리 제주도 사름덜은게 아무래도 게 제주서게 검질 메곡, 밧디 일허곡, 물질허던 그런 사름들이 많이 왕 살주게. 물질은 안헤도.

옛날은 물질완 보난 남편들이 직장생활을 다 허난에 물질덜은 안헤도. 또 남편들이 정년퇴직 헤근에 놀아가민 일허곡게. 생활력이 강허난 벌엄주게.

제주사름덜은 생활력이 강하기 때문에 흔푼이라도 벌어서 자식들앞이 손 안벌리겠다고 말해예. 지금으ᓴ지도 우리 연령 사름덜이 (해녀로) 뎅겸서마씸. 아니. 경허고 이제는 또 앉안 노는 사름들토 있어. 젊은 때는 허지만은 영 보민 우리 연령 윗 사름들은 집안에 앉게 되니까 앉어서 노는 사름들토 영 보믄 이서.

제주도 여자덜은 남편이 수입이 엇이믄 어멍이라도 나강 일허영이네 그 집안 살림을 살젠 생각허주. 우리 제주사름은 어쨌든 가정은 지킬려고, 그거 하나는 춤 좋은 일이여.

경허주만은 옛날 사름덜사 우리시대 사름덜사 어쨌든 일생을 ᄆ치젠(마치려고) 막 ᄆ음 먹엄주. 이혼 안허고픈 사름덜이 어디 이십니까게? 싸울 때는 기냥 확 벗어부찔 생각도 이서도 '아이고, 얼마 안 남은 인생, 기자 그리저리 일생 마쳐 불주.' 헹으네 다 그런 ᄆ음 먹엄실거우다게. 그런 음 먹어근엥 우리시대 사름덜은 살암실거우다게.

더 하고 싶은 말은 앞으로도 건강만 허민 물질도 허곡, 어디 도와줄 일 이시민 돕는 디도 가고픈디 건강하지 않아서 못허는 건 어쩔 수 엇 곡. 그렇게 허젠 헴수다게. 거 열심히 살곡, 이제 후배들한티도 다 이러이러헷젠 말을 많이 헤주엇수다만은 그렇게 허면서 살게 헤야주, 어떵헙니까게.

[채록 : 김창후, 문순덕 / 정리 : 문순덕]

김정자의 삶 그리고 역사

　김정자(61세)는 북제주군 구좌읍 월정리에서 2남매 중 큰딸로 태어났다.

　26세에 28세의 고향 남자와 결혼했으며, 슬하에 3남매를 두었다. 아버지가 일찍 돌아가셔서 어머니가 고생 고생하며 살아온 이야기를 자신의 경험과 견주면서 차분하게 전해 주었다.

1. 어머니의 삶과 물질 시기

● 어머니의 인생 역정

　어머니가 혼자되시면서 물질을 하러 육지로 나 다니고, 본인도 어머니를 따라서 물질하게 된다.

　　그때 당시 워낙 못 살던 세월이 되니까 우리어머니가 인제 그 당시 스물두 살 땐가? 홀로 되었어요. 청춘 나이에 우리남매를 뒀는데 우리 동생이 유복자라예. 그래서 인제 한평생을 어머니하고 저는 같이 늙어 가면서 모시고 있는 그런 처지입니다게.
　　어머니가 일찍 시집가서 주손집 살림을 맡으당 보니까 남편은 일찍 돌아가셨지, 제사 명절은 많지. 계니까 헤어 나갈 길이 없어가지고 제주도 살림은 친정에다 좀 거들어 주십센 헹 매껴 뒹 육지 나완에 일년 살면은 돈 벌엉네 제사 맹질헐 거는 보내고. 부산에서는 이 바당에서 겨울에는 물질을 허고, 봄으로 여름까지는 촌에 강으네 이제 또 벌이 좋은 디 가서 물에거를 했는거라마씀.

경헹으네 이제 또 촌 바당을 다녀봤지마는 인제 (바다)임제들이 있어 노니까는 겨울 한철은 물에거를 키웁지 않습니까? 양식처럼 키워가지고 하니까는 봄과 여름은 해녀를 쓰고 겨울에는 해녀를 안 쓰니깐 그때는 봉례동에 방 하나를 얻어가지고 겨울 물질은 부산에서 하면서 한 몇 년 동안 어머니는 인제 제주도 외할망신디 뚤을 떼어놔 뒨 와시난 설마 물에 걸 ᄒ쑬(조금) 배와실테주 헨에 (불런 보난 물질 험이랑마랑).

(나가) 열여섯 살 때는 어무니가 촌에 갈 때는 부산에 살면서도 해녀 모집을 헹으네 가며는 한 열도 모집하고 일곱도 모집헹으네 그 바당이 구역구역 바당 인솔을 하는 거라. 경허믄 인솔 사이에 나를 끼워가지고 보내랜 허믄 제주서 그 옛날엔 화물선 탕으네(타서) 그냥 열흘도 배 타고, 일주일도 배 타면 바다에서 그냥 막 다 죽엉으네 녹초가 될 정도 (가 되었다).

● **고향을 떠나서 육지로 물질하러 다니다**

홀어머니를 도와서 다른 지역으로 물질하러 다녔으며, 물질 실력도 나날이 늘었다.

그니까 거슬러 올라가믄 이제 어무니 따라서 한산도락한데 내면도 앞에 거기를 한 네 번을 물질허레 왔어요. 어린 나이에 어머니 따라서 같이 왔다가 어머니는 인제 부산에 기거하고 나는 제주도 갔다가 한 겨울에는 제주도 살고, 한 해 봄과 여름 한철은 어무니 따라 해녀작업으로 다녔었어요.

어무니 따라서 거문도에 나온 때가 열여섯 살이니까 그때부터 물에거를 했어요 그전엔 그냥 촌에서 히는 거 정도고. 잠수실력은 전혀 엇어십주게. 봄과 여름에는 어머니하고 같이 육지 나오랑으네 물에거를 베왔는거라. 전혀 힐 중도 (몰르난) 보름은 그냥 ᄆᆷ 곰을 정도했는데 이제 전격적으로 물에거를 헌거는 부산 와서 헤십주. 한 사년 동안은 어머니 따라서 한산섬에서 여름에는 쪼끔하고 가을 되면은 이제 머꼬 잘 되면 제주도에 소분도 허레 가곡.

2. 결혼과 가정생활

• 때 늦은 결혼

당시 사람들보다 결혼이 늦어진 이유는 어머니를 도와서 물질을 했기 때문이다.

결혼은 그니까 뭐 그때 당시는 나로서는 좀 늦었다는 그게 있었지요. 왜냐허면 제주도에 있었으면 조금 일찍 했을는지 모르는데 부산에 나와가지고 결혼을 했고.

그때 나이에 우리 친구딜은 보통 19살에 간 아이딜도 많았습니다. 19~20살, 22살에 결혼한 사람들이 많았는데 나는 참 결혼 시기가 상당히 늦었어요. 우리 신랑은 서김녕 사람인데 스물여덟 살이고, 나는 스물여섯 살에 결혼했어요.

경허단 스무살 때 부산에 와서 정착을 해서. 그때는 동생도 부산에 와서 인제 공부하게 되니까 어머니 혼자서는 벌면서 공부(시키기가 어려웠다). 막 먹기도 바쁘니깐 제사 맹질허곡 동생을 공부시기젠 해도 어머니 혼차서는 생활을 못하니까 내가 결혼시기를 쪼금 늦췄어요. 내가 26 살에 결혼했습니다.

우리 아저씨도 직장 따라서 총각 때 부산에 나와 가지고 있으니까 결혼은 부산에서 했어요. 어른들끼리 중매해서 만나기는 시골에서 만나고 결혼식은 부산에서 했고 (시댁 식구들은 모두 제주도에 있다). 시부모님딜이 일찍 돌아가셔서 우리가 칠형제 맏이기 때문에 어느 정도는 좀 거들어십주마씀게.

● 가정생활

아이를 낳고 키우기 위해서 물질을 그만둔 후에 돈이 되는 장사라면 다 해보았다.

나가 부산 온 지가양 42년째 됐습니다예. 부산에 정착해 가지고 완전 자리 잡은 지는 흔 41년됩니다. 나도 70년대까지 물에거 하고 그 이후에는 왜 물에거를 못했냐 하며는 아이도 그때부터 낳다보니까 키우게 되고, 그러는 도중에 우리 할머니가 일본에서 나오고 들어가고 할 때가 되니깐 한국에서는 한국 물건을 사 가서 일본에서 장사하고 할머니가 일본에서 물건을 갖고 오면 나가 일본장사를 했고. 한 10년 동안을 교포를 상대로 해서 애들 키우면서 인제 장사를 했어요.

그때는 중고품 장사를 하며는 좋은 거는 골라서 제주시로 보내고, 쪼끔 허름한 거는 근으로 달아가지고 국제시장에서 구제품 장사를 한 10년 동안 했어.

80년대에 국제시장에서 옷 장사를 한 사오 년 했고, 돈이 되는 것이면 뭣이든지 서슴없이 덤벼봤는거라. 그 후에 안해 본 것도 없습니다. 90년대 들어서는 종합 화장품코너를 8년간 했어요. 1999년부터는 인터넷PC방예 그 거를 4년 했어요.

3. 물질과 인생살이

● 물질에 바친 청춘

결혼 전부터 물질을 해서 결혼 후에는 물질, 장사 등 여러 가지 일을 해서 가정생활에 보태었다.

결혼해도 그냥 직업을 한 두개만 헌 건 아니주. 그냥 막 하. 부산에 정착하면서 십 년 동안 이것저것 했어요.

1968년도에 결혼했고, 물에거를 설른지는 70년도니까 부산에 와서 딱 10년 물에거를 했어요. 그때 당시는 해녀 고무옷이 없었습니다. 그냥 벌거벗어가지고 동지 섣들에 물에 들어가면은예 진짜로 손톱밑이 새까맣게 죽어버려요. 안강에 그때는 이 밖강이라 해봐야 저 오륙도 정도이고 노 젓고 뎅기는 고런 시절이니까. (파도가) 쎄면은 이제 오륙도를 나가지를 못하니까 안강에서 (물질을 했어요). 안강이랜 헌 디가 중동예. 부산항 안이난 안강인데 이 전체는 봉례동 해녀딜이 전부 점령을 해가지고 다 했어요. 동삼동쪽은 밖강이고.

봉례동 바당에서 해산물을 많이 채취할 수 없어서 목숨 걸고 군사지역까지 다녀왔다고 한다. 험난한 물질 경험을 생생하게 전해주었다.

이 봉례동바당이 이거뿐이 없는기라. 그러믄 항구 안에서 어딜 가냐 허면 붉은도대라는 데가 인자 배 들어오는 항구인데 배 논 데가 수심이 상당히 깊어요. 한 15m 정도 되는데 고 밑에 숨엉 들어가 보면 한 그때가 동짇둘, 섣둘이 되어도 진짜로 미역이 밑에가 완전 저 출밧ㄱ치(꼴밭같이) 났드랬습니다.

칠보도 요 밑에가 해군부대였는데 그때 당시에 군인 보급소였는거라. 여기서 나오는 총탄이든 군인에 대헌 거는 전부 들어와가지고 다른 데로 나가게 돼 있어요. 외항선에서 들어오면 여기서 이제 보급을 해가지고 일로 다 나가게 되었으니까 경비가 그렇게 심해 가지고예. 여기에 풍선을 대 놔 놓고 해녀딜이 헤엄을 쳐가 들어가야 되는거라. 헤엄을 쳐가 들어가며는 못 들어오게 총을 막 쏜다고. 그믄 총 안 맞을라고예 테왁을 머리만 숨카가지고 가단에 우리 앞전에 두 사람 총 맞아가 죽은 사람 있어요. 군인 구역이어서 들어오지 못하는 구역에 들어와서 하니까는 경혜도 하소연을 못하는기라.

다른 데는 한 20분, 30분 해도 하지 못하는 거 여기는 한 5분만 해도 한망아리 가득 정 나오는 거라. 그때는 위험을 무릅쓰고 이 안에 들어가가 물에거를 했습니다. 그때가 나가 결혼하기 전이니까. 한 64년, 65년돕니다.

추운 겨울에도 미역을 채취한 이유는 좋은 값을 받기 위해서였다.

음력으로 동짓들 그물엉 한 선둘 정도 되며는 정월 대목 보젠 허곡, 보름 대목 보젠 허곡 그래가 하며는 그때가 미역 값이 좋았습니다.

아이고, 미역값이 말도 못해. 양식 구경을 못헐 땝니께. 춥고, 눈 오곡, 막 바람 불고 그런 날만 이제 선택해가 가며는 물에 들어가며는예 단 한 5분을 못허는 거라. 피가 막 맺혀가지고 손톱밑이 막 일어나가지고 못허믄 이빨로 쪼끔 씹어가지고 어느 정도 해소되면 물에서 허믄 한 10분이라도 살앙 나오면 아주 잘 나왔주, 그때는.

그때 봉례동 해녀가 그렇게 할 때는 공동으로 하는 거라. 미역을 한 일주일이면 두 번 내지 세 번 정도 공동작업을 하고 그 후에는 쪼끔 이제 쎄어지며는 인제 각자 배 탕 강으네 각자하고. (제주도처럼 미역해경은) 그런 식으로 안헷주마씨. 여기는 그날 강으네 그날 벌엉으네 살기 위해서. 그때는 또 세월(기간) 맞추려고 미역이 크면은 다른 어촌에서 다른 해녀들도 막 하며는 우리가 다른 동네에서 오기 전에 하며는 한 50근이라도 세월 마치기 위해서.

그 당시 봉례동 해녀들은 군사 지역에서 목숨 걸고 미역을 채취했다.

당시에는 노 젓는 배가 흔 대여섯 척이 되지게. 떼배는예 많이 실으며는 한 여섯명 내지 일곱 사람이고 큰 배는 많이 실으면 열다섯 사람을 실었어요.

그 해군기지앞에 갈 때는 배가 이제 혼꺼번에 다 가는데 이제 배치를 받는거라마씀. 큰 배에 갈 사람은 열다섯씩 타는데 그 배가 크니까 못 들어가지 않습니까? 작은 배로 배송을 시키는거라마씀. 작은 배에 있는 사람들은 큰 배에 올리고 큰 배에는 젊은사람들 하고 나이가 좀 어리고 말하자면 상군들을 배송시키는거라예. 경허믄 이 배 갈아탕으네 가게 되며는 한 일고여덟명씩 빨리 헹 나올 사람들을 한 30명을 풀어놓주마씀. 30명 풀어노며는 항구가 그냥 전부 πz수로 되버리며는 군인들이 총을 안 쏘을 수가 없는거라. 조용헐 수가 엇입주게. 한 두세 명은 그 앞전에 죽었는데 사람 죽은 후제는 쪼꼼 많이 자정을 해가지고 이제 그까지는 안 하더라도 살기 위해서는 할 수 없이 거기를 많이 갔었지요.

총 쏠 줄 알면서도예 거기를 안 가며는 그 물건을 할 수가 없으니까는 갔지예. 다른 디(데) 강으네(가서) 후루 몇 시간 헌 거보단 단 한 2~30분에 거기 수확이 그만치 많이 올리니깐 그렇게 한 거라마씀. 일주일에 한두 번쯤은 갓수다.

● 친정어머니의 삶

아버지가 돌아가시면서 친정어머니와 동무처럼 의지하며 살아왔다.

우리 아버지는예 일본에서 몸이 아파서 돌아가셔십주게. 결혼만 해 뒌에 일본 간 후제 우리 동생이 밴 중 알아서. 친할머님이 일본에 계시니깐 찾아갔다가 2년 후에 돌아가셨어요.

우리 어머니는 몸이 안 좋아가지고 물질을 한 마흔일곱까지 했는가? 오래는 못했습니다. 어머니가 막 아판에 육십 안에 돌아가실 걸로만 생각을 했었는데 정말로 우리 어머니가 혼차 살면서 이 고생을 했는데 어머니 돌아가시면 어떵허코 헨 내가 무진 애를 써십주. 우리어머니 연세가 지금 칠십아홉이고예(어머니 성함은 오표순이다).

일허레도 같이 다니고예. 지금도 돌아가시는 그날까지 같이 이실거니깐예. 계난 우리동생이 나 때문에 쪼끔 인제 사회적으로 어찌 보며는 피해 아닌 피해를 보는 거라. 어무니가 어떤 때는 어무니 아들을 위해서 아딜네 집에도 흑쓸 강으네 이서 봅센 허문 "난 죽어사 나가주." 이렇게 이야기 한다꼬.

뚤이영 살젠 허는 거라. 난 솔직히 경 곧주. "어머니, 날 믿엉이랑 살았덴 허지 맙서. 그냥 아들하나 믿엉 이 세상을 산 어른이주. 나 믿엉 살았젠 허민, 나 믿엉 살았덴 생각은 안 헴수다." 허민. 허긴 경헷저만은 나 이제 시집가 버리며는 저 죽은 귀신은 어떵험광(어떻게 하며) 이제 니네 오누이 어디강 매껴 동 감광. 경허는 것이 시집을 못 가고렌만 얘기허주게.

그니까 어머니가 인제 나를 남편인가 자식인가 의지허영 사는거라. 열여덟 살에 나를 낳으니까 같은 시대를 살아 왔는거라게. 이제 어머니도 항상 앉으며는 당신 살아온 역사를 친구처럼 이야기하니까 노상 어머니 말을 내가 듣고 살아왔는기라. 어머니시대를 내가 살고 내 세대를 어머니가 살고 같은 세대를 살고 있는 거라.

제주도에서 일찍 물질하러 나온 것은 제주도에서 물질해서는 먹고 살기가 어려웠기 때문이라고 한다.

우리는 솔직히, 우리 어머니는 고향에 살면서도 말하자면은 없는 집안에 시집을 가가지고 살다보니깐 너무 어려왔는기라.

밧도(밭도) 이제 넉넉지도 안 허고, 물에것도 넉넉지도 못하고, 아이는 공부시켜야 되고. 어무니 혼차서 벌어서는 동생 공부하고 제사 맹질을 못하는거라. 그니까 나 의지로 어떻게든 살아보려고 해서 밖으로 나왔지예.

4. 시집살이

● 장사보다 더 힘든 물질

물질을 하고 장사를 하면서 돈을 벌기는 했지만 해녀일이 조금 더 힘이 든다.

> 우리가 물질할 때는 상당히 힘들었습니다. 우리가 끝나고 80년대, 90년대에 한 분들은 우리나라가 좀 부하게 되니까 인자 먹고 사는 거는 신선한 거를 찾고. 고런 거는 비싸도 사 먹을 주머니 형편이 되니깐 해녀들 수입이 괜찮했지만은 내가 60년대, 70년대 물에서 할 때는 어지간히 비싼 거는 안 사고, 양 많고 싼 거라야만이 먹고 살았잖아요. 그니까 (물질이) 얼마나 힘이 들었는지 말도 못합니다.
> 쑬 흔 말에 천이백오십 원 허난 쌀 흔말을 못 받아십주예. 흐루 강 삼백원벳기 못 버난 너무 힘들엇주. 그런 세월을 살았기 때문에 물질은양 정말로 지치고 돈 안되는거예. 근데 지금 물에거 건지면 돈이니까는 물에거 허는 사람들은 아주 돈 덩어리 아닙니까?
> 이 일 저 일 해 봤지만 쉬운 장사는 하나도 없었어요. 그 중에서 내가 80년대 옷장사 할 때예 그때가 제일로 쪼꼼 벌었다고 생각해야주. 그냥 큰돈은 못 벌고 내 노력한 댓가는 (있어요).

● 일 터

물질을 할 때 주로 어느 바다에서 일을 했는지, 어떤 과정을 거쳐서 매매했는지 자세히 설명해 주었다.

우리가 처음에 온 디가(데가) 영도예. 그 봉례동에 점령을 해가 오니까 바당이 뻘바당벳긔(펄바다밖에) 없으니까는 말하자며는 중미 바당이 해산물도 좋고 제일 좋아마씀. 영도는 바당이 그쪽으로는 상당히 좋읍주마씀게.

옛날에는 봉례동 사람들은 거의 걸어서, 봉례산을 넘어서만이 중미 바당에 가서 물질을 했는거라. 돈을 쪼끔 더 벌기 위해서 그 무거운(해산물) 걸 지어근에 영도다리 넘엉 국제시장 사거리 시장을 가야만이 물건값을 제라허게 받아. 부산시내 사람이다 장을 보니까. 중미에서 사거리끄지 걷젠 허민 한시간 반 더 걸릴 거라.

이제는 감천(천미산 아래 바다쪽)이 전부 매립지가 돼 버렸지만 옛날에는 걸엉으네 해녀질허레 갔어요. 감천만에 오면은 그때는 상당히 물에것(멍게, 해삼)이 좋았어요. 바다가 너무 좋은기라. 해삼을 진짜로 한 망아리씩 잡아갔댄 헐 때주. 봉례동 시장에서 삼천원 벌거며는 저 머꼬, 이 사거리 시장엔 오면 오천원을 버는거라. 우리어머니네는 그렇게 했어요.

제주해녀들의 일터인 바다, 해산물이 풍부한 곳이 있다.

옛날에 내 처음에 부산에 올 때에는 광한리 가서 우미도 ᄌ물았어요(채취했어요). 우미 바당이 전부 다 광한리끄지 아파트 있는데 다 바다였어요. 용호동, 용당, 감만동, 남천동, 밀락동(광한리), 송정, 일광, 죽도, 청사포(해운대), 오륙도, 청사포끄지 우리 봉례동에서 노 젓엉 해녀질 해난. 해운대 바당도 좋주.
남천동도 옛날에는 우미(우무) 바당이 얼마나 좋아났다고. 남천동 해녀가 지금은 저, 밀락동해녑니다. 해녀가 용호동이 제일 많아요. 바당도 제일 크고 단체도 잘 되어 있고. 이제는 그 남천동 해녀가 밀락동

해녀 돼버렸습니께. 남천동은 이제 바당이 완전히 없어. 다 매립되니까 남천동 해녀는 밀락동으로 갔다고. 저 용호동은 워낙 바다가 좋고 이제 오륙도꺼지 다 점령이 되니까 합칠 수가 없고. 밀락동은 저 나오는 거 보니깐 바당이 좋습니다.

해산물 수확이 점점 줄어들면서 해녀들은 자신들의 구역을 정해서 일하고 있으며, 조업권에 대해서도 민감하게 되었다.

(부산 바당은) 니 바당 나 바당 엇이(없이) 그냥 이디 강 거기 해오라도 걱정 말곡, 이디 강 해오라도 걱정 말곡. 60년도 초까지는 그렇게 해난 거 같애예. 그런데 어촌계에서 구역을 나누기 시작했어요. 바당이신딘 다 어촌계가 있는데 해녀는 일단 어촌계에 가입허는거. 어촌계는 각 구마다 있으니까마씨.

영도구에는 해녀어촌계예 해녀하고 어부하고 같이 어촌계 해가지고. 나 옛날에 집 사젠 허난 '당신 뭣해가지고 집 샀느냐.' 해가지고양 할 수 엇이 해녀질 10년했댄 핸 어촌계 그거 받아가지고. 내가 그 세금 낸 적이 있었습니다.

어촌계에서 구역을 다 정해실 거 닮수다. 게난 구마다에 저 머꼬 남구, 중구, 영도는 영도구만 이제 그 어촌계가 들어 갔을 겁니다. 거고 옛날에는 어촌계하기 전에 해녀조합이 있었습니다. 조합원증 해가지고 이 해운대 구역까지 다 들어 갔습니께. 그러니까 그거 끝나고 폐지되고 나서 어촌계가 나오니깐 각 구 영도구 사람은 인제는 이 해운대를 못 가고 그랬습니다.

그게 60년대 중반예. 이제 박해가니까 서로 벌어먹젠 구역을 정헌 거 같애. 물에서 돈 나왐구나 허니까 그때부터는 '우리 동네는 오지 말라.' (헷수다).

(영도구에 있는 바다 구역은) 봉래동, 동삼동, 남양동, 대평동, 연삼동, 신서동 일곱구라났거든예. 해녀 있는 구가 다 바당이 있었는거라.

　그때 공동으로 할 때에는 머 섬 아래에도 가곡, 동삼동도 가곡 헷주마는 이제는 자기 구역마다 들어오라 하니까는 이젠 벌어먹을게 없으니까 싸움도 나고 이러는거라.

5. 다시 사는 인생

● 제2의 인생

타향살이 하다가 때가 되면 고향에 가서 노년을 보내거나 죽은 다음에 고향땅에 묻히고 싶어하는지 물어 보았다.

　　우리 어머니 연세되는 사람들은 그냥 살당 어느 정도 되면은 '제주 가서 살주.' 허는 사람들이 참 많았어요. 그런데 2000년서부터는 우리 고향사람들은 죽으면 거의 화장할 걸로 생각하고 있어요.
　　우리도 아버지를 화장했기 때믄에 어머니는 20년 전부떠 화장을 해달라고만 합니다. 젊어서도 니네 아부지영 못 살아본 사람이기 때문에 화장을 헹 화장헌 사람은 묻으면은 같은 고을로 못 간다고 하기 때문에 화장만 해도렌 유언합니다. 우리 생각에는 어무니 돌아가실 때 되며는 화장할 걸로 해가지고 여기에 납골당을 장만했어요.

● 모든 게 마음먹기

지금까지 살아오면서 자신의 운명을 한탄하거나 어머니를 원망해 본 적이 없고, 인생을 긍정적으로 생각한다.

　　우리 어머니 고생헌 거는 말도 못허여. 열아홉에 혼차되니까 누구든지 혼자 산다고 보지는 않았을 거요. 그니까 시집에서는 어쨌든지 재산하고 아이덜을 친척들한테 매껴 놓고 니는 나가라 하는 식으로 하니까 우리어머니는 막 악으로 버텨가지고 앞 지방을 뎅기면서도(다니면서도) 내가 살아가, 이 시집을 살앙 꼭 내가 이해시켜야 한다는 뜻에서 산기 그게 지금은 골병이 되고 몸에 병이 생기고. 그니까 우리도 어머니안테 그 커오면서 함부로 대하지 못하고 우리 나름대로 어머니를 호강은 못시켜드려도 이제 뭐 불효시킨다고는 생각 안하고 있어요.

● 제주사람으로 살아가기

제주여성들이 어느 정도 생활력이 강한지 타향살이를 하면서 느낀 점을 말해 주었다.

아무래도 제주도 분들은 오늘 저녁 먹으면 내일 아침거리를 생각을 하는 면이 있고, 육지 사람들은 오늘 저녁 먹으면 내일 아침 먹을 생각을 안허는 그런 기질이 있지 않습니까.

우리 제주도분은 솔직히 말해서 안주머니 벗기면은 또 주머니가 있고, 벗기면은 또 주머니가 있고 모르겠습니다. 내가 생각하는 데는 그런 바가 없지 않아 있을 것 같습니다. 저 역시도 쪼끔 손을 패워서 다르고 쪼끔 움켜죄면은 그 달의 생활이 돌아가는 게 아무래도 나은 거 같고. 그런 생활면에서는 우리 제주도 사람이, 2세는 어떻게 할는지 모르지만 우리 대까지는 아무래도 쪼끔 이래 움켜쥐는 그런 거가 아직까지는 남아있는 거 같애요.

IMF를 당하니까는 솔직이 맥을 못추는 그런기 꽹장히 많았습니다. (그런데) 우리 고향분들은 깨 놓고 내가 부자라고는 않아도 IMF라는 거를 느끼지 못할 정도로, IMF 때나 평상시 살아가는 생활이나 거의 뭐 비슷할 거 같습니다.

그러니깐 솔직히 말해서 쪼끔 아무래도 그런 면에서는 우리 제주도 어머니덜이 상당히 뭐라 할까 생활력이 강하고 현명허게 사는 편이엔

(협주). 주냥 정신예 '참 오늘만 먹고 산다.' 이거를 안 허고 그냥 먼 그
거를 내다보는 경향이 쪼끔 있어요. 그러고예 내가 쪼끔 적게 써가지
고 솔직헌 말로 자식들 물려주겠다는 그런 정신은 아직까지예 있는 거
같애요.

저도 도민회 심부름꾼으로 송회장님(송군자)하고 한 10년 동안 봉사
활동을 해 오면서 제주사람으로서 긍지가 생겼지예.

[채록 : 김창후, 문순덕 / 정리 : 문순덕]

Ⅵ 한덕순의 삶 그리고 역사

한덕순(73세)은 북제주군 구좌읍 월정리에서 9남매 중 다섯 번째
로 태어났으며, 결혼 전부터 다른 지방으로 물질을 다니다가 부산
에 정착해서 지금까지 일하고 있다.

6·25전쟁 때 남편이 전사하면서 홀어미로 악착같이 살아왔고
슬하에 2남매가 있다. 물질에 한 평생을 바쳤으며 죽는 날까지 이
일을 할 것이라고 한다.

1. 물질 시작과 4·3의 상흔

● 비극의 현장에 서서

젊은 시절 우리나라 현대사의 한 복판에서 어떻게 살아왔을까? 4·
3이란 시대적 아픔을 간직한 채 조심스런 이야기 보따리를 펴 본다.

월정서 열다섯 살부터 물질을 베왔는데 강원도로, 울산으로 돈 벌레 (벌러) 뎅겨서(다녔어). 처녀 때난 열아홉부터 뎅겻구나. 열아홉 살 정월에 울산에 나왔단 팔월에 들어간 보니까 4·3사건이 나가지고 우리 ᄀ치 고생헌 사람은 없어.

열다섯 살에 대동아전쟁 만났지. 또 열아홉이 되니까 4·3사건이 나가지고 낮엔 서북청년단이 오라가지고 무조건 그냥 잡아. 그냥 때리고 욕허고 죽이곡 허는거라. 또 밤에는 밤대로 산폭도들이 오라가지고 못 전디게(못견디게) 허고. 월정에 학교가 있으니까 군인 부대가 한 멧 백 명이 온거라. 난 그때에 육지 살당 가니까 곱거든. 계니까 이자 군인들이 와가지고 산에 연락헌덴 잡아다가 요렇게 벵신이 된 거라. 양쪽에 군인이 사가지고 기냥 밟으는거라. 수건으로 눈 가려가지고 월정사람들 전부 다 간거라. 학교마당에 갔는데, 큰 부대가 칼 찬 사람이 들어왔어. 그 부대가 들어와가지고 다 죽일라고 했는데 '백성을 죽여서 안 된다.' 그래가 전부 다 보냈는데 이제 나만 남아 온거라.

육지서 오건데 메틀(며칠) 안 되가지고 허다고 허니깐. 아, 그러냐고 (하면서) 어디 뎅기지 말고 집에 가서 가만히 있으라고 (하니까) 이제 살아가 집에 강 보니까 막 집에서는 운다 신다 막 난리가 난 거라. 총소리 나니까 집에서는 (나가) 죽었다고 불이 난거라.

열아홉 살에 그렇게 우리가 고통을 많이 받은거라. 그 후에 이제 시집 가가지고 아이 놓고 이제는 스물 하나부터 육지를 나 뎅겨가. 나 뎅겨가지고 허다가 스물셋이 되니까 부산에 그냥 자리잡아 앉은거라. 그 때부터 물질시작헌 게 청춘에 오라가지고 지금 백발이 되가지고. 그자 사는게 이제도록 뭐.

● 부산에서 물질 시작

스물한 살부터 돈 벌러 나다니다가 스물셋에 부산에 와서 정착하게 되면서 50여년 동안 물질하는 억척스러움에…

(처음부터) 그자 영도로 다 들어와가 지금까지 살고 잇주. 지금도 살기 좋주만은 옛날도 영도가 여름에는 시원하고 겨울에는 뜨시고 살기가 좋은거라.

이제는 다 밥 먹고 남의 집에 뭐 돈 빌리레 가고 쌀 빌리레 가고 헐 정도는 안 되고 다 이녁 집 장만해가 학고방이라도 다 사니까 (물질을) 안혀면 안현 대로 살 수가 있지. 있지만은 이녁이 배운 기술이영 집에서 놀 수도 없고. 또 (바당에) 오면은 친구들끼리 서로 주고받고, 물에 들엉 나가지고 손님들한테 팔고 그러니까 재미라. 돈 버는 재미가 있어. 딴 건 아니고.

2. 결혼과 가정생활

● 물질 하나로 견디어낸 세월

21세에 때 늦깎이 결혼을 했지만 얼마 없어서 남편이 전사했다. 그 후 한 50년 간 물질을 하면서 홀어머니로 살아왔다.

스무 살에 중매 결혼했지. 친정과 시집이 다 월정이난 フ튼(같은) 동네주. 남편은 내랑 동갑이고. 그때는 그러니까 일찍 시집가야지 스물 넘으면 늙은 처녀라 해가지고 안 알아줘서.

남편은 6·25 때 군인 강 전사해볏주게(전사해버렸다). 결혼헹 멧 년 살질 못했지. 경허난 아를(아이를) 더 낳을 수도 엇어. 경헨 혼자 쭉 살안. (나가) 스물하나에 (남편이) 돌아갔으니까 52 년 ϕ주(되었다). 아기들은 제주 살고 난 강원도에 물질(해녀일) 뎅기고(다니고), 울산 뎅기고 헷주.

우리 제주사람사 그때 다 물질 뎅곗주. ᄀ만이(가만히) 이신 사람이 이서? 뭐 군영포 가는 사람, 울산 가는 사람, 뭐 어디 방어진 가는 사람. 돈 벌레, 메역허레 다뎄주. 돈은 줘도 이제 ᄀ추룩 못 벌었지. 이제 는 쏠 한 말 벌기가 수월해도 옛날에 쏠 한 되, 두 되 벌기가 힘이 든 거라. 보리쌀 한 되 벌기가 힘든거라.

잠수복 입은 후제는(후에는) 여유가 이신거라. 잠수복 입지 안헨 속 옷만 입을 적에는 힘이 든거라. 물에 들어가도 치버서(추워서) 작업을 못허거든. 요새는 물질만 해 내면은 뭐 다 돈이니까.

영선동 바다에서 물질할 때 어려움이 많았다.

청학동, 봉래동, 중리, 한짓골, 등대 다섯 동네 해가지고 남항 어촌계라. 영선동 사람들만 이 바당에서 작업해요. 여기 사람만 다 가입을 해가지고 조합원이 된 거라. 조합원이 된 사람만 참석하지. 막 들어온 사람은 붙으지를 못허는거라. 한짓골도 그렇고 중리도 그렇고 어디라도. 또 (이제는) 물질헐라고 헌 사람도 없고.

지금은 우리 조합원이 15명, 비조합원이 둘헤서 십칠 명이라. (그전에) 이십스명이라낫주. 다 제주사람이라. 속곳 입을 땐 그래했는데 차차차차 나가(나이가) 하가고(많아가고), 몸 아픈 사람은 다 들어앉아가지고 못 나오니까 지금 물에거 헤지는 사람만 나와가 허는거라. 물에 나와 허는 사람은 십칠 명이고, 여기서(영선동 바당) 장사도 같이 헐 수 있고. 딴 사람은 일절 안 뒈예.

지금은 물질하고 해산물 장사도 한다. 근검, 절약이 몸에 베어 있어서 바당일을 그만두지 못한다.

바람불고 못 헐 정도만 되면 안 헐까, 일 년 열두 둘이라도 겨울 여름 없이 허는거라. 돈 버는 맛으로 왐주. 돈 버는 맛 아니면 난 오지도 안해. 오면은 다문 이삼만원이라도 벌엉가난 공돈 뒈고, 뭐뭐. 이제도 늙어도 그(돈 버는) 맛이라.

옛날 우리가 없어가 살아난 습관이 지금도 있어. 퐁당퐁당 씰라(쓰려고) 해도 그래 안 되요. 돈 아까봐가 그래 씨질 못허는거라. 겨니까 요새 사람들은 보면 막 없어도 빚 내우멍 옷도 해 입고, 먹는 것도 그렇지만은 우리는 살 적에 어렵게 사니까 지금 벌어도 그래 펑펑 안 써. 습관이 들어서 안 쓰는거라.

우리시대만 해도 제주도에서 해녀 안 배운 사람 잇수과(있어요)? 이디 할매들은 다 우리 또래니까 물에 허는 거 안 겪어 본 할매들이 없어요. 고생은 다 같이 헌 거지. 요새 사람들은 몰라. 우린 경험도 얻을 만이 얻고, 헐 만이 허고. 요새 아이들은 대학은 헷자, 글로만 했지 경험을 안 하니까 우리만이 몰르는거라. 우리가 여기 올 땐 밀주시(멸찌꺼기) 먹엇주. 국제시장가면 밀주시 있는데, 밀주시도 엇언 못 먹었는데.

● 바다밭에 대한 집념

영선동 해녀들은 대체로 나이가 많고 젊은 해녀를 잘 볼 수가 없다.

청춘에 해녀로 왔지만은 낫살 먹당 보난 많이 든거주. 그 후에 젊은 사람들이 안 온 것이 아니고 (밭을) 못 붙였지. 바당이 작으니까 못 허게시리 안 시겼지. 더(해녀를) 부칠라 해도 해 먹을(게 엇어). 담에 오랑 살아도 안 돼. 이 시절도 삼년 이서야 허는 거. 얼른 경 안 되여. 지금 일허는 해녀들은 그냥 생전 일생을 허는거라. 여기 이신 할망덜은 다 칠십하나, 칠십, 칠십서이, 육십 멧 슬. 나 옆에 이신 할망은 육십여덟이라. 다 비슷해. 처음 영 완(와서) 허기 시작헨 그 후에 이 동네왕 살아도 여기 못 들어왔어. 바당이 작으니까, 없으니까 들여놓질 못헌 거라. 후에는 우리

허당 끝나면 이젠 남항어촌계에서 알아가지고 뭐 해녈 넣든가 어찌 허든가 허겠지.

● 물질도 일종의 직업병

요즘은 옛날에 비해서 해산물 가격이 좋아서 수입이 낳은 편이다. 그러나 또 다른 어려움이 있다.

여름은 괜찮은데 가을 들면은 안장구 시작허면 여름만이는 못 벌어요. 여기는(영선동 바당) 안장구만큼은 돌이 많으니까 물건도 많고 (물질허기) 어렵지 않아.

여름에는 흔 10만원 해도 가을, 겨울은 되면 보통 삼만원 버는 사람, 사만원 버는 사람, 최고 벌면 한 오만원 버는 사람, 여름 흔 시절은 할 만해예. 여름에 벌어야 겨울 먹을 거니까.

잠수부(스쿠버)가 (바다에) 들어서 해 가부니까 그렇지. 밤에 몰르게 해 불어. 못허게 싸와도 밤에 몰르게끔 전기불 케가 해부니까 허지. 날씨만 좋으면 뭐뭐. 몰르게 막 허지. 우리가 단속해야지 누가 안 해줘요. 우리가 가당 만나면 막 싸우곡 엎으고 전화허곡. 다 오랑 흔 사람 두 사람으론 못 막아. 여러 사람이 다 오라야 싸움 해가 막지.

그리만 안 허면 우리는 충분히 이 바다에서는 그걸로 되예. (여기서) 안 나오는 것이 없거든. 전복, 문어, 소라, 멍지(멍게), 해삼. 해삼도 나오게 되면 많이 나오거든.

3. 시집살이

● 모처럼 친정나들이

23세에 부산에 나올 때 자식들은 친정에 두고 왔다.

친정 시난 친정엔 맡겨 뒁 나오란 살앗주. 학비 보내고 갔다리 왔다리도 허고. 아기들은 제주도에서 학교 졸업헷주. 손지들은 또 이디 완 살고. 손지들은 지금 이레(여기) 왕(와서) 학교도 뎅기는 거 있고, 일 뎅기는 것도 있고.

친정이나 시집이 똑ᄀ치 월정이난 이제도 볼 일 이신 땐 갔다리 왔다리 다니지예

남편이 돌아가신 후 자식들을 키우면서, 물질하면서 쭉 혼자 살아왔다.

이제도록 혼자사는 거주. 혼자사는 사람들이 천지만지. 요딘 영감 엇어도 혼차 살고. 이딘 영감 있고, 아이들 이시니까 살고. 첨 다 사는 게 지만쓱이난. 그자 밥 굶지 않을 정도로 사는 거니까 뭐.

● **해녀회 회장으로**
회장 선출과 활동 사항을 들려 주었다.

회장은 해녀들이 뽑으잖아. 나가 회장헌지 한 15년 뒷주. 나만 오래 헤신디 '허라, 허라' 해도 안 헴수게. 건데 영 회장일을 해보믄 물질 시기는 것도 그렇고, 일해 가는 것도 그렇고. (물건) 사다가 푸는 것도 그렇고 다 서로서로 공평적으로 해가니까 어떤 땐 괴로울 때도 많이 있어예. 있어가 딴 사람들 허렌 허니까 안현다고 허니까. 또 가만히 해보니까 이것도 말을 주고받고 무조건 회장허는 거 아닙디다. 말주변도 있어야 하고.

뜬 디는(다른 데는) (회장을) 일년쓱 다 바꽈요. (여기는) 안즉은 바꽈 보지 않았어요.

4. 다시 사는 인생

● 해녀업을 이어받기

지금 세대 해녀들이 일을 못하게 되면 이 바다를 이어받을 (제주) 해녀들이 없다고 한다. 해녀일이 고달프고, 인기 있는 업종이 아니기 때문이다.

> 우리 대는 없고, 남항어촌계에서 젊은 사람들 이제 청학동 사람들이 우리가 싹 없어지면은 거기서 오라가 헐 사람은 있지. 지금도 오랑 허겠다고 헌 사람들이 있어. 있어도 우리가 못 허게 헴주. 이 다리 놓게 돼난 등대서도 이제 네 사람을 우리 이신디 와서 못 해가 막 목 닳아지는거라. 남항다리 놓게 되니까. 저 등대는 폐지되는거라.
>
> 그리고 바당이 작아진 것이 아니고 궂인 물도 ᄂ려옵니께(내려옵니다). 요샌 물 속에 가면 머리도 아파요. (여기) 아파트 온 것도 (바당에) 안 좋지. 옛날에 아파트 있는 데가 바당이랏수게(바다였어요). 매립허건디 30년 넘엇수다.
>
> 견데, 물질은 갔다리 왔다리 허니까 지장이 없는 것이 물이 가만히 시면은 오염되어서 썩어. 그렇지만 들물 있고, 썰물 있거든. 겨니까 (바다에 해산물이) 물건이 살고 나가는거라. 이송도 바당이 오염되가지고 물건 없덴 말은 못해요. 저 아파트 들어사도 전복도 나오고, 물건이 (그전처럼) 그대로 나오니까. 워낙 물발이 �쎄니까. 다이빙만 안해 가면 우리 살기에는 좋은데 밤에 들엉 허는 바람에 우리가 힘이 드는 거지.

● 모든 게 마음먹기

옛날에는 천으로 만든 해녀복을 입었는데, 고무옷을 입기 시작하면서 바다일을 하기가 수월해졌다. 나이가 들었지만 죽을 때까지 물질을 할 것이다.

　그때는 속곳 입어가 (물질을 했고) 이제는 잠수복을 입으니까 첨 물건이 없어가 못허지. 지금은 물건만 이시면 얼마든지 해내는거라. 그때를 생각허면 지금은 정말 행복시러운거라. 잠수복 입으니까 물에 가도 뜨시고, 물건도 많이 잡아내고, 또 사는 것도 살 만하고. 또 이녁 집 장만 해가지고 살고. 그러니까 이제는 몸만 늙어진 것이 한탄이지.

　해도 지고 돌도 지고 이제는 몸이나 건강하면은 뭐 그걸로 이제 끝나는거지. 이제 노력헐 만이 노력허고. 첨 여기 물에 뎅기는 사람은 이녁이 벌지 않으면 살지 못허니까 노력을 많이 헌 거라.

　(바당이) 쎈 날, 본 날, 비온 날 없이 쪼금만 허면 나이가 많아도 나오거든. 경허지만은 집에 시어 봐야 첨 깝깝증 나고, 아픈 몸 아니 아플 수도 없고, 물에 오면 시간 가는 중도 몰르고.

　연세가 뭐 허니까, 요샌 아기들도 다 크고 허니까 죽진 안혀지만은 이녁 배운 기술이니까, 내불 수 없는 거라. 이것이 밧디 일 닮지 안에 가 물엣일이니까 물힘으로, 노력을 해가지고 살아가는거라. 이녁이 배운 기술이니까 뭐 나가(나이가) 들어도 이녁이 아파가 드러누울 정도만 안 되면 나오는거라.

[채록 : 김창후, 문순덕 / 정리 : 문순덕]

 VII　한재윤의 삶 그리고 역사

　한재윤(84세)은 서귀포시 보목리가 고향으로 2남 2녀의 둘째로 태어났다.

16살에 일본으로 건너가 주로 대마도에서 물질을 하며 살았다. 19살에 결혼하여 현재 일본에 2남 3녀를 두고 있다.

남편이 일찍 세상을 떠난 후에 주변에서 '청춘에 남편이 죽어 불쌍하다 재혼하라'고 해도 눈이 벌겋게 자식 키울 생각만 했지 재혼 생각은 못 해봤다. 오랫동안 대마도에서 물질을 했던 탓인지 오오사카로 건너온 후 지금은 몸이 너무 안 좋아서 큰 걱정이라고 했다.

● 내 고향은 보목리

제주도 말은 근당도(얘기하다가도) 여기 오믄 톡 막혀마씸(막힙니다). 옛날에 쓰던 말은 하나도 몰르고. 밥 먹으라 국 먹으라 그런 것밖에 몰라.

(나는) 일본 오오사카 니시나리에 우리 오빠가 살고 (이선 여기 오게 뒈수다.) 나중엔 저 나가사키 대마도에도 한때 살앗수다(살았어요). 내 고향은 저 서귀포 물 내리는 디…… 바당더레(바다로)……. 아, 정방폭포…… 그 서쪽(주: 구술자가 방향을 착각하고 있음. 보목리는 정방폭포 동쪽임) 보목리라고 헌 디.

(난 고향에서) 어머니에게 물질을 배울라고……흔 열 살에. (어머니가 저쪽에) 사근에(서서) 손 받으크메 헤영오라. (경허민 내가) 출락하게 헤영 오민 어머닌 그거 심지(잡지) 않습니까? 그렇게 해서 물질을 배웠는디…… 니시나리 오란 보난 오빠가 그 일을 허난 내가 그걸 삼년 해서 살앗수다.

● 오오사카 공습

여기(주 : 니시나리) 완(와서) 삼년 살아가는디……. 그때 여기 있을 땐 콩비지밖에 안 줍다게. 콩비지 주난, 밥 허난 하시로(젓가락으로) 좁지도 못하고 숟가락도 엇고(없고) 허니까네…… 건 살아날 수가 어

십디다게(없었어요). 경헨(그러면서) 삼년 살안에 해방됩디다게. 해방
되난…… 그때 아무것도. 십리에 사람 하나 보일까 말까 헙디다게. 다
죽어비연(죽어버려서). 폭격 떨어젼. 요만썩 헌 솔당(주: 소이탄) 하나
톡 허게 사람 우터레(위로) 들이치민 모두가 불 붙으민 다 걷지 못허영
(못해서) 죽곡 허난…… 이 거리에선 우리 집만, 우리 사춘네 집만 셧
수다(있었죠). 경헨(그렇게) 허난에 (폭격) 뒷날에 나강(나가서) 보니까
죽은 사람이 뭐…… 발 디딜 디가(곳이) 엇입디다(없었어요).

계난(그러니까) 그 태평양전쟁 말기에 미군기가 공습헐 때 소개
허렌 안 헙디가(했습니까)?

해방될 때…… 사름은 민짝 죽어노난 집 흔 거리 엇어십주게(없었
어요). 이제 다 '소까이 허라. 소까이 허라' 헙디다게. 경헌디(그런데)
소까이허젠(소개하려고) 허민 걸어사 될 거 아니라게. 차가 잇수광(있
습니까)? 구루마가(마차가) 잇수광? 아무것도 엇언. 경헨 (우린) 소카이
안 헹으네(해서).

그때 우리 사춘이 저 대마도 (사는디) 동경 오랏단 여기 오랑은에(와
서) 대마도로 가켄 헙디다(가겠다고 했습니다). 나 그때 어릴 때난 분
시(분수) 몰르고 '아구 나 대마도 가쿠다(가겠습니다)'영 허니까, 우리
오빠가 막 반대를……. 이디(여기) 살민(살면) 경찰도 엇고 나라도 엇
이난 아무것도 엇이난에 이제 이디 살민 우리 집이 이시난(있으니) 이
거 믄(모두) 우리 땅이엔 허민 우리 땅 될 거 아니가? 대마도를 가지
말렌(말라고) 헙디다게. '아이구! 나 말렌(싫다고)! 사람 하영(많이) 죽
은 디 어떵 사느닌?' 경헹 대마도 가십주게. 16살에 와서 니시나리에서
삼 년 살아근에…….

● 여자가 공부한다는 것

그런데…… 해방되니까 무사 대마도로 가켄 헨마씨(가겠다고 했습니까)? 고향에 가켄 해야지.

고향에 가고정(가고 싶지) 안허난. 나 그 뭐…… 싯수다게(있어요). …… 아버지허고 싸움헨 다신 아버진 상대 안 헐 거렌(할 거라고) 나가 나오난 그쪽은 안 가십주. (보목리 살 때) 거양 선생들이 공부를 하게 되난에(되니) 오랑(와서) 이름 올리렌 헤십주. 우리 수춘이 '야 가근에(가서) 이. 저 이름 올리게?' '아이고. 나 가면 아버지가 집에 있게 안 헌덴' 허난, '아니라. 이제 강(가서) 이름만 올리게' 헙디다. 나는 종이도 아무것도 없덴 허난, 우리 사춘이 종이 흔 장 주고 연필 맞는 거 흐나 주멍(주면서) 끗엉(끌고) 가곤테(가길래) 흔디(같이) 가십주. 요답시에(여덟시에) 풀엉에(끝나서)…… 이제 (집에) 오랑 보난 우리 아버지가 문을 믄딱(모두) 종가베서마씀(잠가버렸어요). 난 가슴이 금착헹 우리 수춘네 집에 강, '야 강 보난 (문) 믄딱 잠가베서라. 이젠 집이 들어가지도 못하고 어떵 헐거냐?' 허난, '이레 오라. 이디 나영 흔디 눕게. 흔디 눕게.' 겡헨 뒷날 아침에 5시에 일어난. 그때가 감저(고구마) 풀 때난 10월 달인디 일어낭 보난 캄캄허여. 난 뒤적뒤적 일어난 간 보난 대문은 욜아정(열어져) 있고…… 어둑운 디 보난 아버진 아장(앉아서) 솔짝솔짝 낫을 굴암십디다(갈고 있었어요). 그걸로 나 죽이젠이나 헤신지? (난 경해도 모른 척) 가는데 저 조선 놋사발 어십니까? 그거 심엇단에(들고) 나신터레(나에게) 늘리난(날리니까) 나 요디간(여기) 특 맞입디다게. 일어사진 못하고 막 울어십주. 경 헤가난 우리 어머니가 나오란에 '어떵헌 일이고? 어떵헌 일이고?' 헙디다. 맞은 딘 이젠 수믓(마구) 피가 나고, 일어서진 못허고…… 막 울어십주. 난 이젠 아버지광은(아버지와는) 말 안 근다고(한다고)…… 일본 갈 거난 차비나 주렌헤십주(주라고 했죠). 아버진 어디 못 간다고 채비를 안 주난 우리 셋아버지신디 가서 돈을 20원을 빚져십주게(꾸었죠). 경헨 이디 니시나리에 완(와서).

여자가 공부해서 멋에 쓰느냐고. 일하라고, 일만 하라고. 우리 아버지가 곧는(하는) 말이 나도 공부를 못 헤영 나 이름을 몰른디 제 집 자식 공부했자 씰 것도 없다고. 아 그렇게 허면서 글 ɑî 잘 안 배워 주지 안헙니까. 난 공부하고 싶은디 그렇게 해서 이젠 아버지광 싸완에 나오난.

● 결혼과 대마도 생활

내가 보목리에서 이제 아버지영 싸완(싸워서) 군대환으로 이 니시나리에 온 게 열 여섯 살. 경헨 삼 년을 살암시난 해방되연. 난 귀국 안 허켄 헨 대마도 갓주. 1945년에.

우리 성제는 아들 둘, 딸 둘인디…… 우리 어머니가 아홉을 나신디 반작을 못 허영 네 성제벗기(형제밖에) 안 남았어. 나 우에(위에) 오래비(오빠) 하나, 알로 아시가(동생이) 있고, 또 오래비. 우리 오빠가 기타조선(주 : 북조선) 갓수다. 기타조선 갈 때에 대마도서 여기 오라십주. 오란에…… 기타조선 가켄. 지집아이(계집애) 하나 허고 소나놈(사내아이) 하나 돌안에(데려서) 저디 가켄. ᄒ관데(그래서) 난 가지맙센 헷수다만은. 이제 사는 디도 몰르곡 번지도 몰르곡양.

해방뒈멍(해방되면서) 대마도 강 나…… 오십삼 년 살앗수다. 여기(주 : 오오사카) 온 지가…… 이제 팔 년. 나가 육십육 년 살앗수다. 일본에 산 게.

나가 결혼은 열 아홉에. 이 오오사카에서 헤십주. 남편은 일도 안 허영 술만 먹언. 돈이 나 보게또에(주머니에) 이시민(있으면) ᄆ딱 곱정(숨기고) 강으네(가서) 술 다 먹어불언. 경허다가…… 남편은 제주도 남자. 남편은 요듭 설 위난…… 스물 일곱. 결혼은 대마도 가기 전에

헌 거. 저 시댁은 가파도. 나 아이 다섯이우다. 똘이 셋. 아덜이 둘.
…… 계난 족은아덜은 요자기(요번에) 강 밧을(밭을) 다 팔아왓수다.
(제주도) 간에. 보목리에. 그 게 여기서 돈 벌엉 밧 두 개 삼만원에 옛
날에 사십주게. 그런 거 보믄 나 숨 끊어정으네양?

　우리 하르방은 엇인지(돌아가신지) 삼십오 년. 아기덜도 공부시견
놔두난 이디 나오라부니 나가 홀로 대마도 삼십 년(을 살았지.) (혼자
대마도에 살앙 물질허멍 돈을 벌민) 큰메누리가 간조(주 : 월급)되민
갑주게. 경 허민 막 못 전뎌. 이젠 돈 봉투 팍 하고 던집주. 며느리신터
레. 경허민 이거 이상허다게…… 그런 ᄆᆞ음도(마음도) 안 허곡 그거
주성으네(주워서) 지(자기) 보게또레 담습니다. 담앙으네 이제 돈 더
헤줍센. 야, 아무것도 없다게, 느네 공장허멍 살아보난 어떵허니? 나
혼자 살멍 얼마나 벌어졉직 허니(벌어질 것 같니)? 나 먹을 것도 아니
먹고, 입을 것도 아니 입고, 그자 대마도 물 속에 강 (물질)허민 ᄒᆞᆫ 달
에 ᄒᆞᆫ 삼수십만 원 됩니다게. 간조할 때 되민 오랑 가져가불곡(가져가
버리고). (직공덜) 간조 못 해주고 허영은에(해서) 경허는 걸 또 어떵허
렌 그자 내여줫주게. 나가 삼십 년을양 그 물질허멍 그 아덜…… (경 허
당보난) 이 놈은 마작허멍 다 들러먹어부런. 집 두 거리…… 공장허던
기계 다 들러먹어불언. 이젠 놈 부치러완(부끄러워서) 먼 디 간 살아.

메누리허고 사원 다 어디 사람이우꽈(사람입니까)?

　큰사원 대구 사름인디(사람인데) 이제 우리 한 마을에서 잘 살암수
다. 거시기 족은딸은 지네가 연애헤근에…… 일본 아이영 결혼허연 일
본 사름뒈불고. 족은며느리는 부산 사름.

팔 년 전 이디 올 때, 할머니가 물질을 더 이상 못 허난 일로 온
거마씸?

예. 난 거 물에만 들엉으네 그거만 허믄 살아지카부덴…… 흐루라
도 안 허민 돈이 얼마나 손해봐? 경허난 그 물질만 열심허곡 헤신디 아
덜이 경허연…… 나 이디 맨션 하나 남안.

(나 대마도에선) 쭉 이즈하라에 살안. 저 밑에 강 살기도 헷주만. 계
난 그때 제주도 해녀들이 막 하낫수다(많았어요). (거기서 물질허젠허
믄) 조합에 들어사허여. 흔 덜 삼만 원썩 냅니다. 삼만 원만 내민 나머
진 내가 먹어. 물건은 풀민 반장이영 조합이영 또…… (제허는디) 경
헤도 수십만 원이 한 달에 되시니가 상당한 돈을 벌었지. 젤 적게 헌
때가 그거고, 그거 아니면 흔 팔십만 원도. 이 할망이 돈 하시카부덴
(많은줄 알고) (메누리도 경헌거주.) …… 나 ᄉ못 가슴에 신(있는) 말
다 ᄀ르난(하니) 이젠 시원허우다.

오빠네는 언제 북으로 간마씸?

첫 해에 갓수다. 북에 가기 시작할 처음에(주 : 1959년). 우리 족은아
덜이 세 살에 가난에 이제……. 그 때 막 좋다고 해서 그 디가. (경헤
도 난) 거기 가지 말라고 허난에. 느 무신 걸 알안 굴암시니. 나가 거기
가믄 이제 ᄀ만이(가만히) 아자도(앉아 있어도) 먹곡, 아기들은 돈 아
니 들어도 공부시키곡 허니깐. 아기딜 둘 ᄃ란(데리고) 간. 하난 각시
줘두곡. 경헌 후에 오빠허곤 연락이 통 안 되십주. 이제 죽엇젠 헙디
다. 소문은 들어젼마씸. 아딜이 이제 쉰요닯인가, 아홉인가? 곧 예순
남실 거우다.

● 난 그냥 일본에 묻히고 싶습니다

(보목리에는) 친척들 믄딱 이제 죽어부난…… 이제 살아있는 거 ᄉ
춘덜뿐. 우리 오라바닌 북선에서 죽어불곡, 손지도 북손 ᄃ랑가불곡 허

난에(데리고 가버렸으니) 온 대가 엇입주게(없죠). 양잘헷수다(양자를 데렸어요). 경헨 식게 멩질허곡(제사 명절하고). 제주도엔…… 나가 이십일 년만에 처음 갔지. 마흔일곱. 그때 양잘 데리곡 식게 멩질 다 허렌 헷수다. 이제 흔 사십년 거저(거의) 뒷수다. 경헨 뎅기지(다니지) 않다가 또 작년이 밧 풀아분 따문에 또 갔다와십주. 그거뿐 계난에 다 세상 살아논안.

시집인 믄딱 죽어벤 아무도 엇어. 외조케가 이디 왕 살암뿐. 계난 가파도엔 갈 일도 엇어.

삼촌은 이제 아이덜 다 이디 일본에 잇어부난 돌아가시면 어디 묻히고 싶수과?

그건 몰르쿠다. 우리 남편은 한국에 데령 간 공동묘지…… 서귀포 우에 공동묘지 모션. 하르방 벌촌 저 시누이 아딜이 헙니다. 가의가 우리 밧 헤먹으난에 벌초를 헴십주. 나도 우리 외조케도 오라, 오라 헙니다만은 난 아기들 이디 싯고 멋허레 갑니까? 여기 실 걸로 헴수다. 아 자식들 이제 다섯이나 싯고, 손지가 서른 멧 개 신디 나가 멋허레 한국을 갑니까?

● **남편의 자리**

(하르방이 살아신 땐) 막 나 두드려. 술먹언에 허믄 난 어디레 ≤fㄹ나불어(도망가버리고). 아 부애 나근에(화가 나서)양 막 술먹으민 나 두드련.

일본사름덜 물질헐 땐 배에서 도와주는 남자가 잇지 안헙니까? 할아버지가 그 일도 안해原마씀?

아니 헨. 도와시믄(도와주었으면) 돈 더 벌엇주.

경허고 그 멋이고? 저 큰 운반선 산에(사서) 부산을 두 해 다녓수다.
여기서 저 고구메 허고, 미깡 상(사서) 부산 강 풀아근에……돈으로 못
받으민 쏠로(쌀로) 받앙옵주게. 경 오란에 대마도에서 풀안. 경 두 해
허난양 돈이 쌀 가맹이로(가마니로) 세 갭다. 돈이. 흔 번은 하르방
이 이디서 양단 헤연에 저 우리 집이 막 데멋수다(쌓아 놓았어요). 그
거 부산 가서 풀젠. 열 사름 넘는 사람이 일허난 난 밥 헤멕이고. 아 양
단을 고리짝으로 부산 가젠 열흘을 밥헹 멕이멍 준비헤신디…… 밀세
(밀서) 들어간. 이젠 경찰서 탁 나오란 허난 다딜(다들) 물더레(물 속
으로) 털어지멍 다 뛰여불고…… 그 세 가맹이 돈은…… 뒷날은양 미
국놈덜이, 이만썩헌 사름덜이 다섯 사름 집이 들어오라십다. 들어완
휘휘 저선에 해도(살펴봐도) 난 미국말도 몰르고 허니 좀좀헤십주(가
만히 있었죠). 허난 집이 막 촛아봔게(찾아 보더니) 엇이난(없으니까)
산에 올라간게 굽져둔(숨겨둔) 돈을 다 가져가불언. 미국놈덜이 다 가
져간. 이젠 집이 쌀 흔 방울 싯수과(있습니까), 뭐가 싯수과? 그 때가
쇼와 이십칠년(주 : 1952년)인디…… 계난 돈 흔 푼 엇고.

우리 대마도 강 처음엔 장사헌. 물질 안 헤봣수다. 그 때는 해삼도
숢안 물련에(삶고 말려서) 중국 보내민 돈도 하영(많이) 오고. 전북, 고
둥 헹으네(해서) 믄짝 다 보내연. 남편이 장사는 다 헤신디 노름을 헙
디다게.

**할머니네 그 돈 뺏기고 헐 때, 대마도에 밀수가 막 심헐 때 아니
우꽈?**

예, 경헹…… 누게가 밀세헤부난에 그 돈을 다 아져가벳수다(빼앗아

갔죠). 경허난 우린 어디 강 움직거리지 못허는디 남편은 수십 일 형무소에 살안에 이십오만 원 보석금허연 나오랏수게. 그때 쌀 흔 가맹이가 천 원 헐 때난게 큰 돈입주. 보석금 걸언에 나오란 우린 저 동경 고소허연마씨. 경허난에 조금 감해주곡 징역 살렌…… 그 땐 돈 흔 푼 엇고, 우리 주인이 이제 헤볼 수가 엇덴…… 장사도 못 헐거고. 경헌 2년 2개월을 강 징역 살아근에 이십오만 원 보석금 춫아근에 물어사 헐거 아니겐.

겐 흐루는 주인이 징역 다 살안 나오라. 난 둠비(두부) 사근에 멕연(사다가 먹였죠). 겐디 둠비 허난양 요만은 끊어 먹엉 안 먹읍다. 못 먹켄.

계난 할아버지도 처음부터 경 술만 먹은 건 아니로구나예?)

예. 감옥 갔다 오고, 망치고 허명. 처음엔 술 안 먹언, 먹을 줄도 몰란. 경헨…… 이젠 징역 살안 보석금 춫앙 나오랑 갚아뒹게 날フ라(나한테), '이젠 할 수가 엇다. 물질허라'. 경헨…… 이젠 물질을 시작헨. 흐루 가민 천 원도 허고, 오백 원도 허고. 경허멍 허단 그 일본물질 배우난 돈을 목차게 벌어지더라고.

할아버지가 술 먹기 시작헌 건 언제부터마씸?

어……흔 마흔 정도 난에 술 먹언. 경헨 먹어가난 날 경 못 되게 헷주게. 난 부에가 나믄 자락허게 밀려불어. 하르방은 헤뜨락케 갈라지곡. 하르방 경헨 (죽어도) 시원허단 생각이랑마랑. 아이덜 키울 생각에 눈이 벌겅허연. 재혼헐 생각은…… 선선허영 원…… 아무 생각도 엇엉게. 경헌디 우리 시아지방이…… 날フ라 '청춘에 남편은 돌아가부난

아주머니가 불쌍허우다. 재부허영 갑서. 아기들은 내가 볼 거난'. 그렇게 말 헙디다게. 경헤도…… 내가 이 아기딜 줘불민 지네 족은아바지 덕 본다 해도 아멩헤도 어멍이 어멍이주, 나 흔 번 안 난 걸로 생각해 불주 허연 그 아기딜 공부꼬지(공부까지) 다 시견(시켜서) 내보냇수게.

할머니네 다섯 오누이들은 제주도에 갔다온 적 잇수과(있습니까)?

우리 큰딸이 갔다오고…… 셋 똘은 아니 가오고, 족은 똘은 이제 일본아이광 살아부난 절대로 한국 생각 안 헙니다. 족은아딜도 아버지 산소에 가오고. 큰아딜도 삼 년에 흔번은 가고 예.

마지막으로 대마도 정리허연 이디 들어올 때는 어떵헨마씨? 일 더 못해가난?

예게. 아이딜도 이젠 지네가(자기네가) 대마도까지 가는 것도 문제난 이디 옵센. 경헨 나가 이디 온 거라마씸. 이제 여기 왕 팔 년인디 뭐 다른 일은 안 헙니다. 영 다니멍(다니면서) 놀고.

나 이런 말 어디 강 안 골안(했어요). 일절. 나 살아온 얘기…… 말 헐 기회도 엇엇주(없었어요).

난 대마도서 물질만 허당 이디 오난…… 난 일 안 헴수다. 몸이 안 좋아. 살 날 얼마 안 남앗수다. 이젠 속이 막 아파.

대마도에서 물질허멍 똘이나 메누리딜한티 물질허는 걸 베우렌 허진 않헤봐수과?

아. 큰메누린 나 벌엉 그 월급봉투 지한티 주는 거 보멍 물질 베우켄은 헙다게. 경허주만 물질헐충을(해녀일 할줄을) 알아야지. 힐(헤엄칠) 중도 모르는디……

[채록 : 김창후, 문순덕 / 정리 : 김창후]

15

한림 문영자의 바다 인생

물질이 천직

- 어린 시절
- 부모의 뜻에 따른 혼인
- 물질이 천직
- 한림의 과거와 미래

| 문순덕 | 제주발전연구원

『살암시난 살앗주』, 제주도·제주도 여성특별위원회, 2006.

문영자(文永子, 1931년생)는 한림2리에 태어나서 1950년 스무 살에 결혼하고, 한림1리에서 지금까지 살고 있으며, 75년 동안 한림을 떠나서 살아본 적이 없다. 15세부터 물질을 배워서 결혼 후 육지에 물질하러 다녔지만 이는 6개월 동안 바다일을 하고 다시 고향으로 돌아왔다. 친정 형제간은 00이고, 남편 형제는 아들이 셋이다. 스물두 살에 아들을 낳고, 스물세 살에 남편이 교통사고로 사망했다. 그 당시 남편의 나이는 스물다섯 살이었다. 아들 하나를 믿고 한평생을 물질하면서 살아왔다. 어린시절에도 농사는 지었지만 결혼 후에는 홀어머니가 농사를 짓기에는 역부족이었지만 물질을 할 줄 알아서 생계수단이 되었다.

한림에 살면서 보았던 농사법도 어느 정도 들려주었다. 불치, 돼지거름을 이용하다가 비료로 농사지은 이야기며, 땔감을 얻기 위해서 협제까지 솔잎을 구하러 다녔던 이야기, 딸들은 학교에 보내주지 않던 시절이라 야학에서 한글을 깨친 것 등등 1930년대부터 지금까지 한림 지역의 여러 모습을 차분히 기억해 내면서 직접 경험과 간접 경험을 말해주었다.

I 어린 시절

1. 일하며 삶의 의지를

(나) 친정이 한림2리, 시집은 한림 1리. 이날까지 여기서만 살안. 딴디 ㅇ딱도 안 혜 봔. 뭐 남편 죽어부난 ㄱ만이 수절 지컹 앚이니깐게. 친정 형제간이 네 오누이. 아들 셋에 똘은 나 하나고 두 번째라. 남편

형제간은 아들만 셋이고, 남편은 막내. 난 자식이(아들) 하나뿐이라.

옛날에사 농사 지엇주게. 처녀 때 (부모가) 농사허는 거 ㄱ치 거들엇주게. 어머니네영 ㄱ치 허는 거. 왜정시대부터 6・25때까지. 우리 욕을 때는 보리하고 조벳기 안 헷주게. 친정아버지, 어머니는 농사짓고, 시어머니 시아버지도 농사만 짓고. (우린) 농사지어도 시집가기 전이 막 곤란허겐 안 살았어. (친정) 아버지네가 쪼끔 살 만이 사니까 옛날 최고 어렵고 곤란할 때도 우린 그런 건 엇엇주게. 농사허난 이녁은 먹고 살아서. 게난 먹는 것엔 고생 안 해 봔.

물허벅은 ㅎ끔만 헐 때부터 졍 다녓주. 열 살부터 져실 거라. 족은 걸로(대배기) 허당 커 가민 큰 허벅 지주. 열다섯 살쯤 나가면 허벅 지어. 아침에도 (물) 져 오고, 저녁이도 강 져 오고. 밧디 갓당 저녁 되민 '강 저녁 허라.' 허민 어머니보다 먼저 왕 밥 허고. 옛날에 경허명 살앗주. 시집 와도 수도 엇어부난 물허벅 오래 지어서. 너무 오래 되부난 수도도 언제 걸어신지 모르큰디.

옛날은 요만썩덜 해 나신디 요새는 길도 크고 넓고 헷주게. 옛날 우리 농사할 때는 조그만 질로 리어카도 엇어그네 짐들 다 지고 헹 뎅겨 낫주게. 한림이 영 커진 건 아무래도 박정희 대통령 허명 그 새마을사업 헷수게게. 게난 그 때부터 커젓주게. ㄱ튼 마을에서 그냥 갈랑 나가난 (한림) 1린가 2린가 그것만 생각허영 갈랏주.

왜정시대엔 그자락 많이 (사람이) 안 살앗수다. 이 부근에서는 한림이 쪼끔 시내난 한림에 사레 오고. 만약에 영장이 나도 베 ㄱ튼 거 헤당 상제옷 헹 입젠 해도 (이젠 다 헤영 폴암주마는) 상제옷, 남자들 두건 씨는 거 그런 것도 집에서 멘들멍 다 허는 거주게. 경허문 초상부터 한림 시내를 왕, 이디 와서 상 갓주게. 이제는 그래도 발달되영 차도 싯고 허난

(제주시) 시에 강 사오고 하지만 대개 다 한림더레 왕 샀어. 이 부근에서 한림이 제일 커서. 경허난 한림읍 사람들은 다 여기 왕 사 가서.

옛날엔 한림 오일장에서 서커스사 구경헤낫주게. 그것도 막 오래부난 알아지크라게? (나가)시집간 후제도 서커스 같은 거 오일장 같은 디 막 장막 쳐 놔그네 허고. (어떵 아느냐 허민) 아이고, 그건 다 소문이 나주게. 집 짓젠 헤 가민게 오일장에 어디서 짓엄져 허민 그거 다 구경들 가주게. 공짜 영화렌 헤영 초등학교 마당에서도 해 나고. 나가 애기 난 후제도 공짜 영화구경은 헤실 거라. 시집 강 스물두 살에 애기 난 후제도 바져실 거라. 이 초등학교 왕 자꾸 허영 보기가 좋아.

어릴 때는 친정어머니가 밤에 놀러 못 다니게 허기 때문. 이제 처자들은 마음대로 막 활발하게 다니지마는 옛날은 밤에 여자들 놀러 못 다니게 허주게. 경허난 그런 거 구경도 마음대로 못허여. 옛날에는 어두우면 부모들이 좀 못 뎅기게 헤나서. 남자들은게, 아들들은게 놀레도 뎅기고. (뚤은) 어머니가 밤에 미녕허는(무명 짜는) 거 뒷바라지 해 주고, 도와줘사주게. 또 시집가면은 바농질 헤산댄 허연 바농질 막 배우고 경헤낫주게. 옛날엔 저고리도 손으로 숭당숭당 만들엉 입고. 미싱으로 하는 것도 싯고, 손으로 하는 것도 싯고. 멩질옷 허는 건 다 손으로, 바농으로 헤서. 미싱은 옛날도, 왜정 시대도 이서낫주마는 적삼 같은 것만 미싱으로 해야주. 두루마기 같은 것도 믄딱 손으로만 박음질을 허여. 게난 여자는 박음질 베와산덴 허멍 (어머니가시켯주게).

2. 배움의 끈을 야학에서

처녀 때에 야학해 난. 이제는 뭐 사무실이옌 허주마는 옛날엔 '도가

칩, 도가칩' 헤낫주게. 거기서 (선생은 한림 사람이라서) 국민학교 선생덜 왕이네 야학 공부시켜 주고. 쪼끔 허당 것도 실펑 혜져게?

어스름헌 초저녁에 모영, 학교 못 뎅기는 여자들게. 아들들은 다 학교 보내서. 우리 친정도 그만허민 살 만이 산디 학교 안 보내고 (남자) 동생들은 다 보내고. 그때사 (학교) 가켄도 안 허고. 뭐 공부 헐 생각혜서? 우리 동네서 친구들 중 한 사람쯤 국민학교에 다녀서. 건 아방이 선생이난에 (보냇주). 대개 (여자들은) 안 뎅겨서. (본인도) 갈 생각도 안 허고. 게난 야학만 ᄒ끔 뎅겨낫주게.

왜정시대에 일본말 ᄒ끔 베와 주고, 글도 ᄒ끔썩 베와 보고 헤나서. 한글은 기역니은으로 베왓주게. 산수도 ᄒ끔 배우고. 나도 막 하영 안 뎅겨난. ᄒ끔 뎅기당 실펑 허지 말아불언. 그 때 열심히 헤시면은 ᄒ끔 배울 건디. 그땐 쭉 야학이 이선. 해방되난 엇어져서. 다 학교에 들어가기 시작허난 엇어진 거주게. 왜정시대에는 학교 못 뎅긴 아이들이 하니까 야학을 허는 거주게.

일도 허고 옛날 놀이도 허멍 보내긴 헷주. 처녀 때게 오지매, 공기, 고무줄도 헤난. ᄒ끔썩 놀긴 놀고게. 둘음질도 허고 뭐 닥숙기원도 돌아다니멍 허고 뭐. 겅허고 요만큼씩 헌 오지매 헝겊으로 멘들앙 허고. 처녀 때 영 아지믄 그거 허주게. 비 올 때 어쨌든 낮이나 모여그네 친구들이영 그것도(오지매 놀이) 허고. 밧디 안 갈 때만 헷주.

II 부모의 뜻에 따른 혼인

1. 그 당시는 신랑 얼굴도 못 보고

옛날엔 웃드르 안 가젠 허여. 웃드르 시집가민 일만 헌댄 헹 안 가젠 허여. 해변도 그땐 일을 하영 헤도 웃드르만은 안 헷주게. 친정부모도 그런 디는 아무래도 애기들 강 못 전딘덴 헹 보내진 안 허여. (해변 사람들은) 그 사람들이 장에 폴레 오믄 사당 먹주게. (해변) 남자들은 바당에 강 궤기 낚아.

스무 살에 시집가난 6·25 나는 해에 간. 막 이제 소부대들이 국민학교—그 땐 국민학교옌 헐 때주게. 막 들어올 때 갔지. 난 중매결혼 허연. 우리 시아방 친구가 우리 친정 아버지광 잘 아니까 아맹해도 새각시 하나 들여주랜 헤신고라. (난) ᄂ시(도저히, 전혀) 몰랏주게. '영영헌 디서 그냥 중매 와시난 가야 된다.' 경허난 부모 말대로 헷주게. 새신랑 얼굴도 안 봐 보고. (막펜지 아져 오고 헤도) 옛날은 왔다갔다 못 허여. 따로 안 만나나난 얼굴 보도 못 허여. 결혼허는 날부터 만낭 말굴앗주. 옛날 식이주게.

이제는 약혼 잔치 허주만은 옛날은 막펜지렌 헷주게. 사람들 올 때 (새신랑이) ᄀ치 온 거, 그때사 새신랑 얼굴을 처음 봐서. 부모 허렌 허는 냥 안 가켄도 안 곧고, 가야 된댄 허난 가는 거구나 헹 갓주게. 첫인상이고 뭐 시집가랜 허난 가는 거뿐이난 알아지크라? 스무 살에 무슨 분시 아느니게. 나 결혼헐 때는 대개 부모들이 허렌 허믄 다 헤나서. 부모 말 들어가지고 다 헷주. 이녁 ᄆ음대로 연애허고 그런 게 어디시난? 남잘 만나질 못허게 헤여.

옛날 혼수품이 무시거? 우리 결혼헐 때도 이불 두 개랑, 요 두 개 정도벳기 안 헹 간. 요강허고 경대. 이불상이옌 허영이 요새 밥상 닮은 거 헹 가서. 요강 안에 쓸허고 성냥 담고. 빈 요강 아정 오는 거 아니난게. 그 쓸은 언제 밥헹 먹는 건 몰르크라. 잊어불언. 이사 갈 때도 먼저 요강 가는 거주게. 이제도 뭐 헌 사람은 요강 똑 가정 가.

잔치 허젠 허믄 동네사람들이 어울렁 왕이네 이불 호청은 다 ᄒᆞ끔씩 만들어 줘. (이것도) 날 보주게. 좋은 날, 술일에 허여. 나도게 경행 가도 못 살암수게. 결혼헐 때 입을 한복을 만들젠 허믄 다 술일에 만드는 거. 한복은 결혼식날 입는 거. 친정부모도 한복 헤주주게. 그건 시집가는 날 입엇주게. 그거 입엇당 시집강 상 받아나민 시집에서 준 옷 입 갈아입고게. 시집에서 한 벌 해 줘. 그때 한복은 유동[유똥]허고, 양단도 허기도 헤도 유동이 제일이라.

신부칩이서 보선은 헹 오주게. 옛날은 [예단으로] 다 보선벳기 안 헹 와서. 보선을 헤영 가믄 영영 다 주주게. 절값은 뭐, 옛날엔 주지 안 허는 식. 이젠 (보선) 푸는 것사 잇주마는 옛날은 집이서 다 미싱으로 (광목으로) 멘들앙 큰 것도 허고, 족은 것도 허고. 적당히 다 여자들 신는 거니까 대개 짐작행 오믄 다 맞아. 보선만 멘들어 왕 줘난. 우리 시집 간 후제ᄁᆞ장도 보선 돌리당 그 후제 ᄒᆞ끔 허당 설러 불언게.(치워 버렸다) 왜정시대도 보선 줫주게. 그 때도 결혼헐 때 신부 집에서 새각시가 똑 버선은 멘들앙 가나서. 큰 거 바라지도 안 허고. 풍습이 그렇댄 헤부난 흉도 안 허고.

왜정시대도 잔치헐 땐 두부 안 허는 디 엇어. 잔치 허젠 허면은 ᄀᆞ레로 ᄀᆞ라ᄀᆞ네 두부허고 다 헤낫주. 우리 시집갈 때ᄁᆞ장은 다 ᄀᆞ랬어. 한림에서 옛날도 잔치상에 두부 올라가주게. 옛날도 두분 똑 헤서. 손님 상에도 놓고, 국에도 ᄒ끔썩 썰어 놓고.영장할 때는 두부 안 헤실 거여. 신부 받는 건 따로 웨 상이라. 신부상에 계란 삶은 거게 온차로 곱닥허게 허여그네 올라와나서. 그거 먹어나면은 아이덜 그디 왕 사시민 신부 먹어난 밥이랜 허멍 밥덜 한 숟가락씩 주고 허주게.

우리 결혼헐 때 까진 닭은 안 올아와나서. 닭은 우리 결혼허영 아주 후제 헷주. 우리 헐 때는 그자 도야지고기(돼지고기) 한 반 하고, 순대도 허여. 옛날은 막 것 잘 츠리지 안 허여. 마당에서 이만한 팡 놔그네 ᄒ끔썩 모밀적 지저그네 잔치헤낫주게. 두부허고, 옛날은 새각시상만 생선국을 끓이주.

어려와도 (잔치) 음식이사 헷주게. 잔치들은 허고게. 사진만 못 찍엇주게. 옛날은 사진 찍어도 사진쟁이가 집이 오라그넹에 필룽필룽 찍었주. 겐디 우린 결혼사진도 안 찍어서.

(결혼허난) 시부모광 안팎거리에 살아난. 밖거린(바깥채) 우리 살고. 아들이영 메누리영 먼저 죽어부난 우리 시어머님은 나가 모시당에 죽으난 소상꺼정 허고. (나가) 혼자 되도 밖거리 사난 하르방네가 이젠 늙고 해 가난 큰아들 집이 강 살고, 안거린 이제 샛시아주방이 살앗주. 시아바님이 밖거리는 우리 물려주고, 안거린 샛시아주방 물려주난 이제 시아주방한티 우리가 집을 전체 사난 안팎거리 전체가 우리 집 된 거 아니? 그거 처음 산 재산이고, 그 다음 벌엉 산 거는 이 집터 상 집 짓은 거. 친정에서도 조그만 한 거(밧) 하나 물려 완. 건 옛날에 일본 뎅기멍 어머니가 산 밧이라. 그거 우리 어머니 재산이고, 아버지 재산은 다 아덜덜 줘사주게,

이 집에 [구술자가 지금 살고 있는 집] 오건디는 올히가 17년 되서. 나

가 집터 상 짓언. 나 번 재산게. 아래층만 난 짓고, 2층은 아들이 짓고.

2. 남편이 교통사고로 사망하고

스무 설에 결혼 허영 스물두 설에 아들 난 스물세 설에 교통사고 난 게 (남편이) 죽어불언. 나보다 두 살 위난 스물다섯에 죽언. (남편이) 죽은 때가 (19)53년이라.

옹포(한림읍 옹포리)에서 콥대사니(마늘) 헤당 군인들 먹을 거 가져 가는 차라서. 게난 옹포에 군인차덜이 왕 막 시꺼가낫주게. 경헹게 밤 이 (남편이) 어디 강 오단게 차에 치여비연. 게난 저녁에 치난 밤이 죽 어불언게.

보상도 10원도 못 받고. 그 땐 그렇게 보상 ᄀ튼 것이 엇일 때라노 난. 이제ᄀ트면 그저 보상이라도 받을 거 아니? 그 땐 보상법이 엇어부 난 우리도 허여 보젠 헤도 안 된게. 군인차로 해부난게 보상법도 없고. 진짜 억울하게 죽어불언게. 경헹 나만 고생헴시네게. 애기도 그저 뭐 부지런히 노력허난 ᄒ나 낫주게. 누게 돈 벌어다 주는 사람 없고 나 하 나 벌엉 살젠 허난 막 고생허멍 살앗저게. 스물셋에 홀어멍이 살젠 허 난 고생 안 허느냐?

우리집이 하르방이영 얼마 살아보지도 안 허영 죽어불언게. 가족 중 에 죽은 거를 처음 봣주게. 그 때 어린 때고 허니까게 무섭주. 안 무서 와? 그 후에 친정어머니 아버지도 돌아가고 시어머니 시아버지도 막 오래 뒈엉 돌아가고 나가 50 설 넘이난. 그때는 나이도 먹고 경험을 허고 혼자 살멍 막 독허게 먹으난산디 무서운 거 아니지게. 남편 죽을 때는 묻어 불어도 밤 되면 막 무서워나서.

친정 부몬 죽어도 (재혼) 못 가게 허난 못 갓주. 저 아들 하나 신거 문드렁은(흘리다, 잃다) 못 가게 헤서. 옛날엔 진짜 종살이 살앗저. 아들 하나 이서부난 가지 말렌허고. '아기 놔뒁 가그넹에 어디 강 살앙 뭣 헐티? 구만이 그 아이영 이디서 살암시민 살아진다.' 우리친정 어머니가 일절 못 가게 헤서. (나도) 갈 생각도 안 허고. 아들도 커 가고. 똘이믄 들앙 가주마는 아기 이신 사름 재혼헹 가믄 살아지느냐게. 시부모사 (재혼) 가렌 헐 리가 이서? 가 불젠 허카부댄 가슴이 콰당콰당 헷주. (육지 물질 다닐 땐) 이번엔 가믄 안 옴이나 허카 의심헷주게. (시부모가) 처음엔 의심헷주마는 가믄 오고. 아기 생각허영 가도 쭉쭉 들어오니까 의심헐 필요가 엇주게. '이번 가면 안 온다. 안 온다.' 해도 딱 시간 전이 아기 보고팡 헤사난 의심 안 헤라게. (시부모) 돌아가신디 흔 30년 뒘실 거라. (나가 재혼 안 허난) 속으로사 고맙댄 헤실 테주게.

Ⅲ 물질이 천직

1. 어릴 때부터 배운 물질

우린 물질을 어릴 때부터 배우난게. 어릴 때부터 헤엄치기 시작하난게 아무래도 열멧 나난 테왁 들렁 가신가 잘 모르큰게. 주로 여름에 목욕허레 강 죽은물에서 친구들이영 팡 지퍼그네 발만 막 영영 해도 수영 베와. 죽은물은 비 오는 디 고인물이난 그디 강 돌 지평 발로 영영 영영 놀려. 경허여 가믄 흐끔씩 히어져. 흐끔 크믄 바당에 강 흔 번 히여 보면 뒈면은 한 열멧 나사 테왁 가정 다니멍 허여.

열다섯에 처음헐 때 테왁은 흑끔만한 거 어머니가 헤주주게. 커 가
면은 큰 테왁으로 허는디 테왁이 족아불믄 망사리가 물에 굴라앉아 불
주게. 옛날엔 학교 뎅기듯이 물질 베우렌 헤서. 베우민 막 그거 허레
가기 기루왕. 일허기 실프니까게 거기 강 히고, 놀고게 허젠 바당에만
가젠 헷주.

아이구 처음 (물질)갈 땐 아무거라도 주물앙 오주. 연습 힘에 깅이프
래(깅이가 잘 먹는 거), 퍼렁헌 거 싯주게. 경헹 차차차차 흑끔 허여 갈
때믄 제라헌 거 뭐 소라도 따 오고게. (열다섯 살에) 소란 못헤서. 더
커사 헷주. (열다섯 살) 그때는 그냥 힘민 배우러 다닐 때난 그건(미역
은) 못허고게. 미역은 아맹해도 거진 스무 살 나 가난 허고. 시집가기
도 전이 그런 건 해 와서.

그 때 고무옷이 엇엉으네 소중기만 입엉 헐 때난 흐루 세 번 들 때
도 싯고, 두 번 들 때도 싯고. 그 때 추워근에게 물에 강 오래 살진 못
허주게. 강 흑끔 들면 또 춥잖아. 게난 톡 들엇당 나왓당 벳 나는 담
엠에 불 살랑 민짝 돌아아장털 불 치왕 또 허고. 불턱이라고게. 해 지
면 (메역을) 집에 정 왕 보리낭 우터레 널엉, 요만썩 질게 널어서. 메역
을 열낭씩 무껑 오일장에 강 앉앙 풀주게. 경허믄 촌사람들 왕 사 가주
게. 아무래도게 메역은 제사 때도 먹고 보통 허는 거난 왕 잘 사 가.
상인도 사 가고. 메역을 헤도 흑끔썩벳기 못 벌주만 어멍도 주고. 경
돈 하영 벌지 못허연게. 낮 되면 (밧디서) 내려왕 바당에 가고. 그땐 물
질허는 사람 잘도 안 알아줘서. 이제는 돈덜 잘 버난 해녀들 알아주지
만은 물질허는 사람들을 흑끔 천허게 봐.

(물질) 허여질 때까지 허믄 이제는 돈 많이 벌주게. 잘 허는 사람은
(수입이) 좋주만은 잘 못하는 사람은 그저 밥 먹엉 살지. 잘 허는 사람
들은 농사일 허는 것보다 낫주게. 우리는 이제 다 늙으니까 무신거 뭐

못 헤여.

(경도 허곡) 한림 시집온 사람들은 한림 바당에 헤서. 겐디 이거 다 어촌계 들어와사 허주게. 이젠 옛날ᄀ치 다 못허주게. 수협에도 다 들어강 가입헌 돈 내고, 어촌계에도 들어오젠 허민 돈 내여놓고. 어촌계에 이름을 다 올려사 작업허주. 이젠 바당에 아무나 못 허주게.

한림항 이신디 메와부난 그렇주. 막 바당 좋아낫저. 이젠 이디(한림항) 바당 다 메와부난 비양도벳기 엇어. 그 전이는 한림바당에서 헤신디 메와불 때부터 안 허난게 한 15년 되신가? 비양도 바당은 7개 마을이 공동이난, 귀덕에서 월령ᄭ장 다 권한이 싯주게. 아주 옛날부터 법적으로 그렇게 뒈분 거.

비양도 물질허레 갈 때 한림해녀만 배 하나 사근에 배 탕 가주. 비양도는 옛날부터 공동 바당이니까 우리도 어릴 때부터 고무옷 입기 전부터도 뎅겨서. (물질허당) 추우민 배에서 팡들 놔그네 나무들 헹 불살랑 불치와그네 또 허곡. 비양도 섬엔 못 내려. 내려도 어떵은 안 허지만은 경 ᄂ리지(내리지) 못허주. 바당은 흔 가운데고 섬은 멀곡, 춥곡 허니까 히어가지(헤엄치지) 못허여. (배가 바당) 가운데 강 세왕게. 옛날은 경 했지만 이제는 고무옷 입으난 강 추워도 다섯 시간 살주게. 경허믄 이제 (물에서) 날 시간 되면 시ᄭ레 왕 시꺼 가고. 물 속에 사는 거, 다섯 시간, 여섯 시간 동안 물질 허는 거. 그 때 되면 배가 시ᄭ레 가. 경허믄 탕 그냥 오는 거.

여름에 물질 안 헐 때는 놀거주게. 다른 일도 봉강(주워서) 허는 사람들은 허주게. 일 허는 사람도 싯고, 안 허는 사람도 싯고. 젊은 해녀덜은 돈벌레 육지도 뎅기고 또 일본도 물질허레 가고. 여행 비자로 강

3개월 살앙 헹 오고. 요새도 흑산도고 가주. 아무것도 그디 바당 산 사람이 다 모집허영 가주게. 이제도 전주가 싯주게. 바당 산 사람이 해녀 멧 사람 헤여그네 돌앙 가주. 그것도 바당 산 사람이 물건[해산물] 다 받아그네 풀앙 벌고, 해녀 주고 허주. 젊은 아이들은 물질 잘허고, 할망들은 실푼 사람들은 안 허고. 허젠 허는 사람들은 용돈들 벌엉 씨고 허주.

(요새도) 아칙이 일 이실 땐 일찍 일어나고, 일 엇일 때는 여덟시까지 누웡 자고. 뭐 이서 게. (요샌) 일허젠 허믄 이젠 여섯시에 일어남서. 물질도 모르주게. 물때 따라 앞물 헐 때는 인칙 가고. 일찍 갈 때는 게 해가 질어정 허믄 일곱시에 갈 때도 있고게. 겨울은 일곱시에도 캄캄허주. 어두룩허지 안헤게. 경허난 앞물 헐 때는 인칙 가고, 그 다음에 열두시에 갈 때도 싯고, 열시에 갈 때도 싯고. (물질헹 오믄) 오후 되주게게. 늦엉 갈 땐 막 어두왕 올 때도 싯고.

물질허멍 헐 때보다 히러 댕길 때에. 먼 바당에 히엉 댕기다 보믄 쭈욱허게 둘이서 '이어싸, 이어싸' 허는 것이 히는 소리주게. 먼 바당에 가젠 하면은 해녀가 열이고 다섯이고 그디 가젠 허믄 테왁 지펑 일일이 줄 짓엉 '이어도 사나. 이어도 사나' 허멍 히어 간. 갈 때 소리허고, 올 땐 지만썩 오난 그런 거 없고. (노래) 배운 거 아니. 그거 다 아는 거. 그자 같이 불르는 거. 옛날 물건 주물레 갈 때에 한림 바당에서 헐 때고. 육지 강 헐 때는 그냥 뱃물질 허난 그저 잠수해 강 톡톡 가져와 불민 그런 거 엇어.

이제 비양도 가도 배가 그 자리에 강 빠치주게. 이녁 들이쳐 논 디 강 톡톡 빠쳐 줘. 해녀난 방향게 알아지주게. 오늘랑 여기 들리고, 다음에는 저디 들리고 허영 혼 번 헤나믄 물건이 엇이난 안 헤난 디로 강

들멍 허주게.

2. 물질하러 육지로 나가

　시집 강 멧 년은 ㅎ끔 농사지언. 혼자 허난게 농사헌 지가 흔 40년. 힘들엉 혼자 허지 못허여. 이제는 돈만 주면 밧 가는 기계도 다 허고 허지만은 그때는 소로 갈 때난 밧 갈 사람 빌어야지. 경 허난 못 하지.

　물질은 기술이난 나이 먹어도 헴주. 기술 아니믄 못허주게. 이제 늙어부난 수입 출리고 뭣허고 엇이 그자 심심허난 그냥 히레도 가고, 운동허고. 밧 벌엉 잘 되면 곡석허는 것이 낫주게. 맨날 물질허레 뎅기지 않으난게. 난 혼자 살아부난 농사를 허지 못허난 잘 몰르크라. 물질헐 중 몰라시믄 농사허멍 살아실 테주마는 물질 배우고 허난 그자 꼬딱꼬딱 허멍 먹엉 살앗주게. 뿌듯하게 먹고 살앗주게.

　육지로 물질 허레, 돈 벌레 다녀서. 육지가 한 서른 전이부터 뎅겨서. 나가 갈 때는 열 명도 가고, 다섯 명도 가고. 베에 옷이영 먹을 거 실르고 보리영 가마니에 하나썩 묶어그네 시껑 저 고산으로, 신창으로 강으넹에 큰 배에 탕 가낫주. 큰 배가 한림으로 안 들어왕 저 신창으로 들어온 디, 그디가 해녀 하영 이시난. 한림은 해녀가 이제도 한 20명도 안 될 거여. 옹포 같은 디 백 명은 싯주.

　우리 (육지물질) 다닐 때는 고무옷 안 입엉 소중기만 입엉 할 때난 추워부난 음력 3월달에 가면은 8월 멩질 전에 항상 오주게. 양식을 몬딱 가져 강 올 때까지 먹엉 와. 경북 도대 영애 집산 그런 디. 그디 뎅김 시작허면 한 몇 년씩 그디 뎅기주게. 경헤야 바닷속 알아그넹에 물질도 허고, 허기가 좋주게. 이디 저디 물질헤 가믄 바닷속 잘 몰랑 잘 못허주게. 인솔자 헤난 사람이 또 알아그네 오렌도 허고. 그디 가믄 해녀들끼리 다섯이면 다섯 ㄱ치 살아서.

옛날은 천초(우뭇가사리)허고 도박이엔 헌 거. 그거 주로 허여. 그걸 허면 늘 채 뜨주게. 근에 얼마 경허영 떠그네 풀주게. 도박이엔 헌 거 구두리 닮은 거 이서. 넙적넙적헌 거. 거 '도박도박' 허주게. 제주 바당은 엇어. 육지서 천초 허멍 전복도 잡고, 또 성게도 쪼끔 허고. 거기서 인솔자가 다 받앙 풀아서. 집이 올 때는 회계 다 해 줘. 현금으로 가정 와. 그 돈으로 왕 살고게. ᄒᆞ끔썩 헹 낫당 아들 공부시키고게. (육지 강 오믄) 아무래도 하영은 아니라도 ᄒᆞ끔 낫지게. 거기 가면 쓰지 안 허다가 오니까. 여기선 벌면 써 불고 써 불고 허니까 돈이 경 모이지 못허주게. 육지 갓다 오면은 그래도 ᄒᆞ끔 돈을 ᄆᆞ직아지고. 게도 난 하영 벌지도 못헷주게.

아들이 (1970년 초쯤) 중학교 들어가난 안 가기 시작헷주게. 중학교 뎅겨가고 ᄒᆞ끔 커 가믄게 어떵헐 말이라. 어멍 이성 보살펴 줘야 헐 거 아니? 경 헤부난 중학교 1학년 뎅겨가난 (육지물질) 안 뎅겨서.

지금 한림 해녀가 20명인디 옛날엔 한 30명도 넘언. 나 한 사람이 하. 60대영 70대영 허고 막 젊은 아이들은 멧 사람 엇어. 50대도 싯고 사십 몇 난 아이도 이서. 옛날 ᄒᆞ끔썩 (물질) 허당으네 시집오랑 헐 것도 엇이믄게, 먹엉 살젠 허난게 배와난 거난 물질은 ᄒᆞ끔만 헤가믄 허여지주게.

난 상군은 못헤 봐서. 물건 하영 허는 사람, 돈 하영 버는 사람고라 상군이엔 허지 게. 많이 잡앙 왕 돈 많이 버는 사람. 일년이고 하루고. 그런 사람은 매일 들어가도 하영 헤여. 거는 테운 사람덜이주. 한림 시집온 비양도 사람덜은 막 잘 헤여.

(제주 해녀는) 악착같이 허주게게. 경허고 육지사람은 제주각시 돈 잘 벌엄젠 허멍 막 얻젠만 허주게게. 옛날 같으면 조금만 합하며는 놓치질 안헤여. 막 촌구석에 물질 허는 디는 섬 중이니까 제주각시 돈 잘 번덴 수뭇 얻어봥 살아보젠 헤여. 경허믄 어느 섬 중에 제주 사람 안 사는 데가 엇어. 물질 갓당들 서방 만나. 대게 혼자 이신 사람들이 강 살암주게게. 한림에서 주로 경북지방, 강원도까지 다 간. 난 강원도까지는 안 가 오고. 이 아래 지방더레도 뎅기긴 헤여. 나도 거제도도 한 번 가 완.

3. 지금도 물질은 천직

감텐 이제도 오른다. 그건 폴아. 몸은 바당 아니 매울 때 올라나고, 이젠 하나도 엇어. 이제 오염 되어부난 몸 하나도 엇어. (한림항 중축 헌 거) 좋지 안 허곡 말고게.

바당 매우난 해녀들은 보상 받았다고. 흔 십년 전에 보상 받아서. 매립헌 지가 흔 15년도 넘어서. 경허난 이젠 비양도만 강 (물질헴서). 저 조금 머니까 비양도 나가면 물건 많이 나와. 게난 한림 사람들은 비양도만 그추룩 뎅기는 거라. 이제 한수, 한림, 옹포, 섭지, 금능, 월령 해녀들이 비양도에 강 (물질) 헴서.

경허고 막 큰 배들만 뎅겨노난 오염뒈연 바당에 아무것도 엇어져서. 경 안헤도 물건 하영 싯는 디도 하나도 엇어. 한수리영 옹포도 다 이녁 앞이 바당에서 허고, 한림만 매와부난 바당이 엇주. 이젠 한림 아니라도 어디든지 다 오염뒈부난 엇어지는 거 막 알아져. 바다에 들어강 보난 다 썩언. 경헤도 흔꼼썩 헐 만인 나오긴 나와. 전에만이 안 나오는 거주. 이젠 전복이영 소라만 셍차로게 살리왕 일본 수출헴서. 일본 수

출허난 값이 난. 그 전이는 돈 못 벌어서. 근근히 생활할 정도라서. 왜
냐하면 돈 안 줘부난 먹어불고 소라 헐 필요가 엇주게. 근데 일본 수출
헌 지가 30년이 넘엄실 거라. 그 후제 일본 수출허난 돈 ᄒ끔 벌엇주게.

 ## Ⅳ 한림의 과거와 미래

1. 4 · 3사건과 6 · 25 기억

왜정시대에 뭐 공출은 들어봤주게. 멘헤도 공출허고, 쌀 보리 무신
거 농사지은 것들이영 다 공출허고. 그 때 어린 때라 부난 어머니네가
공출 안 허믄 막 강제로 허젠 헤낫저게. 제주 사람들이 헤신디 공출을
ᄒ 집에 배당시키주게. 얼마씩 내놓으라 허영으네 막 헤나서. 이제 공
판하는 날 아정 오라 하난 아정 간 거주게. 안 내지 안 헹 다 내실 거
라. 놋그릇들 ᄀ저 오렌들 허연 바치라고 헤나세. 아니 막 강제로 아저
가진 안 허고 놋그릇 바치렌은 헤나서.

(왜정 때) 일본놈 죽이젠. 잡젠 허는 건 들어봤주게. (야학) 선생들은
아니고게. 영 아잔 얘기하고 허믄 '저 일본 놈들 여기도 저기도 정혬
저.' 동내 어른들이 모다정 앉앙 놀멍게 경헌 말은 들어난. 일본놈 따
문에 ᄉ뭇게 어렵게 살앗저마는 해방되던 때에 (어떵헤난 건) 어린 때
라 부난 잘 모르컨게.

(나가 결혼헐 때는) 4 · 3사건 터진 후에, 육지서 소개바지덜 제주도
들어올 때. 소개바지 입은 사람덜 막 들어 올 때라. 경헹 이 한림국민

학교도 들어왕 살 때주게. 게난 그 때 위험혜영 무음대로 뎅기지도 못
허고, 결혼도 막 무음대로 못헐 때주게. (여기도 4 · 3사건) 피해 잇주
게. 사람들 다 죽여불고게. 산에서 막 죽여분 사람들 하서. 초등학교서
도 막 죽여불고. 여기 오일장 헤난 디서도 막 죽여불고.

　(우리) 궨당에는 경 피해 본 사람이 엇어. 주변에 쪼끔 난 사람덜. 영
날리는 사람덜은게 이쪽저쪽 붙어그네 허민게. 안 들어가민 붙들어당
죽여불고 헤낫주게. 무서왕 나다니지도 못허여. 뭐 '심으레 왓저.' 허민
막 곱고 헤사주게. 한림사람들도 저 명월더레 가는디 막 지키멍 뎅겨
나서. 그때는 얼마나 무서워났다고. 산에 사람도 무섭고게, 아래 사람
덜도 무섭고게. 산에서 그디 사람들이영 말 골으민 아래서 죽여불지.
아래 사람들 오면 산에서 오랑 불 붙여 불지, 죽여불지 허난게. 막 중
간에서 곤란헷주게. 게도 우리 집안엔 산에 간 사람도 없고, 이디 뭐
헌 사람도 없고 허난 죽은 사람도 없고.

　경헐 수시에 결혼허난 우리 땐 (결혼) 사진도 아니 찍언. 그 때 막 복
잡허고 헐 때난 사진 찍고 뭐허고, 무서울 때난 게 못 허연. 사진도 안
찍고 그냥 가마 탕 바로 시꺼 오난 그자 그걸로 설렁 결혼사진도 없고.

2. 한림은 도시나 마찬가지지

　한림이 일본 간 사람 하. 왜정 때 강 안 들어온 사람들. 여기도 교포
들 하. 일본 밀항으로 간 사람은 막 하진 안 허고.

　(한림도) 육지사람들 막 하영 살암서. 이제도 (한림) 본토박이들 사
는 사람들 다 싯주게. 한림은 도시나 마찬가지지. 막 서꺼정 살앙. (인
심은) 몰라 원. 이녁 동네 헹 살아부난 원. 인심이 전이나 후제나 막 나
빠지진 안 헤서.

흔 30년 전 때부터 조금썩 음식 허는 거나, 큰일 허는 것이 조금씩 바꿔서. 이때부터 흐끔 먹엉 살기 시작헌 거 닮아. 그땐 전부 다 못살아 부난게. 언제민 배불리 먹어보코. 보리밥도 졸바로 못 먹엉 살아시네게. 처음엔 그 미원도 설탕 같은 것도 엇일 땐 사카린으로 나와낫지. 사카린 먹단에 뉴슈가 먹단에 당원이영 먹단에 나중에사 설탕 먹엇주. 당원도 뉴슈가영 거의 같이 나와서. 개역 만들 때 뉴슈가영 사카린도 흐끔 놓곡. 처음은 사카린 놓곡, 말째는 뉴슈가 놓곡. 아지노모도가 처음 나온 때 막 좋앗주게.

한림 살멍 흐끔 잘 산다 생각이 든 게 과수원들 헐 때부터. 그렇게 헌 지 흔 3, 40년이라. 아무래도 새마을운동 헌 후제가 흐끔 낫주게. 그때부터 하영은 안 나아져도 쪼끔썩, 쪼끔썩 나아진 거주게. 한 해 두 해 영 헤가난에 잘 살아젓주게. 88올림픽 헌 후제는 막 봐져젓주게. 보믄게 다 알아지주게. 농사허는 사람은 농사짓고. 고기 나끄는 사람은 고기 나끄고. 경허는 사람도 하. 우리가 이 집 지은 지가 17년이난 흔 20년 전부터 발전헴구나 하는 걸 느껴서. 발전은 헤도 땅값 많이 안 올라. 아이고, 시내 ᄀ튼 딘 많이 주주게. 하영 주는디. 요 우터레도 큰질 있는 디는 비싸. 질 따라 달르주. 경허고 들어가고 차도 못 세왕 골목 헌딘 돈 안 주고. 요새는 차만 사용하는 때나 차 못 세왕 차 놓은 데 엇이면은 집 풀지도 못허여. 풀젠 해도 안 사.

(한림도) 과수원들 시여낫저마는 이제 ᄆᆞᆫ딱들 비여나부난게. 과수원 이거 한림에 오래 산 사람들은 한지 막 오래, 몇 십년 돼서. 과수원 한 3, 40년 헌 거주게. (과수원은) 조 보리 헌 데는 놔 두곡, 조금 우에 빌레 우트레 강 허난 그런 딘 보리 조 잘 안 돼주게. 한림 사람들도 이제 ᄆᆞᆫ딱 폐원 시켜 불언. 반도 엇어져 불어실 거라.

한림축항은 육지 배들이 제주 근처에 왕 허다가 태풍 불민 한림 부근더레 다 들어오주게. 고기 나까지믄 풀젠 들어오주게. 한림 수협에 왕 궤기(고기) 풀고게. 삯은(항구 정박) 안 받아. 한림항이 막 크난 어부들이 많이 들어와. 육지사름들 배로 부두 왕 살당 가주게. 태풍 불지 않아도 궤기 잡아지믄 여기 오주게. (궤기는) 한림 수협에 다 들어와. 여기 왕 며칠 살다그네 나강 며칠 잡당 또 들어오고, 들어왕 풀앙 또 나가고. 경허난 부두에 육지 사름이 막 하. (한림)축항 공사 헤영 이디 다 메와지고 헌 후에 부두에서 터 풀앙 사름들이 가게를 짓었주게. 한 5, 6년 뒈실 거라. 요번이 태풍 올 땐 배 그득행 꽉 찬.

3. 한림의 생활문화

일제시대 때도 미싱이 하나썩 이성게. (난 미싱은) 사 보지 안 헤난. 구경도 허고, 친구신디 강 빌엉 쓰고. 테레비는 나 시집 온 후제 '여로' 헐 때 봐 나서게. 경허난 그거 우리 아들 난 흐끔 욱을 때난 아주 후제 사 테레비 싯주. 그때도 우리 동네 처음 산 집이 이성 그 집 강 봐낫주. 그 후제 놈덜 사 가난 나도 산 거주게. (지금부터) 한 30년쯤 뒈실 거라. 아멩해도게 (물질허영) 벌엉 사져실 거라.

한림에 전기불 들어온 건 몇십 년 뒛주. 언젠지 알아지크라? 전기불 엇일 때 등피 싸신디 석유주게. (석유는) 상점에서 사 왕. 더 옛날 각지불도 싸고(것도 석유라). 석윤 아주 옛날부터 이서나서. 등피 쓰당 이제 전기 오란 거 엇어져서. 전기불보다 공동 수도가 먼저 완.

(공동수도도) 언젠지 것도 오래 뒈서. 한림이 다른 마을보다 먼저 들어왓주게. 공동수도헐 때는 바가스로 (물) 떠왓주게. 흐끔 먼 디 사름들은 허벅에도 질어 가고 가까운디 사름들은 바가스로 떠 오고.

우리 시집 안 갈 때 집이서게 보리쌀도 て레에 て랑 먹어나고. (한림에) 방에공장 생긴지 몇 십 년 뒷주게. 결혼허기 전에부터[1950년에 결혼함] 방에공장 이서. ぅ썰 어릴 때는 보리도 물방에 강 て아낫주게. 한림2리에도 1리에도 다 셔낫주. 물방에는 마을마다 이서나서. 우리 친정엔(한림2리) 두 개 이서나고. 가을에 보리 지엉 가그네 쉐 해여그네 그디 매여그네 보리 그디 비와그네 물 ぅ끔 서껑 더 올리멍 돌아뎅겨가민 껍질 벗겨지주게. 사람만으론 못 하니까, 버치니까 쉐로 허연. 사람은 그거 올려주고, 쉐는 돌아뎅기고. 기계로 안 て난 꺼끌꺼끌허민 이젠 물て레에 보리쌀 て랑. 하영썩 들이쳐. 발발발 허주게. 경허믄 더 벗어져. 큰쌀이 て아정 나오고 좀쌀도 나오주게. 체로 치면은 아래 거. 건 밥은 못 헹 먹주게. 경허믄 죽도 쒕 먹어. 호박잎 국도 끓여 먹고. 좀쌀은(보리쌀 ぅ끔씩 더 갈아진 거. 잰잰헌 거.) て루 아니난 범벅은 못 해여.　경허당 방에공장 나난에 이젠 기계에 강 보리 지어당 먹엇주게.

선비낭 헤당 (불) 솖앗주게. 가시낭 닮은 거. 처녀 때영 시집간 후에도 그런 거 헤나서. 호미 들렁 가고, 요만이 큰큰헌 거, 나대엔 헌 거 싯주게. 그거 가져강 허영 지엉 오고. て디도 강 곤 낭 헤 오고. ぅ끔막 개발 된 후에 솔잎도 헤낫지. 솔잎은 시집간 지 아주 후제 헤나서. (한림서는) 협재 강 긁어와난. 고사리 있는 디 소나무 많이 이시메. 협재 사람덜이 긁엉 감젠 허멍 긁은거 다 빼 가 불고 허여서.

굴묵은 말똥, 쉐똥 줏어당 말령 쓰고. 그런 것도 줏어당으네 비 안 맞게 허고, 웃드르에 가민 줏어오주게. 촌에 소영 말이영 내낭 질르난 (똥을) 싸부니까 그런 걸 줏어당도 허고. 쉐똥은 가을 때나 줍주. 경 많이 안 줏어. て시락을 주장허여. 보리て시락을 한 밧이 모으면 하잖아게. 집에서 농사헤나믄 て시락 나오잖아게 그런 것을 담 엠에 놔 뒷다가 그걸로만 불 붙이고.

불 솜당 안 허난 연탄게. 새로 연탄아궁이 좀 만들어그넹에 연탄 팻주게. 연탄 쓰단 이제 기름보일 써서. 밥 해 먹는 거 연탄으로 해 봔. 곤로도 써 보고게. ㄱ치 비슷비슷헐 거라. 곤로도 씨고 연탄도 씨고. 겨울엔 아궁이에 연탄 낭 방도 뜨시고 여름엔 연탄통 뱃겻더레 내쳐그네 연탄통에서 씨고. 경허단 이제 가스 남 시작허난 기름보일러로 썸주. 부엌은 연탄 쓸 때부터 다 고천. 그디 메왕 싱크대 논 거지.

시집가기 전에 포장 안 할 때 그냥 흙바닥에 성안에 가난. (버스타믄) 덩그랑덩그랑 허멍 스뭇게. 그딘(성안) 흔 일년에 한 번이나 가고, 2년에 한 번벳기 못 뎅겨. 그때는 다 걸엉 뎅겻주게. 시에도 뭐 헌 사람들은 (밤이 걸엉) 걸엉 갔다 왔다 헤낫주. 우마차 건 안 타 봐서. 그때 버스비는 다 돈으로 10원, 20원산디. 버스 타는 것도 비행기 타는 것보다 더 어렵게 타시네게. 그자 걸엉 구작이라.

처녀 적에게 (성안에) 몇 번 안 뎅겨와서. 해방 아주 후에게 일주도로로게 버스 탕 갓주. 버스도 그때엔 막 오래서 하나 다녓주. 왜정시대엔 안 뎅기고게. 흐쓸 큰 때에 시집간 후에는 버스 자준 안 뎅기고게. 트멍에 남은 시간 한번썩 뎅겻주게.

한림에서 육지 가는 배(연락선)는 엇언게. 옛날에 일본 뎅기는 군대환 이서낫주게. 한림에서 저 곤 바당에 강 세워 노믄 큰 배로 사람 시꺼당 퍼그네 시꺼오곡 시꺼가곡 허여낫주. 연락선 뎅기듯이 큰 배에 허여그네 한림사람이 이제 그 종선이라고 그 배 오면 노 저성 강으네 강 시꺼오곡, 푸고, 시꺼가곡 허여고. 우리 어린 때 거 나 봐나서. 경허고 다른 연락선은 한림에선 안 봐서. 게난 제주시만 간 타낫주게.

한림 오일장은 왜정시대 때도 이서낫주게. 저지에서부터 월림이고 귀덕서 다 이디 와. 근처에 한림장벳기 엇주게. 난 보리쌀도 지영 강 팔고게. 메역도 헤영 넬엇당 강 폴고, 집집마다 도새기도 오일장에 강 폴고. 이제는 고기 잡으면 수협에 강 다 판매허주마는 옛날엔 나까오면은 오일장에 강 앉앙 폴주게. 경허문 쏠 폴앙 고기 같은 것도 사가고게. 오일장에 가그네 쉐, 말은 안 폴안. (쉐, 말은) 그냥 집에서 폴켄 허믄 장사꾼들이 와그네 사가주. 도새기(돼지)만 장에 강 폴안. 집에서 키우다그네 크믄 큰 도새기들 걸엉 두드리멍 몰앙도 가고.

우리 시집 간 후제도 옷 만들엉 입어서. 그 때도 오일장에 가그네 맞추앙 사당 입어낫주게. 그런데 말제 와가난 기성복 나오기 시작허연. 이젠 뭐 사당 입엄주게. 시집간 지 후제, 오래 이성 옷도(한복) 사 입어서. 이제는 다 멘들앙 폴암주마는 옛날은 오일장에도 가면은 물건장시 신디 가그네 맞추앙 허면은 멘들와그네 다음 장에 강 찾아오는 거. 그 때는 만들엉 푸는 것이 엇이믄 물건장시한테 강 그 사람이 폴젠 허믄 다 맞추주게. 경헹 미싱허는 디 강 그 사람이 다 헹 오면은 얼마다 허믄 돈만 줭 춫아와나서.

4. 한림 공장의 여러 모습

일제시대에 통조림 공장은 시어나서. 것도 옹포 소주공장 저끗디. 나도 어릴 때 (처녀적에) 그 공장 헤끔 뎅겨나서. 고등어에 이것저것도 허고, 돼지도 헤나실 거라. 하도 어려부난 (월급이) 전이옌 헌디 얼마 받았는지는 모르큰게. 돈 받은 기억이 나고. 소라 통조림 같은 것도 헤나실 거라. 다케나카 통조림공장인디 (한림에 공장이) 하영 이시난 사람들이 뎅겻주게.

얼음공장은 한림항에, 축항더레 가는디 거기 제라지게 높은 건 아니 엇주게. 왜정시대에, 그 후론 엇어지고. 얼음공장 헷던 디가 수협 짓언 게. 푸른 언덕이옌 헷수다. 얼음은 영 둥글렁허게 멩글앙 뭐에 써신지 알크라? 여름에 우리도 그거로 헤당 먹어서. 얼음 시껑 뎅기는 기차 같은 거 하루에 두어번썩 돌게 만들어그네 팔젠 허면은 (얼음을) 밀려 가고 밀려 오고. 경허믄 털어진 거 줏어당 먹어낫주.

(옛날에) 고구마 하영 갈아나서. 전분공장에 풀곡 허여낫주게게. 옛날에 (이디도 전분공장이) 생겻단 폐지시켜 분지 막 오래연. 한림사람들이 그디 일허레 뎅겻주게. 남자들도 뎅겨나곡, 여자들도 뎅겨나곡. (그 공장이) 큰 거 하나 이셔난. 그디서 전분 멘들어낫는디 그디도 놀린지 몇 십년 돼서. (한림에 전분공장 이시난) 일거리 생겻주게게. 그 공장 헐 적엔 좋긴 헷주게. 그때는 공장에서 바로 밧디 왕 차로 시꺼 가서. 이제 (공장이) 엇이난 (고구마를) 경 하영 안 심엇주게.

공장 엇일 때는 더러 묻엇당 먹곡. 우영에다가 흙 파그네 그래 비와그네 영 눌엇당 저실에(겨울에) 팡 먹어난. 경허단 전분공장 생기난 이젠 돈 벌젠 허영 그레 팔멍 돈 벌단 흐꼼 몇 년 허당 것도 치와 불고. 또 썰엉 말령도 팔아낫주게. 이젠 고구마 조금 먹을 거 하나씩만 심그곡 얼마 안 심근다.

게매 (한림수직 공장) 것도 언제사 헤신지 알아지커라. 건 막 오래진 안헤실 건디. 우리 친구들도 성당 거 짜 졍으네 돈받는 거. 아이고 (수입) 좋긴 무신게. 쉐타 하나 짜젠 허믄 수뭇 메칠 걸려서 짜사 되난게. 것도 아무나 곱게 못 짜지. 또 익숙치 않은 사람은 못허주게게. 우리 물질허는 할망은 두어 개 짜 봐서.

옛날에 멘헤(면화)공장이 옹포에 이서신디. 왜정시대부터 그딘 짱 푸는 거. 아이들 천 헤영 그디 강 돈 벌어오고 헤낫저게. (공장이) 어서 지건디 20년, 30년? 주인이 제주도 사람. 다 죽어불어서. 이젠게 (그 공장이) 필요가 없주게. (면화)실로 헤여그넹에 옷감을 짰주게. (그 천은) 오일시장에 푸는 데 신디 포목상이신디 넹기면은 팔앗주게. 무늬 놓으멍 검게 짠 것도 싯고, 희게 짠 것도 싯고. 실로 해그네 짜서. 어디로 강 주문사 해와신지는 몰라도. 가보지 안 허난 모른디.

소주 공장은 옹포에 생겨서. 소주 공장 이제도 일헴서. 통조림 공장이나 다 이 한림 사람들이 (주로 여자들이) 다 뎅겨서. 밥벌이를 허고. 이제도 아장사 살아저. 밧이나 벌엉 살젠 허민 놀멍 살진 안 헙니다.

한림에 옛날에(50년대) 구멍가게 이서난. ᄒᆞ끔썩 헌 거 그냥 사는 거. 식료품ᄀᆞ튼 거 풀앗주게게. (한림이) ᄒᆞ끔 관중이난 좀 크고 오일장 생기고 허면 촌사람들도 한림으로 내려왕 사갓주게.

5. 사회활동

부녀회 활동 안 헤. 우리 어촌계에서만 살아부난이 부녀회 회원도 안 들어가 봔. 어촌계에서만 계속 돌아다녀 부난 그런 디 갈 저를도(겨를, 여가) 없고. 어촌계도 바쁜다게. 어촌계는 배 허는 사람은 없고 해녀만 들어. 배 허는 사람은 그냥 조합원일 뿐이주. 어촌계원은 아니난 관계 엇어. 대푠 거기 회장. 해녀 중에서 뽑아. 계장은 남자가 허고. 아무나 아니지. 것도 헴직한 사람으로 투표허곡 헌다게.

어촌계장은 여자도 할 수 이서. 게도 계장은 아무나 헹 안 뒈주게. 옛날에 한번 여자가 해난. 그 후젠 다 남자가 헤여. 수협도 상대허고 허젠 허믄 남자 계장은 손쉬운디 여자계장은 못 허여. 게난 남자가 계장 허고, 회장은 해녀가 허고. 어촌계 해녀 회장이렌 허주. 또 해녀 중에 총대 대의원 몇 사람 뽑아그네 회 보주게. 해녀 회장은 2년에 한 번, 계장은 4년. 난 총대 대의원인디, 그건 우리 계원에서 뽑는 거. 거진 10년 뒘서. 어촌계가 친목처럼 헌다게. 궂은 일도 다 돌아보고. 해녀회가 친목이나 다름없어. [경조새 볼 일도 다 봐. 궂은 일 허면 다 도와줘.

해녀회는 한림 1리고 2리고 다 합청 한림사람은 그디 가입한 사람은 되주게. 한림 3리는 그디 사람도 왕 물질헤. 하나 왐서. (어촌계에) 올라간 사람들은 훨씬 많지만은 안 허는 사람도 이서부난에, 것꺼지 다 해부난. 늙엉 안 허는 사람도 많으난.

16

우도 양석봉의 생애

물질이 일생의 삶

- 인생살이 시작
- 결 혼
- 과거의 생활
- 최근의 근황
- 개인 생활

| 문순덕 | 제주발전연구원

『살암시난 살앗주』, 제주도 · 제주도여성특별위원회, 2006.

양석봉(梁石奉, 1930년생)은 약 60년 동안 물질을 하고 있다. 친정은 우도면 상고수동이고 시댁은 하고수동이며 주흥동에서 약 40년간 살고 있다. 열아홉에 약혼하고 스무 살에 결혼해서 4남매(딸 2, 아들 2)를 두었다. 친정 형제는 7남매(딸 3, 아들 4)이고, 남편 형제는 7남매(딸 3, 아들 4)이고 남편이 네 번째이다. 양석봉과 남편은 동갑이며, 32세에 남편은 병으로 사망했으며 43년 간 홀어머니로 자식들을 키우면서 살아왔다. 결혼 후 남편과 산 것은 2년도 채 안 된다. 육지에서 약 6년간 물질하면서 살다가 남편의 시신을 고향에 묻을 겸 우도로 들어와서 다시 정착하게 되었다. 농사짓고, 물질하면서 재산도 일구고 자식의 교육과 혼인까지 다 마친 상태이다. 배운 기술이 물질이고, 아직은 퇴직할 때가 아니라서 '천초, 소라' 등 물에것을 하고 있다. 틈틈이 마늘 농사도 하고 있지만 이제는 기력이 소진해서 많은 소득은 올리지 못한다고 한다.

I 인생살이 시작

1. 열세 살에 상군이 되어

(나는)처녀 적에는 밧디(밭에) 일 허고, 물질 허고. 물질은 쪼갠할 때부터 베왓주. 그땐 흔 여나믄 살만 나믄 두렁박 해 가지고 뭐 해오지 안헤도게 헤엄치레 뎅겨서. 열세 살부터 내가 막 상군이렌 말 들어서. 우리 부락에선 최고라낫주. (지금 사는 집) 여기 집 산 오라도, 이 동부락에서 (물질을) 제일 잘헌덴 말 들엇주.

바당에서 메역도 허구, 천초도 허구. 그 땐 우미는 얼마 엇엉 쪼깬씩 허구 메역을 주로 헷지. 그땐 소라 ᄀ튼 거나 오분재기 ᄀ튼 거나 성게 ᄀ튼 것은 막 천지에 이실 때주. 메역을 허영 저물엉 질머졍 올 거 아니. 그걸 집에 오랑 다 낭으로 붙여. 이런 마당에서 말령 창고에 데미멍 놧당 장사 오면 다 풀아. 또 이제 같으면 '어협'. 그때도 그런 디서 우리 어릴 때 보면 팔고 그랬는데. 우리 큰 후제는 나무로 이만썩 붙여 가지고 말령 데몃다그넹 나무로 세멍 풀구. 상인들이 많이 받아가주게. 그 당시에는 (메역이) 시세 엇질 안허여. 후제는 메역이 안 나, 없어지고. 어른 된 후에는 메역이 없어지고 천초가 그렇게 많이 낫주. 메역이 올해는 ᄒᆞ끔 나신디 잘 엇어. (요샌) 돈이 안 뒈난 나도 그건 안 헤. 게난 천초(우뭇가사리)를 주로 허여.

열세 살에 물질 배울 때는 속곳만 하나 입엇주 뭐. 이 웃옷도 아니 입고, 양말도 안 신고 헷는디, 그거 입을 때는 한 열여덟, 열아홉이라. 약혼하고 결혼하는 시기엔 막 뽄낸다고 이런 디 여기 허영한 물적삼 입고, 물수건도 허영허게 쓰고, 양말도 이디(종아리)ᄁᆞ지 올라오는 이제 같으면 스타킹이주. 그런 거 신고 허다가 또 그 후에 몇 년, 설나믄[30세 정도] 되어가니깐 '까불이'(광목으로 만든 물수건과 비슷함)이렌 허는 거 써서. '까불이' 쓴 건 마흔 안이라. 그 후로 마흔이 넘어 가가니깐 고무옷을 주로 입는 거 아니? 나가 서른아홉에 여기 집 산 와시난 마흔 나는 해에 고무옷을 입은 거라. 경헨 고무모자를 썻주.

(우도 여자들은) 전부 다 (물질)헷주. (웃드르 여자들은) 물질 못헷지. (우도에 시집)왕 베와. [그래서 웃드르 여자를 며느리 삼는 것을] 싫어만 헤서게. 우린 옛날에도 처녀 때부터 물질 잘하고, 일도 잘허난 날 (며느리로) 못헤가니깐 막 원수지멍 (헷저). 그때는 공부 잘하는 것보

다도, 물질 잘 하는 것을 좋아헤낫주게. (바당도 마을별로) 갈라져 잇주. (결혼하면 친정 바당에서는 물질을) 당초 못헤. 허젠 허믄 돈 내놔사. 그디 살멍 헤 먹젠 허믄 동네에 돈을 몇 백만원을 내놔야. 옛날부터 동네에서 시집강 산 건 헤도 다른 동네 시집갓당 그 동네 왕 물질허젠 허믄 그건 안 뒈주.

(물질하는 것은) 이녁 기술이주. 막 잘하는 사람은 망사리 가득허곡, 못허는 사람은 조금 허곡. 하루에 (물)에 한 번도 들고, 두 번도 들고, 세 번도 들고. 우리 아이 땐 몇 번도 들어. 어른이 되어가믄 두 번 들어. 추우면 불 쬐고 두 번씩 들어신디. 아이들은 그저 지내 놀젠 허는 거주. 어른들은 두 번 들고 고무옷 난 후로는 (물질하는 정해진) 시간이 없어.

(물질허레 갈 때는) 지들커(땔감) 몽땅 구덕에 담앙 지어아정 가나신디 지들커는 보리칩(보릿대), 조칩(조대)이고, 솔깨비도(솔잎) 막 어려울 때라. 어떤 땐 낭깽이(나무조각, 잔 가지) 봉강(주워서) 간 사람들은 막 착허덴 헤나신디. 맹심허는 것도 막 어려와. 지들커 강 부치는 것도 어려와. 또 마중가는 사람들은 조칩 한 번썩 낭중에 또 앗앙 가고. (남편들은 미역도) 같이 올리주. (너는 것도) 도와주고, 지어다 주면 다 붙이고. (물질헐 때) 점심은 어떻게 먹어. 강 와야 먹주. 밥도 이제 같이 잘 먹을 때라? 보리밥, 조밥도 얻어먹지 못할 땐디. 점심이 어디 이서? 어디 밥을 배불리 먹으멍 살아질 때라. 우리가 시집가서 애기 나멍 살 때는 완전 곤란하게 살 때난 (물질헐 때) 점심 먹어보질 안헤서.

우리는 아기 돌봐줄 사람 엇이난 불턱에 놔뒁 느량(늘) 일헤서. 불턱에 애기 낭 저 뚜데기 앗앙 강 톡하게 영 뱅하게 앉혀 놔두고, 그디 가믄 흐쓸 요근 애기들 많이 가주게. 오래 안 사니깐 그 애기들더러 홈치영 봄시렌 허영 (물에) 들고.

2. 열여섯 살에 육지에 물질 다녀

(소섬 해녀들은) 옛날로부터도 (육지 물질허레) 다녀서. 옛날 할망들도 당겨서. 육지는게 물건도 하고, 하간 거 돈이 더 가고 허난게 간 거고. 이디는게 돈이 얼마 안 뒈고게. 단지게 메역 하나 저물엉 해도 돈도 안 되고 허난게. 그때는게 육지 강 돈을 많이 벌엉 와난 셍이라(모양이라). 목돈 벌 맛으로 육지들 나가낫주. 요즘은 여기서도 돈 쳐(많이) 버는디 육지 나가는 사람 이서? 옛날에게 돈 하영 번 처녀들도 잇주게. 하영 번 사람은 (시집갈 때) 이불도게 한 서너 채썩들 해가고게. 또 궤도 하나 사 가고게. 그때는 궤가 큰 거난 그런 거 헤 갓주게.

(우도 해녀들이) 옛날엔 청진까지 이북도 가낫덴 헨게. 우리 시누이네도 막 옛날에 청진 간에 물질 헤나고. 배 탄 간 것이 아니고, 부산 강 열차 타고 갓지. 우리가 (육지 물질) 당길 때는 이북이 막아져 불 때주게. 정허믄 저 어디고, 포항, 속초, 부산에 뎅겻주. 우리 제주사람이 아니 나가 사는 고장이 하나도 엇어. 뎅기멍 보믄 다 제주사람들이 아니 간 섬도 없고, 아니 간 동네도 없고, 아니 간 부락도 어서. 어디라도 다 강 살아.

나 열여섯 슬 때부터 (물질허레) 육지 다녀낫주. 오빠가 선주헷주. (선주가 이 부락에서) 한 열다섯 명 정도 모집행 가낫주. 주로 2월달에 떠나믄 8월 나믄 들어와. 먹을 거는 양식 이신 집은 좁쌀도 앗앙 가고, 보리쌀도 앗앙 가고, 없는 집은 그디 강 그걸뢰물질해서 번 돈으로ㅣ 받앙 먹고. (육지 가믄) 둘이썩 어울린 사람도 있고, 또 부부인 사람들은 부부만 빌엉 살고, 또 경 안헹 혼자인 사람들은 어울령 서이도 살고. 8월 되면 집에 다 들어오주. 봄 되면은 또 나가곡.

열여섯에 갈 때는 거제도 엠에 이신 부락을 가나신디 그 시절에도 메역만 조물앙(채취해서) 전주들이 다 풀아서. 어디 강 푸느냐 허믄 충무 7튼디 강으네 상인들신디 다 풀아오고. 열여섯에 갈 때도 막 메역을 삽으로 졍 온 거라. 난 꼬마옌 아무것도 안 떨엉 헌 데로 그냥 다 앗아 부는 거라. 쪼끄만 헌 거렌 내무령으네. 우리오빠는 인솔자니깐 배삯, 사공삯 다 줫는디, 난 꼬마옌 돈을 안 줘. 그 해에 메역을 한 접을 헌 거라. 한 접이믄 단으로 멧 단인 줄 알아? 100단. 경헌디 오빠가 오고셍이(온전히) 다 풀앙(팔아서) 들러먹어 분거주. 10원도 안 주고 난 그냥 (우도에) 완. (집에) 와시난 우리 어머니영 우리 아버지영 (오빠를) 막 죽이켜 잡으켜 헤서. 그 어린 걸 강으네 돈도 하나 안 주고, 옷도 하나 안 입형 보냇젠 큰아들신디 죽일 놈 잡을 놈 허멍 욕 헤서.

II 결혼

1. 가마 타고 시집가다

(결혼 전이) 우린 한 동네라도 그 소나이 한번 먼저 보지도 안헤 봐서. 얼굴도 잘 안 보고, 말 골아보젠 허지도 안허고 말도 안 골아 봐서. 그저 (부모) 명령대로 헌 거주. 열아홉에 약혼허영 스물에 결혼헤서. [결혼하기 싫어서 안 하려고 했다] (난 그자) 뒷날 아니 가믄 뒈주. 이

런 식으로만 했잖아게. 경만 생각행으네게 뒷날사 아니가주 헤서. 게
난 우리 올케 하나가 "저이 실프건이 그날 강 밥상 받앙이 오랏당 그날
강 뒷날랑 오랑 가지 말라. 그때 안 가도 된다." 경 시키는 거라. 난 진
정으로 들엉으네 난 (시집을) 간 거주게. 그날 생각허믄 우스워.

(나가) 결혼헐 때 (신랑은) 말 타 오고, (신부는) 가마 타고, 족두리
안하고 '건지' 써서. 방패건지 쓰고, 색동저고리영 두루마기 입고. 신랑
은 사모관대 쓰고. 그 시절에는 가마영 물이영 그것을 가정 다니는 하
인들이 다 이서. 하인들이 이불도 지엉 오고 가마도 들어다 주고, 말도
이끌엉 오고. 가마는 둘이 들러. 앞에 영 한 사람이 메고 뒤에 한사람
이 메난 둘이 들르는 거.

(신랑집에) 갈 때는 물 탕 신랑도 같이 가주게. (새각시) 돌앙 갈 때
는 (이불도 가정 가서). 그때 산다는 사람은 이불 두 채도 헤갓주. 난
(결혼허기) 싫으니깐 아무것도 허지 못허게 헤나서. 이불도 허지 말렌
허구이. 거울 ㄱ튼 것도 다 치웡 나 ᄒ나도 안 행 가서. 요강은 가져가
서. 요강은 정성하는 사람들은 쌀도 놓고, 실 놓고 헹 가져가는디 난
그냥 요강에 뭐 놓지도 안허고 빈 요강 그냥 앗앙 가서. 그땐 부애 나
니깐 아무것도 허고 싶지 안헹게. 이제 생각허믄 무사 경헤져신고 행
웃어져. 경헌디 우리언니 갈 때는 경대영 문짝만씩 허고, 이불도 세 채
썩 잘 챙겨 갓주. 게난 가기 싫으난 꼭 사는 것도 그거.

(결혼식날 신랑이 신부집에 가거나 신부가 신랑집에 도착하면) 방에
들어왕 앉으면 새서방상을 다 차릴 거주게. (새각시상은) 그때는 그 하
인 각시가 다 들렁 왓주. 후제는 다 젊은 사람들이 헤서. 그것도 아무
나 안허여. 덕 들어선 사람들이 허주. 그건 저 덕 들어서도 잘 살고, 두

번 안 간 사람, 아기도 잘 낳고, 잘사는 사람. 그런 사람이 그 상 들러 가고 새각시상도 차리고, 밥도 그런 사람이 허메. 젖어멍이라고 그런 사람이 새각시밥도 거리고, 쌀 씻엉 앉히는 것도 그런 사람이 허구, 아무나 허지 못헤서.

새각시 밥 따로 허주. 게난 흔썰 허믄 '새각시 밥, 새각시 밥.' 허는 거라. 옛날엔 새각시가 밥 먹어나믄 구경온 사람들한티 그 수까락으로 한 수까락씩 곤밥 몽땅 태워주믄 우리 손에 영 다 받앙 먹어나서. 그쪽에[신랑쪽] 대반 앉은 사람이 (새각시밥 뚜껑을 열어줘). (새각시가 밥) 뜨는 건 몇 수까락 뜨렌 영 안허고. 밥, 국, 저 도새기고기, 갈비만씩 헹 딱딱 골령 놓고. 독(닭) 흐나 올령으네 독다리 흐나 딱 끄청 나두고, 독새기 솖앙 놓고. 독새기 그거 멧 개는 모르는디 나 헐 땐 그거 상에 놓으난게. 우시 아진 할망이 독새길 다 영 엎어 놔성게. 나가 비위 좋아. 이런 디 거 앗아가는 법이 아니렌 손을 탁 털어부난이 무안헹. 게도 흐나 앗아가긴 헤신디. 그때 보난 영 독새기 세 개 놓고 흐나 영 놓은 거 보난 네 개 닮아.

(뒷날 친정에는) 두가시만 가지. 시집에선 구덕에 (돼지)고기 한 다리, 앞다리인지 뒷다리인지 몰라도 다리 하나 놓고. 다리 엇이믄 갈리(갈비) 하나 놓고, 다리 하나 이시믄 다리 하나 놓고. 그디 무신거 쌀 한말 놓고, 술도 한 되 놓주. 그 (구덕은) 새각시가 정 가주. 게난 새각시가 안 앗아가믄 그 집에서 아이가 잇주게. 그 아이가 지엉 끄치 가주게. 우린 힘 센 아이 하나가 정 가서. (친정 식구들이) 다 모영 앗아왓젠 허영 다 갈라 먹주.

(보통은 친정에서 하루밤 자는데) 난 친정에 자도 못허게 헤라게. 친정에 자젠 헤도 시집 아니 살카부뎅 것산디 자지도 못허게 허구. (친정

부모가) 급하게 몰앙 막 [남편에게] 끄성 가렌 허구. 흠치 잠을 못 자게 헌디 그 집에 가도(시댁) 닷새까지는 둘이만 안 자 봐서. 그디 쪼글락 헌 조카가 이시니깐 한 방에 그냥 느량(항상) ᄀ치 누웠주. 시어멍이 자꾸 ᄀ치 눅지고, 신랑도 허는 대로 그냥 ᄀ만이 내불어. 우린 한 닷 새까지 ᄀ치 안 누워 봐서.

2. 아기도 혼자 낳고

우리 큰아들(을 임신했을 때) 개가 이런 큰 질로 가는디, 이딜 팍 물언게. 작은아들 임신하였을 때는 쪽제비 잇지. 그 쪽제비가 방에 누워신디 혹 허게 이불속에 들어오는 거라. 그 아들은 유치원부터도 경 똑 똑헌게. 지금까지도 그 아들에게는 요만큼도 신경을 안 써 봐서. 똘은 그저 먹는 거. 큰딸은 ᄂ믈 데운 거만 먹고 싶고, 쪽은딸은 지금 ᄀ트 면 카스테라렌 허는 거 복삭복삭헌 떡 잇지? 영영 네모난 게 썰어진거. 그거만 막 먹고정 허여. 게난 그 시절엔 그게 벨 떡이라. 아무나 사 먹지도 못 허고. 그걸 하나 못 먹어 봐서. (임신했을 때 먹고 싶은 음식을) 못 먹으면 눈 족은 아기 난댄 허주게. 게난 아기설(임신할) 때는 먹고정 헌거 많이 먹엉 눈 크게 날컬 경허주. 그런 문제가 이시난 옛날 할망들이 굴암실테주. 옛날엔게 못살 때난 둑 ᄀ튼 거, 도새기고기 ᄀ튼 거, 뭐 얻어먹지 못할 때난, 그런거 못 먹엇지. 그렇게 그리웡 먹고 시펑 헤나서. 저 어느 아기 가질 때는 입덧헐 때 그 도새기고기 한번 못 먹엉 아기나난 원져서.

(애기 내와주는 할망이) 옛날에 다 이서낫주. 우리 당(친) 할망은 애 기 내우는 할망, 병원장 닮은 할망이라낫주. 산파할망이라. 그 할망만

와가믄 아기들 지장 엇이 딱 낫주. 아기배 맞춰 가믄 불렀주. 나가 어릴 때라부난 그걸 알아게? 우리 어머니네 곧는 걸 들엇주. 나가 조글조글 걸을 때 죽어불어신디.

　난 그냥 나대로 낫주. 육지서도 나대로 그냥 나고. 난 아기 낭 3일 뒈난 물질허레 다녀서. 겅허난 이제 팔목이 쓰지 못허여. 그게 다 벵이 뒈어 분거라. 그땐 젊을 때난 겅헤도 (애기 나나믄) 베가 막 (물 우에) 떠. 그땐 죽지 않으면 살기로 헌 거난 헌 거지. 하루라도 물에 안 들어가믄 아기들 굶엉 죽을 건디. 그때는 나 하루만 물에 안 들면 아기들 굶어 죽게 뒈나서.

　큰딸은 물에들레 가가난 궂은물이 팍 터져도 강 물에든 거 아니? 물에드난 아이가 곧 물에 나옴직허여. 겅헤도 물질을 헌 거라. 겅허영 집들에 와가난에 질에서 아기가 나옴직허영. 게도 겨우겨우 집에 왕 곧 방에 들어가난 아기가 탁 털어져 분 거주. 막내는 아기배 마청으네 나젠 헤가난 변소들에 가난 그디 아기 털어졈직 헌 거 손으로 막앙 오랑나서. 나대로 난에 그땐 그런 상황밖엔 안 뒈엇주게. 아방은 저 방에서 죽어가고. 겅허난 (애길) 낭으네 피옷을 벗언 내창에 강 빨앙 영 오노렌 허난, (육지에서) 우리집 엠에 사람이 그땐 날ㄱ라 "아이고 제주년 독한 년." 아 겅허멍 욕을 허는 거라. 저 할망 무사 나신디 욕을 헴신고 허당 보난 어디 아기 나낭 피옷 강 바로 빨아오는 년은 제주년밖에 없댄 허멍. 그 할망 그 부락에서 막 욕쟁이엿주게. 게난 이젠 이추룩 온 몸의 뼛다구가 다 물러난 거주게. 이젠 다 뒌게.

　돈이 이서사 (병원도) 가주게. 죽어도 그냥 죽을 거주게. 밥도 얻어먹지도 못헐 땐디. 병원사 이실 때주. 그땐 아기 낳기 전에 죽어도 병원에 간 사람이 별로 엇엇주게.

Ⅲ 과거의 생활

1. 바다에서 건져 올린 재료를 밭 거름으로 하여

(옛날에) 농사지을 때 돗걸름 소걸름 (썻주). 그 걸름헹으네 다 대며 낫당 썩헹. 그때는 그 듬북이 경 하. 경허믄 바당에 강 (뭍에) 올른 것들 다 비엉 널엉 눌 눌고 허엿당 보리 갈 때는 그걸 져당 고랑 위에 다 깔앙 보리헹 먹엇주.

(보리를 갈 때) 밧을 영 장대로 갈면 고랑지고 뒈잖아게. 지금이사 기계로 갈지만. 그 고랑에다 듬북을 헤당 깔거든. 걸름도 경허고. 고랑들에 영 다 찢으멍 깔고 잡아당기멍 깔고. 몽땅 손으로 깔아가. 경행 깔아낭 그 우트레 보리씨 막 삐엉 영 흔 판에 장대로 말 갈아불면은 이 아래 고랑들에 흙이 이 고랑, 저 고랑 다 묻어져. 그거 썩으민 걸름되엉으네 보리가 경 잘 되엇주. 이제 비료허듯. 이제 그런 퇴비하는 사람이 어디 이서 다 비료주. (나가) 비료 쓴 때는 오래서. 경헌디 하여튼 난 이 집에[지금 살고 있는 집] 온 후제사 비료도 쓰고. (마흔 살 넘엉). 저기 살 땐 비료 경 사용 안 헤난 거 닮아져.

(듬북은) 올라온 것도 허구, 배로 강으네 막 잡음도 허구. (듬북은) 풀지 안허고 그저 이녁 헐 만이만 허어. 하영 허여지믄 하영하고, 밧 한 사람은 하영 허고, 또 그런 것도 영 못허는 사람도 잇고게. 또 불치도 쓰고. 불치도 보리씨영 허껑 영영 잡아당기멍 톡톡톡 영 고랑들에 좁아놓고. 보리씨는 불리진 안허구게. 그것도게 걸름불치난게. 걸렌(기름지라고) 헌 거주. 경허믄 보리가 좋주게. 경허난 뭉착뭉착 좁아 논 거는 보리가 뭉착뭉착하고. 조나 콩은 그냥 씨만 밧 골 메엉으네 작작

삐엉으넹 막 골랏주게. 보리밧디 오줌도 걸름 헤낫주. (오줌항이영) 오줌허벅도 따로 이서. 집에 오줌 누는 항들이 다 이시니깐. 못 뒌 건 그런 걸 오줌항으로 내낫주게. (처음에 곡식항아리허당) 오줌항 허주게. (항아리는) 우도에 막 장사가 와. 사기 실엉 해년마다 와. 큰 배에 실엉 이 부락 저 부락에 왕 멧 날씩 살멍 다 풀믄 (가주). 나도 저기 저 항아리 멧 개 사고. 육지 항아리 막 장사 오메. 저기 나 저 창고에 세 개 이신 것도 육지 항아리라.

우리 (친정)아버지는 멜 거래하는 디서 책임 공원이라고. 다른 사람은 흔 축 타믄 우리 아버지는 두 축을 타주게. 경허믄 저런 창고에 멜 말령, 그 모살 동산 밧디 강 널어낭 바싹 말령으네 저런 디 대멧당 보리갈 땐 밧디 당기멍 ᄒ나썩 온 밧디 다 뿌리는 거라. 듬북걸름 들일 거 아니? 들이믄 그 우트레 이제 웃비료 치듯게. 게믄 그걸 뎅기멍 멜 하나씩, 하나씩 (뿌려). (듬북, 멜 거름은) 보리밧디만 헤서. 경허난 보리가 잘도 나. 유채밧딘 걸름 안 허여. 콩밧디도 걸름 안허여. 보리밧디 걸름 많이 허구, 조도 안허구. 응 그때는 경 안 헤나서. 근디 이제는 그런 디도 비료 치주. 비료 하나씩은 다 치주. 또 멜을 성허게 말리믄 그걸 다듬어당 볶아먹네 (먹어나서). 굵은 멜이난 막 맛 이섯주. (조농 사는) 우리 소섬엔 물 엇이난 그냥 사람이 막 모영으네 수눌엉으네 사람 발로 붋앙. (나가) 시집간 후제도 조도 붋아보고, 보리도 갈앙 먹어 나고.

물방애 다음에 기계가 나온 거라. 그걸로 이제 막 보리 둘러가믄 물물물물 막 보리나왕이 다음엔 그때 기름 기계라. 보리 헤오믄 벌렁 먹지 안헹으네 이제 바로 곤쏠ᄀ치 막 허영허영 시장에 파는 보리쏠 ᄀ치. 경헹 깎아주는 기계가 나온 거라. 경헹 그거 먹단 다음에 이 쏠밥이 나온거라. (우도에 방애공장이) 이서나서. 그땐 돈 이신 사람들은 허여낫주게.

2. 쇠똥으로 땔깜하고

　(쉐똥 주서당) 굴묵게. 그때는 이디 방의 굴묵 짇언게. 게난 그땐 소똥 하나가 그렇게 어려윗주. 막 차지 못허영 동새벡이 나간 사람은 하나 심어오고. 경 안허믄 이녁 소 엇인 사람은 매날 주시레 뎅기주. 구덕 둘러맹 당기멍 주성 오주게. 요만한 똥 하나만 봐지믄 주성 당기고. 경허당 그런 것도 엇이믄 저 섬머리 강 그땐 소낭이 많이 이실 때난 솔똥이영 따당 굴묵 다 때고 경혜낫주. (불 솜을 땐) 조칩도 솜고, ᄂᆞ물양 곡도 솜고, 보리칩 헐 때 보리칩도 솜고, (주로) 보리칩 많이 솜앗지.

　솔잎은 무사 안 긁어. (쉐똥을) 차지한 사람은 ᄒᆞ썰 차지하고, 그거 차지도 못한 사람은 솔잎도 매날 강 헤불믄게. 솔잎 하나 미처 가지 못한 사람은 참관도 못허여게. 촐도 저 오름까지 몽땅 임자이신거난 그때는 거 아무나 가서 허지도 못헤나서. 경헹 이런 부락 사람은 그런 것도 엇이니깐 강 막 빌리주게. 촐도 조끔 도랜 허영게. 고시락은 굴묵 짇고. 쉐막살이 ᄀᆞ튼디 그런 거 대미는 막살이 ᄒᆞ나 만들주게. 계믄 그디 다 데며낭으네 겨울 되면 그거 굴채로 받앙 굴묵들에 비워. 고시락하고 곡맥이하고 쉐똥도 줏어당 그디 놓고. 경허멍 서끄멍 지져. 봄 되도록 그걸로 썽게.

　난 이 집에 온 후제도 저디서 부엌 헨에 검질로 밥 헤 먹어서. 경허당 저 거시기게.

　처음엔 곤로 쓰당. 곤로가 먼저지. 그거 쓰당, 연탄 쓰당. 이제 보일러 쓰기 시작헷주. 보일러가 얼마 안 뒈엇지. 곤로에서 반찬허곡, 연탄은 굴묵 대신 물도 뜨뜻허게 허고. 경허당 가스가 나왔지. (우도에서 보일러 사용한 시기는) 잘 몰라. 난 이 집 오랑 세 개째라. 다른 사람들은 몰라도 난 한 10년밖에 안 뒌 거. 이 집 고친 후에도 보일러 안 나놔서. 게난 내가 방만 뜯엉 다 고친 후제 이 보일러 낫주. 나보다 일찍 헌 집도 잇지.

3. 우도의 세시풍속

(걸궁패도) 옛날에 부락에선 청년들이 꾸몀 그런거 헤낫주. 거렁뱅이 옷도 입고, 깽깽이도 치고, 집집마다 돌아다니멍 막 돈 받아가고 그런 거 옛날에는 헤나서. 이젠 안 헤. 기억나는 거 보난 막 어릴 땐 아니라. 하영 알아지는 거 보난 흐썰 욕을 때라. 우리집에도 왕 돈 받아가고 헤서. 겨울에 (헤서). 꼭 저 궂은걸 내쫓는 식으로 그 집에 강 걸궁을 하면은 그 집이 깨끗하게 궂은게 나가게 그런 방식으로 헹으네 그 집에 들어강 춤을 추멍 헌 거라. 경헹 나올 땐 돈 주믄 돈 받아 나가고. 게난 나 생각으로 그거 흔 정월둘 ᄀ튼 때 귀신 방치할 때 헤난 거 ᄀ타.

옛날 우리어머니네 살 땐 단오멩질 헤 먹어나서. 그땐 새 보리밥 헹 별미로 먹어나신디 그후로는 그런 거 엇어. 정월멩질이영 추석멩질만 허주. (멩질날) 딥달은 그쟈 이녁 집안의 웃대로부터 조근조근 해 오주게. 저 알가지부터 웃가지까지 다 먹으레 오주게. 우도는 고사리 엇어. 제사헐 때는 장에 강 사와서.

개역은 (보리를) 솥뚜껑에 낭 보깟주. 그땐 이디 방앗간 이서낫주. 떡도 빼고 그런 것도 갈아오고. 경헌디 막 옛날엔 방앗간 엇일 땐 ᄀ래에 ᄀ랑 먹엇지. 경허당 방앗간 나난 갈아당 먹엇주. 막 옛날엔 몰라도 우리 개역 헹 먹을 때는 그런 거(뉴수가) 낫주. 시집간 아기난지 후제 사게 그런 것도 헤당 먹엇주. 처녀 적엔 그런 거 내가 무사 허여.

유월스무날은 둑 잡아먹엇주. 집에서 질르던 것도 잡앙 먹기도 허고, 엇이믄 사당으네 잡아먹기도 허주게. 먹어야 헌덴 헌거 먹언. 난 물에 들어강게 옷 벗지 못허영 못 사당 먹어서. 옷 벗지 못허영으네 돈 안내지 못허영 못 상 먹언. 또 옛날부터 개고기도 잘 먹으메. 여름에 겟것이 강 잡아나신디 추렴도 허고게 약으로도 먹고게. 여름에 많이 먹주.

백중은 헤도 절간 フ튼디 강 백중불공, 보름불공은 허지만은 우리 사가 사람들은 안허여. 우리 어릴 때 보면 백중날 강 목욕을 허믄 부스럼, 허물 안 난덴 헹으네 속옷 바람으로 밤에 해수욕장에 강 뛰어오고들 헤낫주게. 우리 아이들 클 땐 그디(바당에) 사니깐 맨날 허주. (백중날 강 허렌) 안 헷주게.

(백중날) 서귀포 돈내코에 흔번 강 물 맞아나서. (돈내코 물 맞이레 강 보믄) 대강 서귀포 사람들이 와서. 나도 그 전엔 안 다녀서. 경헌디나 이거 눈이 막 봉사되어 낫주게. 서방 죽엉 그 궂은거 그걸로 헹으네 1년을 아무것도 못보고, 물질도 못헤나서. 근디 눈이 콕 어두워부난 눈은 떠도 봉사라나서. 그때 돈내코 간 물 맞앙 오랑으네 성공되엉으네 나 약 산 안 쎗주만은 (좋아서). 그디 가난 눈 맞는 물이 따로 이성게. 사람 맞는 물은 물 굵기가 이만한 거, 몸뎅어리에 떨어진 건 이 적삼허고 이 속옷도 입으난 문짝 떨어져 붙언게. 흔번 맞으면 다 끈어졍 놀아나 불어.

경헌디 눈 맞는 딘 막 굴속으로 기엉 들어가. 엎어졍 엉금엉금 기어가면은 요만한 세수대야 닮은 디 돌이 파진 디가 이선게. 그기 보난 물이 똑똑 떨어지는 거랑게. 겐디 그디 엎어졍 아픈 눈에 물 들어가게 영 영영영 감앗다 펏다 헤가믄 눈에 더운 물이 그냥 막 좔좔좔좔 빠지는

거라. 더운 물이 빠져가난 눈이 그냥 막 톨아져 버리느 거 닮앙게. 더
운 물이 막 빠지난 이젠 눈 떵 살아. 눈 치료하는 사람은 없고, 신경통
에 허리 아픈디, 다리 아픈디, 무릎 아픈디 그런디 하영 맞안게. (나도)
흔번만 더 가시믄 더 완쾌할 건디 그때도 벌엉 살젠 허니깐 못 간게.
이제들은 원체 그 물 안헤도 좋은 약이 이시난 그거주. 옛날엔게 약도
경 안 쓰고 그런 걸로 헹 고치젠 허난 경헷주게.

　(우도 사람들은) 칠월달에 한 다섯 명씩 여자들끼리만 갓는디 (나가)
하고수동 살 때 나 다닐 때는 여자들끼리만 가나부난 남잔 그때 몰라.
어릴 때부터 우리 어머니네가 그디 뎅겨낫주게. 게난 어머니가 그런
지를 싸멍 그런 설명을 해주데. 가멍사라 지를 묻엉 돌 확허게 일려 봥
지 엇이믄 하여튼 소망 일고, 이녁 마음도 상쾌헌덴 헹게. 아니커라 강
첫 돌을 확 일려키난 아무것도 엇인 돌을 내가 일려킨 거라. [지 묻는
다는 건 그거 방쉬하는 것이다 다 알앙 갓지. 그거 소망 일젠 허믄 지
안 묻은 돌을 슬째기 일리고, 소망 안 뒈젠 허믄 멧 개 일려도 지 이신
돌만 아다리 되면 그 물 맞지도 말앙 돌아온덴 허멍 그때 거기서 굴아
낫주. (돈내코에 가서) 물 맞고, 지도 묻고. 가는 날은 지 묻어뒁 물 맞
아야 허지.

　(물 맞이레 가믄 보통) 삼일 살아. 먹을 거는 뭐 그땐 곤쏠 가정 강
밥헹 먹엇주. (밥 헹 먹을 솟은) 아니 그냥 쿌게. (지들커는) 거기 낭이
꽉 찬다. 경헌디 우린 쌀도 앗앙 가고 개역도 3일 먹을 건 다 헤아젼
갓주.

　우리 아버지네 살아날 땐 장콩도 갈아나서. 된장은 다 담앙 먹어서.
안 갈믄 장에 강 콩 받아당 숢앙 다 메주 만들엉 틔웡으네 장 담강으네
먹어나신디 이젠 장 아니 담아. 섣달에 장콩을 숢앙 날 보주게. 개날이

좋덴 허여. 숨은 걸 담앙 푸대 꼴앙 아래 덮으고 허영 알로 밞으면 콩이 문재기 밞아지지. 경허믄 그거 메주 다 만들엉 어디 질구덕들에나 가구들에 담앙 낭 희엏게 틔웡으네 그걸 저런 공장에다 노끄생이로 줄라메멍 둘앙 놔두면 바싹 마르면게. 소금물 캉게 톡톡 들이쳥 나두면게 장이 되는거주. 소금물은 날 안보는디, 담는 날은 보주. 숨는 날도 날 안 보고, 밞으는 날도 날 안 봐도 뒈는디, 드리치는 날은 보는 거주게. 그날은 물날 하고 개날은 좋덴 허주게. 겐디 영 보면은 소들은 니치름 흘리난 소날 안 헌댄 허주. 된장이 그추룩 헤분덴 허여.

동짓날 팥죽을 잘 쑤엉 먹주. 잘들 먹주. 옛날엔 올레에도 뿌리고 헤신디 이젠 경 안허메. (호상옷은 주로) 육십댓쯤 뒈가믄 만들어 놓고, 육십 안 될 때도 만드는 사람도 싯고.

 최근의 근황

1. 우도에 정착

(제주도에) 안 들어오젠 허니깐 (남편이) 죽어불구 여기(우도) 오라도 살거리가 엇어. 들어갈 집도 없고, 친정이 아니믄 갈 디가 엇어. (메주먹에서 우도에 오니까 당장) 갈 곳이 엇엇주게. 게난 저 하고수동, 그땐 그 해수욕장도 없을 때, 그디 그 모살동산에 오니깐 갈 곳이 엇인 거 아니. 기가 차는 거라. 그때는 이거 우도 들어오니깐 이녁 고향 들어와도이 어디 들어갈 디 어시난이 진짜 죽어불 생각만 난게. 경헌디 우리시어멍이 손지 둘앙(데려서) 해수욕장 에염에 요만이헌 집에 살앗

주게. 경허난 나가 시어멍이 사는 집을 들어간 거라. 나가 아방 죽은
걸 오랑 산소를 헤뒁 집 지엉 나가젠 허는 도중에 시어멍이 벵이 나분
거라. 게난 시어멍이 들어오렌 허연 들어가난 톡 이젠 날 (큰동서가 시
어머니를) 매껴분 거 아니. 게난 그 시어멍 똥·오줌을 다 치우멍 흔 2
년을 벵수발을 헌 거라. 시어멍 죽으난 그때는 3년 상을 헌거라. 서방
3년, 시어멍 3년, 시아방 제사, 큰시아주방 제사영 (헤서). 게난 흔 달에
여섯 번씩 먹을 일을 허멍, 이젠 밥도 못헤 먹을 상황이라게. 경행 살
당 이젠 그 하고수동 살 때는 물에것(해산물) 강 헹 오믄 상인들집에
강으네 풀믄 돈 흐썰 주믄 장에 강 쌀, 좁쌀도 흐끔 받아오고, 보리쌀
도 흐썰 받아당으네 요만씩 헌 애기들 밥 헤 멕이멍 살아신디. 물에것
안허믄 누게가 쌀 흔 되도 안 주고 돈 십원도 안 줘.

　옛날은 아이 업어그네 보리 홀트고게(훑으고). (아이) 업엉 마당질도
헤나서. 또 보리밧디 가믄 애기구덕에 눕졍으네 발로 영영[아기구덕을
흔드는 시늉을 했다] 흔들멍 보리 비고. 자는 순간에 그 에염에 놓으면
뭐 궂은 거 시카부덴 보리 비어가당 또 아기구덕 가져당 가운데 놔뒁
막 엎더졍 비다그네, 물에 갈 시간 되면은 아기 업고 안앙 왕으네 물질
허러 가고. 잘사는 사람들은 경 안헤서. 난 못사니깐….(나중엔 친정어
머니) 원망만 헤서. 자살행 죽젠 헷주. 우리 어머니도 막 후회헌. 이추
룩 헐 줄 알아시믄 나가 무사 거기 보내느니 날로 나갈 디 영허댄 허
멍. 친정어머니가 그때 많이 도와 주엇주. 굶엉 죽어가난 쌀도 갓다주
고, 밥도 갓다주고.
　(아기를 낳은 것) 난 것이 원수라나서. 너무 고생하니깐 무사 아이들
나져신고. 아기 뭐허레 나져 신고… 연년생ㄱ추룩 아이들 둘을 낳았는
디게. 애기야 많지는 안앗주. 남편이라고 ㄱ치 앉앙 밥도 안 먹어 봐시

난. 남편이렌 허영, 부부렌 허영 혼 이불 짓엉 ᄀ치 자보지도 못 허고. 우린 그런 생활 혼번 안해나난. [그래서 남편에 대한 그리움이 없다고 한다.]

(육지 살당 우도에 들어오난) 왕 보난 집도 밧도 다 (남편이) 팔아먹어 불언게 엇언. 겅허연 놈의 밧 삿 내영 (벵작해서) 그때 당시는 고구마도 반작, 조도 반작, 보리도 반작 다 반작헨에. (조, 보리 허당) 나중에 고구마를 주로 헷주. 고구마를 기계로 썰엉 뻿데기 말리믄 농협에서 몽땅 받아갓주. (겅허당이 마농 싱그고) 그거 허당 또 땅콩이영 유채를 막 간 거라. 유채는 나가 저거 받을 때[1977년에 색동회 주최 제17회 장한 어머니상 수상함] 유채 갈아낫으니깐, 유채 다음에는 땅콩이 나와낫주. 고구마만 허당 유채 갈당, 저 유채갈 땐 고구마도 허고 보리도 허고 막 이것저것 밧 이신 사람들은 다 헷지게. 우린 밧 엇이난 유채만 갈앗주. 땅콩 다음에는 이제 마농이라. 마농을 멧 년 싱것주. (우도는) 마농이 막 잘 뒈. 밧 하영 이신 사람들은 땅콩도 싱그고, 마농도 싱그고. (우도에서) 고구마 싱근 때는 저 상(장한어머니상) 받기 전이주. 농사 지으면은 이젠 마농이 제일 돈이 되지. 유채도 돈 뒈당, 땅콩이 더 돈이 뒈엇주. 겅허당 큰밧 폴아부난 족은밧디 마농 싱거그네. 작년까지 싱거서.

(우도 여자들은) 물에 가구. 물에 갓당 또 밧디 가고. [물질한 다음에] 해 이시믄 밧디 가고. 남편들도 ᄀ치 헤야지. 전에는 남자는 여자만인 안 헤신디 이젠 남자들도 ᄀ치 헤야주. 소섬 남자들은 이 중간들엔 놀암댄 잘 헤낫주게. 지금은 소섬 남자들 노는 사람들 엇어. 게난 이젠 여자들도 남자가 놀면은 (일을) 안허여. 겅허고 이제 사람들은 다 욕아

부난 맞벌이 안 허믄 안 해불어. 물에 가도이, 천초(우뭇가사리)해도 (남편들이) 몽땅 시끄레 가메. 차 탕으네. 오도바이로도 시끄레 오고.

하르방들이게 농사 일 안헐 땐 놀지게. 여자들은 물에 가고. 물질 안 허는 할망들은 노난. 게난 우리 해녀들도 허는 어멍들 우리같이 늙어불 믄 이젠 해녀 엇어. 지금 제일 어린 해녀가 쉰이라. 그리고 나 한 사람 은 내가 제일 우두머리. 그 밑엔 엇어. 다른 부락에는 젊은 아이들 이서 도 우리 부락(주흥동)에는 엇어. 이제 (물질을) 배우는 사람도 없고.

2. 해녀의 직업병과 뇌선 중독

아이고 하영만 먹엄서. 뇌선, 난 막 오래전부터 먹어서. 이제는 애피 트른 한 알 먹고, 뇌선을 하루에 세 첩(먹어나서). 머리 아프니깐 고무 옷 입기 전에서부터 (뇌선을) 먹어서. 난 물에 들면이 물머리가 겅 아 프주게. 물머리 아프는 사람이 이서. 게난 지금도 안 먹으면 물질 못허 여. (약) 안 먹는 사람은 열에 한사람. 우리동네에 딱 한사람 이서. (해 녀들이 제일 아픈 디는) 귀, 머리라. 허리도 아프주,

(고무옷값은) 20만원. 고무발, 고무장갑이 이서. 게난 나만 아직은 늙어도 고무발, 고무장갑 안허주. 젊은 사람은 고무발, 고무장갑 다 허 여. 이제도 고무장갑 허는 사람 이서. 난 그런 거 허기 싫엉 안허여. 게 난 날고라 저 할망 백날 나도록 허렌 겅 굴주. (고무옷은 딱 한 벌이니 까) 여름엔게 막 헌 거, 모자도 막 헌 거 (허주). 머리가 간지러우니깐, 더우니깐 (고무모자를) 역불로 찢언. 더우난 여름엔 5미린 못 입어. 물 에 강 더운 것도 못 견뎌. (고무)옷도 두껍지. 5미리짜리 한 벌 입지, 모자도 그런 거 쓰지. 겅허믄 여름옷은 4미리짜리주게.

요새는 (여름이어서) 더우니깐 옷이 좀 얇거든. 경허난 뽕돌 하영 빠불주게. 요샌 한 일고여덟 개. 저 바당엔 한 여섯 개, 다섯 개. 저슬엔 난 열 개, 아홉 개 차메. (여름 고무옷을 입을 때는 뽕돌을) 여섯 개(찬다). 어떨 땐 뽕돌 지엉으네 어디 걸어뎅기지 못허메. 게난이 물에 들어강 나올 때는 무릎 아래로 이디 막 기어올라오주.[아기들이 기어다니는 것처럼 직접 모범을 보여주었다.] (바당에서 나오면) 세면돌이니깐 해녀들 나는 길로 이젠 다 멘들아 놓으니깐 그 길 난 디로 자꾸 나주게. 경허믄 우리 같은 사람은 일어서지 못허영 이 무릎으로 기영 영 올라오는디. 전엔 그런 길 없을 땐 막 돌밧디로 올라오젠 허믄 (막 힘들어). 이젠 경허렌 허믄 난 물질 못허여. 설러불주. 시절 좋으니깐 이젠 허영 오믄 길로 지르르륵허게 끄성 오고, 경허는 거주.

3. 물질은 정년이 없어

해녀질 허니깐 이 집새끼고 밧새끼고 다 해 놓고, 아이들 큰 학교는 못해도 그래도 공부도 시겨젓주. (물질만 헐 중 알고 다른 건) 벱질 못허니까 다른 일을 뭘 허여. 물질은 돈이 나는 거라. 이제라도 가믄 돈 만원이라도 벌고 천원이라도 버니깐. 해녀 퇴직은 이제 나 닮은 거 퇴직헐 거주게. 해녀질 못헤가믄 퇴직허는 거주게

아이고 이젠(옛날 ᄀ추록) 못허주게. 그때는 한달이 아니고 작년 같은 경우는 생활허고도 흔 500 썩은 남는디. 작년에는 마늘 조끔허고, 올해사 마늘 설럿주. 요디 500평짜리 밧디 마늘 싱그고. 작년은 천초가 많으난 하영들 헤서게. 경허난 천초값이 한 600, 마늘 돈이 한 400이 뒈난 작년에 한 천만원 소득을 올린 거라. 그것이 나산 살앗주. 경헌디 올해는 200만원도 못 벌어서. 올핸 천초도 없고, 또 천초헐 때 감기걸

령 막 아파나부난 노력도 못허고. (천초 말앙) 소라는 거의 우미랑 수
입 맞먹어. 소라허영 무신거 돈 안 뒈나서. 옛날 많이 날 땐 돈 헐허구,
또 비쌀 땐 물건이 없고. 소라 막 잘하는 젊은 사람들은 한 천만원 올
린다게. 우리는 전에 하영헐 때 한 1년에 5~600만원 정도주.

그전인 나가 소라 같은 것도, 전복 같은 것도 제일 최고로 헤낫주.
이제 이 집터영 밧도 흔 이천 평 정도 사낫주. 풀기도 허구. (육지강 살
멍 돈 벌엉) 밧 멧 백 평 사고 우도에 들어왕 번 건 이 집 사고, 저기
1,200평짜리 사고, 아이들 공부시키고. 키웟주. 작은아들이 어디까지
했냐 하며는 서울 강 공부하고 대학원 나와신디 대학원까지는 다 시긴
거라.

 개인 생활

1. 일제강점기 때

왜정시대 때 기억나는 건 확실한 건 몰라도 우리 고생한 건 알아져.
우리 어린 때 보면이 곡식을 많이 헹 대밀거 아니. 일본놈들 오랑으넹
가멩이로 쌀 곡식 다 담앙, 문딱 긁어가분 거. 그냥 막 가져가. 어거지
로 문딱 긁어가불면 굶어서. 그때 긁어가불믄 먹을 것이 없잖아. 게믄
호박죽 쑤엉 먹고. 그 시절에도 보리구를 갈앙 죽 쑤엉 먹어나서. 이제
도 일본사람들 뭐옌 허믄 '일본놈의 새끼들 우리 피 긁어당 먹은 것들'
이렌 욕헤져. (일본놈들이 왕 곡식 가져갈 때) 소섬사람이 왓주게. 일
본이 다 공출헹 간 거지. 곡식 다 가져가불믄 우리 어머님넨 아기들 굶

긴덴 허멍 땅 파그네, 저기 우엄들에 파낫거든. 저런 디 강 땅 파. 서너 개 구뎅이 파그네 들어앉앙으네 그래 막 보리혜당 곱지고 그 우트레 흑 씌워나서. 경허믄 그땐 정지도 다 땅 정지라나서. 일본순경이 왕 칼 닮은 대꼬쟁이로 이 땅을 콱콱콱 쑤셔. 일정 때 공출행 가부난 먹을 게 엇엉 막 고생헤나서.

놋그릇은 우리친정이 최고로 이서나서. 이만씩헌 놋대야영, 멧밥 푸는 거영, 정동화리, 놋사발이영 하나서. 그거 다 공출해 간. 경헌디 우리 아버지가 내 놓으멍 너무 억울허니깐 그 정동화리를 돌로 막 모시렌. 허멍 내 놓은 거라. 그때 초집이니깐 영 다 터져나서. 그 안에 자루에 담앙 집어넣은 걸 다 찾아냉 그걸 다 끄서가서.

메역 ᄀ튼 거 그런 건 자세히 모르는디 해방뒈언에 민보단 때에이 우리 우도에 금테들이, 순경이 영 금테들이 하잖하게. 금테들이가 지서에 들어와나서게. 이제 말하면 그 지서장이지. 그땐 '금테들이, 금테들이' 영 불러나서. 금테들이 붉은 모자 쓴 사람이랑게. 그 사람 들어오난이 각 부락마다 해녀들 멧 십킬로씩 고동 공출을 다 시키는 거라. 배당을 시킨 거라. 그땐 고동이 흔할 때니까 막 이만씩헌 고동이 이서나서. 한 동네에 얼마씩 배당하난 이제 국민학교 마당에다 우리집보다 더 많이 데며나서. 그런 때도 이서나서. 그 후제는 이녁네 벌어먹엉 살앗주.

(소섬에) 공장은 엇어나서. 감태공장은 엇고. 감태는 왜정 때 다 술안 공출헤낫주. ᄌ물아당 불로 술앙으네 그 재가 놔두면은 탱탱 얼려. 돌 같이 막 덩어리저. 게믄 그걸 벤줄래로 캉캉 일렁으네 이만씩 구둘 돌 놓듯 칭칭허게 재어놧당 다 공출해서. 그걸 뭐에 씻냐 허믄 화약에

들어가는 거. 총알 만드는 건지, 뭐 대포에사 쓰는 것산디 그저 화약으로 다 들어간덴 헹으네 공출헤가서. 메역은 (공출) 안 헤 가서.

일제시대만 공출허고, 해방헌 후론 그런 거 엇고. 일제 때에만 자꾸 실엉 간 우리 못 살게 굴엇주. 그땐 이름도 일본이름 다 지엇고, 성도 일본 성으로 다 바꾸고 경헷주. 또 가마사마 이런 디 모상으네 그디 막 절허구 경헤낫주. 우리 어린 때 다 경헤나서. 우리 시집도 안 간 때.

(해방 후에도) 그때도 곤란은 헷지. 경헤도 그 전 같이 곤란헌 건 아니고게. 그냥 먹곤 살앗주게. 경허당 (살만허다 헌 건) 오래지 안헤서. 이 집에 온 디가 40년이 더 뒈시난 한 30년 뒈실 거라.

(우리 소섬은) 4·3사건 피해 딱 한 사람 이서. 차집이 하르방 하나 죽여불엇주. 그 하르방은 막 그거 젊은 하르방이엇는디 다른 피핸 없고. 겐디 ᄒᆞᆷ 심어당 가둬나낫주게.

새마을운동, 그런 건 자세히 모르고. 막 마을사람들 다 나상네 헤낫주게. 청소도 허고, 지붕도 페인트 칠하고, 그런 거 도와주레 뎅기멍 헨게 요샌 또 그런 거 엇어.

(우도가 원래는) 12개 동네. 경헌디 이제 중앙동 동네 하나 더 불어낫주. 옛날에는 중앙동 동네 엇어나서. 이젠 중앙동이 이 가운데 동네이. 옛날엔 12부락이여신디 (이젠) 13부락. 호수는 주홍동 우리 동네가 40호수. 대강 호수가 그 정도 되는디. 비양동이렌 허는 딘 한 100호 되어. (경헌디 사람이) 점점 엇어점서. 집이 다 비어. 사람들이 다 나가불어. 젊은 사람 없고 우리 닮은 사람 살당 죽어부난 우리 동에도 빈집 하. (그 집들은) 내불주 어떵헤. 게난 호수가 매해마다 줄어들어. 젊은 사람 없지. 아기들 없지. 이젠 동부락엔 아기들 하나도 엇어. 젊은사람

은 나강 아기도 나고, 또 아기들 컹으네 공부들 시키젠 다 나가불고 허
믄 이런 디사 늙은할망이 집 지키젠 더 허여. 그저 촌 할망들은 그디
(도회지) 강 살지도 못허여. 게고 또 (젊은 아이들은 우도에) 오젠도 안
허고. 이디 왓자 그런 아기들 어떵 살아. 못 살주.

2. 현재

[제일 아쉬운 것은 부모 뜻대로 결혼한 것이라 한다.] 그 생각만 나.
이제도 가끔 굴아져. '아이고, 나가 뭣 허레 가져신고. 미쳐도 대게 미
쳣주.' 경허믄 우리동네 아이들은 물에 강 앉앙 노는 말끝에도 경 굴으
믄 '아, 이 할망 무신거 부족헹 경 굴암수강? 박사 아들이 엇수강, 장사
잘하는 아들이 엇수강, 돈 버는 딸이 엇수강? 무신거 답답헹 영 험이
꽝.' 곤주게. 경허믄 '나 어리석은 짓 헤진 생각허믄게 억울허다게.' 영
곤주. 아이고 난 (다신) 여자로 안 나켜. 너무너무 고생해서. 남잔 경혜
도게 경 안허지게. 아기나멍 병신은 안 되지게. 여자는 사람가? 잘 살
믄 허지만 못 살믄 여자도 망신 아니가.

(한 평생 살멍) 놈한티 돈 빚지러 안 가고, 빚쟁이 말 안 듣고, 나가
노력허면은 왜 돈 못 버냐? 이런 식으로 헹 살앗주게. 동네 친구영 물
질허레 다니멍, 또 언니한티도 하소연 허멍 살앗주. 경허믄 (언니가)
응. 것도 다 복력, 팔자 아니가게. 영 굴아나서.
(난) 이제 놈 부러운 거 엇어. 나 먹을 만이 돈도 있고, 자식들도 그
만허믄 더 어떵 괴롭히지 않을 거구. 나가 물질헌 걸로 아들손지, 외손
지까지 대학할 때 입학금도 다 헤 줫주. 이제만이 죽어도 아쉬움도 엇
어. 아기들이고 나고 이젠 몸만 건강허영, 그쟈 살믄 그것이 제일. 욕

심도 부리지 말고, 욕심도 부리믄 너무 과도허영 넘치믄 그것도 안 좋은 거고. 그냥 적당하게 살아갈 생활만 허멍, 아기들도 살믄 되는 거주. 무신 이제 허고 싶은 거 엇어.

막 어려운 고비도 다 넘으멍 살아신디. 지금은 너네는 나보다 멧 배 낫잖아. 딸신디도 항상 경 글아져. 게난 '너무 높은 사람 보지 말고, 낮은 사람 보고. 나도 산 거, 우리어머니도 살아신디, 우리어머니도 그런 상황을 다 살아신디 난 우리어머니보다는 호강스럽게 살암주게.' 경허멍 살라. 자꾸 딸신디 곧주게.

경남 통영시 해녀
〈노 젓는 노래〉 조사

- 일러두기
- 제보자 현종순의 생애력과 사설

| 이성훈 | 숭실대학교

『한국민요학』 제11집, 2002.

I 일러두기

제주 민요에 대한 자료 수집 정리는 다른 지역에 비해 일찍부터 활발히 이루어져 왔다.[1] 필자가 소개하려는 해녀 〈노 젓는 노래〉[2]의 경우, 제주도 연안에서만 물질했거나 본토 해녀 작업 出稼 경험이 있는 제주도 거주 해녀 제보자에만 한정시켜 수집돼 있다.

따라서 本土의 동·서·남해안으로 出稼하여 물질을 하다가 본토에 정착하여 살고 있는 해녀들의 〈노 젓는 노래〉에 대한 자료 수집은 시급한 상황인데, 지금까지 채록 수집한 것은 전무한 실정이다.

본 조사 자료는 필자가 2001년 12월 20일~21일, 2002년 8월 18일에 경남 통영시에 정착해서 살고 있는 제주도 출신 해녀인 현종순(玄鐘順, 女, 1943. 12. 29 출생, 현주소-경상남도 통영시 미수2동 257-10, 고향-제주도 우도면 영일동)이 구연한 해녀 〈노 젓는 노래〉이다.

---

1) 제주도 민요를 채록한 대표적인 자료집은 다음과 같다. 金永三, 『濟州島民謠集』(中央文化社, 1958) ; 金榮敦, 『濟州島民謠研究上』(서울: 一潮閣, 1965) ; 秦聖麒, 『南國의 民謠』(서울: 正音社, 1977) ; 玄容駿·金榮敦, 『韓國口碑文學大系 9-1·2·3』(성남: 韓國精神文化硏究院, 1980·1981·1983) ; 藝術硏究室, 『韓國의 民俗音樂 : 濟州道民謠篇』(성남: 韓國精神文化硏究院, 1984) ; 文化藝術擔當官室, 『濟州의 民謠』(제주: 濟州道, 1992) ; 문화방송편, 『한국민요대전:제주도민요해설집』(서울: 문화방송, 1992).
2) 선학들의 논문이나 자료집에서는 해녀들이 뱃물질 나갈 때 櫓 저으며 부르는 노래를 〈海女謠〉·〈海女노래〉 등 여러 가지 분류 명칭으로 사용하고 있는데, 여기서는 〈노 젓는 노래〉라 하고자 한다. 필자는 「통영지역 해녀의 〈노 젓는 노래〉 고찰」(『崇實語文』제18집, 숭실어문학회, 2002), 197~200쪽에서 〈노 젓는 노래〉라는 분류 명칭을 새롭게 설정하여 사용할 필요성을 살핀 바 있다.

본 자료를 정리함에 있어 적용한 원칙은 다음과 같다.

1. 사설의 표기는 제주방언연구회의 '제주어 표기법'(제주도, 『제주어사전』(제주: 1995, 605~616쪽)을 기준으로 했고, 말의 뜻이 어긋난 경우라도 제보자가 부른 그대로 수록했다.

2. 사설은 제보자가 구연한 날짜별로 수록했고, 의미 단락이 중복되는 사설이 있어도 제외시키지 않고 모두 수록했다.

3. 자료의 정리는 가창 현장을 중시하여 제보자가 부른 순서 그대로 수록했고, 다만 자료 이용자의 편의를 위해 편의상 의미단락 앞에 자료번호를 붙였다.

4. 〈노 젓는 노래〉는 악곡 구조를 기준으로 음보를 나누면 2음보격이 주를 이루는데, 3음보격으로도 수록한 것은 제보자가 3음보에서 가락없이 사설을 구연한 경우이다.

 제보자 현종순의 생애력과 사설

현종순은 일본 대마도로 물질나간 소섬(제주도 북제주군 우도면)이 고향인 어머니와 서귀포가 고향인 아버지 현씨 사이에서 1943년 12월 29일 출생했다. 3살 때 제보자의 아버지가 대동아 전쟁 때 일본군인으로 징용가게 되자 어머니와 함께 친정인 제주도 소섬으로 돌아왔다. 그 후 제보자는 어머니가 물질하러 간 전남 여수에서 같이 살다가 7살 되던 해에 제보자는 제주도 소섬으로 돌아와서 외할머니와 같이 살았다.

12살 때부터 물질을 배우기 시작하여 미역과 천초3)를 조금씩 채취할 수 있게 되자, 16살에 초용4)으로 경북 울산으로 물질나갔는데 여기

서 뱃물질 나갈 때 노를 저으며 〈노 젓는 노래〉를 배웠다고 한다. 17살
부터 19살까지 3년동안 강원도 거진에서 어머니와 함께 오징어를 사서
건조시켜서 팔기도 했다.

29살에는 구룡포로 물질 갔는데 바닷물이 차가워서 물질을 못하고
있었는데, 해녀를 모집하는 어떤 船主가 울릉도에 같이 가면 고무옷
(잠수복)을 무료로 주겠다고 하여 울릉도 갔다. 선주는 낡은 고무옷을
주면서 물질하라고 하자 추워서 물질을 제대로 못했다고 한다. 제주에
사는 이모에게 고무옷을 한 벌만 보내달라고 하여 새 고무옷 입고 물
질을 했다. 울릉도에서 3년동안 살면서 합자(홍합)을 따서 시장에 소매
로 내다 팔고 오징어를 사서 말려서 돈을 모았다고 한다. 물질 작업을
하면서 주로 전복·해삼·천초를 땄는데, 선주와 제보자는 6 대 4의
비율로 수익을 나눴다고 한다.

그후 경북 대보에서 1년정도 살고 경남 충무(현재 통영시)로 와서
현재까지 물질하며 살고 있다.

[2001년 12월 20일 채록본]

1.
욜로나 뱅뱅   돌아진 섬에5)
삼시야 굽엉   물질하연6)
한 푼 두 푼   모인 금진

---

3) 우뭇가사리.
4) 제주 해녀가 처음으로 제주도에서 바깥으로 出稼해서 물질 작업을 하면서 지
   내는 일.
5) 둘러진 섬에. 사면이 바다로 뱅 둘러쳐진 섬에.
6) 물질을 해서.

정든 님 술값에   다 들어간다
이여사나

2.
어정7) 칠뭘8)   동동9) 팔뭘
어서야 속히   돌아나 오라
고향 산천   빨리 가게
이여사나

3.
져라져라   어기야져라
요 네를 지고10)   어딜 가리
진도야 바당11)   한 골로 가자
이여사나

4.
솔솔 가는   소나무 베12)야
잘잘 가는   잣나무 베야
이여사나   이여도사나

---

7) 어정쩡한 모양.
8) 7월. 여기서는 음력 7월.
9) 간절하게 기다리는 모양.
10) 요 櫓를 저어서.
11) 바다.
12) 배[船].

5.

저 산천에	풀잎새13)는
해 년마다	젊어야 지고
우리야 몸은	해 년마다
소곡소곡	늙어진다
져라져라	쳐라쳐라
어기야져라	

6.

저 산천에	흐르는 물은
오만 남썹14)	다 썩은 물
내 눈으로	내리는 물은
오만 간장	다 썩은 물
이여사나	어기야디야

7.

석탄 벽탄15)	타는 데는
검은 연기	나건마는
요 내야 심정	타는 데는
어느야 누가	알아 주랴
이여사나	이여사나

---

13) 푸새. 산과 들에 저절로 나서 자라는 풀.
14) 나뭇잎.
15) 백탄(白炭). 화력이 가장 센 참숯. 빛깔이 희읍스름함.

8.

어정 칠뤌   동동 팔뤌

어서 속히   돌아오라

고향 산천   찾아나 가자

이여사나

9.

저 바다에   군대환은

달달마다   고향 산천

왔다 갓다   하건마는

우리야 이몸   고향 산천

웨16) 못가나   이여사나

어기야져라

10.

소나무 밑에   고기 낚으는

강태공아   이여사나

우리나 해녀   팔자나 궂엉17)

두렁박18)이   웬말이냐

이여사나

---

16) 무슨 까닭으로. 어째서.

17) 궂어서.

18) 테왁. 해녀들이 물질할 때 그 浮力을 이용하여 가슴에 얹고 헤엄치는 연장으로서 예전엔 박으로 만들어 쓰다가 이제는 모두 스티로풀을 이용하여 만든다. 이 테왁 밑에는 채취한 해산물을 넣어 두는 '망시리'가 달려 있다.

11.

요리나 저리	번 금전
어느 자식	대학 유학
시킬려고	요 고생을
하는 걸까	이여사나

12.

우리나 어멍[19]	날 날 적에[20]
전성 궂게[21]	구월에 나난
구월 꼿[22]도	내 벗이다
이여사나	져라져라
어기야져라	요 목 조 목
울돌목[23]가	이여사나
이여사나	

13.

| 청청헌 | 하늘엔 |

---

19) 어머니.
20) 나를 낳을 적에.
21) 前生이 궂게.
22) 꽃[花].
23) 鳴梁海峽. 진도와 해남군 화원반도 사이에 있는 울돌목[鳴梁海峽]은 우리나라에서 가장 물살이 센 곳으로 협소한 해협을 따라 빠른 물살이 지나간다. 울돌목의 폭은 가장 좁은 부분이 293m이며, 조류는 사리 때의 유속이 11.5노트이고, 수심은 19m이다. 이곳은 물살이 빠르고 소리가 요란하여 바닷목이 우는 것 같다고 해서 울돌목[鳴梁海峽]이라는 지명이 붙여진 곳이다.

잔별도	많것마는
요 내야	가슴에는
잔 수심도	많구나
이여사나	이여도사나

14.

이여사나	이여도사나
석탄 벽탄	타는 데는
검은 연기	나건마는
요 내야 심정	타는 데는
연기도 김도	아니 난다
이여사나	져라져라

15.

요 넬 지고	어딜 가리
진도 바당	한 골로 가자
져라져라	어기야져라

16.

저 산천에	내리는 물은
오만 남썹	다 썩은 물
내 눈으로	내리는 물은
오만 간장	다 썩은 물
이여사나	이여사나
이여도사나	이여사나

17.

청청헌	하늘에는
잔별도	많것마는
요 내야	가슴 속엔
수심도	많아라.
이여사나	이여도사나

18.

앞 바다에	군대환은	
일본 동경	왔다 갓다	허것마는
이 내야 몸은	고향 산천도	못 가보네
이여사나	이여사나	이여사나

19.

소나무 밑에	고기 낚으는	강태공아
당신도	때를 못 만나	
꼬부랑 낚시	등에 지고	고기 잡고
이 내야 몸도	때를 못 만나	
두렁박을	등에 매여	
해천 영업	하고 있다	
이여사나	이여사나	

20.

| 솔솔 가는 | 소나무 베야 |
| 잘잘 가는 | 잣나무 베야 |

이여도사나   이여사나

21.
욜로나 뱅뱅   돌아진 섬에
삼시 굶엉   물질하연
한 푼 두 푼   모인 금전
정든 님 술값에   다들어 간다
이여사나   져라져라

22.
어서 가자   고향 산천
노를 져라   어정 칠월
동동 팔월   어서야 속히
돌아오라   고향 가자
이여사나   이여사나

[2001년 12월 21일 채록본]

23.
이여싸나   져라져라
앞 산천아   날 땡겨라
뒷 산천아   날 밀어라
어서야 속히   물질 가자
져라져라   어기야져라

24.

요 목 조 목	울돌목가
우리 베는	잘 올라간다
잘잘 가는	잣나무 베야
솔솔 가는	소나무 베야
하루 속히	돈 벌어서
우리나 제주	빨리 가자
이여도사나	져라져라
어기야디야	잘 올라간다
힘을 모아	젓어보자
이여사나	

25.

청청헌	하늘에는
잔별도	많고요
요 내야	가슴 속엔
잔 수심도	많구나
이여사나	이여도사나

26.

저 산천에	내리는 물은
오만 남썹	다 썩은 물
요 내야 눈으로	내리는 물은
오만 간장	다 썩은 물
이여사나	이여도사나

27.

일본 동경이   얼마나 좋아
꼿 같은   나를 두고
연락선을   탄더냐
져라져라   어기야져라
이여사나   이여도사나

28.

석탄 벽탄   타는 데는
검은 연기   나건마는
요 내 심정   타는 데는
연기도 김도   아니 난다
져라져라   어기야져라

29.

ᄌᆞ지산   봉에 봉에
좁씨[24] 석 되   삐엿더니[25]
춤새[26]란 놈은   다 까먹고
빈 남대[27]만   컷들컷들[28]
이여사나   이여도사나

---

24) 조[粟]의 씨.
25) 뿌렸더니.
26) 참새.
27) 나뭇가지.
28) 건들건들. 가볍게 흔들거리는 모양.

져라져라   어기여져라

30.
요 목 조 목   울돌목이여
잘 올라간다
이여사나   져라져라
요 넬 지곡[29)]   어딜 가리
진도 바당   한 골로 가자
이여사나   이여도사나

31.
설룬[30)] 어멍   날 날 적에
해천 영업   시길려고[31)]   나를 낳나
이여도사나   어기여져라

32.
산이 높아   못 오시나
물이 깊어   못 오시나
물이 깊어   못 오시면
베를 타서   건너나 오고
산이 높아   못 오시면

---

29) 요 櫓를 저어서
30) 서러운.
31) 시키려고.

말을 타서   건너 오소
이여도사나   이여사나

33.
져라벡여라   잘도 간다
이여도사나   이여사나
저 산천에   풀잎새는
해 년마다   프릿프릿32)   젊어나 오고
이 내 몸은   해 년마다
소곡소곡   늙어진다
이여사나   져라져라
어기여져라

34.
전싱 궂엉33)   구월에 나난
구월 꼿도   내 벗이여
이여도사나   이여사나

35.
시들버들   당배추는
봄비 올 때   기다리고
옥에 가둔   춘향이는

---

32) 파릇파릇.
33) 前生이 궂게.

이도령 올 때	기다린다
우리 해녀도	어서 빨리
돈 벌어서	고향 가자
이여사나	이여도사나

36.

어정 칠뤌	동동 팔뤌
어서야 속히	돌아오라
부모형제	만나보자
이여사나 아	이여사나
이여도사나	져라벡여라
이여사나	이여도사나

37.

시바리박박	얽은 놈은
술상 받기	좋아허고
참실 같은	너의 아내
울타리 넘기	좋아헌다
이여도사나	이여사나

38.

| 전싱 궂게 | 날 난 어멍 |
| 무신[34] 날에 | 나를 나서 |

---

34) 무슨.

해녀살이	웬말이야
이여사나	어기여져라
져라벡어라	잘 올라간다
이여사나	어기야져라
쳐라쳐라	이여도사나

39.

이여사나	이여도사나
이여사나	
꼿은 따다	머리에 꼿고
입35)은 따다	입에 물고
산에 올라	내려다 보니
천하일색이	내로구나
이여도사나	쳐라쳐라

40.

지픈 지픈36)	저 바다는
기픔 야픔37)	알건마는
자그마안	여자의 마음
어느 누가	알쏘냐
이여사나	이여도사나

---

35) 잎[葉].
36) 깊고 깊은.
37) 깊음 얕음.

41.

앞 바다에	군대환은	
일본 동경	왔다 갓다	허것마는
이 내야 몸은	하루에 한 번도	갈 수가 없네
이여도사나	이여도사나	

42.

청청헌	저 하늘엔
잔별도	많것마는
요 내야	가슴 속엔
잔 수심도	많구나
이여사나	이여도사나

43.

욜로나 뱅뱅	돌아진 섬에
삼시 굶엉	물질허영
한 푼 두 푼	모인 금전
정든 님 술값에	다들어 간다
이여사나	져라져라
어기여져라	이여사나

44.

시바리박박	얽은 놈은
술상 받기	좋아하고
삼실 같은	너의 아내

울타리 넘기만   좋아한다
이여사나   이여도사나

45.
시들버들[38]   당배추는
봄비 올 때   기다리고
옥에 가둔   춘향이는
이도령 올 때   기다린다
이여사나   져라져라
어기야져라

46.
무정 세월   가지 마라
아까븐[39]   요 내 청춘
다 늙어지네   이여사나
져라져라   여기야져라

47.
요 목 조 목   울돌목이여
잘 올라간다   공갈대갈[40]
잘 올라간다   져라져라

---

38) 시들시들.
39) 아까운.
40) 작은 배 따위가 물 위에 떠서 이리저리 흔들리는 모양.

어기야져라   이여사나

48.
이여사나   이여도사나
몰르키여41)   설러불라42)

49.
즈지산   봉에 봉에
좁씨 석 되   삐엿더니
춤새란 놈은   다 까먹고
빈 남대만   컷들컷들
이여사나   어기여져라
이여도사나

50.
서양 기계   발동 기계
아무리 죽여도   죽지 않고
밑으로 통통43)   위로 통통
옆으로 물결만   출렁출렁

---

41) 모르겠다.
42) 치워버려라. (노래 부르는 것을) 끝마쳐 버리자.
43) 작은 발동기 따위가 울리는 소리.

51.

이여사나   우리 베가
전복 좋은   여44) 끗으로45)
미역 좋은   돌 끗으로
가게 헙써46)   이여사나

52.

앞물47)에는   이 사공아
뒷물48)에랑   고 사공아
잘도 간다   이여사나
져라져라   어기야져라

53.

진도 바당   한 골로 가자
져라져라   이여도사나
요 넬 버리고49)   어딜 가리
진도 바다   한 골로 가자
져라져라   이여도져라

---

44) 물속에 잠겨 있는 바위. 암초(暗礁).
45) 끝으로.
46) 가게 해주십시오.
47) 이물[船頭].
48) 고물[船尾].
49) 요 櫓를 버리고.

54.

요 년덜아50)	어서 져라
바삐 가자	이여사나
어기야디야	잘 올라간다
이여도사나	

55.

앞 산천아	날 땡겨라
뒷 산천아	날 밀어라
어서야 속히	바당 가자
이여사나	

56.

물질혜영	벌어그네 고향 갈 때
애기 나시51)	옷도 사고
어멍 나시	맛존 거52) 사고
어서 벌엉53)	고향 가게
이여도사나	져라져라
어기야져라	이여도사나
이여도사나	이여사나

---

50) 요 년들아.
51) 몫으로.
52) 맛있는 것.
53) 벌어서.

[2002년 8월 18일 채록본]

57.

부산항에	불난 것은
대한민국이	다 알건만
요 내야 가슴	불난 것은
어느야 누가	알아주나
이여도사나	져라져라
어기야져라	쳐라벡여라
이여사나	

58.

술집에	갈 적에는
친구도	많더니
공동묘지	갈 적에는
내 홀로	가는구나
이여도사나	이여사나
져라져라	

59.

이물54)에랑	이 사공아
고물55)에랑	고 사공아
허리띠56) 밋틔57)	해당하58)야

---

54) 배의 머리 쪽. 뱃머리. 선두(船頭). 선수(船首).
55) 배의 뒤쪽이 되는 부분. 꽁지부리. 선미(船尾).

물때나 점점	늦어간다
이여사나	이여도사나
어기야져라	이여사나
이여도사나	

60.

저 산천에	흐르는 물은
오만 남썹	다 썩은 물
요 내 눈으로	내리는 물은
일천 간장59)	다 썩은 물
이여사나	이여도사나
이여도사나	

61.

낙동강	절 소린60)
대동강	울리고
대동강	절 소리
낙동강을	울리는구나
이여사나	이여사나

---

56) 허릿대. 돛배의 '허리칸'에 세운 돛대로서 돛대 가운데 가장 크다.
57) 밑에.
58) 火匠兒. 배에서 밥짓는 일을 맡아 보는 아이. 해녀들이 뱃물질 나갈 때 타는 돛배의 한가운데에는 해녀들이 언 몸을 녹일 수 있도록 불을 쬘 수 있게 만든 불턱(화로)이 있다.
59) 一千肝腸.
60) 파도 소리는.

어기야져라　　　져라져라

62.
우리나 베는　　　잘도 간다
이여사나　　　　이여사나
산이 높아야　　　물도 깊지
자그만　　　　　여자의 심정
얼마나　　　　　깊을소냐
이여사나　　　　이여도사나

63.
수풀 속에　　　앉은 꿩은
불이나 날까　　　근심이고
홀로야 계신　　　우리 부모
병이 들까　　　근심이다
이여사나　　　　이여도사나

64.
잎은 따다　　　입에 물고
꼿은 따다　　　머리에 꽂고
산에 올라　　　내려다보니
천하 일색이　　　내로구나
이여사나　　　　이여도사나
이여도사나　　　이여사나

65.

처녀의	무덤에는
사꾸라꼿61)만	피고요
총각의	무덤에는
덤덕꼿62)만	피는구나
이여사나	이여도사나

66.

시들버들	당배추는
봄비 올 때만	기다리고
옥에 가둔	춘향이는
이도령 올 때만	기다린다
이여사나	이여도사나

67.

청청헌	하늘에는
잔별도	많고요
요 내야	가슴에
잔 수심도	많구나
이여사나	이여도사나

---

61) 벗꽃.
62) 더덕꽃.

68.

잘잘 가는	잣나무 베야
솔솔 가는	소나무 베야
어서나 속히	지고나 가자[63]
이여져라	어기여져라

69.

칠성판[64]을	등에 지고
한 질 두 질	들어가니
저싱길[65]이	웬말이냐
이여사나 이여도사나	

70.

산이 좋아	여기 왔나
물이 좋아	여기 왔나
황금 따라	여기 와서
받는 것은	설움이요
지는 것은	눈물이라
이여사나	이여사나
이여도사나	

---

63) 저어서 가자.
64) 七星板.
65) 저승길.

71.

낭[66]을 베세[67]	낭을 베여
죽도섬에	낭을 베여
자그만	베를 보아
낙동강에	띄워 놓고
님도 타고	나도 타고
겸사겸사[68]	유람가세
이여사나	이여도사나
이여사나	

72.

자주산	봉에봉에
좁씨 석 되를	삐엿더니
참새란 놈은	다 까먹고
빈 남대만	컷들컷들
이여사나	이여사나
이여도사나	져라져라
어기여져라	이고지고가자
이여사나 어기여져라	

---

66) 나무.
67) 자르재[割].
68) 兼事兼事. 한꺼번에 여러 가지 일을 아울러 하는 모양.

73.

산나물을	캘거나
산고사리를	캘거나
임 죽은	무덤에
사모제[69] 지내러	갈까나
이여사나	이여도사나
이여도사나	이여사나

74.

날 버리고	가는 님은
십 리도 못 가	발병 나고
이십 리 못 가	되돌아온다
이여사나	이여사나
이여도사나	이여사나

75.

남도[70] 늙어	고목 되면
오던 새도	아니 오고
몸도 늙어	백발 되면
오던 님도	아니 온다
이여사나	이여사나 .
이여도사나	

69) 삼우제(三虞祭). 장사를 치르고 나서 세 번째 지내는 제사.
70) 나무도.

76.

잘살고	못사는 건
원천강71)	팔자고
잘나고	못난 것은
부모님의	탓이로다
이여사나	이여사나
어기야져라	이여도사나
이여사나	

77.

나비야	청산 가자
호랑나비도	같이 가자
가다가	해 저물면
꽂잎에나	쉬고 가자
꽂잎에	못쉬거든
꽂잎에	쉬고가자
이여사나	이여도사나

78.

명사십리	해당화야
꽂진다고	설워 마라
멩년72) 이 철	춘삼월 되면

---

71) 袁天綱. 중국 당나라 때의 관상술자. 일이 확실하고 의심이 없는 것을 가리키는 말.

꼿이나 피여   만발이여
이여사나   이여사나
이여도사나

79.
날 데려   올 적에는
잔 사정   많더니
날 데려다   놓고요
잔소리도   많은구나
이여사나   이여도사나
이여사나   이여사나
이여도사나   져라져라
어기여져라   이여사나

80.
화토73)장   십 년에
흑싸리 무격만   남아 있고
술장사   십 년에
주전지 두께74)만   남아 있고
우리 해녀   오십 년에
두렁박 하나   남아 있네

---

72) 명년(明年). 내년(來年).
73) 화투(花鬪).
74) 주전자(酒煎子) 뚜껑.

이여사나　　　이여도사나
어기여겨라　　이여사나
이여도사나

81.
열두 시에　　　오라고
오두마께75)를　　주엇더니
일이삼사　　　몰라서
새로 한 시에　오랏구나
이여사나　　　이여도사나
어기야겨라　　이여도사나

82.
임아 임아　　　정든 임아
날 버리고　　　가는 님아
십 리 못 가　　발병 난다
이여도사나　　이여도사나
이여도사나　　이여사나
이여사나　　　이여도사나

83.
넓고 넓은　　　저 바다에
둥둥 떠 있는　저 군함아

---

75) 우데도께 うで-どけい[腕時計] 손목 시계.

너는 날보면　　본숭만숭[76)]
나는 널보면　　속만 탄다
이여사나　　　이여도사나

84.
시바리박박　　　얼근놈은
술상받기만　　　좋아하고
참실 같은　　　너의 아내
울타리 넘기만　좋아한다
이여사나　　　　이여도사나

85.
수양산　　　　버드나무 아래
고기 잡는　　　강태공아
당신도　　　　때를 몰라
꼬부랑 낚시　　등에 지고
우리나 해녀　　전싱 궂게 태어나서
두렁박 하나　　영업 삼아
한평생을　　　사는구나
이여사나　　　이여도사나

86.
아침에　　　　우는 새는

---

76) 본 듯 만 듯.

배가 고파	울고요
저녁에	우는 새는
임 그리워	우는구나
이여사나	이여도사나

87.

석탄 벽탄	타는 데는
검은 연기	나건마는
요 내야 심정	타는 데는
연기도 김도	아니 나네
이여사나	이여도사나

88.

나비야	청산 가자
호랑나비도	같이 가자
가다가	해 점거든[77]
꼿밧[78]에나	앉고 가소
꼿밧에	못 쉬거든
꼿잎에라도	쉬고 가소
이여사나	이여도사나

---

77) 해가 지거든.
78) 꽃밭.

89.

수덕79) 좋은	선왕80)님아
우리 베81)랑	가는 딜랑82)
메역83) 좋은	여 끗으로
우미84) 좋은	여 끗으로
가게나 헙써	이여사나
이여도사나	

90.

잘잘 가는	잣나무 베야
솔솔 가는	소나무 베야
우리나 베는	잘도 간다
이여사나	이여도사나
이여사나	

91.

전성 궂게	날 난 어멍
시름 놓아	잠자지 마소
이여사나	이여도사나

---

79) 수덕(手德). 손속.
80) 배를 관장하여 바다에서 배사고를 막아주고 선원들의 생명을 지켜주며 풍어를 주는 신.
81) 배[船].
82) 가는 곳일랑.
83) 미역.
84) 우뭇가사리.

이여사나

92.

이여사나	이여도사나
바람통을	마셨는지
둥긋둥긋	잘도 쎈다
기름통을	마셨는지
미끌미끌	잘도 간다
이여사나	이여도사나

93.

요 년 저 년	젊은 년덜아
이 궁뎅이85)	놓았다가
밧을 살레86)	집을 살레
어서나 지라	노나 빵빵
지여나 봐라	이여사나
져라 벡여라	
어서 지고87)	갈 디 가자88)

94.

앞 산천아	날 땡겨라

---

85) 궁둥이.
86) 밭을 살 것이냐.
87) 저어서.
88) 갈 곳으로 가자.

뒷 산천아   날 밀어라
어서야 속히   지고 가자
물때나 점점   늦어 간다
이여사나   이여도사나

95.
바늘 같이   약한 몸에
황소 같은   병이 들어
임 오시라   편지허니
약만 쓰라   답장왔네
요렇게   냉정한 님을
생각하는   내가 잘못
이여사나   이여도사나

96.
어기야져라   지고 가자
우리나 베는   잘 올라 간다
이여사나   이여도사나

97.
요 넬 지고[89]   어딜 가리
진도야 바당   한 골로 가자
이여사나   이여도사나

---

89) 요 櫓를 저어서.

어기야져라　　　이여사나

98.
이여사나　　　이여도사나
저 바다엔　　　은과야 금은
철대같이　　　깔렷으나
높은 낭에[90]　　열매로다
낮은 낭에　　　까시[91]로구나
이여도사나　　이여사나

99.
앞문을　　　　열어서
바래[92]를　　　치여허니[93]
계명산[94]　　　산천이
다 밝아　　　　오는구나
이여사나　　　이여도사나
몰르쿠다[95]　　이여사나

---

90) 나무에.
91) 가시[荊].
92) 파루(罷漏). 오경 삼점(五更三點)에 큰 쇠북을 삼십 삼천(三十三天)의 뜻으로
서른 세 번 치던 일.
93) 치니[打].
94) 鷄鳴山. *경복궁타령(景福宮打令) 제1절 : 남문을 열고 파루(罷漏)를 치니 계
명산천(鷄鳴山川)이 밝아온다.
95) (노래를 더 이상은) 모르겠습니다.

100.

이여사나	이여도사나
이여도사나	
십오야	밝은 달은
구름 속에서	놀고요
이십 범천	숫처녀는
내 품에서	노는구나
이여사나	이여사나

101.

흔 푼 두 푼	모은 금전
정든 님 술값에	다 나간다
이여사나	이여도사나

102.

개야 개야	검둥개야
밤 손님	오거들랑
짖지를	말아라
몰르쿠다	이여사나
이여사나	

103.

어정 칠월	동동 팔월
어서 속히	돌아오라
사랑하는	부모형제

만나보러   고향가게
이여사나   이여도사나

[2001년 12월 21일 채록한 23번 자료 악보]

제보자:현종순 / 채록자:이성훈 / 채보자:송윤수

이 어 싸 나 － － － － 저 라 저 라

앞 산 천 아 － － － － 날 땡 겨 라 －

뒷 산 천 아 － － － － 날 밀 어 라

어 서 야 속 히 － － － － 물 질 가 자

저 라 저 라   어 기 야 저 라

[2001년 12월 21일 채록한 24번 자료 악보]

제보자:현종순 / 채록자:이성훈 / 채보자:송윤수

18

서부 경남지역
〈해녀노젓는소리〉 조사

- 일러두기
- 거제시 남부면 저구리
- 사천시 서금동
- 통영시 사량면 금평리
- 거제시 장목면 장목리
- 거제시 남부면 다대리
- 거제시 남부면 갈곶리

| 이성훈 | 숭실대학교

『숭실어문』 제21집, 2005.

I 일러두기

본 조사 자료는 2004년 한국학술진흥재단의 지원에 의하여 필자가 2004년 11월 13일 거제시 남부면, 2005년 1월 10일 사천시 서금동, 2005년 1월 11일 통영시 사량면, 2005년 2월 18일 거제시 장목면, 2005년 2월 19일 거제시 남부면, 2005년 2월 19일 거제시 남부면에서 채록한 자료이다.

서부경남지역은 남해시, 사천시, 통영시, 거제시, 진주시 등을 포함한 지역을 통칭한다. 이들 지역은 제주도 출신 해녀들이 밀집된 지역으로, 본토에 전승되는 〈해녀노젓는소리〉의 양상을 고찰하기 위한 중요한 지역 중의 하나이다.

서부경남 제주도민연합회는 거제, 남해, 삼천포, 남해, 진주도민회로 5개 단위 도민회를 연합하고 있으며, 특히 통영지역의 제주출신 해녀 200 여명이 1999년 9월 16일 국내 최초로 사단법인 통영나잠제주부녀회를 설립하였다. 지역별 거주 현황은 거제 800명, 남해 200명, 사량 80명, 삼천포 800명, 진주400명, 통영 2000명, 기타 720명 등 5000여 명이다. 주로 수산업을 생계로 함으로 통영, 거제, 삼천포, 남해의 해안지방에 집중적으로 분포되어 전체의 60% 이상을 차지하고 있다. 현재 나잠어업에 종사하는 해녀는 12% 남짓이다.[1]

〈해녀노젓는소리〉는 제주도뿐만 아니라 본토의 모든 해안 지역에도

---

* 이 자료는 2004년도 한국학술진흥재단의 지원에 의하여 조사되었음.(KRF–2004–072– AS2027)

1) 필자채록, 경남 사천시 서금동, 2004. 4. 25. 이창조(서부경남제주도민연합회 회장).

전승되고 있는데, 현재 裸潛漁業에 종사하는 제주출신 해녀가 집중적으로 분포된 지역은 서부경남지역이다.

기존의 〈해녀노젓는소리〉에 대한 논의는 제주도에서 채록된 자료를 중심으로 하고 있다. 이는 본토에 정착한 해녀들로부터 〈해녀노젓는소리〉를 수집하기 시작한 것은 최근의 일이고, 수집된 지역은 경상남도 통영시, 부산광역시, 울산광역시, 강원도 속초시·삼척시 등에 한정돼 있다[2]는 데 기인한다. 본토에 정착한 해녀들로부터 수집한 자료의 양이 零星한 것은 돛배의 櫓를 저어본 경험이 있는 해녀의 수는 극소수만이 생존해 있기 때문이다.

자료를 정리함에 있어 적용한 원칙은 다음과 같다.

1. 자료 정리는 가창 현장을 중시하여 제보자가 부른 순서대로 수록했고, 다만 자료 이용자의 편의를 위해 노래를 끝마치는 부분이나 필자와 대담을 나눈 부분을 기준으로 자료번호를 붙였다.

2. 사설 표기는 한글맞춤법 규정에 어긋난 경우가 있더라도 제보자가 부른 발음대로 수록했다. 일부 경상남도 방언과 제주도 방언 표기가 그것이다. 제주도 방언은 제주방언연구회의 '제주어 표기

---

2) 현재까지 본토에서 채록한 〈해녀노젓는소리〉 자료가 학계에 보고된 지역은 경상남도 통영시, 부산광역시, 울산광역시, 강원도 속초시·삼척시 등이다. 수록된 자료의 출처를 들면 다음과 같다.
울산대학교 인문과학연구소, 『울산울주지방 민요자료집』, 울산대학교출판부, 1990 ; 강원도 동해출장소, 『강원 어촌지역 전설 민속지』, 강원도, 1995 ; 강한호, 「해녀 민속 문화의 이동에 관한 연구 -경남 사량도의 구비문학을 중심으로-」, 부경대학교 교육대학원 석사논문, 1999 ; 부산남구민속회, 『남구의 민속과 문화』, 부산남구민속회, 2001 ; 李東喆, 『江原 民謠의 世界』, 국학자료원, 2001 ; 이성훈, 「경남 통영시 해녀 〈노 젓는 노래〉 조사」, 『韓國民謠學』 第11輯, 韓國民謠學會 2002 ; 이성훈, 「강원도 속초시 해녀 〈노 젓는 노래〉와 생애력 조사」, 『崇實語文』 第19輯, 崇實語文學會, 2003.

법'³⁾을 기준으로 했다.

3. 〈해녀노젓는소리〉는 악곡 구조를 기준으로 음보를 나누면 2음보
   에서 휴지를 두는 2음보격이 주를 이루는데, 3음보격으로도 수록
   한 것은 제보자가 3음보에서 휴지를 둔 경우이다.

4. 제보자와 채록자를 편의상 A, B, C 등의 약호로 표기했다.

Ⅱ　거제시 남부면 저구리

채록일시 : 2004년 11월 13일
채록장소 : 경상남도 거제시 남부면 저구리 대포마을 윤미자씨 댁
채 록 자 : 이성훈
제 보 자 : 윤미자(女, 1934년 제주도 북제주군 우도면 하동 출생, 현
　　　　　재 경상남도 거제시 남부면 저구리 거주)

[약호] A=윤미자, B=고창환, C=이성훈

1.
A : 이여싸　　　　　　이여도사나
B : 　　　　　　　　　　　　　　이어도사나
A : 져라져라　　　　　이기야져라
B : 　　　　　져라져라　　　　　이기야져라

---

3) 濟州方言研究會, 『濟州語辭典』, 濟州道, 1995, 605~616면.

A : 잘또1) 간다   우리나 배는
BC :   잘또 간다   우리나 배는
A : 우리 배는   솔나무 배가
A : 소리솔솔   잘 넘어가고
B :   잘 넘어가고
A : 느그나 배는   참나무 배가
A : 저리절절   잘또 간다
A : 이여사나   이여도사나
BC :   이여싸   이여도사
A : 이여싸
BC :   이여싸
A : 요 노를   지고야
B :   이여싸
A : 어디를   가느냐

2.
A : 이여사나
B :   이여싸나
A : 진도 바다   한 골로 간다
B :   한 골로 간다
A : 이여사나   이여도사나
B :   이여싸나
A : 이여사나
A : 산이야   높아야
A : 골도나   깊으제
B :   이여싸

---

1) 잘도. '잘도'의 경상도 발음.

A : 조그만은   여자야 심중
B :   이여싸
A : 얼마나   깊을소냐
B :   이여싸
A : 이여도사나   져라져라
B :   이여도사나   져라져라
A : 어서 지고   갈 데나 가자
B :   어서지고   갈 데나 가자
A : 이기야져라   잘또 간다
B :   이기야져라   잘또 간다
A : 이기야디야   이여사나
B :   이기야디야   이여도사나
A : **빨동기**2)   **스쿠리**3)는
B :   이어사나   이여사나
A : 물을 삼고   돌고요
B :   이어사나   이여사
A : 꽃 フ뜬4)   우리야 임은
B :   이어사나   이여사
A : 나를 안고   도는구나
B :   저어 가자   이여도사나
A : 이기야져라   이기야져라
B :   이기야져라   이기야져라
A : 지고 가자   이기야져라
B :   지고 가자   이기야져라

---

2) 發動機.
3) 스쿠루(screw). 나선 추진기.
4) 같은

A : 이여사

B :   이여사나

A : 이여도   사니야

A : 이여도   사니야

B :   이여도사나

A : 이어사나

B :   이여도사나

A : 우리나 부모   날 날 적에

B :   이여도사나

A : 가시나 나무   몽고지5)에

B :   이여도사나

A : 손에 켕이6)   지울라고

B :   이여도사나

A : 나를 놓아7)   길랐던가

B :   이여사   이여도사나

A : 이여도사나   이여싸

B :   이여도사나   이여싸

A : 얼른 어서   갈 데나 가자

B :   이여도사나   갈 데나 가자

A : 한 목을 지어   놈 줄래예8)

B :   한 목을 지어   놈 줄래예

A : 자직자직   지고나 가자

B :   자직자직   지고나 가자

---

5) 노손(櫓─).
6) 못. 사람이나 동물의 살가죽이 많이 스쳐 딴딴하게 된 자리.
7) 낳아. '낳다'의 경상남도 방언은 '놓다'이다.
8) 남을 줄래요

A : 이여사나　　　　　　이여도사나
B : 　　　　이여사나　　　　　　이여도사나
A : 이여사나
B : 　　　　이여사나

3.
A : 어두컴컴　　　　　빈 방안에
B : 　　　　　　　　　　　이여도사나
A : 구신 거뜬　　　　저 임 봐라
B : 　　　　이여도사나　　　　이여사나
A : 네 죽어라　　　　네 죽어라
B : 　　　　　　　　　　　이여사나
A : 같은 임을　　　　만내 살자
B : 　　　　　　　　　　　이여사나
A : 이여사　　　　잘또 간다
B : 　　　　이여사　　　　　잘또 간다
A : 우리나 배는　　　잘도 간다
B : 　　　　우리나 배는　　　잘도 간다
A : 이기야져라　　　져라져라
B : 　　　　이여사나　　　　져라져라
A : 이기야져라　　　이여사
B : 　　　　이기야져라　　　이여사
A : 이여사나　　　　이여사
B : 　　　　이여사나　　　　이여사
A : 우리나　　　　고향은
B : 　　　　이여사나　　　　이여사나
A : 전라남도　　　　제준데
B : 　　　　이여사나　　　　이여도사나

A : 임시야   사는 데는
B :   이여사나   이여도사나
A : 거제야   산천이요
B :   이여사나   이여사나
A : 이여도사나   이여도사나
B :   이여도사나   이여도사나
A : 산도 설고   무슨 곧에
B :   이여사나   이여사나
A : 누구를   찾아 와서
B :   이여사나   이여사나
A : 타관은   고향 되고
B :   이여사나
A : 고향은   타관이 되고
B :   이여사나
A : 이여도사나   이여사나
B :   이여도사나   이여도사나
A : 얼른 어서   지고나 가서
B :   이여도사나   지고나가서
A : 우리 애기   젓을 주나
B :   젓을 주나
A : 병든 가장   물을 주나
B :   이여사나
A : 개 도야지   체를 주나
B :   이여사나
A : 이여사   이여사나
BC :   이여사   이여사나
A : 이여사나
B :   이여사나

A : 악마 ᄀ뜬　　　　요 금전을

A : 벌여서도

B :　　　　이여사나

A : 논을 사나　　　　밭을 사나

B :　　　　　　　　　이여사나

A : 얻은 자식　　　　대학 출신

A : 사각모자　　　　씌울라고

B :　　　　이여사나　　　　　이여싸

A : 나가 요리　　　　한다 말고

B :　　　　　　　　　이여사나

A : 이여사나　　　　이어사나

B :　　　　이여도사나　　　　이여사나

A : 이여도사나　　　　이여사나

B :　　　　이여사나　　　　　이여사나

A : 이여사나

B :　　　　이여사나

A : 우리가　　　　살면은

B :　　　　　　　　　이여싸

A : 멫 백년　　　　사는냐

B :　　　　이여사나　　　　　이여싸

A : 오동통　　　　팔아 가서

A : 술 담배나　　　　사 먹제

B :　　　　이여사나　　　　　이여사나

A : 이여도사나　　　　이여사

B :　　　　이여도사나　　　　이여사나

A : 이어사나　　　　이여사

B :　　　　이여도사나　　　　이여싸

A : 이여사나

B :　　　　　이여사나

4.

A : 이여싸나 아아　　　이여도사나 아아
A : 이여사나
A : 우리나 부모　　　　나를 놓아
A : 가시나 나무　　　　몽고지에
A : 손에 켕이　　　　　지울라고
A : 나를 놓아　　　　　길랐던가

5.

A : 우리 부모　　　　　나를 놓아
A : 가시 나무　　　　　몽고지에
A : 손에 켕이　　　　　지울라고
A : 나를 놓아　　　　　길랐던가
A : 이여도사나　　　　이여도사나 아아
C :　　　　　이여도사나
A : 이여사나
C :　　　　　이여사나
A : 술가야9)　　　　　담배는
A : 내 심중을　　　　　알건마는
A : 한 품에　　　　　　든 임은
A : 내 심중을　　　　　몰라나 주네
A : 이여사　　　　　　이여도사나 아
C :　　　　이여싸　　　　　　　이여싸나
A : 이여사나　　　　이여사

---

9) 술(酒)과.

B :   이여싸나   이여싸

6.
A : 이여사나   이여사
C :   이여싸나   이여싸
A : 이여사나   이여사
C :   이여싸나   이여싸나
A : 바람은   불수록
A : 찬질10)만   나고요
A : 임은   불수록
A : 깊은 정만   드는구나
A : 이여사나
C :   이여사나
A : 이여도   사니야
A : 이여도   사니야
A : 이여사나 아아   이여사나

7.
A : 바람아   강풍아
A : 불지를   말어라
A : 우리집   서방님이
A : 멩테11) 잡으러   갔는데

8.
A : 바당 바당   넓은 바당
A : 둥둥 떠 있는   저 군함아

---

10) 잔 절. 잔잔한 파도.
11) 명태(明太).

A : 너는 날 뽀면12)   본숭만숭
A : 나는 널 뽀면   쏙만 탄다
(A : 그래가 이여사 들어 가고. C : 계속해 봅써.)
C : 쏙만 탄다   이여싸
A :   쏙만 탄다
A : 바람아   강풍아
A : 불지를

9.
A : 바람아   강풍아
A : 석 덜 열흘만   불어라
A : 우르집   서방님
A : 멩테 잡으러   갔는데
(A : 그래까꼬 계속해 이여싸 들어가면 돼.)
A : 이여사나   이여사나

10.
A : 정든 님   줄라고
A : 술 받아   이고요
A : 모개 장난   치다가   쏟았뺏네
A : 고개 장난   치다가   쏟은 술은
A : 보리띤물   같애도   맛만 좋네
A : 이여사나
A : 이여도   사니야
A : 이여사나   이여사나
C : 이여싸나   이여싸

---

12) 보면.

A :　　　　　　이여싸

11.
A : 요 노를　　　　　　지구야
A : 어디를　　　　　　가느냐
A : 진도나　　　　　　바다로
A : 한 골로　　　　　　가는구나
A : 이여사　　　　　　이여도사나
C :　　　　　　이여싸

12.
A : 어떤 사람　　　　　　팔자 좋아
A : 고대광실　　　　　　높은 집에
A : 부구영화　　　　　　잘 사는데
A : 요 내야 나는　　　　　　어이하여
A : 요 모냥　　　　　　요 꼴이　　　　　　되었느냐
A : 이여사나 아아　　　　　　이여사나
A : 이여사나　　　　　　이여도사나
C :　　　　　　이여사나
A : 이여싸　　　　　　이여싸나
B :　　　　　　이여싸　　　　　　이여싸나
A : 임이라고　　　　　　만났더니
A : 임은 아니　　　　　　백년에
A : 원술레라　　　　　　원술레라
A : 이여도사나 아아　　　　　　이여사나
A : 이여사　　　　　　이여사나

13.
A : 끝아 끝아　　　　　　곱은 끝아

A : 청로 앞에   피지 마라

A : 청로 기상[13]   을순이가

A : 들락날락   다 꺾는다

A : 이여사나   이여도사나 아

A : 이여사나

14.

A : 요 바다에   은과 금은   깔렸건만

A : 높은 낭게[14]   열매로구나

 Ⅲ 사천시 서금동

채록일시 : 2005년 1월 10일

채록장소 : 경상남도 사천시 서금동 돌바위횟집

채 록 자 : 이성훈

제 보 자 : 윤계옥(女, 1927년 제주도 북제주군 우도면 천진리 출생, 현재 경상남도 사천시 서금동 거주)

우점이(女, 1935년 경상남도 사천시 서금동 출생, 현재 경상남도 사천시 동금동 거주)

[약호] A=윤계옥, B=우점이

---

13) 妓生.

14) 나무에.

1.

A : 이여싸나 아아   이여싸나 아
A : 이여도싸나 아아   이여싸나
A : 어디 가믄   고동 전복
A : 많은 딜로   가는 거까
A : 져라져라   이여도져라
A : 잘도 간다 아아   우리 배는
A : 잘도 간다 아   이여도싸나 아아
A : 이여싸 아   져라져라 아아
A : 이여져라

2.

A : 저 바다엔   물이 쎄여서
A : 올라갈라 쿠믄15)   힘들겠다 하
A : 이여차 아아
A : 우리 배는   잘도 간다 아아
A : 이여도싸나 아아   이여도싸나 아
A : 져라져라 아아   잘도 간다

3.

B : 이여사나 아아   이여도사나
B : 이 놀16) 젓엉   어딜 가나 아아
B : 이여사나 아   이여사나
B : 진도 바다 아   한 골로 가지
B : 시들시들   봄배추는

---

15) 하면은.
16) 櫓를.

B : 봄비 오기만   기다리네
B : 옥에 갇힌   춘향이는
B : 이도령 오기만   기다리네
B : 이팔 청춘   소년 몸에
B : 할 일이   없어서
B : 해녀 종사가   웬 말이냐
B : 져라져라   어기여차
B : 이 내 신세   허전하네
B : 우리 부모   날 낳을 때에
B : 무슨 날에   나를 나서
B : 남들 사는   좋은 세상
B : 살아 보지도   못하고
B : 해녀 종사가   웬 말이냐
B : 져라져라   어서 가자
B : 배를 타라   어서 가자
B : 홀로 계신   우리 부모
B : 해녀 종사   어기야디야

Ⅳ 통영시 사량면 금평리

채록일시 : 2005년 1월 11일
채록장소 : 경상남도 통영시 사량면 금평리 김순열씨 댁
채 록 자 : 이성훈
제 보 자 : 고한백(女, 1947년 제주도 우도면 출생. 현재 경상남도 통영시 사량면 금평리 거주)

김순열(女, 1946년 제주도 북제주군 구좌읍 하도리 출생.
현재 경상남도 통영시 사량면 금평리 거주)
김생순(女, 1952년 제주도 북제주군 우도면 출생. 현재 경
상남도 통영시 사량면 금평리 거주)

[약호] A=고한백, B=김순열 C=김생순

1.
A : 이여도사나 아아   이여도사나 아아
A : 우리나 배는   잘도나 간다
A : 어기야디야   바다로 가자
A : 바다에 가서   소라 따고
A : 전복 따다   새끼딜
A : 돈 벌엉   공부시키곡
A : 메기곡17)   어기야디야
A : 이여도사나

2.
B : 이여도사나   이여사나
B : 이여사나
B : 저 산천에   난초꼿은
B : 바람 불면   팔랑팔랑
B : 이 내야 몸은   소곡소곡
B : 늙어야 지네   이여싸나
B : 이여싸 하
B : 우리야 배는   경비정이

17) 먹이고.

B : 나는 듯이   잘도나 간다
B : 이여싸 아   이여싸 하
B : 이여도사나

3.
C : 이여도사나   이여도사나
C : 저 산천에   난초꽃은
C : 바람 불면   팔랑팔랑
C : 이여도사나   이여도사나
C : 이 내 몸은   해년마다
C : 소곡소곡   늙어나 지네
C : 이여도사나   이여도사나
C : 우리 어멍   날 날 적에
C : 무슨 날에   날 낳던고
C : 이여도사나   이여도사나
C : 욜로 요래   돌아진 섬에
C : 삼시나 굶엉   물질 배왕[18]
C : 한 푼 두 푼   모은 금전
C : 낭군님 술잔에   다 들어 간다
C : 이여도사나   이여도사나
C : 생복 잡고   고동 잡아
C : 서울이라   한양으로
C : 새끼덜   공부시켜
C : 사각모자   씌울려고
C : 요 고생을   하는구나
C : 이여도사나   이여도사나
C : 져어라쳐라   이여도사나

---

18) 배워서.

거제시 장목면 장목리

채록일시 : 2005년 2월 18일
채록장소 : 경상남도 거제시 장목면 장목리 강영희씨 댁
채 록 자 : 이성훈
제 보 자 : 강영희(女, 1947년 제주도 남제주군 표선면 하천리 출생.
　　　　　현재 경상남도 거제시 장목면 장목리 거주)

1.

이여도사나	이여도사나
이여사나 아아	이여도사나
어떤 사람	팔자 좋아
고대광실	높은 집에
잘 살면서	잘 먹고 지내네
우리네 사람	제주도해녀
비가 오나	눈이 오나
물속에서	헤엄치네
이여도사나	이여도사나
어떤 사람	팔자 좋아
앉아서 먹고	누워서 먹고
우리네 인생	비가 오나
눈이 오나	물밑에서
맨날 맨날	기어서 사네

2.

이여도사나	이여도사나

이여도사나	이여도사나
가면은 가고	말면은 말지
짚신을 신고	시집을 가리
이여도사나	이여도사나
이여도사나	이여도사나
이여도사나	이여도사나
어정 칠월	동동 팔월
제주도 갈 날이	멀지 않았구나
이여도사나	이여도사나
선물 사고	돈 짊어지고
고향 산천	언제나 가리
이여도사나	이여도사나

Ⅵ   거제시 남부면 다대리

채록일시 : 2005년 2월 19일
채록장소 : 경상남도 거제시 남부면 다대리 마을회관
채 록 자 : 이성훈
제 보 자 : 우삼덕(女, 1924년 경상남도 통영시 욕지도 출생, 현재 경
상남도 거제시 남부면 다대리 거주)

1.
이여도사나	이여도사나
이여도사나	
요넬 젓엉	어디로 가리

대천바당   한가운데
가운데 들엉   둘진 둘밤
날 새여 간다
이여도사나   이여도사나
이여이여   이여도사나
이여도사나

Ⅶ 거제시 남부면 갈곶리

채록일시 : 2005년 2월 19일
채록장소 : 경상남도 거제시 남부면 갈곶리 김갑연씨 댁
채 록 자 : 이성훈
제 보 자 : 김갑연(女, 1934년 경남 사천시 신도 출생. 현재 거제시
          남부면 갈곶리 거주)

1.
이여도사나아아   이여도사나 아
앞의 가는 사람   따라가자
어서 져라   쳐라쳐라
빨리 져라   이여도사나

2.
이여도사나 아아   이여도사나 아
이 노 짓고   어디 가리
진도 바당   골로야 가자

이여도사나	져라져라	
어서 져라		
앞산에는	비바람이	불어야 온다
고물에는	고사공아	
이물에는	이사공아	
허릿대 밑에[19]	화장하[20)야	
가자 가자	어서 가자	
이여도사나 아아	이여도사나	

3.

이여도사나 아아	이여도사나 아
이 노 짓고	어디야 가리
진도 바당	골로야 가자
져라져라	
이 목 저 목	울단목[21)가
사량도야	작은 목가

4.

이여싸 아아	이여사나 아
어서 가자	짓어 가자
고물에는	고 사공아
이물에는	이 사공아
허릿대 밑에	화장하야
물때야 점점	늦어진다

---

19) 낚싯거루의 〈허리칸〉에 세운 돛대 밑에. 〈허릿대〉는 돛대 가운데 가장 크다.
20) 화장아. 배에서 불 때는 일을 하는 아이. 배에 밥짓는 일을 맡은 사람.
21) 울돌목(鳴梁海峽).

이여도사나　　　　　져라져라
이여도사나
이 목 저 목　　　　울단목가
사량도야　　　　　작은 목가
저어라 차　　　　　이여도 차
져라져라

5.
이여도사나　　　　이여도사나
우리 어멍　　　　　날 날 적에
해천영업　　　　　배울라꼬22)
날 낳던가　　　　　이여도사나
이여싸나　　　　　이여도사나

6.
이여싸나　　　　　이여사나
요 물 아래　　　　은과 금은　　　　깔렷건만
노픈23) 낭게24)　　열매로구나
이여도사나 하

7.
우리 엄마　　　　　날 날 적에
요 영업　　　　　　시길라꼬25)

---

22) 배우려고.
23) 높은.
24) 나무에.
25) 시키려고.

날 낳던가 이여도사나

8.
이여도사나 아아 이여사나 아
요 물 아래 우리가 살면
멧26) 년이나 살아가리
어서 가자 바삐 가자
우는 애기 젓27)을 주나
병든 가장 물을 주나
이여도사나 아아 어서야 가자 아

9.
이여도사나 아아 이여도사나 아
청청 하늘에
잔별도 많건마는
이 내 가슴 수심도 많구나
이여도사나 아아 이여도사나

10.
이여도사나 아아 이여사나 아
버들나무 강태공아
너도야 때를 못 만나
꼬부랑 낚시 낙을 삼고
우리야 해녀도 때를 못 만나
두렁박 하나로 낙을 삼고

---

26) 몇.
27) 젓(乳).

요 물 아래	한축[28] 손에	빗창 잡고
한축 손에	전복 잡아	
저싱길[29]이	근당하다	
이여도사나 아		

---

28) 한쪽.
29) 저승길.

◦ 참고문헌 ◦

강원도 동해출장소, 『강원 어촌지역 전설 민속지』, 강원도, 1995.

강한호, 「해녀 민속 문화의 이동에 관한 연구 -경남 사량도의 구비문학을 중심으로-」, 부경대학교 교육대학원 석사논문, 1999.

부산남구민속회, 『남구의 민속과 문화』, 부산남구민속회, 2001.

울산대학교 인문과학연구소, 『울산울주지방 민요자료집』, 울산대학교출판부, 1990.

李東喆, 『江原 民謠의 世界』, 국학자료원, 2001.

이성훈, 「경남 통영시 해녀 〈노 젓는 노래〉 조사〉, 『韓國民謠學』 第11輯, 韓國民謠學會 2002.

이성훈, 「강원도 속초시 해녀 〈노 젓는 노래〉와 생애력 조사」, 『崇實語文』 第19輯, 崇實語文學會, 2003.

濟州方言研究會, 『濟州語辭典』, 濟州道, 1995.

19

불턱

| 문순덕 | 제주발전연구원

『해녀문화유산 조사』, 2013.

I   서 론

제주도 해녀는 우리나라는 물론 전 세계적으로 위대한 여성의 대표적인 직업으로 알려져 있다. 조선시대 문헌에도 해녀들의 노동현장과 해산물 수확에 대한 기록이 전해온다. 특히 일제강점기에는 출가해녀들이 다른 지방, 일본, 중국, 러시아 등지로 경제적인 이주가 나타난다. 이렇게 출가한 해녀들은 그곳에 정착하거나 다시 제주로 들어와서 가정과 제주사회에서 경제활동의 주인공이 되었다.

해녀들이 바다밭을 벗삼아 일을 하고 잠시 휴식을 취하는 장소로 불턱이 있는데 돌로 울타리를 친 돌담형불턱은 일제강점기를 거쳐 1980년대까지 사용되었으며, 지금도 마을에 따라 남아있거나 사용되고 있다.

불턱은 탈의실과 비슷하지만 단순히 옷을 갈아입는 곳이 아니라 옹기종기 모여앉아서 불을 쬐는 휴식공간이고, 담소를 나누는 담화공간이며, 노동을 준비하는 노동공간에 해당된다. 또한 물질의 기술과 바다의 생태를 전수해 주는 교육과 문화 전승의 공간이고, 개인과 마을의 일상사를 교류하는 정보공유의 공간 기능도 있었다. 이러한 복합문화공간인 불턱은 만든 재료에 따라 돌담을 두른 곳은 돌담형불턱(돌로 울타리를 만든 불턱)이고, 시멘트로 직사각형 모양의 집을 지은 것을 시멘트형불턱, 현대식 건물인 해녀의집이 있다. 그런데 불턱이라고 하면 주로 돌담형불턱을 가리키므로 여기서는 돌담형불턱을 중심으로 하여 소개하겠다.

Ⅱ   불턱의 기능

1. 불턱의 의미

해녀들이 바다에서 일을 하다가 뭍에 올라와서 쉬는데 그 쉼터를 '불턱'이라 한다.

제주방언 '줌수(潛嫂)/줌녜/줌녀(潛女)' 등은 바다에서 해산물을 채취하는 사람을 가리키는 말이지만 여기서는 '해녀'라는 용어를 사용하겠다.

'물질'은 해녀가 바닷속에 들어가서 해산물을 채취하는 잠수 작업을 가리킨다. 보통 해녀들이 '물질하러 간다.'에서 '물'은 바다를 뜻한다. 이 '물'에서 직업을 나타내는 접미사 '질'이 결합되어서 '물질'이란 단어가 만들어졌다. '해녀'란 직업을 말할 때 '물질한다'고 하면 직업이 해녀임을 알려주는 것이다. 해녀들이 일터인 바다에 일하러 갈 때에는 '물에 들레 감저.(물에 들러 간다.)'고 한다.

불턱은 공동체의식을 나누는 '화톳불'과 의미가 유사하다. '불(火)'은 글자 그대로 불씨를 뜻하며, '덕'은 '불자리'를 가리킨다. 제주방언 '솟덕(솥덕)', '화덕'에서 '덕'은 불자리의 뜻으로 쓰였다. 제주시 서부지역 일부 마을에서는 불턱이란 용어 대신 봉덕이라고 부른다. 또한 포구와 가까운 곳에서 하는 물질을 덕물질이라 하고, 배를 타고 바다로 나가서 조업하는 것을 뱃물질이라고 한다.

2. 불턱의 위치와 구조

돌담형불턱이 있던 장소를 보면 해녀들이 바다에 드나들기 쉬운 곳,

바람막이가 가능한 곳이다. 해녀들이 물소중이를 입고 테왁과 땔감구덕을 지고 물질하러 가는데 길이 울퉁불퉁하면 걷기 불편하고 바다에 들어가는 곳도 돌들이 널려 있으면 맨발로 걷는 것이 불편했다. 따라서 입어하기 편리한 곳, 조업이 끝난 후에 해산물이 가득찬 망사리를 매고 길가로 올라오기 쉬운 곳을 불턱터로 선정하는데 이에 더하여 바람을 피할 수 있는 곳은 금상첨화였다.

현재까지 남아있는 불턱의 구조를 보면 아주 오래전에는 돌담을 일자형으로 쌓은 형태, 돌담을 디귿자 모양(ㄷ)으로 쌓은 형태가 있는데, 타원형과 사각형 불턱이 보편적인 형태이다. 불턱의 입구가 타원형인 경우에는 바다로 드나들기 편리한 쪽으로 되어 있고, 사각형인 경우에는 돌담을 끼고 드나들도록 조금 휘어져 있다.

불턱의 높이를 보면 해녀들이 앉아있을 때 길을 지나다니는 사람들이 불턱 내부를 잘 들여다볼 수 없게 돌담을 쌓았다. 즉 앉아있는 해녀들의 머리가 보일락말락할 정도의 높이를 고려했다.

3. 불턱의 기능

해녀들이 소중기(속곳: 천으로 만든 해녀옷)를 입던 시절에는 장시간 바다에서 노동을 할 수 없었다. 그래서 물질을 하다가 중간중간 물밖으로 나와서 불을 쬐기도 하고, 이야기도 나누다가 다시 바다에 들어가서 일을 했다. 해녀복으로 소중기를 입다가 1970년대 중반 이후 고무로 만든 옷이 보급되기 시작하면서 해녀들은 형편에 맞게 고무옷을 구입하여 입기 시작했다. 해녀복이 소중기에서 고무옷으로 바뀌면서 노동시간에 변화가 생겼다. 즉 고무옷을 입고 물질하러 들어가면 5시간 정도 바다에 머물게 되면서 물질하는 시간이 길어지고, 불턱에서 쉬는 시간이 줄어들었다. 그러면서 불턱의 기능이 상실하게 되고 현대화 바람을 타고 보일러시설을 갖춘 현대식 해녀의집이 등장하면서 '불턱'은 우리들의 기억 속으로 사라진 것처럼 보이나 제주도 해촌 곳곳에 아직까지 돌담형불턱이 남아있고, 이를 정비하여 사용하는 해녀들이 있다.

불턱은 해녀들이 땔감을 지고 가서 불을 지피면서 쉬던 여성들만의 사랑방인데, 여기에도 예절이 있었다. 불턱에서는 해녀들의 능력에 따라 자리가 배치되기도 했는데 상군이 앉는 곳을 '상군덕'이라 하고, 중군이 앉는 곳은 '중군덕'이라 불렀다. 상군이란 해녀의 기량이 뛰어난 사람을 가리키며, 중군은 중간 정도의 기량이 있는 해녀이고, 하군은 기량이 부족한 해녀를 가리킨다.

물소중이를 입고 물질을 할 때 지들커(땔감)을 다 써 버리면 물질을 더 이상하지 못하고 그날 조업을 마치기도 했다. 해녀들이 일하러 갈 때 지들커(땔감)를 구덕(대나무로 만든 바구니)에 담고 그 위에 테왁을 얹어서 물질하러 다녔다. 불턱에서는 낭(나무)을 가져온 사람이 최고 대접을 받아서 여기저기 앉기를 권유받았다.

불턱은 오래 전부터 해녀들이 사용해 온 곳이라 신참 해녀들도 자연스럽게 이런 곳을 이용하면서 물질 기술을 전수받기도 했다. 불턱에서 불을 쬐는 것은 주로 겨울철이며 그 외는 담화공간, 휴식공간으로 역할을 다했다.

Ⅲ 불턱의 지역별 특징

제주의 여자아이들은 7~8세 정도면 바닷가 야트막한 물에서 수영을 배운다. 수영 기술을 익히면 어린이용 태왁을 들고 물질 견습 생활이 시작된다. 13세를 지나 15세까지 기술을 연마하면 숙련공이 된다. 개인 차는 있으나 이후 숙련 정도에 따라 하군부터 상군까지 기량이 달라지고, 본격적인 직업인으로 생활한다. 불턱은 해녀들에게 집과 바다밭을 이어주는 교량적인 장소이다. 해녀들의 쉼터가 현대화되면서 돌담형불턱은 사라지고 있으나 아직도 마을에 따라 이 불턱을 보존하고 활용하려는 노력이 보인다.

1. 제주시 지역

제주시 지역의 불턱을 보면 고내리 '펭세빌레불턱'은 환해장성을 끼고 그 사이에 사각형 모양으로 돌담형태로 원형이 잘 보존되어 있다. 특히 불턱 안에는 물질도구를 올려놓았던 팡돌이 가지런히 남아있다. 고내리에는 시닛물불턱과 남또리불턱도 잘 보존되어 있다.

외도동 연대불턱, 신흥리 고남불턱과 북촌리 고지불턱이 돌담형불턱으로 현재까지 잘 보존되어 있다. 특히 고지불턱으로 들어가는 입구에는 현대식 해녀의집이 있고, 그 앞에는 옛 모양 그대로 만든 돌담형불턱이 있다. 이곳에는 땔감이 쌓여있고, 지금도 해녀들이 물질하러 바다로 들어가기 전에 불을 쬐는 곳으로 사용하고 있다.

해녀박물관이 있는 하도리 신동코지불턱, 서동불턱, 모진다리불턱과 평대리 돗개불턱, 행원리 건난디불턱, 노락코지불턱 등이 돌담형불턱으로 남아 있다.

2. 서귀포시 지역

서귀포시 지역에 남아있는 돌담형불턱으로는 고성리에 있는 머리깨불턱, 솜밧알불턱이 옛모습을 간직하고 있어서 보존과 활용이 가능하다.

대체적으로 돌담형불턱이란 돌로 울타리를 쌓은 것인데 표선면, 남원읍, 서귀포시 지역에 남아있는 불턱은 자연석을 이용한 큰 바위나 궤를 불턱으로 사용했다. 여기에는 표선리 방궤불턱, 태흥2리 봉아니불턱 남원1리 구럼비불턱, 위미1리 조랑개불턱과 밍금궤불턱, 보목동 구두미불턱, 서귀동 썩은불턱, 대포동 큰애또불턱, 하예동 질지숨불턱, 대평리 고대물불턱과 박수불턱 등이 속한다.

대정읍 상모3리에 있는 대낭굴불턱은 돌담형불턱(2012년 8월 태풍 볼라벤으로 일부 허물어짐)으로 서귀포시 서부지역에서는 유일한 형태이다.

3. 큰 섬 속의 작은 섬

제주도의 주변 섬으로 마라도, 비양도, 가파도, 우도, 추자도가 있으며, 돌담형불턱이 남아있는 섬을 조사한 결과 우도에는 마을별로 원형을 복원하여 사용하거나 관리하고 있었다.

불턱은 해녀가 있는 곳이면 어디든지 있다. 비양도에는 해녀에 따라 정해진 불턱은 없지만 옷을 갈아입거나 불을 때기에 알맞은 장소(남의 눈에 잘 띄지 않고, 바람이 들어오지 않는 옴팡진 곳)를 선택하면 그곳이 바로 불턱이 된다. 한 번 사용한 곳이 주 장소가 되며 지금도 돌담형불턱이 남아 있다. 비양도에 있는 '테매는가이봉덕'은 제주도 어느 곳에서도 볼 수 없는 특이한 불턱이다. 직사각형 모양으로 넓적한 돌들로 쌓여있으며, 여름에는 돌무더기 위에 걸터앉아 쉬기도 했다. 겨울철에는 위에는 구덕을 올려놓고 그 밑에서 불을 쬐었다.

우도는 마을별로(서광리, 오봉리, 조일리 등) 바다 경계가 있어서 그 앞바다에서 물질을 할 때 자신들의 불턱을 이용하므로 불턱 수효가 많은 편이다. 1970년대 중반까지 사용했던 돌담형불턱, 중반 이후 사용했던 시멘트형불턱, 1990년대에 현대식으로 건축된 해녀의집 등이 공존하고 있다. 고무옷이 나오고 현대식 탈의장이 생기면서 불턱의 주기능은 상실했으나 우도에는 지금도 세 가지 형태의 불턱이 공존하고 있다. 2011년에는 보존 상태에 따라 돌담형불턱을 복원하였으나 일부는 2012년 8월 태풍(볼라벤)으로 돌담이 무너져서 정비가 필요하다.

우도 불턱의 특징을 보면 물소중이를 입고 물질하던 때에는 바람막이용 울타리를 만들어서 사용하다가 시멘트로 단단하게 만들어 사용했다. 그 당시 사용했던 불턱들은 마을마다 남아 있으며, 현대식 탈의장도 있지만 과거에 사용하던 불턱을 집의 형태로 보수하고 드럼통을 대형 난로로 만들어서 불을 쬐고 있다.

이상으로 돌담형불턱이 남아 있는 지역을 살펴보았으며, 이 불턱을 사용하던 시설과 현대를 비교해 보면 해녀들의 노동시간, 물질도구 등의 변화를 찾아볼 수 있다. 말하자면 해녀들이 돌담형불턱을 사용할 때는 소중기를 입고 대구덕에 행장을 담고 다녔다. 대구덕에는 소중기, 물안경, 수건, 땔감을 담고 그 위에 테왁을 얹었다. 불턱을 이용할 때는 주로 망사리를 지고 다녔는데, 지금은 해녀들이 오토바이를 타고 불턱을 오고간다. 과거나 현재나 변하지 않는 모습은 대구덕에 물질도구를 담고 다니는 것이다.

해촌을 다니다가 해녀들이 물질하는 장면을 짐작할 수 있는 것은 바다에서 보이는 형광색 테왁이 아니라 주변에 널려있는 도구들이다. 해녀의집 근처에 세워진 오토바이, 트럭(가족들이 운전함) 등이며 해녀의 집 안에 걸려 있는 고무옷, 추 등이 도구의 변화로 볼 수 있다. 특히 해녀복이 소중기에서 고무옷으로 바뀌면서 허리에 매다는 추의 무게가 해녀들을 짓누르며 질병의 요소가 된다. 나이가 들수록, 기력이 쇠퇴할수록 추의 수효는 늘어난다.

불턱은 위치나 역할에 변화가 있으나 형태가 바뀌었을 뿐 지금도 해녀들의 쉼터이자 노동공간으로 살아남아 있다. 물질도구 또한 재질이 변하는 정도이고, 교통수단은 걷는 것에서 타는 것으로 변한 정도이다.

Ⅳ 결 론

제주해녀는 조선시대부터 21세기에 이르기까지 가정경제를 담당해 왔다. 20세기 중반부터 분야별 연구자들이 연구 대상으로 삼았으며, 지금은 제주의 대표 문화상징으로 대두되었다. 해촌마다 해녀들의 전용 공간으로 불턱이 있으며, 이곳은 해녀들의 노동공간이자 담화공간이고 정보교류의 공간으로 자리매김되었다.

불턱은 21세기에도 해녀문화자원에 속한다. 해촌 어디든지 불턱의 입지조건은 동일하다. 즉 하늬바람이 부는 날은 그것을 피하고, 샛바람이 부는 날은 그것을 피해서 언덕이나 바위를 등지고 형성되었다.

제주여성들은 10대에 물질을 배워서 세월 따라 상군의 반열에 오른다. 그러다가 노쇠해지면 물질의 기량이 떨어진다. 해녀들은 지금도 조업조건이 맞으면 바다밭을 놀이터 겸 노동공간으로 잘 활용하고 있다.

해녀들이 바다일을 하면서 고통만 있었겠는가. 모든 일에는 즐거움도 있게 마련이다. 자신들이 원하는 해산물을 얻었을 때나 넓디넓은 바다로 자유로이 헤엄쳐 나갈 때, 밭일이나 집안일의 답답함에서 벗어날 수도 있다. 또는 불턱에 모여 앉아서 온 마을의 집안 이야기를 나누며, 정보도 교환하고 세상사를 논의하는 광장의 역할을 했던 곳이 불턱이다.

마을에 따라 물질하는 날의 물때, 물의 흐름에 따라서 물질을 하므로 해녀들이 다니기 좋은 위치에 불턱을 선택했다. 해녀들이 물질할 때는 점심 먹는 것이 문제이다. 물소중이를 입고 물질할 때는 도시락을 싸고 가서 불턱에서 먹었으나 고무옷이 나온 다음부터는 물 흐르는 대로 갔다왔다하면서 장시간 물질을 할 수 있기 때문에 점심을 굶기도 한다. 일터가 기계화되면서 노동자의 고달픔도 배가 된다. 천으로 만든 물옷을 입을 때는 추워서 오래 견딜 수 없기 때문에 물 밖으로 나와서 불턱이라는 공간에서 쉴 수 있었다. 그런데 추위에 견딜 수 있는 고무옷을 착용하면서부터 불턱의 기능도 사라지고, 해녀들끼리 오순도순 모여 앉아서 쉴 수 있는 여유가 없어졌다.

해녀들의 노동환경이 달라지면서 해촌에 있던 돌담형불턱은 기능을 상실하여 지금은 일부 마을에만 남아있다. 불턱은 해녀들이 모여 앉아서 불을 쬐고 쉬는 곳이다. 추우면 얼른 나와서 불을 쬐다가 "이제 물때 된 거 닮다." 하면 다시 바다로 들어가기를 반복했다.

오늘날 불턱에 의미를 부여하는 것은 이 장소가 해녀들의 특별한 공간이었으며 지금은 이 불턱을 이용하는 해녀들이 거의 없기 때문에 해녀의 문화자원으로 발굴하여 문화유산으로 보존해야 할 것이다.

불턱의 현황과 내용

1. 애월읍 - 고내리

명칭 (名稱)	고내리 펭세빌레불턱	영어음역	Pengsebillebulteok
위치 (GPS)	N 33° 28′ 07.45″ E 126° 19′ 51.17″	소재지	고내리 공유수면(바닷가)
재료 (材料)	돌담		
보존 상태	50년 전에 만들어진 돌담형 불턱으로 사각형 모양의 원형이 남아 있어서 보존 상태가 좋음.		
내용 및 특징	펭세빌레불턱은 종웨기불턱, 가시림불턱, 펭셍이빌레불턱 등의 이칭이 있음. 펭세빌레불턱은 고내리 양식장 주변, 환해장성 가운데 위치해 있으며, 아주 커다란 돌담으로 둘러싸여 있고, 물질도구를 올려놓았던 팡돌 등 옛 모습이 그대로 남아있음. 이 불턱은 대략 50년 전에 근처에 있는 돌을 재료로 하여 만들었음. 처음에는 해녀들의 수에 따라 조그만한 불턱이 여러 개 있었는데 길을 만들면서 하나로 합쳐짐. 펭세빌레불턱은 소중기(속곳)를 입던 시절에 사용했으며 고내리 해녀들이 고무옷을 입기 시작한 1977~78년도부터는 사용하지 않고 있음. 불턱을 쌓을 때 높이에 대한 기준은 정해져 있지 않고, 불턱 밖에서 지나다니는 사람들이 불턱 내부를 보지 못할 정도로 만듦. 돌담형 불턱의 입구가 도로 반대쪽으로 나 있고 조금 휘어지게 생긴 것은 지나가는 사람이 불턱 안을 보지 못하게 한 것임. 지금까지 옛 모습이 남아 있으므로 지속적인 보존과 관리가 필요함.		

〈고내리 펭세빌레불턱1〉

〈고내리 펭세빌레불턱2〉

2. 애월읍 - 고내리

명칭 (名稱)	고내리 시닛물불턱	영어음역	Sininmulbulteok
위치 (GPS)	N 33° 28′ 07.09″ E 126° 19′ 55.29″	소재지	고내리 공유수면 (바닷가)
재료 (材料)	돌담, 시멘트		
보존 상태	직사각형 모양의 불턱으로 시멘트 처리가 되어 있으며, 보존 상태가 좋음.		
내용 및 특징	고내리 시닛물 바로 북쪽에 있으며, 네모 모양으로 보통 사람의 키 높이 정도로 높음. 처음에는 돌로 쌓았는데 나중에 시멘트로 처리하여 좀더 견고하게 만들었으며, 현재 불턱 내부에는 꾸지뽕나무가 가득 차 있음. 시닛물불턱은 펭세빌레불턱과 같이 쓰긴 했지만 남또리불턱보다도 뒤에 만들었는데 대략 1977~1978년도로 추정함. 현재 사용자와 관리자가 없음.		

〈고내리 시닛물불턱1〉

〈고내라 시닛물불턱2〉

3. 애월읍 - 고내리

명칭 (名稱)	고내리 남또리불턱	영어음역	Namttoribulteok
위치 (GPS)	N 33° 28′ 22.69″ E 126° 20′ 48.54″	소재지	고내리 공유수면(바닷가)
재료 (材料)	돌담, 시멘트		
보존 상태	직사각형 모양의 불턱으로 보존 상태가 양호함.		
내용 및 특징	고내리 해안도로변 바닷가에 위치해 있으며 돌담으로 높게 울타리를 만듦. 처음에는 2개의 불턱이 해안도로에 위치했으나 1973~75년건설회사가 들어서면서 불턱이 있는 곳을 수용하게 되었음. 그래서 원래 위치보다 조금 바다쪽으로 이동하여 2개의 불턱을 하나로 만들어서 사용하다가 지금까지 남아있음. 지금 있는 남또리불턱은 1975~76년도에 만들었으며 고무옷을 입기 시작할 때도 사용하는 등 고내리 돌담형불턱 중에 마지막까지 사용했음. 해녀들이 물질할 때는 집에서 솥이나 드럼통을 가져가서 불턱에서 물을 끓인 후에 몸을 헹궜으며, 고무옷을 입을 때도 물 밖으로 나오면 따뜻한 물로 몸을 행군 후에 옷을 갈아입었음. 소중기를 입을 때는 불턱에서 불을 쬐고 집에 갈 때 민물로 몸을 헹궈서 왔음. 고무옷을 입기 시작하면서부터는 불턱에 잘 가지 않고, 물질이 끝나면 집으로 감. 해녀탈의장은 1980년대에 지었으며, 이때부터 남또리불턱을 이용하지 않았음. 현재는 지정된 관리자가 없으나 보존상태는 좋음.		

〈고내라-남또리불턱1〉

〈고내라-남또리불턱2〉

4. 도서지역 - 비양도

명칭(名稱)	비양도 테매는가이봉덕	영어음역	Temaeneungaibulteok
위치(GPS)	N 33° 24′ 31.19″ E 126° 13′ 22.44″	소재지	비양리 공유수면(바닷가)
재료(材料)	돌담		
보존 상태	네모진 돌로 차곡차곡 쌓아올려서 현재까지 남아있으며, 다른 마을에서 볼 수 없는 특별한 형태의 불턱임.		
내용 및 특징	테매는가이봉덕은 테우를 매었던 가에 있는 봉덕이라는 의미이며, 불턱과 봉덕은 동의어로 쓰임. 이 불턱은 비양봉 북쪽 바닷가에 위치해 있으며 만조 때는 봉턱 밑부분까지 물이 차오름. 둥글납작한 돌들을 모아서 직사각형 모양으로 만들어져 있음. 겨울에는 불턱을 의지삼아 밑에서 불을 쬐었고, 여름에는 그 위에 걸터 앉아서 쉬었음. 불턱 왼쪽 위의 돌무더기 일부가 유실되어 있으며, 특별 보존과 관리가 필요함.		

〈비양도 불턱1〉

〈비양도 불턱2〉

5. 도서지역 – 우도(오봉리)

명칭 (名稱)	오봉리 전흘동불턱 1	영어음역	Jeonheuldongbulteok 1
위치 (GPS)	N 33° 31′ 21.24″ E 126° 56′ 54.00″	소재지	전흘동불턱 공유수면(바닷가)
재료 (材料)	돌담		
명칭 (名稱)	오봉리 전흘동불턱 2	영어음역	Jeonheuldongbulteok 2
위치 (GPS)	N 33° 31′ 22.60″ E 126° 56′ 54.58″	소재지	전흘동불턱 공유수면(바닷가)
재료 (材料)	돌담		
명칭 (名稱)	오봉리 전흘동불턱 3	영어음역	Jeonheuldongbulteok 3
위치 (GPS)	N 33° 31′ 28.60″ E 126° 57′ 05.81″	소재지	전흘동불턱 공유수면(바닷가)
재료 (材料)	돌담		
명칭 (名稱)	오봉리 전흘동불턱 4	영어음역	Jeonheuldongbulteok 4
위치 (GPS)	N 33° 31′ 29.14″ E 126° 57′ 08.45″	소재지	전흘동불턱 공유수면(바닷가)
재료 (材料)	돌담		
보존 상태	전흘동 돌담형불턱은 타원형과 네모형 두 모양이 4개 남아 있으며, 마을에서 일부 복원하여 관리하고 있음.		

내용 및 특징	전흘동불턱 해안도로변 바닷가쪽에 타원형으로 위치하며, 2011년에 옛 모습으로 재현하였음. 돌담형불턱이 4 군데 있으며, 현대식 해녀의집도 있음. 해녀들은 주로 불턱이라 부르는데 간혹 덕이라고도 부름. "뜨신 덕에 가게."(따뜻한 덕에 가자.)라는 대화에서 불턱과 덕이 같은 의미로 쓰임을 알 수 있음. 전흘동은 물론 우도의 해녀들은 물소중이를 입고 물질하던 시절에 돌담형불턱을 이용했으며, 고무옷으로 해녀복이 바뀌면서 점차 사용하지 않게 되었음. 소중이를 입던 시절에는 체력이 좋은 해녀는 물속에서 30분~1시간 정도 물질이 가능하나 허약한 해녀는 20분 ~30분 정도밖에 머물지 못했음. 이 당시에는 3~4번 불턱에서 불을 쬐고 물에 들어가기를 반복하면서 물질을 했음. 불턱에서 불을 쬐려면 땔감이 필요한데, 우도에는 적당한 땔감이 부족하여 생소나무나 감태 등 해조류를 이용할 정도였음. 끓인 물을 통에 담고 비닐로 여러 번 싸서 불턱에 놔두었다가 물질하고 나온 후에 그 물로 간단히 몸을 헹구기도 했음. 우도의 불턱 형태는 돌담을 한 줄로 길쭉하게 쌓아서 바람만 의지하게 만든 마을도 있었음. 그러다가 ㄷ자 모양으로 돌담을 쌓은 형태가 생겼으며 요즘 복원한 것을 보면 타원형과 네모형이 있음. 돌담형불턱은 마을에서 관리하고 있음.

〈전흘동 불턱1〉

〈전흘동불턱2〉

〈전흘동불턱3-1〉

〈전흘동 불턱3-2〉

〈전흘동 불턱4-1〉

〈전흘동 불턱4-2〉

6. 도서지역 - 우도(오봉리)

명칭 (名稱)	오봉리 상고수동불턱	영어음역	Sanggosudongbulteok
위치 (GPS)	N 33° 31′ 11.44″ E 126° 57′ 34.84″	소재지	상고수동 공유수면(바닷가)
재료 (材料)	돌담		
보존 상태	상고수동 돌담형불턱은 사각형 모양으로 복원되어 관리 상태가 좋은 편임.		
내용 및 특징	해녀들은 주로 현대식 해녀의 집을 사용하고 있으며, 마을에서 돌담형 불턱을 복원하여 보존하고 있음.		

〈상고수동 불턱〉

7. 도서지역 - 우도(오봉리)

명칭 (名稱)	오봉리 삼양동불턱 1	영어음역	Samnyangdongbulteok 1
위치 (GPS)	N 33° 31′ 25.65″ E 126° 57′ 18.94″	소재지	삼양동 공유수면(바닷가)
재료 (材料)	돌담		
명칭 (名稱)	오봉리 삼양동불턱 2	영어음역	Samnyangdongbulteok 2
위치 (GPS)	N 33° 31′ 22.45″ E 126° 57′ 26.52″	소재지	삼양동 공유수면(바닷가)
재료 (材料)	돌담		
명칭 (名稱)	오봉리 삼양동불턱 3	영어음역	Samnyangdongbulteok 3
위치 (GPS)	N 33° 31′ 21.66″ E 126° 57′ 27.21″	소재지	삼양동 공유수면(바닷가)
재료 (材料)	돌담		
보존 상태	삼양동 돌담형 불턱은 3개가 복원되어 관리 상태가 좋은 편임.		
내용 및 특징	삼양동 돌담형 불턱은 타원형과 사각형이 있는데 마을에서 옛 모습으로 복원하여 보존하고 있음. 해녀들은 현대식 해녀의 집을 사용하고 있음.		

〈삼양동불턱1-1〉

〈삼양동불턱1-2〉

〈삼양동불턱2〉

〈삼양동불턱3〉

20

전남 신안군 흑산면 가거도의 해녀문화에 관한 보고서

조사지역 : 전남 신안군 흑산면 가거도리 대리마을
조사일시 : 2011. 11. 4 ~ 5, 2012. 4. 27 ~ 5. 1.
조 사 자 : 이유리
제 보 자 : 최귀엽(71세), 조윤심(68세), 고축덕(85세),
　　　　　 조상구(81세)

- 조사개요 및 지역개관
- 가거도 무레꾼의 성립과 조직형태
- 생업의 변화와 무레조직의 붕괴
- 물질도구와 물질기술
- 가거도 해녀문화의 특징

| 이유리 | 목포대학교

『남도민속연구』 제24집, 2012.

I 조사개요 및 지역개관

가거도는 전라남도 신안군 흑산면 가거도리에 속해있는 섬이다. 본래는 지도군 흑산면의 지역으로 1914년 행정구역 개편 시에 '대리', '대풍리', '항리'를 합하여 '가도리'라 하여 무안군 흑산면에 편입되었다. 그러다 1969년 무안군에서 신안군의 독립으로 신안군에 편입되었으며 1580년경 여씨(余氏)가 최초의 입도조라고 구전되고 있다. 이후에는 제주고씨와 평택임씨가 이주·정착하여 마을이 형성되었다. 섬 전체가 기암괴석과 후박나무 숲으로 이루어져 있고 어종이 풍부하여 가히 사람이 살만한 곳이라 하여 '가가도'라 부르다가 '가거도'라 개칭하였다.[1]

〈그림1〉 가거도 지도 © doopedia.co.kr

---

1) 신안군지편찬위원회, 신안군지, 전라남도 신안군, 2000, 965-966쪽 참조.

가거도에서는 잠수 노동자를 두고 '무레꾼'이라고 부른다. 지금에서야 모두들 '해녀' 혹은 '잠수꾼' 등의 여러 명칭으로 부르지만 예전에는 모두 '무레 한다', 혹은 '무레꾼'이라고 불렀다고 한다. '무레꾼'중에서도 제일 잘하는 '무레꾼'을 '상무레꾼' 혹은 '무레꾼 상수'라고 부르며 최고로 쳤다. 가거도 무레꾼들은 바다를 '갯밭'이라고 부르며 구획된 자신들의 구역을 '뜸'이라고 인지했다. 그들은 바로 그 '뜸'안에서 해조류를 채취하여 생계를 유지하였으며 이를 각각의 자연마을 별로 나누어 사용했다.

먼 바다에 속해 있는 특성으로 뭍과의 교류가 상대적으로 불편했으며, 이로 인해 그들은 자신들의 내부적 공간에서 이익을 도모하기 위해 노력했고 그러한 결과가 해조류 채취에 있어 남녀의 공동노동과 짓의 분배로 나타났다. 이 글에서는 바로 가거도 내의 자연환경을 토대로 발생한 무레꾼들의 조직과 분배, 기술 등을 토대로 가거도 무레꾼들의 문화를 살펴보는데 의의가 있다.

Ⅱ 가거도 무레꾼의 성립과 조직형태

1. 무레꾼의 성장과정과 무레기술의 습득

가거도 무레꾼들은 보통 15세를 전후하여 '정식 물질'을 경험한다. 보통 7~8세부터 또래의 동무들과 목욕을 다니면서 수영하는 법을 터득하는데, 이들은 점차 성장하면서 어른 무레꾼들을 보조하며 경험을 쌓는다. 조윤심(68세) 제보자의 경우 10세 즈음에 목욕을 가서 물에 빠진 이후로 자연스럽게 잠수를 배우게 되어 15세 정도에는 스스로 노를 젓고 다닐만큼 상무레꾼이 되었다고 한다. 반면 최귀엽(71세) 제보자의 경우에는 과거 동·서구로 나누어 채취를 하던 시기에 어머니의 부름으로 몰래 상대방의 뜸에 가서 미역을 따오기 위한 작업에 처음 투입이 된 이후로 무레를 시작하게 되었다고 한다. 당시 14세의 제보자는 '포도시 수영만 호작호작'할 정도의 수준이었는데, 그 일이 있고 난 후부터 현재까지 무레질을 지속해오고 있다. 남성의 경우에도 이와 비슷하게 잠수를 배운다. 잠수를 통한 채취 말고는 별다른 생계유지 방법이 없었기 때문에 '생존 경쟁을 하기 위해서' 투입이 된 것이다.

일반적으로 해녀들은 잠수 노동을 하는 어머니를 따라서 물질꾼이 되었다고 생각하기 쉬운데, 가거도의 경우에는 어머니가 무레질을 했다고 해서 딸이 반드시 무레질을 이어받는 것은 아니었으며 실제로 무레질도 어머니를 통해서 배우기보다는 또래 동기간의 단체 생활 등으로 익히는 것이 대부분이었다. 그런 이유로 대부분의 마을 사람들은 무레를 할 줄 아는데, 반대로 가거도에서 태어났어도 선천적으로 하지 못하는 사람도 존재한다. 그런 사람들은 직접적인 물질 노동에는 참여하지 않고 채취물을 다듬거나 운반하는 일을 주로 한다. 때문에 한평생 가거도에서 살았으나 물질꾼들의 생활과 문화에 관하여 전혀 모르고 있는 경우도 있었다.

가거도의 물질은 특별한 배움으로 습득된 것이 아니라 서로 어울려 다니며 수영하고 잠수해서 스스로 익힌 기술들이다. 외부 입주자의 경우도 따로 가르치거나 하지는 않고 그냥 데리고 다니면서 자연스럽게 익히게 만든다. 15세의 정식 무레꾼이 되기 이전에도 일부 물질기술 좋은 아이들은 얕은 곳에서 전복이나 소라 등을 채취하기도 했는데 그럴 때면 해변의 모래사장에 묻어놨다가 가져오곤 했다.

2. 무레조직과 어로활동(똠)

가거도는 3개의 자연마을에 따라 나뉜 공동어장이 있으며 무레꾼들은 이곳에서 해조류를 채취 한다. 바로 그 공동어장을 주민들은 '똠'이라고 부르고 있으며 가장 많은 주민이 거주하는 1구의 똠이 가장 크고 그 다음이 2구와 3구이다.

즉, 자신이 속해있는 마을의 지선어장이 자신들의 똠이 되는데 국훌도의 경우 지리적으로 보았을 때는 2구의 것이지만 오래전에 1구 것으로 편입을 시켰다. 지금도 권리주장은 2구에서 할 수 있지만 관행상 1구의 것으로 여긴다. 1구는 2구나 3구에 비해 갯밭이 넓어 이를 동구와 서구로 나누어 사용하며 다시 내부에서 알샘을 기준으로 상·하의 반으로 나누어 총 4개의 반을 운영했다. 다만 자원의 형평성을 고려하여 1년을 주기로 동구와 서구는 갯밭을 바꾸어 사용한다. 1구의 똠은 '하늘개취'에서부터 '녹섬'까지를 '서구', '오동여'부터 '빈지박'까지를 '동구'로 나누어 각각 '밧면'과 '안면'이라고 칭했는데 서구는 바깥쪽에 있다고 하여 '밧면', 동구는 안쪽에 있다고 하여 '안면'이라고 부른다. 1구의 무레꾼들이 목선을 타고 갈 때로 친다면 밧면은 가는 데 30분 정도의 시간이 걸려 '한 편 놓는다'고 하고 안면은 1시간이 조금 넘는 시간이 걸리는 먼 곳이므로 '두 편 놓는다'고 한다. 이러한 똠 나눔에 의한 경쟁의식은 아이들의 학교 운동회에서도 드러나, 줄다리기를 하더라도 동·서구가 경쟁하는 문화가 생겼다고 한다.

<그림2> 가거도의 갯밭 구획도

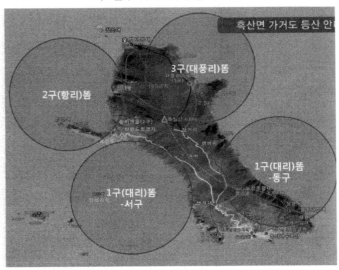

 가거도의 채취 어로 갯밭은 크게 '공동노동에 의한 어로활동'과 '개인 노동에 의한 어로활동'의 2가지의 존재가 공존한다. 공동노동에 의한 어로활동은 '계'라는 자발적 공동체를 통하여 지속되었고 이는 각각 김, 미역, 톳에 존재하였다. 이러한 '계'는 무레노동에 있어서의 일종의 팀 (team)개념으로 보통 하나의 '계'에 4~5명이 구성되었다. 계의 구성원들 은 모두 선주와의 친분과 인맥으로 집합되었다. 이들을 관장하는 '금 장'은 마을 남자들이 돌아가면서 맡는 직책이었으며 1구의 경우는 한 해에 2명의 금장이 있었다. 무레꾼들의 구술에 의하면 일반적인 '해녀 회'와 같은 형태는 아니었던 것으로 추정되며 앳소리쟁이가 '미역계 가 요, 오늘 저녁에 미역계 가요' 라고 하는 것이 '미역계'라고 말한다. 그 러나 이것이 일반적인 '돈계'나 '반지계'와 같은 기능과 형식을 갖추었 는지는 추후 조사를 통하여 보강하여야 할 점이다.[2] 또한 무레꾼들의 구술에서 당시의 주된 수입원을 물었을 때에 공통적으로 멸치와 미역

을 든 점으로 보아 여타의 김계나 톳계보다 미역계가 훨씬 강했던 것으로 추측되나 이 역시 보강조사를 통하여 윤곽을 확실히 잡아야 할 점이다.[3]

반면 개인노동에 의한 어로활동은 '계'가 만들어진 김과 미역, 톳을 제외한 모든 채취품에 한정되었다. 가사리나 파래, 소라, 홍합 등이 이에 해당한다. 다만 개인노동에 의한 어로활동은 공동채취・분배가 끝나는 5월부터 시작되며 이 때 바다를 '모두에게 개방한다(터버린다)'고 하여 일명 '개트기'라고 부르는 절차를 밟았다.

3. '계'에 의한 공동노동・공동채취 및 분배와 개트기

가거도의 무레꾼들은 음력 동지섣달부터 날만 좋으면 김을 채취하는데, 이 작업은 3월이 되어야 끝이 난다. 갯바위에 돋아난 김은 전복 껍질 등으로 긁어서 채취한다. 동지섣달에 맸다가 다시 돋아나면 그 뒤로 또 맨다. 미역은 종류에 따라 '난미역'과 '무레미역'으로 나뉘는데 '난미역'을 '무레미역'보다 시기적으로 앞서 채취한다. 물에 따라 수면 밖으로 나와 햇빛을 직접 보는 미역을 '난미역'이라고 하며 이것은 초미역이기 때문에 더 까맣고 맛이 좋다. '난미역'은 잠수를 하지 않고도

---

2) 가거2구(항리마을)의 경우 현재에도 미역계가 존속하고 있고 또 그 규율이 엄격하다는 구술이 있어 1구(대리마을)는 사라져버린 '계'가 어떻게 2구에서는 살아남았는지 이 또한 보강 조사를 통하여 밝혀내야 할 점이다.

3) 특히 무레미역을 언급하면서 '그것은 남자들이 많이 했제'라는 반응이 많아, 성별구분없이 한 가구당 한 명씩 무레노동에 참여해야 한다는 조건 아래에서도 일종의 구별짓기가 행해졌을 가능성을 배제할 수 없다. 현재 가거도에서 무레노동을 하는 사람은 전부 여자이기에 시대적 변천에 따른 무레노동에 있어서의 성별의 문제도 유념해 볼 수 있다.

엎드리거나 물에 반쯤 잠긴 채로 채취할 수 있으며 '무레미역'에 비해 3~4회 정도밖에 채취하지 않는다. 때문에 '난미역계'가 '무레미역계'보다 이른시기에 열린다. 반면 물속에서 햇빛을 한 번도 못 본 미역을 '무레미역'이라고 하는데, 이는 잠수를 해야만 채취가 가능하다. 톳은 미역보다 조금 늦은 4~5월에 채취하며 이를 도표로 정리하면 보면 다음과 같다.

〈표1〉 채취품에 따른 갯밭 주기표(음력)

시기	채취품	채취법	공동	계	비고
12~3	돌김	전복껍질 등으로 긁어서 채취	o	o	
12~2	난미역	반쯤 물에 잠겨서 낫으로 채취	o	o	
2~4	무레미역	잠수하여 낫으로 채취	o	o	
4~5	톳	낫이나 맨손으로 채취	o	o	
5	개트기		x	x	
4~5	우무	잠수하여 맨손으로 뜯어서 채취	x	x	

　　과거 공동채취노동 시기에는 1가구당 1명씩 남·여에 상관없이 선발되어 무레를 나가야 했으며 무레에 참여하고 또 잘 하더라도 개인이 가진 집이 없을 시에는 온 호로 인정받지 못했다. 사실상 가거도에는 집의 소유 여부에 따라 각각 온호, 반호, 애호의 개념이 존재하였는데 우선 '온호(=온짓)'의 경우 집을 가지고 있는 사람만이 물질에 참여하였을 때 온전한 짓, 즉 한 짓을 받을 수 있었으며 '반호(=반짓)'는 상황에 따라 두 가지의 사례로 나뉜다. 첫째는 집이 있지만 무레를 할 수 있는 노동인력이 없는 가구에서 다른 가구의 사람을 빌려왔을 때, 무레 노동을 제공해 준 사람과 나누는 것이고[4] 둘째는 집 없이 남의 집에서 셋방살이하는 사람의 경우 공동채취노동에 참여하더라도 온짓으로 인정해

주지 않고 반짓만을 주는 것이다. 이 '갯짓'을 온전히 먹기 위하여는 반
드시 집이 필요했었던 것이다. 이를 도표로 나타내면 다음과 같다.

<표2> 짓을 나누는 여부

	온짓	반짓	없음
집을 가진 사람이 물질에 참여했을 경우	o		
집을 가진 사람이 다른 사람을 공동노동에 보냈을 경우		o	
집을 갖지 못한 사람이 물질에 참여했을 경우		o	
집을 갖지 못한 사람이 물질에 참여하지 않았을 경우			o

만일 선주를 포함하여 6명이 배를 타고 무레를 하러 간다면, 이를 총
8짓으로 나누어 선주가 세 짓을 먹고 나머지 5명의 선원이 한 짓씩을
먹는다. 선주가 세 짓을 먹는 형태에서는 선주가 무레까지 한다는 조
건하의 가정이며 선주가 무레를 하지 않는 경우 두 짓만을 먹게 된다.
선주의 짓에는 각각 뱃짓, 몸짓, 시꼬미짓[5]이 포함되어 있다. 다만 공
동 노동의 채취물이 아닌 것을 채취하러 갈 시에는 채취한 것의 반절
보다 적은 삼분의 일 정도를 뱃 짓으로 주었다.

호 당 한 짓씩 배분되는 원칙은 불변의 법칙으로 지켜져 만일 한 집
에서 무레꾼이 두 사람이 나와도 똑같이 한 가구당 한 짓씩만 제공된
다. 때문에 이런 사람들은 무레할 사람이 없는 집에 대신 일을 해주고

---

4) 이때는 짓을 3등분하여 고용자는 3분의 2를 갖고, 무레 노동자는 3분의 1을
갖는다.
5) 일본어 'ㄴ-ㄷ저'에서 온 말로 보이며 은어로 판단된다. 이는 음식점에서의 재
료 준비, 즉 배 선주가 배 선원들에게 음식을 제공하는 짓을 뜻한다. 선주는
'무레미역계'를 나가기 전 집에서 직접 걸른 막걸리를 서 되씩 준비하여야 하
며 전체 공동채취물 분배에서 이를 제공한 댓가로 1짓을 먹는다.

반짓을 받는다. 만일 결혼한 아들이 분가하지 못했다면 그 역시 온짓
으로 인정받지 못하며 이는 배를 가지고 있는 선주라도 마찬가지이다.
공동채취 작업을 통하여 얻은 채취물은 모두 짝지에 모아놓고 '가구'라
는 도구로 짓을 나누었다. '한 짓'의 기준은 딱히 정해진 것이 아니며
그날그날의 분량에 따라 정해진다.

<표3> 짓을 나누는 체계(예시)

● ● ●	선주의 몫=뱃짓1짓+시꼬미짓1짓+(선주가 물질을 할 경우 무레짓1짓)=총 3짓
● ● ● ● ●	무레꾼의 몫=각각 1짓씩x5 = 총 5짓

=선주 포함 6명이 무레를 나갈 시에는 총 8짓으로 나눔

반면 '개트기'는 종전까지는 제한을 두었던 갯밭에 음력 5월 말부터
봉인을 해제하여 아무나 가서 무엇이든 채취할 수 있도록 하는 제도이
다. 이 시기는 김은 늙어버리고 미역도 거의 끝물이므로 주로 파래나
소라 등을 채취하였다. 그리고 이러한 파래는 칡과 함께 겨울철 식량
으로 요긴하게 사용하였다. 아무나 들어가서 잠수를 할 수 있으므로
대부분 가족과 친인척끼리 갯밭에 다녔고 분가하지 않은 자식이나 바
다에서 무레를 할 수 있을 정도의 나이가 된 아이들을 모두 데리고 나
가 채취한다. 만일 장마가 온 후 미역을 채취해 왔다면 그것을 간대를
설치한 발 위에 펴놓고 아궁이에서 불을 때서 말린다. 그 미역을 가거
도에서는 '불각'이라고 부른다.

생업의 변화와 무레조직의 붕괴

1. 생업의 변화에 따른 무레조직의 붕괴

현재 가거도에서는 미역계나 김계, 톳계와 같은 공동채취노동이 전혀 이루어지지 않고 있고 실상 사라져버린 상태이다. 논을 가꿀 수 없었던 자연환경 탓에 가거도 사람들은 바다살림에 의존을 많이 했고 해조류 채취를 대상으로 공동의 무레조직을 탄생시켰다. 그러나 가거도 내부의 생업이 변화함에 따라 이러한 무레조직도 점차 붕괴되었는데 그 단계를 살펴보면 다음과 같다.

계의 존속과 공동채취 · 분배 → 계의 소멸과 개인채취 → 갯밭 사용권 임대와 채취물의 제한

가거도 생업의 가장 큰 변화를 가져온 것은 누가 뭐래도 '삼부토건의 방파제 사업'이었다. 그동안 주 생계수단이 바다일을 통한 것이었다면 삼부토건의 방파제 사업은 바로 그 바다와의 인연을 끊는 일이었다. 1970년대 후반에 시작된 이 사업으로 인하여 가거도 내의 젊은이들이 많이 유출되었으며 그것은 가거도 내부의 근본적인 생산수단의 변화와 약화를 가져왔다. 또한 교회의 유입으로 인한 전통적 공동질서의 혼란으로 개인주의가 점차 강해지기 시작했고 대일수출로 높은 수익을 올렸던 우무가사리마저 그 판로가 막히게 되었다. 후박나무 채취가 돈을 벌어들인 이유도 한 몫을 담당했다. 대구리파시 또한 생업의 근간을 흔들었다. 이후 배를 가지고 있고 무레질을 할 수 있는 사람만

가서 지속적으로 미역 등을 채취했으나 이마저도 할 수 있는 사람이 줄어들자 마침내 갯밭을 돈을 주고 임대하여 그 돈을 나눠갖기 시작했다. 가거도의 갯밭을 임대한 임대자는 제주 해녀 등을 고용하여 전복과 뿔소라, 해삼을 채취하였고 현재 무레노동을 지속하고 있는 무레꾼들도 해조류 이외에 소라나 전복 등을 캐는 것은 불법으로 되어있다.

또한 실제로 가장 최근 가거도 내부의 생업 변화는 바로 '조기 다듬기'이다. 가거도 내부 선주가 따온 조기 작업 이외에도 외지배들의 조기 작업도 병행하기 때문에 단기간에 고소득을 올릴 수 있는 작업이 되었다. 실제 그 철에 조기 작업으로 얻는 수입은 몇 백만원을 훌쩍 넘긴다고 한다.

이렇듯 가거도 내부의 생업의 변화는 공동 무레 조직의 붕괴를 불러 일으켰다. 그렇기에 무레노동을 하지 못하는 일부 주민들은 다시 공동 무레 조직인 계가 부활하기를 은근히 바라고 있기도 한다.

2. 무레질의 지속과 변이

현재 활동하고 있는 무레꾼은 1구의 경우 약 5~6명정도로 추정해볼 수 있다. 그러나 모두 6~70대의 나이로 노령화되었으며 가장 젊은 무레꾼은 40대중반 정도로 단 한명만이 활동하고 있다. 그럼에도 불구하고 무레질이 지속되고 있는 이유로는 자연산 미역 값을 들 수 있다. 그들이 주로 채취하는 것은 미역이다. 보통 미역 20가닥을 한 뭇으로 치는데, 미역이 열 뭇이면 백만원이다. 미역은 보통 백 뭇 정도를 해야 미역 했다고 치는데 많이 하는 경우에는 최대 200뭇까지도 한다.

〈그림3〉 현재의 미역 말리는 작업

〈그림4〉 미역 말리고 있는 모습

가거도 내에서도 현재 무레노동을 지속하는 사람 중 민박을 겸하는 사람이 있다. 그럼에도 불구하고 그들이 무레노동을 지속하는 이유에는 무시할 수 없는 값이 있었던 것이다. 미역 이외에도 톳이나 홍합 등을 지속적으로 채취하지만 미역보다는 조금 덜 한 편이다.

앞서 언급한 것 처럼 가거도의 무레 조직은 생업의 변화와 함께 와해되고 붕괴되었는데, 그래도 아직 무레꾼들은 무레질을 하러 나갈 때면 개인적인 친분에 따라 함께 나가거나 형제끼리 협동해서 일을 하고자 한다. '계'라는 테두리와 공동노업이라는 허울만 사라졌을 뿐 또 다른 변이형태로 지속되고 있는 것이다.

Ⅳ 물질도구와 물질기술

가거도 여성 무레꾼은 잠수 작업 시에 입었던 옷에 대해 '잠뱅이'라고 통칭하며 제주도 해녀들과 비슷하게 검은 광목 천으로 만든 멜빵형식의 옷을 안에 입고 겉에는 하얀 적삼으로 만든 잠바식(jumper)의 옷을 입었다. 무레 시에는 '수경'과 '낫', '두름박'과 '홍서리'를 꼭 챙겨가야

했으며 이때의 '두름박'과 '홍서리'는 각각 '테왁', '망사리'를 뜻한다. 가거도에 신식 고무 잠수복이 들어온 계기는 외지에서 무레 작업에 고용된 제주 해녀들이 입고 다닌 것을 본 후 사다달라고 한 것이 시초가 되었다. 남성들은 팬티와 셔츠를 입고 들어가서 무레를 했다.

무레꾼들은 물때에 따라 썰물 때 나가 밀물 때 돌아온다. 이는 조금이라도 낮은 상태에서 잠수를 하기 위함이다. 초 야드레 조금과 시무살 조금이 가장 작업하기가 편한 물때이다. 그러나 조금 때에도 파도가 치거나 바람이 많이 불면 물질을 나가지 않는다. 무슨 날씨든 잔잔해야 한다. 식사는 도시락으로 해결하고 중간 중간 배 위에 만들어놓은 화덕에서 휴식을 취한다. 잠수 시에는 보통 숨이 두 번 '끌

〈그림5〉 현재의 무레 작업복과 도구

떡'할 때까지 있다가 올라온다. 화덕은 배 중앙에 나무를 놓고 흙을 발라 만들었다. 급격한 온도 탓으로 물 속에서 쥐가 났을 때에는 바로 올라와서 화덕에서 불을 쬔다. 추위를 타지 않고 무레 기술을 높이기 위하여 가거도 산 약초 중 하나인 '부자'를 '돼지비계'와 함께 달여 먹기도 한다. 머리 아프지 말라고 게보린이나 펜잘 같은 두통약을 먹는 사람도 더러 있었다. 화덕에서 추위가 풀리면 다시 물속으로 들어간다. 이것을 5-6번 반복한다. 웅크리고 앉아 불을 쬐기 때문에 허리도 아프고 잠수로 인해 골치도 아프다.

무레질을 잘 하는 무레꾼들은 바다 깊은 곳 사정을 잘 알고 있기 때

문에 이른바 '포인트(point)'를 중심으로 빠져 작업을 했다. 그들에게 이러한 '포인트(point)'는 은폐된 것이 아니었으며 모두가 공유할 수 있었다. 또한 여성의 경우 한 달에 한 번씩 월경을 하는데, 보통 이 기간을 피해 무레질을 하지만 어쩔 수 없는 경우에는 나가기도 했다. 차가운 물에 들어가면 생리가 얼어서 나오지 않기 때문에 일을 할 수 있었다고 한다. 임신을 한 경우에도 만삭 전까지는 물에 들어갈 수 있었고 아이를 낳은 후에는 3~40일이 지나면 바로 들어갔다. 그래서 전부 신경통에 '병신'이 되었다고 표현하기도 한다.

V 가거도 해녀문화의 특징

가거도의 경우 집집마다 한 명씩 공동 무레 노동에 참여를 해야 했기 때문에, 각각 남자 무레꾼과 여자 무레꾼이 동시에 존재했다. 집집마다 한명씩 무레질을 나가야 했기 때문에 이러한 사실이 가거도 내의 통혼권과도 어떠한 관계가 있는지는 반드시 살펴보아야 할 점이다. 김계와 미역계, 톳계 중 특히 무레미역의 경우는 각 가정의 '아버지'들이 많이 나갔다는 사실을 알 수 있으나 그럼에도 불구하고 무레노동의 대다수는 여성의 몫이었다. 여성 무레꾼은 공동채취·분배 작업 이외에도 가사리, 소라, 홍합 등의 채취로 생업의 근간을 이끌었으며 그로 인하여 여자들의 뱃노래와 산다이 등이 발전하였다. 지금도 여럿이 모여 불볼락(열기)을 다듬거나 하는 공동 노동의 현장에서는 끊임없이 노래가 흘러나오고 있다.

또한 가거도 무레꾼들은 제주도 해녀들이 마을 내 유입된 이후에도 채취 물품을 달리하여 함께 물질을 했다. 맞서 싸우기보다 타협으로 대응했다. 1구가 뜸을 동·서로 나누어 일 년마다 주기적으로 바꿔가며 공평하게 생활했었던 점은 그들이 타협성을 엿볼 수 있는 큰 대목이다. 또한 짓의 분배에 있어서도 '집'을 기본으로 하여 나누었다는 사실은 섬에서의 불안정한 거주, 즉 섬에서의 인원이 언제 뭍으로 유출될 지 모르는 상황에 대비하여 '완전한 거주=집'을 지향했음을 보여준다. 자식들의 경우에도 분가할 경우에만 '한 짓'으로 쳐주었다는 사실은 생산량의 극대화를 통해 모두가 풍족하기를 기원했던 공동체적 모습을 보이는 것으로 볼 수 있다. 공동채취가 끝난 후에 '개를 트는 것' 또한 공동과 개인의 조화라는 측면에서 파악할 수 있다.

가거도에서 특화되었던 멸치잡이의 경우 '맬잽이를 못 가믄 그건 병신새끼, 그건 죽은 거이나 똑같애'라는 말을 흔히 들을 수 있는데, 멸치잡이가 가거도 남성들에게 있어 남성성의 표출임을 볼 때 무레꾼의 경우도 그들에게 어떤 존재로 인식되었는지 살필 필요가 있다. 그리고 그들의 삶을 입체적으로 들여다볼 수 있도록, 조금 더 세밀한 생업체계와 식(食)문화를 파악해야 한다.

공동채취노동에 투입되어 해조류를 채취하고 남녀가 함께 물질을 했다는 점은 가거도가 지닌 특징이다. 이와 같은 특징을 토대로 공동조업구간인 '뜸'과 공동체의 생활과 연관시켜 논의를 확장하는 것도 의의가 있는 일로 보이며 공동채취 이외의 무레꾼 문화에 관한 점은 추가조사를 통해 보강해야 할 점이다. 그리고 변화한 무레노동과 관련하여 그로 인해 파생된 현상과 시대별 무레질의 변천에 관하여도 추후 과제로 남는다 하겠다.

〈색인〉

엮은이

이성훈(李性勳)

1961년 제주도 조천 출생. 문학박사. 숭실대 겸임교수, 중앙대 강사, 숭실대 한국문예연구소 연구원, 제주대 교육과학연구소 특별연구원, 온지학회 이사를 역임하였다. 한국민요학회 이사, 한국공연문화학회 이사, 백록어문학회 이사로 활동하고 있다.

『해녀의 삶과 그 노래』(민속원, 2005)
『제주도 해녀노젓는소리의 본토 전승양상에 관한 조사·연구』(민속원, 2005, 공저)
『연행록연구총서(전 10권)』(학고방, 2006, 공편저)
『수산노동요연구』(민속원, 2006, 공저)
『고창오씨 문중의 인물들과 정신세계』(학고방, 2009, 공저)
『해녀노젓는소리 연구』(학고방, 2010)
『제주어성사II』(제주발전연구원, 2011, 공저)
『한국민속문학사전』(국립민속박물관, 2013, 공저)

숭 실 대 학 교
한국문예연구소
학 술 총 서 48

해녀연구총서 5
(음악학·복식학·서평·자료)

초판 인쇄 2014년 12월 15일
초판 발행 2014년 12월 30일

엮 은 이| 이성훈
펴 낸 이| 하운근
펴 낸 곳| 學古房

주   소| 서울시 은평구 대조동 213-5 우편번호 122-843
전   화| (02)353-9907 편집부(02)353-9908
팩   스| (02)386-8308
홈페이지| http://hakgobang.co.kr/
전자우편| hakgobang@naver.com, hakgobang@chol.com
등록번호| 제311-1994-000001호

ISBN   978-89-6071-469-4 94810
        978-89-6071-160-0 (세트)

값 : 42,000원

이 도서의 국립중앙도서관 출판시도서목록(CIP)은 서지정보유통지원시스템 홈페이지
(http://seoji.nl.go.kr)와 국가자료공동목록시스템(http://www.nl.go.kr/kolisnet)에서 이용하
실 수 있습니다.(CIP제어번호: CIP2014037242)

■ 파본은 교환해 드립니다.